A E
& I

Y Julia retó a los dioses

Autores Españoles e Iberoamericanos

Santiago Posteguillo

Y Julia retó a los dioses

Cuando el enemigo es tu propio hijo…,
¿existe la victoria?

 Planeta

Obra editada en colaboración con Editorial Planeta – España

Diseño de la colección: © Compañía
Ilustraciones del interior: © Leo Flores
Mapa del interior: © GradualMap

© 2020, Santiago Posteguillo

© 2020, Editorial Planeta S.A. – Barcelona, España

Derechos reservados

© 2020, Editorial Planeta Mexicana, S.A. de C.V.
Bajo el sello editorial PLANETA M.R.
Avenida Presidente Masarik núm. 111,
Piso 2, Polanco V Sección, Miguel Hidalgo
C.P. 11560, Ciudad de México
www.planetadelibros.com.mx

Primera edición impresa en España: marzo de 2020
ISBN: 978-84-08-22469-3

Primera edición impresa en México: marzo de 2020
ISBN: 978-607-07-6613-8

Impreso en los talleres de Litográfica Ingramex, S.A. de C.V.
Centeno núm. 162-1, colonia Granjas Esmeralda, Ciudad de México
Impreso en México – *Printed in Mexico*

A mi hija Elsa,
el reto más emocionante

AGRADECIMIENTOS

—

La escritura de *Y Julia retó a los dioses* ha sido posible, como siempre en cualquiera de mis empeños literarios, gracias al apoyo de muchas personas. Me gustaría destacar la colaboración de mi hermano Javier y de su esposa Pilar en la lectura de un primer borrador de este volumen. Al profesor Jordi Piqué por lo mismo, al igual que a Ramón Conesa y Jorge Manzanilla, de la agencia Balcells, por también aportar sus impresiones a las primeras versiones del relato. Todos sus comentarios han contribuido, sin duda alguna, a mejorar el resultado final del texto. Y, por supuesto, muy en especial he de agradecer a mi editora, Puri Plaza, por sus siempre atinados comentarios, por su generosidad y por su dedicación para que *Y Julia retó a los dioses* llegara a buen puerto. Escribir sin una editora como Puri Plaza sería como navegar sin brújula en una noche de cielos nublados y sin estrellas para guiarse.

En el área de la documentación, una vez más la catedrática Julita Juan Grau ha sido clave en todo lo referente a las citas en latín y griego y, en esta novela en concreto, a la hora de construir todos los capítulos mitológicos. También agradezco al catedrático Jesús Bermúdez y al profesor Rubén Montañés, de la Universidad Jaume I de Castellón, y al catedrático Alejandro Valiño, de la Universidad de Valencia, por su predisposición siempre a ayudarme cuando me ha hecho falta en estos territorios del mundo clásico. Muchos aciertos del relato se deben a estas personas, los errores son solo míos. Gracias también a la psicóloga Elena Martín Alcubilla y a Yassmine Rabtaoui por colaborar conmigo en otros aspectos de la novela.

Y mi agradecimiento eterno a mi hija Elsa por la paciencia

que tiene con un progenitor que siempre está de viaje para documentarse, por visitar muchas veces conmigo los museos arqueológicos de medio mundo con paciencia infinita y, muy en particular, gracias por hacerme vivir con intensidad la fascinante aventura de ser padre.

NOTA PREVIA

—

Aunque hoy día, de modo general, se utilice el término *césar* como equivalente a emperador, y aunque palabras como *zar* o *káiser* deriven precisamente de dicho vocablo, en la época de esta novela, césar hacía referencia solo al heredero o herederos designados del Imperio romano. Para referirse al emperador se empleaba el término *augusto*, en honor al primer emperador *de facto* de Roma. Ocasionalmente, la dignidad de augusto se extendía a alguna mujer, como es el caso de la emperatriz Julia Domna, que desde el principio del gobierno de Severo recibió también el título de augusta.

Dioses de Roma
Júpiter, dios supremo

Dioses a favor de Julia
Minerva, hija de Júpiter, diosa de la estrategia, la inteligencia y
    la guerra justa
Juno, esposa de Júpiter, diosa de la familia
Cibeles, diosa de la fertilidad, la familia y la tierra
Proserpina, hija de Cibeles, diosa del inframundo

Dioses en contra de Julia
Vesta, diosa del hogar romano
Apolo, hermano gemelo de Diana, dios del sol, pero también
    de las enfermedades
Neptuno, dios de los mares
Diana, hermana gemela de Apolo, diosa de la caza y la luna
Marte, dios de la guerra destructiva

Otras deidades
Caronte, el barquero del inframundo

La familia de Julia
Julia Domna, esposa de Septimio Severo
Septimio Severo, emperador de Roma

Basiano (Antonino/Caracalla), hijo mayor de Julia y Severo
Geta, hijo menor de Julia y Severo
Julia Maesa, hermana de Julia
Alexiano, esposo de Maesa
Sohemias, hija mayor de Maesa y Alexiano
Avita Mamea, hija menor de Maesa y Alexiano
Sexto Vario (Antonino), nieto de Julia
Plautila, hija de Plauciano
Geta, hermano de Septimio Severo

Prefectos de la guardia imperial y otros pretorianos
Plauciano, prefecto de la guardia con Septimio Severo
Papiniano, prefecto de la guardia con Septimio Severo
Saturnino, prefecto de la guardia con Septimio Severo
Quinto Mecio, *praefectus Aegypti* y prefecto de la guardia
    con Septimio Severo
Nemesiano, tribuno y prefecto de la guardia
Apolinaris, tribuno y prefecto de la guardia
Opelio Macrino, jefe de la caballería y tribuno pretoriano
Marcial, oficial pretoriano

Senadores y altos cargos del Imperio
Tito Sulpiciano, senador
Helvio Pértinax, senador, hijo del emperador Pértinax
Aurelio Pompeyano, senador, hijo del senador Claudio
    Pompeyano
Julio Leto, *legatus* en Oriente
Gannys, *legatus* en Oriente

Aristócratas partos
Vologases V, rey de reyes y emperador de Partia
Vologases VI, primogénito de Vologases V
Artabano V, segundo hijo de Vologases V
Osroes, tercer hijo de Vologases V
Rev, consejero imperial
Olennieire, hija de Artabano V

Otros personajes

Galeno, médico griego de la familia imperial
Philistión, bibliotecario en Pérgamo
Calidio, esclavo *atriense* de la familia Severa
Lucia, esclava de Julia, esposa de Calidio
Aquilio Félix, jefe de los *frumentarii*, la policía secreta de Roma
Samónico, mago
Décimo, centurión
Marciano Tauro, centurión
Filóstrato, filósofo sofista
Antípatro, tutor de los hijos de Julia
Claudio Eliano, retórico
Nonia Celsa, esposa de Opelio Macrino
Diadumeniano, hijo de Opelio Macrino

PRIMERA ASAMBLEA DE LOS DIOSES
SOBRE EL CASO DE LA AUGUSTA JULIA DOMNA
—

—Julia es el origen de todos los males. Julia significará el fin de Roma.

Vesta hablaba con vehemencia. Era la líder que había promovido aquel cónclave en el Olimpo.

Júpiter escuchaba con cierto aire de fastidio. Temía una nueva división entre los dioses, como ya ocurriera durante la guerra de Troya o la mortífera persecución de Ulises por Neptuno. Y aquellos enfrentamientos resultaron tan agotadores... Júpiter había dejado en el suelo el orbe que solía sostener en la mano derecha y se entretenía en acariciar el cuello de la gran águila que estaba a sus pies. Mantenía el cetro en la mano izquierda para no perder su presencia majestuosa y de poder absoluto ante el resto de las deidades congregadas aquella mañana. Intentaba encontrar un justo punto medio entre indiferencia y porte magno durante la larga soflama de Vesta contra la emperatriz madre del Imperio romano.

—Poco antes de que Julia Domna accediera al poder —continuaba la diosa del hogar, ajena al evidente desaire con el que el dios supremo la escuchaba—, ardió mi templo en el corazón de Roma. Era una advertencia de lo que se nos avecinaba. Es una extranjera y como tal debe ser desplazada del poder de Roma, alejada de allí..., aniquilada. Como hicimos con Cleopatra en el pasado, o con Berenice.

Júpiter suspiró. Las referencias a los finales trágicos de la reina de Egipto que intentó dominar la élite romana a través de sus relaciones con Julio César y Marco Antonio, o de Berenice, la amante del emperador Tito, quien también fue separada del poder de modo abrupto, daban forma a las intenciones de Vesta con respecto a Julia Domna. La diosa del fuego del hogar romano estaba dejando claro qué sentencia anhelaba para la emperatriz: defenestración y muerte.

Júpiter tenía claro que para Vesta el peor delito de Julia Domna era ser oriental, una acusación, no obstante, con la que no habría conseguido llevar muy lejos su ataque contra la emperatriz romana, pero la diosa del hogar había sabido manipular a otros dioses del Olimpo esgrimiendo argumentos adicionales contra Julia: la había acusado también de promover en Roma el culto al dios sirio El-Gabal, una deidad que para los habitantes de aquella región controlaba el sol. Esto, por supuesto, había enfurecido a Apolo, dios del sol romano, que, de inmediato, se puso de parte de Vesta. Y con Apolo, como era habitual, vino el apoyo de su hermana gemela, Diana. Vesta, así, había conseguido el favor de dioses importantes. Pero, además, ya había llegado al cónclave arropada por las voluntades de todos los dioses indígenas romanos, los *dii indigetes*, que, si bien eran deidades menores, estaban a favor de la persecución que Vesta quería iniciar contra Julia por el mismo motivo que ella: por considerar a la emperatriz de origen sirio una extranjera usurpadora del poder imperial en Roma. Desde Consus a Flora, desde los dioses Lares a los Manes y Penates, hasta el siempre oscuro Ops, la exuberante Pomona, el misterioso Jano o el viejo Quirino, todas aquellas antiguas deidades romanas estaban de acuerdo con Vesta. El origen ancestral romano de todos estos dioses de menor rango los hacía muy proclives a apartar del poder imperial a una mujer oriental.

Por si esto fuera poco, el nuevo enfrentamiento entre dioses había dado ocasión a que se reavivaran rencillas del pasado: Minerva, la hija de Júpiter, diosa de la estrategia, valoraba enormemente la astucia con la que Julia había llegado al poder durante las guerras civiles de los años anteriores, pero ese posicionamiento de Minerva había hecho que Neptuno se manifestara en contra de Julia. El dios de las aguas tenía todavía mucha rabia acumulada tras su derrota en el enfrentamiento contra Minerva durante la persecución de Ulises. Marte, por su parte, siempre celoso de Minerva, con cuentas pendientes contra la hija de Júpiter desde la guerra de Troya, decidió aliarse también con Vesta y los suyos.

Pero había más dioses.

En el otro extremo estaban, por ejemplo, Juno y Cibeles, siempre propensas a fomentar la unión en la familia, y ambas veían con buenos ojos a una mujer como Julia que promovía una dinastía basada, precisamente, en los lazos familiares y no en las adopciones como la dinastía Ulpio-Aelia-Antonina anterior que había gobernado Roma durante los últimos decenios. Y con Cibeles, como siempre, iba el apoyo de su hija Proserpina.

Por otro lado, Plutón, Vulcano, Mercurio o Baco no tenían decidida su posición, pero, por lo general, no se sentían cómodos luchando en favor de una mujer. Así las cosas, Júpiter se mesó las barbas con la mano izquierda y valoró la situación, como si se hiciera un diagrama mental sobre quién estaba a favor o en contra de la emperatriz de Roma.

A favor de Julia	En contra de Julia
Minerva Juno Cibeles Proserpina	Vesta Neptuno Apolo Diana Marte Todos los *dii indigetes* (Consus, Jano, Quirino, Flora, Pomona, los Lares, Manes y Penates y demás deidades romanas menores)

Venus guardaba silencio, pero Júpiter intuía que favorecería a Julia, mientras que Vulcano, Plutón, Mercurio y Baco ya iban dando muestras, aproximándose al lado donde estaban reunidos Vesta, Apolo y Diana, de que se posicionarían en su contra.

La mayoría de los dioses enfrentados a Julia Domna y clamando contra ella era abrumadora. Pero Julia, por otro lado, no estaba sola, y Minerva ya se había mostrado en el pasado muy capaz de liderar defensas eficaces de otros mortales perseguidos por una o más deidades encolerizadas.

Júpiter suspiró.

Otra guerra entre dioses.

Le había sorprendido que se hubiera iniciado por Vesta, una diosa habitualmente tranquila y cálida que no solía inmiscuirse en contiendas entre deidades, pero al dios supremo le resultaba evidente que Vesta se había lanzado a aquella caza contra Julia porque, de forma genuina, creía que la emperatriz de origen sirio era un peligro para Roma. En cualquier caso, fuera quien fuera el que hubiera dado inicio al conflicto, la guerra entre dioses allí estaba. Y obligación suya era gestionar aquella nueva locura con cierto orden.

Júpiter se pasó ahora la mano izquierda por el rostro y terminó, una vez más, mesándose la barba.

Todos esperaban su dictamen. Tenía que dar una sentencia que diera opciones a los dos bandos enfrentados.

—Sea —inició Júpiter con voz grave y agachándose para recoger el orbe del suelo y sostenerlo en alto mientras impartía su justicia—. A Julia se la probará hasta en cinco ocasiones. Cinco pruebas mortales tendrá que superar. Si las pasa, se mantendrá en el poder de Roma. Si no supera alguna de ellas..., bueno, van a ser pruebas todas ellas mortíferas. No ha lugar a que os explique cuál será su final.

Se hizo un silencio que Júpiter interpretó como aceptación general a su dictamen. Iba ya a disolver la asamblea cuando Vesta alzó de nuevo la voz:

—¿Y cuál será la primera de esas pruebas a vida o muerte?

Júpiter la miró fijamente a los ojos al tiempo que daba su respuesta.

—Coriolano, Bruto, Sejano...

Los dioses no necesitaban más explicaciones: Coriolano abandonó el bando romano para pasarse a los volscos y ayudarlos en sus ataques a la ciudad del Tíber; Bruto se revolvió contra Julio César, su padre adoptivo; el prefecto Sejano conspiró contra el emperador Tiberio. Aun así, para que quedara claro su mandato sin margen de duda alguna, Júpiter calificó su sentencia con una palabra definitiva:

—Traición.

El cónclave celestial, por fin, se disolvió.

Juno se acercó a Minerva y le habló al oído.

—Sabes que estoy contigo, que me parece bien defender la familia, en este caso, la familia imperial, pero estamos en minoría. No podremos contra todos.

—Salvé a Ulises, ¿no es cierto? —respondió la hija de Júpiter—. Salvaré a Julia.

Juno negó con la cabeza y apostilló unas palabras ominosas mirando al suelo.

—No veo cómo. No es como con Eneas. Entonces Marte, Neptuno, Apolo o Mercurio estaban defendiéndolo. Ahora los tres primeros están en contra de Julia, y de Mercurio no me fío. Son demasiados.

Minerva sonrió y le murmuró unas palabras al oído.

—Tengo un aliado secreto. No ha venido al cónclave, pero está con nosotras. Te recuerdo que soy la diosa de la estrategia y de la sabiduría.

Diario secreto de Galeno
Anotaciones sobre la enfermedad de la emperatriz Julia y
sobre la necesidad de reemprender el relato de su vida

Antioquía, verano de 970 ab urbe condita[1]

—¡No me detendrá ni la muerte! ¡Conseguiré la victoria aunque para ello tenga que luchar desde el reino de los muertos!
—La augusta Julia hablaba encogida por el dolor con una determinación tan inapelable como, dadas sus circunstancias, irreal, pues no veo esperanza alguna para su causa; pese a lo cual ella seguía, rotunda—: La venganza más inesperada es la que más se disfruta. No me detendrá ni la muerte. Nadie acabará con mi dinastía. Eso nunca. La palabra *derrota* no existe para mí, no para Julia Augusta. Quizá sean los dioses de Roma los que me mandan toda esta hecatombe donde la sacrificada en nombre de las deidades soy yo y mi dinastía, pero no cederé, no me dejaré vencer ni por mortales ni por inmortales. Todos me creen derrotada, en particular ese miserable de Macrino, pero se equivoca. —La emperatriz me miraba fijamente con un destello vibrante en sus hermosos ojos oscuros que tanto habían visto y que tanto habían enamorado—. No pienso darles ni al Senado, ni a la plebe ni a los dioses romanos la satisfacción de que ese usurpador me arrebate todo por lo que he luchado estos años. Puede que yo muera... —Se encogió aún más y se llevó la mano al pecho; superó la despiadada punzada de dolor y se

1. 217 d. C.

rehízo para continuar hablándome—. Puede que yo muera, pero mi dinastía permanecerá. Ahora sé que lucho contra la maldición de Babilonia, la misma que acabó con Trajano e incluso con el mismísimo Alejandro Magno. Quizá no debimos entrar en aquella maldita ciudad. Y quizá lucho contra los dioses del Olimpo, pero conmigo no podrán... He de conseguir la *aeternitas imperii*, la eternidad del Imperio, del poder, con mi dinastía..., la que yo he forjado... El-Gabal, mi dinastía y yo prevaleceremos.

Así se me ha manifestado la emperatriz esta misma mañana. La he visto con tal decisión que he querido empezar anotando estas frases que la augusta ha pronunciado con tanta vehemencia. Pero he de poner algo de orden en mi nuevo relato biográfico de la emperatriz o, de lo contrario, sea quien sea quien encuentre este diario secreto en los siglos venideros, no comprenderá nada.

Mi nombre es Elio Galeno y he sido y sigo siendo el médico de la familia imperial de Roma, pero todo esto ya lo expliqué en un volumen anterior de este diario y no quiero perder el curso de la narración en repeticiones insustanciales. Hay tanto relevante por relatar que tendré que escoger bien cada palabra. La cuestión cierta es que no pensé que tendría que volver a hablar de Julia, pero ante la magnitud de los acontecimientos, me siento obligado a retomar su historia. Si antaño me admiraron la ambición y la inteligencia en la lucha por el poder de la emperatriz, con su audacia sin límite, hoy día me ha impresionado la resistencia de la augusta ante la enfermedad y ante la traición extrema.

No creo haber admirado a muchas personas en mi vida: a Hipócrates y a alguno de mis viejos maestros, poco más. Julia supone un capítulo aparte. Su fortaleza y su inteligencia me han conmovido y no soy dado al sentimentalismo fácil.

Pero centrémonos en el empeño entre manos: habiendo ya pasado por el hecho de haber contado parte de la biografía de la emperatriz de Roma, y comprobado que organizar su historia en torno a sus enemigos en el ascenso resultó óptimo para el discurso fluido de la narración, he decidido repetir este esquema. Antes hablé de sus enemigos en su fulgurante ascenso: Có-

modo, Pértinax, Juliano, Nigro y Albino. Ahora me corresponde reemprender el relato de Julia con respecto a los enemigos
mortíferos que provocaron su declive y, para mí con toda probabilidad, el fin de su proyecto, de sus sueños, de su dinastía.
Aunque, como he comprobado esta mañana y habrá visto el
lector por las palabras que abrían este diario, la emperatriz Julia aún no acepta la derrota. ¿Quién estará acertado con relación a su próximo futuro: ella o yo?

En cuanto al diagnóstico de su dolencia y su desenlace,
como explicaré a continuación, no tengo la más mínima duda
del trágico y doloroso final. Sin embargo, con relación al control del poder y al mantenimiento de su dinastía, si bien no
preveo mejor conclusión, he de aceptar que en este ámbito es
la emperatriz la persona más experimentada y mi criterio puede verse superado en este punto por su ingenio, deslumbrante
y sorprendente en extremo a la hora de retener el poder.

He decidido reemprender el relato de Julia aquí mismo, en
Antioquía, mientras la velo estas noches terribles en que el dolor agudo atenaza a la emperatriz. Seguramente, al tiempo que
voy redactando estas páginas, los acontecimientos dictarán sentencia, no ya solo sobre su vida, sino también sobre su dinastía.
Si Julia Domna, agonizante en su cama, es capaz de revertir el
curso de la historia que yo veo inevitable, mi admiración situará
a la emperatriz al nivel del mismísimo Hipócrates.

Pero empecemos por su análisis médico, donde no hay margen a interpretación o posibilidad de desenlace alternativo al
que voy a exponer.

Διάγνωσις[2]

Ya le he explicado a la augusta Julia la gravedad de su dolencia. La he examinado con minuciosidad, atendiendo a cada
detalle, y he revisado todos los escritos de los que dispongo
aquí en Antioquía. Incluso hice traer todos los libros de Hipócrates de mi residencia fuera del palacio imperial. Tenía que
asegurarme antes de establecer un diagnóstico preciso. Los textos de Hipócrates, lamentablemente, solo han valido para con-

2. Diagnóstico médico.

firmar la peor de mis intuiciones con el más terrible de los pronósticos.

La emperatriz tiene un ονκος,[3] una hinchazón de grandes dimensiones junto a la aureola del pezón de su seno izquierdo. Este bulto no ha dejado de crecer desde que lo detecté hace ya de eso varios meses. Pensé que quizá sería extraíble quirúrgicamente, pero ya he comprobado que se ha ramificado por todo el seno. Es como un καρκίνος[4] enorme, como un gran cangrejo cuyas patas parecen apoderarse de todo el ser, de todo el cuerpo de la emperatriz partiendo desde ese punto funesto de su pecho.

El dolor empieza a ser insufrible. He recetado a la augusta Julia dosis elevadas de opio, pero apenas hace uso del mismo. Insiste en que necesita tener la cabeza despejada para pensar, para encontrar un modo de vengarse de aquel que se lo ha arrebatado todo. Creo que solo esa rabia la mantiene con vida. Rabia. Esa palabra me recuerda lo que leí en el tratado que Hipócrates dedica a las enfermedades de las mujeres. El gran maestro se muestra tan preciso como terrible en su descripción de un bulto, de un *oncos* como el que crece en el seno de nuestra augusta. Copio literalmente:

καὶ ἐν τοῖσι τιτθοῖσι φυμάτια ἐγγίγνεται σκληρά, τὰ μὲν μέζω, τὰ δὲ ἐλάσσω· καὶ οὐκ ἐκπυοῦνται, σκληρότερα δὲ αἰεί· εἶτα ἐξ αὐτέων φύονται κακρῖνοι κρυπτοί. Μελλόντων δὲ κακρίνων ἔσεσθαι, πρότερον τὰ στόματα ἐκπικραίνονται, καὶ ὅ τι ἂν φάγωσι πάντα δοκεῦσι πικρὰ εἶναι,

En las mamas se producen unas tumoraciones duras, de tamaño mayor o menor, que no supuran y que se van haciendo cada vez más duras; después crecen a partir de ellas unos *karkinos*, primero ocultos, los cuales, por el hecho de que van a desarrollarse como cangrejos, tienen una boca rabiosa y todo lo comen con rabia.[5]

3. *Oncos.*
4. *Karkinos.*
5. «Sobre las enfermedades de las mujeres», en Hipócrates, *Tratados ginecológicos*, volumen IV, Madrid, Gredos, 1988, p. 133.20.

Πρόγνωσις[6]

Hipócrates no sugiere cura posible para esta dolencia ni yo la he encontrado en todo este tiempo. Sé que no solo la padecen las mujeres. En eso únicamente puedo añadir algo a lo que ya sabía Hipócrates. He visto estos cangrejos también en hombres. He tratado a gladiadores a quienes, tras una herida mal curada, les han aparecido tumores similares que también han crecido en forma ramificada. Me consta asimismo que los médicos romanos, conocedores algunos de este mal, han traducido el nombre griego *karkinos* por su equivalente latino, el mismo que describe al animal del mar al que tanto se parece en su forma esta hinchazón ramificada. Así, en Roma conocen al *oncos* de la emperatriz como *cáncer*. Pero nada de todo esto me sirve para curarla.

Θεραπεία[7]

En mi mente aún me perturban los gritos de la augusta.

—¡Aaaaah! —se lamentaba la emperatriz, y vi cómo se acurrucaba sobre el *triclinium* como si encogiéndose pudiera mitigar el dolor.

—La augusta debería tomar el opio... —me atreví a sugerir de nuevo, pero se revolvió como una fiera herida. Nunca vi en alguien tan gravemente enfermo tanta energía.

—¡Noooo! ¡Eso no! ¡Te he dicho que necesito pensar!

Me incliné primero y al ver tanta furia opté por arrodillarme.

—No está en mi ánimo ofender a la emperatriz.

Ella suspiró largamente al ver mi sumisión y miró al cielo.

—Levántate, Galeno —dijo algo más calmada—. Sé que me aconsejas bien desde tu punto de vista, pero en ocasiones hay cosas más importantes que suprimir el dolor. Te he mandado llamar como cuando te convoqué a mi presencia por primera vez en Roma, hace de eso ya... tantos años... Muchos emperadores han sido proclamados y defenestrados desde entonces... —Y

---

6. Prognosis. En este contexto implica la previsión que Galeno hace sobre las posibilidades de supervivencia de su paciente.

7. Terapia o tratamiento.

se permitió una leve carcajada cargada de amargura final. Algunos de esos emperadores que tanto ella como yo habíamos visto pasar ante nuestros ojos con la toga imperial habían sido familia directa de la augusta Julia. Varios de ellos. Otros muchos, enemigos mortales. Como digo, muchas cosas han pasado desde que interrumpiera el relato de la vida de Julia Domna. Pero todas las piezas serán presentadas al lector en las siguientes páginas.

Me levanté despacio. A mis años era un esfuerzo aún más trabajoso alzarse que arrodillarse.

—Mucho tiempo, sí, augusta, hace de aquel, nuestro primer encuentro.

La emperatriz empezó entonces a hablar de nuevo, esta vez con una serenidad fría, calculada, metódica, y me desveló su plan. Era como si quisiera que alguien más, alguien inteligente, supiera de su rebeldía, de su osadía hasta el final, hasta la extenuación, hasta su último aliento de vida.

—¿Crees que puede funcionar mi plan? —me preguntó al terminar su exposición.

Entonces lo comprendí. Quería la opinión sincera de alguien a quien ella consideraba leal e inteligente.

—Lo veo... difícil..., improbable, augusta —dije, con honestidad, con lástima.

—Pero no imposible. —Ella se aferraba a una esperanza, por pequeña que fuera.

Lo medité bien.

—No, imposible no es —admití al final. No veía sentido a causar más dolor. Para un médico lo improbable simplemente no ocurre, pero para qué insistir más en ello. La emperatriz necesitaba ese rayo último de luz. Ese iba a ser su sedante, más que todo el opio del mundo.

—Por eso, si existe una posibilidad de victoria —continuó la augusta con los ojos encendidos, pero mirando al suelo, hablando ya más consigo misma que conmigo—, he de evitar tomar tanto opio. La droga me aturde de día, engrandece cualquier pequeño ruido y no me deja pensar. Y de noche me produce pesadillas que no me permiten descansar. Mientras pueda no tomaré opio. Necesito poder discernir lo correcto de lo incorrecto, lo posible de lo imposible con claridad, sin confusión.

Reconocí los efectos secundarios del opio en la precisa descripción que acababa de hacer la emperatriz y no quise entrar en discusión. Llegaría un momento en que el dolor sería de tal magnitud que la propia augusta reconsideraría su negativa a ingerir opio en la dosis recomendada.

Cuando salí esta mañana de la residencia de la augusta Julia Domna, no tenía claro si la emperatriz madre conseguiría que su estrategia para recuperar el control del Imperio funcionara, pero me quedé extasiado, una vez más, por su tenacidad en el empeño de mantener una dinastía que, sin duda, tanto le había costado forjar. No sé si sobreviviré para ver el éxito o el fracaso de su plan, pero sí he concluido que la historia de esta mujer, de esta augusta, merece ser recordada al completo.

Debo escribir su relato por dos motivos adicionales. Primero, por justicia: ella me ayudó en momentos de gran angustia mía en el pasado y justo es, pues, en consecuencia, que yo busque ahora la forma de que su historia no se pierda en el devenir alocado de los tiempos. En segundo lugar, tengo la sensación de que tantos han sido los enemigos de la emperatriz que no habrá muchos que quieran recordarla en la medida en que se merece. Más bien, al contrario, intentarán que su historia quede enterrada con sus cenizas. O, más fácil: emborronarán su memoria con falsedades y medias verdades que la dejen siempre en mal lugar. Los hombres de Roma llevan muy mal que una mujer haya luchado contra ellos durante años con sus propias armas, en su terreno, y los haya derrotado tantas veces, y quieren que la vida de Julia se distorsione en el recuerdo colectivo o que desaparezca; pero no contaron con algo inesperado en ese proceso de olvido. Los romanos no contaron conmigo. La emperatriz Julia está a punto de morir y, seguramente, a punto también de presenciar el final de todo por lo que ha luchado, pero, al menos, en mi persona le queda un servidor leal.

Pero cuando me apresto a la tarea de retomar la narración de la vida de la augusta Julia, tengo la extraña sensación de que algo se me escapa de este relato, algo ajeno a mi control o al control de nadie en el mundo de los mortales. A veces pienso que la mala Fortuna o que muchos de los dioses romanos, como ella misma ha manifestado alguna vez, se han cebado en causar mal a la emperatriz. ¿Quizá por su origen extranjero? De lo contrario, no se entienden tantas desdichas concentradas en una misma familia. Yo mismo, como ciudadano de Pérgamo, de Oriente, he sentido esa mirada de superioridad de más de un romano hacia mí por el mero hecho de no haber nacido aquí. ¿Es realmente nuestro lugar de nacimiento el que determina nuestra valía? ¿Hasta dónde puede llegar la estupidez humana?

Pero estoy alejándome de los acontecimientos centrales de esta historia y me dejo llevar por disquisiciones que, seguro, algún día, pronto, serán del todo innecesarias. Me cuesta creer que el absurdo de la xenofobia perdure en el tiempo.

Veamos, pues, cómo hemos llegado hasta aquí, hasta el momento en que la emperatriz agoniza por esta maldita enfermedad, hasta el momento en que lo está perdiendo todo.

Retrocedamos veinte años.

Regresemos a la celebración de su victoria absoluta en 950 *ab urbe condita*,[8] en Roma.

8. 197 d. C.

LIBER PRIMUS

Plavciano

I

DIARIO SECRETO DE GALENO

Anotaciones sobre Plauciano,
jefe del pretorio con Severo

Julia había sobrevivido a la locura y el asesinato de Cómodo. Se las había ingeniado para escapar de Roma durante el débil reinado del malogrado Pértinax. Acompañó a su esposo, Septimio Severo, en el avance de este contra Juliano y, muerto el senador corrupto que había comprado el Imperio, Julia marchó con Severo hacia Oriente. La guerra civil contra Nigro fue cruenta, pero el gobernador de Siria fue ejecutado por las tropas de Severo. Julia insistió entonces en no conformarse con el dominio absoluto del Imperio. Ansiaba establecer una dinastía y persuadió a su esposo para que elevara al primogénito de la familia, el pequeño Basiano, ya con el nuevo nombre de Antonino, a la dignidad de césar y heredero. Sabía que Clodio Albino, nombrado antes césar por Severo para asegurarse su lealtad durante la guerra contra Nigro, no aceptaría compartir la sucesión con el joven Antonino, pero eso no pareció importar demasiado a Julia. Vino una nueva guerra civil. Julia confiaba en la destreza militar de su esposo. El enfrentamiento llevó a Severo al límite de su capacidad y de sus fuerzas, pero, siempre respaldado por Julia, en particular, aquella larga noche entre los dos días de la brutal batalla de Lugdunum, salió, una vez más, victorioso él y ella quedó como la emperatriz más poderosa que nunca había conocido Roma.

Sin Cómodo, ni Pértinax, ni Juliano, ni Nigro ni Albino, Julia, por fin, lo había logrado: su esposo era el señor todopoderoso del Imperio romano y su hijo Antonino su sucesor y, por si fuera poco, contaban con el pequeño Geta para garantizar la dinastía en caso de que algo le ocurriera al primogénito.

Todo estaba logrado y todo habría sido perfecto de no ser por... el enemigo interno: Severo mantuvo a Plauciano junto a él como único jefe del pretorio y su poder fue creciendo de forma imparable, a la par que su ambición. Plauciano podría haberse conformado con ser el hombre más apreciado por el emperador y disfrutar de la posibilidad de enriquecerse con la aquiescencia del augusto. De hecho, tras la derrota de Albino pensé que el jefe del pretorio aceptaba la victoria absoluta de Julia y que no se atrevería ya a enfrentarse a ella, pero Plauciano quería más. Lo anhelaba todo.

Julia, igual que intuyó la debilidad de Pértinax o la capacidad de su esposo para sobreponerse al corrupto Juliano o a las legiones de los gobernadores de Siria y Britania, supo detectar la ambición de Plauciano con nitidez y antes que nadie. Pero esta vez, la emperatriz tenía una dificultad adicional para terminar con el nuevo enemigo: así como el propio Severo supo entender que Julia tenía razón respecto a la debilidad de Pértinax o comprendió con rapidez que tanto Juliano como Nigro o Albino eran enemigos, en el caso de Plauciano, el emperador estaba ciego. Para Severo, su jefe del pretorio era ese amigo de la infancia en el que podía confiar plenamente e interpretaba las sospechas de su esposa sobre el prefecto de la guardia como meros celos de mujer hacia un buen amigo del esposo.

Plauciano, por su parte, fue inteligente. Se mantuvo en silencio y obediente e inactivo con respecto a sus planes mientras Severo celebraba sus fastuosos juegos en el Circo Máximo. El prefecto empezó su traición con el inicio de una nueva campaña militar contra Partia. En la guerra todo es más confuso y sabía que en ese contexto bélico podía enmascarar sus acciones de modos diversos. Alguien tendría que estar muy pendiente para darse cuenta.

La campaña parta pospuso, por enésima vez, mi anhelado viaje a Alejandría. Disponía ya del salvoconducto para consultar todos los libros secretos de la gran biblioteca de Egipto. Estaba más cerca que nunca de acceder a los manuales escritos por Herófilo y Erasístrato sobre las disecciones humanas, prohibidas en mi tiempo, pero realizadas por estos maestros de la medicina siglos atrás. Leer esos libros podría cambiar mi conocimiento de tal forma que afectaría a todo lo que hacía, todos mis métodos, toda mi ciencia..., pero la familia imperial me requería en el séquito que iba a partir hacia Oriente. Era un nuevo retraso en mi búsqueda de aquellos manuales secretos, pero había habido tantos otros impedimentos en el pasado, que uno más no parecía grave. Por otro lado, Oriente me acercaba a Egipto y viajar con la corte imperial era mucho más seguro que navegar por el *Mare Internum* sujeto a ataques de piratas o a los caprichos de Neptuno. Viajar con la flota imperial por mar y con el ejército de Severo por tierra era el modo más fiable de garantizarse llegar sano y salvo a Oriente. La propia Julia, conocedora de mis deseos de ir a la vieja biblioteca, me prometió que al término de la campaña parta pediría a su esposo visitar Egipto, a lo que se ve un viejo anhelo suyo.

Todo volvía a ponerse en marcha: la lucha por el poder de Roma en paralelo con mi búsqueda de los libros de Herófilo y Erasístrato. Era como si volviéramos al principio. Un segundo inicio. Un comienzo que esta vez tendría un final definitivo que habría de conducirnos a todos al reino de los muertos, claro que... la laguna Estigia se podía cruzar como un miserable o como un héroe, como un mero mortal o como alguien destinado a ser dios.

II

UNOS JUEGOS ESPECTACULARES

Circo Máximo, Roma
Primavera de 197 d. C.
Veinte años antes del diagnóstico
de la enfermedad mortal de Julia

El emperador había hecho que todos los espectáculos para celebrar su gran victoria sobre Albino se concentraran en el Circo Máximo. De esta forma no solo tendrían lugar emocionantes carreras de cuadrigas aquella jornada en el inmenso recinto donde ya se acumulaban más de doscientos cincuenta mil espectadores, sino que además a lo largo del día habría luchas de gladiadores y *venationes* con fieras traídas de todo el orbe. Al utilizar el gigantesco circo en lugar del Anfiteatro Flavio, Severo conseguía engrandecer los eventos al hacer posible que muchísima más gente de la plebe pudiera asistir a todos los festejos. Lo único que prohibió fue la lucha entre mujeres. Severo no era partidario de los combates de gladiadoras y reiteró la prohibición que en su momento ya hiciera el emperador Tiberio para evitar semejantes luchas. Pero todo lo demás, el pueblo lo tendría y en grandes dosis.

—*Imperator, imperator, imperator!* —clamaba la plebe vitoreando a Severo.

El emperador se levantó para saludar desde el palco.

Ya llevaban semanas de juegos, pero la gente parecía no tener nunca bastante espectáculo.

—Te quieren con pasión —le dijo Julia en cuanto su esposo se sentó para dejar que el público se centrara en una nueva lucha de gladiadores.

—Eso parece —confirmó Septimio Severo—, y nos hace fal-

38

ta. Ya sabes que el Senado está en mi contra, aunque ahora callen por miedo; la mayor parte de sus miembros habría sido feliz si Albino nos hubiera derrotado en Lugdunum.

Julia también compartía esa visión con su esposo.

—Pero con el favor del pueblo y con el apoyo del ejército nuestra posición es segura, ¿verdad? —inquirió ella.

—Sí, sin duda. El ejército es lo fundamental. Por eso, además de subir los salarios de los legionarios, he permitido el matrimonio de los que están alistados, algo que, como sabes, no era posible desde tiempos del primer augusto.

—Eso ha sido muy inteligente por tu parte —ratificó Julia con convencimiento. El hecho de que los soldados pudieran formar familias los hacía más proclives a defender un imperio que era, ahora sí, más que nunca, el hogar de los suyos, de sus mujeres, de sus hijos.

—Por otro lado —prosiguió Severo—, tener contenta a la plebe es interesante para evitar altercados en Roma que pudiera aprovechar algún senador ambicioso. Pero no, no es Roma la que me preocupa ahora.

Julia comprendió que si su esposo no lo decía directamente era porque debía de ser un asunto serio. Septimio no se inquietaba por bagatelas.

—¿Y qué te preocupa? —preguntó la emperatriz. ¿Se habría percatado ya Septimio de la ambición silenciosa pero amenazadora de Plauciano? La respuesta de su marido pronto le hizo ver que no.

—Partia.

Julia suspiró, pero acto seguido se interesó por el tema que planteaba su esposo. Si a un gran militar como Septimio le preocupaba la frontera de Oriente eso también era importante. Los problemas no solían venir solos.

—¿Ha ocurrido algo?

Severo dio un largo trago de su copa de vino antes de responder.

—Sí. Los partos han atacado Nísibis con todo lo que tienen.

Julia arrugó la frente mientras ponderaba aquel dato: Nísibis había sido conquistada y asegurada por su esposo tras derrotar a Nigro hacía apenas dos años y había dejado una potente guarnición legionaria allí, de forma que aquella ciudad del norte de Mesopotamia era el bastión militar principal de Roma en la frontera con Partia.

—¿No enviaste a Leto al mando de Nísibis hace poco? —preguntó Julia, con cuidado. Sabía que nombrar a Leto era siempre un asunto delicado con su esposo desde que el veterano *legatus* tardara en intervenir con la caballería en la parte final de la batalla de Lugdunum contra Albino, lo que casi supuso la muerte de Severo en combate y la derrota total. La tardanza de Leto en aquella acción clave era algo que su esposo no parecía haber olvidado pese a los buenos servicios prestados por el *legatus* en Issus y otras batallas. Pero Julia había pensado que Plauciano también estaba con Leto al mando de aquella caballería en Lugdunum y se preguntaba si no sería Plauciano el que retrasó la intervención de aquella unidad clave con la esperanza de que no diera tiempo a ayudar a Severo; claro que no tenía pruebas. Pruebas..., ese era siempre el problema con Plauciano..., pero la voz del emperador interrumpió su línea de pensamiento.

—Sí, Leto está al mando desde hace apenas unos días y es él el que ha enviado mensajeros —confirmó el emperador suspirando y dejando la copa de vino en la mesa que tenía al lado de su cómodo *triclinium*.

Hubo un clamor del público. Un gladiador había sido abatido y sangraba profusamente. El que lo había derribado miraba hacia el palco imperial a la espera del veredicto del augusto de Roma. Severo se levantó y miró hacia las gradas. El griterío era tal que resultaba difícil entender qué decía el público, por lo que Severo fijaba sus ojos en las manos de los espectadores, quienes, en su mayoría, tenían el puño cerrado, es decir, sin el pulgar desplegado. El puño cerrado era señal de que deseaban que el gladiador victorioso envainara su espada y no ejecutara al luchador derrotado. Severo miró entonces hacia la arena: el gladiador abatido era muy popular y había obtenido, al menos, una veintena de espectaculares victorias, según recordaba. Además, había luchado siempre con fuerza y pundonor, pese a su rápida derrota aquella jornada. Severo levantó el brazo con el puño cerrado y lo mantuvo así hasta que los jueces que estaban junto a los luchadores asintieron y ordenaron al vencedor que arrojara la espada. Se le concedía la victoria, pero se perdonaba la vida al gladiador herido.

—*Imperator, imperator, imperator!* —volvió a clamar la plebe al unísono.

Severo se sentó.

Julia no tenía por qué confirmarle a su esposo que había hecho bien en conceder aquella clemencia al gladiador vencido. Era muy evidente para ella. Le seguía interesando más el asunto que había comentado su marido sobre el ataque parto.

—¿Y qué cuenta Leto exactamente? —indagó la emperatriz.

—Que ha podido resistir y rechazar a los enemigos, pero que la ciudad ha quedado bajo asedio.

—Otra vez —apostilló Julia en referencia al cerco anterior al que Nísibis fue sometida dos años atrás.

—Otra vez, sí —repitió Severo—. Y otra vez Leto creando problemas. Como en Lugdunum.

—No es justa tu apreciación —se atrevió a corregirlo Julia, pero con una sonrisa y una voz tan dulce que su marido no pudo más que encontrar simpática aquella oposición.

—¿Por qué dices eso? —la interpeló él.

—Por El-Gabal, Septimio: porque si envías a Leto a lugares de frontera rodeados de enemigos o bárbaros, lo normal es que le surjan problemas. Leto, por su parte, te obedece siempre, nunca discute las misiones que le encomiendas y defiende las posiciones romanas en las circunstancias más difíciles. Y sí, ya veo cómo me miras: se retrasó en Lugdunum, pero está expiando su error en Nísibis, luchando como siempre. Leto es uno de tus hombres de confianza y no hay tantos. Y todos pueden cometer errores.

Severo, serio, pero ponderando bien el sentido de las palabras de su mujer, asintió en silencio.

—En cualquier caso —continuó, al fin, el emperador—, este nuevo ataque a Nísibis me hace ver que los partos no entendieron bien el mensaje que les mandé cuando nos apoderamos de Osroene y Adiabene en la *expeditio mesopotamica* de hace un par de años. Vologases no parece dispuesto a aceptar esta nueva situación como una frontera permanente entre Roma y Partia más allá del Éufrates.

41

—¿Y qué vas a hacer?

Severo extendió el brazo y Calidio, el esclavo de máxima confianza, que acompañaba a la familia imperial allí donde estuviera, rellenó rápidamente la copa y luego se alejó prudentemente para respetar la intimidad de su amo en su conversación con la emperatriz.

Severo echó otro largo trago.

—Ah, está bueno —dijo primero y luego miró a su esposa—. ¿Te apetecería volver a Emesa un tiempo?

Julia sonrió.

—O sea, que vas a atacar Partia —dijo ella— y no te planteas ya dejarme atrás.

—Exacto. Voy a atacar Partia con todo lo que tengo, con todas las legiones que pueda reunir, y no pienso parar hasta conquistar la mismísima Ctesifonte, su capital. Voy a reunir el mayor ejército romano desde los tiempos de las guerras de Marco Aurelio contra los marcomanos. Esta vez Vologases tendrá que entender que atacarme significaría recibir castigos de tal magnitud que él y sus hijos se estarán quietos durante años. Ese es el plan y, como bien dices, ya te conozco lo suficiente como para saber que te negarás a quedarte en Roma, así que cuento con que tú y los niños vendréis conmigo a esta nueva campaña.

—Eso haremos... —aceptó Julia encantada con la buena sintonía que había entre ella y su esposo. Pero quedaba un asunto importante. Bueno, dos—. ¿Y Roma? Aunque te sientas bastante seguro, hay que ser precavido.

—Por Roma quieres decir el Senado, ¿cierto? Y te refieres a las últimas ejecuciones que ordené —comentó Severo.

—Sí. Tú mismo has dicho que tenemos muchos enemigos agazapados en la curia senatorial. No cuestiono las ejecuciones. Era necesario dar un ejemplo de firmeza, pero el rencor de muchos *patres conscripti* está ahí. Y si nos alejamos de Roma, eso puede darles ideas a algunos, a los más ambiciosos.

El comentario de Julia no era baladí: él sabía que, tras intervenir el correo postal de Albino, el último de sus enemigos, mediante la cooperación de Aquilio Félix, jefe aún de los *frumentarii*, la policía secreta de Roma, ahora a su servicio, se había detenido a sesenta y cinco senadores. Treinta y cinco fueron puestos en libertad y perdonados por Severo, pero veintinueve fueron ejecutados, con Sulpiciano al frente, el mayor opositor a Septimio Severo y el que más se postuló a favor del defenestrado Albino. Adicionalmente, para reafirmar el carácter dinástico de la actual familia imperial, Severo, con la aquiescencia de Julia, había concedido a su hijo Basiano Antonino el título de *imperator destinatus* para que quedara claro a todos que tras él, tras Severo, quien gobernaría Roma sería su hijo. O sus hijos, pues tanto él como Julia proyectaban elevar también a la categoría de césar y heredero a su segundo hijo, Geta, en los próximos meses.

—Lo he pensado bien —continuó Severo volviéndose poco a poco hacia la arena, donde empezaba un nuevo combate de gladiadores—. Dejaré una legión entera, la II *Parthica*, acantonada al sur de Roma, en Alba Longa. Esa legión vigilará que el Senado se esté muy quieto. Eso y las veintinueve ejecuciones los tendrán controlados.

—¿Una legión permanente en Roma? —se preguntó Julia con cierta sorpresa a la par que satisfacción: su marido, cuando pensaba con calma, también podía ser buen estratega no solo en el campo de batalla, sino también en el más amplio campo de la lucha por el control del poder absoluto—. Eso no ha sido nunca costumbre y no le gustará al Senado.

—No, no les gustará —añadió Severo con cierto aire distraído, pues su atención parecía estar ya más en el combate de la arena—, pero los senadores han de ir entendiendo que son las legiones y no ellos las que cuentan. Alexiano estará al mando.

A Julia le pareció bien aquella decisión, aunque eso la privaría de la compañía de su hermana en aquella nueva campaña en Oriente, pues Maesa, lógicamente, querría quedarse en Roma con Alexiano, su marido. Pero lo esencial era que el esposo de su hermana era de toda confianza. El Senado, en efecto, estaría tranquilo. Quedaba solo un asunto que inquietaba a la emperatriz. Su marido parecía muy centrado en el nuevo combate de gladiadores. Consideró que era un buen momento para preguntarle sin levantar sospechas.

—¿Y Plauciano? ¿Se quedará en Roma también o vendrá con nosotros?

Al principio, Septimio no respondió.

—Ese *provocator* es muy bueno —dijo mirando aún hacia la arena, señalando a uno de los gladiadores, pero se giró un instante hacia su esposa—. No, Plauciano vendrá a Oriente con nosotros, al frente de la guardia, como jefe del pretorio que es.

—Claro —aceptó ella.

Severo continuó pendiente de la lucha de gladiadores.

Julia no dijo nada más. Plauciano, que ostentaba ya el título de *clarissimus vir* porque había sido nombrado también senador por su esposo, los acompañaría a Oriente. Detestaba su presencia. Pero Julia, en secreto, para sí misma, sonrió cínicamente: al enemigo, para controlarlo, es mejor tenerlo cerca.

Cámara personal del prefecto de la guardia imperial
***Castra praetoria*, Roma**
Esa misma tarde

Plauciano dejó la misiva del emperador sobre la mesa. Las instrucciones estaban claras. Se iniciaba una nueva campaña militar y Severo contaba con él para marchar hacia Oriente al frente del grueso de la guardia pretoriana.

El prefecto asintió en silencio. Una guerra le permitiría iniciar sus movimientos estratégicos para controlar el Imperio: primero aislar a Severo, luego derribarlo, como un árbol carcomido por dentro que, pese a todo, luce lozano en su exterior, con una falsa muestra de salud y fuerza, hasta su final violento.

Una esclava entró con una niña de nueve años de la mano.

—Buenas noches, hija —dijo Plauciano a la pequeña. Esta dio un beso a su padre y luego salió de la cámara del prefecto de la mano de la esclava para acostarse.

Plauciano se sirvió vino en una copa de oro de una jarra de plata que estaba sobre la mesa. Se levantó y paseó por la sala de mando de la guardia imperial mientras repasaba sus pensamientos: tenía también un hijo más pequeño, Plaucio, que ya se habría acostado hacía rato, y tanto para el pequeño como para Plautila tenía planes importantes. Había quedado viudo hacía poco, ya que su esposa, Hortensia, había fallecido recientemente, pero no le faltaban esclavas hermosas con las que yacer. El matrimonio no le era tampoco necesario. No, disponiendo ya de una hija y un hijo. Tenía toda la descendencia que precisaba.

Descendencia.

Ya fuera de la propia Plautila o de la mujer con la que casara a Plaucio, podría brotar más sangre de su sangre. El germen de una dinastía. La suya.

Descendencia, dinastías, Plautila, mujeres. Era inevitable que su cabeza lo condujera, entre sorbo y sorbo de su copa de oro, a Julia. Él percibía cómo ella intuía sus planes o, al menos, parte de sus proyectos. Plauciano sabía que tenía que destruir a la emperatriz, porque era la única que podía interponerse de forma efectiva en el desarrollo de sus proyectos, pero aún no. Ella estaba en el centro del círculo del poder. Antes debía corroer el tronco del centro de Roma. La idea de aislar a Severo retornó a su mente. Leto era uno de sus hombres de confianza, como Geta, el hermano del emperador, o la propia Julia. Pero tenía que ir paso a paso. Primero Leto, luego mantenerse siempre como único jefe del pretorio y, finalmente, el hermano del augusto y, por supuesto, Julia. Si eliminaba todos esos apoyos, el árbol, Severo, caería.

Se avecinaba una nueva guerra. A punto estuvo de conseguir que el emperador fuera aniquilado en la campaña anterior contra Albino. No lo logró, pero pronto habría nuevas batallas, ataques, cargas de caballería, arqueros..., largos asedios. Un mundo completo de oportunidades se abría ante él.

Cayo Fulvio Plauciano brindó levantando su copa hacia el aire nocturno, ese gas invisible de la noche en el que se preparan las traiciones que fructifican.

—Por Marte, ese gran aliado.

III
—

LA INVASIÓN DE PARTIA

De Roma a Asia
Final de la primavera de 197 d. C.

La respuesta de Severo al asedio de Nísibis por parte de Vologases V fue de dimensiones colosales: el emperador romano mo-
vilizó la flota de Miseno para transportar varias legiones desde
el occidente del Imperio hacia Asia. Partió del puerto de Brindisium y navegó casi sin escalas hasta Egas, ya en las costas de
Asia Menor. Entre otras se llevó las nuevas legiones I *Parthica* y
III *Parthica*, a las que, una vez en Oriente, añadió legiones enteras o *vexillationes* de las tropas acantonadas en Capadocia, Celesiria, Siria-Fenicia, Palestina y Arabia hasta reunir una formidable fuerza de más de setenta mil efectivos que se lanzó hacia el
este como un torrente de violencia incontenible.

Asedio de Nísibis

—¿Qué vamos a hacer, padre? —fue la pregunta de Artabano,
el segundo de sus hijos, a Vologases V, *Šāhān šāh*, rey de reyes,
cuando llegaron las noticias del avance de Severo hasta el ejército parto que asediaba Nísibis.

—¿Cuántos legionarios dices que han reunido? —inquirió
entonces el *Šāhān šāh* de Partia mirando hacia los muros de
Nísibis.

—Sesenta mil, setenta mil, quizá más, padre —comentó
Vologases hijo, el primogénito de la dinastía arsácida en el
poder.

—En cualquier caso, por Ahura Mazda, es una fuerza a la

que no podemos oponernos —añadió Osroes, el tercero de los vástagos del emperador de Partia.

Vologases V parpadeaba sin decir nada. La respuesta tan descomunal de Septimio Severo por el asedio a una ciudad tradicionalmente bajo dominio parto, excepto en los últimos años, lo había sorprendido. Y, como decía su hijo menor, no habían reunido un ejército que pudiera afrontar una campaña contra las numerosas tropas que el emperador de Roma había decidido desplegar en Asia.

—Nos replegaremos —dijo al fin el *Šāhān šāh*.

Vologases hijo y Osroes asintieron, pero Artabano, como era habitual, veía las cosas de modo diferente y se enfrentó a su padre.

—Si nos retiramos, el emperador romano lo interpretará como un síntoma de debilidad y no se conformará con recuperar el control de Nísibis.

Vologases V ignoró el comentario de Artabano y se dirigió al *spahbod* que tenía más próximo.

—Organizad el repliegue hacia Ctesifonte.

Melitene, este de Capadocia
Verano de 197 d. C.

—¿Por qué nos detenemos aquí? —preguntó el pequeño Antonino, de nueve años, a su padre—. ¿Por qué no seguimos avanzando si dices que los partos están retirándose de Nísibis?

A Severo le gustó que su primogénito hiciera preguntas sobre estrategia militar. Julia y Geta también estaban allí, todos reunidos frente al *praetorium* de campaña desayunando leche, queso y gachas. Nada demasiado lujoso, acorde con la vida castrense de las legiones.

—Pues nos detenemos aquí, hijo —respondió Severo—, porque tu padre piensa a lo grande.

Julia sonrió. Le agradaba oír aquellas palabras en boca de su marido, pero, al mismo tiempo, sabía que nada que pudiera imaginar su esposo sería tan grande como lo que ella planeaba para el futuro de la dinastía imperial que acababan de crear. No obstante, tenía curiosidad por saber qué había pergeñado su esposo, quien, eso era cierto, en logística militar era muy competente.

—Mira, hijo —continuó el emperador y señaló hacia una frondosa masa boscosa que se extendía al norte del campamento, más allá de la ciudad próxima de Melitene—. ¿Qué ves allí?

—Un bosque —dijo Antonino sin entender la relevancia que aquello pudiera tener en medio de una guerra.

Severo negaba con la cabeza.

—No, hijo, ahí hay algo más que un bosque...

Pero antes de que el emperador pudiera continuar, Geta, un año más joven que Antonino, pero muy despierto para su edad, intervino sin que nadie lo esperara.

—Yo veo madera, padre. Madera para hacer cosas.

Severo se volvió hacia su hijo pequeño.

—Muy bien, muchacho. En efecto: ahí hay mucha madera.

Y le puso la mano cariñosamente sobre la cabeza. Antonino no vivió bien aquel gesto de afecto y aprecio de su padre hacia su hermano menor. No, no le gustó nada: él era el primogénito, el primero en la línea de sucesión, y, por consiguiente, debía ser siempre el favorito de su padre. No, no le agradó nada aquel gesto de afecto de su padre hacia su hermano, pero guardó silencio.

—¿Y qué piensas hacer con toda esa madera? —preguntó entonces Julia.

Severo señaló hacia el río que fluía junto a Melitene.

—¿Veis ese río? —preguntó el emperador.

Todos asintieron.

—Pues es un afluente del Éufrates, y el Éufrates cruza toda Mesopotamia, que es el territorio que vamos a conquistar, desde el norte hasta el sur. ¿Y en qué se apoyó el divino Trajano en su avance hacia el sur cuando atacó a los partos hace aproximadamente cien años?

Ninguno de los dos niños supo la respuesta.

—En una flota —dijo Julia.

Severo miró hacia su esposa con admiración.

—Siempre se me olvida que, de todos, la que más historia de Roma sabe eres tú —dijo el emperador apreciativamente y se volvió hacia el bosque—. Sí, aprovechando que los partos nos dan tiempo con su repliegue, vamos a construir una gran flota que usaremos para llevar suministros militares y víveres para las tropas durante la campaña. Vamos a tener la mejor línea de abastecimiento. Vologases espera que adentrarme en Mesopotamia se me haga duro; sin embargo, con una flota a nuestro servicio, las distancias ya no importarán tanto y...

Pero el emperador dejó de hablar al ver que Plauciano se acercaba.

Julia siguió la mirada de su marido y observó cómo el prefecto de la guardia imperial avanzaba hacia ellos, a paso firme, con su larga barba, su uniforme impoluto, la coraza resplandeciente, armado y con ojos desafiantes; una mirada que la emperatriz comprendió que anunciaba que era portador de buenas noticias. Ella ya se había dado cuenta de que, cuando la información era negativa, Plauciano enviaba a uno de sus oficiales. El jefe del pretorio jugaba con inteligencia para que Severo solo viera en él cosas positivas, pero Julia estaba segura de que esa era solo otra coraza más de Plauciano, una invisible, pero mucho más peligrosa que la refulgente que portaba sobre aquel pecho henchido de ansia y ambición. Plauciano, sí, allí estaba, de nuevo, como siempre..., pero la emperatriz ocultó su propia mirada de sospecha en un parpadeo rápido, como si le molestara el sol.

—Ha llegado una comitiva, de Edesa —anunció, al fin, el prefecto de la guardia—. Enviados del rey Abgar.

—Ah, buenas noticias me traes, *vir clarissimus*. Eso es perfecto —aceptó Severo—. Ahora los recibiré, en el *praetorium*, pero cuando termine de desayunar. Que se los atienda correctamente. ¿Han traído todo lo que se prometió?

—Falta el regimiento de arqueros, pero dicen que en Edesa nos lo asignarán y esos hombres quedarán dispuestos para recibir las órdenes del emperador de Roma.

—Bien, bien. Por Júpiter, que se atienda bien a esos mensajeros.

Plauciano dio media vuelta y marchó sin saludar ni a la emperatriz ni a los niños en un gesto algo brusco, pero como si quisiera dar la impresión de que se iba rápido para que se siguieran de inmediato las instrucciones del emperador.

Julia no entró en el asunto de que el prefecto de la guardia la ignorara. Había otra cuestión que la incomodaba más.

—¿Tanto le costaría dirigirse a ti como augusto? —preguntó la emperatriz—. Tú te has dirigido a él como *vir clarissimus*, según corresponde por su reciente ingreso en el Senado.

Severo suspiró. No quería entrar en las eternas disputas entre Plauciano y su esposa.

—Estábamos en familia... —dijo el emperador por toda explicación y, acto seguido, cambió de tema—: Abgar, de la ciudad de Edesa, me escribió hace unos días prometiendo enviar rehenes de su propia familia real como muestra de su confianza en mí y de su sometimiento a Roma. También dijo que enviaría regalos y joyas y, lo que más me interesa, tropas: un regimiento entero de los famosos arqueros de Edesa. Nos vendrán bien para contrarrestar los numerosos arqueros que tienen los partos.

—Y, por encima de eso, su sumisión a ti es un gran ejemplo para otros reinos de la región —añadió Julia, aceptando dejar de lado las insolencias de Plauciano para no entrar en discusión con su esposo.

—Sí —confirmó el emperador—. Armenia ha prometido algo parecido. Mi generosidad con los que muestren lealtad a Roma será grande, pero con los que permanezcan con Partia seré inclemente, inmisericorde. —Miró a sus hijos—. Eso es lo único que entienden en cualquier lado, hijos, pero aquí en Oriente aún más.

Julia sonrió, pero sin ganas. Aquel comentario de su esposo que daba a entender que en Oriente se era más traicionero que en Occidente era algo con lo que, como siria, no estaba de acuerdo, pero allí, rodeados por numerosos centinelas de la guardia pretoriana y con los niños presentes, no era el momento ni el lugar para contravenir a su esposo.

De Melitene a Nísibis
Verano de 197 d. C.

Las legiones de Severo avanzaron en paralelo al Éufrates. Pasaron por Barsalium y siguieron hasta Samosata. Una vez allí se hizo necesario abandonar el curso del río para encaminarse hacia Edesa, donde, en efecto, el rey Abgar recibió al emperador de Roma como un amigo al que agasajó como si de un libertador se tratara. Las cohortes imperiales pudieron abastecerse en la gran ciudad de Osroene con agua, víveres y todo tipo de suministros, además de sumar un importante contingente de arqueros que el rey puso al servicio del *Imperator Caesar Augustus.* A cambio, Severo le prometió respetar la autonomía de su reino, de forma que Abgar permanecería como rey de la región mientras Roma controlara aquella parte del mundo.

A todos les habría gustado alargar la estancia en la amigable Edesa, pero las noticias que llegaban de Nísibis eran preocupantes, pues, pese a la retirada del grueso de las tropas de Vologases V, el asedio proseguía, como una especie de desafío permanente a la autoridad de Roma en aquellos territorios. El rey de reyes de Partia había dejado un número indeterminado de guerreros atacando la fortaleza de Nísibis como si quisiera mandar el mensaje de que el repliegue del grueso de sus tropas era solo un movimiento táctico.

Septimio Severo no quería en modo alguno que la gran ciudad romana en Adiabene cayera en manos del enemigo, de forma que ordenó proseguir con el avance hasta Resaina y de allí directos a Nísibis cruzando raudos el largo desierto.

Esta vez no hubo tormentas de arena, como había ocurrido dos años antes, cuando Severo ya acudió al rescate de la guarnición romana de Nísibis. Así, el buen tiempo facilitó la llegada del poderoso ejército romano a la fortaleza asediada. La ciudad fue liberada y asegurada sin prácticamente oposición alguna, pues los partos que aún permanecían rodeando las murallas se retiraron a toda prisa hacia el sur en busca de refugio.

—¿Qué hacemos ahora, augusto? —fue la pregunta de Leto, reincorporado al *consilium augusti* en cuanto Nísibis estuvo de nuevo bajo el completo control de las legiones de Roma.

—Ahora, Leto, atacaremos nosotros —le respondió el emperador desde lo alto de las murallas que protegían la ciudad mirando hacia el horizonte, hacia el sur, en dirección a la Baja Mesopotamia, el corazón del Imperio parto—. Estoy cansado de que nos sorprendan y de que hostiguen una y otra vez las guarniciones romanas en Osroene y Adiabene. Vologases V no quiere aceptar que la frontera de Roma llega ahora más lejos que antes, pero, por Júpiter, esta vez le daré un escarmiento que no olvidará jamás. Vologases deseará no haber atacado Nísibis nunca.

—De acuerdo, augusto —aceptó Leto con ilusión—. Creo que una campaña de castigo contra el sur de Mesopotamia será bien recibida por las tropas. El asedio ha sido doloroso y humillante. ¿Qué ruta seguiremos?

—Iremos hacia el sur y nos detendremos en Arabana para aprovisionarnos, pero seguiremos nuestro avance hasta alcanzar Circesio.

Leto no quería oponerse a los planes del emperador, pero como militar experto que era veía problemas en aquel planteamiento logístico. El *legatus* miró a su alrededor y, como vio que estaban solos en lo alto de la muralla, con los pretorianos de la escolta imperial a una prudente distancia para respetar la privacidad de las conversaciones del emperador, se atrevió a manifestar sus dudas.

—Augusto, ni Arabana ni Circesio son poblaciones lo suficientemente importantes como para poder abastecer al ejército tan formidable que ha reunido el emperador para esta campaña. Solo Arbela, más al este, nos podría proporcionar los recursos necesarios para nuestras legiones...

—Para eso tendríamos que cruzar el Tigris —lo cortó el emperador.

Leto se lo pensó, pero, al fin, lo dijo.

—Trajano cruzó el Tigris.

—Y casi pierde la vida y el ejército en aquella batalla —comentó Severo—. ¿Crees acaso que Vologases no habrá pensado en ello también? No, en esto no seguiremos los planes de Trajano. Además, mis objetivos son diferentes. Yo no busco mantener el dominio de la Baja Mesopotamia. Eso ya se intentó en el pasado y no se pudo conseguir de forma dilatada en el tiempo. Mi plan es devastar el sur de Mesopotamia, debilitarlo en extremo para mantenernos en una Mesopotamia septentrional rica y bajo nuestro dominio. Para eso no necesitamos cruzar el Tigris y arriesgar toda la campaña en una batalla tan complicada y de dudoso desenlace. Iremos a Circesio, pero no te preocupes por el abastecimiento de las tropas. En eso tienes razón, solo que no sabes que en Circesio te tengo preparada una sorpresa. En algunas cosas sí que vamos a imitar a Trajano.

Y el emperador le sonrió.

Leto no dijo nada más. Estaba claro que el augusto disfrutaba dejando aquel misterio en el aire.

De Nísibis al sur de Mesopotamia
Otoño de 197 d. C.

En Circesio, Leto comprendió la seguridad con la que le había hablado el emperador: cuando estaban llegando a aquella ciudad, con puerto fluvial en el Éufrates, se sorprendió al ver decenas de velas desplegadas por toda la ribera. Era la flota imperial que Severo había ordenado construir en Melitene con los bosques de Capadocia, con el fin de tener el apoyo necesario para su línea de abastecimiento constante a las legiones que avanzaban hacia el sur. Circesio no tenía bastante con lo que proveer a los miles de legionarios que venían desde Nísibis, pero en los barcos estaban el grano, las armas y hasta el ganado precisos para que el ejército del emperador pudiera seguir su progreso hacia el sur perfectamente pertrechado.

Desde Circesio las tropas marcharon en paralelo al río, siempre seguidas por la flota, hasta llegar a Dura-Europos, que, sin apenas resistencia, se entregó a Severo pese a ser una muy poderosa fortaleza. Esto hizo ver al emperador y sus oficiales de confianza que los partos no parecían preparados para la guerra que habían provocado atacando Nísibis. Este hecho animó a Severo a ordenar seguir avanzando a buen ritmo hasta alcanzar la mismísima Babilonia.

El augusto de Roma se encontró así, acompañado por su esposa Julia y sus hijos Antonino y Geta, a punto de entrar por la gran Puerta de Ishtar de Babilonia para emular de ese modo una de las grandes gestas del propio Trajano, y, al igual que el gran emperador de origen hispano, Severo decidió que, una vez en el interior de Babilonia, iría en busca de la mansión que en su momento habitara Alejandro Magno y donde este, finalmente, murió. Pero también, al igual que en el caso de Trajano y del propio Alejandro Magno, la historia se repetía: Severo tuvo que oír las advertencias de los sacerdotes babilonios que, en el acceso a la gran Puerta de Ishtar, lo amenazaron con una terrible maldición que descendería sobre él y toda su estirpe si entraba en la ciudad sagrada.

Severo, muy supersticioso, se vio atrapado entre su ansia por ver el lugar donde falleció el gran macedonio y su temor a una maldición de efectos desconocidos.

—¿Crees que deberíamos alejarnos sin entrar? —le preguntó a su esposa cuando estaban frente a la Puerta de Ishtar.

Julia meditó su respuesta con tiento para terminar negando con la cabeza.

—El emperador no puede mostrar miedo. No lo hicieron Alejandro Magno ni Trajano, así que tú tampoco debes arredrarte ante los sacerdotes babilonios.

—Cierto... —admitió el emperador, pero, en voz baja, no pudo evitar compartir con su esposa sus dudas—: Y, sin embargo..., Trajano vio cómo se rebelaron todos los judíos del Imperio al poco de entrar en Babilonia, y luego el emperador Lucio Vero, que también entró en Babilonia, falleció consumido por la peste al poco de estar aquí. Y Alejandro Magno ni siquiera salió con vida de esta ciudad.

Julia se mostró contundente en la réplica.

—Los judíos se han rebelado muchas veces; y la peste, en los años de los divinos Lucio Vero y Marco Aurelio, acabó con la vida de miles de romanos. No creo que sus muertes guarden relación con ninguna maldición babilónica.

—¿Y la muerte del propio Alejandro Magno, fuerte, en la plenitud de su madurez? —insistió Severo.

—También hay quien dice que fue envenenado por alguno de sus generales ambiciosos o que, simplemente, murió por unas fiebres de las que no pudo reponerse —continuó Julia categórica—. No, no debes dudar por esos acontecimientos desgraciados del pasado. Ninguna maldición va a detenernos nunca.

Y Julia lo cogió de la mano y así, unidos, ante los ojos de decenas de miles de legionarios, desfilaron por entre los resplandecientes azulejos ocres y azules de la puerta eterna de Ishtar.

El pequeño Geta, que junto con su hermano mayor, Antonino, seguía la estela de su padre, se dirigió al emperador.

—Entonces..., ¿veremos la tumba de Alejandro?

—Aquí no está enterrado Alejandro —le espetó Antonino con desprecio—. ¿Verdad que no está aquí, padre?

—No, está en Alejandría —corroboró Severo—, pero ahora no es el momento de explicaros esa historia.

Y es que, observados por los ciudadanos de Babilonia que, mudos, asistían impotentes a cómo otro emperador romano, el tercero ya, irrumpía en su ciudad sin que ellos pudieran evitarlo, Severo se sentía incómodo, extraño. La seguridad que Julia le transmitía, como en tantas otras ocasiones, cogiéndole la mano, le infundía decisión, pero no la suficiente como para tener ganas de contar la historia de cómo Alejandro Magno terminó enterrado en Alejandría. Ese relato tendría que esperar.

Y, ya fuera por el temor a la supuesta maldición de aquella ciudad mesopotámica o por las ansias de llegar a Ctesifonte, el corazón del Imperio parto, Severo no pernoctó allí, sino que ordenó seguir avanzando hacia el sur apenas unas horas después de haber entrado en Babilonia.

El emperador estaba convencido de que, si no hacían noche en aquella mítica ciudad, el peso de la maldición de sus sacerdotes sería menor. Pero habían cruzado, de igual modo que Alejandro Magno, Trajano o Lucio Vero, la Puerta de Ishtar como invasores y en las entrañas de los templos babilonios el espíritu de sus viejos dioses se agitó con ansias de venganza. Que esta fuera a ser lenta no les importaba. Las venganzas más dolorosas son las que se fraguan despacio y en Babilonia el tiempo corría con la lentitud de siglos de historia atrapada entre sus fuentes y jardines milenarios. Lo que no sabían entonces aquellas deidades era que ni siquiera tendrían que intervenir en aquella ocasión. Los propios dioses romanos, al menos algunos de ellos, les iban a hacer el trabajo.

El ejército romano reemprendió la ruta.

Pabellón de campaña de la familia imperial

Al cabo de unos días más de largas marchas, siempre siguiendo el curso del Éufrates, Julia le planteó una inquietud a su esposo. Era algo que llevaba pensando durante toda la cena, pero quiso esperar a que todos los oficiales, desde Plauciano y Leto hasta el resto de los *legati*, abandonaran la tienda para, en privado, preguntar a Septimio de forma directa:

—No piensas anexionarte todo el sur de Mesopotamia, ¿verdad?

—¿Como hice con Osroene y Adiabene? No, no voy a hacerlo. Leto y mis oficiales lo saben, pero ¿cómo has llegado tú a adivinarlo?

—Bueno —comentó Julia mientras cogía más frutos secos de la mesa que estaba frente a ella en la tienda de campaña que hacía las veces de comedor para la familia imperial—, veo que apenas dejas tropas en retaguardia y has ordenado saquear muchos de los territorios por los que pasamos. Todo esto se asemeja más a una campaña de puro castigo que de conquista.

—Y de eso se trata. La Baja Mesopotamia es demasiado compleja y extensa para ser dominada —se explicó Severo como antes lo hizo con Leto—. Muchas ciudades, mucha población, siempre reacia a nuestro gobierno. Además, tengo noticias de problemas en otras partes del Imperio.

—¿Dónde? —inquirió la emperatriz.

—En Britania, por ejemplo. Y las tribus africanas también han acosado algunas guarniciones al sur de Leptis Magna.

Julia no dijo más, pero su esposo se dio cuenta de que la confirmación por su parte de que no pensaba anexionarse los territorios por los que iban progresando con el ejército no parecía ser una buena noticia para ella.

—¿Te parece mal mi planteamiento? —indagó el emperador.

—No. Para nada. Tal y como lo has formulado tiene perfecto sentido —aseguró Julia—: si ahora hay problemas en otros puntos del Imperio, estos tendrán que ser resueltos antes que articular un control permanente sobre estos territorios de Oriente.

Septimio Severo miró su copa de vino tras escuchar la respuesta de su esposa y reflexionó sobre ella en silencio: Julia aceptaba su idea de una campaña actual de castigo contra Partia, pero, curiosamente, en la literalidad de sus palabras dejaba entrever la posibilidad de buscar una fórmula para anexionar toda Partia a Roma en otro momento más propicio. Septimio Severo mojó los labios en el licor de Baco. No veía él forma alguna de incorporar toda Partia a Roma de modo permanente; de ensamblar Occidente y Oriente en un solo imperio. Ese fue, era cierto, el gran sueño de Alejandro Magno y quizá de Trajano, pero ni el gran macedonio ni el divino augusto hispano tuvieron la capacidad de llevar a efecto semejante hazaña de un modo duradero. En el caso de Alejandro, su imperio se deshizo en pedazos tras su muerte, y Adriano, que no compartía la visión de Trajano, en cuanto se hizo con el control del Imperio romano, se retiró de inmediato de Oriente, argumentando lo imposible de mantener todo aquello unido.

Severo, de pronto, quizá por el vino consumido, se encontró a sí mismo sonriendo. Incluso soltó una pequeña carcajada.

—¿De qué te ríes? —preguntó Julia entre curiosa y divertida por la inesperada reacción de su marido a sus palabras.

—De que no tienes límites —respondió el emperador aún con algo de risa mezclada con su respuesta—. Primero sobrevivir a Cómodo y Pértinax, luego atacar a Juliano, a Nigro y, finalmente, a Albino. Y con todo el Imperio bajo nuestro control y habiendo, además, establecido una dinastía que ha de materializarse con nuestros hijos heredando Roma, aún ambicionas más. Ahora quieres un imperio más grande, que incluya todo el Oriente también. Un imperio mayor que el de Alejandro Magno o que el de Trajano. ¿No vas a parar, quiero decir, no vamos a parar hasta tener todo el mundo bajo nuestro gobierno?

—Bueno, los imperios o crecen o decaen —dijo Julia—. No será conmigo que Roma decaiga. Si acaso eso solo ocurrirá sobre mi cadáver.

La emperatriz había hablado con seguridad, como si lo que acababa de explicar fuera una verdad comúnmente aceptada por todos.

Severo enarcó las cejas y suspiró antes de volver a hablar.

—Bueno, pero ¿te parece bien lo de una campaña de castigo a Partia ahora por su ataque a Nísibis y resolver los problemas en otros puntos del Imperio antes de más anexiones?

—Por el momento —aceptó Julia y alzó su copa mirando a su marido, quien la imitó y ambos bebieron observándose el uno al otro de forma tan cómplice que cuando dejaron las copas ya vacías sobre la mesa, ella se levantó y salió de la tienda sin decir nada en dirección a su propio pabellón de campaña, a sabiendas de que su esposo, con el ansia de poseerla, la seguiría apenas unos pasos por detrás.

Julia, pues, entró en sus aposentos de campaña y comenzó a desnudarse, sola, cuando sintió las poderosas manos del emperador de Roma abrazándola por la espalda.

Ella se las ingenió para girarse y encararlo sin deshacer el abrazo que la tenía atrapada junto a él.

—¿No puedes esperar a que me desnude? —preguntó ella, pero sin enfado ni molestia. Divertida. Estimulada por el ansia que su cuerpo sirio era capaz de despertar en su marido.

—No, no puedo esperar —replicó Septimio Severo.

El emperador, con firmeza, pero sin hacer daño a su esposa, condujo a Julia de la mano hasta el lecho imperial.

IV

PARTHICUS MAXIMUS

Ctesifonte, invierno de 197 d. C.

—Ya han alcanzado Babilonia y pronto llegarán aquí —dijo Artabano, como si le agradase ser el heraldo de las malas noticias. Cierto era que él se había manifestado en contra de atacar Nísibis de nuevo sin estar realmente preparados para un enfrentamiento a gran escala contra Roma.

Vologases V miraba a su segundo hijo con claro aire de fastidio.

—Nos replegaremos —dijo el rey de reyes por toda respuesta.

Vologases hijo, el primogénito, y Osroes, el menor de los tres vástagos del *Šāhān šāh*, callaban. La retirada no les parecía muy gloriosa, pero sí una solución práctica para salvar la vida. El ejército romano era formidable en número de efectivos. En aquel momento, no podían enfrentarse al invasor.

Artabano, sin embargo, se oponía como en su momento se opuso al repliegue en Nísibis.

—Eso no podemos hacerlo, padre —espetó con rabia mal contenida—. Esa es una cobardía demasiado grande y en nada nos beneficiará. Nos hará impopulares a los ojos del pueblo.

—¡Eso es lo que se ha hecho siempre cuando no se ha podido detener al enemigo! —gritó Vologases V alzándose del trono real de Ctesifonte rojo de ira por las continuas críticas de su segundo hijo—. ¡El repliegue nos permitirá rearmarnos más al este y, como hicieron nuestros antepasados, regresaremos y expulsaremos a los romanos de todo nuestro territorio!

Artabano inspiró aire profundamente.

Su padre volvió a sentarse en el trono.

—Eso, *Šāhān šāh* —dijo Artabano usando el título real que

le correspondía a su padre como señal de respeto, pero aún insistiendo en su oposición—, pudo funcionar en el pasado porque en otros tiempos no había otra familia disputando el poder de Partia. Pero hoy, Ardacher y todos los que lo apoyan, los que el pueblo conoce como sasánidas, están en rebelión en Oriente: no reconocen nuestra autoridad y su desplante sigue sin respuesta por nuestra parte. Cuando además la gente vea que dejamos Ctesifonte, la capital, sin defensa, en manos de las ansias de saqueo y violencia que los romanos han exhibido en esta campaña, eso contribuirá a que las promesas de otro gobierno que defienda mejor las fronteras, lo que viene proclamando Ardacher desde hace meses, sean vistas por el pueblo como una alternativa deseable, como una opción mejor que nuestra dinastía.

—Los sasánidas son una casta de sacerdotes descendientes de un miserable pueblo del que no merece la pena ni recordar el nombre —contrargumentó Vologases V—. Es verdad que la violencia extrema y el pillaje al que los romanos someterán Ctesifonte y su entorno serán brutales, pero generarán también un odio grande que hará que todos quieran vengarse cuando retornemos con todo nuestro ejército reagrupado y dispuesto para una campaña de aniquilación de las legiones de Severo.

—Con la rebelión sasánida en Oriente, tardaremos mucho tiempo en poder disponer de todas las tropas necesarias para ese empeño, padre —insistió Artabano.

—¡Basta, por Ahura Mazda! —aulló Vologases V levantándose una vez más de su trono—. ¡Nos retiramos! ¡Si tú quieres quedarte y luchar contra Severo, hazlo, pero si no, calla y no vuelvas a abrir la boca o haré que se te juzgue por traición!

Artabano tragó saliva.

En el silencio, el canto de los pájaros del jardín que rodeaba el palacio real de Ctesifonte se filtró por las ventanas de la sala de audiencias y por entre los pensamientos oscuros de todos los miembros de la familia real arsácida como un contrapunto de alegría extraño, ajeno a las circunstancias de derrota en las que todos se veían envueltos.

Artabano se inclinó ante su padre.

Vologases V se sentó en el trono.

—Que lo dispongan todo —dijo el *Šāhān šāh*—. Partimos al amanecer.

***Praetorium* de campaña, Ctesifonte**
Mediados de enero de 198 d. C.

Severo contemplaba el humo que emergía por encima de los muros de Ctesifonte. Todo había sido más fácil de lo esperado. La huida de Vologases V, llevándose el ejército parto de la capital, dejó primero Seleucia y luego Ctesifonte a merced de las legiones. Ni siquiera hizo falta trasladar la flota romana desde el Éufrates hasta el Tigris, que bañaba los muros de la capital parta, como hiciera Trajano en el pasado. El emperador hispano ordenó que sus legionarios sacaran a pulso los barcos del río y que con cuerdas y troncos arrastraran una a una todas las naves de su propia flota para usarlas en su ataque a Ctesifonte. Pero la huida de Vologases V transformó en innecesario intentar emular semejante hazaña militar.

Trajano.

Septimio Severo suspiró. Había llegado a tomar Ctesifonte, como hiciera el *optimus princeps* hispano, pero, al contrario que él, Severo no pensaba retener aquellos territorios. Sabía que tal decisión lo dejaba por debajo de Trajano y eso lo seguía incomodando. Todos los emperadores de la dinastía Ulpio-Aelia-Antonina, de un modo u otro, se comparaban con Trajano, ya fuera Marco Aurelio o Lucio Vero o el propio Antonino, pero él se sentía tan inmensamente lejos del divino hispano...

Julia entró en el *praetorium*. Ella venía con sus propias preocupaciones. El incendio de Ctesifonte iba a generar mucho odio y rencor en Partia y eso dificultaría sus planes futuros, proyectos que aún no podía compartir en su totalidad con su esposo, aunque, como él ya había intuido, iban en la línea de unir Oriente y Occidente. Dos inmensos mundos distintos en uno solo, pero si se creaba tanto odio ahora en uno de ellos contra el otro...

—Quizá no sea necesaria la destrucción total de la ciudad,

¿no crees? —dijo ella con voz suave, tanteando el terreno. El ceño fruncido de Septimio la advertía de que algo no marchaba bien del todo, pese a que la victoria era completa.

—Bueno, los legionarios han hecho una buena campaña y, aunque haya habido menos lucha de la esperada, las marchas han sido largas y su esfuerzo para llegar hasta aquí grande. Justo es que los premie dejándoles saquear las ciudades enemigas a su gusto. ¿O acaso ya no crees que tener contento a nuestro ejército sea una prioridad?

La réplica de su esposo, ciertamente, dejó sin posibilidad de contrargumentación a Julia. La emperatriz se conformó. En cualquier caso, antes de poner en marcha su plan final, su gran sueño, habría que esperar unos años, hasta resolver los problemas en Britania y África y, además, consolidar el control férreo de Roma y su Senado y... otras cuestiones en las que su marido aún no pensaba. Era posible que esos años diluyeran el odio que se estaría generando ahora en la región por la brutalidad de Severo. En ello tendría que confiar.

La emperatriz cambió de tema.

—Algo te preocupa y no puede ser nada relacionado con Vologases V, pues este aún debe de seguir cabalgando hacia el extremo oriental de su aniquilado imperio.

El emperador asintió.

—Sí.

Pero no dijo nada.

Ella se le acercó despacio, por la espalda, y, tal y como a él le gustaba, posó sus manos sobre los hombros de su marido. Severo, sentado frente a la mesa, estaba algo encorvado, como deprimido.

—Sé —dijo el emperador mientras ella lo masajeaba muy lentamente— que lamentas que no intente controlar estos territorios. Sé que eso te hace verme como inferior a Trajano. Y sé que eso lo pensarán también otros muchos. Desde legionarios hasta senadores. Pienso asumir el título de *Parthicus Maximus*, pero el Senado, aunque no se atreva a negarme tal dignidad, en el fondo me mirará con desprecio, como si no mereciera realmente el título; pero la decisión de no intentar anexionar la Baja Mesopotamia es correcta. De eso estoy seguro. Al menos, con los problemas que hay en otros puntos del Imperio. No puedo atender tantos frentes al mismo tiempo. Britania y África reclaman mi atención. Pero los senadores, en voz baja, a nuestras espaldas, murmurarán contra mí por asumir el mismo título que un Trajano que sí se anexionó estos territorios. Aunque luego Adriano se retirara de ellos.

Julia comprendió perfectamente lo que decía su esposo y compartía con él que tenía razón. La emperatriz se agachó y le susurró al oído:

—Consigue, entonces, algo que Trajano no lograra. Algo habrá que tú sí puedas conseguir, algo en donde tú puedas triunfar, pero donde Trajano fracasara.

—Trajano nunca fue derrotado... —dijo Severo, pero su esposa lo interrumpió con otro susurro.

—¿Estás seguro de que nunca sufrió una derrota?

Julia lo besó entonces y salió del *praetorium*.

Severo sabía que aquel beso era una invitación a seguirla a su tienda y yacer juntos, y pensaba hacerlo, pues Julia estaba muy cariñosa aquellas semanas y era algo demasiado agradable como para desaprovecharlo. Siempre podía poseerla, pero hacerlo cuando ella era proclive al encuentro carnal hacía de la intimidad y el éxtasis algo diferente a cualquier otro encuentro sexual que hubiera tenido en su vida. Pero Severo se tomó unos instantes para pensar en las últimas palabras que ella le había musitado al oído.

El emperador, al fin, se levantó despacio y empezó a andar hacia la puerta de la tienda.

De pronto se detuvo.

Se acababa de dar cuenta.

Julia, como siempre, llevaba razón en su insinuación...

Trajano sí sufrió una derrota.

Frente a los muros de Ctesifonte
28 de enero de 198 d. C.

La capital de Partia seguía ardiendo. A Severo le pareció que no había mejor telón de fondo para su celebración de la victoria absoluta sobre los partos que aquel paisaje de humo y fuego.

Las legiones desfilaron victoriosas ante el palco de madera levantado para el emperador y su familia frente a la ciudad incendiada. El emperador se había autoproclamado, a la espera de la segura ratificación del Senado, como *Parthicus Maximus*, tal y como había anunciado a su esposa, además de elevar a su primogénito, Basiano Antonino, a la dignidad de augusto con la categoría de coemperador. Que tuviera solo nueve años era algo que Severo no valoró como inconveniente. Él mandaba y más valía que el Senado asumiera cómo iban a ir las cosas a partir de ahora. Ya llevaba veintinueve *patres conscripti* ejecutados. No pensaba que fueran a hacer falta más... purgas. Pero si fueran necesarias su pulso no temblaría al firmar las nuevas órdenes de ejecución. Y, para culminar los nombramientos del día, concedió a Geta, su hijo menor, por fin, de forma oficial, la dignidad de césar, heredero designado. La dinastía por la que tanto él como Julia habían luchado estaba plenamente establecida.

—Y no has elegido esta fecha por casualidad para todos estos nombramientos, ¿verdad, esposo mío? —dijo la emperatriz.

—No, por Júpiter... —respondió él y se volvió un instante hacia su mujer y sonrió—. ¿O quizá debería decir «por Trajano»?

Ella le devolvió la sonrisa. En esa misma fecha, justo hacía cien años, el 29 de enero de 98 d. C., Trajano había accedido al poder. Y, al igual que había hecho Julia, todos los senadores verían que la elección de la fecha, en efecto, no había sido algo arbitrario.

—¿Ya no tienes miedo a las comparaciones? —inquirió Julia, siempre con una sonrisa, ahora mirando a las cohortes legionarias que desfilaban ante la familia imperial.

—No, pues en las próximas semanas conseguiré algo que no logró nunca Trajano.

Ella no dijo nada mientras continuaba admirando el espectacular desfile militar. No necesitaba que su esposo le explicitara que iba a atacar Hatra: la fortaleza inexpugnable que nunca pudo rendir Trajano. Ese y no otro era ahora el objetivo de su marido. Pero, de pronto, Julia tuvo una sensación extraña, un temor no identificado, una inquietud que no entendía bien a qué venía, pero que la forzó a expresar su preocupación.

—¿Y no temes que Hatra se te resista como le pasó a Trajano?

Severo rechazó esa posibilidad mientras saludaba con el brazo derecho extendido a la nueva legión que empezaba a desfilar ante ellos.

—No. —El emperador fue categórico, pero añadió argumentos sólidos para fundamentar su seguridad en el éxito de la empresa—: Trajano llegó con su ejército extenuado por una campaña de varios años contra los partos. Hasta él mismo se encontraba débil. Y se arriesgó en primera línea durante el asedio y fue herido, pero no temas: yo seré más prudente y mi ejército está más fresco que el de Trajano. Las murallas de Hatra caerán en nuestro poder antes de la primavera.

—Te veo totalmente decidido. Eso es que ya has puesto todo en marcha —apostilló la emperatriz.

—He enviado a Leto por delante con una legión —le confirmó el emperador.

—Siempre Leto —dijo ella.

—Siempre.

—Y una vez más no ha discutido tus órdenes, aunque, como siempre, le encomiendas lo más difícil.

—No, no lo ha hecho.

—Te dije que su lealtad es absoluta —insistió la emperatriz.

—Eso espero, porque su popularidad en el ejército es muy grande —apuntó Severo.

Julia parpadeó un par de veces. Aquel era un comentario extraño en boca de su marido, que no solía dudar de sus más leales nunca.

—Plauciano dice que debemos observarlo, no sea que Leto se vuelva demasiado ambicioso —se explicó Severo al detectar la extrañeza de su esposa ante su último comentario sobre Leto.

Julia cabeceó afirmativamente, pero no dijo nada. Lo esencial era que ya tenía claro quién alimentaba las dudas de su esposo con relación a la lealtad de Leto. La cuestión no era, pues, lo de «siempre Leto», como pensaba su marido, sino que, para Julia, el problema seguía siendo en aquel momento, como antes, como en el presente y en el futuro próximo, Plauciano, «siempre Plauciano». Pero la emperatriz no verbalizó nada de todo esto. Seguía sin tener pruebas de nada. Solo sus eternas sospechas.

Ocupada como estaba en sus pensamientos y en su temor a las intrigas del jefe del pretorio, la emperatriz no reparó en el rostro sombrío del pequeño Geta. Así como Antonino estaba disfrutando enormemente con la victoria sobre los partos, Geta, sin embargo, parecía no ya serio, sino enfadado. Y es que al segundo de los hijos de la recién instaurada dinastía Severa lo reconcomía por dentro la envidia: su madre prometió que él sería emperador, como su hermano, pero los hechos eran, año tras año, que Basiano, o Antonino, como lo llamaban ahora, siempre iba por delante de él en todo, en dignidades y en nombramientos. Geta solo veía que su hermano mayor ya era emperador junto a su padre y él únicamente césar. Y eso a Geta no le gustaba nada.

El peor de los resentimientos es el que se fragua, como las venganzas más crueles, a fuego lento.

Las llamas de Ctesifonte eran, sin que Julia ni Severo se percataran de ello, un horno gigantesco en el que se estaba solidificando el mayor de los rencores. Pero Severo pensaba solo en rendir Hatra, en conseguir lo que ni siquiera Trajano había logrado, y, por su parte, Julia pensaba en la ambición oculta de Plauciano y en cómo obtener pruebas de que en su ánimo solo había sitio para la traición.

V
—

LOS MUROS DE HATRA

Al pie de las murallas de Hatra
Invierno de 198 d. C.

—¿Las habéis encontrado? —La voz de Leto era agria, salpicada de desazón y cansancio y rabia. El emperador lo ponía de nuevo a prueba y esta vez Leto estaba decidido a no fallarle.

—No, mi *legatus*—respondió uno de los tribunos de la legión atribulado ante el ansia de su superior en el mando—. Aún no.

—¡Pues seguid cavando, por Júpiter! —aulló Leto enfurecido por aquel retraso en conseguir el objetivo anhelado.

La mayoría de los oficiales abandonaron la tienda de inmediato.

Solo permanecieron en el interior el *legatus* y su nuevo hombre de confianza, un tal Opelio Macrino, recién ascendido a jefe de la caballería de las *turmae* de la legión I *Parthica*. Opelio era un oficial de oscuro pasado. Proveniente de Cesarea, en Mauritania, al pertenecer a la clase ecuestre y no a la patricia nunca había tenido recursos suficientes para ascender a la velocidad de un alto aristócrata en el complejo *cursus honorum* político y militar romano. Había recibido una educación en leyes, pero pronto comprendió que en el ejército tendría más posibilidades y a él se había incorporado hacía años. Combinando su falta de escrúpulos con destinos militares donde la corrupción era fácil, como en los puestos fronterizos del Imperio, había conseguido ascender de rango. En particular, le vino bien mirar a otro lado cuando los traficantes ilegales de esclavos de Carnuntum[9] traían

9. Hoy día entre las poblaciones de Petronell y Bad Deutsch Altenburg, unos cuarenta y cinco kilómetros al este de la actual Viena, junto al Danubio.

colonos romanos apresados ilegítimamente, forzados a la esclavitud, que llevaban encadenados al *limes* del Danubio para ser vendidos, aunque en realidad eran ciudadanos libres. En aquella época se entretuvo con frecuencia forzando a numerosas muchachas que llevaban consigo los traficantes como supuestas esclavas. Fueron buenos tiempos, pero aún en los rangos inferiores del ejército. El caso es que, fuera como fuera, Opelio Macrino se había labrado una fama de conseguidor de cosas y objetivos. Él lograba lo que se proponía o lo que le exigía un superior. El método era lo de menos. Lo único esencial para él era obtener lo que se le pedía. Esa destreza suya, más allá de su cuestionable moralidad, lo había hecho atractivo para centuriones, primero, luego, tribunos, y, por fin, para su actual superior, uno de los *legati* de máxima confianza del emperador.

Leto miraba a su nuevo jefe de caballería con intensidad. Sabía que Opelio podía no ser de fiar, pero necesitaba hombres que obtuvieran lo que se les demandaba. Leto se sentía tan presionado por el emperador que en aquel momento había concluido que el fin justificaba cualquier medio. Sabía que Opelio encarnaba precisamente esa perspectiva. Si Leto no se hubiera visto tan apremiado por Severo seguramente no habría recurrido nunca a alguien como Opelio Macrino, pero ahora el porqué estaba con aquel hombre ya no importaba. Leto había tomado la decisión de recurrir a él. Todo estaba en marcha. Leto pensaba satisfacer al emperador. Lo que pudiera arriesgar en el empeño no importaba.

—Todos son unos inútiles, Opelio —comentó Leto, desplomándose sobre un *solium* solitario en el centro del *praetorium* de las fuerzas destacadas frente a la fortaleza de Hatra—. El emperador está a punto de llegar desde Ctesifonte y ni siquiera hemos conseguido encontrar las antiguas minas que excavó Trajano cuando asedió esta ciudad. Necesitamos, por lo menos, poder decirle a Severo que sabemos dónde atacó Trajano, que hemos encontrado esos viejos túneles y que podemos usarlos para debilitar las murallas de la ciudad. Si no, será un nuevo fracaso en mi hoja de servicios —y bajó la voz—. Uno más que sumar a mis retrasos en atacar con la caballería en Issus o Lugdunum o a mi presencia en Nísibis cuando esta fue asediada por los partos... Una larga lista de errores a los ojos del augusto.

—Encontraremos esas minas antes de que llegue el emperador, mi *legatus*—respondió el jefe de la caballería de la legión I *Parthica*. A Opelio le pareció que era lo correcto.

—Que los dioses te oigan —respondió Leto y añadió un comentario mientras suspiraba—: Tanta guerra y, no sé por qué, tengo la sensación de que Marte estuviera en nuestra contra.

Opelio no dijo nada más. No parecía momento adecuado para hablar mucho. Se inclinó levemente, saludó con el puño en el pecho y salió de la tienda.

En el exterior lo recibió el viento frío nocturno. Era sorprendente cómo podía cambiar tanto la temperatura del día a la noche en aquella remota región del mundo. Opelio Macrino se llevó entonces la mano al bolsillo de su túnica militar y extrajo una carta algo arrugada que volvió a leer a la luz temblorosa de una antorcha: el jefe del pretorio, Cayo Fulvio Plauciano, lo había convocado a una reunión secreta; no debía informar de la misma a nadie, en especial, quedaba muy explícito en la misiva, no debía informar a su superior, al *legatus* Leto.

Opelio Macrino fue a donde estaba su caballo. Desató las riendas que estaban enrolladas en una larga asta, subió de un salto al lomo de la bestia y azuzó al animal para que este iniciara un galope que lo llevó hacia lo más negro del camino que conducía hacia el sur. Lo esperaban a unas quince millas de distancia. Macrino miró al cielo. Había luna llena y estaba despejado. Suficiente luz para cabalgar.

Tienda de campaña del jefe del pretorio
Quince millas al sur de Hatra

—Ha llegado un jinete —dijo uno de los oficiales.

—¿De dónde viene? —inquirió Plauciano mientras masticaba un cerdo confitado en salsa delicioso. Nunca viajaba sin sus dos cocineros de confianza. Una cosa era tener que desplazarse por la noche a través de un territorio inhóspito y otra verse obligado a sufrir con el alimento o la bebida. Lo de compartir el rancho militar de los legionarios o, en su caso, de los pretorianos a su cargo, como hizo en el pasado Trajano o, en más de una ocasión, el propio Severo, no iba con él. A Severo, como a Trajano en su momento, le gustaba la vida de soldado. A él, no.

La silueta de Opelio Macrino se definió en el umbral de la puerta.

—Pasa, pasa —invitó Plauciano al recién llegado.

El tribuno y jefe de la caballería de la legión I *Parthica* entró al fin en la tienda.

—Has ascendido mucho en poco tiempo —le espetó Plauciano sin preámbulos ni saludo alguno, siempre masticando otro sabroso bocado de aquel magnífico guisado de cerdo.

—En las guerras del emperador lucho con bravura, *vir eminentissimus* —se defendió Macrino.

—*Clarissimus vir*, si no te importa. Soy senador además de prefecto de la guardia.

—Lo siento, *clarissimus vir* —se disculpó y se corrigió Macrino con rapidez.

—No nos desviemos del asunto que me interesa: es posible que combatieras con cierta destreza —aceptó Plauciano—. Sin embargo, no tienes condecoraciones de renombre. Nada de eso ha encontrado Aquilio Félix, el jefe de la policía secreta de Roma, que ahora trabaja para mí, bueno, y para el emperador. No tener premios por acciones militares concretas me dice dos cosas de ti: que sabes rehuir con habilidad la primera línea de combate, algo de lo que yo entiendo mucho. —Y Plauciano sonrió mostrando unos dientes enrojecidos por la salsa del guisado—. Y, en segundo lugar, me indica que has debido de seguir alguna otra estrategia para tu fulgurante ascenso. Quizá los sobornos. Lo que me ha llevado a pensar: ¿de dónde ha sacado un hombre como Opelio Macrino dinero para comprar ascensos?

El aludido hizo ademán de querer hacer uso de la palabra para defenderse o, al menos, para justificarse, pero el prefecto del pretorio no le dio ninguna opción y siguió hablando:

—Y mis informes dicen que esos denarios que tanto te habrán ayudado en tu carrera militar han salido de mirar para otro lado en la frontera de Carnuntum cuando los que la cruzaban eran traficantes ilegales de esclavos, miserables que cazaban colonos, ciudadanos libres, a los que luego vendían dentro del Imperio. Todo eso he averiguado de ti.

Opelio Macrino guardaba silencio absoluto. Nadie había penetrado con tanto tino y exactitud en su pasado. No sabía ni qué decir ni cómo actuar. ¿Cómo podía saber tanto el jefe del pretorio de su persona y de sus acciones?

La mención al jefe de los *frumentarii* apenas había quedado registrada en su cabeza. Como para tantos otros en el ejército, la existencia de una policía secreta era más una leyenda que una realidad. Nada sabía él de cómo Plauciano había maniobrado en los últimos meses para, mediante dinero también, hacerse con los servicios del eterno superviviente Aquilio Félix, a quien pagaba tan bien como cuando este trabajó para el malogrado senador y luego emperador Juliano. Formalmente, Aquilio informaba al jefe del pretorio para que este, a su vez, transmitiera lo averiguado con relación a senadores, militares, posibles revueltas o rebeliones, al emperador Severo. Pero, por supuesto, Plauciano decidía qué parte de toda aquella información privilegiada transmitir a Severo. Como recientemente había pasado muchos datos de antiguos amigos del rebelde Clodio Albino, que, a su vez, habían conducido a las veintinueve ejecuciones de senadores opuestos a Severo, el emperador no tenía la sensación de que se le estuvieran hurtando datos importantes provenientes de las investigaciones de los *frumentarii*.

Plauciano se limpió la boca con un paño y echó un trago de vino.

Dejó la copa en la mesa.

—Pero nada de todo lo que he comentado es importante —continuó el jefe del pretorio—. Lo único relevante es que, más allá de tu falta de, cómo decirlo..., ¿ética?, lo que veo en ti es ansia por ascender rápido. Tú debes de tener mucha ambición.

Macrino seguía sin saber bien qué decir.

—No es malo tener ambición —continuó el jefe del pretorio, sentado en su amplia *cathedra*, mostrando una sonrisa con dientes aún grasientos por la salsa del cerdo que acababa de devorar con gran apetito—. De veras, por Hércules, no tomes mi comentario como una crítica. De hecho, lo que necesito ahora más que nunca es un hombre ambicioso. Un oficial que no crea que ha llegado a su punto máximo aún. ¿Qué me dices, Opelio Macrino? ¿Has alcanzado ya todo lo que anhelabas o deseas llegar aún más lejos?

El interpelado se lo pensó con intensidad unos instantes. Podía oír las mandíbulas del jefe del pretorio masticando con deleite unos frutos secos que le acababa de servir un esclavo como postre mezclados con una crema espesa hecha a base de miel y harina.

—No, *vir eminentissimus...*, quiero decir, *clarissimus vir*. No siento que haya llegado al máximo de lo que me gustaría ser —admitió Macrino.

—Ahhh —suspiró el jefe del pretorio de puro placer al acabar el plato dulce con el que concluía su cena—. Eso está bien. Muy bien. Conmigo puedes llegar más lejos. Y, de hecho, la posición a la que asciendas no será tan relevante como, además, todo el dinero que podrás conseguir. Con Leto, tu actual superior, también puedes obtener ascensos, pero conmigo llegarás más alto, en menos tiempo y con más denarios. Conmigo te olvidarás hasta de cómo es un mísero sestercio. Esas monedas de tan poco valor no han de ser ya las que manejes a partir de ahora. Esto es, si te interesa trabajar conmigo.

—Me interesa, *clarissimus vir* —dijo Macrino con aplomo; la mención al dinero lo hizo decidirse a cambiar de lealtad con rapidez. Él era un hombre pragmático—. ¿Qué hay que hacer?

Plauciano se chupó los dedos de las manos, uno a uno, los diez. Aún notaba en ellos el sabor de la sabrosa salsa del guisado. Luego cogió de nuevo el paño y se los limpió un poco. Tampoco con minuciosidad. Para eso tenía a sus esclavas.

—Leto, precisamente Leto. Eso es lo que hay que hacer —dijo el jefe del pretorio—. Tu superior es un incordio para mis objetivos. Lo viene siendo desde hace tiempo.

Macrino se puso muy firme y muy serio. No dijo nada. Ya había previsto que su fidelidad tendría que ser a partir de aquel momento solo al jefe del pretorio, pero no había calculado que eso lo obligaría a enfrentarse a su superior de la I *Parthica*. Al menos, no de forma tan inmediata.

Pero Plauciano siguió hablando.

—Sé que Leto tiene confianza en ti —prosiguió el prefecto más lentamente, pues percibía el debate interno en la mente de su interlocutor y quería darle tiempo para que la avaricia hiciera su trabajo en su cabeza—. Por eso, porque eres el hombre en el que Leto más se apoya ahora, porque eres quien más próximo está a él, eres también el más indicado para eliminarlo. La cuestión clave en toda esta conversación es si tú tienes en mucha estima a Leto o si con el dinero suficiente puedo persuadirte para que lo hagas... desaparecer.

Opelio Macrino cabeceó afirmativamente una vez. Tardó en responder con palabras, pero, al fin, también acompañó su asentimiento con su voz.

—El *legatus* de la I *Parthica* es un buen oficial, pero no es mi amigo ni me une a él ningún lazo familiar. La oferta me interesa, pero ¿de cuánto dinero estamos hablando? Leto es uno de los *legati* de confianza del emperador. Hacerlo... desaparecer, como dice el *clarissimus vir*, es muy arriesgado.

—Dos mil quinientos denarios —respondió Plauciano.

Opelio Macrino apretó los labios. Luego los separó dejando apenas una pequeña línea por la que emergieron sus palabras.

—Quiero tres mil.

—Sea —aceptó Plauciano sin regatear.

Macrino parpadeó un par de veces. ¿Debería haber pedido más?

—Falta el asunto del cómo —añadió entonces el jefe de caballería.

—Ah, eso. —El prefecto de la guardia ya no parecía demasiado interesado en que se alargara la presencia de su interlocutor. De pronto, parecía cansado, aburrido por la conversación. Sus ojos se centraban más en degustar con la vista la figura delgada de una esclava muy joven que le traía más vino—. El asedio de Hatra debe de ser un lugar peligroso —añadió Plauciano—. Lo dejo a tu criterio. Un hombre ambicioso ha de ser imaginativo. Pero nada de dagas en la noche. Hagas lo que hagas, ha de parecer un accidente.

Y Plauciano hizo un gesto con la mano derecha, con los dedos aún grasientos por la salsa de la cena, indicando que aquel diálogo había terminado.

Macrino ya estaba pergeñando un retorcido plan en su mente. Tres mil denarios eran muy motivadores. Pero necesitaría algo de dinero por adelantado...

—Serían precisos unos cuantos denarios por anticipado... para gastos que creo que tendré..., *clarissimus vir*.

—Lo suponía —respondió Plauciano sin mostrar sorpresa alguna por la petición—. Uno de mis hombres te dará una bolsa con oro al salir.

Opelio Macrino se llevó el puño al pecho, pero no dijo nada. Estaba perplejo: el jefe del pretorio parecía que estaba convencido de que iba a aceptar y hasta había dispuesto ya que alguien le entregara parte del oro prometido esa misma noche. Macrino iba a salir de la tienda del jefe de la guardia imperial cuando la voz de Plauciano lo detuvo un instante:

—Ah, si me traicionas, acabaré con Leto de otra forma y luego iré a por ti, antes de que en modo alguno consigas llegar hasta el emperador, quien, por cierto, come prácticamente de mi mano; así que dime si cuento contigo o no, pero para nada intentes decirme que sí ahora y luego traicionarme. Soy rencoroso y mortífero. Tengo fama de no dejar vivo a nadie que se haya enfrentado a mí. No sé si he sido suficientemente claro.

Macrino dio un paso atrás ocupando de nuevo el espacio en el centro de la tienda, se giró hacia el jefe del pretorio y respondió con contundencia:

—El *clarissimus vir* cuenta conmigo. No lo traicionaré.

Plauciano sonrió levemente y volvió a repetir el gesto de alzar la mano derecha con el dorso hacia su interlocutor moviéndola hacia delante y hacia atrás en clara muestra de que podía marcharse.

La joven esclava hizo ademán de salir también de la tienda, pero el jefe del pretorio se dirigió entonces a ella directamente.

—No, tú quédate.

Opelio Macrino salió y, una vez dados unos pasos y habiéndose alejado de las posiciones de los pretorianos que custodiaban al jefe de la guardia imperial, inspiró profundamente. Varias veces. Necesitaba respirar hondo. Se había metido en algo grande, muy grande, lo que le daba esperanzas de ascensos y de una rápida fortuna, pero... acabar con Leto sin levantar las sospechas del emperador no iba a ser tarea fácil.

Pero, azuzado por el ansia de dinero, ya estaba formando un plan en su cabeza.

Tendría que ser rápido.

No le dio la impresión de que Plauciano fuera hombre paciente.

—Toma. —Lo sorprendió un pretoriano por la espalda entregándole una bolsa con oro.

Opelio Macrino cogió el dinero sin decir nada. No se trataba de hablar, sino de actuar..., de ejecutar... en el sentido literal de la palabra.

En la ruta de Ctesifonte a Hatra
Tienda de campaña del matrimonio imperial

—¿Por qué Hatra en concreto? —preguntó Julia cuando los invitados los dejaron solos y los esclavos, con Calidio y Lucia al frente, recogían las bandejas vacías de la comida y retiraban vasos y copas de oro y plata y bronce.

—Porque Trajano no la conquistó —se justificó Severo llevándose su vaso aún con vino a los labios—. Además, esto ya lo hemos hablado. Y tú ya sabías que Trajano fracasó en el cerco de esta ciudad. Me pareció percibir que me incitabas precisamente a acometer este asedio que Trajano no consiguió nunca culminar.

—Lo sé, es cierto —admitió Julia, pero continuó manifestando dudas—. He estado pensando en ello con más detalle y Hatra es peligrosa. Como dices, ni siquiera Trajano la conquistó, y eso que, por un lado, la hace tan apetecible para ti, es, al mismo tiempo, un aviso. Siento como si El-Gabal o quizá alguna diosa romana, a lo mejor Minerva, la deidad de la estrategia, me avisara de que estamos equivocando el camino.

Severo no había esperado encontrar en aquel momento tan inesperada reticencia de su esposa a emprender la empresa que había designado como objetivo principal de aquel invierno, pero el emperador halló con rapidez una línea de argumentación contra la que imaginó que su mujer no podría oponer gran cosa.

—Bueno, por Júpiter, y por Minerva y hasta por tu El-Gabal querido, Julia, tú siempre has dicho que hemos de pensar a lo grande. No te bastaba un imperio, querías una dinastía. Para ello tuvimos que afrontar varias guerras civiles con batallas brutales una tras otra. Bueno. Se hizo. Tenemos una dinastía. Lo que ocurre ahora es que a mí, por otro lado, no me basta con haber obtenido una victoria contra los partos como Trajano. Quiero más. Quiero que el Senado sepa que yo, Lucio Septimio Severo, soy capaz de encontrar la victoria allí donde ni siquiera el *optimus princeps* hispano pudo. Y si un asedio me basta para superar a Trajano, ¿por qué no hacerlo? Esta victoria, como hemos comentado en otras ocasiones, acallaría las críticas senatoriales por no intentar anexionar la Baja Mesopotamia.

Julia calló. Era ciertamente difícil oponer un argumento convincente a lo expresado por su esposo. Y, sin embargo, no podía evitar intuir el peligro. ¿Qué le pasó a Trajano? Arrugaba la frente intentando recordar qué ocurrió para que el gran emperador hispano tuviera que ceder en su intento de conquistar Hatra... Ah, sí; su propio esposo lo había comentado hacía solo unos días: hubo un levantamiento general de los judíos por todo el Imperio. Pero ahora estos parecían estar tranquilos. Quizá su esposo llevara razón y era un buen momento para conseguir una nueva conquista, rendir Hatra, que elevaría a Severo, al menos en algún logro, por encima del mismísimo divino Trajano. Sería algo espectacular con lo que retornar a Roma. Aun así...

—Ten cuidado —dijo Julia.

—¿Con qué? —indagó Septimio Severo dejando la copa sobre la mesa que estaba frente a su *triclinium*.

—Aún no lo sé —dijo ella.

Severo suspiró.

—La victoria sobre nuestros enemigos en Roma ha sido total y la derrota de los partos, completa. Creo que, por una vez, no tenemos demasiado que temer.

Julia sonrió, pero en cuanto su esposo se levantó y salió de la tienda para retirarse, ella tornó de nuevo su faz en un semblante serio con unos ojos que miraban intranquilos hacia el suelo. Era solo una intuición, nada más...

—Algo terrible nos va a ocurrir en Hatra —masculló Julia entre dientes.

Junto a las murallas de Hatra

—¡Tenemos buenas noticias, mi *legatus*! —exclamó Opelio Macrino en cuanto vio a Julio Leto entrando en su tienda del *praetorium*, donde lo esperaban todos los oficiales reunidos—. ¡Hemos encontrado las antiguas minas que excavaron las legiones de Trajano hace cien años y ya han empezado los trabajos para extraer toda la arena con la que esos malditos de Hatra las enterraron!

Macrino había prometido recompensas a los legionarios de primera línea si se afanaban en encontrar aquellos túneles. Para eso quería el dinero que le anticipó Plauciano. Como era de esperar, los premios en oro hicieron que los soldados intensificaran la búsqueda pese a la lluvia constante de flechas desde lo alto de los muros de la ciudad. Hubo muchos muertos entre el ejército romano, pero se había conseguido el objetivo. Habían pasado solo seis días desde la conversación entre Opelio Macrino y Plauciano. El jefe de la caballería de la I *Parthica* estaba exultante. No solo por haber encontrado las minas, sino también porque pronto iba a cumplir lo pactado con el jefe del pretorio.

—Eso, en efecto, son magníficas noticias —aceptó Leto también henchido de alegría—. Que los legionarios no dejen de excavar. En poco tiempo, amigo mío, estaremos bajo los muros de la primera de las dos murallas que tiene la ciudad y abriremos una brecha al derrumbar una sección importante de los cimientos de la misma. Vamos a recibir al emperador con Hatra herida de muerte. Aún se nos resistirá, porque se harán fuertes en la segunda muralla, pero será el principio de nuestra victoria. ¡A trabajar! ¡Marte está con nosotros!

Y todos los oficiales fueron saliendo de la tienda.

—Tú no, Opelio. Espera —dijo Leto.

Macrino se quedó a solas con el *legatus.*

—Bebamos —invitó Leto.

Los esclavos sirvieron copas.

De pronto, Leto planteó una pregunta directa.

—Por cierto, Opelio, ¿dónde estabas hace unos días? Hubo una noche en la que quise volver a hablar contigo y los decuriones me dijeron que habías partido en medio de la noche hacia el sur. Luego te he visto tan concentrado en la búsqueda de los túneles que olvidé aquello, pero ahora me ha vuelto la curiosidad.

—Recibí un mensaje del jefe del pretorio —respondió Macrino convencido de que mentir lo mínimo es lo mejor para no ser descubierto—. Un pretoriano me dijo que el prefecto de la guardia imperial quería ver a algún oficial de alto rango del asedio de Hatra. Como creía que el *legatus* estaría descansando pensé que podría acudir yo.

Leto asintió sin mostrar duda en su faz, pero con el gesto serio.

—¿Y qué quería Plauciano?

—Informarse sobre cómo iba el asedio.

—Ya. ¿Y qué le dijiste?

Macrino se aclaró la garganta.

—Mentí, mi *legatus* —dijo Macrino—. Dije que habíamos encontrado ya las minas de Trajano y que trabajábamos en ellas.

—¿De veras? —Leto parecía encantado e incluso echó una gran carcajada al tiempo que se acercaba a su jefe de caballería—. ¡Es lo mejor que he oído en mucho tiempo! ¡Eres genial, Opelio! ¡Te has anticipado a la realidad y te ha salido bien! Debería reprobar tu actitud porque fue arriesgado decir lo que dijiste cuando aún no habíamos conseguido encontrar los subterráneos que excavó Trajano en el pasado, pero me encanta que te atrevieras a soltarle eso a ese orgulloso de Plauciano. No tendrá más remedio que enviarle las buenas noticias al emperador, noticias que ahora son reales, y eso me ayudará a congraciarme con el augusto antes de lo que imaginaba. Si no hubiéramos hallado los túneles, tu acto habría supuesto un desastre para mí. Ahora no sé si arrestarte o premiarte. —Y volvió a reír.

—Lo siento, mi *legatus* —comentó Macrino mirando al suelo como si estuviera avergonzado—. Estaba convencido de que hallaríamos los túneles pronto y a mí... tampoco me gusta el jefe del pretorio. Es engreído...

—Tranquilo, todo está bien, por Júpiter, todo está bien. Ven, quiero que me acompañes. Hemos de acelerar los trabajos en las minas. Los supervisaremos los dos personalmente.

—Sí, mi *legatus* —aceptó Opelio Macrino. Aquella orden de Julio Leto era la que había estado esperando recibir desde hacía rato. Su plan entraba en funcionamiento.

Tienda del jefe del pretorio
Quince millas al sur de Hatra
Dos días más tarde

Plauciano no quiso avanzar más hacia el norte. No quería que Leto pudiera acusarlo de intentar interferir en las operaciones de ataque a Hatra que el *legatus* tenía asignadas por orden directa del emperador. Así, el jefe del pretorio decidió esperar allí, tranquilamente, a una distancia prudencial del asedio, la llegada de Severo.

El emperador estaba ya a punto de alcanzar aquella posición. Eso le habían comentado los centinelas del camino entre Hatra y Ctesifonte.

Estaba amaneciendo.

Se oyó el galope de un caballo solitario, pero que no venía del sur, sino del norte, de Hatra.

—Es un mensajero, *clarissimus vir* —dijo uno de los pretorianos asomando por la puerta de la tienda en la que se encontraba Plauciano.

—Eso ya lo imagino —contestó el prefecto de la guardia con cierto desdén—. Cuando habléis conmigo decidme algo que no sepa. ¡Que lo traigan a mi presencia!

Al poco, el mensajero en cuestión estaba frente a Plauciano, firme y en silencio.

—Veo que llevas un papiro sellado —dijo el jefe del pretorio.

—Sí, *clarissimus vir* —dijo el mensajero y dio dos pasos hacia delante para, extendiendo el brazo, ofrecer la misiva al jefe del pretorio.

Una carta lacrada solo podía ser o algo muy bueno o muy malo. Claro que lo que es bueno o malo es relativo. Depende de cómo se mire. Depende de a quién beneficie.

Plauciano cogió el papiro, quebró con sus dedos el sello de cera, abrió el mensaje y lo leyó con interés mientras, poco a poco, dibujaba una sonrisa en su rostro. La carta terminaba con la firma de Opelio Macrino.

Justo en ese momento, otro pretoriano entró en la tienda.

—El emperador, *clarissimus vir* —dijo el centinela.

—Bien, bien, no podía llegar en mejor momento —comentó Plauciano en voz baja al tiempo que se levantaba y se acercaba al mensajero, a quien le dijo algo al oído que hizo que este se pusiera muy firme, saludara militarmente y saliera de la tienda presto a coger su caballo y cabalgar de regreso al asedio.

El propio Plauciano, por su parte, salió también de su *praetorium* personal para recibir al emperador y su escolta y... Tuvo que suspirar varias veces, la vio, cabalgando tras Severo: Julia Domna. La esposa del emperador seguía, como siempre, como una sombra, a su marido. Una sombra que cada vez hastiaba más a Plauciano. Sabía que esa era una cuestión que debería resolver con tiento. Y en su momento. Aún no era lo suficientemente fuerte. Aún no. Ahora la lucha estaba todavía en otros niveles.

Plauciano desplegó una amplia sonrisa de bienvenida en su faz.

—¡Qué gran honor recibir en mi modesto campamento al conquistador de Partia, al nuevo Trajano que gobierna ahora Roma! —exclamó abriendo los brazos como si quisiera abrazar al emperador y toda su comitiva en señal de amistad, respeto y lealtad.

Severo desmontó de su caballo y lo mismo hicieron la emperatriz y el resto de los pretorianos de la escolta imperial.

—¡Ave, augusto! —añadió Plauciano haciéndose a un lado para dejar paso a Severo de forma que este, con Julia y algunos de los miembros del *consilium augusti*, pudieran entrar en su tienda. Una vez en el interior el emperador se dirigió a su jefe del pretorio.

—Por Júpiter, nos recibes de muy buen humor. Debe de ser muestra, sin duda, de que ha habido avances en el asedio de Hatra.

—Grandes avances, sí —empezó Plauciano.

Julia frunció el ceño, pues observó que, como tenía ya por costumbre, el jefe del pretorio no usaba ya el título de augusto cada vez que se dirigía a su esposo. Lo había hecho en el saludo inicial, eso era cierto, pero lo indicado, y más rodeados de tantos oficiales, habría sido que el prefecto, de forma sistemática, hubiera seguido dirigiéndose a su esposo como augusto. No le gustaba aquella reiterada distracción por parte del prefecto. Al principio, ese comportamiento era solo en conversaciones privadas. Ahora Plauciano se permitía olvidarse del título del emperador cuando le hablaba en su *consilium augusti*. ¿Qué sería lo siguiente? Pero Severo estaba más interesado en rendir Hatra que en títulos y dignidades, así que Julia calló y observó.

—¿Y qué se ha conseguido? —preguntó el emperador yendo al grano.

—Hemos encontrado las minas que empleó el divino Trajano en su ataque a la ciudad hace cien años —describía Plauciano exultante—. En pocos días las hemos reabierto y hemos alcanzado la parte inferior de la muralla exterior hasta conseguir derrumbar una parte. Hemos abierto ya una brecha, al menos, en el primer muro y estamos preparando el ataque sobre el segundo.

—¡Magnífico! —exclamó el emperador y se volvió hacia su esposa—. Esto son grandes noticias. ¿Ves como sí que va a ser posible ir más allá de lo que logró el mismísimo Trajano?

Julia no dudaba de que se pudiera superar el Imperio de Trajano. Ella dudaba de los métodos que se estaban utilizando. Los métodos de siempre. Métodos de hombres. Estrategias que en Oriente siempre habían fracasado. Pero antes de que Julia pudiera decir nada, Severo se giró de nuevo hacia Plauciano.

El emperador quería saber más, tener más detalles.

El jefe del pretorio, que había estado al corriente a diario de cada pequeño avance por otros mensajeros previos que le enviaba Macrino, le informó entonces de cómo había progresado la excavación de aquellos túneles para debilitar las fortificaciones del enemigo. Severo escuchaba embelesado. Todo era perfecto. Fue al final de sus explicaciones cuando Plauciano consideró que era momento para revelar la única noticia negativa que tenía, la que había llegado con el último mensajero enviado por Opelio Macrino. Una información negativa, es decir, dependiendo del punto de vista.

—Eso sí, el trabajo ha sido duro y... —anunció el jefe del pretorio adoptando una faz seria acorde con lo que debía anunciar a continuación— hemos tenido algunas bajas en los túneles.

—Por supuesto, por supuesto —aceptó Severo—, pero una brecha en la muralla bien merece cierto sacrificio...

—Ha muerto algún oficial de alto rango —lo interrumpió Plauciano, con la voz aún más vibrante. Estaba orgulloso de sí mismo. ¡Qué gran actuación en aquel momento!

—¿De qué rango exactamente? —inquirió Julia.

—Un *legatus* —especificó Plauciano, pero sin mirar a la emperatriz, con sus ojos centrados en el emperador.

—¿Quién? —preguntó entonces el propio Severo.

—Julio Leto.

—Leto —repitió Severo, pero sin mostrar demasiada emoción. Leto había sido, a su entender, un razonable buen *legatus*, pero le había fallado en cierta forma en Issus contra Nigro, aunque, *in extremis*, llegara a la batalla en el momento crucial. Allí podría haber hecho más, llegar antes... Y como jefe de la caballería en la siguiente campaña contra Albino, una vez más, esperó demasiado e intervino solo en el último instante en Lugdunum. Todo aquello le había hecho dudar de su lealtad en más de una ocasión. Y, últimamente, parecía ser demasiado ambicioso. Menos mal que Plauciano ya lo había puesto sobre aviso. Severo arrugó la frente mientras seguía meditando: Leto era un buen militar, pero su muerte no parecía una gran pérdida personal teniendo en cuenta todas las circunstancias. Sí, su creciente popularidad entre el ejército había empezado a incomodarlo. No lo admitiría en voz alta, pero, en cierta forma, aquella no era una mala noticia.

Julia, sin embargo, estaba muy seria, sin decir nada.

Plauciano, por su parte, aunque no la miraba, atento como estaba al semblante del emperador, podía percibir con el rabillo del ojo que la emperatriz estaba bastante más afectada que el propio emperador por aquella noticia de la muerte de Leto. ¿Habría habido algo personal entre la emperatriz y Leto? ¿Algo... íntimo? Ah, eso habría sido magnífico. De hecho, Plauciano no dejaba de vigilar a la emperatriz con la esperanza de descubrir algún posible adulterio con el que descalificarla ante Severo para hacerla caer en desgracia y apartarla del poder por completo, pero, por el momento, no había descubierto nada. La emperatriz parecía estar genuinamente enamorada de su esposo y serle fiel en todo momento. Lo cual era un auténtico fastidio para sus objetivos.

—Leto es una pérdida —continuó ahora Severo en alto—, pero la brecha en la muralla exterior de Hatra es lo esencial. Leto, por otro lado, por supuesto, tendrá un funeral acorde a su rango.

Plauciano suspiró aliviado. Todo marchaba según sus planes. El emperador no estaba afectado. La emperatriz, sí.

—¡Vino! —reclamó el emperador—. Beberemos en recuerdo de Leto y en celebración del principio de la caída de Hatra. ¿Cuándo pasó lo de Leto y cómo fue exactamente?

Plauciano empezó a dar detalles:

—Ayer mismo. Uno de los túneles se derrumbó y Leto no tuvo tiempo de escapar... Dirigía personalmente los trabajos en las minas. Hay que reconocerle entrega en el cumplimiento de las órdenes recibidas por el emperador. Opelio Macrino, un oficial de máxima confianza del propio Leto, acompañaba al *legatus*. Según su informe no pudo hacer nada por salvar a su superior cuando el techo de la mina empezó a desmoronarse sobre ellos.

Julia escuchaba a la vez que en su cabeza emergía una idea con fuerza: aunque su marido no fuera consciente, acababa de perder a uno de sus hombres más diestros y más leales. Un *legatus* fiel menos implicaba un Plauciano, único jefe del pretorio, más fuerte. En la mente de la emperatriz se forjaba un proyecto claro: tenía que buscar la forma de debilitar la posición de Plauciano. Pero ¿por dónde empezar?

—¿Qué oficial has dicho que acompañaba a Leto? —inquirió la emperatriz, pero mirando distraídamente a las paredes de la tienda, como si la pregunta no fuera importante y su respuesta no le interesara demasiado.

Plauciano estaba indicando a los esclavos que habían entrado con jarras y copas dónde ponerlas y respondió con rapidez, casi por inercia.

—Opelio Macrino, jefe de la caballería de la legión I *Parthica*.

El prefecto del pretorio parpadeó entonces un instante y miró de reojo, con sospecha, a la emperatriz, pero no dijo nada. Sacudió la cabeza levemente mientras entregaba una copa de oro con vino al emperador. Si Julia Domna quería investigar, que lo hiciera. Macrino había sido muy astuto. El cuerpo de Leto estaba destrozado por el peso de miles de piedras y cascotes de la mina. Nada que averiguar.

Plauciano entregó otra copa a la propia emperatriz.

Sus miradas se cruzaron.

—Gracias —dijo ella y, cosa inusual, le sonrió.

Plauciano no supo bien cómo interpretar aquella sonrisa, pero lo inquietó más que si, como de costumbre, ella hubiera permanecido seria y distante con él.

Julia se llevó entonces la copa de vino a los labios y bebió cerrando los ojos, pero abriendo su mente: tenía claro que debía saber más de la muerte de Leto. Aquel accidente en los túneles era demasiado conveniente para Plauciano. Y ella no creía en las casualidades. En la lucha por el poder, el azar no existe.

Despegó la copa de sus labios y reabrió los ojos.

—Un vino excelente —comentó Julia.

—Una brecha en las murallas de Hatra y el recuerdo del *legatus* Leto no merecen menos —replicó Plauciano.

—Así es —sentenció el propio Septimio Severo interponiéndose entre su esposa y el jefe del pretorio—. Ahora veamos cómo proseguimos con el ataque —añadió, y tomó por el brazo a Plauciano para analizar un plano de Hatra que había desplegado en la mesa de aquel pabellón de campaña.

Julia se quedó a solas, en una esquina de la tienda, con su copa y sus pensamientos. A ella no le interesaba aquel mapa de la superficie de Hatra. Ella quería saber más de lo que había pasado debajo, en las minas.

VI

LAS SOSPECHAS DE LA EMPERATRIZ

**Tienda de campaña de la emperatriz,
frente a las murallas de Hatra
Al anochecer, doce horas después
de la conversación con Plauciano**

Lucia estaba retirando de los cabellos de la emperatriz todos los aderezos de su complejo peinado imperial. Ahora hacía las veces de ornatriz. Desde que se desposara con Calidio, el esclavo de confianza de la familia Severa, la emperatriz parecía haberle tomado confianza y no solo dejaba que se ocupara de los niños, el joven augusto y el joven césar, sino que además la tenía como ayuda de cámara personal en los desplazamientos de su esposo por el Imperio.

Lucia sabía quitar todas las fíbulas y pinzas que sostenían el complejo peinado en cascada inversa de la emperatriz con cuidado, sin hacer el más mínimo daño, y eso era algo que Julia valoraba enormemente.

Aquella noche, la tienda de la emperatriz recibió una visita extraña: se descorrió la tela de la entrada y uno de los pretorianos informó de que un oficial deseaba ver a la emperatriz.

—Que pase —dijo Julia.

Lucia continuó quitando pinzas del cabello largo de la emperatriz muy concentrada, sin ni siquiera mirar quién entraba o salía de la tienda.

—La augusta deseaba verme —fueron las palabras del recién llegado.

Cuando Lucia oyó la voz del oficial que acababa de situarse frente a la emperatriz, por primera vez en todo el tiempo que estaba actuando como ornatriz, tiró por error del pelo de su ama.

—¡Ah! —exclamó la augusta.

Lucia quiso morirse en aquel momento por varios motivos: primero, había hecho daño a su ama, y, segundo, al levantar la vista, no tardó en identificar al oficial romano que la había violado en la frontera del Danubio y a quien consideraba, además, culpable de la muerte de su hijo.

Julia alzó la mano para que Lucia la dejara a solas con aquel hombre. Ya la recriminaría luego por su inexcusable torpeza.

La esclava salió a toda velocidad, mirando al suelo, sin decir nada.

Opelio Macrino, en pie, firme ante la emperatriz, no reparó ni en el rostro ni en la figura de la ornatriz. Para él todas las esclavas eran iguales. Además, su mente estaba centrada en intentar comprender por qué lo había convocado Julia Domna a su augusta presencia. Temía que esta le fuera a pedir algo, como había hecho Plauciano hacía unos días. Macrino estaba aprendiendo que cuanto más cerca del poder estaba uno, más difícil podía ser desenvolverse sin peligro. Los muy poderosos siempre anhelaban obtener cosas y no eran proclives a admitir un no como respuesta.

—He hecho preguntas y me he informado —dijo Julia con serenidad—. Según explicó el jefe del pretorio y según me dicen otros oficiales, tú estabas junto al *legatus* Leto cuando el túnel se derrumbó. ¿Es eso cierto?

—Sí, augusta —aceptó Macrino inclinándose al tiempo que respondía.

—Ya.

Un silencio.

—No veo que tengas heridas visibles —continuó la emperatriz.

—Fui muy afortunado, augusta —respondió Macrino y como vio que la emperatriz no iba a conformarse con tan pocas palabras, aportó una explicación más precisa sobre su versión de lo ocurrido—: Se había excavado la última parte de la mina a toda velocidad y las paredes aún no estaban aseguradas. Además, estábamos muy cerca de los cimientos de la muralla externa de Hatra. Los pesados sillares que sostienen la base de la muralla debieron de presionar sobre el techo del túnel y todo se vino abajo. Ciertamente, ese era el objetivo de la mina, pero esto debería haber ocurrido de forma más controlada. Yo me había retirado unos pasos para solicitar que una centuria de legionarios reforzara las paredes hasta que decidiéramos quitar de golpe todos los soportes para provocar el hundimiento, pero, de pronto, de forma inesperada, augusta, empezó el derrumbe. De hecho, fue el propio *legatus* quien había pedido más hombres para los trabajos de refuerzo porque intuía algún desprendimiento, antes de que la mina alcanzara la base de la segunda muralla. La idea era sorprender a los defensores de Hatra hundiendo los cimientos de sus dos murallas a la vez. Pero, justo en el momento en el que yo me había retirado unos pasos, todo se vino abajo en cuestión de unos instantes. El *legatus* había permanecido en el final mismo del túnel. Tragué mucho polvo, pero estaba lo suficientemente lejos de la parte que se desmoronó y ninguna piedra o madera me golpeó. El *legatus*, lamentablemente, no tuvo tanta fortuna.

Julia miraba fijamente a Opelio Macrino mientras este hablaba y no le gustaba nada lo que veía. Sabía cuando alguien mentía. En particular, un hombre. Eran tan limitados en el arte del engaño que a la emperatriz le resultaba muy evidente que Macrino estaba faltando a la verdad de los hechos de forma flagrante. Él ni siquiera la miraba mientras hablaba.

—De acuerdo —dijo al fin la augusta sin cuestionar en modo alguno la versión que aquel oficial acababa de darle de lo, supuestamente, acaecido en el túnel—. Leto era un amigo de la familia y le tenía aprecio personal. Quería saber cómo había ocurrido todo de primera mano. Puedes retirarte, Opelio Macrino.

Julia pronunció aquel nombre sílaba a sílaba, como si quisiera dar a entender a su interlocutor que lo estaba registrando en su memoria.

El jefe de la caballería de la legión I *Parthica* dio varios pasos atrás y salió de aquella tienda contento de que no se le hubiera pedido nada más allá de contar aquella mentira que, a su entender, aunque quizá no hubiera pasado inadvertida del todo para la augusta, tampoco podía ser rebatida. En su costado derecho podía sentir el peso de la bolsa de monedas de oro que Plauciano le había dado por ocuparse de Leto, y tenía ganas de buscar unas buenas rameras con las que festejar su recién adquirida nueva fortuna. Además, estaba tranquilo: la idea de hacer que la mina se desplomara sobre el cadáver de Leto ocultaba su crimen de forma perfecta. Incluso si había sospechas de algo extraño en su muerte, como le había parecido intuir que pensaba la emperatriz, nadie podría averiguar nada: el cuerpo de Leto, cuando lo sacaron del túnel una vez que excavaron de nuevo la mina, estaba destrozado por el derrumbe, convertido en un desagradable amasijo de huesos y carne partida.

Macrino se alejó en la noche.

En el interior de la tienda, Julia levantó la voz.

—¡Lucia! —llamó.

La joven ornatriz entró. El tono de la emperatriz era tenso. La esclava estaba convencida de que el tirón de pelo iba a acarrearle muchos problemas. Se situó frente a su ama, en pie, pero encogida, de la forma más sumisa que pudo, dispuesta a recibir el castigo que la emperatriz estimase oportuno. Solo esperaba que no fuera nada drástico, nada que la alejara de Calidio ni que pusiera en peligro su casi seguro embarazo. Llevaba dos faltas en su período. Los latigazos podrían provocarle un aborto. No sería la primera vez que algo así le pasaba a una esclava, según había oído contar a las viejas sirvientas de las cocinas imperiales.

—Llevas muchos meses peinándome —empezó Julia Domna— y ni en una sola ocasión he podido tener queja de ti. Sueles ser muy cuidadosa y, sin embargo, esta noche me has tirado del pelo con fuerza y me has hecho daño.

—Me distraje, mi ama, con las entradas y salidas de la gente de la tienda...

—Siempre entra y sale gente de mi tienda o de mi cámara en palacio cuando me estás peinando y nunca antes habías cometido ese molestísimo error —la interrumpió la emperatriz de forma tajante y, acto seguido, planteó la pregunta clave—: ¿De qué conoces a ese oficial con el que me acabo de entrevistar? Y medita bien tu respuesta. Puedo tolerar un tirón de pelo, pero nunca una mentira de una esclava.

Lucia tragó saliva.

Recordó las palabras que su esposo Calidio le dijera una vez sobre el ama: «Nunca mientas a la emperatriz».

—Ese oficial me forzó en la frontera del Danubio, mi señora, en Carnuntum, cuando me acababan de atrapar unos traficantes de esclavos con los que él hacía negocio. Dejó a mi recién nacido en el suelo mojado mientras... estaba conmigo... y el niño enfermó y murió al poco tiempo. De eso lo conozco. Lo siento, mi ama. Verlo me ha puesto muy nerviosa, no volverá a ocurrir. Ahora creo que estoy otra vez embarazada. De mi esposo Calidio. Si me dan latigazos temo perder al niño. —Y Lucia se arrodilló mientras continuaba sollozando—. Por favor, mi ama, no me castigues con latigazos, por favor...

Julia levantó la mano en señal de que requería silencio. Lucia calló de inmediato y ahogó sus sollozos como pudo.

La emperatriz pensaba con presteza: la parte de «cuando la atraparon unos traficantes de esclavos» no era esencial para ella. El posible pasado como mujer libre de su esclava no era un tema de interés para la esposa de Severo, pero el hecho de que Macrino tratara con traficantes de esclavos, con criminales, sí era interesante. Las personas no suelen cambiar, y menos de mal a bien. Quien se rodea de delincuentes violentos tiende a vivir entre criminales desalmados toda su vida y, con frecuencia, acaba cometiendo crímenes él mismo.

—Llama a Galeno —dijo Julia, mirando al suelo.

—Sí, mi señora —respondió Lucia feliz de ver cómo el tema del tirón del cabello augusto no parecía estar ya en la mente de su ama.

Pasó un rato, pero no demasiado extenso, pues Lucia, en un intento por congraciarse con su ama, había corrido sin parar hasta llegar ella misma a la tienda del cirujano griego y transmitir el mensaje de la emperatriz.

Antes de que terminara la hora duodécima, el viejo médico de Pérgamo estaba en los aposentos de la augusta. Galeno, en aquel nuevo viaje con la familia imperial, siempre estaba alojado en alguna tienda próxima a las del emperador, la emperatriz y los pequeños, el augusto Antonino y el césar Geta, por si cualquiera de los cuatro miembros de la familia más importante de Roma requería de sus servicios. Severo temía un envenenamiento, por eso tomaba con regularidad la *theriaca*, una mezcla de diversos venenos y plantas elaborada con esmero por el viejo médico griego que funcionaba como antídoto para la casi totalidad de las pócimas mortales conocidas. A Julia, por su parte, le inquietaba más un ataque nocturno traicionero con una daga afilada o que a los niños les sobreviniera alguna fiebre repentina. Que Galeno estuviera siempre cerca daba sosiego al matrimonio imperial.

—¿Se encuentra bien la emperatriz? —indagó Galeno nada más entrar en la tienda y observar la faz notablemente pálida de Julia Domna.

—Me encuentro perfectamente —respondió la emperatriz—, pero hay algo que deseo que hagas para mí.

—Por supuesto —comentó Galeno—. ¿De qué se trata, en qué puedo ser útil a la augusta de Roma?

—Imagino que estás al corriente de la muerte del *legatus* Julio Leto.

—Sí, augusta. Una pérdida para el ejército y para el emperador.

—Exacto. —A la emperatriz le gustó ver que Galeno percibía que la muerte de aquel alto oficial era algo negativo para el entorno de su esposo—. Bien, pues quiero que vayas allí donde tengan su cuerpo, que custodian esta noche antes de la incineración que tendrá lugar durante el funeral de mañana, delante de las murallas de Hatra, ante todas las legiones formadas en un majestuoso acto que, sin duda, el *legatus* merece.

—La emperatriz desea que vaya allí donde tienen el cuerpo del fallecido Leto... —repitió Galeno, pero dejando el final de su frase en suspenso, como si no entendiera bien qué se esperaba de él.

—Sí —confirmó la emperatriz—. Y quiero que examines el cadáver.

Galeno asintió lentamente. Se le estaba dando una oportunidad para diseccionar un cuerpo en secreto. Hasta ese momento en la conversación había estado medio dormido por lo tarde que era, pero en aquel instante se despertó por completo. De pronto, la emperatriz había captado toda su atención.

—Puedes averiguar de qué ha muerto un hombre examinando su cadáver, ¿no es cierto? —inquirió entonces Julia Domna.

—En muchos casos, sí —admitió Galeno—. No siempre.

—Pues esta ha de ser una de las ocasiones en que sí puedas, Galeno —le ordenó la emperatriz sin dejar margen al debate.

—Tenía entendido —inició dubitativamente el veterano médico— que el *legatus* había fallecido porque se le habían caído encima el techo y las paredes del túnel de una de las minas que se excavan en el subsuelo de las murallas de Hatra. Eso comentan los legionarios y los oficiales.

—Esa es la versión oficial, sí —confirmó Julia, pero mirando fijamente al médico.

—De acuerdo, augusta —dijo entonces Galeno. No necesitaba más explicaciones. No era necesario que la emperatriz le explicitara que ella tenía dudas sobre esa versión. El *medicus* se inclinó e iba a girarse para salir de la tienda de la emperatriz cuando la augusta añadió unas palabras:

—Cuando el emperador termine con Hatra, regresaremos a Roma, pero será vía Egipto y nos detendremos en Alejandría. Tendrás la ocasión que tanto anhelas desde hace tiempo de retornar a esa legendaria ciudad donde estudiaste medicina y consultar, por fin, cualquiera de los libros que allí tienen. Sin restricciones.

Galeno volvió a inclinarse. La emperatriz sabía cómo motivar a alguien.

VII

LA AUTOPSIA

Tienda del *legatus* Leto

Una docena de legionarios armados velaba el pabellón de campaña donde yacía el cuerpo del malogrado Leto. Galeno se detuvo frente a la puerta. Los soldados lo miraron primero algo confusos, luego con desconfianza.

—Me envía la emperatriz —comentó el médico con sosiego calculado—. El *legatus* era amigo personal de la familia imperial y la augusta desea que Julio Leto esté lo más bien parecido y aseado posible para el funeral de mañana. Es una cuestión de dignidad en favor de vuestro antiguo superior para que sea recordado como el gran hombre que fue, no como un despojo de sangre y carne.

El centurión al mando dudaba. Lo planteado por el médico parecía razonable.

—Puedes pedir confirmación a la emperatriz —añadió Galeno a sabiendas de que estaban ya en la primera vigilia de la noche y de que solo un loco se atrevería a importunar el sueño de la emperatriz por algo que pudiera parecer trivial. Incluso existía la posibilidad de que el propio Severo estuviera solazándose con su esposa cuando un oficial llegara a preguntar sobre si debían permitir al médico imperial acceso al cuerpo del fallecido Leto con el fin de asearlo, un objetivo que en nada parecía pernicioso; más bien al contrario.

El centurión se hizo a un lado.

Galeno entró en la tienda.

El cadáver estaba sobre un largo *triclinium* cubierto de grandes manchas de sangre. Era evidente que el cuerpo ya había llegado allí medio desangrado, pero el último líquido rojo que quedaba en el interior del *legatus* había abandonado su ser allí mismo.

Galeno se agachó y fue observando muy despacio y con detalle el cadáver: lo que quedaba de Julio Leto era una piel repleta de contusiones y golpes por todas partes, y una gran cantidad de sangre seca que se confundía con el rojo de su uniforme militar rasgado por múltiples lugares por lo que, muy probablemente, fueron piedras y maderas de la mina. El cuello estaba girado. Galeno puso su dedo índice en la barbilla del muerto y volvió la faz del legado hacia él. Algún oficial, quizá el centurión que estaba al mando de aquella unidad, había tenido el buen criterio de cerrar los ojos de Leto. Otro asunto eran los pómulos partidos y hundidos, la mandíbula desencajada, dientes rotos... Lo mejor sería cerrarle la boca al final del examen.

Galeno extrajo de debajo de su túnica de gruesa lana oscura una piel de carnero doblada que, al colocarla sobre una mesa próxima y desplegarla, dejaba a la vista una infinidad de pequeños utensilios médicos cortantes: cuchillos, bisturíes de diferentes tamaños, tijeras, tenazas... El médico no se lavó las manos. Galeno tenía observado que la higiene reducía notablemente el riesgo de infección, pero Leto ya estaba muerto. No eran necesarias esas medidas. Si acaso, lo haría al terminar.

Cogió las tijeras y empezó a cortar el uniforme del *legatus*. La operación llevó su tiempo, pero, con paciencia, Galeno consiguió desnudar por completo al fallecido. Palpó entonces el cuerpo inerte por el pecho. Las costillas estaban quebradas. Posó las manos entonces en piernas y brazos. También había un fémur partido y seguramente una tibia y quizá algún hueso más de las extremidades, pero, sin duda, lo más importante era que toda la cavidad torácica estaba completamente hundida. Incluso el esternón parecía quebrado en varios puntos, lo que, seguramente, había destrozado las vísceras internas, en particular el corazón y los pulmones.

Galeno cogió un bisturí.

En ese momento entró el centurión.

—¿Qué vas a hacer, médico?

Galeno se quedó inmóvil. Su plan de llevar a cabo una disección secreta no podría ejecutarse. Era demasiado arriesgado. Aquel oficial era muy suspicaz y seguramente ya no querría salir de la tienda. Galeno se lamentó de haber perdido tanto tiempo en desnudar el cadáver. Tendría que haber ido directamente a abrir el pecho. Ahora el centurión no le permitiría cortar la piel del *legatus*.

Cortar la piel.

El eterno sacrilegio.

La sempiterna ceguera en la que lo obligaban a ejercer la medicina. Luego todos querían ser curados, pero nunca se le permitía mirar, ver, comprender...

Galeno acercó entonces el bisturí al muerto, pero no cortó piel alguna, sino que fue a una muñeca en la que aún quedaba un trozo de túnica militar roja y la cortó con el utensilio médico.

—He quitado el uniforme destrozado y sucio —dijo Galeno entonces—. Por Asclepio,[10] lo ideal sería que buscarais uno nuevo y reluciente para que el *legatus* luzca lo más marcial y digno posible al amanecer, ¿no crees?

El centurión asintió. Galeno lo vio caminar hacia la salida de la tienda, pero, para su desencanto, no llegó a abandonar la estancia, sino que dio una voz.

—¡Décimo! —aulló el oficial.

—Sí, mi centurión —dijo un legionario al entrar en la tienda.

—Trae un uniforme completo limpio, acorde a su rango, para vestir al *legatus*. No me importa de dónde lo saques. Recurre a los mandos de las otras legiones si es necesario. Todos respetaban a Leto. Alguno ofrecerá un uniforme como corresponde.

—Sí, mi centurión —y marchó.

Galeno sabía que el centurión ya no dejaría de vigilarlo.

Suspiró.

Abandonó sus objetivos secretos y se centró en el asunto por el que había sido enviado allí por la emperatriz.

—Deberíamos limpiarlo también —dijo entonces el viejo

10. Asclepio, dios de la medicina para los griegos; Esculapio, para los romanos.

médico—: necesito paños, que no estén sucios a ser posible, y agua clara.

—De acuerdo —dijo el centurión y, una vez más, a voces, sin salir de la tienda, reclamó todo lo que se le había pedido.

Con los paños y el agua, Galeno fue limpiando toda la piel de restos de sangre seca y, allí donde estaba partida o rasgada, la unía incluso cosiéndola como si fuera el final de una operación para que el cuerpo del *legatus* quedara lo más presentable posible. Ocasionalmente, de reojo, Galeno observaba si el centurión se percataba de alguna cosa extraña en el cuerpo del fallecido, pero, como imaginaba, los hombres son ciegos cuando no saben qué es lo que merece ser observado y qué no. El centurión solo estaba interesado en que nadie cortara la piel de su superior. Del resto no sabía o, quizá..., no quería saber nada. Galeno frunció el ceño. Eso también podría ser. En cualquier caso, si el centurión no veía nada raro o no quería verlo, eso no era cuestión de su competencia.

Galeno cerró con ambas manos la mandíbula rota de Leto, aseó lo mejor que pudo los pómulos partidos introduciendo trozos de tela en su interior para que no quedaran tan hundidos y dio un par de pasos atrás. Luego pidió ayuda al centurión y entre el oficial y dos legionarios dieron la vuelta al cadáver. Así el médico lo limpió y lo examinó también con minuciosidad por la espalda. Dedicó mucha de su atención a los pies, en particular a los talones. Luego ordenó que le dieran la vuelta de nuevo y terminó de coser alguna herida más.

—Ya está. Limpio y cosido —dijo—. Vestidlo.

Y empezó a recoger el instrumental médico situando cada utensilio en su correspondiente lugar en el estuche desplegable de piel de carnero después de lavar cada herramienta quirúrgica con el agua clara que aún quedaba.

—¿No lo vas a hacer tú? —preguntó el centurión.

—Yo soy médico: coso, limpio, curo e incluso aseo un cadáver cuando se me requiere, pero creo que vestir a un oficial romano, vivo o muerto, es trabajo de esclavos.

Y salió de la estancia.

Miró a lo alto. La luna iluminaba el cielo del mundo.

VIII
—

EL INFORME DE GALENO

Tienda de la emperatriz de Roma
Tertia vigilia

Estaban en medio de la noche. Galeno no tenía claro que fuera momento oportuno para retornar a la tienda de la emperatriz, así, en mitad de aquella larga velada. Por otro lado..., quizá fuera el mejor momento para departir con la *mater castrorum*, tal y como la llamaban los legionarios. Sobre todo, si deseaba discreción. Y él, tras la autopsia, estaba persuadido de que la discreción era muy deseable. Sobre todo, teniendo en cuenta lo que había averiguado.

Galeno se detuvo entonces junto a la tienda imperial y vio cómo lo miraban los centinelas de la guardia pretoriana. No había sospecha en ellos. Era el médico de la familia, pero sí advirtió algo de perplejidad por lo intempestivo de la hora. Galeno, no obstante, se acercó a los que custodiaban la tienda de la emperatriz.

—¿Está sola la augusta? —inquirió el médico en voz baja.

—Sí —le confirmó el pretoriano—. El emperador ha acudido a dormir con las legiones que rodean Hatra.

Galeno cabeceó afirmativamente.

—¿Podría verla? —preguntó.

El pretoriano parpadeó un par de veces, pero aquel era el médico imperial. El guardia fue a la tienda de los esclavos y retornó al poco tiempo con una de las ornatrices de la emperatriz.

Lucia miró al médico, pero no dijo nada y se limitó a entrar en la tienda de su señora siguiendo las instrucciones del pretoriano: tenía que comprobar si la augusta dormía, no despertarla, e informar; y si estuviera despierta preguntarle a la augusta si aceptaba ver en aquella hora tan impropia al médico Galeno.

Lucia asintió y entró en el pabellón de su ama.

—¿Quién anda ahí? —preguntó Julia algo sorprendida por la entrada sigilosa de su esclava.

—Lo siento, mi señora —respondió Lucia en las tinieblas temblorosas de la tenue luz proyectada por un brasero incandescente que calentaba la tienda—. Es el médico griego. Quiere ver a la emperatriz.

Julia se incorporó en el lecho como si tuviera un resorte mecánico en su espalda y se dirigió a Lucia.

—Dame un manto y vete —ordenó la emperatriz—. Y diles a los pretorianos que lo dejen pasar.

—Sí, mi ama.

Lucia cumplió las instrucciones *ad litteram*.

Galeno entró en la tienda de la emperatriz de Roma y se excusó nada más hacerlo.

—Sé que estamos en medio de la noche, augusta, pero he pensado que la emperatriz desearía tener respuesta a su pregunta sobre la causa de la muerte de Leto lo antes posible.

—Has pensado bien. Te escucho.

Galeno inspiró profundamente y, acto seguido, desveló el resultado del examen del cuerpo de Leto con precisión médica.

—El *legatus* fue, sin duda alguna, asesinado. Al desnudar y limpiar el cadáver, más allá de las innumerables contusiones de todo tipo que tenía por todo el cuerpo, de los múltiples huesos quebrados en extremidades y torso, de las vísceras reventadas por el peso de las rocas y las maderas que enterraron el cuerpo de Leto, había, clara y nítida, una herida, una incisión muy detectable para cualquiera que esté acostumbrado a curar tajos por armas de lucha. Concretamente había dos cortes. Uno en la espalda, por donde, muy probablemente, entró la espada que mató al *legatus,* y otro tajo en el pecho, por donde debió de salir la hoja que lo atravesó. La peculiar forma de cada herida me indica cuál es la de entrada y cuál la de salida.

—¿Y no existe la posibilidad de que esos cortes hayan sido provocados por las piedras en el accidente? —inquirió la emperatriz.

—Mi señora, son muchos años curando heridas a gladiadores, primero en Pérgamo, luego en el Anfiteatro Flavio y muchas veces más atendiendo a legionarios en las campañas de Marco Aurelio y del propio esposo de la augusta. Si hay algo que sé reconocer es el corte que deja una espada en el cuerpo de un hombre, igual que puedo identificar con nitidez por dónde entró el arma en cuestión, que, muy probablemente, fue una *spatha*, una espada más larga de un gladio legionario, propia de los altos oficiales de la caballería romana. Julio Leto fue asesinado a traición, por la espalda, con una *spatha* de algún oficial de caballería y, luego, muy posiblemente para ocultar el crimen, el asesino arrastró el cuerpo, tirando de debajo de los hombros, a un lugar del túnel que estaba a punto de desplomarse. Los talones del fallecido estaban casi quemados. Lo debieron de arrastrar bastantes pasos. Lo cual hace pensar en un único asesino fuerte de rango oficial perteneciente a la caballería de Roma.

Julia cerró los ojos. Opelio Macrino era el jefe de la caballería romana de la legión I *Parthica* bajo el mando del fallecido Leto. La emperatriz estaba cansada. Se llevó las palmas de las manos al rostro e inhaló bastante aire.

Julia dejó, al fin, caer las manos al lado de su cuerpo, relajando los brazos.

—O sea, que tenemos un traidor en el ejército —dijo la emperatriz a modo de conclusión.

—Eso me temo, augusta. Quizá la emperatriz desee que informe al emperador sobre esto...

—No, para nada —lo interrumpió Julia Domna—. El emperador está volcado en el ataque a Hatra. Ya desvelaré yo todo esto al emperador cuando lo crea pertinente. Ahora retírate.

Galeno se inclinó.

—Me has prestado un gran servicio.

—Siempre a las órdenes de la emperatriz.

—No, lo digo agradecida de veras —insistió Julia.

Galeno volvió a inclinarse.

Salió de la tienda.

La luna seguía en lo alto.

Un traidor en el ejército imperial que mataba a un *legatus* no era una cuestión menor. Algo se estaba tramando en el entorno de la familia imperial. Cómodo, Juliano, Nigro y Albino estaban muertos, pero los enemigos de la nueva dinastía no habían desaparecido por completo. En cualquier caso, aquella no era su guerra y la emperatriz ya se había mostrado persona capaz de enfrentarse con cuantos enemigos se interpusieran en su camino. El viejo médico estaba convencido de que el asesino de Leto terminaría muerto por algún plan que maquinaría la propia Julia. Lo que no podía imaginar Galeno era cuánto daño más podría causar aún a la augusta de Roma aquel secreto criminal.

En el interior de la tienda, Julia Domna se había vuelto a tumbar, pero ya no cerraba los ojos, sino que meditaba en silencio: Macrino había colaborado con traficantes de esclavos y, muy probablemente, ahora se había convertido en asesino, pero solo era el brazo ejecutor. No intuía en aquel jefe de caballería ni el ingenio ni la osadía necesarios para tal crimen por su propia cuenta y riesgo. Solo alguien cuya ambición no tuviera límites y que, al mismo tiempo, se sintiera muy fuerte se atrevería a poner en marcha el engranaje necesario para dar muerte a uno de los *legati* más leales al emperador. Y Julia estaba persuadida de que el ingenio que había promovido la muerte de Leto no era otro que el del miserable jefe del pretorio Cayo Fulvio Plauciano. Tenía pruebas del asesinato, sabía quién era el asesino, pero no tenía nada que probase la implicación del prefecto de la guardia en aquel horrendo crimen.

Julia arrugó la frente.

Necesitaba tener más antes de contraatacar.

IX

RUMBO A EGIPTO

De Hatra a Emesa
De la primavera al otoño de 198 d. C.

Ya fuera porque la muerte de Leto fue un duro golpe para la moral de las legiones o porque, como en época de Trajano, la doble muralla de Hatra se probó infranqueable pese a las minas y túneles excavados en el subsuelo, la ciudad no pudo ser doblegada.

El número de bajas entre legionarios y tropas auxiliares no dejaba de incrementarse. Con obstinación, el objetivo podría conseguirse, pero el precio parecía excesivo.

Severo era un hombre práctico. Se engulló su vanidad y buscó una salida lo más digna posible a aquella encerrona a la que había conducido a su hasta entonces muy victorioso ejército: el emperador romano alcanzó un acuerdo con el rey Barsemio de Hatra por el cual este aceptaba alojar una guarnición romana en sus murallas a modo de muestra de sometimiento, al menos nominal, a Roma. Realmente la victoria era de Barsemio, pues el número de legionarios que debía alojar era relativamente reducido y más que una guarnición de conquista y control parecía casi que admitiera a rehenes, aunque si se alzaba contra estas tropas romanas podía provocar un nuevo cerco, y el rey de Hatra también era favorable a dar término a las penurias que el asedio provocaba entre los suyos, de modo que el acuerdo se aceptó por ambas partes.

Severo sabía que no era una victoria como la que había imaginado, aunque sí un logro mayor que el que obtuvo Trajano allí, pues el divino hispano no obtuvo concesión alguna de Hatra. Tuvo que retirarse antes.

Por otro lado, para Severo, aquel pacto era una salida de aquella ratonera que le permitía regresar a Roma triunfante, *Parthicus Maximus*, exhibiendo sobre todo su victoria sobre los partos y el saqueo de su capital, Ctesifonte.

El ejército imperial fue replegándose por Mesopotamia norte, bajo control romano, hasta llegar a Edesa, en Osroene, y luego seguir hacia el oeste, cruzando el Éufrates por Zeugma y así atravesar Siria en dirección sur hasta alcanzar Emesa, la ciudad de Julia, donde la familia imperial, siempre recibida allí con gran aprecio, pudo descansar unas semanas.

En todo este tiempo Julia observaba a la espera de encontrar el momento adecuado y también el hombre adecuado. Había concluido que tenía que persuadir a su esposo de la necesidad de nombrar un segundo jefe del pretorio, algo que había sido habitual en múltiples ocasiones con infinidad de emperadores y que, de largo, era la forma más efectiva de minar el creciente poder de Plauciano. Pero Julia no encontraba ni el momento ni el candidato idóneo. La emperatriz no entró ni en crisis ni en pánico. Para ella lo esencial era que había dado con el plan que debía seguir. La oportunidad y el candidato aparecerían en el momento más inesperado. Se trataba de estar atenta. Y, bueno, también podría ocurrir que Severo pensara en un aspirante para segundo jefe del pretorio por su cuenta. En aquel momento, Julia aceptaría a cualquiera.

Lo que fuera, con tal de reducir el control que Plauciano ejercía sobre... todo.

Sobre todos.

De Siria a Pelusium
199 d. C.

Severo, por su parte, más concentrado en la reorganización del Imperio en Oriente, pensaba que quedaba algo importante que hacer en aquel extremo del mundo romano: visitar Egipto. El país del Nilo era una de las provincias más ricas del Imperio, pero también de las más conflictivas. Quinto Mecio, que llevaba un tiempo ejerciendo como procurador, parecía haber conseguido mantener el territorio bajo un razonable control, pero Severo consideró que una visita imperial era una buena idea para asentar su poder en aquella región siempre delicada del Imperio.

El ejército imperial, reducido en número, pues Severo dejó las legiones I *Parthica* y III *Parthica* en los territorios más orientales, avanzó desde Emesa hasta Heliópolis, luego a Calcis y, siempre en dirección sur por Siria-Fenicia, llegó a Tiro. Desde aquí se adentró en Palestina y se reabastecieron las tropas en Cesarea para, por fin, entrar en Egipto por Pelusium, ciudad que mereció un alto en el camino más prolongado por varios motivos: aquí había sido asesinado Pompeyo, el eterno enemigo de César, y aquí Severo sentía que debía expiar varias culpas, todas sobrevenidas, unas elegidas por él y otras sin haberlas buscado, pero cargas morales que pensó que era bueno redimir de alguna forma haciendo los sacrificios preceptivos junto a la tumba del malogrado líder republicano. Porque Pompeyo, en su huida tras las derrotas de la guerra civil contra Julio César, había buscado refugio en Egipto, donde, sin embargo, fue traicionado y ejecutado por varios egipcios y un romano renegado de nombre Lucio Septimio. El acontecimiento quizá no habría sido recordado con tanto detalle más de dos siglos después, pero el poeta Lucano tuvo a bien, o, desde la perspectiva de Septimio Severo, a mal, recordarlo eternamente en unos versos que se hicieron famosos. En ellos se describía cómo Pompeyo el Magno pasaba de un barco romano a una nave egipcia y en ella, a manos del traidor Septimio, era, finalmente, asesinado:

> *Stetit anxia classis*
> *Ad ducis eventum, metuens non arma nefasque*
> *Sed ne summissis precibus Pompeius adoret*
> *Sceptra sua donata manu. Transire parantem*
> *Romanus Pharia miles de puppe salutat*
> *Septimius, qui, pro superum pudor, arma satelles*
> *Regia gestabat posito deformia pilo,*
> *Inmanis, violentus, atrox nullaque ferarum*
> *Mitior in caedes. Quis non, Fortuna, putasset*
> *Parcere te populis, quod bello, haec dextra vacaret,*

Thessaliaque procul tam noxia tela fugasses?
Disponis gladios, ne quo non fiat in orbe,
Heu, facinus civile tibi. Victoribus ipsis
Dedecus et nunquam superum caritura pudore
Fabula: Romanus regi sic paruit ensis,
Pellaeusque puer gladio tibi colla recidit,
Magne, tuo. Qua posteritas in saecula mittet
Septimium fama?

Toda la flota permanecía en silencio, ansiosa,
esperando el desenlace:
no es que temieran el asesinato que al fin aconteció,
sino que temían que su líder pudiera, con una humilde
oración,
arrodillarse frente al rey que él mismo coronó.
Al tiempo que el Magno pasaba de un barco a otro
un soldado romano de la nave egipcia,
Septimio, lo saluda —¡dioses del cielo!—.

Y allí estaba, en pie, ese esbirro de un rey bárbaro,
sin portar ya el pilum romano,
sino armas viles, un gigante en tamaño,
fiero, brutal, sediento de carnaza
como lo está una fiera salvaje.
¿Quién no pensaría que la diosa Fortuna mostró
compasión
ante la humanidad al exiliar lejos de Farsalia una espada tan vil
que ni siquiera tomó parte en la batalla?
Pero así, para vergüenza de los vencedores y de los dioses,
esta historia será contada en los días venideros:
un soldado romano, antaño combatiente en las legiones,
esclavo a las órdenes de un príncipe débil,
cortó el cuello de Pompeyo.
Así pues, ¿con qué desprecio saludará la posteridad
para siempre el nombre de Septimio?[11]

11. Del libro VIII de la obra *Pharsalia* del poeta Lucano. Traducción libre
del autor de la novela. El rey débil mencionado en el poema que ordena a

El poema martilleaba siempre en la mente de Septimio Severo por varias razones: por un lado, él se había autoproclamado hijo de Marco Aurelio y el divino Marco Aurelio era descendiente del propio Pompeyo; pese a que el Septimio que Lucano recordaba en su poema nada tuviera que ver con la familia del actual emperador, Septimio Severo pensó que era apropiado mostrar su respeto al antiguo gran Pompeyo el Magno, líder que, más allá de su enfrentamiento mortal contra César, realizó innumerables servicios a Roma. Entre otros, su nada desdeñable labor de acabar con la mayor parte de la piratería en el Mediterráneo transformando el *Mare Internum* en una auténtica vía comercial razonablemente segura que permitió al Imperio crecer social y económicamente como nunca antes lo había hecho. Además, no era contradictorio llevar el título de césar, en su condición de *Imperator Caesar Augustus*, como lo era Severo, y, al mismo tiempo, ofrecer sacrificios en recuerdo de Pompeyo, pues hasta el propio Julio César estaba dispuesto a perdonar en última instancia a su enemigo de la guerra civil y, de hecho, buscó a sus asesinos y los ejecutó. César fue siempre magnánimo con sus opositores, una vez que estos habían sido derrotados. Dicen que eso motivó su fin. En cualquier caso, Severo estaba convencido de que quien cruzó el Rubicón con legiones por primera vez no habría visto mal que él, Lucio Septimio Severo, se detuviera en Pelusium y recordara por unos instantes a Pompeyo el Magno. Y quizá con aquellos sacrificios también se olvidaran un poco los versos de Lucano que tanto maldecían eternamente el nombre de Septimio.

Septimio asesinar a Pompeyo sería el faraón niño Tolomeo XIII, hermano de Cleopatra. Lo hizo con la idea de ganarse el favor de Julio César, que estaba en guerra con Pompeyo.

X

LA CAPITAL DE EGIPTO

Alejandría, 199 d. C.

Llegados a Alejandría, Severo colmó de honores al país del Nilo. El emperador sentía desde siempre fascinación por la astrología y la magia, y todo cuanto había en Egipto parecía guardar relación con lo misterioso. Eso lo atraía enormemente, aunque también lo ponía en guardia. Adicionalmente, otro aspecto por el que el emperador pensaba que había que reconciliar bien aquella provincia con su propia autoridad era la necesidad de seguir cerrando heridas y frentes de conflicto. De este modo, podría hacerse cada vez más fuerte ante un Senado que lo despreciaba como líder y que lo esperaba en Roma, con toda seguridad, airado y revuelto por las recientes ejecuciones de *patres conscripti* que se enfrentaron a él durante las guerras civiles de los últimos años.

Un Egipto desestabilizado era un grave peligro, pero uno rico, tranquilo y próspero siempre sería un gran apoyo contra rebeliones internas. De ese modo, Severo revocó gran parte de las multas impuestas a los alejandrinos por haber apoyado a Nigro, uno de sus principales oponentes en las guerras civiles. También otorgó diferentes honores a la ciudad y hasta se comportó con magnificencia cesariana con minorías religiosas tan complicadas como la de los judíos, que habían promovido rebeliones brutales contra otros emperadores en un pasado no tan lejano. Pero Severo fue sobre todo generoso con los propios alejandrinos y el resto de los egipcios: les permitió, por ejemplo, por primera vez en mucho tiempo, contar con un consejo propio y, también algo novedoso, decidió designar a un egipcio como senador de Roma. Eligió a Elio Cerano, cómo no, amigo personal de Plauciano.

Julia asistió a aquel despliegue de confraternización con Egipto por parte de su esposo como algo positivo. Para ella todo lo que ayudara a fortalecer la unión entre el occidente y el oriente del Imperio le parecía una buena estrategia, pero la elección de un amigo personal de Plauciano como primer senador de la provincia del Nilo la puso, una vez más, en alerta. De este modo, lo que hasta entonces era solo una idea, convencer a su marido de que era preciso nombrar lo antes posible a un segundo jefe del pretorio, se transformó en su mente en una necesidad urgente. El problema seguía siendo el mismo que hacía unos meses: ¿a quién proponer? ¿Quién podría combinar lealtad a Severo y fortaleza para enfrentarse a Plauciano cuando fuera preciso? Porque sería preciso. La falta de un buen candidato la tenía irritada, especialmente cuando veía reír con grandes carcajadas a Plauciano en las largas sobremesas de los banquetes que Severo celebraba en Alejandría cada noche.

El emperador, por su parte, de forma inversamente proporcional a lo que le atraían la astrología y la magia, se mostró completamente hostil a aquellos que la practicaban. Y es que Severo veía en los adivinos, magos y astrólogos una posible fuente de traiciones, pues, si alguno de aquellos hombres vaticinaba a algún senador ambicioso un posible gran destino, dicha predicción podría desencadenar una nueva rebelión o, peor aún, una nueva guerra civil.

Roma había sufrido dos descarnadas contiendas entre sus legiones de las que aún se estaba recobrando. Había conseguido recuperar la frontera oriental, pero había que estar aún muy atentos al Rin y al Danubio y, más pronto que tarde, intervenir en una Britania revuelta donde sus gobernadores no acertaban a recuperar el control. Una tercera conflagración civil sería letal para el Imperio, y desde su punto de vista los magos y adivinos no ayudaban a mantener en sosiego los ánimos de los más ambiciosos. Muchos de estos hombres fueron expulsados o encarcelados. Y Severo fue aún más lejos. Hasta el propio Galeno, de forma insospechada, iba a verse afectado por algunas de las decisiones del emperador.

Biblioteca de Alejandría

Los anaqueles de los innumerables *armaria*, atestados de rollos de papiro, atestiguaban que aquella no era una biblioteca más, sino la mayor del mundo conocido. Pero ni Galeno ni Heracliano, el bibliotecario principal de aquel templo del conocimiento, estaban concentrados en aquel momento en admirar aquel inmenso centro de cultura. Su debate, en ocasiones muy encendido, era por unos volúmenes muy concretos. Para Heracliano, aquella entrevista era la oportunidad de vengarse del vanidoso médico griego, como ya hiciera Philistión en Pérgamo. Para Galeno se trataba de conseguir, por fin, cambiar la historia de la medicina para siempre. Para el viejo cirujano la cuestión era poder ver. Ver de verdad. Dejar de trabajar a ciegas.

—Has tardado mucho en venir.

Heracliano hablaba con una mezcla de desencanto y cierto divertimento. Una combinación que Galeno interpretó como mal augurio, a no ser que el desencanto de su interlocutor fuera porque el salvoconducto imperial que había depositado sobre la mesa le impedía negarle el acceso a los libros secretos de Herófilo y Erasístrato.

—No están aquí —añadió Heracliano para sorpresa e incredulidad de Galeno.

El veterano médico griego inspiró profundamente antes de hablar.

—Philistión, cuando lo visité en Pérgamo, me aseguró que estaban aquí —insistió Galeno y añadió algo más en voz baja—. Y si descubro que me mientes y que estás negándome el privilegio que este salvoconducto imperial me otorga de consultar cualquier libro en Egipto, encontraré la forma de que la larga mano del emperador de Roma llegue hasta aquí, hasta ti, con ira y furia por desobedecerlo.

Heracliano no pareció sentirse afectado por aquella amenaza.

—Ah, pero, por Apolo, ¿acaso no lo sabes? —le preguntó el bibliotecario.

—¿Qué he de saber? —inquirió Galeno.

Heracliano empezaba a disfrutar con aquella conversación.

Se inclinó hacia delante apoyando los codos en la mesa que los separaba.

—La larga mano de Severo ya ha llegado hasta aquí y... ¿sabes qué?

—¿Qué?

—Se ha llevado los libros que buscas —sentenció Heracliano.

Palacio del *praefectus Aegypti*
En ese mismo momento

El palacio del prefecto de Egipto estaba impecable. Tanto Severo como Julia miraban admirados a uno y otro lado: mosaicos brillantes en el suelo, pinturas al fresco en las paredes, estatuas del emperador de Roma alternando con las de Júpiter y otros dioses, suelos limpios y esclavos atentos a cualquier necesidad de los invitados en cada esquina de la mansión.

Quinto Mecio salió a recibirlos y se inclinó de inmediato ante Severo al tiempo que saludaba.

—Ave, augusto.

—Ave, Quinto Mecio —respondió el emperador con satisfacción originada no solo por aquel ordenado palacio, residencia de la autoridad máxima de Roma en Egipto, sino también por muchas cosas que, de inmediato, el emperador verbalizó en señal de reconocimiento a su subordinado—. He de felicitarte por tu buena gestión como prefecto de esta provincia. Ni una revuelta, ni una rebelión en todo este tiempo en una región, me consta, en la que mi persona no era la más popular, sobre todo después de la campaña militar contra Nigro, candidato de los egipcios para emperador de Roma y al que yo mismo derroté en Oriente no hace tanto.

—Me siento abrumado por esas palabras, augusto —respondió Mecio—. Me he esforzado en gestionar con la mayor honestidad los recursos de la provincia y ahora todas estas muestras de generosidad por parte del emperador, con ese consejo de gobierno para la provincia, la supresión de las últimas multas pendientes por el apoyo de Egipto a Nigro y hasta la elección de un representante de la provincia en el mismísimo Senado de Roma... Todo eso no ha hecho sino facilitar mi tarea, augusto.

—Lo imagino, pero la mayor parte de estos privilegios que he dado a la provincia son de apenas hace unos meses, cuando me acercaba ya hacia aquí. Tú has sabido gestionar la región con habilidad antes de que yo hiciera estos gestos de magnanimidad y reconciliación. Estoy seguro de que tu honestidad en el gobierno habrá contribuido notablemente a la mejora de las relaciones entre los egipcios y el poder de Roma.

Quinto Mecio se limitó ahora a inclinarse como muestra de agradecimiento. No era necesario explicitar que el no haber querido robar en la provincia, intentando enriquecerse en los tres años que llevaba como prefecto, como otros muchos antes que él habían hecho en su cargo o en cargos parecidos en otras provincias, había facilitado que los impuestos no se hubieran incrementado. De ese modo, exigiendo a los egipcios los tributos que Roma reclamaba, sin añadir nada más para la generación de una fortuna corrupta paralela y particular para el propio Mecio, había hecho sentir a los propios egipcios que las cosas, con Mecio al mando, habían mejorado. Así, la recompensa para el prefecto Mecio, en lugar de dinero corrupto, fue un tiempo de tranquilidad en toda la provincia. Mecio se iría de allí sin más dinero que el que tenía antes de su paso por Egipto, pero había acumulado un gran prestigio personal como gobernante y administrador y el emperador estaba dejando claro que había tomado buena nota de ello. Mecio estaba exultante. Disponer del favor del emperador lo era todo para el progreso en el *cursus honorum*.

—Si me sigue por aquí, augusto, por este pasillo... —continuó el prefecto—. He dispuesto una pequeña comida para recibir al augusto y a... —a Mecio le costó dirigirse a la emperatriz, de quien había sentido su mirada, pero cuyos ojos había estado evitando hasta aquel momento—; para el augusto... —repitió— y la augusta de Roma. Si me acompañan...

Los ojos oscuros de Julia Domna inundaron las pupilas de Mecio. Fue solo un instante, pero suficiente para comprender de golpe que todo lo que él había sentido por aquella mujer, del todo inalcanzable para su persona, seguía allí, vivo, intenso, poderoso, pese a todo el tiempo que llevaba alejado de Roma y, en particular, de la familia imperial y, en concreto, de ella, de Julia. Un sentimiento que debería seguir teniendo bajo completo control. Y oculto. Pero ¿por cuánto tiempo puede esconder un hombre a una mujer su pasión por ella?

Mecio ya no la miraba y se encaminaba hacia la sala donde estaba preparada la comida. Severo lo seguía. Julia se quedó rezagada un instante.

La emperatriz parpadeó varias veces.

Meditaba.

Ya se había dado cuenta.

No lo había detectado en sus encuentros anteriores con Mecio. ¿Por qué ahora le había resultado tan obvio? De súbito, lo comprendió: aquel sentimiento hacia ella por parte del prefecto no habría dejado de crecer, quizá sin él saberlo, en todos aquellos meses en los que no se habían visto, hasta llegar a su intensidad actual, absolutamente evidente para la emperatriz.

Julia guardó silencio mientras seguía a su esposo y al prefecto de Egipto, que continuaban conversando sobre la provincia del Nilo. La augusta frunció levemente el ceño. Quizá ya tenía un buen candidato para segundo jefe del pretorio. Alguien que oponer a Plauciano. Alguien que estaría perfectamente controlado por ella. Parecía una idea perfecta. Por el momento, se centró en recuperar en su mente todos los recuerdos relacionados con los servicios que Mecio había prestado a su esposo, Severo, en el pasado reciente. Tenía que ordenarlos bien antes de... hablar con él, con el prefecto, de nuevo, a solas...

Biblioteca de Alejandría

—¿Qué quieres decir con que el augusto se ha llevado los libros que busco? —preguntó Galeno.

—Quiero decir que el emperador, tu emperador, emitió un decreto hace bien poco por el que nos obligaba a todas las bibliotecas de Egipto, empezando por la de Alejandría, a que entregáramos todos los libros sobre magia, adivinación y astrología. Y por extensión, cualquier otro libro que consideráramos peligroso. Eso quiero decir.

—Pero los libros de Herófilo y Erasístrato no son magia ni adivinación —exclamó Galeno y pegó un puñetazo en la mesa.

—A mí me lo parecen —opuso Heracliano con una sonrisa. Realmente se lo estaba pasando bien.

Galeno negó con la cabeza.

—No, ahora lo veo claro: simplemente entregaste esos libros para alejarlos, una vez más, de mí. Si estoy en Roma, tú y Philistión os encargáis de que los libros secretos estén en Pérgamo o Alejandría, pero cuando llego a Oriente, recurrís a una sucia artimaña para enviarlos a otra parte. ¿Me equivoco?

—Es posible que estés en lo cierto, pero son libros que proponen el sacrilegio de cortar la piel. Con un emperador de Roma tan poco proclive a cualquier asunto que quebrante la ortodoxia de la moral romana, no quiero tener esos libros bajo mi poder. Los entregué a los libertos romanos que me reclamaron los volúmenes peligrosos por orden imperial, que venían escoltados por pretorianos armados. Y se los llevaron.

Galeno volvió a suspirar largamente para recuperar el control sobre sus actos. Relajó los músculos.

—Y... ¿adónde se los han llevado?

Heracliano sonrió una vez más al responder.

—A Roma.

Palacio del *praefectus Aegypti*

La residencia de Quinto Mecio pronto se inundó de gente. Diferentes autoridades locales querían saludar a un emperador de Roma que tan magnánimo se había mostrado con la provincia. Julia vio cómo su esposo era saludado por unos y por otros, siempre bajo la atenta mirada de un grupo de pretorianos que escoltaban al augusto en todo momento.

Quinto Mecio se quedó solo un instante y Julia, a la que nadie se atrevía a acercarse por respeto al emperador, caminó hacia el *praefectus Aegypti*.

—Me alegra que nos reencontremos —dijo ella.

Mecio, sorprendido por aquel acercamiento inesperado y por aquella frase que indicaba que la emperatriz había retenido en su memoria, de algún modo, que él y ella se habían visto antes, en la Galia, cuando la guerra contra Albino estaba a punto de estallar, no supo qué decir.

Ante el silencio, algo torpe, de él, Julia continuó hablando de forma distendida, como si tratara de cuestiones triviales, como si fueran viajeros que se reencuentran por un instante en un cruce de caminos. Y, sin embargo, el contenido de sus palabras era contundente, denso.

—Nos prestaste un gran servicio en la lucha contra el rebelde Albino.

—Pero no cumplí mi misión —lamentó Quinto Mecio, a quien, en su momento, se le había encomendado eliminar a Albino, gobernador de Britania en rebelión contra Severo, envenenándolo. No lo consiguió y a punto estuvo de morir en aquella arriesgada misión. Pero regresó vivo al lado de Severo para aceptar su castigo. El emperador no lo culpó por no haber alcanzado el objetivo final y pospuso su valoración sobre su valía a su actuación en el campo de batalla. Quinto Mecio se mostró clave en la decisiva batalla de Lugdunum, donde incluso intervino de forma directa para salvar al emperador en un momento complicado de la lucha. Su recompensa había sido precisamente el cargo de *praefectus Aegypti*.

—No era una misión fácil —continuó la emperatriz disculpándolo—. Lo importante es que regresaste y luchaste al lado del emperador. Y lo salvaste en el campo de batalla.

Hubo un breve silencio durante el cual ambos bebieron vino de sus copas.

—Pese a aquella misión tan delicada... —añadió Mecio—, me sorprende que la emperatriz me recuerde. La augusta conoce a tanta gente...

—Pero no abundan los hombres leales y, a la vez, capaces —explicó ella—. De esos hombres, Quinto, nunca me olvido.

Otro breve silencio. Otro sorbo de vino por parte de ambos.

Quinto Mecio se atrevió.

—Yo tampoco me he olvidado nunca de la augusta de Roma —dijo en voz baja el *praefectus Aegypti*.

Ella sonrió y le respondió con su voz dulce y seductora en un susurro audible solo para el prefecto.

—Eso es evidente en tu mirada. —Y añadió un consejo—: Demasiado evidente. Debes controlar la forma en la que me observas.

De inmediato, Quinto Mecio bajó los ojos.

—Lo siento, augusta. No he querido ofenderte.

—No me has ofendido. Tú simplemente sigue sirviendo bien a mi esposo y para mí siempre serás una persona grata.

—Siempre al servicio de la augusta... y del augusto —replicó él trastabillando las palabras y mirando al suelo.

Julia no dijo más. Dio media vuelta y fue junto al emperador, satisfecha de haber comprobado lo que su intuición de mujer le había anunciado con relación a los sentimientos de aquel hombre hacia ella. Julia no tenía la más mínima intención de ser infiel a su esposo, pero era interesante saber qué hombres con poder en la administración del Imperio podían caer bajo su influencia. Quinto, claramente, haría lo que ella le pidiera, cuando se lo pidiera y, lo más importante de todo: contra quien ella le pidiera. Podía ser una solución con respecto a Plauciano. ¿La solución?

Quinto Mecio, por su parte, se quedó solo en el centro de la gran sala; se llevó entonces la copa a los labios y apuró hasta la última gota en un largo trago degustando en el licor el sabor agridulce de una pasión tan intensa como imposible: solo un imbécil como él podía enamorarse de la emperatriz de Roma... Necesitaba otra copa de vino. O dos.

Frente a la biblioteca

Galeno salió exasperado de la gran biblioteca. El destino volvía a alejar de sus manos los libros que podían ayudarlo a entender si la anatomía que él consideraba cierta era, o no, una fiel descripción del interior del ser humano. Una vez más tendría que esperar, ahora a regresar a Roma, para poder ver aquellos libros. Y, además, entretanto debía conseguir el permiso imperial para poder consultar los libros en cuestión. No tenía claro que su salvoconducto incluyera los libros que el augusto acababa de declarar como prohibidos y peligrosos.

Suspiró.

Todo podría conseguirse aún.

No desesperó.

Debería, no obstante, tener paciencia, pues el emperador deseaba visitar aún la tumba de Alejandro y luego navegar por el Nilo, río arriba, y visitar los grandes monumentos de Egipto. Pero si seguía sirviendo bien a la familia imperial tenía la esperanza de que la augusta Julia, una vez más, hiciera honor a su palabra e influyera para que, al fin, se le entregaran aquellos dos volúmenes, los dos libros escritos por los únicos médicos competentes que habían diseccionado seres humanos. Y habían visto. Visto de verdad. Leer esos libros le haría comprender si realmente era necesario seguir con más disecciones o no. Si era necesario rogar al emperador por un permiso especial para acometer aquella empresa o si realmente, como defendían otros, las disecciones de cadáveres no aportaban nada a la ciencia médica.

La tumba de Alejandro Magno
Finales de 199 d. C.

Despreocupados y tranquilos, después de tantas guerras y batallas y muertes, Severo, Julia y sus hijos visitaron la imponente tumba de Alejandro Magno. Los emperadores Augusto, Calígula y Adriano lo habían hecho antes y Severo, que admiraba enormemente, como los emperadores mencionados y otros muchos más, al gran conquistador macedonio, decidió unirse a la lista de augustos que, al menos una vez en la vida, habían rendido homenaje a Alejandro. Así, dejando a la izquierda la gran biblioteca y avanzando por la larga avenida central que atravesaba la ciudad de parte a parte, desde la Puerta de la Luna hasta la Puerta del Sol, llegaron al teatro. Un poco más allá encontraron el acceso al Soma, el enorme espacio que, a modo de gran mausoleo, antecedía a la cámara subterránea donde estaba el sarcófago de Alejandro.

A Severo le indignó la falta de vigilancia en un lugar tan sagrado y lo fácil que era para cualquiera entrar en aquel recinto. De hecho, terminada su visita, daría las instrucciones necesarias a Quinto Mecio para que se sellase la entrada a la tumba de modo que no pudiera entrar en ella nadie sin la autorización previa del emperador de Roma.

Fue en ese momento cuando Severo explicó a sus hijos todo cuanto sabía sobre cómo había llegado hasta allí el cuerpo del conquistador de Oriente.

—Alejandro falleció, como sabéis, en Babilonia, que visitamos en nuestro avance hacia Ctesifonte con el ejército. Pero tras su muerte, igual que sus generales lucharon por conseguir un pedazo del Imperio que Alejandro dejaba sin heredero designado, también discutieron sobre dónde debía reposar para siempre su antiguo líder. Los datos son confusos. Parece ser que unos querían llevarlo a su tierra natal, a Macedonia, y otros insistían en que debía ser enterrado aquí, en Egipto, pues aseguraban que ese había sido el deseo de Alejandro. Sea como fuere, en el traslado de la gran carroza funeraria que iba desde Oriente hacia Macedonia, en algún punto, quizá en Siria o en una región próxima, tal vez Palestina, Tolomeo, el general de Alejandro que se había hecho con el control de Egipto, consiguió apoderarse también de la carroza y trasladó el cuerpo a esta provincia, que entonces era su reino. Primero enterró a Alejandro en Menfis, pues esa era la capital de Egipto en su momento, pero finalmente, más adelante, el cuerpo fue conducido hasta aquí, hasta el corazón de la ciudad que fundó el propio Alejandro y que por ello lleva su nombre: Alejandría.

Antonino escuchaba extasiado las explicaciones de su progenitor. Tanto su padre como él estaban asombrados ante el deslumbrante mausoleo. Los dos admiraban al gran macedonio inmortal por sus hazañas.

Geta no tanto. Su hermano Antonino era el que estaba interesado en los famosos guerreros del pasado. A Geta, pese a sus solo diez años de edad, le preocupaban más los augustos y césares del presente. Sobre todo, quién era augusto y quién solo césar. Su hermano mayor era augusto, coemperador. Él, solo césar. La diferencia no dejaba mucho espacio en su cabeza para ponderar la valía de reyes antiguos.

XI
—

MUERTE EN EL NILO

El curso del Nilo
Principios de 200 d. C.

A las pocas semanas, toda la familia imperial embarcó en una cómoda *trirreme* para iniciar un espectacular recorrido por el Nilo, río arriba, y poder así visitar los más emblemáticos monumentos del país de los faraones, el cual, pese a llevar sometido dos siglos a la autoridad de Roma, seguía impresionando incluso a los emperadores.

Severo eligió una *trirreme* relativamente ligera porque las más pesadas *cuatrirremes* o *quinquerremes*, que la flota romana tenía amarradas en el puerto de Alejandría, no parecían buenas opciones para una navegación que el emperador esperaba que los condujera a las tierras más al interior de Egipto, donde el cauce del Nilo podía ser menos profundo. Su anhelo era llegar hasta la misma frontera del antiguo Imperio faraónico con la remota región de Etiopía. Desde sus tiempos en Leptis Magna, Severo había oído fabulosas leyendas sobre aquellos lejanos territorios y esta era su oportunidad para visitarlo todo. Y no pensaba desaprovecharla: sus enemigos políticos habían sido fulminados por sus legiones, empezando por Juliano, luego Nigro y terminando por Albino; acababa de concluir una ejemplarizante campaña de castigo contra Partia y en Roma sus posibles enemigos en el Senado, seguramente atemorizados por las ejecuciones de casi una treintena de sus colegas, callaban. Era el momento adecuado para emprender una expedición de aquel tipo, más por puro placer y curiosidad que por necesidades militares. También supondría aquel viaje una oportunidad para olvidarse del mal sabor de boca que el fallido asedio a Hatra, aunque no hablaran de ello, había dejado en todos ellos tras una campaña en Oriente que, en conjunto, había sido positiva.

Pero, pese al marcado carácter lúdico de aquella navegación fluvial por el Nilo, Severo no desatendió las cuestiones de seguridad de él y de toda su familia, de modo que varias cohortes avanzaban por tierra en paralelo a la nave imperial río arriba. Y, de igual forma, para garantizar la defensa del emperador, su esposa, el joven augusto Antonino y su hermano, el césar Geta, media docena de *trirremes* escoltaban la nave del señor todopoderoso del Imperio romano.

Navegaron, así, todos hacia el sur, hacia el corazón del legendario territorio de los antiguos faraones de Egipto. Y con ellos también embarcó un Galeno apesadumbrado, pues aquel nuevo viaje lo alejaba de un retorno a Roma anhelado ahora por él para consultar los libros secretos que habían sido enviados a la capital del Imperio. No podía imaginar Galeno que al acompañar a la comitiva imperial en aquella navegación por el Nilo se reencontraría con el enemigo más mortífero contra el que ya había luchado en el pasado y de quien dejó escrito que «ojalá termine de una vez». El veterano médico Galeno no esperaba asistir a la resurrección de aquel mortal asesino en los confines del reino de los faraones. Pero los horrores que uno encuentra en la vida nunca son previstos ni buscados.

Y, en medio de los preparativos del viaje, obsesionados como estaban Plauciano y Julia en su enfrentamiento perenne, no podía imaginar tampoco ninguno de los dos que pudiera haber un enemigo aún más implacable que ellos mismos. Pero cuando uno asciende por el Nilo en busca de lo desconocido, uno puede encontrarlo todo. Incluso lo que no se desea.

Entre Guiza y Menfis

El perfil de las grandes pirámides se dibujaba una mañana en el horizonte.

—¿Nos detendremos para visitarlas? —preguntó Julia situándose por detrás de su esposo y posando su suave mano sobre la espalda del emperador, que observaba la espectacular silueta de aquellas viejas tumbas desde la proa del barco.

—¿Te gustaría? —inquirió Severo.

—La verdad es que sí —comentó ella, siempre con su mano acariciando lentamente la espalda de su marido. Septimio no se movió. Le gustaba aquel masaje de su esposa.

—Pues nos detendremos. —Y Severo, siempre sin separarse de su mujer, dio un par de voces para que el capitán del barco lo oyera bien y detuviese la embarcación en aquel punto.

—¿Sabes una cosa? —continuó ella, acariciando ahora con la mano el cuello del emperador.

Severo conocía lo suficientemente bien a su esposa para saber que aquella ternura anticipaba una petición. Fuera la que fuera, victorioso de tantas campañas, enamorado del cuerpo y también de la forma de pensar de su esposa, se sentía inclinado a concederle lo que pidiera.

—Dime, Julia.

—Creo que deberías nombrar un nuevo jefe del pretorio —empezó ella, y al notar cómo los músculos del cuello de su esposo se ponían tensos añadió una veloz explicación—. No quiero decir que tengas que destituir a Plauciano, no me he explicado bien. Sé que tienes una enorme confianza depositada en él; lo que sugiero es que designes a un segundo prefecto.

La mano de Julia permanecía suavemente posada sobre el cuello del emperador y percibió que los músculos seguían tensos. Estaba claro que atacar el poder de Plauciano y la confianza plena que su esposo tenía depositada en él sería un problema; y más si no disponía de pruebas claras de su ambición sin medida o de posibles actos de traición que Plauciano hubiera cometido. Sabía que la opinión de Galeno sobre que Leto hubiera sido víctima de un ataque no sería suficiente para minar la fe de su esposo en su único y todopoderoso jefe del pretorio. De hecho, no podía probar una relación directa entre la muerte de Leto y una orden de Plauciano. Eso no lo tenía.

—No es un prefecto de la guardia imperial lo que perdí en Hatra, sino un *legatus* —opuso Severo, mientras observaba cómo los marineros llevaban a cabo las maniobras para acercar la nave a la orilla donde se veían las pirámides—. Otro *legatus* es lo que necesito, ¿no crees?

—Lo sé, amor mío, pero piensa que el Senado te acusa constantemente de, según ellos, no seguir las viejas tradiciones de Roma en muchos asuntos. Y a mí me detestan por extranjera. Quizá aquí podrías mostrarte más plegado a las costumbres de la mayoría de los emperadores que te precedieron y, en lugar de tener un único jefe del pretorio, disponer de dos, como ha sido habitual. Plauciano, por supuesto, permanecería en el cargo, pero podrías nombrar a otro oficial de tu confianza también como prefecto, con la dignidad de *vir eminentissimus*, de modo que puedas recurrir a uno o a otro en función de las necesidades que puedas encontrar en tu gobierno del Imperio.

Severo guardó silencio un rato. La *trirreme* estaba ya muy próxima a atracar. De hecho, el capitán del barco dio la orden de detener la aproximación a la orilla. El emperador interpretó que seguramente el oficial tenía miedo de que la nave embarrancara. Y quizá tuviera razón. Usarían un bote para llegar hasta la ribera.

—No creas que no he pensado en ello —dijo, al fin, Severo—. Y es muy posible que tengas razón. Y, para que veas que no hablo solo por darte gusto, te diré que hasta había pensado en alguien para ese puesto.

—¿En quién? —indagó la emperatriz con curiosidad sincera.

—En Quinto... —empezó Severo.

Julia sintió como si el corazón se saltara un latido.

La emperatriz a punto estuvo de dejar de acariciar el cuello de su esposo: solo por un breve momento, por un instante, al oír el nombre de Quinto..., pero...

—En Quinto Emiliano Saturnino —fue la frase completa de su esposo.

Julia siguió con el masaje en el cuello de su marido.

La emperatriz permaneció en silencio. Tenía que centrarse en valorar bien la propuesta de su marido antes de oponerse o proponer una alternativa: Saturnino había sido un oficial que se había distinguido por actuar con valor en Lugdunum, en la batalla clave contra Albino en la Galia. Y, desde entonces, había estado al mando de diferentes *vexillationes* en la reciente campaña de Partia. No había ascendido a *legatus*, pero algunos lo habían considerado un posible candidato a suceder al malogrado Leto al frente de la I *Parthica*. Que su marido pensara en aquel hombre no ya como nuevo oficial al mando de una legión, sino como jefe del pretorio era algo que a Julia no le parecía mal. No era Quinto Mecio, pero podía valer. En cualquier caso, sería una forma de recortarle poder a Plauciano. Además, ya estaba empujando a Severo a elegir un segundo jefe del pretorio. No podía, adicionalmente, pretender que este fuera un hombre sugerido directamente por ella. Es decir, sí podía intentarlo, pero era forzar demasiado la voluntad de su esposo. Ella se sentía en silencioso enfrentamiento contra Plauciano, pero no en situación de emergencia.

No, la opción alternativa de Mecio habría podido estar bien si su esposo no hubiera pensado aún en alguien, pero no cuando él ya se había fijado en un candidato para aquel delicado e importante puesto militar. Además, Saturnino tenía una virtud que lo hacía, a ojos de la emperatriz, perfecto: no estaba, en modo alguno, relacionado con Plauciano y su entorno de poder, lo cual podía hacer que este oficial fuera, en efecto, un contrapeso idóneo en el control de la guardia pretoriana.

—Saturnino siempre se ha distinguido por servirte con lealtad —dijo Julia—. Me parece una idea excelente.

No hablaron más del tema, sino que descendieron del puente de mando de la nave, recogieron a los jóvenes Antonino y Geta, y desembarcaron para visitar las eternas pirámides de Egipto.

Segunda nave de la flota imperial del Nilo
Al día siguiente

Opelio Macrino entró en el lujoso camarote de Cayo Fulvio Plauciano.

El jefe del pretorio lo miró con fastidio. Tenía una hermosa esclava egipcia arrodillada delante de él a punto de satisfacerlo íntimamente cuando, de pronto, sin ser convocado, aparecía su segundo en el mando.

—¡Por Júpiter!, ¿se puede saber por qué vienes a molestarme cuando ni siquiera te he llamado?

—El emperador ha hecho un nombramiento que creo que el *clarissimus vir* debería conocer —replicó Macrino mirando al suelo.

—¡Por todos los dioses! ¿Y por eso me molestas? —La irritación de Plauciano se incrementaba por momentos; la esclava interpretó que debía irse e hizo ademán de levantarse, pero Plauciano la cogió fuertemente de una muñeca, con tanta rabia que le hizo daño, aunque la muchacha se engulló el dolor en silencio—. ¿Y cuál es ese nombramiento que he de conocer con tanta premura? A ver, Macrino, ya que me has interrumpido en uno de mis momentos de solaz, suelta ya de una vez lo que crees que tanto va a interesarme.

El aludido asintió y habló agachando la cabeza, mirando solo de reojo al prefecto. Decírselo encarándolo directamente podría parecer ofensivo.

—El emperador ha nombrado a un segundo jefe del pretorio.

Plauciano aún tenía asida por la muñeca a la joven esclava y, en un ataque de rabia, tiró de ella hasta arrojarla al suelo, donde la muchacha, aterrada, quedó inmóvil a la espera de, o bien recibir más golpes, o bien ser expulsada de allí. Ojalá fuera lo segundo.

El prefecto se levantó.

—Repite eso.

—El emperador ha nombrado a un segundo jefe del pretorio.

Plauciano volvió a sentarse.

Pidió vino.

Un esclavo lo trajo.

Bebió.

Miró al suelo, donde la esclava permanecía inmóvil, conteniendo un llanto ahogado.

—¿A quién ha elegido el emperador? —preguntó con gélida serenidad Plauciano. Lo primero era tener todos los datos para ver cómo de grave era la situación.

—A Quinto Emiliano Saturnino —precisó Macrino.

—Saturnino... —repitió Plauciano en voz baja mientras miraba ahora su copa de vino. Aquel era un oficial leal a Severo, como era de esperar, pero, y esto era lo peor de todo, honesto, muy diferente a Macrino y a otros que lo servían en sus fines de acrecentar su poder alrededor del ingenuo Severo. Eso significaba que no podría comprar ni corromper al nuevo prefecto y que se vería forzado a compartir el control de la guardia con él e, incluso, los informes de los *frumentarii* de la policía secreta. Pero no era aquello lo que más incomodaba a Plauciano, sino el hecho de que el emperador hubiera decidido hacer aquel nombramiento sin ni tan siquiera consultarlo con él. En ese instante, Plauciano frunció el ceño. Aquella era una decisión demasiado directa, demasiado audaz, impropia del Severo que él conocía, del Severo que se lo preguntaba todo antes de actuar. No, Severo necesitaba siempre que alguien lo empujara en las decisiones importantes. Y si él, Plauciano, no había sido quien hubiera solicitado ese nombramiento, solo había otra persona en el mundo capaz de incitar al emperador a tomar una decisión de aquella envergadura sin preguntar nada a nadie: Julia.

—Dejadme solo —dijo Plauciano.

Opelio Macrino, los esclavos y pretorianos que estaban en el camarote y, muy feliz, la joven esclava, salieron a toda velocidad y dejaron al jefe del pretorio a solas consigo mismo y sus pensamientos.

Plauciano se pasó la palma de la mano derecha por los labios.

—Julia Domna —dijo en un susurro. ¿Intuía la emperatriz sus planes? ¿Sabía ella algo sobre lo que ocurrió en Hatra?

Plauciano negó con la cabeza. No, era del todo improbable que tuviera información sobre la muerte de Leto. Macrino había sido ingenioso al ocultar su crimen dejando que los muros y el techo de la mina aplastaran el cadáver de Leto... y, aun así... Tomó nota de aquel movimiento estratégico de la emperatriz.

—Saturnino —dijo ahora en el silencio de su camarote vacío—. Que los dioses te protejan. —Y bebió con ansia todo el vino que había en su gran copa de oro hasta apurar la última gota.

»¡Ah! —exhaló al final y se levantó.

Tenía que dejarse ver y, por el momento, mostrarse ante el emperador y, lo que era más importante, ante la emperatriz, como si el nombramiento de su colega en la prefectura de la guardia imperial le pareciera algo normal, acorde a las tradiciones de Roma.

De Menfis a la frontera entre Egipto y Etiopía
200 d. C.

La navegación hacia el sur prosiguió durante semanas. Visitaron el lago Meris, con su impresionante red de edificios que Heródoto dio en denominar «el laberinto», dotados de más habitaciones que la *Domus Aurea* que construyera en Roma Nerón. Llegaron a Tebas y siguieron río arriba hasta detenerse en las colosales estatuas sedentes de Memnón.[12] Allí Julia y Severo esperaron un día entero con la esperanza de oír ese silbido especial que, según decían algunos viajeros, emitía al amanecer una de las estatuas, concretamente la situada más al sur, y que proporcionaba una inmensa suerte a quien lo oyera.

Esperaron en vano.

No se oyó nada.

¿Significaba eso que no tendrían suerte?

Aun así, aunque no oyeran nada semejante a un silbido, Severo ordenó que se reforzara parte de la estructura de las estatuas, pues estaban muy deterioradas por el paso de los siglos y las inclemencias del tiempo.

La experiencia estaba siendo fascinante para todos los miembros de la familia imperial: los monumentos eran increíbles, la comida exótica y las conversaciones por las noches, en la cubierta de la nave, mecidos por el curso del Nilo eterno y bajo un manto de estrellas, estimulantes. A Severo, Julia, Antonino y Geta se les unían cada noche Saturnino, el nuevo jefe del pretorio, con el que la emperatriz se encontraba, a cada

12. En realidad, representaciones de Amenofis III, lo que romanos y griegos desconocían.

momento, más cómoda; el viejo médico Galeno; el veterano filósofo Filóstrato, que se había sumado al séquito augusto en los últimos meses, y algún alto oficial de las tropas que seguían por tierra a la flota imperial. Plauciano, no obstante, solía alegar su supuesta costumbre de acostarse temprano para no prodigarse en aquellas reuniones. Algo que, personalmente, la emperatriz agradecía. De hecho, Julia empezaba a pensar que de aquel viaje por el hermoso Nilo retornarían a Roma con un Saturnino como jefe del pretorio de máxima confianza y, en consecuencia, habiendo mitigado la influencia de Plauciano sobre el emperador. ¿Habría conseguido, por fin, conjurar el ansia de poder del *clarissimus vir* pretoriano?

Julia miraba al cielo mientras el resto conversaba sobre el último templo que habían visitado semanas atrás.

Todo empezaba a ser perfecto.

Demasiado.

Julia temía alguna catástrofe. No sabía bien por qué, aunque es algo conocido que el ser humano no quiere perder lo que tiene, especialmente cuando tiene mucho. El-Gabal, el dios del sol de su Emesa natal, estaba con ella. ¿Y los dioses romanos?

Julia cerró los ojos.

Sus miedos eran imaginaciones suyas. Tenía que desterrarlos de su ánimo.

Sintió el vaivén de la nave anclada en medio del río. Detenían la navegación a la espera de la luz del amanecer para evitar colisionar con cualquier obstáculo inesperado invisible en la noche. La emperatriz se dejó mecer por aquel lento pero constante subir y bajar de la nave, como si el Nilo entero estuviera amándola.

Campamento de las cohortes de la ribera derecha del Nilo
20 de enero, hora undécima, con el sol cayendo en el horizonte
200 d. C.

Décimo era un veterano de las campañas de Marco Aurelio contra los marcomanos y eso lo hacía ser respetado por todos por su valor y por su experiencia. No había llegado a centurión de la legión por casualidad ni por contactos. Sus orígenes, como los de muchos de los legionarios, eran humildes. La autoridad se la había ganado en el campo de batalla. Por todo ello, cuando uno de sus hombres se derrumbó en medio de una de las marchas que realizaban a diario para mantenerse junto a las naves de la pequeña flota imperial, Décimo se acercó para comprobar si aquello era efecto de un golpe de calor o si el desvanecimiento se debía a otro motivo. Aquellas largas caminatas en paralelo al Nilo servían también para que la tropa estuviera en tensión y en forma, preparados todos siempre para el combate, pues nunca se sabía qué podía pasar en aquellos territorios cada vez más ignotos.

Décimo ya estaba junto a la tienda del legionario que se había desplomado. El sol, en aquella región del mundo, era, sin duda, inclemente, pero aquellos legionarios habían batallado en las arenas de Siria, Mesopotamia y Partia, donde el clima era igual de inmisericorde. Lo que preocupaba realmente al centurión era que se trataba del cuarto hombre que se derrumbaba en medio de grandes sudores durante las marchas de aquellos días.

—Y van cuatro —musitó entre dientes el centurión al tiempo que examinaba al nuevo soldado enfermo tendido junto a la tienda de su *contubernium,* una pequeña estancia portátil para los ocho hombres de cada unidad mínima de la legión. Alguien había pensado que sería bueno que le diera el aire, eso sí, a la sombra que proyectaba la propia tienda.

Dos de los que habían caído desplomados, aparentemente también por la fuerza del sol, eran de aquel mismo *contubernium* y el tercero de uno cuya tienda estaba al lado.

Décimo apartó las telas de la entrada y accedió al interior. Los otros tres soldados enfermos de aquella unidad permanecían echados, los tres sudando. Sin embargo, uno de ellos, además de los sudores, parecía tener unas extrañas costras que empezaban a aparecer por toda su piel, por brazos y piernas y hasta en el rostro, desfigurando sus facciones de una forma horrible.

Décimo era un veterano que había luchado contra tantos enemigos brutales en las fronteras de Germania y de Partia que había olvidado la mayoría de sus nombres, pero del enemigo más despiadado contra el que había combatido no se había olvidado nunca.

—Llamad al médico viejo —dijo el centurión haciendo referencia al apelativo que los legionarios más veteranos usaban para referirse a Galeno.

Nave imperial
20 de enero, hora duodécima
200 d. C.

Estaba anocheciendo cuando el médico del emperador, tras escuchar la información que le trasladó uno de los legionarios, accedió a subir a un pequeño bote e ir a la orilla pese a que eran horas más propias del descanso que de visitar enfermos. Pero el veterano médico, al igual que había hecho el centurión, intuía que la urgencia era necesaria. En poco tiempo, Galeno se encontró junto al oficial Décimo, examinando a los soldados del primer *contubernium* afectados por aquellas extrañas fiebres.

Galeno pidió que los tres legionarios se desnudaran. Solo uno, el que había caído enfermo primero, mostraba las terribles llagas y costras por brazos y piernas, además de en el rostro desfigurado. Uno de los otros dos legionarios enfermos pidió permiso para salir fuera. El médico asintió y el centurión también. Todos, desde el interior de la tienda, pudieron oír cómo el legionario en cuestión vomitaba. Cuando regresó, parecía algo más calmado, pero Galeno lo llamó y le dijo que se sentara en una pequeña *sella* que habían dispuesto junto al médico.

—¿Tú eres el que menos tiempo lleva sintiéndose mal?

—Sí..., señor —respondió el legionario, que, entre enfermo y confuso, no sabía bien cómo dirigirse al veterano médico.

—Llevarás así unos... —Galeno calculó con rapidez— ¿tres o cuatro días?

—Cuatro, sí, *medicus*.

Galeno miró entonces al legionario cubierto de costras.

—Y tú llevas nueve días encontrándote indispuesto, según me han dicho, ¿correcto?

—Ayer... hizo... nueve..., creo... —respondió el aludido, pero le costaba pronunciar cada palabra y no se le entendía con nitidez.

Galeno se levantó y fue a donde este estaba.

—Abre la boca y saca la lengua.

El legionario obedeció y mostró una lengua repleta de llagas y costras como las que tenía por la piel del rostro, brazos y piernas.

—Cierra la boca —continuó el médico—. ¿Te duele al tragar?

—Mucho..., *medicus*.

—¿Y todos tenéis fiebre, vómitos y... diarrea?

Los tres asintieron.

—De acuerdo —dijo y salió acompañado por el centurión—. Quiero ver al cuarto enfermo.

El examen se repitió en otra tienda.

Los síntomas eran los mismos, solo que, como en el caso de los que llevaban menos tiempo enfermos, este otro legionario tampoco mostraba llagas ni costras.

—Aparecerán en unos días más —precisó Galeno cuando caminaba de regreso al bote seguido por Décimo.

—Soy veterano del divino Marco Aurelio. Es lo mismo que en Aquilea, ¿verdad? —preguntó el oficial.

—Eso parece —le confirmó Galeno.

Siguieron caminando en silencio.

—Van a morir muchos, ¿cierto? —insistió el centurión, que deseaba saber cuál iba a ser el alcance del desastre.

Galeno se detuvo un instante antes de subir a la barca que debía llevarlo de regreso a la nave imperial.

—Muchos, centurión. Aunque tu rápida reacción ayudará a que sean algunos menos. Que separen a los enfermos en tiendas diferentes a las de los sanos y que solo un pequeño grupo cuide de los que están mal. Pronto no podrán valerse por sí mismos. Y que ese grupo de cuidadores se relacione lo menos posible con el resto de las tropas. Hablaré con el emperador y él decidirá si tomamos más medidas, pero por el momento haced lo que digo. ¿Han quedado claras mis instrucciones?

Décimo asintió.

Nave imperial
21 de enero, hora prima
200 d. C.

Aunque Galeno regresó al barco en la *secunda vigilia* de la noche, decidió esperar hasta el amanecer para solicitar audiencia con el emperador. En parte porque estaba agotado, en parte porque necesitaba aclarar sus ideas. De nuevo se las veía con la enfermedad más terrible que había encontrado en toda su larga vida y quería intentar poner en orden todas sus experiencias pasadas, desde Aquilea hasta Roma, desde las fronteras del norte del Imperio hasta las calles de la capital, calculando los miles de casos que atendió, todas las personas que vio morir lentamente, las pocas que se salvaron... Todo un largo periplo mental para intentar, esta vez, dar con alguna clave que le permitiera detener el avance de aquel mal tan silencioso como mortífero.

Por mucho que pensó, no dio con solución alguna.

El amanecer llegó y Septimio Severo recibió a Galeno con el semblante tenso, como este imaginaba que tendría el emperador tras haber leído el mensaje que le había remitido al augusto explicando lo que estaba pasando. El emperador estaba acompañado por su esposa, Julia, y por el prefecto del pretorio Plauciano. Saturnino, el segundo jefe del pretorio, estaba en el campamento militar de la orilla. Ambos se turnaban en el mando del pequeño ejército de escolta imperial.

—En tu mensaje dices que es el mismo mal que diezmó las tropas de Marco Aurelio en Aquilea —empezó Severo con voz vibrante— y que luego se extendió por toda Roma y por gran parte del Imperio matando a centenares de miles.

—Así es, augusto —confirmó Galeno con rotundidad, sin dejar margen alguno a una posible mala interpretación suya de los síntomas de los legionarios enfermos—. Pero *diezmar* es una palabra demasiado positiva que implica que murieron uno de cada diez hombres. En Aquilea fallecieron cuatro o cinco de cada diez legionarios y en Roma, al menos, tres de cada diez habitantes. Hasta los dos coemperadores, primero el divino Lucio Vero y luego el divino Marco Aurelio, murieron por esta misma enfermedad.

El cuadro descrito por el médico era tan devastador que, durante un rato, nadie dijo nada.

—Supongo que no existe la posibilidad de que estemos ante otra enfermedad distinta, ¿verdad? ¿No puedes estar errado? —se atrevió a preguntar la emperatriz, pero con voz suave, con tanto tiento que ni siquiera la soberbia ni el orgullo de Galeno se sintieron ofendidos. En el fondo era normal que todos quisieran imaginar que estaba equivocado. Él mismo, por primera vez en su vida, se alegraría de estarlo.

—Mucho me temo que no me equivoco, augusta. Luché contra aquella peste durante años y examiné a miles de enfermos. Las llagas, los síntomas y, sobre todo, esas terribles costras en las que desemboca la enfermedad en su fase más dura son algo que no puedo quitarme de la mente ni un día de mi vida. Estamos ante la misma plaga. Es cierto, no obstante, que hubo luego otros brotes y que, en ocasiones, la peste se muestra menos virulenta, pero como médico mi obligación es advertir de lo peor que puede ocurrir.

Severo levantó la mano. Necesitaba silencio para pensar. Su magnífico viaje de placer por el Nilo estaba terminando en un desastre cuyas dimensiones aún estaban por determinar. Tenía que obrar con inteligencia para minimizar el impacto de la enfermedad. Tenía que pensar como un auténtico emperador. No tardó mucho en decidir y bajó la mano.

—Veamos, médico —empezó Severo; todos escuchaban atentamente, incluido el propio aludido—. El divino Marco Aurelio, al que todos admiramos y respetamos por su clarividencia en el pasado gobierno del Imperio, decidió dejar en tus manos la lucha contra aquella peste; y el Imperio, aunque con enorme sufrimiento, sobrevivió a aquella maldición. Es evidente, además, que de todos nosotros eres el que más sabe sobre este mal y el que más ha combatido contra él. Si lucháramos contra guerreros indómitos de Etiopía o si hubiera un levantamiento general en Egipto, por todos los dioses, sería yo el que me pondría al frente de mis tropas para resolver el asunto y no dudaría en luchar en primera línea si ello fuera necesario, tal y como hacía el divino Trajano y como he hecho yo mismo en más de una ocasión. Pero contra este enemigo silencioso eres tú el que más sabe y a tu consejo me someto. Dinos, pues, a tu entender y con tu experiencia, qué puede y debe hacerse para atajar el avance de esta peste.

Galeno hizo una reverencia ante el augusto antes de responder.

Hasta aquel día había tenido a Severo por hombre vanidoso en extremo, pero que en tiempos de crisis tan grave supiera identificar que alguien podía estar por encima de él a la hora de decidir lo sorprendió positivamente. Galeno asintió y en su réplica procuró proporcionar al emperador de Roma y a todo el Imperio el mejor servicio que estaba en su mano.

—Augusto, hemos de asumir que va a haber muertos. Quizá muchos, pero la peste se ha detectado pronto y estamos en un lugar apartado de pueblos y ciudades habitadas. Creo que podemos minimizar este nuevo brote de la gran peste.

—Te escucho, médico —dijo Severo, inclinado hacia delante en su *sella curulis*.

—Bien. Sea. Veamos, augusto —continuó el médico griego—; hay que dejar de interactuar con las tropas que hay en la ribera. La flota imperial debe dejarse llevar por la corriente del Nilo y alejarse unas treinta millas de este lugar. Quizá algo más. No sabemos bien por qué se inicia la peste, pero lo razonable es tomar distancia con el punto donde se origina. Luego, el campamento de tierra puede levantarse y también alejarse de donde está, también en dirección norte, de regreso hacia el corazón de Egipto. Pero hemos de detenernos todos y no seguir la ruta de regreso hacia Alejandría hasta que hayamos verificado que la enfermedad desaparece de entre nosotros. Esto es clave. Si retornamos con enfermos a Alejandría, una ciudad inmensa y con comunicaciones con todo el Imperio, es muy posible que la peste vuelva a extenderse por todas las provincias y sea una nueva catástrofe de la que no sé si conseguirá recuperarse Roma. Augusto, el divino Marco Aurelio, cómo decirlo... —Era complicado, incluso para Galeno, decir lo que iba a decir a un emperador sobre otro emperador—. El divino Marco Aurelio tuvo miedo en Aquilea y salió de allí con una escolta de soldados supuestamente sanos, pero luego la enfermedad se extendió por toda Roma. No digo que fuera el propio emperador el

que llevara la enfermedad desde Aquilea hasta Roma con su escolta. Mucha más gente emigró del norte al sur de Italia huyendo de la enfermedad antes de que el ejército pudiera controlar las calzadas, pero lo que quiero subrayar es que aquí estamos prácticamente solos y que si todos siguen mis órdenes...
—Galeno se detuvo en seco; tragó saliva y se corrigió con rapidez—, si todos siguen mis consejos, augusto, incluso el propio emperador, puedo asegurar que la peste se quedará aquí. Lo que no puedo asegurar es cuántos de nosotros sobreviviremos.

Severo cabeceó afirmativamente.

Galeno vio que la predisposición del emperador a colaborar en la erradicación de aquel mal sin huir hacia el corazón de Egipto era total y siguió entonces dando las instrucciones que había comentado ya al centurión Décimo con relación a la forma de aislar a los legionarios enfermos dentro del campamento.

—Todo debe hacerse según dice el médico —dijo Severo mirando a Plauciano cuando Galeno había terminado con todas sus explicaciones.

El jefe del pretorio asintió. A él no le gustaba someterse al criterio de nadie, pero reconocía en su interior, como había hecho ante todos los presentes el propio Severo, que en aquella crisis, Galeno era quien más sabía.

—Insisto en que se separen las ropas de los enfermos, sus mantas y sábanas de las de los legionarios sanos. No sé exactamente cómo se propaga esta peste, pero tengo claro que cuanto más aislemos a los enfermos, y todo lo que está en contacto con ellos, del resto, mejor.

El emperador miró a Plauciano una vez más y no hizo falta que dijera nada. El jefe del pretorio salió para dar cumplimiento a todo lo estipulado por el médico griego.

—Yo revisaré a los enfermos regularmente —dijo entonces Galeno mirando al emperador— y me mantendré alejado de la nave imperial, augusto.

Severo sintió entonces la mano de Julia apretando su muñeca ligeramente como clara muestra de que deseaba decir algo.

El emperador la miró. Su esposa no solía solicitar permiso para intervenir en un *consilium augusti*, y menos en uno improvisado como había sido aquel cónclave. El hecho de que ella le pidiera permiso subrayaba que la propia emperatriz interpretaba que estaban ante una crisis como nunca antes habían tenido.

—Habla si lo deseas —le dijo Severo a su esposa.

Julia se dirigió a Galeno.

—Como bien ha dicho mi esposo, eres, médico, de todos nosotros, la persona que más sabe de esta enfermedad. ¿No es ilógico que te arriesgues estando en contacto constante con los enfermos? Si te perdemos, no tendremos a quién recurrir para darnos consejo. Envía a otros a examinar a los enfermos y que te informen de sus síntomas.

Galeno miró fijamente a la emperatriz.

—Esta plaga, augusta, no me ataca a mí. Nunca lo hizo en el pasado y no creo que vaya a hacerlo ahora.

—¿Y por qué es eso? —inquirió la emperatriz con infinita curiosidad a la par que admiración y sorpresa compartidas con el propio Severo—. ¿Por qué una enfermedad que es capaz de acabar con centenares de miles de soldados, hombres y mujeres y niños de todas las edades se muestra incapaz de afectarte a ti?

Galeno de Pérgamo inspiró profundamente antes de admitir lo que para él era uno de los mayores misterios médicos que había encontrado en toda su vida:

—No lo sé, augusta. Si supiera qué hay en mí que hace que la peste no me afecte, podría salvar a miles de personas, a millones, pero por mucho que he pensado y leído sobre el asunto, por mucho que he investigado, revisando los escritos de Tucídides, que describe la peste que asoló Atenas, o de Arístides, que da todos los detalles de la peste de Esmirna, y por más que he pensado en ello, sigo sin saber por qué no me afecta la peste. Lo único que puedo decir a la emperatriz es que no ha de temer por mi vida. Casi desearía que ese peligro existiera y que la peste pudiera acabar conmigo, augusta, cuando me veo impotente ante tanto dolor, pero es como si los dioses se divirtieran haciéndome sobrevivir rodeado de miles de personas a las que no sé curar.[13]

13. La peste antonina y los brotes que surgieron posteriormente eran probablemente la forma más agresiva de la viruela, pero que entonces solía denominarse *peste* de forma genérica. La explicación científica de por qué

Todos los presentes miraban con los ojos muy abiertos al médico griego. Fue el emperador el que habló, al fin, diciendo que la reunión había terminado y se dirigió al capitán de la *trirreme* para que iniciara las maniobras para navegar en dirección norte, dejándose llevar por la corriente del Nilo, tal y como había propuesto Galeno.

El cónclave se disolvió con rapidez, pero Julia se acercó al médico, que se encaminaba a babor para embarcarse en el bote que debía conducirlo a tierra.

—¿Y los niños? —preguntó Julia—. ¿Hay algo que pueda hacerse para prevenir que se les contagie esta horrible enfermedad?

Galeno observó en la mirada de la emperatriz, por primera vez en mucho tiempo, una genuina preocupación de madre, algo nada común en ella. Así que, después de todo, de tanto luchar por el poder sin descanso, de guerras y batallas, magnicidios y ejecuciones, rebeliones y castigos, la emperatriz también tenía ese instinto tan común en tantas mujeres de, por encima de cualquier otra cosa, cuidar de sus hijos.

—Leche —dijo el veterano médico—. Leche de vaca.

—¿Leche? —preguntó la emperatriz arrugando la frente. Había esperado algún tipo de antídoto especial y específico de compleja elaboración y no algo tan común y relativamente sencillo de obtener, pues, aunque estuvieran navegando, en uno de los barcos de la flota había ganado de todo tipo con la finalidad de que el emperador y su familia pudieran disfrutar de carne de cabra, ternera o cerdo cuando lo desearan, además de leche de diferentes tipos y queso y otros alimentos frescos.

—Observé en el pasado que la leche de vaca parecía proteger a mujeres y niños contra la enfermedad —se explicó Galeno. No tenía claro si era la leche en sí misma o el contacto con

---

Galeno era inmune a la plaga o peste de la antigüedad está detallada en la nota histórica al final de *Y Julia retó a los dioses*, apartado que, no obstante, es mejor no leer hasta concluir la lectura de la novela. Pero hay una razón científica para esta inmunidad de Galeno a la viruela que, por supuesto, él no podía discernir en aquel momento por falta de datos que solo se tendrían a partir del siglo XIX.

los grandes animales lo que protegía contra la peste, pero era cuanto podía ofrecer a la emperatriz.

—Gracias —dijo Julia y dejó que el médico de Pérgamo subiera al bote.

La emperatriz lo vio alejarse en dirección a la ribera, allí donde se levantaba el campamento militar. De pronto observó que otro bote ya había llegado a la orilla y distinguió, con su muy buena vista, que la barca que había alcanzado primero la ribera era la que portaba a Plauciano. A Julia le extrañó aquel interés del jefe del pretorio por llegar antes que nadie a la orilla para poner en marcha las instrucciones de Galeno; Plauciano no era hombre de acudir a primera línea de combate, pero en aquel momento, preocupada por proteger a sus hijos, no le dio importancia al suceso y se dirigió veloz a los esclavos para que trajeran toda la leche de vaca que pudieran de la embarcación donde se transportaba el ganado.

Campamento romano en la ribera derecha del Nilo
Febrero de 200 d. C.

Los dos jefes del pretorio, Plauciano y Saturnino, fueron transmitiendo las instrucciones de Galeno para que todo se organizara según lo que el médico había estipulado: primero se trasladó el campamento varias millas más al norte, para alejarse un espacio prudencial del punto donde se había originado la peste, pero sin avanzar demasiado, para no aproximarse a zonas pobladas de Egipto.

Una vez levantada la nueva fortificación, se estableció un *valetudinarium* especial solo para los legionarios que contraían la enfermedad. Todas las ropas de los enfermos y de los que iban muriendo, pues pronto empezaron los fallecimientos, quedaban apartadas, así como sus mantas, utensilios de cocina, armas y cualquier objeto con el que hubieran tenido contacto.

Los dos jefes del pretorio actuaron de forma colegiada y coordinada. Saturnino, de hecho, se vio sorprendido por la facilidad con la que resultaba trabajar con un Plauciano contra quien muchos le habían advertido, indicándole que era demasiado engreído y poco amigo de compartir los privilegios de su posición como jefe del pretorio como para poder trabajar con él de forma conjunta.

—No sé si las cosas marchan bien o mal —dijo un día Saturnino a su compañero en la jefatura del pretorio.

—¿Qué quieres decir? —preguntó Plauciano.

—Que han muerto casi un centenar de legionarios, pero el médico griego parece satisfecho. Dice que a estas alturas en Aquilea habría muerto ya más del doble de esa cantidad. No sé qué pensar.

—Ya, por Júpiter —dijo Plauciano—. Se hace difícil aceptar que tantos muertos puedan ser incluso algo bueno.

Se hizo el silencio entre los dos.

Estaban frente a frente junto al *praetorium* de campaña. El emperador no venía al campamento. Él y toda la familia imperial permanecían en la *trirreme* que los transportaba por el río, anclados a varias millas del campamento.

—Llevas el uniforme muy sucio, ¿no? —dijo Plauciano como si buscara cambiar de tema para no pensar en la peste y en todos los buenos legionarios cuyas vidas estaba cercenando sin piedad y sin que aún se viera un fin a aquella pesadilla.

Plauciano había observado aquel detalle hacía tiempo, pero había esperado unos días antes de hacer aquel comentario. Uno pensaría que por falta de confianza o de familiaridad con su colega en la prefectura de la guardia.

Pero no.

En realidad, había esperado hasta tenerlo todo preparado.

Y ahora ya lo tenía todo dispuesto.

—Sí, es cierto —aceptó Saturnino algo avergonzado—. Iba a encargar un nuevo uniforme limpio al acceder al puesto de jefe del pretorio, pero entre el viaje por el Nilo que tanto se ha alargado y ahora la peste, no he tenido ocasión de resolverlo. Tendrás que sufrir compartir la jefatura de la guardia con este desarrapado —dijo Saturnino, e inició una risa a la que Plauciano pareció unirse de muy buena gana.

Cuando terminaron las carcajadas, Plauciano se dirigió de nuevo a su colega.

—Yo tengo algún uniforme nuevo y sin estrenar. Siempre

he tenido alguno de reserva y somos de la misma estatura y complexión. Si quieres puedo hacer que un esclavo te lo lleve esta noche a tu tienda.

Saturnino miró a Plauciano y parpadeó.

—De acuerdo. Es... curioso —añadió.

—¿Qué es curioso? —preguntó Plauciano intrigado.

—Por Júpiter, todos me habían puesto en guardia contra tu supuesta altanería y yo lo único que veo es que trabajamos bien juntos y, además, eres... generoso.

—No creas... —opuso Plauciano—: es más bien que no quiero que mi compañero sea un desarrapado, como tú mismo decías hace un momento. —Volvió a reír y Saturnino lo acompañó ahora también en la nueva carcajada.

A los dos les hacía falta reír en medio de tanto desastre. Todos, sin excepción, vivían además en el constante miedo de contraer la peste. La enfermedad no entendía de rangos. Ya se llevó en el pasado a un par de emperadores. Podía acabar con cualquiera. Las risas eran un buen relajante.

—Te acepto el uniforme, pero te lo pagaré —dijo, al fin, Saturnino, cuando acabaron con las carcajadas.

—De acuerdo. Si eso te hace sentir mejor... —apostilló Plauciano, al tiempo que ponía una mano en el hombro de su colega—. Eres un buen hombre. Voy a ver al médico griego. Esta noche haré que te entreguen el nuevo uniforme.

Y echó a andar.

Saturnino se quedó mirando a aquel hombre, el brazo derecho del emperador, a quien tantos consideraban tan engreído y ambicioso, y concluyó que la gente hablaba sin realmente saber.

Tienda de Plauciano
Esa noche

Opelio Macrino entró en la tienda.

Plauciano estaba sentado, bebiendo algo de vino y, como era su costumbre, con una esclava egipcia joven atendiéndolo en todo momento.

—¿Los tienes? —preguntó el jefe del pretorio.

Macrino miró a la esclava.

—Sal —dijo Plauciano a la muchacha y esta los dejó solos.

—Sí, los tengo —admitió Macrino.

—¿Pertenecen a muertos? No me vale solo que hayan enfermado. Quiero que sea de legionarios que hayan fallecido. No podemos desperdiciar esta oportunidad. Luego, en Roma, todo será más difícil. Estos son el momento y la circunstancia perfectos. Esta peste que a todos asusta puede terminar siendo una bendición para nosotros, Opelio.

—Pertenecen a dos legionarios que han muerto —confirmó Macrino—; y, según me dicen, perecieron con mucho dolor.

—Mejor —dijo Plauciano y sonrió—. Si sufre, mejor. —Y miró a Macrino—. Pues ahí está el uniforme que le tengo prometido a Saturnino. Ya sabes lo que hay que hacer.

—Una esclava coserá refuerzos en el interior del uniforme nuevo de prefecto de la guardia que me entregas con telas extraídas de las túnicas de los soldados muertos. Y, al amanecer, otro esclavo llevará el uniforme con esos añadidos a Saturnino. La esclava y el esclavo serán... eliminados. Me ocuparé personalmente de todo.

—Veo que lo tienes claro. Pues a trabajar. Y manda que regrese mi esclava egipcia cuando salgas. No uses a esa joven. Me gusta.

—De acuerdo, *clarissimus vir* —dijo Macrino, que, veloz, tomó con ambas manos el nuevo uniforme y salió de la tienda de su superior.

Valetudinarium de los enfermos de peste
Dos semanas más tarde

Galeno estaba de espaldas a la puerta, sentado en un pequeño taburete, examinando las costras de otro de los enfermos, cuando oyó la voz de uno de los nuevos tribunos de la guardia.

—Te necesitamos, *medicus*.

Galeno se giró y reconoció a Opelio Macrino, que de la caballería de una de las legiones había pasado a tribuno de la guardia imperial. Un hombre que iba ascendiendo con rapidez. ¿Demasiada?

—¿Qué ocurre? Estoy trabajando.

—Hay otro enfermo.

—Eso no es noticia, tribuno. Aquí tengo diez más que han entrado en el *valetudinarium* hoy mismo.

Y Galeno iba a darse la vuelta cuando el tribuno precisó algo más su información.

—El que ha contraído la peste ahora es el *vir eminentissimus* Saturnino.

Galeno suspiró. El nuevo jefe del pretorio enfermo. Eso era serio.

—De acuerdo. ¿Dónde lo tienen?

—Está en su tienda.

Galeno se levantó despacio y negó con la cabeza.

—No, no podemos hacer excepciones o todo se vendrá abajo. Han de traerlo aquí y aquí lo atenderé. Y si está en mi mano lo salvaré —pero añadió con impotencia—, aunque todo depende más de los dioses que de mi pericia. Es como si Apolo, el dios de las enfermedades, quisiera cebarse en nosotros.

—De acuerdo —respondió Macrino en referencia a la primera parte de los comentarios del médico sin atender a sus consideraciones sobre las divinidades, en las que él, por cierto, no creía demasiado. El tribuno salió del hospital militar para disponerlo todo de modo que trajeran a Saturnino al *valetudinarium* de los contaminados por peste.

—Sí, todo depende de los dioses —repitió Galeno hablando en voz baja para sí mismo—. Si al menos supiera por qué yo no enfermo..., podría curar a tantos. ¡A tantos! —Y dio un puñetazo con rabia en la pequeña mesa que tenía a un lado.

Nave imperial, en el curso del Nilo
Quince días más tarde, marzo de 200 d. C.

—Saturnino ha muerto —anunció Severo con tono grave.

La voz de su esposo la sorprendió mientras leía un libro de Plutarco.

—¿Cuándo, cómo? —preguntó Julia.

—Enfermó y falleció en pocos días. Galeno no pudo hacer nada.

—Ya —aceptó la emperatriz dejando el papiro en un lado del *triclinium*. No dijo más porque había varias ideas que se estaban cruzando en su mente al mismo tiempo: por un lado, el hecho de que, de nuevo, solo había un jefe del pretorio; Plauciano volvía a tener todo el poder de la guardia imperial; también pensó en que se debería nombrar a un sustituto de Saturnino lo antes posible y el nombre de Quinto Mecio vino a su cabeza el primero. Finalmente, Julia se alegró de no haber propuesto antes a Mecio. Algo le decía que, si este hubiera ocupado el puesto de Saturnino, quizá el fallecido ahora sería el actual *praefectus Aegypti*.

Esto la hizo meditar más.

A lo mejor que su esposo nombrara a Mecio nuevo jefe del pretorio no sería buena idea. Especialmente si Plauciano había tenido algo que ver en la muerte de otro hombre honesto y leal a su esposo. Era más inteligente salvaguardar a los leales, manteniéndolos alejados de Plauciano, a la espera del momento adecuado para recurrir a ellos...

—No dices nada —comentó Severo algo sorprendido ante el largo silencio de su esposa.

—No sé bien qué decir. Por El-Gabal, es una pérdida lamentable. Todo lo que está ocurriendo con esta maldita peste lo es —añadió exasperada.

—Galeno me ha informado esta misma mañana de cómo va todo, e insiste en que, pese a la muerte de Saturnino, el número total de nuevos enfermos y de fallecidos está decreciendo. Es de la opinión de que lo peor ha pasado. Me pide un mes más para decidir si regresamos ya sin nadie enfermo. Un mes o dos. No ha podido especificar, pero parecía optimista. Eso sí, lo de Saturnino es una lástima. Además de leal, parecía entenderse bien con Plauciano. El propio Plauciano me ha manifestado su pena por lo ocurrido y estaba muy afectado. Habían congeniado.

Julia se limitó a sonreír lacónicamente.

Cámara de la emperatriz
Esa misma noche

Lucia estaba deshaciendo el peinado de la augusta de Roma.

—Llama a Calidio y déjame a solas con él —dijo la emperatriz.

—¿No acabo de deshacer el peinado antes, mi ama? —preguntó Lucia algo extrañada por aquella petición en medio de la noche.

—No. Haz lo que digo y hazlo ya.

—Sí, mi ama.

Calidio, reclamado por Lucia, llegó en seguida a la cámara de la emperatriz.

—¿Qué desea la augusta?

Julia lo miró fijamente a los ojos. Él, de inmediato, bajó la mirada.

—Calidio, tú estás contento de que intercediera para que compráramos a Lucia y así facilitarte que te pudieras desposar con ella y vivir juntos, ¿cierto?

—Sí, le estoy muy agradecido al ama. Mucho.

—Bien. —Y guardó silencio unos instantes hasta que formuló una petición muy concreta—. Ahora no puedes hacer lo que te voy a pedir porque no se permite a ninguna persona de la nave imperial contactar con nadie del campamento de la ribera, pero cuando el asunto de la peste termine y puedas moverte por el barco y por el campamento del ejército en tierra, quiero que des con los que fueran esclavos de Saturnino, si es que siguen vivos.

—Sí, mi ama.

—Y cuando des con ellos, quiero que averigües todo lo relacionado con los días en los que su amo enfermó. Quiero saber si hubo algún cambio en sus actividades o en sus costumbres. Cualquier cosa, por trivial que parezca, que fuera diferente a los días anteriores. ¿Me has entendido?

—Sí, mi señora —respondió Calidio con claridad.

—De acuerdo. Sal ahora y llama a Lucia y... una última cosa: de esto no digas nada a nadie.

—No, mi ama. —Pero, de pronto, Calidio tuvo una duda—: ¿Ni al emperador?

Julia sonrió.

—A ver, Calidio, cuando quisiste que se comprara a Lucia para casarte con ella, ¿a quién recurriste: al emperador o a mí?

Calidio comprendió el mensaje.

—No hablaré de esta conversación con nadie, mi ama. Voy en busca de Lucia.

Julia mantuvo la sonrisa. Calidio era inteligente, al menos para lo que se podía esperar de un esclavo. Estaba intrigada sobre si conseguiría averiguar algo. A veces pensaba que quizá su animadversión visceral contra Plauciano la hacía juzgarlo como autor y origen de todos los males que los rodeaban. Quizá, después de todo, aunque Plauciano fuera un miserable, Saturnino podía haber, simplemente, enfermado por cualquier motivo fortuito, como les había ocurrido a tantos otros.

Navegando por el Nilo
Dos meses después, mayo de 200 d. C.

Severo había conseguido su victoria más silenciada. En aquel tiempo, sobrevivir a una enfermedad y además, por encima de todo, haber controlado que se extendiera por todo el Imperio, no parecía nada glorioso y, sin embargo, probablemente fue lo más admirable que hizo Severo en toda su existencia. Pero derrotar una plaga no daba gloria ante el Senado ni ante el pueblo.

En su cabeza, no obstante, lo que surgía era el sueño de un gran arco triunfal erigido en el centro mismo del foro que celebrara todas las vidas que había arrebatado a miles de partos en su victoriosa campaña en Oriente.

Julia, más sosegada al ver que la pesadilla de la peste había terminado, paseaba por la cubierta de la *trirreme* imperial con aire distraído, relajándose en medio de la dulce brisa que acariciaba la superficie de aquel río tan hermoso como repleto de misterios y, cuando quería, de experiencias terribles. En su curso uno podía encontrar lo más hermoso, pero, también, lo más mortífero, como sus famosos cocodrilos o, como habían comprobado, incluso la peste. Y, sin embargo, ahora que retornaban y navegaban plácidamente sobre sus aguas, los últimos meses solo parecían un mal sueño. Uno al que Julia no quería retornar.

—Mi ama.

Julia se giró y vio a Calidio, que, mirando al suelo de la cubierta, se había situado a su lado.

—Sí, dime.

Calidio miró a un lado y a otro. El emperador estaba en el puente de mando departiendo con el capitán de la nave; los hijos del matrimonio imperial descansaban en el interior del buque y los pretorianos se encontraban a una distancia prudencial de la augusta de Roma. Calidio se sintió entonces lo suficientemente seguro como para hablar.

—El ama me pidió que cuando terminara todo esto de la peste hiciera preguntas sobre los días en que el *vir eminentissimus* Saturnino enfermó.

—Así es —respondió Julia interesada por algo que ya casi había olvidado—. ¿Has averiguado algo?

—Nada, mi señora. Lo siento. El *vir eminentissimus* Saturnino se comportó en los días anteriores a caer enfermo como solía. No entró en el *valetudinarium* de los que ya estaban enfermos. Allí solo accedían Galeno y los que él había seleccionado como cuidadores y que también permanecieron separados del grueso de las tropas. Los esclavos que sirvieron al prefecto Saturnino, dos de los que han sobrevivido, porque uno enfermó también y falleció, no han sabido identificar absolutamente nada extraño, ningún cambio en las acciones de su amo durante aquellos días. Nada de nada.

—Nada de nada —repitió Julia entre dientes y frunciendo el ceño. Al final, todo, en esta ocasión, habían sido imaginaciones suyas. Conjeturas fruto de sus prejuicios contra Plauciano. Tenía que controlar su odio al prefecto amigo de su esposo o perdería la capacidad de evaluar los acontecimientos con la necesaria frialdad y equilibrio para saber qué era lo correcto en cada momento para preservar la dinastía por la que tanto había luchado aquellos años. Tenía que saber distinguir las auténticas traiciones de sus propias fantasías.

—Nada de nada, mi ama —insistió Calidio—. Por decir algo, al final uno de los esclavos me comentó que lo único diferente es que en esos días el *vir eminentissimus* Saturnino estrenó un uniforme nuevo. Eso es todo.

Julia Domna asintió, pero muy lentamente.

—¿Un uniforme nuevo?

—Sí, mi señora. Se ve que el otro estaba en mal estado. Se lo proporcionó su colega, el *vir eminentissimus* y *clarissimus* Plauciano. Siento no haber encontrado nada, mi ama.

La emperatriz sonrió a su esclavo y, excepcionalmente, lo miró a los ojos.

—Me has servido bien, Calidio. Ahora puedes retirarte.

—Gracias, augusta. —Y el esclavo, *atriense* de la familia imperial, se alejó de la emperatriz contento de no haber defraudado a su señora, aunque no sabía cómo podía haberle servido nada de lo que había dicho. Bueno, eso no era exacto. Calidio tenía alguna intuición, pero como era un esclavo inteligente, sabía que ciertas ideas no debían tener lugar en su cabeza. Las intrigas por el poder en la familia imperial y en todos los que estaban próximos a ella no debían ser centro de sus ideas. Su labor era cumplir las instrucciones de sus amos y cumplirlas bien. Así había sobrevivido muchos años y así seguiría actuando.

Julia se quedó sola mirando de nuevo hacia el Nilo. Para ella sí que era central discernir qué estaba pasando en la corte imperial. Y lo tenía muy claro: Plauciano entrega un nuevo uniforme a Saturnino y, a los pocos días, Saturnino enferma y muere. Otra de las casualidades que siempre beneficiaban a Plauciano.

Cualquier otra persona habría tomado lo sucedido en el asedio de Hatra, primero, y lo acontecido en Egipto, después, como un aviso para replegarse en sí misma y no intervenir más para oponerse al creciente poder de Plauciano.

Cualquier otra persona.

Pero Julia no era cualquier otra persona. Y para ella, el asesinato secreto de Leto, enmascarado en accidente pero identificado por Galeno sin ningún género de dudas como un crimen premeditado, y, a continuación, la muerte de Saturnino, constituían una declaración de guerra en toda regla por parte de Plauciano.

Eso sí: una guerra sin legiones.

Una guerra silenciosa.

La peor guerra.

SEGUNDA ASAMBLEA DE LOS DIOSES SOBRE EL CASO DE LA AUGUSTA JULIA DOMNA
—

Vesta gritaba.

Minerva le plantaba cara en silencio, en pie, desafiante. Vesta, de hecho, era mucho menos poderosa que ella. Otra cosa es que tuviera el respaldo de Neptuno, Apolo o Marte, lo que la convertía, en aquellas circunstancias, en una enemiga peligrosa.

—¡Se ha hecho trampa! —insistía Vesta, encarándose con Minerva y, al tiempo, mirando de cuando en cuando al mismísimo Júpiter, que, como siempre, presidía el cónclave de los dioses del Olimpo romano.

—¿Qué trampa? —preguntó Minerva.

—Tú lo sabes bien —replicó Vesta—. Has usado a ese médico, a ese al que llaman Galeno, para que ayude a Julia Domna. Le ha proporcionado información que la ha ayudado a combatir la traición, primero, o la enfermedad terrible que envió Apolo. Sin esa colaboración de ese *chirurgus* griego, Julia, a estas alturas, ya estaría muerta.

Minerva sonrió y, para despecho de todos sus enemigos celestiales en aquella confrontación, se hizo a un lado y, tras ella, apareció la figura del dios Esculapio, la deidad de la medicina.

—Así que es así como lo has hecho, ¿verdad? —le espetó Vesta—. Hábil, pero es trampa. —Y se volvió hacia Júpiter en busca de un nuevo dictamen que obligara a Minerva a dejar de influir en Esculapio para que este, a su vez, interviniera en el mundo de los vivos a través del médico Galeno.

Al resto de los dioses no les extrañó que Esculapio hubiera optado por el bando que estaba a favor de la augusta Julia. Todos sabían que el dios de la medicina estaba siempre enfurecido contra Apolo, quien había optado por apoyar a Vesta. Así que era natural que Esculapio se posicionara en el bando contrario, es decir, en este caso, con Minerva, a favor de Julia.

El enfrentamiento entre Esculapio y Apolo era de todos conocido: Apolo, el dios del sol romano, había matado a Corónide, la madre del propio Esculapio. La cuestión era compleja a la par que terrible: antaño, Apolo sedujo a esta mortal, hija del rey de Tesalia, y de ella nacería Esculapio. Pero Corónide se enamoró de Élato, un mortal como ella, y Apolo la mató. Esculapio no perdonó nunca a su padre por haber asesinado a su madre. Ahora, a su manera, ayudando a Julia Domna, se estaba tomando lo que para él era justa y cumplida venganza contra su cruel padre.

Júpiter asistía algo divertido a aquella jugada maestra de su hija. Minerva siempre era la más inteligente de todos y él, como padre, se enorgullecía de ello. Pero era el dios todopoderoso, el que debía impartir justicia, y las miradas no solo de Vesta, sino también de Neptuno, del propio Apolo y del resto de los dioses y deidades que estaban contra Julia se habían clavado en él esperando alguna decisión sobre la interpelación de Vesta con relación a la pertinencia o no de que Minerva hubiera convencido a Esculapio de que la ayudara.

—Minerva ha usado a Esculapio para influir en un mortal, Galeno, que asiste a la emperatriz de forma cada vez más activa —aceptó Júpiter—, pero ¿acaso no estáis valiéndoos todos vosotros de otro mortal, de ese Plauciano, prefecto de la guardia imperial, al que alentáis en la traición a Severo? ¿Y acaso no ha sido Apolo, el dios de las enfermedades, el que ha originado la peste a la que se ha tenido que enfrentar ese mismo Galeno en los confines de Egipto?

Apolo bajó la mirada.

Júpiter continuó hablando:

—Cada bando está usando sus armas, sus propios mortales o sus propias estrategias. Contra eso no tengo nada que decir.

—Pero la prueba de la traición, entonces, no debe darse por terminada —apuntó Vesta.

Júpiter enarcó las cejas.

—No —admitió el dios supremo—. Las traiciones terminan o con el traidor triunfante o con el traidor muerto.

—Sea —sentenció Vesta—. La prueba, pues, continúa. —Y dio media vuelta.

El cónclave volvía a disolverse.

Minerva hablaba con Esculapio.

—Ahora ya entendemos lo de la peste. Has de seguir influyendo en Galeno. Toda ayuda que reciba Julia es poca.

—Galeno estará con ella siempre —certificó Esculapio.

—Bien —respondió la hija de Júpiter y se giró hacia el bando enemigo. La mayoría de los dioses se alejaban, pero Vesta hablaba con Apolo.

—Esto es ahora algo personal —decía el dios romano del sol, tan alto que hasta la propia Minerva pudo oírlo; él mismo se dio cuenta y prosiguió hablando en voz baja—. Ahora he de dar un castigo a ese hijo mío capaz de rebelarse contra mí.

Vesta asentía al tiempo que respondía:

—Llevaremos a Julia al límite. La traición de Plauciano será completa. Para sobrevivir a ella tendría que hacer alguna locura, algo que, al final, se volvería en contra de ella. Y no se atreverá a poner en marcha acciones tan radicales para defenderse. No, no podrá superar la prueba.

Júpiter, cetro y orbe en sus manos, con el águila a sus pies, suspiró profundamente. El enconamiento entre los dioses se agudizaba. Estaban ante una nueva Odisea, solo que esta vez, en el centro de la lucha, estaba una mujer.

LIBER SECUNDUS

EL CUARTO CÉSAR

PLAVTILLA AVGVSTA

XII

DIARIO SECRETO DE GALENO

Anotaciones sobre el ascenso imparable de Plauciano

Plauciano se aprovechó de la ceguera de Severo con respecto a él y de su creciente poder, de modo que su influencia se incrementó sin límite bajo el auspicio de un emperador que seguía confiando en su jefe del pretorio por completo. El prefecto de la guardia se sintió muy fuerte, tanto como para eliminar su último escollo en su objetivo de arrebatar el poder al entonces ingenuo Severo: tenía que acabar con Julia. Ella era la única del entorno imperial que percibía la imponente autoridad del prefecto como la auténtica amenaza que era. El jefe del pretorio fue, pues, contra ella. Iba a ser un combate de titanes, soterrado, repleto de intrigas, sin legiones de por medio, pero con traiciones, violencia y muertes. El derramamiento de sangre estaba garantizado. Quedaba por ver si sería por ambos bandos o solo por el que cometiera el más mínimo error de cálculo. A estas alturas, ambos contendientes estaban dispuestos a admitir bajas en sus filas de aliados como algo necesario para conseguir derrotar, no, me corrijo, para conseguir aniquilar al contrario.

Plauciano estaba convencido de su inapelable victoria. A fin de cuentas, la emperatriz era solo una mujer, desarmada y sin ejército propio. La guardia imperial estaba controlada por él, y el ejército, si bien estimaba a la augusta, seguía las órdenes de un Severo que, a su vez, le consultaba todo a Plauciano.

En este punto, el prefecto de la guardia tenía razón: Julia se encontró sola en esta nueva guerra silenciosa por el poder. En cuanto a lo de desarmada y sin recursos, el jefe del pretorio estaba errado. Este fue su único error de cálculo. Pero error, al fin y al cabo.

Por otro lado, en su respuesta contra Plauciano, Julia también cometió una grave equivocación que le causaría enorme sufrimiento..., pero no he de anticiparme a los acontecimientos. Claro que... ¿fue equivocación o no tenía otra alternativa?

Pero continuemos por orden cronológico: el matrimonio imperial, todo su séquito, en el que yo, Galeno, iba incorporado, y el ejército iniciamos el retorno a Roma desde Egipto. Pero no fue un regreso directo. Severo aún quería asegurarse de que las fronteras orientales y del Danubio estaban en perfectas condiciones. Por ello, desde Alejandría fuimos a Antioquía, en Siria, y desde allí cruzamos Asia Menor, deteniéndonos en Capadocia y Bitinia. Allí mismo, en Lybisa, lugar de la muerte del gran Aníbal Barca, el emperador hizo levantar una gran tumba de mármol blanco en recuerdo del líder púnico norteafricano, fallecido allí hacía casi cuatro siglos. Y es que quien otrora fuera gran enemigo de Roma no dejaba, no obstante, de provenir del mismo territorio que el actual emperador del Imperio. Cabe preguntarse si el hecho de que, pasados los siglos, Roma estuviera gobernada por un norteafricano como Severo no era una ironía del destino y una victoria final de Aníbal. Sea como fuere, Severo profesaba respeto a la figura del gran Barca y el monumento se erigió.

A continuación, las legiones del emperador cruzaron el mar y llegaron a Tracia y al Danubio. Aseguradas, por fin, todas las fronteras orientales y danubianas, el séquito de Julia y Severo regresó, por último, después de aquel largo periplo, a Roma. Yo aspiraba, entonces, a que se me permitiera acceso a los libros que Severo había confiscado en Alejandría. Tenía la esperanza de encontrar entre esos volúmenes proscritos por el emperador los famosos libros de Herófilo y Erasístrato, que tanto anhelaba. Pero el augusto se mostró tajante en su prohibición y ni siquiera a mí me permitió acceso a aquellos papiros. Pensé que mis excelentes servicios en Egipto me allanarían el camino hacia esos libros, pero no fue así. Solo podía esperar y tener aún más paciencia. En cualquier caso, tampoco podía estar seguro de que lo que Heracliano había dicho fuera cierto. Quizá los manuales antiguos de anatomía que buscaba tampoco estuvieran ahí. Fuera como fuera, en medio de mi confusión sobre este asunto, el Circo Máximo acogió entonces unos nuevos juegos espectaculares: había que celebrar que el augusto Antonino vestía la *toga virilis*.

Este sería el lugar y el momento elegidos por Julia y Plauciano para iniciar, ya sin tapujos ni restricciones, su particular duelo mortal.

XIII
—

EL TÚNEL MÁS LARGO

Roma, 202 d. C.

—¿Sabes cómo lo llaman?

La voz de Maesa apenas resultaba audible entre el fragor del público que inundaba las gradas del gigantesco hipódromo de Roma. Las más de doscientas cincuenta mil gargantas que aullaban a favor de las cuadrigas, ya fueran rojas, azules, verdes o blancas hacían que fuera casi imposible escucharse incluso entre los cómodos asientos repletos de cojines del palco imperial. Julia tuvo que inclinarse hacia el lado de su hermana para oírla mejor.

—¿Qué has dicho? —preguntó la emperatriz.

—¿Sabes cómo llaman ahora a Plauciano, al jefe del pretorio? —insistió Maesa.

—No, ¿cómo?

—El cuarto césar.

Las palabras de Maesa no sorprendieron a Julia, pero sí la incomodaron aún más de lo que ya estaba. Peor: le hicieron ver que ya todos en Roma se percataban de lo que Plauciano estaba haciendo. Todos, excepto Septimio. Su marido seguía ciego con respecto a la ambición sin medida del jefe del pretorio: había tres césares oficiales, Severo y sus dos hijos, y, ahora, un cuarto proclamado en susurros por el pueblo, quién sabe si también por algunos senadores.

Hubo un nuevo clamor. La segunda carrera del día había terminado. Los seguidores de los rojos celebraban la nueva victoria de su equipo. Los corredores de apuestas cobraban o pagaban, según cada caso. Un centenar de esclavos se repartieron por la arena para limpiarla de los restos de un par de cuadrigas que se habían accidentado. Ya se habían retirado las piezas grandes de los carros, los caballos y los aurigas heridos en el incidente para evitar que otras cuadrigas colisionaran con los accidentados, pero aún quedaban diferentes piezas esparcidas por la arena que suponían un peligro serio para los participantes en la siguiente carrera.

—No me extraña —respondió al fin Julia en tono más bajo, pues el griterío había disminuido notablemente—. Plauciano se comporta como si fuera un césar y Septimio no parece darse cuenta del peligro que supone para todos nosotros, para la familia.

—¿Realmente crees que es tan de temer? —inquirió Maesa. Sabía que su hermana siempre había sentido animadversión por Plauciano y se preguntaba hasta qué punto era Julia objetiva o parcial en sus apreciaciones.

La emperatriz miró a Maesa y suspiró. Ella tampoco parecía darse cuenta de lo que suponía tener un único jefe del pretorio todopoderoso. Eso ya había ocurrido en el pasado, con Tiberio y Sejano, por ejemplo, y aquello terminó mal, o, mucho más recientemente, con Cómodo y su prefecto Quinto Emilio. Tiberio aún se deshizo de Sejano a tiempo, pero Cómodo fue aniquilado por su jefe de la guardia. ¿Nadie más que ella en la familia se había preocupado de revisar la historia de Roma? Suspiró. Tenía que hablar con Geta, el hermano del emperador, en honor al cual habían llamado así a su segundo hijo. Si Geta había percibido la ambición de Plauciano, quizá podría persuadirlo de que hablara del asunto con Septimio. Allí donde su esposo no la escuchaba, a lo mejor sí atendería a las advertencias de su hermano. Sí, Geta era clave.

—Estoy cansada —dijo Julia—, creo que me retiraré antes de que empiece la nueva carrera.

Maesa percibía preocupación en el semblante de Julia, pero no la veía con ánimos de compartir lo que la agobiaba. Pensó en hacer una broma.

—Pues si te retiras antes que tu marido, ya sabes que Plauciano te escoltará hasta tu cámara.

Julia sonrió ante el sarcasmo de su hermana. Era cierto que esa era la costumbre de Plauciano. Si ella o uno de los hijos del emperador se ausentaban antes de que terminaran las carreras, es decir, antes de que el propio Severo abandonara el palco, él los acompañaba, al menos, hasta que cruzaran el pasadizo subterráneo que unía el Circo con la residencia imperial. Ya se había utilizado aquel túnel en el pasado para un magnicidio, el de Calígula, que fue asesinado en cuanto entró en el pasadizo por parte de su guardia sobornada por senadores enemigos, así que la precaución de Plauciano parecía razonable. Ahora bien, sabiendo Julia lo que sabía del pasado de Plauciano, no tenía claro si el actual prefecto del pretorio estaba escoltando a los miembros de la familia imperial o valorando sus opciones para asesinarlos en alguno de esos paseos subterráneos.

—Sobrellevaré la compañía de Plauciano —respondió Julia a su hermana y la emperatriz se inclinó entonces hacia el lado de su esposo un instante para hablarle al oído—. Estoy cansada. Me retiro.

—Por supuesto —aceptó Severo sin dejar de mirar hacia la pista. Una nueva carrera estaba ya en marcha.

Julia se giró entonces hacia sus hijos: tanto Antonino como Geta estaban cautivados por el espectáculo. De hecho, ya los había oído decir en más de una ocasión que pensaban conducir cuadrigas en cuanto tuvieran dieciséis años, que era la edad que el emperador les había puesto como mínima para acceder a semejante requerimiento. A Julia no le hacía particular ilusión que Antonino y Geta arriesgaran sus vidas en el Circo Máximo, pero Septimio le dio una respuesta ante sus temores que la hizo dudar:

—Correr como aurigas los hará inmensamente populares para el pueblo de Roma.

Eso le había dicho el emperador hacía unos días y quizá tuviera razón. Julia seguía mirando hacia sus hijos adolescentes. En cualquier caso, lo que resultaba evidente es que no tenía ningún sentido decirles nada en ese momento. Se volvió, pues, hacia la parte trasera del palco y enfiló por el pasillo que iban abriendo los pretorianos para que ella pudiera pasar sin ser molestada hasta llegar a la boca del túnel donde en pie, firme, vigilante como el can Cerbero del inframundo, estaba Cayo Fulvio Plauciano.

—Me retiro —dijo Julia.

Ella no se dirigía a él con la fórmula propia de la dignidad del prefecto, esto es, *vir eminentissimus*, o como *clarissimus vir*, atendiendo a que Plauciano era también senador. Él no usaba el término *augusto* cuando hablaba con el emperador, así que de este modo ella le devolvía su altanería con desdén. Por su parte, Plauciano, en pago por aquel despecho que, sin duda, la emperatriz podía permitirse, fuera de la vista del emperador como estaban, se limitó a inclinarse y hacerse a un lado para que pasara, pero sin verbalizar su obediencia con el protocolario «sí, augusta».

Los dos se detestaban.

Ambos guardaban las formas en público, pero no perdían ocasión alguna, cuando nadie los observaba, de dejarse claro el uno al otro el desprecio mutuo que se tenían.

Julia echó a andar por el túnel.

Plauciano la siguió muy de cerca, casi caminando a su misma altura, lo que suponía otro desafío. Por detrás, a un par de pasos de distancia, podían oír las sandalias de una docena de pretorianos que se adentraban en el pasadizo tras la estela de la emperatriz y el jefe del pretorio.

Julia decidió dejarse llevar por un impulso.

—Sé lo que pretendes —dijo—. Aunque mi marido o mi hermana o el resto de los miembros de la familia imperial puedan no darse cuenta, yo estoy muy al tanto de tu ambición.

Plauciano no dijo nada, al principio.

Siguieron avanzando.

Julia había hablado en un susurro solo audible para el jefe del pretorio.

—No entiendo bien estas palabras —respondió Plauciano al cabo de unos instantes de pesado silencio.

—Creo que si hay algo que tú y yo siempre hemos dejado claro es lo que pensamos el uno del otro —continuó Julia sin dignarse a volver la cara para mirar al jefe del pretorio—. Nunca te he caído bien y ahora sé por qué.

Plauciano decidió adentrarse en aquella conversación aún más. Quizá pudiera sacar algo interesante de la irritación evidente de la emperatriz.

—Siempre he sido leal a Severo.

—Tu única lealtad es contigo mismo —le espetó Julia con voz agria—. ¿Acaso crees que me parece casual que justo cuando se nombró a un segundo jefe del pretorio este muriera a las pocas semanas?

—De eso hace tiempo. Y fue la peste.

—Eso es lo que parece. La peste quizá fue ayudada por alguien —añadió Julia dejando entrever sus dudas sobre la muerte de Saturnino en el sur de Egipto—. No te gusta compartir el poder, Plauciano, y preveo que no te gustará permanecer por debajo de Severo mucho tiempo.

—¿Es eso con lo que la emperatriz envenena al emperador todas las noches? —preguntó Plauciano en otro susurro, irregular en volumen, al dejarse llevar también por una creciente rabia mal contenida.

—Eso es, en efecto, lo que le digo a mi esposo cada noche que hago el amor con él —dijo Julia en el tono más desafiante que pudo—. No lo olvides.

—No me gustan las amenazas. De nadie.

—Pues cuando mi esposo nombre un segundo jefe del pretorio procura que este no muera a los pocos días o semanas o todas mis sospechas se verán confirmadas. Y ya no me limitaré a hacer insinuaciones contra ti cada noche, sino acusaciones muy precisas.

Plauciano no se arredró. Así que ese seguía siendo el plan de Julia: debilitar su posición como jefe del pretorio al volver a establecer un doble mando en la guardia imperial. Pues eso no iba a ocurrir.

—La emperatriz haría mejor en no enfrentarse conmigo.

Julia no esperaba aquel desplante tan directo. ¿Tan fuerte se sentía Plauciano? Quizá fuera buena idea llegar hasta el fondo de aquel asunto allí mismo, en aquel momento, y averiguar hasta qué punto se creía poderoso el jefe del pretorio como para verbalizar amenazas concretas, nada más y nada menos que a la esposa del emperador.

—¿Crees acaso que en un enfrentamiento directo entre tú y yo vas a ganar tú? —planteó Julia con decisión.

Ambos habían empezado a caminar más despacio, como si

cada paso que los adentraba en aquel túnel fuera un peldaño que descendieran a un mundo oscuro de guerra sin cuartel, y avanzaban ahora con el tiento de quien intuye que el oponente no va a ser un enemigo fácil.

—Yo tengo la guardia imperial, soy popular en el ejército y el Senado me teme tanto o más que al emperador —expuso Plauciano con rotundidad.

—Pero yo tengo al emperador —sentenció Julia.

—¿En un enfrentamiento directo contra mí? —dijo el jefe del pretorio y hasta se permitió una sonrisa antes de formular una apreciación complementaria—. Yo, en el caso de la emperatriz, no estaría tan segura.

La emperatriz siguió andando sin decir nada durante unos instantes. Era cierto que Plauciano, como amigo de la infancia de Septimio, siempre gozaba de la indulgencia de este y que Septimio nunca admitía sospecha alguna contra él. Y empezaba a resultar muy evidente que el jefe del pretorio se sentía cada vez más cómodo, fuerte y atrevido. Eso le hacía prever a Julia que muy pronto haría avances muy certeros hacia el poder imperial, pero ¿cómo exactamente? ¿Una conjura contra Septimio? El Senado podría estar a favor, pero no con Plauciano como líder, y si bien el jefe del pretorio era popular en el ejército, Septimio y hasta ella misma también lo eran. No. Plauciano debía de tener otro plan, pero aún no lo intuía y eso la tenía muy nerviosa. La hacía sentirse vulnerable, y vulnerabilidad era lo último que quería mostrar a aquel miserable. Pero Plauciano, que se había crecido con el silencio de ella, volvía a hablar.

—La emperatriz es, a fin de cuentas, una mujer y como tal debería saber cuál es su sitio y no interferir más en asuntos de Estado y de gobierno como ha estado haciendo todos estos años. Eso es algo que, más pronto que tarde, terminará. Por las buenas o... por las malas.

La emperatriz de Roma engulló rabia y odio en elevadas dosis con saliva amarga para responder con frialdad y aplomo unas palabras que hicieron mella en el jefe del pretorio.

—Y todo esto me lo dices en un túnel, ¿verdad, Plauciano? Porque a ti te gustan los túneles como este, ¿no es así? ¿Te sor-

163

prende lo que digo? Pues sí, esta mujer se ha dado cuenta de tu pasión por los subterráneos.

Plauciano la miraba ahora confundido.

—¿La emperatriz se refiere al asesinato de Calígula entre estos mismos muros?

—No. —Y ahora sí, Julia se volvió hacia él con una sonrisa para disfrutar de la perplejidad de su enemigo—. Me refiero a los túneles de las minas de Hatra.

Y continuó andando.

Plauciano se detuvo un momento y no reemprendió la marcha hasta que la docena de pretorianos de la escolta estuvo a su altura. Entonces la reinició mirando la figura delgada de la emperatriz iluminada por el resplandor de la salida del túnel. El jefe del pretorio fruncía el ceño. ¿Se habría ido Macrino de la lengua? ¿Tenía traidores a su alrededor?

Julia emergió en el atrio central del palacio imperial y sintió la luz del sol sobre su piel como un manto de ánimo que apaciguó los veloces latidos de su corazón. Ella vivía en guerra contra Plauciano desde la campaña de Partia. Ahora él lo sabía. El duelo mortal entre los dos era oficial. Ganaría el más fuerte y no habría compasión para el derrotado. Al menos, ella no pensaba tenerla. Sonrió. Había estado bien lo de mencionar los túneles de Hatra. Con ello sabía que acababa de sembrar cizaña en la relación entre Plauciano y Macrino, su brazo derecho, y ese era un buen principio. Una siembra de la que esperaba cosechar la victoria final. Pero todo a su tiempo. Calculó tres años para estar preparada. Los necesitaba para disponer de su arma secreta. Durante esos años tendría que resistir como resistieron los numantinos. Y si ellos aguantaron veinte años y cuatrocientos días, ella podría atrincherarse en palacio durante solo tres.

El que resiste, gana.

El que gana, vive.

XIV

DIARIO SECRETO DE GALENO

Anotaciones sobre el enfrentamiento entre
Julia Domna y el jefe del pretorio

Fui testigo privilegiado en aquellos meses de cómo la guerra secreta entre la emperatriz y el jefe del pretorio se desataba en toda su virulencia de ataques y contraataques siempre soterrados, siempre dolorosos para la parte contraria. Julia, en efecto, consiguió minar la confianza de Plauciano en Macrino. Por su parte, el prefecto de la guardia extendió rumores por palacio sobre posibles infidelidades de la emperatriz con otros hombres. Julia, a su vez, para contrarrestar estas murmuraciones, se mostraba dócil y muy deseosa de yacer con su esposo en todo momento y no desperdiciaba ninguna velada que pasaran juntos para criticar la gran concentración de poder en torno a la figura del jefe del pretorio.

Severo se mantenía neutral. Su confianza en Plauciano era total. A su esposa la escuchaba, pero siempre con cierta displicencia en todo lo referente al líder de los pretorianos.

Julia decidió replegarse, pero era una retirada táctica. Se rodeó de filósofos y otros hombres mayores cultos, pero ninguno de atractivo o apariencia viril que pudiera incomodar o hacer sospechar a su esposo que las acusaciones de infidelidad pudieran tener alguna base. El veterano Antípatro, el tutor y *paedagogus* de los hijos de la emperatriz, el filósofo sofista Filóstrato, el senador Dion Casio y yo mismo, Galeno, constituíamos el núcleo de intelectuales más próximo a Julia Domna durante estos tiempos de acusaciones veladas e insinuaciones promovidas por Plauciano contra ella. De este modo Julia pasaba los días, esperando, aguardando el que sabía que debería ser un ataque más mortífero por parte de su enemigo.

Pero no permaneció inactiva. Julia decidió unirse mucho más a su hermana Maesa. Y también escribió a Geta, el hermano del emperador, insinuando que preveía alguna deslealtad por parte de Plauciano. La emperatriz quería fortalecer al máximo todos los vínculos familiares, de modo que se entretejiera así una malla protectora frente a cualquier intento por parte de Plauciano de resquebrajar la unión de la familia imperial.

Pero el prefecto vigilaba con atención todos los movimientos de la emperatriz y, en efecto, diseñó un ataque final que pudiera penetrar la red defensiva que había construido Julia Domna. La carta que la emperatriz envió a Geta, el hermano del augusto, que volvía a estar a cargo de varias legiones en Mesia, en la frontera del Danubio, fue la que hizo ver a Plauciano que no podía esperar. Tenía que poner en marcha su plan definitivo, el que lo cambiaría todo.

En medio de aquella locura, yo me sentía compelido a ayudar a la emperatriz en todo momento. Mi admiración por ella siempre fue creciendo.

XV
—

UNA CARTA, UN DEBATE Y UN ANUNCIO

Castra praetoria, **Roma**
202 d. C.

Aquilio Félix esperaba instrucciones de Plauciano. El jefe de los *frumentarii* había interceptado aquella misiva y, nada más leerla, supo que debía ponerla en manos del jefe del pretorio.

—¿Y dices que va dirigida a Geta, al hermano del emperador? —preguntó Plauciano en cuanto terminó la lectura de la carta interceptada, pues en el texto no había escrito ningún saludo a nadie en concreto.

—Así es; la augusta fue precavida y no identificó al destinatario por escrito —confirmó el jefe de la policía secreta.

—¿Y cómo sabes que iba dirigida a Geta, al hermano del emperador? —inquirió Plauciano.

—Tengo... mis métodos —respondió Aquilio de forma ambigua.

El prefecto no preguntó más sobre ese asunto. No le interesaba la forma en la que el jefe de los *frumentarii* obtenía la información, si mediante dinero o mediante tortura. Lo único relevante era la información en sí.

Plauciano meditaba. No decía nada.

—¿Qué hacemos, *clarissimus vir*? —preguntó Aquilio.

El prefecto de la guardia pretoriana devolvió la carta a su interlocutor.

—Que el mensaje siga su curso... —empezó Plauciano—, pero que no llegue a destino. Supongo que una carta como esta, privada, puede perderse alguna vez, ¿cierto?

—No es lo habitual —interpuso Aquilio Félix—, pero excepcionalmente puede pasar, *clarissimus vir*, y esta vez pasará.

—Perfecto —sentenció Plauciano.

El jefe de los *frumentarii* salió.

El prefecto de la guardia se levantó con decisión de su *cathedra*. Había llegado el momento de tener una larga conversación con Severo, una conversación que había pospuesto en varias ocasiones, pero que ya no podía esperar más en el tiempo. Si la emperatriz quería guerra de verdad, iba a tenerla. Mucha. Más de la que imaginó nunca. Más de la que pudiera resistir.

Palacio imperial, atrio ajardinado, Roma
202 d. C.

El debate seguía encendido.

Antípatro, el veterano tutor de los hijos de la emperatriz, Filóstrato, el filósofo sofista de la corte imperial, Claudio Eliano, un conocido retórico de Roma, y hasta el senador Dion Casio estaban en contra de las argumentaciones de Galeno.

—Filino de Cos ya explicó con rotundidad que lo que propones no tiene sentido —insistía Filóstrato una y otra vez.

—Los cadáveres no deben tocarse, solo lo necesario para su aseo en caso de gente de la nobleza que requiera un funeral público —añadió Eliano con la potencia de su bien equilibrada voz acostumbrada a grandes discursos en las basílicas de justicia o en sus clases de oratoria—. El escritor Filemón ya soñó que las nueve musas se alejaban de su casa porque preveían que su cuerpo iba a quedar inerte y, lógicamente, no querían contaminarse.

—Por Asclepio, ¿eso es lo que tenéis que oponer a mis razonamientos? —contraatacó Galeno—: ¿Sueños de poetas? ¿Leyendas sobre escritores muertos hace años?

—Cortar la piel es sacrilegio —intervino Antípatro con voz grave y seria—. Es un acto de violencia solo entendible en un combate o en la guerra, cuando se lucha por la propia supervivencia o por la defensa, por ejemplo, del Imperio romano. Pero no se puede, no se debe cortar la piel ni de vivos ni de muertos.

—Pero hay enfermedades, dolencias, cuyo origen desconocemos —argumentaba ahora Galeno con emoción—. Ver en el interior del cuerpo humano, incluso si es un cadáver, nos puede reportar información esencial para poder curar a los vivos cuando estos enferman.

—Filino de Cos ya explicó —opuso Filóstrato— cómo la anatomía, el cuerpo entero de un muerto, se transforma al dejar de vivir, de modo que lo que allí se encuentra nada tiene que ver con la anatomía de un vivo.

—¿Cómo podéis todos los sofistas aseverar algo así de tajante si nunca habéis mirado dentro de un cadáver, si nunca habéis permitido que otro mire en un cadáver? —preguntó Galeno con sorna y rabia al tiempo.

—En las campañas de Marco Aurelio contra los marcomanos, el sabio emperador permitió disecciones de algunos bárbaros y los médicos no encontraron nada relevante —expuso Filóstrato con desdén.

Galeno suspiró. Recordó cómo ya Philistión en Pérgamo había empleado aquel argumento en su contra. De eso hacía años, pero el ejemplo seguía usándose para impedir el avance de la medicina. Su respuesta iba a ser en la misma línea de la que formuló en su momento ante el propio Philistión:

—Los *medici* que hicieron esas disecciones no tenían ni mis conocimientos ni mi preparación —apuntó Galeno—. Yo he mirado en el interior de muchos animales, sé qué buscar, qué podría ser igual o diferente entre los humanos y otros animales. Aquellos médicos eran como ciegos que palparan los cuerpos sin saber cómo entender, cómo interpretar lo que tenían ante sus ojos.

Y volvió a suspirar. Galeno siempre se lamentó de no haber estado presente en aquella parte de la campaña contra los marcomanos, cuando el divino Marco Aurelio permitió aquellos experimentos. Como los médicos inexpertos que los hicieron no supieron entender nada, ya nunca se volvieron a permitir las disecciones en el Imperio romano. Y eso paralizaba su trabajo, sus investigaciones, su conocimiento.

—Herófilo y Erasístrato sí sabían entender una disección humana y lo dejaron por escrito —dijo entonces Galeno rompiendo uno de los grandes tabúes de la medicina de su tiempo.

Se hizo un largo silencio.

Julia, intrigada por todo lo que estaba escuchando, sin haber concluido aún en su mente si eran unos u otros los que llevaban razón en aquella conversación que había derivado en discusión atropellada por momentos, los miró a todos, uno a uno, intentando escudriñar en el entrecejo de cada interviniente la confianza que cada uno tenía en sus argumentos. Galeno, sin duda, era el que parecía más persuadido de que lo que él decía era lo cierto, lo que debía hacerse... Pero, por otro lado, Julia sabía que permitir una disección humana era considerado por sacerdotes griegos y romanos y de otras muchas religiones un sacrilegio de gran envergadura.

—Esos libros no existen —contrapuso en ese momento Filóstrato.

—Sí existen —insistió Galeno—. Mis maestros de Alejandría hicieron referencia a ellos en numerosas ocasiones cuando estudié en mi juventud en Egipto, pero Philistión de Pérgamo, primero, y luego Heracliano, de la propia Alejandría, no han querido nunca mostrarme esos volúmenes. Pero existir, existen... —Galeno decidió olvidarse de su disputa con el filósofo sofista y con el resto de los presentes y se dirigió directamente a la emperatriz—. En su momento, la augusta de Roma intercedió para que se me dejara solicitar esas obras en las bibliotecas de Pérgamo y de Alejandría, pero en Egipto se me informó de que esos libros, junto con otros que el augusto Severo ha juzgado peligrosos, se trajeron a Roma para evitar que cayeran en manos inadecuadas. Me veo en la necesidad de implorar, de apelar una vez más a la generosidad de la augusta para que se me permita ahora acceso a esos libros prohibidos para encontrar entre ellos los volúmenes de Herófilo y Erasístrato.

Julia estaba genuinamente interesada en todo lo que se estaba comentando ante ella con relación a la pertinencia o no de permitir disecciones humanas, y la petición de Galeno no la sorprendió. Ella ya sabía que el veterano médico griego llevaba tiempo detrás de unos libros secretos. Solo que ahora acababa de entender por qué. De hecho, no era la primera vez que Galeno le formulaba esa petición de acceder a esos libros proscritos por Severo. Eso sí, era la primera vez que Galeno lo hacía ante más personas. Ella se sentía proclive a facilitar ese acceso a Galeno, para que pudiera revisar todos los libros prohibidos, pero cuando do insinuó el asunto a su esposo, este se mostró muy poco flexible. Severo seguía teniendo pánico a los libros de magos, adivinos y otros volúmenes extraños que pudieran alimentar ambiciones contra su poder. Los papiros que buscaba Galeno habían terminado, a lo que parecía, entre esos volúmenes prohibidos por su esposo. Ni siquiera los excelentes servicios prestados por el veterano médico griego en Egipto habían reblandecido a su esposo con relación a conceder a Galeno ese permiso que tanto anhelaba. Julia, no obstante, entendiendo mejor ahora la razón de la reclamación de Galeno, iba a responder al médico en el sentido de que volvería a intentar interceder por él ante su marido, pero, justo en ese momento, llegó su hermana, y la emperatriz, nada más ver la mirada preocupada de Maesa, comprendió que algo grave pasaba. Y, de pronto, los libros de Herófilo y Erasístrato se borraron de su mente.

—Si lo deseáis podéis proseguir con vuestra confrontación de ideas —dijo Julia—, pero yo he de ausentarme un momento.

Galeno, Filóstrato, Eliano, Dion Casio y Antípatro guardaron silencio y se inclinaron ante la emperatriz cuando esta pasó entre ellos en dirección hacia donde se encontraba su hermana esperándola en una esquina del atrio.

Galeno inspiró con rabia contenida. Estaba convencido de que unos minutos más y la emperatriz le habría dicho que hablaría con el emperador sobre ese permiso especial para que él accediera a esos libros prohibidos escondidos, seguramente, en la biblioteca imperial a la que ahora se había vedado la entrada a todo el mundo que no fuera el propio emperador. Pero nada podía hacer. La augusta quería hablar con su hermana. Tenía, simplemente, que esperar. Toda la medicina del mundo tenía que esperar por una maldita conversación familiar. La exasperación de Galeno era total.

Julia, dejando a cierta distancia a sus invitados, llegó junto a Maesa.

—Por El-Gabal, estás muy pálida —dijo—. ¿Qué ocurre? ¿Ha pasado algo a Septimio o Antonino o Geta o a ti o a tu marido o a las niñas, a tus hijas?

—No, no es nada de eso —respondió Maesa—, pero ven.

Lo que he de decirte es mejor que lo escuches sin nadie que vea tu reacción.

Julia la siguió por entre las columnas de los atrios porticados del palacio imperial.

—La forma en la que me hablas me inquieta —comentó Julia cada vez más nerviosa, y cogió a su hermana por el brazo y la detuvo en una de las esquinas del patio previo a las dependencias privadas de la familia imperial—. Dime de qué se trata ya mismo, por favor.

Las dos miraron a su alrededor. No se veía a nadie.

—Plauciano ha anunciado... —Pero parecía que a Maesa le costara terminar la frase.

—¿Qué ha anunciado ese miserable?

—Ha dicho que ha hablado con Severo y que el emperador lo ha autorizado... —Pero Maesa seguía sin concluir lo que tenía que decir.

—¿Ha autorizado el qué?

—Plauciano afirma que el emperador ha dado el visto bueno para un proyecto: que su hija Plautila se despose próximamente con el césar Antonino.

—No, no, nooo. Eso no puede ser —negaba Julia con palabras y con gestos sacudiendo la cabeza al tiempo que miraba a todas partes con los ojos inyectados en rabia, que luchaba por controlar para no empezar a gritar; ahora entendía que su hermana no quisiera hacerle aquella revelación delante de Galeno y del resto de los invitados de palacio o en presencia de otra persona que no fuera ella misma. Pero no podía ser. Se quedó inmóvil un instante y se dirigió de nuevo a su hermana—: Septimio no puede haber dado su visto bueno sin consultarme.

—Plauciano no se atrevería a hacer público ese proyecto de boda si el emperador no hubiera dado ya su beneplácito —opuso Maesa con sentido común y para desazón de su hermana.

—Sí, es muy probable que tengas razón en lo que dices. Plauciano lo habrá confundido y encantado como hace siempre, pero esa boda tiene que quedar en lo que has dicho.

—¿Qué he dicho? —preguntó entonces Maesa sin entender.

—Proyecto. Es un proyecto de boda —aclaró Julia—. Y en eso quedará: en un proyecto que no permitiré en modo alguno que

172

se lleve a cabo. Antonino nunca jamás se casará con la hija de Plauciano. —Y, de pronto, calló; miró entonces a su hermana y asió su mano derecha con la suya izquierda con fuerza al tiempo que volvía a hablar—. Pero te necesito, Maesa. Si me enfrento con Septimio para detener esta boda, él se distanciará de mí, como ya pasó cuando contravine su criterio años atrás, ¿recuerdas?

—¿Cuando él quería que te quedaras en Roma durante la campaña contra Nigro, y tú, sin embargo, decidiste acompañarlo al frente de guerra? —preguntó Maesa mostrando a su hermana que seguía muy atentamente todo lo que ella le decía.

—Sí, exacto. Como bien dices, lo acompañé, me salí con la mía, pero contravenir el deseo de mi esposo casi acaba con la relación entre Septimio y yo. Plauciano es muy inteligente y sabe que algo va a ganar de cualquier forma con este movimiento suyo: si consigue la boda entre Antonino y su hija Plautila, su integración en la familia imperial será oficial, completa. Si yo consigo detener la boda, será a costa de un nuevo enfrentamiento entre Septimio y yo, y el emperador se distanciará de mí. Sé que, pese a ello, este es el camino que debo seguir, pero tú estuviste conmigo en todo momento, en toda aquella campaña contra Nigro, cuando el emperador apenas me hablaba. Tú siempre estabas a mi lado. Ahora, cuando discuta con Septimio por esta maldita boda, que no pienso permitir, él se alejará una vez más de mí. No podré resistirlo sola. Te necesito de nuevo. ¿Estarás conmigo?

—Siempre contigo —le aseguró su hermana, cómplice, segura, decidida.

—Entonces derrotaremos a Plauciano —replicó a su vez Julia con determinación.

—Nada podría separarme de ti, nada —se reafirmó Maesa.

—Lo sé —aceptó Julia con una sonrisa. Siempre habían estado unidas. Era el vínculo más fuerte de toda la familia imperial: el amor y el cariño que ella y su hermana se tenían mutuamente. Era una alianza inquebrantable. Y eso les daba una fuerza inusitada. Las hacía invencibles. Julia, simplemente, no podía concebir que nada ni nadie pudiera separarlas.

—¿Estás realmente convencida de que podremos contra Plauciano, hermana?

—Juntas podemos con todos, no lo dudes, Maesa. Podríamos contra los dioses de Roma, si fuera preciso. Esa boda jamás llegará a término, no se consumará nunca —sentenció Julia y le soltó la mano para empezar a alejarse de ella caminando hacia los aposentos privados de palacio, repitiendo una y otra vez una única palabra—: Nunca. Nunca. Nunca...

XVI

UNA DECISIÓN INAPELABLE

**Cámara del emperador de Roma, hora duodécima
202 d. C.**

—¿Cuándo pensabas decírmelo? ¡Por El-Gabal y todos los dioses de Emesa y Roma! ¿Cuándo, cuándo?

Julia vociferaba. Se había controlado durante toda la cena, pero ya no aguantaba más. Los invitados habituales a los banquetes de palacio se habían ido. Ella y Septimio se dirigieron entonces a sus habitaciones. Julia había esperado a estar a solas con su esposo y ahora, antes de dormir, era el momento. No pensaba permitir esa maldita boda y cuanto antes entendiera eso Septimio, mejor.

El emperador no la había visto así nunca antes. Enfrentada a él, sí. Dispuesta a contravenir sus deseos, también, pero jamás tan obcecada como aquella noche. Aun así, pese al tropel de imprecaciones que lanzaba su mujer, no pensaba dar su brazo a torcer. Cedió antaño con el asunto de que ella lo acompañara en las campañas militares contra Nigro y Albino, pero aquellos eran otros tiempos y otras circunstancias. Y en su momento ceder tuvo sentido: Julia fue enormemente apreciada por el ejército y eso unió las legiones más a la familia imperial. Y su esposa, además, siendo de Oriente, acrecentó la popularidad de él mismo en aquellos territorios que inicialmente le eran hostiles. Pero la cuestión de la boda de Antonino era algo diferente.

—El matrimonio entre nuestro primogénito y la hija de Plauciano nos hace más fuertes —apuntó Severo, que aún albergaba esperanzas de hacer entrar en razón a su esposa.

—¿Más fuertes? No, de eso nada —contrapuso Julia—. Sé que ostentas el título muy merecido de *propagator imperii* porque has ampliado las fronteras del Estado romano en el Danubio y más allá del Éufrates. Sabes muy bien identificar los peligros en los límites del Imperio, sabes resolver todo lo de Roma hacia fuera, pero de Roma hacia dentro, amado esposo, en ocasiones, te... confundes. El único que se hace más fuerte con ese enlace es Plauciano. Septimio, ¿es que no lo ves? Ese matrimonio lo acerca más al poder y te debilita a ti.

Severo suspiró. Estaba cansado. Quería dormir. La cena no le había sentado bien y notaba que le empezaba a doler de nuevo el pie derecho. Quizá había comido demasiado. ¿Debería hacer caso a Galeno y ser más austero en sus cenas, tal y como el médico griego le aconsejaba repetidamente?

—Plauciano es el jefe del pretorio, respetado por la guardia —continuó exponiendo el emperador—. Esta boda nos garantiza la plena lealtad de los pretorianos en Roma y eso es lo que busco. Ya estoy enfrentado con el Senado. No es inteligente abrir nuevos frentes aquí, en Roma. Tú misma lo has dicho siempre. Hay que combatir a los enemigos uno a uno. Además, Plauciano, mal que te pese, y aunque tú te niegues a admitirlo, es amigo de la familia.

—No lo es. Solo finge serlo mientras tú estés fuerte y entre nosotros. Pero si caes enfermo o falleces, no tardará en arrinconarnos a todos, al propio Antonino, a su hermano Geta y al resto de la familia. Él gobernará Roma. Y temo por la vida de tus hijos...

—¡Basta! ¡Silencio! —gritó Severo con rotundidad, implacable, con tal potencia que Julia enmudeció. Nunca antes le había hablado él con semejante violencia—. ¡Calla ya, mujer! ¡Odias a Plauciano! ¡De acuerdo! ¡Viviré con ello! ¡Igual que tengo que aguantar las constantes insinuaciones de Plauciano en tu contra, sus continuas acusaciones de adulterio! —Moderó un poco la voz, pero se mantuvo en posesión de la palabra; tenía pensado lo que iba a decirle a su esposa desde hacía tiempo e iba a soltarlo todo, por fin, de un tirón, para que las cosas quedaran, de una vez por todas, en su sitio—. Sé que las acusaciones de Plauciano contra ti son tan infundadas como absurdo y parcial es tu temor a que Plauciano, alguna vez, se rebele contra nosotros. Él es, ha sido y seguirá siendo mi amigo y nada va a cambiar eso. Algo ambicioso, es posible, y que le gusta el lujo, también es evidente. Pero sus servicios, desde siempre, han sido útiles para que lleguemos a estar donde estamos. Igual que tu apoyo y tu astucia han sido buenos aliados en muchas ocasiones. No creas que lo olvido. Lo ideal para mí habría sido que mi esposa y mi mejor amigo se hubieran llevado bien toda la vida, pero no ha podido ser y ya veo que no podrá ser nunca. Como te decía, viviré con ello, pero tú vivirás aceptando a Plauciano en palacio como jefe del pretorio y como el padre de la esposa de Antonino. Igual que él tendrá que tenerte como madre del marido de su hija, le guste o no. No pienso ni dejar de quererte como esposa y como mujer ni dejar de estimarlo a él como amigo y aliado. Esto es lo que hay. Es mi decisión y por Júpiter que Antonino y Plautila se casarán. Otras veces he cedido, otras veces te has salido con la tuya, pero en esto seré inflexible como no lo he sido nunca antes.

Julia estaba muy quieta, en pie, frente a su marido, que, más calmado tras su discurso, se sentó en el borde del lecho que estaba en medio de la habitación.

—¿Y mi astucia y mi intuición no te valen a la hora de valorar este matrimonio que nos impones a mí y a tu propio hijo? Porque has de saber que Antonino no desea casarse con Plautila.

Julia se permitió verter una opinión más que un hecho cierto, pues ella no había hablado aún con su hijo de aquel asunto, pero buscaba algún punto débil por donde hacer cambiar de opinión a su esposo.

—Antonino hará lo que su padre le ordene, como sucesor mío que es, y tu astucia y tu intuición están confundidas en todo lo relacionado con este enlace. —Y, de pronto, cambió el tono y puso la voz más conciliadora posible en un intento por acercarla a sus planteamientos—. ¿No se te ha ocurrido pensar que quizá, aunque solo sea por una vez, por una sola y única vez, pueda ser que tenga razón yo y que tú te equivoques? —Hubo un breve silencio tras el cual Severo dictó sentencia imperial, sin elevar la voz, con tono amable, pero sin margen para la negociación—. No pienso cambiar de opinión, hagas lo que hagas o digas lo que digas. Antonino y Plautila se casarán.

Julia se dio cuenta de que su esposo estaba plenamente persuadido por Plauciano y que no podría convencerlo de que detuviera la boda. Tendría que buscar ella sola una forma de terminar con el constante ascenso del jefe del pretorio sin contar con su marido.

—Es posible, sí, que me equivoque —aceptó, al fin, Julia, también en tono conciliador para sorpresa y felicidad absoluta del emperador.

—Gracias a todos los dioses de Roma —dijo entonces Severo y sonrió y ella le sonrió también—. No quería acostarme enfadado contigo ni que tú lo estés conmigo.

—Contigo, nunca —dijo Julia.

Severo entendió lo que quería decir aquella afirmación que dejaba una parte en elipsis: «contigo, nunca, con Plauciano, siempre». Pero el emperador no quiso volver a discutir y dio por bueno que Julia aceptara, al fin, aquel matrimonio de acuerdo con su voluntad.

—Hoy estoy cansado —dijo Severo.

—Yo también —comentó Julia.

No hizo falta decir más. Ella fue hasta su esposo, le dio un suave beso en los labios y luego salió de la habitación.

El emperador quedó solo en la habitación.

Se dejó caer de espaldas sobre el lecho.

Suspiró.

Cerró los ojos y se durmió.

Atrios del palacio imperial

En el exterior, Julia echó a andar por los pasadizos de las habitaciones privadas de la familia imperial hasta llegar al atrio central del palacio. Necesitaba respirar el aire fresco de la noche. La idea le parecía buena para encontrar algo de sosiego, un poco de paz con la que pensar con tranquilidad cuando, de pronto..., justo antes de llegar a las columnas del atrio, al dar el último giro, se encontró de cara con el mismísimo jefe del pretorio, quien, acompañado por media docena de pretorianos, hacía una ronda nocturna por palacio. O esa impresión quería dar.

Julia y él se miraron.

La emperatriz pensó que quizá lo más inteligente fuera no decir nada en aquel momento, pero la rabia era demasiado grande y decidió dar rienda suelta a sus sentimientos.

—Esa boda no se celebrará nunca —dijo.

—¿Has conseguido acaso convencer al emperador de lo contrario? —replicó él sin un solo titubeo.

Julia tragó saliva mientras él dirigía una mirada a los guardias para que se alejaran unos pasos.

La emperatriz se lo pensó bien de nuevo y concluyó que sí podía tener sentido dar vía libre a su ira en aquel momento. Sería la mejor forma de saber cómo de fuerte se sentía Plauciano, cómo de invulnerable.

—Esa boda no se materializará nunca —insistió ella y antes de que él pudiera contradecirla de nuevo añadió—: Y si se materializa, no se consumará. De eso puedes estar bien seguro. No tendrás un heredero mezclado con mi sangre. Jamás.

Plauciano no se arredró y se acercó más aún a la emperatriz hasta hablarle al oído, tan cerca que ella pudo sentir su mal aliento, proveniente de una boca que nunca se limpiaba con el esmero debido después de los banquetes.

—¿Vas acaso a castrar a tu hijo? —Y se separó un paso hacia atrás para permitirse una carcajada no muy audible, pero carcajada y burla al fin y al cabo.

—Esa boda, si tiene lugar, será tu sentencia de muerte y la de tu hija —amenazó Julia.

La risa desapareció de la faz de Plauciano al instante. Nunca habían llegado a amenazarse de muerte directamente.

—Estás completamente derrotada y no eres capaz de admitirlo —le espetó él con desprecio—. Ese es tu problema, no el mío. Has perdido mucho y pronto lo perderás todo. Ya no cuentas, ya no decides. —Y se aproximó de nuevo para hablarle, una vez más, al oído y subrayar la idea esencial de su mensaje—: Has perdido.

Julia se separó del prefecto para apartarse, entre otras cosas, del hediondo aliento podrido del jefe de la guardia y para responderle categórica, serena y firme con cuatro simples pero poderosas palabras:

—Yo no pierdo nunca.

Julia dio por terminada la conversación y echó a andar hacia el centro del atrio. El aire fresco de la madrugada le parecía más necesario que nunca. No miró hacia atrás. El ruido de las sandalias de los pretorianos le indicaba que Plauciano y su mal aliento, sus guardias y su ansia de poder, al menos por aquella noche, se alejaban de sus aposentos privados.

Julia cerró los ojos e inspiró profundamente, del modo en que se inhala aire cuando se tiene una revelación: Plauciano era un monstruo y para terminar con un monstruo uno necesita otro monstruo. A veces la realidad es enormemente sencilla, solo que asimilarla, admitirla puede comportar gigantescos riesgos y sacrificios de consecuencias poco previsibles.

Exhaló el aire.

Abrió los ojos.

Fue entonces cuando la emperatriz vio a su hijo mayor, al joven Antonino, andando por una esquina del atrio.

El muchacho se acercó a su madre despacio.

—¿Está todo bien, madre?

Al principio, Julia evitó dar una respuesta directa:

—¿Cómo es que no estás en tu cámara?

—A veces me cuesta dormir, madre. Y paseo por el atrio —se explicó Antonino.

Julia aceptó la justificación y, de pronto, en su cabeza se forjó la decisión final de contraatacar ya a Plauciano. ¿Las consecuencias? En la guerra sin cuartel ni misericordia los daños colaterales, sean los que fueren, son secundarios. Destruir a Plauciano era lo único relevante. En su momento, pensó en esperar tres años para poner en marcha su plan, pero el tiempo se le agotaba. No había margen de espera. La emperatriz miró entonces muy fijamente a su hijo:

—No, Antonino, todo no está bien. —Y, curiosamente, tornó su serio semblante en una faz más amable, más tranquila, casi, de súbito, feliz—. Pero lo estará, hijo. Con tu ayuda, al final, todo estará bien. Ven con tu madre. Tenemos que... hablar.

Y hablaron mucho.

XVII

EL DESPERTAR DE UN HEREDERO DEL IMPERIO

Roma, 202 d. C.

Los encuentros largos y las conversaciones extensas entre Julia y su primogénito se hicieron habituales. Mucho tenía la empe- ratriz que transmitir a su hijo mayor y mucho tenía que asimilar Antonino.

Julia estaba contenta, porque en pocas semanas pudo com- probar que la predisposición de su hijo a escucharla era gran- de. Lo único que lamentaba la augusta era que el muchacho, de solo catorce años, aún fuera demasiado joven, es decir, dema- siado inexperto, demasiado vulnerable frente al enemigo que tenía que abatir. Pero contra eso no podía hacer ella nada más que esperar. Nada más que sembrar la semilla del odio y la ra- bia y la venganza y aguardar una cosecha que, en su momento, debería ser roja, invencible e inesperada para su oponente.

—Eres el hijo del emperador, pero tú mismo eres ya un au- gusto de Roma —le decía su madre en la cámara privada de Antonino mientras un esclavo lo ayudaba a desvestirse.

—Eres *imperator destinatus* —le comentaba Julia otro día pa- seando por el atrio central del palacio, siempre en voz baja, pero en un susurro constante que penetraba en el interior de su cabeza y se quedaba allí, como si martilleara aquella idea in- termitentemente durante horas, días, semanas, meses..., eterna- mente—. Estás destinado a gobernar Roma, el Imperio, el mun- do. Un mundo aún más grande del que imaginan los que piensan en pequeño. —Pero la emperatriz se detenía y callaba. Ni el joven Antonino ni siquiera su esposo, Septimio, el actual emperador, estaban aún preparados para el sueño más grande. Su sueño. Algo que cambiaría el mundo romano y lo engrandecería aún más que en época del divino Trajano. Aún estaban en la fase de consolidar lo que habían construido durante los últimos años de lucha y guerras civiles. El gran paso adelante, el gran salto hacia el más grande de los futuros, aún tenía que esperar. Primero había que defender todo lo conseguido de la voracidad caníbal de Plauciano.

—Tú dictarás las leyes, los decretos —le decía Julia otra tarde en el palco del Anfiteatro Flavio, mientras decenas de gladiadores combatían a vida o muerte delante de ellos y del resto de la familia imperial y de otras cincuenta mil personas que aullaban a cada golpe, a cada corte sangriento, a cada herida mortal—. Tú te impondrás sobre el Senado y, por fin, los harás callar a todos. Tú serás ley. Solo hay un problema...

—¿Cuál, madre? —preguntó Antonino.

—Plauciano —respondió Julia—. El prefecto de la guardia pretoriana quiere quitártelo todo.

Y la afirmación de Julia sobre que había un único pero grave problema, y la pregunta de su hijo y la respuesta de su madre insistiendo en que el gran enemigo de la familia, de la dinastía, del poder que él, Antonino, debía heredar era Plauciano se repitieron en innumerables ocasiones.

Así pasaron varios meses durante los cuales madre e hijo se unieron como nunca antes lo habían estado, la una al otro, el otro a ella.

Pero se estaba creando un segundo problema.

Julia, centrada como estaba en alimentar el ego de su hijo mayor, no percibió o no calculó bien que Geta, el menor, observaba la intensa relación entre su hermano y ella, primero, con preocupación y luego, al poco tiempo, con pura y simple envidia. Una cizaña verde y escabrosa, ya sembrada en pasadas ocasiones en que Geta había visto a su hermano favorecido a la hora de recibir títulos y dignidades siempre por delante de él, como durante las celebraciones de la victoria sobre los partos en Oriente. Una cizaña que empezó a crecer ya en su interior sin que nadie reparara en ella, pero que, ajena a todos y a todo, se hacía espesa y densa como la más impertinente de las malas hierbas que, si no la podas a tiempo, luego ya parece imposible de dominar y eliminar.

Pero Julia, ciertamente, no tenía más que dos ojos y los dos estaban dedicados a examinar cada uno de los rasgos de la faz de su hijo mayor, del que tenía que ser su brazo ejecutor. Nada malo quería ella para Geta. De hecho, su plan lo tenía muy en cuenta, pues en el medio plazo los dos hijos debían gobernar juntos, como coemperadores; pero el pequeño, en aquel momento, solo veía que su madre hablaba con Antonino, atendía a lo que Antonino decía y estaba, a fin de cuentas, pendiente solo de Antonino.

—Mandarás sobre el ejército, como siempre ha hecho tu padre —apuntó Julia mientras su primogénito, desnudo ante ella, se introducía en el agua caliente de las termas privadas que habían construido en palacio.

Ella miró a su alrededor y los esclavos abandonaron la sala de los baños. Pero la emperatriz se vio forzada a echar una segunda mirada más seria, con más despecho, abrupta, seca, insultante a los guardias para que los pretorianos entendieran. Estos, al fin, pese a tener instrucciones de Plauciano de no perder nunca de vista a la emperatriz, aceptaron la autoridad de aquella mirada imperial y también salieron de las termas privadas. Se quedarían a las puertas, controlando que nadie entrara ni saliera, en lo que pensaron que era una forma de obedecer al prefecto, por un lado, y no indisponerse, por otro, con la augusta de Roma.

Antonino y su madre quedaron, pues, a solas.

El adolescente se introdujo en el agua caliente y se sentó en un borde de la piscina. Su madre se acercó a él por detrás y desde su espalda empezó a rociarlo con aceites y bálsamos de varios frascos que las esclavas usaban para aromatizar el baño de los miembros de la familia imperial.

—Tú, Antonino, regirás los destinos de todos —insistía ella. Pasó una esponja suavemente por el pecho desnudo y húmedo de su primogénito y fue descendiendo con su mano, sumergida ya en el agua vaporosa por el calor y espumosa por los bálsamos, hasta llegar al ombligo del muchacho y seguir, lentamente, hacia abajo, hasta que los dedos suaves y pequeños de Julia Domna sintieron el miembro viril del joven Antonino y percibieron cómo se transformaba y crecía y aumentaba y se endurecía.

Antonino apenas respiraba. Cerró los ojos. Su madre, aunque tuviera treinta y dos años y él la viera como una mujer mayor, se mantenía hermosa, con una figura delgada, esbelta, siempre bien peinada, siempre oliendo a perfumes de pétalos de mil flores diferentes. Y sus manos eran suaves, lisas, perfectas, como el mármol más pulido, pero, al contrario que el mármol, estaban calientes y vivas. El joven sintió cómo su miembro crecía. Sintió vergüenza, pero su madre no pareció incomodarse, más bien al contrario, y seguía hablándole y acariciando...

—Tú nos gobernarás a todos —continuaba Julia y, por fin, alejó su mano derecha del miembro erecto de su hijo para seguir pasando suavemente la palma por los muslos desnudos; mientras, con la izquierda, continuaba frotando el pecho descubierto al tiempo que proseguía hablando con su voz susurrada, como la de una sirena—: he de hacer de ti un hombre, uno fuerte, el más fuerte de todos. Y no tenemos tanto tiempo como me gustaría. El tiempo es algo que se nos agota, hijo...

—Fuerte... ¿por qué? —preguntó Antonino en un intento inconsciente, por su parte, de hablar para intentar apartar su atención del placer físico que le proporcionaban las caricias de su madre.

—Fuerte, hijo, para mantener todo lo que tu padre ha conseguido para ti, para que no te lo arrebate nadie.

—¿Quién se atrevería..., mi hermano?

Ni siquiera en ese momento se dio cuenta Julia de que la envidia crecía entre sus hijos, no ya solo de Geta hacia Antonino, sino también del propio Antonino hacia su hermano menor, a quien, pese a adelantarlo en todo, en poder y en títulos, temía como un posible competidor futuro. Pero la emperatriz estaba tan concentrada en el objetivo primordial para ella, eliminar a Plauciano, que permanecía cegada para otras cuestiones familiares. Ella, que acusaba a Severo de no ver la ambición del jefe del pretorio, a su vez estaba ciega al enconamiento creciente entre sus hijos. O, si lo percibía, lo tenía dimensionado como algo menor, algo de lo que, en su momento, se ocuparía, si era preciso. Neutralizar a Plauciano era lo único esencial para ella en ese momento.

—Tu hermano gobernará contigo como el augusto Lucio Vero hizo junto con el divino Marco Aurelio. No, el peligro a combatir y para el que debes hacerte fuerte está fuera de la familia. Y ya sabes cómo se llama.

—Plauciano —sentenció el joven Antonino.

—Plauciano —confirmó la emperatriz—. Pero no es el momento, aún. Yo te avisaré, yo te guiaré.

La erección de Antonino era imparable, con el vigor propio de la adolescencia desbocada, del ansia insatisfecha.

Julia se separó de su hijo, pero sin brusquedad, sin mostrar desagrado por lo que le estaba ocurriendo físicamente a Antonino.

—No debes tener, no debes sentir esa enorme ansia sin atenderla —dijo la emperatriz y elevó la voz—: ¡Calidio, Calidio!

El *atriense*, que había recibido instrucciones de la augusta de estar particularmente atento a sus requerimientos aquella tarde, pasó por entre los pretorianos que custodiaban las termas privadas y no tardó en aparecer. Entró en los baños, pero, prudente, miraba solo al suelo.

—Sí, augusta.

—¿Seleccionaste una esclava joven y hermosa como te pedí? —inquirió la emperatriz.

—He comprado la hetera más bella que encontré en el mercado de esclavos, augusta.

—Perfecto —aceptó la emperatriz—. Pues tráela aquí de inmediato e instrúyela para que se muestre dócil y servicial con el joven augusto o mi ira se desatará sobre ella.

—Sí, augusta —respondió Calidio, y salió veloz de los baños para cumplir lo que se le había encomendado.

La atención de la emperatriz retornó a su hijo:

—No has de tener estas ansias sin satisfacer, hijo.

—No, madre —replicó Antonino menos tenso, pues, por un momento, había pensado que iba a ser su propia madre la que iba a ocuparse de aliviarlo y la idea..., esto era lo que más lo perturbaba, le había resultado reprobable moralmente, pero... no desagradable.

Su madre volvía a hablar.

—Has de aliviarte siempre que lo necesites, pero, escúchame bien, hijo: nunca con Plautila. Incluso tras la boda que tu padre ha pactado entre tú y la hija del jefe del pretorio, nunca has de acostarte con ella. Con cualquier otra, con la que quieras, me da igual si es una esclava, una liberta o una patricia a la que conquistes o engañes. No me importa si tu ansia te lleva a yacer con una mujer que te acepte o a la que fuerces. Nada de eso tiene importancia. Satisface tus deseos con quien tú quieras. Nada ni nadie te está vedado. Tú eres el *imperator destinatus*. Tú mandas, tú ordenas, tú decides. Solo evita yacer con Plautila. Un hijo tuyo con ella haría más fuerte a Plauciano. Y eso no lo deseamos ni tú ni yo.

—De acuerdo, madre —respondió Antonino con la gravedad propia de las sentencias inapelables. Y, de pronto, su rostro se agrió sobremanera—. Nunca yaceré con esa maldita puta, con la hija de Plauciano, no lo haré, madre. De hecho deberíamos acabar con ella, con él, con ambos...

Julia sonrió. La semilla del odio hacia el prefecto crecía bien en su hijo, pero aún era demasiado pronto para el ataque.

—Eso está bien, hijo. Me agrada lo que dices y cómo lo dices, pero aún no es el momento. Hemos de ser más fuertes, tú has de ser más fuerte, más hombre...

La entrada de Calidio acompañado por una joven de apenas dieciséis años hizo callar a la emperatriz. Pero de inmediato, Julia retomó su discurso mirando a su hijo:

—Empieza con esta esclava, joven augusto. Hazte hombre.

XVIII

—

LA NOCHE DE BODAS

Roma, primavera de 203 d. C.

Llegó el día en que se iba a celebrar el enlace entre Plautila, hija de Plauciano, *clarissimus vir* y jefe del pretorio, y Basiano Antonino, augusto, hijo de Septimio Severo, *Imperator Caesar Augustus*, y Julia Domna, augusta y *mater castrorum*. Todo fue bien en el ritual y en el banquete posterior, pero la noche de bodas no salió como todos esperaban... A nadie satisfizo; a nadie gustó.

Unos meses antes
Roma, finales de 202 d. C.

Julia había cedido, al fin, al irremediable hecho de que el matrimonio tendría lugar. A lo único que jugó entonces fue a retrasarlo unos meses, todo lo que pudo sin tensar la relación con su esposo. Para ello recurrió a otros asuntos que, no obstante, afectaban directamente a Severo: su incipiente enfermedad de gota, su superstición y la necesidad de ahorrar dinero para futuras campañas militares.

—Apenas unos meses y será momento de festejar los *decennalia* —comentó Julia con aparente aire distraído durante un frugal desayuno en el atrio de palacio junto a su esposo—. Sí, en apenas nada será el décimo aniversario de tu proclamación como emperador. ¿Por qué no hacer coincidir las celebraciones de la boda entre Antonino y Plautila con una fecha tan especial, de tan buenos recuerdos y augurios?

La emperatriz sabía de la superstición de su esposo. No hacía mucho Septimio había hecho coincidir su novena aclamación imperial por las tropas tras la conquista de Ctesifonte y su aceptación del título de *Parthicus Maximus* con la fecha en la que el divino Trajano accedió al poder.

Severo bebía leche despacio de un cuenco de oro. Lo dejó sobre la mesa.

—No parece mala idea y no está demasiado lejano en el tiempo —aceptó, a la vez que se congratulaba interiormente de que su esposa ya no discutiera sobre lo apropiado o inadecuado de aquel matrimonio, sino sobre la fecha más pertinente para su celebración. Para él, aquel cambio en la actitud de Julia hacia todo aquel tema era un gran descanso. Y más con aquellos últimos ataques de gota que lo tenían postrado, en ocasiones, días enteros, sin poder levantarse. Se sentía débil, y débil no era la forma en la que se desenvolvía bien con su esposa si esta se empecinaba en llevarle la contraria.

—Se trata apenas de esperar unas semanas —continuó Julia—. Además, de este modo tienes un tiempo para recuperarte de tu dolencia en las piernas.

—Sí, sin duda —admitió de nuevo el emperador—, pero esta dieta de Galeno es terrible. Creo que lo que más me alimenta es la *theriaca* de varios venenos que me administra como antídoto preventivo a un envenenamiento. —Y se echó a reír.

Julia lo acompañó en aquella carcajada.

Todo parecía estar bien entre ellos.

Eso era importante. Esencial. Clave.

—Y he pensado también —añadió ella cuando ambos dejaron de reír— que unir el enlace de Antonino con los *decennalia* te supondrá un sustantivo ahorro económico, porque puedes ofrecer así unos únicos grandes juegos circenses para conmemorar ambos eventos. Eso te ahorrará dinero para futuras campañas militares.

Septimio Severo miró a su esposa y parpadeó varias veces.

—Eso es cierto, pero... —el emperador sentía curiosidad— ¿acaso tenemos por delante nuevas campañas militares?

Ella sonrió antes de responder.

—Eso no lo sé. Eres tú quien lo decide, pero en las conversaciones con tus *legati* o con los senadores que invitas a palacio, los problemas fronterizos en el sur de las provincias africanas o en el norte del Muro de Adriano en Britania salen a colación con mucha frecuencia. Imagino que en algún momento te verás forzado a hacer algo más que hablar de ello. Ahorrar un dinero ahora te da más margen para pagar bien a las legiones, a las que teniendo, como sueles, satisfechas, podrás ordenar atacar allí donde estimes necesario y estas responderán a tu requerimiento con la eficacia acostumbrada.

Severo asintió un par de veces.

—Parece que piensas en todo —afirmó.

—Siempre —concluyó Julia.

Roma, primavera de 203 d. C.

Llegó la primavera y en abril hubo un evento detrás de otro: los *decennalia* se conmemoraron, tal y como había predicho la emperatriz, con unos juegos gladiatorios, carreras de carros y, en especial, *venationes* inmensas en el Circo Máximo. Los festejos duraron siete días en honor al nombre del propio emperador, Septimio Severo, *Imperator Caesar Augustus,* y en ellos se soltaron hasta setecientos animales diferentes en la arena. Desde jabalíes hasta una *corocota* de la remota India, mezcla de tigre y lobo,[14] pasando por «osos, leonas, panteras, leones, avestruces, onagros y bisontes (...) que corrían por todas partes y a los que se dio muerte».[15] Fue un espectáculo tan sangriento como apreciado por la plebe de Roma.

El Senado ofreció a Severo la posibilidad de realizar también un magnífico y ostentoso desfile triunfal, pero su convalecencia del último ataque de gota le dificultaba enormemente poder mantenerse en pie durante un largo tiempo continuado, que es lo que se requería del emperador en la cuadriga triunfal durante aquel tipo de evento, por lo que Severo declinó, en

14. Con toda probabilidad una hiena listada propia de Oriente Medio o India. No confundir con Corocota, guerrero cántabro que luchó contra Roma, cuyo nombre, quizá, pudiera tener origen en esta fiera exótica por su ferocidad contra las legiones.

15. Literal de Dion Casio, LXXVI, 1, 1-5.

aquella ocasión, semejante honor. Para ello, y con el fin de evitar mencionar sus problemas de salud en público, manifestó que quería dejar más protagonismo al acontecimiento del matrimonio de su primogénito.

9 de abril de 203 d. C.
Por la tarde, hora octava

De este modo, por fin, llegó la boda en sí, y Plautila aceptó al joven augusto Antonino como esposo y este hizo lo propio con ella. Hasta ese punto todo fue bien y dentro de lo planeado, pero la noche de bodas, sin embargo, no salió como todos tenían pensado: Plauciano estaba persuadido de que aquel enlace lo acercaría al máximo al corazón del poder absoluto y que su victoria completa estaba ya muy próxima, pues un descendiente de Plautila y Antonino lo uniría oficialmente con la línea dinástica de Roma; Severo, por su parte, estaba convencido de que el matrimonio fortalecería su amistad con Plauciano y eso le garantizaría aún más su lealtad sin fisuras; la joven Plautila, entretanto, estaba segura de que aquella noche consumaría su unión de forma sumisa con su augusto esposo y eso la conduciría hacia un futuro de riqueza y bienestar habiendo, además, satisfecho los deseos de su padre; en cuanto al novio, el augusto Antonino, estaba seguro de que obedeciendo a su madre en todo, siguiendo sus palabras al pie de la letra, la velada terminaría bien y ella estaría cada vez más orgullosa de él; Maesa, preocupada por sus hijas, pensaba que aquella tenía que ser la primera de una larga serie de bodas de los jóvenes miembros de la dinastía que, empezando por los varones, luego daría lugar a que sus propias hijas, Sohemias y Avita, encontraran maridos de muy alto rango, quizá senatorial, principesco o incluso real; por su parte, Geta, sin embargo, aunque no lo dijera en alto, albergaba la oscura esperanza de que algo saliera mal y que eso, fuera lo que fuera, alejara a su hermano mayor del corazón y de las atenciones de su madre, de modo que ella se fijara, por fin, en él como mucho mejor futuro para la dinastía Severa.

¿Y Julia?

La emperatriz de Roma presenció la que para ella fue una eterna y muy lenta boda convencida de que Antonino seguiría sus instrucciones y que eso haría que los anhelos de Plauciano se vieran truncados o, por lo menos, pospuestos el tiempo suficiente como para poder tenerlo todo preparado para su contraataque definitivo. Además, el hecho de que el joven augusto rechazara yacer con su recién adquirida esposa daría más potencia a los vínculos internos de la familia imperial, en particular, a la poderosa relación que se había construido entre ella y su primogénito, por un lado, y entre ella y su hermana por otro, pues Maesa era la única que había entendido que la ambición de Plauciano era realmente peligrosa para todos. El reforzamiento de esos dos lazos internos en el seno de la familia imperial compensaría el seguro distanciamiento que Severo sentiría hacia ella al saber que Antonino no consumaba el matrimonio por influencia de su madre.

Pero nada en absoluto salió como ninguno esperaba.

Todo ocurrió de modo diferente.

Y ya no había marcha atrás.

9 de abril de 203 d. C.

Un día aciago.

Un día brutal.

El primero de una larga serie.

Cámara privada del augusto Antonino, palacio imperial
9 de abril de 203 d. C.
Hora décima

—Sal de la cama —dijo Antonino.

Plautila y él estaban sentados en un borde de la cama. Los dos semidesnudos, pero aún con una túnica íntima cubriendo sus cuerpos adolescentes; él con quince años, ella, con catorce.

—¿Por qué? —preguntó Plautila, que no parecía entender aquella extraña petición—. Hemos de..., bueno..., hemos de hacer..., tú has de hacer eso que hacen los hombres. Mi padre me ha insistido en ello...

Pero Plautila no supo bien cómo continuar. Era cierto que,

con su madre muerta hacía unos años, era su propio padre quien la había aleccionado con insistencia con respecto a la noche de bodas:

—Has de dejar que el augusto Antonino haga contigo lo que hacen los hombres en la cama con sus esposas, ¿has comprendido bien? Esto es muy muy importante. O la boda no valdrá para nada. Has de darme... de darle hijos al augusto. Eso nos hará más fuertes, vinculará aún más a nuestras dos familias, la una con la otra, para siempre. Hará que la unión entre las dos estirpes sea completa. Y te asegurará dinero, riqueza y un futuro tranquilo para ti y para todos.

Ella había entendido lo de que los hijos de ella y Antonino unirían más a la familia de su padre con la familia imperial, pero en cuanto a lo de dejarse hacer por el joven augusto lo que fuera que hicieran los hombres en la cama, ella habría agradecido más información, que, sin embargo, no se atrevió a solicitar a alguien tan frío y distante como su padre. De hecho, él apenas había hablado con ella desde la muerte de su madre. Solo con el pacto de aquel matrimonio parecía su padre haber reaparecido en su vida como *pater familias* y recuperado interés en ella. De modo que Plautila quería complacer a su progenitor en cualquier caso, como fuera. Y allí estaba. Pero el augusto decía que se marchara de la cama. Ella no sabía mucho de bodas y menos de noches nupciales, pero no le parecía que aquello de irse de la cama fuera lo que los novios hacían en esa velada tan especial; y, desde luego, tenía claro que así nunca quedaría embarazada de su esposo. Hasta ahí sí alcanzaba su entendimiento.

—Tu padre es un miserable —dijo Antonino a modo de explicación por su aparentemente extraña petición de que ella se fuera.

Plautila pensó con rapidez.

—¿No quieres ni tan siquiera verme desnuda, ver... mi cuerpo? —preguntó. La muchacha había oído en numerosas ocasiones a las esclavas, cuando la ayudaban a bañarse, decirle que tenía un cuerpo que agradaría a cualquier hombre o comentarios como que había heredado la belleza de su madre. Plautila pensaba que mostrándose completamente desnuda quizá despertaría el interés del joven augusto por poseerla.

Antonino pensó en responder rápidamente que no, pero la curiosidad de la adolescencia estaba ahí y, aunque seguía plenamente persuadido de que debía hacer caso a su madre y no acostarse en modo alguno con Plautila, dijo algo que animó un poco a la muchacha.

—De acuerdo: quítate la túnica.

Plautila cumplió con aquel mandato con eficacia y velocidad y, al instante, estaba desnuda, en pie, frente a él.

Antonino empezó a respirar con más profundidad y más rapidez de lo acostumbrado en él. Su joven esposa era... hermosa. Eso era indiscutible. Tenía una estrecha figura, la piel muy blanca, esa frente pequeña, las facciones del rostro... suaves, los labios carnosos, los pechos aún pequeños pero prietos, con pezones en punta rodeados de aureolas rosadas. Y todo esto despertó ansias en él y, al tiempo, rabia, una enorme violencia porque en modo alguno pensaba contravenir el deseo de su madre, pero eso lo forzaba a contenerse y eso era, precisamente, lo contrario a lo que había sido acostumbrado por su propia madre durante aquellos últimos meses. Siempre que sentía aquel anhelo de yacer con una mujer, palacio le proporcionaba una joven esclava, incluso a veces más de una, y él se satisfacía a plenitud. Pero ahora veía a una mujer hermosa, desnuda, en su cama privada, su propia esposa, pero no debía tocarla. Los sentimientos encontrados lo reconcomían por dentro.

Antonino se levantó y, sin aviso alguno, propinó una sonora bofetada en el rostro juvenil a Plautila. La muchacha cayó al suelo y rápidamente gateó hacia una esquina de la habitación por temor a recibir más golpes. No entendía nada. No podía imaginar qué había hecho mal. ¿Era acaso tan horrible y las esclavas siempre habían mentido? Eso no tenía sentido, porque muchos oficiales la miraban con ansia en los banquetes que daba su padre en los *castra praetoria* y ella tenía claro que atraía a los hombres. Acurrucada en la esquina, vio cómo su esposo, en lugar de dirigirse hacia ella, se vestía y salía de la habitación.

Plautila se quedó allí, muy quieta, ahogando un sollozo lento. Estaba aterrada. No comprendía lo que pasaba, pero intuía que su padre no estaría satisfecho. No entendía qué había hecho mal, cuál había sido su error, su falta. Y, por supuesto, no podía ni imaginar que, pese a lo ocurrido, por el momento, aún tenía suerte. Por el momento.

Pasillos del palacio imperial
Hora décima

A Geta le sorprendió encontrarse con su hermano aquella noche vagando por los atrios porticados del palacio.

—¿Todo marcha bien? —preguntó. No es que él y Antonino hablaran mucho ya, pero el porte tenso de su hermano, su caminar rápido y su ceño fruncido le hicieron pensar que algo malo había ocurrido. Y eso, precisamente, era lo que él más deseaba: que Antonino cometiera un error y eso lo señalara frente a su madre. Solo así podría él, Geta, tener una oportunidad. Pero la respuesta de su hermano lo desanimó.

—No ocurre nada —respondió Antonino—. Tal y como me pidió madre, he rechazado yacer con Plautila, con mi esposa.

—Ya —aceptó Geta. El menor de los hermanos estaba al corriente de las instrucciones de su madre con respecto a Plautila. Ella lo había hecho partícipe de aquello en un momento en el que le explicó que él tendría, en el futuro próximo, un puesto como coemperador con su hermano mayor, cuando su padre ya no estuviera con ellos. Geta no creía ya mucho en esas promesas: él solo veía que su hermano iba siempre por delante en todo. Ya era augusto y él, sin embargo, solo césar. Incluso si fueran coemperadores alguna vez, Geta presentía que él siempre estaría por debajo de Antonino.

Aun así, pese al enorme distanciamiento que había entre ellos, sin saber muy bien por qué, Geta se unió a su hermano y ambos caminaron juntos por los atrios nocturnos del palacio imperial bajo un gran manto de estrellas.

A Antonino la compañía no le molestaba. Eran hermanos y no siempre se habían llevado mal. Le pareció que pasear juntos por el interior de la residencia de los emperadores de Roma era mejor que una soledad no buscada. Él podría estar ahora solazándose con su joven y, según había visto, bella esposa, pero lo tenía vedado. Quizá podría llamar a Calidio y pedir una esclava. Sí, esa parecía una buena solución... De pronto, su hermano se detuvo y Antonino lo imitó: la silueta delgada de su joven prima se dibujaba junto al *impluvium* del hipódromo. Era un lugar hermoso. Un lugar extraño. Uno tenía allí la pesada sensación de que se acumulaban emociones intensas ahogadas por el tiempo. Allí fue donde lucharon a muerte gladiadores y pretorianos en la conjura contra Domiciano, el último de los emperadores de la dinastía Flavia. Pero para los jóvenes Antonino y Geta, aquello eran solo historias de un pasado remoto, lejano, que nada tenía que ver con ellos.

—Es hermosa —dijo Geta sin dejar de mirar a su prima, sin pensar en que con esas palabras pudiera estar sentenciándola... ¿O sí lo estaba pensando?

Sohemias se había sentado junto a la piscina de agua clara y leía un papiro a la luz de una de las antorchas que iluminaban el patio.

—Le gusta la poesía —continuó Geta—, pero a mí me gusta ella. —Lo dijo sin aparente maldad. ¿Se olvidaba de que su hermano siempre competía con él en todo? ¿Lo dijo porque en las últimas semanas no había habido conflicto entre ellos y eso lo había relajado con relación a Antonino? ¿O lo dijo porque su inconsciente se lo dictó para iniciar un incendio de emociones que ya nada ni nadie pudiera detener?

Antonino registró aquellas palabras en muchos sentidos. Todos perjudiciales, todos violentos.

—Y si te gusta tanto, ¿por qué no la posees? —le espetó Antonino a su hermano con tono de desprecio.

—¡Por Júpiter! ¿Estás loco? Es nuestra prima, es de la familia imperial.

—Es una mujer, es guapa y somos césares, bueno, yo césar augusto —contrapuso Antonino y, viendo el miedo reflejado en el semblante de su hermano, disfrutando enormemente por ello, dio varios pasos rápidos en dirección a la joven.

—Hola, Sohemias. ¿Qué lees? —preguntó Antonino con fingida ingenuidad.

La muchacha aún no intuía nada. Su mente nadaba todavía en las aguas dulces de la poesía de Ovidio.

—*Tristia.*

—No lo conozco —continuó Antonino sentándose al lado de la muchacha—. ¿De qué va?

Geta se acercó también, pero permaneció en pie, escuchando. Tenía esperanzas de que la osadía de Antonino quedara solo en palabras. ¿O deseaba que su hermano pasara a la acción? Una brutalidad como esa lo alejaría del corazón de su madre... y, entonces, él podría ocupar su lugar en el afecto y en los planes maternos. Porque él, Geta, a diferencia de su hermano mayor, sí podía controlarse.

—No sabía que te interesaba la poesía —dijo Sohemias entre divertida y algo coqueta, calculando mal el momento.

—Tú no tienes ni idea de lo que me interesa y de lo que no me interesa.

El tono de Antonino fue muy áspero y eso, por primera vez, puso en guardia a la joven, que respondió al tiempo que miraba a uno y otro de sus primos, alternativamente:

—Son poemas que Ovidio escribió en su exilio en Tomis, adonde lo envió el emperador Augusto cuando se enemistó con él.

—Algo malo haría ese poeta —apostilló Antonino poniendo una mano en el muslo de su prima, que se intuía bajo la fina túnica de algodón blanco que portaba la muchacha.

—¿Qué haces? —preguntó ella retirando la pierna con rapidez, pero la mano de su primo recuperó el muslo y lo apretó con fuerza.

—Hago lo que quiero. Soy césar augusto. Tu augusto. Mi hermano, en cambio, solo es césar —añadió Antonino haciendo que su mano ascendiera por la entrepierna en busca de lugares más íntimos.

—¡Por El-Gabal! ¡Déjame! —Y Sohemias se volvió hacia Geta—. ¡Ayúdame!

Pero el segundo césar empezaba a dar pasos pequeños hacia atrás. Solo se atrevió a musitar lo que aparentaba ser un ruego.

—Déjala —dijo. Pero en voz baja. En el fondo su ánimo ya

había decidido y, entre la compasión y la furia, se había decantado por esta última. Geta anhelaba que su hermano siguiera adelante. Que viniera el desastre absoluto. Solo así recuperaría la posición que le correspondía, solo así se daría cuenta su madre de que había elegido mal. De que él, Geta, era mejor opción para todo, para lo que fuera que tramara ella.

Antonino no prestó atención a su hermano. Seguramente tampoco lo habría escuchado aunque hubiera puesto este más empeño en hacerse oír. El joven augusto estaba empezando a disfrutar de verdad. El cuerpo de su prima era suave, tanto o más que el de las prostitutas o las esclavas con las que había estado los últimos meses. Probablemente, tanto como el de Plautila. Pero su prima no le estaba prohibida. En eso su madre fue muy explícita: podía estar con cualquier mujer que desease excepto Plautila.

Bien.

Sohemias no era Plautila.

Punto.

Su prima iba a ser la forma de calmar esa ansia que le había sobrevenido tras ver a Plautila desnuda, no ya de poseer a otra esclava o hetera, sino de yacer con una muchacha patricia. Toda Sohemias era piel nueva, piel que otros hombres no habían tocado nunca. La idea creció en su mente con rapidez y lo excitó como nunca antes lo había estado. Si acaso aquel día en que su madre lo acarició en los baños de palacio, cuando le explicó quién era él realmente y a qué estaba destinado: «Has de aliviarte siempre que lo necesites, pero, escúchame bien, hijo: nunca con Plautila. Incluso tras la boda que tu padre ha pactado entre tú y la hija del jefe del pretorio, nunca has de acostarte con ella».

Eso le dijo su madre y eso lo había cumplido. Pero su madre le dijo más cosas: «Con cualquier otra, con la que quieras, puedes satisfacerte, me da igual si es una esclava, una liberta o una patricia a la que conquistes o engañes. No me importa si tu ansia te lleva a yacer con una mujer que te acepte o a la que fuerces. Nada de eso tiene importancia. Satisface tus deseos con quien tú quieras. Nada ni nadie te está vedado. Tú eres el *imperator destinatus*. Tú mandas, tú ordenas, tú decides».

Y él, esa noche misma, estaba dispuesto a empezar a mandar, a ordenar, a decidir.

Las palabras de su madre resonaban con fuerza en el interior de su cabeza. Tanto que no oía ni los gritos de Sohemias ni las palabras que su hermano, este último sin demasiada energía, pronunciaba.

Geta miró a su alrededor. Había visto hacía unos segundos a algunos esclavos dirigiéndose hacia las cocinas imperiales y le pareció intuir también a algún pretoriano. Eso le hizo recordar que en palacio había ojos y miradas ocultas en todas partes. Que todo, en un momento u otro, se terminaba sabiendo. Que su madre, al final, se enteraría de lo ocurrido y de cómo ocurrió. Eso lo movió a actuar. No quería que pesase sobre él la acusación de no haber hecho nada.

Geta avanzó hacia su hermano, por la espalda de este.

Un puñetazo pareció hacer regresar a Antonino del trance en el que había entrado, preludio para él de un gran éxtasis físico en muy corto plazo. El joven augusto cayó de lado, pero se rehízo rápido. Fue veloz contra su hermano, que lo acababa de atacar por sorpresa, a traición, y le asestó varios golpes seguidos en el estómago, bien calculados, producto del rígido adiestramiento militar al que estaba siendo sometido en la palestra de palacio durante el último año, en este caso, por orden del propio emperador, que quería un sucesor fornido que presentar ante el ejército. Geta, que no esperaba una respuesta ni tan rápida ni tan violenta, cayó de bruces al suelo y se partió un labio. No usó las manos para detener su derrumbe porque instintivamente se las había llevado a la boca del estómago. Le faltaba la respiración. Su adiestramiento militar también se había iniciado, pero como en todo lo demás, iba siempre con retraso con respecto a su hermano, además de ser más pequeño y de menor musculatura.

El segundo césar temía recibir más golpes, pero Antonino no quería perder de vista su objetivo inicial y se volvió hacia Sohemias, que se había levantado e iba a empezar a correr, algo que debería haber hecho mientras sus primos luchaban, pero retenida unos instantes por el pánico, no se había movido del sitio y eso permitió que Antonino se abalanzara sobre ella de nuevo y la tumbara en el suelo situándose él encima de ella, bloqueando los brazos y las piernas de la muchacha con su propio cuerpo.

Geta se alejó gateando del hipódromo. Había recuperado el aliento, pero no se veía ni con fuerzas ni con deseos de enfrentarse de nuevo a su hermano, que parecía luchar con una fortaleza inusual, como si estuviera encendido por dentro por una pasión voraz, incontestable. En todo caso, él tenía su labio partido, algo que mostrar a su madre cuando todo se supiera, algo que lo situaría en el lado correcto de lo que debía hacerse aquella noche. Una herida que lo devolvería al centro de atención de sus padres en detrimento de la locura creciente de su hermano mayor. ¿Y Sohemias? Sencillamente, Geta no pensó en ella. Tenía cosas más importantes en las que ocupar su mente que el destino de su prima, que el futuro, a fin de cuentas, de una mujer.

Sohemias, prisionera de su primo mayor, aullaba desesperada. A los intentos de ser besada en el cuello, respondió con un mordisco en la oreja de Antonino. El augusto de Roma no se lo pensó dos veces y la golpeó en la cara. Primero una bofetada, luego un puñetazo. La muchacha perdió el sentido. Antonino aprovechó la ocasión para arrancarle la túnica y la ropa íntima que llevaba debajo y descubrir, por fin, del todo, un muy hermoso cuerpo. Más aún que el de la propia Plautila, que había visto apenas hacía un rato. Al final, la noche de bodas iba a estar mejor de lo que él había pensado. Su hermano Geta era un cobarde y un imbécil, pero le reconocía su capacidad para identificar un cuerpo bonito de mujer. Él nunca había reparado en la belleza de Sohemias hasta aquel paseo nocturno, cuando su hermano comentó lo guapa que era.

Sohemias soñaba inconsciente y su falta de conciencia la salvaba, por el momento, de la locura y el horror. Ella se imaginaba en su propio matrimonio feliz con un hombre apuesto que la amara, que fuera poderoso y que le concediera todos sus deseos. Sohemias, con sus dos mejillas amoratadas por los golpes recibidos, escapaba así a la furia inclemente desatada contra ella.

Antonino se subió su propia túnica. No pensaba ni desnudarse. De alguna forma intuía que algo pasaría y no quería que nada ni nadie pudiera quitarle el placer que pensaba sentir penetrando a su prima como había hecho con las esclavas de palacio. Solo echaba de menos que la joven despertara. Así, desmayada, no parecía estar tanto con una mujer como con un muñeco grande, como los que se usaban en la palestra en las sesiones de adiestramiento militar. Con la diferencia de que este muñeco era más bonito, más suave.

Estaban al lado del *impluvium*.

Antonino, sin separarse del cuerpo desnudo de su prima, estiró el brazo, cogió agua con la mano y la vertió por la cara enrojecida de su prima.

Sohemias, para tortura y sufrimiento de su alma, volvió en sí justo en el momento en que sentía un desgarro en su interior y las babas de su primo se apoderaban, por fin, de su cuello.

Ella no quería..., no quería..., pero no podía ni tan siquiera articular sonido alguno por el miedo y el terror acumulados. Y todo le dolía, por dentro y por fuera de su cuerpo. Su primo seguía moviéndose como un salvaje, como si fuera un gladiador en medio de un combate del Anfiteatro Flavio, pero cuyo contrincante era ella, solo ella. ¿Era esto lo que decían que daba placer con un hombre? No podía serlo. Sohemias volvió a cerrar los ojos y decidió no moverse nada, no oponer ninguna resistencia más, no hacer nada y evitar de ese modo, por lo menos, más golpes. Aquello no tenía nada que ver con los cuentos de príncipes o reyes que su madre, Maesa, le tenía prometidos...

A Antonino tanta inacción por parte de su prima lo enfureció aún más. De algún modo intuía que, pese a las palabras de su madre sobre que podía estar con cualquier mujer, quizá él estaba en ese momento rebasando algún límite no mencionado, no precisado, quizá todos los límites, y lo enrabietaba enormemente que romper reglas o fronteras no le proporcionara, como mínimo, el placer, la satisfacción que buscaba. Así que volvió a abofetear a su prima varias veces, para ver si despertaba en ella algo de energía, de movimientos de cadera o de pura resistencia. Algo que lo entretuviera, algo... Pero ella estaba inmóvil, como si fuera uno de esos malditos muñecos de madera y tela.

En ese instante aparecieron varios pretorianos que se hicieron visibles entre las columnas del hipódromo.

Antonino los vio.

Sohemias también. Y a ellos dedicó una mirada con un ruego silencioso.

Pero los pretorianos no intervinieron. La mirada de autoridad del augusto Antonino los detuvo. Y, en el fondo, y en la superficie, y de cualquier modo, aquello les gustaba. Era como ver al joven líder de una manada haciéndose hombre. La bravura del augusto les agradaba en aquella exhibición de macho poderoso. Ellos, los pretorianos, eran la manada, y aquel joven que forzaba a su prima en aquel instante estaba llamado a ser su líder. La manada quería un jefe fuerte.

La guardia no intervino.

Cuando Antonino terminó, se alzó rápido y se arregló la túnica mientras en su mente concluía que eran mucho mejores las heteras que le traía su madre o incluso las esclavas jóvenes de palacio. Seguramente con Plautila habría sido igual. No se había perdido nada al rechazarla y echarla de la cama. Eso apaciguó su ánimo más que ninguna otra cosa, más aún que el sexo forzado con su prima.

El joven augusto Antonino salió del atrio.

Los pretorianos lo siguieron, como su escolta.

Sohemias quedó tendida sobre las frías losas de mármol, inmóvil, quieta, sola. Una fina línea de sangre asomaba por debajo de su ropa rasgada. No estaba inconsciente, sino en choque, como petrificada. Sus ojos cerrados y en su cabeza solo una pregunta que se repetía como una letanía de dolor agudo que la acuchillaba una y otra vez: «¿Por qué? ¿Por qué? ¿Por qué?».

De entre las sombras emergió una de las veteranas esclavas del palacio.

Lucia se arrodilló junto a la muchacha.

—¿Está muerta? —preguntó Calidio, que acababa de llegar, advertido de que algo extraño pasaba cuando vio al césar Geta corriendo por palacio con la cara manchada de sangre.

—No lo sé —respondió Lucia—. Llama al médico griego.

Cámara de la emperatriz
Hora undécima

Maesa irrumpió en la habitación privada de su hermana empujando a todo y a todos. Ni los pretorianos pudieron detenerla. Estos, además, como se ha visto, no eran de meterse en disputas dentro de la familia imperial, y para frenar a la madre de Sohemias habrían tenido que atravesarla con sus gladios y ¿cómo hacer eso con la hermana de la augusta de Roma? Pero la siguieron al interior de la cámara por si era necesaria su intervención, pues, aunque no hubieran detenido la actuación del joven augusto, no tenían claro que permitir que algo le pasara a la esposa del augusto Severo fuera buena idea.

Así que los pretorianos entraron junto con Maesa en la cámara de la emperatriz.

—¿Sabes lo que ha hecho tu hijo? —le espetó Maesa a su hermana a voz en grito. Y lo repitió varias veces, sin importarle que los soldados la escucharan—: ¿Sabes lo que ha hecho? ¿Lo sabes?

Julia apartó con un gesto a las esclavas que estaban cepillando su pelo antes de acostarse. La augusta no necesitaba más información para comprender que algo terrible había pasado. Fuera lo que fuera, no tenía por qué discutirse rodeada de los pretorianos, muchos de los cuales, sin duda, espiaban para Aquilio Félix, el jefe de los *frumentarii*, o lo que es lo mismo, para el maldito Plauciano.

—Salid todos —dijo, y pretorianos y ornatrices abandonaron la habitación a toda velocidad.

—Tu hijo ha violado a mi pequeña —añadió Maesa con furia, pero ya sin gritar. La tensión la atenazaba por dentro. Era como si tuviera un nudo en la garganta que le dificultara hablar después de los aullidos iniciales con los que había irrumpido en la cámara de su hermana.

—¿Quién? —preguntó Julia, más por ganar tiempo para pensar que porque dudara entre sus dos hijos—. ¿Antonino o Geta?

—Antonino —precisó Maesa buscando asiento en una *sella*

sin respaldo que había en una de las esquinas de la cámara imperial.

—Ya —aceptó Julia sin cuestionar lo que su hermana acababa de anunciar; de algún modo pensaba que Antonino podía ser capaz de algo así y, quizá, de mucho más. De hecho, aquella no era una noticia estrictamente terrible. Era pésima en relación a lo que le había pasado a Sohemias, pero no era un mal indicador en el desarrollo que Julia buscaba para Antonino. Era una muestra de virilidad, de potencia, de fuerza. Mal encauzadas, eso sí, pero virilidad y potencia que necesitaba la familia, sobre todo, desde que Septimio parecía hacer dejación de sus funciones de puertas adentro del palacio. Tan decisivo en el campo de batalla y en los confines del Imperio y, sin embargo, tan débil en palacio..., y estaban ahora sus ataques de gota también...

—¿Tú has oído bien lo que te acabo de decir? —insistió Maesa ante la mirada perdida en el vacío de su hermana.

—Sí, te he escuchado con atención —respondió Julia volviendo en sí y poniéndose en pie para iniciar un paseo alrededor de la habitación—. ¿Cómo ha sido?

—¿Cómo ha sido? —La rabia de Maesa aumentaba por momentos—. ¡Por El-Gabal, hermana, qué importa cómo ha sido! ¡Pero ya que lo preguntas, ha ocurrido en el hipódromo! Mi pequeña estaba leyendo tranquilamente en el patio cuando Antonino, sin mediar casi palabra alguna, se ha abalanzado sobre ella como una bestia y la ha forzado. La ha violado. ¿Sabes todo lo que eso supone?

—Sí, hermana, sé todo lo que eso supone. Sé lo que significa para mi sobrina y sé también lo que supone para Antonino. Pero hemos de ir por partes. ¿Cómo está Sohemias?

—¿Cómo está? Aterrada, asustada, llorando, y además el animal de tu hijo le ha partido media cara. Tiene golpes por todas partes. No solo la ha violado. Le ha dado una paliza. No sé si le habrá roto hasta algún hueso. El médico griego está con ella ahora mismo...

Se oyó a alguien aclarándose la garganta en el umbral de la puerta de la habitación que nadie, en medio de toda aquella agitación, se había acordado de cerrar. La voz y la figura de Galeno fueron fácilmente reconocibles para Julia.

—Pasa —dijo la emperatriz, y ella misma se acercó a la entrada y cerró la puerta ante la mirada preocupada de varios pretorianos que se arracimaban junto a la entrada intuyendo que quizá deberían haber actuado en algún momento aquella noche. No sabían si estaban en falta.

—¿Cómo está mi hija? —preguntó Maesa poniéndose en pie y acercándose al viejo médico griego.

—La muchacha está bien, dentro de sus circunstancias. Ha recibido varios golpes en la cara y en el resto del cuerpo, pero más allá de que tendrá cardenales durante un tiempo y un labio hinchado durante una semana, no preveo nada más serio. Eso sí, la joven ha sido, vamos, ha perdido... su virginidad. Le he hecho beber opio diluido en vino y ahora descansa. Sugiero tenerla con esta mezcla de opio y licor un día o dos. Luego reduciré el opio que le administro progresivamente para que vaya retornando a este mundo poco a poco. La compañía de su madre, en unas horas, cuando despierte, será, en este caso, la mejor de las medicinas. Y, bueno, en el caso de una joven aristócrata en estas circunstancias...

—Un esposo —dijo la emperatriz terminando la frase que Galeno no se aventuraba a concluir, pues quién era él para inmiscuirse en la política de matrimonios de la familia imperial—. ¿Puede estar embarazada? —añadió Julia.

Maesa abrió los ojos y se volvió a sentar. No había pensado en eso, pese a que era algo evidente como, al menos, posibilidad.

—Es una circunstancia que puede darse, sin duda —admitió el médico.

—Pero no puedes saberlo aún, claro —continuó la emperatriz.

—No. No puedo saberlo. Necesitamos que pasen unas semanas. Luego puede hacer la prueba de la orina sobre pequeños sacos de arena con semillas de cebada y trigo. Si las semillas germinan con esa orina es que la muchacha está embarazada. Es un método egipcio muy eficaz para detectar el embarazo en los primeros meses de gestación.

—Que mi pequeña tenga un hijo de la bestia de Antonino, hermana, no es una opción —dijo Maesa de modo categórico y entonces miró al médico—. ¿Cuándo se le puede administrar algo a mi hija para terminar con ese embarazo si es que ha tenido lugar? Sé que existen esas plantas... ¿Cómo se llaman?

Galeno inclinó la cabeza hacia un lado e hizo una mueca de incomodidad.

—El *silphium* —dijo— es una planta abortiva muy eficaz.

—Sí, exacto —confirmó Maesa—: *silphium.*

La hermana de la emperatriz respiró algo aliviada. Por lo menos tenían solución para uno de los problemas surgidos de toda aquella locura, pero, de súbito, la voz del veterano médico griego quebró sus esperanzas en aquel punto.

—El *silphium,* ciertamente, es muy capaz de terminar con un embarazo no deseado, pero es muy agresivo en su acción, demasiado para una muchacha tan joven como la sobrina de la emperatriz. Yo no le administraría esa sustancia a la joven Sohemias en ningún caso. Es mejor un embarazo no deseado que ese abortivo. Si la muchacha tuviera un par de años más, quizá sí. La he lavado en sus partes íntimas y quizá eso reduzca la posibilidad de embarazo, pero no haría yo nada más. La muchacha ya ha sufrido un trauma serio. El... augusto... ha sido... bastante violento. La muchacha tiene algún desgarro interior y el *silphium* crearía una hemorragia muy profusa que podría agravar la situación de la joven al no permitir que la herida interior cierre y cure con rapidez. Todo el estado de salud de la joven podría deteriorarse.

—¡Pero ¿qué me estás diciendo?! ¡¿Que no puede hacerse nada?! —vociferó Maesa volviendo a levantarse y encarándose con el viejo médico.

Julia se interpuso.

—Gracias, Galeno, por tus servicios —comentó la emperatriz en tono conciliador—. Como siempre, eficaz y leal. Te ruego que veles a mi sobrina un tiempo hasta que su madre regrese junto a ella. Maesa y yo hemos de hablar a solas sobre lo... ocurrido.

—Por supuesto —dijo Galeno y se inclinó, dio media vuelta, abrió la puerta despacio, salió de la habitación y cerró con cuidado la pesada hoja de bronce.

Julia y Maesa quedaron la una frente a la otra.

—¿Qué voy a hacer, hermana? —preguntaba Maesa desesperada, pero, de inmediato, añadió otro interrogante con rabia—: ¿Y qué vamos a hacer con el salvaje de Antonino?

—Siéntate —dijo Julia. Prácticamente se lo ordenó.

Maesa obedeció. Estaba tan aturdida que casi agradecía que se le dijese qué hacer. Solo había un punto en el que no estaba dispuesta a ser contrariada: el miserable de Antonino tenía que pagar por lo ocurrido. ¿Cómo? No lo sabía aún. ¿Se podía condenar a un augusto? Tampoco lo tenía claro, pero no le importaba. Solo estaba segura de que quería venganza..., al menos, algún tipo de resarcimiento que pasara por castigar o humillar a Antonino.

—No podemos casarlos —precisó Julia introduciendo sus palabras en los desbaratados pensamientos de su hermana—. Septimio se empeñó en que Antonino contrajera matrimonio con Plautila, la hija de Plauciano, y ahora ese enlace impide que podamos desposar a nuestros hijos, lo que podría haber sido una salida para todo esto. Al menos, desde el punto de vista legal nos solucionaría muchas cosas, en particular, si hay embarazo.

Maesa negaba con la cabeza. Su rencor hacia Antonino era demasiado grande como para haber aceptado esa posibilidad incluso si hubiera sido posible, aunque, de pronto, en su ánimo pesó más la conveniencia frente al escándalo de una hija embarazada sin haberse desposado.

—Antonino podría repudiar a Plautila y entonces quedaría libre para casarse con Sohemias —apuntó entonces Maesa.

Julia negó con la cabeza.

—¿Bajo qué excusa? Acaban de desposarse y Plauciano ha luchado mucho por esta boda y tiene a Septimio persuadido de que es una gran idea unir nuestras familias.

—Antonino podría alegar que Plautila no quiere consumar el matrimonio —añadió Maesa sin pensar. Hablaba acelerada, buscando una salida noble para evitar la ignominia que se cernía sobre Sohemias.

—No —volvió a rechazar la emperatriz—. Plautila jurará una y mil veces en público que ella está dispuesta a consumar el matrimonio. De eso estoy segura. No, hermana, ni el emperador ni Plauciano aceptarán que Antonino repudie a Plautila. No, al menos, en tan poco tiempo, y tiempo es algo que, si Sohemias ha quedado embarazada, no tenemos.

—Entonces condenas a mi hija al ostracismo, a ocultarse para siempre, a la vergüenza eterna... —se lamentaba airada Maesa.

—No es lo que pretendo —contrargumentó Julia—. Has de llevarte a la niña fuera de Roma —subrayó con decisión. Todo estaba encajando en su cabeza. Hablaba mirando al suelo, mientras caminaba de un lado a otro de la habitación—. Dale un par de semanas a la pequeña para que se recupere de lo sufrido. Sácala de palacio en cuanto se encuentre algo mejor y cuídala en vuestra casa. Luego tú y Alexiano iréis a Siria, a nuestro hogar. En la casa de nuestro padre, en Emesa, Sohemias se restablecerá por completo. Yo hablaré con Septimio para que nombre a Alexiano gobernador de Siria o cualquier otro cargo que le permita, que os permita ir a todos allí.

—¿Y si está embarazada?

—Ahora iba a eso —continuó Julia—. En cuanto lleguéis..., no, me corrijo: antes, ya mismo, hay que escribir a nuestros familiares en Emesa y que vayan buscando allí un marido para Sohemias entre la aristocracia local. Alguien que haya seguido el *cursus honorum* romano y que sea de confianza y acepte desposarse con Sohemias. La muchacha es la sobrina del emperador. No tendrán dificultades en encontrar a uno o varios hombres que deseen emparentar con la familia imperial. Tú eres hermana de la augusta de Roma. Tu hija es sobrina del augusto Severo. Tendrá pretendientes, no lo dudes. La boda ha de tener lugar nada más llegar la niña allí y ha de haber una buena noche de bodas. Tenemos dinero. Mucho. El suficiente para acallar cualquier comentario o queja si el marido elegido tiene algo que decir sobre si Sohemias ha llegado pura o no al lecho conyugal. Con eso tendremos todo lo de Sohemias solucionado. Si da a luz, un médico dictaminará que el parto se ha adelantado uno o dos meses. Eso será todo.

Maesa asentía repetidamente. No le gustaba todo lo que

oía, pero era, de largo, el plan más lógico para proporcionar un futuro seguro y estable y digno a su hija, pero...

—Eso, Julia, no es todo. ¿Y Antonino? —preguntó Maesa, una vez más, con rabia sibilante entre los dientes—. Quiero que pague por lo que ha hecho.

Julia inspiró profundamente y se sentó en el *triclinium* mirando de frente a su hermana.

—Antonino es ahora augusto y no se puede castigar a un augusto de Roma —dijo ante el asombro y la indignación más absoluta de su hermana.

De hecho, Maesa se levantó y empezó a caminar por la habitación, sin rumbo, sin mirar a su hermana, sus ojos ora en el suelo, ora en el techo, las manos encima del cabello.

—¿Que no se puede castigar a un augusto, que no se le puede castigar...? ¿Me estás diciendo que aquí no ha pasado nada...? Mi hija forzada, quizá embarazada de ese salvaje, y dices que no se puede hacer nada...

—Yo no he dicho eso —se defendió Julia—. Hablaré con él, pero sí que afirmo que no podemos castigar al joven augusto y menos en este momento en el que estamos en medio de este pulso mortal con Plauciano por el poder. Hay demasiadas cosas en juego.

Maesa se detuvo justo delante de Julia.

—¿Demasiadas cosas en juego? —le preguntó mirándola directamente a los ojos.

Julia respondió a la pregunta de forma genuina, sin considerar sentimientos ni emociones:

—Sí. El jefe del pretorio es cada vez más fuerte, en particular, tras la boda entre Antonino y Plautila, consentida por el emperador. Septimio no lo ve. Tan capaz en la guerra y tan ciego en palacio. No se da cuenta...

—¿Es mi hermana la que habla? —la interrumpió Maesa—. Porque no te reconozco.

Julia parpadeó varias veces.

—¿Qué quieres decir? —inquirió la emperatriz de Roma.

—Mi hija Sohemias, tu sobrina, ha sido violada por tu hijo y tú me hablas de la lucha por el poder, del jefe del pretorio, de Septimio, de guerra. ¡Por El-Gabal! ¿Tú te escuchas cuando hablas? ¿En qué te has transformado, Julia? ¿No tienes ya sentimientos, no te duele el sufrimiento de los tuyos?

—Precisamente, porque me duele y mucho el padecimiento de los que más estimo digo lo que digo y pienso de la forma en la que lo hago —replicó Julia con serenidad tan fría como, para Maesa, insensible.

La hermana de la emperatriz dio varios pasos hacia atrás.

—Te has vuelto... loca... Eso es —dijo con seguridad, como si, de pronto, lo hubiera visto todo claro—. La maldita lucha por el poder te ha trastornado. Ganar o perder, eso es todo lo que cuenta ya para ti. Ya no entiendes nada —sentenció Maesa de modo aparentemente inapelable.

Julia Domna, emperatriz de Roma, se levantó entonces muy despacio y respondió a su hermana con la contundencia del oficial que está en primera línea de combate y habla a un senador que en retaguardia no entiende nada de la maldita guerra que se llevan entre manos.

—No estoy loca, hermana. —Y se puso bien erecta, erguida, para decir lo que tenía que decir, que le salió no ya de la cabeza, sino de las mismísimas entrañas—. Sé exactamente lo que ocurre a mi alrededor. Bastante mejor que tú y que ningún otro miembro de esta familia y es por eso por lo que actúo con la frialdad que requiere el momento. Eres tú la que no ve nada, hermana. Aquí, en el palacio imperial de Roma, no se trata de ganar o perder. Eso es para otros lugares, para otros círculos. Para juegos de niños. Aquí, en el corazón del Imperio..., se gana o se muere. No hay términos medios. Y Plauciano nos va ganando, Maesa, nos va ganando por mucho, aunque ni tú ni Septimio lo veáis. Y cuando gane del todo, no habremos perdido ningún juego, no habremos perdido la virginidad de una hija o de una sobrina, sino que estaremos todos muertos: tú y yo y mis dos hijos y Alexiano y tus hijas y todos aquellos que de un modo u otro nos hayan apoyado durante estos años. Sé que lo que ha hecho Antonino es horrendo, terrible, repugnante y abomino de ello. Sé que es la obra de un monstruo, pero Plauciano es otro monstruo, grande, fuerte y mortífero, a quien solo podremos derrotar si le oponemos otro monstruo tan brutal y despiadado como él, solo que ha de ser más joven y más fuerte.

¿Crees que no he percibido la tendencia violenta de mi hijo mayor durante estos últimos meses? Claro que lo he hecho. Y la aliento y la riego con todo el odio que soy capaz de insuflar en un joven como él, porque solo con su odio acabaré con ese miserable de Plauciano.

Julia calló entonces y volvió a sentarse. Despacio.

Maesa seguía en pie ante ella. La miró largo rato, sin decir nada.

—Y cuando acabes con Plauciano y solo tengas odio a tu alrededor, ¿entonces qué, hermana? ¿Crees acaso que podrás controlar tanto rencor, tanta rabia, crees acaso que todo ese odio no se volverá en algún momento contra ti, contra todos nosotros?

—En la guerra, y esto es una guerra, se va paso a paso. Tengo un plan global, pero he de ir por etapas. Cuando llegue a esa fase, si Plauciano ha caído, ya resolveré el odio que esté a mi alrededor, como he resuelto siempre todo.

Hubo un nuevo largo silencio entre ambas hermanas, como si durante ese tiempo se construyera un grueso muro invisible que las fuera separando, cada vez más y más, a la una de la otra, quebrando una unión de sentimientos, sueños y esperanzas conjuntas que había vivido y crecido entrelazada durante años. Pero que, de pronto, aquella noche, había llegado a su fin.

—He de entender —comentó Maesa— que no vas a hacer nada con respecto a Antonino.

—Has de entender que hablaré con él —replicó Julia.

—Pues no tengas prisa, porque tendrás todo el tiempo del mundo para hablar con él de esto y de lo que quieras, porque a quien nunca más tendrás que dedicar un instante para hablar en toda tu maldita vida es a mí —dijo Maesa y lo dijo todo muy rápido, sin respirar, para, nada más terminar la frase, dar media vuelta, abrir la puerta y salir de la cámara de su hermana sin echar ni una sola vez la vista hacia atrás.

Julia Domna se quedó a solas en su cámara imperial.

Se llevó la yema del dedo anular de la mano derecha al puente de la nariz y lo frotó como si con ese masaje suave consiguiera una paz interior que estaba en estado de zozobra total.

—Volverá... —dijo Julia—. Maesa volverá. Tiene que volver. Lo hará. —Y miró al techo—. ¡Dioses! Volverá..., ¿verdad? ¡Dioses! ¿Por qué todo esto? ¿Por qué estáis contra mí?

Pero en el silencio de su habitación nadie respondió a la emperatriz de Roma.

XIX

LAS ESTATUAS DEL EMPERADOR

Roma, 203 d. C.

El desastre de la noche de bodas quedó silenciado por Julia y por su propia hermana. Pese a que Maesa anhelase resarcirse de algún modo por todo lo ocurrido, pesó más en su ánimo que cuanto menos se supiera de todo lo ocurrido, mejor le iría a su hija, por injusto que así fuera. De esta forma, ella y Sohemias y Avita, junto con Alexiano, dejaron Roma en apenas unos días con destino a Siria, adonde Severo, a sugerencia de Julia, enviaba a su cuñado. Todo esto pudo ponerse en marcha con la aquiescencia del emperador porque aún no se había resentido la relación entre Severo y Julia, ya que las quejas de Plauciano sobre el trato denigrante que Antonino daba a su esposa llegaron semanas después de la boda. Sin embargo, a medida que el jefe del pretorio fue reclamando que el matrimonio se consumara, el emperador empezó a exasperarse.

—Hablaré con mi hijo —respondió Severo a Plauciano uno de los días en que este se había quejado una vez más del asunto en cuestión.

—No es con tu hijo con quien has de hablar —le espetó Plauciano airado y, como siempre, sin emplear el título de augusto cuando se dirigía al emperador—. Y tú lo sabes.

Y Severo lo sabía. Era consciente de que si Antonino, que tan diligente se mostraba con esclavas y prostitutas a la hora de poseer a una mujer, se negaba a hacer lo propio con su joven y guapa esposa era porque alguien lo había aleccionado en ese sentido. Ese alguien, por supuesto, no podía ser otra persona que Julia.

—Esto no puede seguir así, no debe seguir así —le dijo el

emperador a la emperatriz una tarde en palacio—. Antonino ha de comportarse como un esposo en todo lo que le corresponde.

Julia se limitó a inclinar la cabeza en señal de aceptación.

—¿Y qué puedo hacer yo? —preguntó con una bien fingida inocencia.

Severo sabía que tenía dos opciones: no discutir con Julia y no conseguir nada o discutir con ella y obtener exactamente el mismo resultado. Comprendió en aquel momento que por eso había, aparentemente, cedido su esposa: permitió la boda porque había instruido a Antonino para que este se negara a yacer con Plautila y, en consecuencia, a darle un hijo que uniera a las dos familias de forma permanente.

El emperador dejó a la emperatriz a solas y marchó para preparar con sus *legati* una nueva campaña que habría de tener lugar en la provincia de África, su región natal, donde las fronteras del sur estaban siendo atacadas por diferentes tribus, atemorizando a colonos de la zona, interrumpiendo el tráfico de las caravanas y, en suma, amenazando la paz de toda la provincia.

Y, en efecto, sola se quedó Julia: como en la campaña contra Nigro, distanciada de su esposo, pero, además, con el sufrimiento adicional de tener que sobrellevar aquel nuevo enfrentamiento con Septimio sin Maesa, residente ahora en Siria y de la que apenas sabía nada.

Sin embargo, las apariencias eran importantes, y Severo invitó a Julia a que lo acompañara en la campaña militar que estaba preparando. Era lo que siempre había hecho la emperatriz en el pasado y lo contrario daría muestras, en particular al Senado, de ciertas disensiones en la familia imperial y eso era algo que el emperador era consciente de que no debía dar a entender nunca.

Otra cosa es que Julia y él no se hablaran.

Pero Julia, una vez más, maniobró en busca de nuevos apoyos: Geta, el hermano mayor de Severo, leal durante todos aquellos años, desde que el propio Septimio se proclamara emperador hacía diez años hasta aquella misma fecha, pasando por las diferentes guerras civiles, fue reclamado por el *Imperator*

Caesar Augustus para codirigir la campaña africana. Geta, por quien nombraron del mismo modo al segundo de sus hijos, era uno de los pocos hombres a los que Julia podía dirigirse para influir en su marido, aunque fuera de modo indirecto. Y a Geta le transmitió la emperatriz todas sus preocupaciones con relación a la ambición de Plauciano. Julia ya había intentado advertirlo de la traición del jefe del pretorio por carta, pero al no obtener respuesta alguna, la emperatriz concluyó, con inteligencia, que su correo estaría siendo intervenido y que la única forma de comunicar con el hermano del emperador para transmitirle bien todo lo que estaba ocurriendo en la lucha por el poder en Roma tendría que ser cara a cara. Al llamar Severo a su hermano a la capital del Imperio para preparar la campaña africana, Julia tuvo ocasión de hablar a solas con el hermano del augusto. Él la respetaba y la escuchó con interés.

—No estoy convencido de que todo sea exactamente como lo comentas —dijo Geta cuando Julia hubo terminado de exponer todas sus preocupaciones, pero ocultando su conocimiento expreso de la participación de Plauciano en las muertes de Saturnino y Leto, y solo comentando sus sospechas, pues no tenía pruebas irrefutables para lanzar acusaciones directas—. Pero estaré al tanto —añadió—. Estaré vigilante y te prometo que si observo algo extraño con relación a Plauciano, puedes estar plenamente segura de que se lo haré saber a mi hermano, al emperador.

No era un apoyo total, pero Julia sabía que Geta nunca hablaba por hablar, de modo que aquella promesa era una pequeña victoria.

Llegó el momento de partir todos, emperador y emperatriz, el augusto Antonino y su esposa Plautila, el césar Geta, y Geta, el hermano del emperador, junto con el omnipresente Plauciano, todos en dirección a África.

Julia rogó a El-Gabal que pasara algo, lo que fuera, que abriera los ojos de su esposo con respecto a la creciente traición de Plauciano. Incluso rogó a algunos dioses romanos. Últimamente sentía cierta predilección por Minerva, la diosa de la estrategia. Y es que sentía que necesitaba precisamente eso, mucha estrategia, si quería salir viva de aquel pulso mortal.

Julia insistió en sus rezos.

Que pasara lo que fuera.

Lo que fuera.

Leptis Magna, África
203 d. C.

El distanciamiento entre el emperador y Julia continuó en África, pero una decisión del augusto hizo ver a la emperatriz que, sin duda, conseguir que Geta viera con claridad la traición que habitaba en el pecho de Plauciano sería una forma real de debilitar al prefecto del pretorio. Y es que Severo nombró aquel año como cónsules precisamente a Plauciano, por un lado, y a su propio hermano, Geta, por otro. Julia inspiró profundamente cuando supo de aquellos nombramientos: si Septimio los ponía al mismo nivel, eso le confirmaba a la emperatriz que persuadir a Geta de lo letal que era para la familia el ascenso constante de Plauciano podría influir, por fin, en el emperador y hacerle ver que el prefecto no debía disponer de tanto poder.

La campaña de ampliación y mejora del *limes tripolitanus* marchó bien; Severo consiguió extender la frontera de la provincia de África varios centenares de millas hacia el sur, alejando a los garamantes, guerreros bereberes que atacaban la región, de los puestos fronterizos romanos. La operación en conjunto fue un éxito. El emperador aseguró y anexionó numerosos enclaves africanos, como el oasis al sur de Gholaia o las poblaciones de Garama y Gheriat. Territorios que supeditó a la provincia que se regía desde Leptis Magna. El emperador, además, ordenó que se construyeran nuevas fortificaciones y campamentos a lo largo de todo el gran *limes* sur del Imperio en aquella parte del mundo. Severo volvió a ser aclamado por el ejército y reconocido, de nuevo, por el Senado como *propagator imperii* por ampliar, una vez más, las fronteras de los dominios de Roma.

Este conjunto de éxitos permitió que toda la familia imperial, con Severo al frente y Plauciano dirigiendo la escolta militar, pudiera hacer una gran entrada triunfal en la ciudad natal del propio emperador.

Leptis Magna florecía económica y comercialmente con los nuevos territorios anexionados a la provincia y con la seguridad que daba tener un emperador, nacido allí mismo, que tanto se había volcado en dar seguridad a todo aquel territorio. La ciudad llevaba regida por Roma desde hacía siglos, pero en aquellos años vivía un auténtico renacimiento económico y social dentro del Imperio. Por eso había sido atacada por los garamantes y otros pueblos, por su creciente riqueza, pero Septimio Severo había defendido Leptis de los bárbaros y todo estaba, de nuevo, bajo el control y el gobierno de un Imperio que les era más que propicio a los habitantes de aquella urbe africana.

El dinero, la opulencia y la seguridad reinaban ahora en Leptis Magna, y Leptis Magna decidió mostrar su reconocimiento y agradecimiento al gran augusto, conciudadano suyo, a fin de cuentas. La ciudad, pues, resplandecía engalanada con todo tipo de guirnaldas para recibir al emperador, *su* emperador.

Así fue como Septimio Severo, *Imperator Caesar Augustus*, cabalgando junto a su hermano Geta, no solo encontró flores y un ambiente festivo y miles de personas aclamándolo cuando entró en la ciudad, sino que observó también que toda la urbe estaba en obras: se limpiaban o reconstruían viejos edificios públicos que se recuperaban para aquel presente glorioso o se levantaban nuevos monumentos grandiosos por todas partes. Leptis Magna ya poseía numerosos arcos triunfales y otros edificios de prestigio, pero ahora se levantaban más, hasta convertir la ciudad en la más vistosa del Imperio romano en centenares de millas a la redonda.

La comitiva imperial ingresó en Leptis Magna por la puerta occidental, atravesando el gran arco triunfal del divino Marco Aurelio, y, tras pasar por entre las fortificaciones que protegían la ciudad en ese sector, cabalgaron bajo el arco triunfal dedicado al divino Antonino Pío para seguir avanzando, siempre en línea recta, por entre guirnaldas y majestuosas estatuas erigidas *ex professo* para tan magna ocasión.

Pocas ciudades provinciales podían permitirse el lujo en su historia de recibir el regreso de uno de los suyos como emperador de Roma. A la izquierda dejaron unos baños y a punto estaban Severo y Julia y el resto del séquito imperial de girar en ese sentido en ángulo recto, cuando Geta se permitió señalar en la dirección opuesta.

—Mira —dijo señalando hacia la derecha. En ese extremo de la avenida se podía ver la construcción de otro gran arco triunfal que, a diferencia de los que habían visto y de otros que verían en poco tiempo, no era de un solo arco, sino de cuatro, cada uno mirando hacia un punto cardinal, con un techo abovedado en lo alto.

—¡Por Júpiter! —exclamó el emperador—. ¡Es el *arcus quadrifrons* que ordené construir! No tenía ni idea de que hubieran adelantado tanto las obras.

—¿Quieres que nos acerquemos? —preguntó su hermano.

—No... —respondió Severo algo dubitativo, pero, al fin, se mostró firme—. No. Ya habrá tiempo de verlo más tarde o mañana. Sigamos por la vía triunfal; celebremos como corresponde mi gran victoria sobre los garamantes. Lo que no entiendo es por qué no hemos entrado por ese lado: de ese modo habríamos cruzado por debajo de mi arco triunfal en lugar de por los arcos de Marco Aurelio y de Antonino.

Geta no dijo nada. Sí, eso era peculiar. Plauciano, en calidad de jefe del pretorio, era el que había organizado la entrada en la ciudad. ¿Por qué no haberla planificado de forma que el emperador se encontrara antes que nada con su propio gran arco triunfal de cuatro arcos frontales sobre cuatro inmensas columnas? El hermano del emperador no dijo nada más sobre el asunto, pero frunció el ceño, pensativo, al tiempo que miraba a Julia. La emperatriz, por su parte, muy erguida en su propio caballo, no decía nada, pese a estar muy próxima y haber escuchado la conversación entre su esposo y su hermano. Solo guardaba un silencio que Geta consideró tan acusador como si ella le hubiera dicho: «¿Ves como siempre el prefecto de la guardia se las ingenia para reducir los éxitos del emperador, para ensombrecer su poder incluso en medio de un triunfo?».

Plauciano observaba todo unos pasos por detrás, desde su propio caballo, también sin decir nada, pero registrando cada gesto, cada mirada, cada palabra y, por supuesto, cada silencio.

—Continuemos —dijo Severo.

Enfilaron entonces por la gran vía triunfal de Leptis Magna entre vítores y aclamaciones de sus habitantes a su ciudadano más importante. Llegaron así a otro arco triunfal más, en este caso, el de Trajano, emperador que concediera a Leptis Magna el estatuto de colonia, por lo que siempre era recordado allí con gran cariño. Dejaron entonces a la izquierda el teatro, el mercado y el *chalcidicum*, para pasar por debajo del último arco triunfal, el dedicado a Tiberio. Lo cruzaron y entraron en el viejo foro de la ciudad para, dejando a un lado el templo de Hércules, desmontar y entrar en el edificio de la curia, donde las autoridades locales de la provincia esperaban para recibir y agasajar al emperador de Roma.

Y fue aquí, en Leptis Magna, durante la parte final de la gran entrada triunfal de Severo en su ciudad natal, donde y cuando las oraciones de Julia fueron atendidas por El-Gabal, el viejo gran dios de Emesa, quien, de desierto a desierto, desde las arenas de Siria alargó su poderoso brazo hasta las arenas de África para, por fin, hacer ver a alguien más que no fuera solo Julia que Plauciano estaba en un ascenso prácticamente imparable; peor aún: en un ascenso peligroso para Severo. ¿O fue la intervención de Minerva en colaboración con el propio El-Gabal la que hizo que los ojos de Geta, el hermano de Severo, por fin, vieran, por fin comprendieran?

Porque, sí, fue el cónsul Geta el que se dio cuenta.

El lugar: el antiguo foro de Leptis Magna.

El momento: aquella mañana de 203 d. C.

Julia se había centrado tanto en saludar a un lado y a otro, en su papel de consorte perfecta, que no dedicó miradas más allá de la multitud. No se fijó tanto en los nuevos edificios, en los nuevos monumentos, en los frisos recién tallados añadidos a los viejos edificios reconstruidos... Fue el hermano del emperador el que, siempre curioso ante todo lo que fueran nuevas construcciones, se percató de algo peculiar.

Al principio, Geta no dijo nada.

Pero empezó a contar.

Y las cuentas no salían bien.

No cuadraban.

Contaba y recontaba... estatuas, a un lado y a otro, mientras avanzaban por el corazón de la gran Leptis Magna. Decenas de ellas. Centenares. Y no..., algo, simplemente, no encajaba.

Cabalgaba al lado del emperador.

Geta tiró de las riendas para, excepcionalmente, ponerse por un instante a la altura del mismísimo *Imperator Caesar Augustus*. Cualquier otro augusto de Roma habría considerado aquel gesto como petulante o inadecuado en aquel momento, pero la relación entre Severo y su hermano mayor era de tal confianza que nada malo percibió el emperador africano en aquel acercamiento.

—¿Te has dado cuenta? —le preguntó Geta en voz baja.

—¿De qué me tengo que dar cuenta? —replicó Severo repitiendo la interrogante que le acababa de plantear su hermano sin entender a qué podía referirse.

Geta miró hacia atrás casi instintivamente. Tras ellos iban los hijos de su hermano: el joven augusto Antonino y el césar Geta; a continuación, la emperatriz Julia y, justo tras la augusta, al frente de toda la guardia imperial, un sonriente Plauciano, jefe del pretorio.

Geta se volvió de nuevo hacia su hermano, el emperador.

—De las estatuas —precisó—. Fíjate en las estatuas.

Severo miró a su alrededor. Había decenas, centenares de estatuas nuevas por todas partes para embellecer las calles de Leptis Magna por donde desfilaban. Estatuas talladas en los últimos meses, quizá en las últimas semanas, para dar la bienvenida al emperador y toda su familia: había bustos y estatuas de cuerpo entero del emperador, del joven augusto y del joven césar, de la emperatriz Julia y, también, había estatuas de Plauciano y de su hija Plautila.

—Ya veo —comentó Severo, pero sin aire preocupado—. Hay estatuas de mi jefe del pretorio y de su hija también, pero, a fin de cuentas, con el matrimonio entre Plautila y Antonino forman ahora parte de la familia imperial. No veo nada malo en ello, si es eso a lo que te refieres.

—No es eso... exactamente —apuntó Geta—. Es el número de estatuas de cada uno de los representados.

—¿El número? —reiteró Severo frunciendo el ceño.

—¡Por todos los dioses, hermano! —exclamó Geta, pero

conteniendo su voz. No quería que Plauciano pudiera oír lo que estaban comentando—. Observa cuántas estatuas hay tuyas y cuántas de Plauciano.

Septimio Severo empezó a mirar entonces a un lado y a otro mientras seguían avanzando por las majestuosas avenidas de Leptis Magna y comenzó a contar... Había más estatuas de Plauciano que de ningún otro miembro de la familia imperial; de hecho, podía ver muchas más estatuas de su viejo amigo del pretorio que de él mismo. En otras palabras: había más estatuas del prefecto de la guardia que del emperador.

Severo se giró lentamente, clavó sus ojos en Plauciano un instante y este sintió aquella mirada, comprendió que algo muy especial que lo unía al emperador podía quebrarse y supo, de inmediato, que era Geta, el hermano de Severo, el que se había dado cuenta, el que había reparado en aquel error de las estatuas y quien se lo había hecho ver al augusto.

Pero Plauciano no dijo nada, no hizo nada, sino seguir cabalgando con tranquilidad como parte del séquito imperial en la gran entrada triunfal de Severo en su ciudad natal. Su cabeza, no obstante, hervía en busca de una justificación creíble. Tan seguro había estado de la ceguera de Severo hacia su acumulación de poder, que no pensó que otro miembro de la familia imperial que no fuera Julia pudiera poner al emperador en guardia.

Se había equivocado.

Julia.

La emperatriz había envenenado a Geta, el hermano de Severo, y lo había puesto en su contra.

Veneno.

Arrugó aún más la frente.

¿Veneno contra el veneno?

Residencia imperial, Leptis Magna
Por la noche

—¿Y bien? —fue la pregunta que lanzó Septimio Severo a Plauciano al final de la larga cena que ponía el broche de oro a su retorno a Leptis Magna; un regreso en el que había vestido la púrpura imperial durante el fabuloso desfile triunfal.

El prefecto de la guardia miró a un lado y a otro. Todos los invitados se habían ido ya. Incluso la emperatriz se había retirado a sus aposentos. Que la propia Julia no hubiera hecho por quedarse hasta el final para evitar una conversación privada entre él y el emperador puso sobre aviso a Plauciano: el prefecto veía claro que Julia Domna no necesitaba estar presente porque ella intuía el sentido de aquella charla; la emperatriz estaba muy segura de que su posición como todopoderoso prefecto de la guardia se había resentido por los comentarios del hermano del augusto. Plauciano sabía a qué se refería el emperador con aquel «¿y bien?». La cuestión no era esa, sino dar con la respuesta adecuada. El tema de las estatuas no había salido en toda la cena. Solo se habían vertido comentarios generales, por unos y por otros, sobre lo hermosa y bien engalanada que había lucido toda la ciudad durante el desfile triunfal de Severo. Pero Plauciano estaba convencido de que, a esas alturas de la jornada, el asunto de que hubiera habido en las avenidas de Leptis Magna más estatuas de él mismo que del propio emperador estaba, si no en boca de todos, sí en sus mentes. Su vanidad le había hecho cometer una torpeza, pero se negaba a asumir que fuera un error definitivo, algo que no pudiera subsanar con un poco de habilidad, algunas excusas y una bien fingida disculpa.

—Encargué que se hicieran muchas estatuas —empezó Plauciano, que llevaba toda la tarde pensando en una explicación convincente y que, de algún modo, pudiera justificar aquel colosal error—. Pagué por adelantado a varios equipos de escultores y artesanos. Eran tantas las efigies y los bustos y pedestales y frisos que debían realizarse en apenas unos meses que, según me han explicado, se dividieron el trabajo entre unos y otros. Un equipo realizaba estatuas del emperador en exclusiva, otro del augusto Antonino y del césar Geta y otros grupos de artesanos labraban efigies y bustos de mi persona o de mi hija. La campaña en el sur ha sido tan exitosa que el emperador pudo organizar su entrada triunfal en Leptis Magna antes de lo esperado por todos y esto hizo que, si bien unos equipos de escultores habían avanzado correctamente en todo lo que se les había encomendado, otros grupos fueran más retrasados. Se me comentó esta circunstancia y tuve que decidir si era más conveniente que la ciudad luciera con centenares de estatuas por todas las avenidas o que se mostraran menos para que en ningún momento hubiera más estatuas de nadie que no fuera el emperador. Me dijeron que había algunas más de otras personas, pero que apenas sería algo notorio. Hoy me he dado cuenta de que lo que se me comentó era claramente incierto y que había muchas más estatuas mías que del emperador, lo cual, sin duda, ha sido un error imperdonable. Lo siento inmensamente. Esta misma noche se están esculpiendo más estatuas. Pero ahora solo del emperador de Roma. Así, este error se subsanará pronto. Y también he dado orden de castigar convenientemente a todos los que me informaron mal y a los escultores que se retrasaron en sus trabajos.

Septimio Severo se incorporó en el *triclinium* y extendió su brazo con una copa vacía. Calidio apareció rápidamente con una jarra de vino y sirvió al emperador para, acto seguido, desaparecer entre las sombras temblorosas de las columnas dibujadas por las decenas de antorchas que iluminaban aquel gran atrio.

—Retira unas cuantas de las tuyas esta misma noche —dijo el emperador y echó un trago de vino.

—Por supuesto —aceptó Plauciano desde su propio *triclinium* contiguo al del augusto—. Ya había pensado en ello. Así se hará.

—Y que las sustituyan pronto por unas cuantas de las mías, de esas que se están haciendo.

—Desde luego —confirmó el jefe del pretorio.

Un silencio.

—Otra cosa... —reinició el emperador—: ¿por qué hemos entrado por la puerta oeste y no por la vía triunfal que me habría dado acceso directo al arco que está siendo construido en mi honor y que está casi terminado?

—Precisamente por esa causa, augusto. —Plauciano se explicaba y decidió, excepcionalmente, hacer uso del título de «augusto» al referirse a Severo; la ocasión parecía merecer más tiento del habitual. Lo tenía todo planeado y no era cuestión de echarlo a perder por un exceso absurdo de vanagloria anticipada—. Por esa misma causa —insistió el prefecto de la guardia—: porque estaba en construcción y no se podía pasar por debajo. Cuando se me informó de ello, pensé que era mejor organizar el desfile triunfal del augusto accediendo a Leptis Magna desde la puerta occidental, que, sin duda, es también una entrada muy vistosa.

—Ya... —aceptó el emperador.

—Creo que no he sabido organizar el desfile triunfal del augusto como debía —se humilló Plauciano.

Un nuevo largo silencio.

Una sonrisa leve de Severo.

A sus ojos todo parecía estar razonablemente explicado y justificado. Severo concluyó que Julia había contagiado sus dudas sobre Plauciano a su hermano Geta y este ya empezaba también a transmitírselas a él, cuando lo cierto es que todo marchaba perfectamente.

—Venga, por Júpiter. Ahora, bebamos —dijo, al fin, Severo y miró hacia las sombras. No hizo falta que dijera nada. Calidio reapareció y sirvió licor al emperador y al prefecto de la guardia.

Los dos hombres más poderosos del Imperio bebieron juntos.

¿Las dos personas más poderosas del Imperio?

Estaba Julia.

El pulso entre Plauciano y la emperatriz se intensificaba.

Pero, por el momento, aquel final de la conversación tranquilizó bastante al prefecto. No todo se había perdido ni su amistad con el emperador se había quebrado. Sin embargo, tomó nota de aquel aviso. Y se guardó en la memoria que Geta, el hermano del emperador, era el que había puesto sobre aviso al veterano augusto de Roma. Ya tenía a Julia en su contra. No podía permitirse más enemigos en el seno de la familia imperial.

Cámara de la emperatriz
Esa misma noche

Severo no se acercó a la habitación de Julia aquella velada. Lo hacía cada vez con menos frecuencia por dos motivos: en primer lugar, el progresivo enfriamiento de su relación con ella, por lo que el emperador consideraba una injerencia inasumible de Julia en el matrimonio entre Antonino y Plautila. Esto irritaba al augusto inmensamente. Aun así, su propia ansia por poseer el hermoso cuerpo de Julia podía, ocasionalmente, hacer que el emperador soslayara este distanciamiento para obtener unas horas de gran satisfacción física. Pero, en segundo lugar, la salud del emperador empezaba a suponer un problema adicional para las relaciones íntimas: sus ataques de gota, intermitentes, lo debilitaban y hacían que sus ansias carnales por yacer con ella se redujeran. Era algo que preocupaba a la emperatriz sobremanera, pues, sin esa conexión física, sentía que su influencia sobre Septimio se reducía notablemente.

Pero aquella no era una noche para la tristeza.

Julia sonrió: su influencia era ahora poderosa en el adolescente Antonino y el joven augusto representaba el futuro y, quizá, más pronto que tarde, el presente. La emperatriz lo pensó sin rencor ni mal ánimo hacia Severo. Solo con la lucidez de quien lee las cosas como son, quitándose todas las vendas de nuestros prejuicios que tanto distorsionan la correcta interpretación de lo que acontece a nuestro alrededor: su marido estaba en declive físico, pero su hijo Antonino iniciaba un ascenso que se anunciaba vertiginoso. Sí, ella hacía bien en concentrar su atención en Antonino. Eso no lo veía, no lo leía bien Plauciano, y esa era, sin duda, su ventaja. Aunque aún necesitaba un poco más de tiempo.

Solo un poco más.

Las ornatrices seguían deshaciendo con cuidado el complejo peinado de la augusta mientras ella continuaba meditando sobre todo lo acontecido aquella jornada. Y no solo sobre el asunto de las estatuas. Además, había recibido noticias sobre Maesa y Sohemias en Siria: Alexiano había escrito al emperador anunciando la próxima boda de la joven Sohemias con un tal

Sexto Vario Marcelo, un hombre de la aristocracia local leal tanto a Severo como a la propia familia de Julia en Emesa. Era de rango ecuestre, pero Severo podría hacerlo senador en su momento para que la hija de Maesa no viera su situación desprestigiada con ese enlace. Pero lo esencial era que, con ese matrimonio, hubiera o no embarazo de la joven Sohemias por causa de la violación de Antonino, el futuro de su sobrina quedaba bien encauzado. Una preocupación menos.

Por otra parte, la conversación entre Geta y Septimio sobre las estatuas había contribuido a que Septimio, por fin, empezara a detectar algo de la inmensa ambición del prefecto de la guardia. Era solo un principio, pero era mucho más de lo que ella sola había conseguido hacer ver a Septimio en años.

Julia Domna levantó las manos.

Lucia y el resto de las esclavas abandonaron la habitación.

La emperatriz asintió lentamente en la soledad de aquella cámara desde la que, aunque casi nadie lo supiera, se regían los destinos de los más de setenta millones de habitantes del Imperio romano.

La influencia de Geta estaba siendo muy positiva.

XX

EL ARCO DE SEVERO

Roma
Finales de 204 d. C.

De triunfo a triunfo.

Julia y Severo y el resto de la familia imperial retornaron a Roma. De las mieles de la victoria sobre los garamantes en África se pasó a celebrar, por fin en el nivel que procedía, la gran victoria del emperador sobre los partos en su campaña de hacía unos años: los arquitectos de palacio habían construido, mientras el emperador se encontraba en África, un inmenso arco triunfal en el corazón mismo del foro antiguo de Roma. Era una adición que se erguía espectacular entre el edificio del Senado y los *rostra*.

Severo estaba exultante.

Julia, feliz: su esposo se mostraba más atento con ella, a la par que hablaba menos con Plauciano e, incluso, Septimio había mencionado la posibilidad de volver a nombrar a un segundo jefe del pretorio como, en su momento, hizo con el malogrado Saturnino. La emperatriz estaba persuadida de que con Geta, el hermano del emperador, advirtiendo a Severo con regularidad de los excesos de Plauciano, el todopoderoso jefe del pretorio pronto dejaría de ser tan temible. Ella empezó a recuperar la idea de sugerir a su esposo que considerara a Quinto Mecio, aún *praefectus Aegypti*, como ese posible segundo jefe del pretorio. Sería un golpe que debilitaría aún más a Plauciano. Después de todo, quizá no hiciera falta activar nunca aquel plan radical de contraataque contra el prefecto de la guardia en el que tanto tiempo y energía había invertido ella..., pero mejor. Siempre pensó que era una estrategia demasiado arriesgada, adecuada solo en caso de emergencia extrema.

Sí, Julia estaba feliz.

La voz de su esposo se introdujo entre sus pensamientos.

—Según me dicen los ingenieros —decía el augusto—, solo hay otro arco parecido a este, en Aurasio. ¿Ves? En lugar de tener un solo arco central, como el de Tito, a la entrada del foro, y como la casi totalidad de los arcos de triunfo del Imperio, este tiene tres arcos. En Leptis Magna, es cierto, han construido el *arcus quadrifrons* que vimos, de cuatro frentes, pero aquí no había espacio y yo quería que este monumento que recuerda mi victoria sobre Partia estuviera aquí mismo, en el centro de Roma. Los arquitectos me propusieron esta opción de tres arcos en paralelo y estoy encantado.

—Es magnífico —confirmó Julia. Septimio la había invitado a contemplar con detalle el gran arco triunfal que proclamaba su victoria sobre los partos. Sí, la relación entre ellos había mejorado. El emperador también había dejado de insistir tanto en el asunto de las relaciones íntimas entre Antonino y Plautila, que, por el momento, seguían sin consumarse. Pero su esposo continuaba explicándose y Julia lo miraba atenta. Lo que contaba Septimio, además, le parecía de gran interés.

—El arco triunfal de Aurasio parece ser que lo ordenó levantar en primera instancia Augusto para conmemorar las victorias de las legiones en las guerras de conquista de la Galia. Luego quedó en ruina parcial y Tiberio ordenó reconstruirlo para conmemorar entonces las victorias de Germánico en el Rin. Pero la cuestión clave es que aquí, en Roma, justo en el centro mismo del foro antiguo, se levanta ahora este gran arco con tres vanos que será, para siempre, recuerdo de que yo, Septimio Severo, doblegué de una vez por todas a los desafiantes partos.

Julia pensó en que aquella afirmación tan rotunda, «de una vez por todas», era quizá algo aventurada. Ella no tenía tan claro que el asunto de la compleja frontera oriental del Imperio romano estuviera resuelto de forma definitiva. Para eso se requería, estaba segura, otra estrategia..., pero cada cosa en su momento. No sería ella la que impidiera a su marido disfrutar de su muy merecido arco del triunfo.

El emperador se puso la mano en la frente a modo de visera

para intentar leer la larga inscripción tallada en la parte superior del monumento, pero su vista cansada y la luz del sol de la tarde lo cegaban parcialmente, de modo que a duras penas podía descifrar las letras grabadas en la piedra. Recurrió entonces a su esposa.

—¿Puedes leer la inscripción para mí? —preguntó el augusto.

—Por supuesto.

Julia, veinte años más joven que el emperador, concentró su mirada en las palabras escritas, muchas abreviaturas:

IMP CAES LVCIO SEPTIMIO M FIL SEVERO PIO PERTINACI AVG PATRI PATRIAE PARTHICO ARABICO ET
PARTHICO ADIABENICO PONTIFIC MAXIMO TRIBUNIC POTEST XI IMP XI COS III PROCOS ET
IMP CAES M AVRELIO L FIL ANTONINO AVG PIO FELICI TRIBUNIC POTEST VI COS PROCOS
ET P SEPTIMIO L F GETAE NOB CAES
OB REM PVBLICAM RESTITVTAM IMPERIVMQVE POPVLI ROMANI PROPAGATVM
INSIGNIBVS VIRTVTIBVS EORVM DOMI FORISQVE S P Q R[16]

—*Imperatori Caesari Lucio Septimio* —empezó a leer Julia desglosando al completo el significado de las abreviaturas de la inscripción—, *Marci filio Severo Pio Pertinaci Augusto patri patriae Parthico Arabico et Parthico Adiabenico pontifici maximo tribunicia potestate XI imperatori XI, consuli III proconsuli et imperatori Caesari Marco Aurelio Lucii filio Antonino Augusto Pio Felici tribunicia potestate VI consuli proconsuli Publio Septimio Lucii Filio Getae nobilissimo Caesari ob rem publicam restitutam imperiumque populi Romani propagatum insignibus virtutibus eorum domi forisque Senatus Populus Que Romanus.*[17]

16. El texto en negrita se corresponde con una sección de la inscripción que los lectores que visiten el monumento en el foro de Roma en la actualidad observarán que no coincide con lo que podemos ver hoy día. La razón de esta diferencia no es ni una licencia del autor ni un error y se explicará a lo largo de la novela.

17. Traducción del autor: «Al emperador y césar Lucio Septimio Severo Pío Pértinax augusto pártico arábigo y pártico adiabeno, hijo de Marco, padre de la patria, pontífice máximo, en el undécimo año de su poder tribunicio, en el undécimo año de su gobierno, cónsul en tres ocasiones, y procónsul, y al emperador césar Marco Aurelio Antonino Augusto Pío Félix, hijo de Lucio, en el sexto año de su poder tribunicio, cónsul y procónsul, y a Publio Septimio, hijo de Lucio, Geta, muy noble césar, en conmemoración de la restaura-

—Me gusta —dijo Severo cuando su esposa terminó de leer—. Y este arco de triunfo estará aquí para siempre.

—Para siempre —confirmó Julia.

—Y me agradan las menciones a Antonino y a Geta, a nuestros dos hijos —continuó Severo—. Da sensación de... continuidad..., de...

—Dinastía —completó ella.

Severo asintió.

Todo marchaba tan bien...

Apareció entonces en el foro un pretoriano con mirada inquieta que buscaba al matrimonio imperial.

Julia intuyó la catástrofe.

El pretoriano llegó junto al emperador.

—¿Qué ocurre? —Septimio no estaba para tratar, en aquel momento de victoria y júbilo, tediosos asuntos de la administración imperial. Quería degustar el sabor dulce de la victoria completa exhibida a través de aquel gran arco triunfal en el corazón del mundo, *su* mundo—. Había dado orden expresa de que no se me molestara hoy.

—Lo sabemos, augusto —admitió el pretoriano agachando la cabeza como modo de humillarse ante el emperador—. Pero me envía Plauciano.

Severo suspiró.

Julia tragó saliva.

—¿Y qué es eso tan importante que no puede esperar a que acabe de visitar plácidamente este nuevo arco triunfal en compañía de la emperatriz?

El pretoriano sabía que el *imperator* no estaba para rodeos o circunloquios.

—Geta, el hermano del emperador, ha muerto, augusto.

---

ción de la república y del gobierno del pueblo de Roma por sus sobresalientes virtudes dentro y fuera de nuestras fronteras. El Senado y el pueblo de Roma».

XXI

UN NUEVO INFORME DE GALENO

Aquella misma noche
Secunda vigilia

Galeno entró en la cámara de la emperatriz pese a lo intempestivo de la hora. Los centinelas de la habitación de Julia Domna tenían instrucciones precisas de dejarlo pasar sin importar la hora del día o, como era el caso, de la noche en la que este apareciera.

—¿Qué has podido averiguar? —le preguntó la emperatriz sin esperar a que el médico la saludara.

Galeno correspondió a la urgencia de la augusta con una respuesta igual de directa.

—Nada.

—¿Quieres decir que no puedes probar que el hermano del emperador haya sido envenenado?

—Eso es, augusta, lo que he querido decir —confirmó el médico.

Julia suspiró y se sentó en el *solium* del que se había levantado nada más entrar Galeno.

Ante la evidente desesperación de la emperatriz, el médico dio su informe con más detalle:

—El hermano del emperador se sintió indispuesto hoy después de la comida. Al poco llamaron a un médico. No a mí. Aunque por el relato de los acontecimientos que he obtenido de diferentes esclavos y libertos al servicio de la casa del senador Geta, no creo que mi presencia hubiera cambiado nada. Sea lo que fuere que ha terminado con la vida del hermano del emperador, ha sido fulminante. Su corazón dejó de latir en la hora octava. La muerte puede deberse a causas naturales, aunque el hermano del emperador gozaba de buena salud pese a su edad, más de sesenta años. Hay ocasiones en que alguien que aparentemente no presenta dolencia alguna fallece de forma súbita, inesperada para los que viven con él. Pero, por supuesto, los dolores estomacales que sufrió durante las dos últimas horas de vida sugieren un posible envenenamiento con alguna sustancia muy agresiva. Pero al no haber estado yo presente y solo disponer de lo que me han comentado los esclavos, se me hace difícil dilucidar con más precisión qué veneno podría haberse utilizado. El *praegustator*, por otro lado, no se ha visto afectado, lo que parecería descartar la opción del veneno.

—Plauciano puede haber comprado a ese *praegustator* o puede haber encontrado la forma de hacer llegar el veneno al plato del hermano del emperador sorteando al *praegustator* —apuntó la emperatriz, que, ante Galeno, no hacía esfuerzo alguno por ocultar de quién sospechaba.

El veterano médico griego enarcó las cejas. ¿Sería este un momento adecuado, aprovechando la preocupación de la emperatriz, para obtener ese permiso especial que tanto anhelaba?

—Si se me permitiera abrir el estómago del senador Geta, podría obtener confirmación del envenenamiento... si lo ha habido.

La emperatriz calló durante unos instantes.

Galeno sentía los latidos de su corazón en las sienes.

—No es momento para entrar en el debate que dejaste inacabado con los filósofos sofistas, Galeno —le respondió la emperatriz—. ¿Quieres acaso, realmente, que vaya al emperador y le solicite permiso para que puedas abrir las entrañas de su hermano recién fallecido porque pienso que su querido amigo Plauciano puede estar detrás de su muerte? ¿Crees que el emperador va a reaccionar de forma positiva a esa petición?

Galeno suspiró.

—No, supongo que no es buena idea.

—No, no lo es —confirmó Julia.

Hubo otro silencio espeso.

Galeno miraba al suelo. Estaba claro que la creencia absurda de que cortar la piel y ver en las entrañas de los muertos era sacrilegio no solo impedía el avance de la medicina, sino que además beneficiaba a criminales y asesinos. Con Leto fue más fácil entrever las acciones del asesino porque dejó marcas externas. Ahora, todo era diferente.

Se oía movimiento de sandalias en el exterior de la cámara. Era la hora del cambio de guardia.

—Quizá, con algo más de tiempo, reexaminando el cadáver del senador, sin el sacrilegio de cortar su piel, pueda obtener algo más de información, como hice en el caso del *legatus* Leto —sugirió Galeno.

—El tiempo, viejo amigo —sentenció la emperatriz—, es un bien escaso. Tiempo, de hecho, es algo de lo que ya no dispongo. Primero Leto, al que acabas de recordar, en Hatra; luego Saturnino, en Egipto, y ahora el hermano del propio emperador, aquí mismo, en Roma. La próxima en caer seré yo misma en este palacio. No, Galeno, no hay tiempo. Y tampoco necesito que abras el estómago de nadie para que me confirmes lo que ya sé que ha ocurrido aunque no podamos averiguar exactamente la forma, pero el método empleado ya es irrelevante. —Se levantó lenta, pero con decisión, y el propio Galeno sintió que era como si todo un ejército de diez legiones hubiera recibido la orden de ataque—. Ya no hay tiempo para esperar —repitió la emperatriz—. Empieza la batalla.

Julia detuvo su respiración un instante. La sensación de extrema urgencia era completa. De pronto todo había cambiado: no le quedaba otro remedio que recurrir a su más arriesgado plan.

Tenía que abrir la caja de Pandora. Antonino tenía dieciséis años. Tendrían que ser suficientes.

Y sí: una vez abierta la caja, ya nunca podría cerrarse.

XXII

LA CAJA DE PANDORA

Finales de 204 d. C., Roma
Al día siguiente, *quarta vigilia*

Pandora, esposa de Epimeteo, abrió la caja de todos los males del mundo por curiosidad. Julia Domna, sin embargo, se sintió más justificada en su propia acción porque, aunque ella iba a abrir una nueva caja de desmanes, no lo hacía por capricho, sino por necesidad. Si hubiera habido cualquier otra opción..., pero no la había.

Convocó a un desalmado a su cámara al día siguiente de conocerse la muerte del hermano del emperador. El reclamado por Julia era tribuno de la guardia pretoriana, de forma que, si bien no era lo más frecuente, tampoco llamó demasiado la atención. Más de una vez, la augusta de Roma había convocado a diferentes oficiales pretorianos con el fin de darles instrucciones sobre la escolta que requería para sus desplazamientos por la ciudad, ya fuera a templos o a diferentes actos públicos religiosos y civiles. El emperador siempre confirmaba cualquier petición de su esposa, y el jefe del pretorio, como no podía ser de otra forma, facilitaba que se cumplieran las peticiones de la emperatriz con relación a su seguridad. Al menos, por el momento. Otra cuestión era lo que, en efecto, estuviera planeando Plauciano con relación al futuro de los diferentes miembros de la familia imperial. Sobre todo tras la eliminación efectiva del hermano del emperador.

Sea como fuere, la llegada de Opelio Macrino, tribuno pretoriano, no llamó la atención al resto de los centinelas apostados en los pasillos que daban acceso a la cámara de la emperatriz, y menos cuando los guardias de la puerta habían sido

233

advertidos de que la augusta de Roma esperaba a ese oficial en particular.

Julia aguardaba en el silencio de la habitación entre el resplandor siempre oscilante de la luz de las antorchas y las lámparas de aceite que iluminaban la estancia en esas horas previas al alba.

Julia miraba al suelo.

¿Qué pensarían los pretorianos que custodiaban su habitación? ¿Imaginarían acaso que Macrino era uno de sus supuestos amantes elegidos para satisfacer sus deseos sexuales ahora que el emperador daba claras muestras de debilidad física? Los constantes rumores y acusaciones de adulterio vertidos por Plauciano, seguramente, empujarían a los soldados a pensar en esa dirección, pero nada de lo que murmuraran podía ya empeorar la situación y, si todo salía según lo tenía planeado, eliminado Plauciano, aquellos rumores infundados cesarían, pues eran mentiras y, sin promotor de las mismas, nadie murmuraría más en su contra. También era posible que los centinelas pensaran que ella solo tenía urgencia en transmitir nuevas instrucciones sobre el tipo de escolta que deseaba para aquella jornada y ya está. Inspiró aire. Desde la muerte de Geta veía aún más enemigos de los que había y sospechaba de todos.

—Ha llegado, augusta —dijo uno de los pretorianos de la puerta.

—Que pase.

Opelio Macrino entró en la cámara de la emperatriz de Roma y los centinelas cerraron las puertas.

Julia habló en voz baja.

—¿Por qué crees que te he llamado?

Opelio Macrino se consideraba de siempre un hombre atractivo y las historias que se contaban de la emperatriz animaron a que el tribuno dibujara una estúpida sonrisa en su faz.

Julia suspiró largamente.

—Tribuno, solo me acostaría contigo si ello contribuyera a mis fines, pero no necesito usar mi cuerpo para que hagas lo que voy a ordenarte.

Macrino borró la sonrisa de su cara y se puso muy firme. ¿De qué iba todo aquello? Recordaba perfectamente que la emperatriz ya lo convocó una vez en el pasado para solicitarle información sobre la muerte de Leto en Hatra y recordaba también con nitidez cómo él se había salido con la suya diciéndole a la augusta unas cuantas mentiras o, como mínimo, medias verdades. Por ello, no se sentía demasiado intimidado en aquella segunda ocasión en que la emperatriz lo llamaba a su presencia. Y no le impresionaba aquel tono autoritario que ella empleaba. Al fin y al cabo, por muy augusta que fuera, seguía siendo solo una mujer. Macrino iba a abrir la boca, pero antes de que el oficial pretoriano pudiera preguntar nada, Julia ya estaba, no interrogándolo sobre un hecho concreto, como en el pasado encuentro que sostuvieron en Oriente, sino dándole instrucciones muy concretas:

—Te vas a presentar en unos días, te doy como máximo cuatro semanas para que lo organices todo, ante mi hijo mayor, ante el augusto Antonino, y le contarás que Plauciano te ha ordenado a ti y a otros dos oficiales más, pongamos dos centuriones, que acabéis con la vida del joven augusto y de su padre, el *Imperator Caesar Augustus* Septimio Severo. Mi hijo, entonces, acompañado por ti y tus dos compañeros, acudirá ante el emperador mismo y allí repetirás la acusación. Plauciano será convocado por mi esposo a su presencia. Cuando este llegue repetirás la acusación una vez más y, aunque el jefe del pretorio niegue los cargos, como sin duda hará, tú te reafirmarás en que Plauciano había planeado esa conjura mortal contra el augusto Severo y el augusto Antonino. Y ayudarás a que, o bien Antonino o cualquiera de los presentes, ejecute a Plauciano. Allí mismo, ese mismo día en que sea convocado por mi esposo para resolver el asunto de esta conjura que tú manifestarás que existe. El prefecto de la guardia no ha de salir con vida de esa reunión. No sé si me habré explicado con suficiente claridad.

Opelio Macrino abrió de nuevo la boca varias veces, pero no dijo nada. Luego miró a su alrededor mientras respiraba con intensidad. Vio una *sella* en la esquina de la estancia y de buen grado se habría sentado, pero la emperatriz no lo invitaba a semejante informalidad, de modo que dejó de mirar hacia todas partes, fijó los ojos en el suelo y permaneció en pie, firme y en silencio, un tiempo. Macrino estaba asimilando que, cuando los poderosos lo llamaban, con frecuencia recibía órdenes para cumplir misiones peligrosas, siempre más allá de todas las leyes y los límites. Estaba recordando cuando el propio Plauciano lo conminó a terminar con la vida del *legatus* Leto. Le parecía irónico que ahora requirieran de sus servicios para dar muerte al propio Plauciano.

—¿Me has entendido, tribuno? No estoy acostumbrada a que no se me responda.

—Me consta... —empezó Macrino tentativamente— que hay desavenencias importantes entre la emperatriz y el jefe del pretorio. Es conocido por todos, como es conocida la ambición del *clarissimus vir* Cayo Fulvio Plauciano, pero no sé nada de una conjura de esa magnitud a instancias suyas contra los miembros de la familia imperial y no creo que deba implicarme en esta... disputa.

—Sabes elegir bien las palabras cuando quieres, Opelio Macrino —replicó la emperatriz con voz mesurada, pero muy decidida, como si hubiera previsto esta resistencia inicial del tribuno a involucrarse en lo que se le pedía—. Pero creo que no entiendes bien tu posición: lo que te consta o no te consta, lo decido yo. Tengo tu vida en mis manos. De ti, de tu obediencia a mí, depende qué haga con ella.

Opelio Macrino volvió a abrir la boca en varias ocasiones, pero ahora, durante un tiempo, ninguna palabra cruzó el umbral formado por sus labios.

Ante la persistencia del tribuno en no decir nada y en no aceptar dar aquel falso testimonio contra su superior de la guardia pretoriana, Julia Domna se levantó lentamente y se acercó con pequeños pasos hacia su interlocutor mientras hablaba en un susurro sibilante y dulce, casi embriagador en la forma, pero demoledor en el contenido.

—¿O acaso Opelio Macrino, cómodamente instalado como tribuno pretoriano, desea que el emperador sea informado por mí de lo que pasó en las minas de Hatra durante el final de la campaña de Partia? ¿Acaso Opelio Macrino prefiere que relate a mi esposo, al oído, una de esas noches en las que hago el amor con él, que uno de los actuales tribunos de la guardia es, en realidad, el asesino secreto del malogrado *legatus* Julio Leto, hombre de confianza del emperador? ¿He de decirle a mi marido, al augusto de Roma, que te acercaste a Leto por la espalda y que, a traición, lo atravesaste con tu *spatha*? ¿Y que luego, para ocultar tu crimen, te las ingeniaste para que el techo y las paredes de la mina sepultaran el ya cadáver de Leto de forma que cuando este fuera rescatado, a los ojos de todos, la causa de su muerte sería el derrumbamiento de la mina? ¿He de narrarle a mi esposo, al augusto de Roma, cómo arrastraste el cadáver de Leto decenas de pasos para situarlo en el lugar donde más piedras del techo de la mina caerían sobre su cuerpo inerte? Tengo quien atestiguará ante el emperador que esto, en efecto, es lo que ocurrió en Hatra. ¿De verdad pensabas que me tragué la sarta de mentiras que me contaste en Oriente cuando te pregunté sobre este asunto? ¿Tan estúpida me crees? ¿Y cómo piensas que reaccionará el emperador cuando le informe de todo esto? ¿Crees acaso que te premiará? ¿No será más probable que te condene a muerte? A un emperador no le gusta que nadie asesine a uno de sus mejores *legati*. Incluso si tuvo diferencias con él, mi esposo valoraba la valentía y el pundonor de Leto y, como militar que es, al augusto Septimio Severo no le temblará el pulso al ordenar para ti la más horrible de las muertes que se le ocurra.

La emperatriz se separó de Macrino y, lentamente de nuevo, recorrió el camino hasta volver a sentarse en el borde de su lecho.

—Veo que no niegas nada de lo que digo. Eso está bien, Macrino —continuó la emperatriz—. ¿Cómo puedo saber yo todo esto cuando tú estabas a solas con Leto en lo más profundo de la mina cuando lo mataste a traición? Lo sé, querido Opelio, porque te ha vendido aquel para quien cometiste el asesinato —mintió Julia con sobresaliente aplomo—. Oh, veo que pones cara de sorpresa. ¿Tanto te asombra que alguien como Plauciano te entregue a cambio de algo que considera más importante? Apenas eres una pieza pequeña en este mosaico de intrigas que es Roma. Sí, Opelio —Julia empleaba el *nomen* de su interlocutor con tono casi maternal al tiempo que seguía desarrollando su bien elaborada mentira—; Plauciano ha estado aquí mismo, justo donde tú estás ahora, proponiéndome que

237

terminemos con... ¿Cómo lo has llamado tú? Ah, sí, para que pongamos fin el jefe de la guardia y yo a las diferencias que nos separan en cuanto al gobierno de Roma y las relaciones entre su familia y la familia imperial. Sí, como dices, para que terminemos los dos con nuestra... disputa. Es una buena palabra. La usaré más a partir de ahora. Pero, a cambio, como muestra de buena voluntad, te ha traicionado, entregándome tu secreto. Solo he de decir al emperador que lo que te motivó a asesinar a Leto fue que este no te hubiera propuesto para *legatus* de otra legión. El nombre de Plauciano quedará al margen y yo haré las paces con él. Eso sí, tú estarás muerto. El resto viviremos felices. Ese es el plan de Plauciano —concluyó Julia con tal persuasión que la faz de Macrino estaba lívida.

La emperatriz guardó entonces silencio unos instantes. Sabía que tenía que dar tiempo para que Macrino pudiera digerir todo lo que le estaba diciendo. Estaba satisfecha consigo misma: había sacado el máximo partido posible a la información que Galeno le proporcionara en Hatra para, hacía ya tiempo, conseguir que Plauciano sospechara y alejara de su lado a Macrino, y ahora volvía a utilizar esa misma información para forzar a Macrino a revolverse contra su superior. Era una magnífica optimización de recursos.

El tribuno arrugaba la frente. No se le ocurría de qué otra forma podía haber averiguado la emperatriz lo que ocurrió en aquel maldito túnel bajo los muros de Hatra que, en efecto, no fuera que Plauciano lo hubiera traicionado. Él ya había observado cómo, de ser su mano derecha, el prefecto lo había relegado a un puesto muy secundario en el organigrama de la guardia imperial. Él no sabía nada ni de médicos ni de autopsias ni de lo que un cadáver, bien examinado por el mejor de los expertos, podía revelar sobre sus últimas horas de vida. No sabiendo nada de todo aquello, era cada vez más evidente para él que Plauciano lo había abandonado por completo y utilizado como moneda de cambio en un pacto con la emperatriz tal y como le acababa de exponer, con toda verosimilitud, la propia augusta.

—Yo he aceptado el plan que me ha propuesto Plauciano —continuó Julia—, pero realmente a mí no me basta con pactar con él. Yo quiero eliminarlo por completo. Asesinarlo. ¿Sabes a lo que me refiero, ¿verdad? Tú entiendes de asesinatos y traiciones. Tienes ya experiencia. Por eso te he llamado, porque eres la persona que más tiene que ganar si Plauciano muere. Y ha de ser como te he dicho: rápido, sin juicios. No querrás que el jefe del pretorio, el *clarissimus vir*, tenga la posibilidad de dar un largo testimonio sobre las cosas que ha ordenado en los últimos años, incluida su instrucción de asesinar a Leto, y que desvele públicamente que tú fuiste su brazo ejecutor, ¿verdad? Y, por todos los dioses, todos saben del carácter impulsivo y violento del joven augusto Antonino. Su padre no alzará un dedo contra Plauciano nunca, pero cuando este ya no esté, ¿cuánto crees que tardará mi hijo mayor en revolverse contra Plauciano? Y, cuando eso ocurra, ¿qué habré de contarle a Antonino de ti: que eres de fiar o que siempre has estado más del lado de Plauciano? En lo que te propongo, no te conviene dudar. No hay margen. No tienes espacio para maniobra alguna. Tu única salida es obedecer. Obedecerme a mí.

Macrino mantenía los ojos muy abiertos, el cuerpo encogido, los hombros hacia delante, la boca cerrada.

—Bien, ahora que nos entendemos, tribuno, y ahora que ya comprendes tu situación, responde a mis preguntas: ¿podrás encontrar un par de oficiales más que respalden tu testimonio ante el emperador? Un hombre como tú debe de saber de quién puede fiarse para algo de esta envergadura. Como imaginarás, el dinero no es un problema. El que haga falta.

Macrino ya solo se tomó un instante más de silencio antes de responder:

—Sí, podré.

—¿Perdón?

Macrino se dio cuenta de su error.

—Sí, podré, augusta.

—Ah, bien. ¿El resto de las instrucciones te han quedado claras?

—Sí, augusta.

—Repítelas.

—Lo antes posible, dispongo de un máximo de cuatro semanas, acudiré al augusto Antonino acompañado por dos centuriones de mi confianza, le revelaré un plan del jefe del pretorio para asesinar al emperador y a su primogénito y mantendré ese testimonio en presencia del propio augusto Severo y ante el mismísimo Plauciano cuando sea convocado por el emperador, y, por fin, el joven augusto Antonino, yo mismo o cualquiera de los presentes ejecutaremos a Plauciano.

—Muy bien, Opelio Macrino. Eres inteligente. Saber detectar cuándo el viento sopla en otra dirección es solo de los que tienen astucia y tú la tienes al saber percibir que los dioses, al menos, unos cuantos, no favorecen a Plauciano, sino a mi hijo Antonino, que pronto será el sucesor, junto con su hermano, del emperador Septimio Severo. Haces bien en virar con el viento. Navegarás así muchos años más. Puedes retirarte.

Opelio Macrino se dirigió hacia la puerta, pero antes de que su mano tocara el bronce de las pesadas hojas talladas, la voz de Julia Domna se dejó oír una vez más.

—Eso sí, Opelio, nunca levantes un dedo en el futuro para comprobar si el viento sopla de otra forma, pues si haces solo el ademán de intentar averiguar algo en ese sentido, no solo te cortaré ese dedo, sino también la cabeza entera. Y esto no es amenaza, es simple información. He acabado con otros más inteligentes y fuertes que tú en el pasado. No te revuelvas contra mí jamás. Sería capaz de mandar buscarte incluso en el mismísimo reino de los muertos si fuera necesario y allí obtener venganza. No hay dios que pudiera salvarte de mi rabia y mi odio si me traicionas.

El centurión Opelio Macrino asintió en silencio sin ni siquiera volverse hacia la emperatriz. La amenaza era hiperbólica, exagerada, melodramática, a su entender más propia de una mujer que de un hombre, pero, pese a ello, no tenía palabras que decir ni la capacidad de sostener la mirada de aquella mujer que, le había quedado muy claro, gobernaba Roma. O, como mínimo, eso pensaba ella. Si eso era así o no, no estaba claro. Pero que ella tenía mucha información con la que hundirlo ante el augusto Severo sí le parecía incuestionable. Lo único que podía hacer era seguir el plan establecido por la emperatriz.

—¡Abrid! —ordenó Julia.

Las hojas de bronce se separaron.

Macrino salió.

Las puertas se cerraron.

Julia quedó a solas. Se reclinó lentamente hasta tumbarse de costado. Dejó que los párpados cayeran suavemente sobre sus ojos oscuros de Oriente y, en paz consigo misma como no lo había estado en mucho tiempo, se durmió feliz. Nunca imaginó que ordenar la ejecución de Plauciano fuera a proporcionarle semejante sosiego y serenidad de ánimo. Solo se lamentaba de no haberlo hecho antes..., pero necesitaba a un Antonino lo suficientemente mayor, lo suficientemente fuerte... para convertirse en su larga mano, una mano armada que, por fin, llegara hasta el propio Plauciano.

Se durmió.

Ni un remordimiento.

Ni una pesadilla.

XXIII

LA LARGA MANO DE JULIA

Cámara de la emperatriz, Roma
Principios de enero de 205 d. C.

—Ha llegado el momento —dijo Julia.

Antonino torció la cabeza hacia un lado. El izquierdo. Tal y como le habían dicho sus tutores que solía hacer Alejandro Magno, a quien tanto admiraba, hasta el punto de querer imitarlo hasta en los pequeños gestos íntimos, incluso en el ámbito de una conversación privada con su madre.

Como la emperatriz, pese a su anuncio, guardaba silencio, Antonino se vio obligado a ir más allá de un gesto y preguntar en voz alta:

—¿El momento de qué, madre?

Estaban en el atrio central de palacio. Todos se habían retirado, incluido el propio emperador y Geta, el segundo hijo de la familia, y los invitados y esclavos. Aun así, Julia se levantó despacio y solo susurró una palabra a su hijo mayor:

—Sígueme.

Antonino enarcó las cejas. Aquel era un comportamiento poco habitual en su madre, pero si algo había aprendido en la vida era que ella nunca hacía nada por casualidad. Era patente que su madre buscaba más intimidad para decir lo que fuera que hubiera ingeniado.

Antonino siguió a Julia por los pasadizos del gigantesco palacio hasta llegar a la cámara personal y privada de la emperatriz de Roma. Allí solo entraban las ornatrices, el emperador, por supuesto, si lo deseaba, y aquellos o aquellas que su madre convocara a aquel pequeño pero confortable recinto.

Antonino recordaba la habitación de su madre de cuando

entraba allí de niño. Apenas había cambiado nada. Quizá le parecía ver más ungüentos y frascos de cremas y perfumes en la pequeña mesa frente a la que se alzaba un gran espejo. Más allá de eso, el lujo era comedido, pero no por ello faltaba calor en los colores cálidos de las telas del lecho conyugal o en los frescos con escenas mitológicas de las diosas Minerva, Juno o Cibeles, deidades por las que su madre había desarrollado simpatía en los últimos años, y alguna representación, discreta pero reconocible, del dios El-Gabal.

—Ordena a los pretorianos que se alejen del umbral de la entrada y cierra la puerta.

Antonino obedeció, dio una instrucción precisa a los miembros de la guardia imperial que vigilaban el acceso a los aposentos de la emperatriz y luego se aseguró de que la puerta de bronce quedaba bien cerrada. Tanto secretismo despertó una genuina curiosidad en él.

—Siéntate —dijo Julia y señaló la *sella* de la esquina de la habitación en la que no había invitado a sentarse a nadie desde que Maesa la ocupara en la fatídica discusión que tuvo con su hermana tras la violación de Sohemias por parte del propio Antonino. De eso hacía tres años. Desde entonces no había habido ninguna comunicación directa con Maesa. Una herida abierta. Julia cerró los ojos un instante y sacudió la cabeza. No era ese asunto en el que debía centrarse ahora. Volvió a abrir los ojos y miró directamente a su hijo.

—Ha llegado el momento de acabar con Plauciano —dijo la emperatriz, con un tono calmado, como si hubiera dicho que había llegado el momento de adquirir una nueva villa o de hacer un viaje por el sur de Italia.

Antonino sonrió primero y luego asintió para, acto seguido, plantear una pregunta clave.

—¿Por qué ahora, madre? ¿Por qué en este momento y no antes de la maldita boda con su asquerosa hija que se me obligó a aceptar? —espetó el augusto césar con evidentes muestras de rabia y rencor.

—Entonces tenías solo catorce años y no eras lo suficientemente fuerte —empezó a explicarse su madre con serenidad absoluta; había previsto aquellas muestras de cólera dormida en su hijo; la rabia de Antonino no era mala en sí misma, pero era el momento de dirigirla con precisión y concentrarla en el punto indicado para evitar nuevos daños indeseados—. Ahora tienes dieciséis años, casi diecisiete, y los soldados te ven ya como uno de ellos. Y desde la boda con Plautila han ocurrido cosas que han despertado las sospechas de tu padre hacia Plauciano: la crisis de las estatuas en África; la advertencia no ya solo mía sobre la ambición de Plauciano, sino también por parte de tu tío Geta y múltiples comentarios de senadores y otros miembros del *consilium augusti*. Tu padre ha recibido ya bastantes evidencias y testimonios que lo han puesto en guardia contra Plauciano. Sin embargo, se ha acostumbrado a la inactividad en palacio y le cuesta tomar la iniciativa para deponer a su jefe del pretorio.

—Mi padre es un imbécil —espetó Antonino con un desprecio que le salió de muy dentro.

—¡Nunca, ¿me oyes?, nunca hables así del emperador de Roma! —exclamó Julia alzándose un instante del borde del lecho en el que estaba sentada—. A tu padre le debes el Imperio entero que ha conseguido poner bajo su único mando tras tres guerras civiles y múltiples enfrentamientos con el Senado. Puede que ahora esté enfermo y que se muestre débil e indeciso frente a Plauciano, pero se jugó la vida en batallas campales como la de Issus o la de Lugdunum. Se lo jugó todo por obtener un imperio que pronto será tuyo... y de tu hermano. Nunca vuelvas a decir nada injurioso contra él.

Antonino calló. Lo de las batallas era verdad. La alusión a su hermano pequeño, no obstante, no le gustó.

Su madre volvió a sentarse y recuperó el tono sereno habitual en ella.

—Otra cosa es que toda la habilidad que ha demostrado en el campo de batalla no la tenga en las intrigas de palacio, pero nadie es perfecto, nadie lo posee todo. Pero ha conseguido mucho y ahora vamos, tú y yo, a ayudarle a preservar el Imperio y la dinastía.

Antonino suspiró controlando sus emociones, algo que no le resultaba fácil, pero la presencia de su madre le imponía y agachó la cabeza antes de formular una nueva pregunta:

—¿Y cómo se supone que lo vamos a hacer?

Julia asintió varias veces para sí misma, levemente, en señal de que veía que su hijo, por fin, se centraba en lo único esencial: acabar con Plauciano.

—Informarás a tu padre de que hay una conjura promovida por el jefe del pretorio para acabar con su vida y con la tuya y hacerse así con el poder supremo. Por supuesto, añadirás que, después de vuestras muertes, Plauciano tiene decidido terminar conmigo y con tu hermano. Eso para empezar. Luego vendrán las purgas en el Senado, en la guardia y en el ejército si es necesario. El matrimonio entre su hija y tú no le ha dado descendientes, pero contigo muerto puede volver a casar a Plautila, que sigue siendo muy joven, y esta podrá darle, al fin, los herederos necesarios para forjar una nueva dinastía, *su* dinastía.

—¿Y mi padre creerá en esa conjura?

—A estas alturas, hijo mío, sí. La advertencia de tu tío Geta sobre Plauciano lo ha impresionado más que cualquier cosa que tú o yo podamos haberle dicho durante estos últimos años. Las personas somos así. Dependiendo de quién les diga algo, le dan mayor o menor relevancia. A ti o a mí nos consideraba enemistados con Plauciano desde siempre y no valoraba nuestras advertencias con respecto a él, pero a su hermano siempre lo ha tenido por un hombre cabal y mesurado, lo cual es cierto. Su opinión ha pesado mucho en él. Si eres lo suficientemente convincente, tu padre te creerá. Por otro lado, solo nos estamos anticipando a algo que Plauciano debe de estar planeando desde hace tiempo y para lo que solo espera el momento adecuado. Quizá un nuevo ataque de la enfermedad que aqueja a tu padre. Por eso hemos de aprovechar ahora que el emperador parece bastante recuperado de su última crisis de salud. Galeno dice que sus ataques de gota, que lo tienen apartado de toda actividad, pueden volver a repetirse. Hemos de emplear estas semanas en las que tu padre está mejor y puede tomar decisiones importantes para todos.

—De acuerdo —aceptó Antonino—, pero... ¿qué conjura se supone que habrá organizado Plauciano para acabar con nosotros?

—Le dirás al emperador que el jefe del pretorio ha sobornado a un tribuno y dos centuriones de la guardia pretoriana para que os asesinen a ti y a él una noche de esta semana. Tu padre, no lo dudes, por lo menos convocará a Plauciano a su presencia. Has de asegurarte de que llega ante el emperador no desarmado, eso sería demasiado violento y lo pondría sobre aviso, pero sí sin acompañamiento de una escolta de su confianza. Quizá lo inquiete, pero se siente muy fuerte y creo que aceptará ir a ver a Severo sin sus hombres. Sabe de su enorme influencia sobre él e infravalorará el peligro en el que se estará poniendo. A esa reunión acudirán, además de pretorianos de nuestra confianza que seleccionarás entre los hombres con los que has estado adiestrándote estos últimos años, los dos centuriones y el tribuno en cuestión que habrán decidido denunciar los planes de Plauciano. El tribuno será el líder de la supuesta conjura y declarará en contra del jefe del pretorio desvelando el plan para acabar con el emperador y contigo. Plauciano, por supuesto, se defenderá y negará todo, pero en ese momento o bien tú personalmente o alguno de los presentes ha de matar a Plauciano, allí mismo, sin juicios y sin tiempo para que el jefe del pretorio pueda encandilar y confundir a tu padre como ha estado haciendo toda su vida. Aprovecha cualquier movimiento dudoso de Plauciano, cualquier gesto que pueda sugerir que va a desenfundar su *spatha* o a sacar una daga de debajo de su toga, y ejecútalo *ipso facto*.

Pero Julia se percató de que su hijo fruncía el ceño y se movía nervioso en el asiento que ocupaba.

—¿Acaso tienes miedo de Plauciano? —preguntó entonces la emperatriz.

—No. De padre —aclaró Antonino.

—De tu padre no has de preocuparte. Tu padre, con el testimonio del tribuno y los centuriones y con todo lo que ha escuchado contra Plauciano, quizá lamentará el desenlace, pero, al mismo tiempo, lo considerará algo necesario. De eso ya me ocuparé yo. Y, en cuanto a ti y tus acciones contra Plauciano, eres su hijo, su sucesor. No tomará ninguna medida contra ti. Te lo aseguro. Y nos habremos librado, por fin, de ese miserable. No has de pensar tanto —continuó Julia—: con Sohemias no pensaste nada. Simplemente actuaste. Esto es lo mismo, solo que en la dirección correcta.

—De acuerdo, madre. Cuenta conmigo para no pensar más y actuar, pero... la mayoría de los oficiales de la guardia imperial son hombres de la confianza de Plauciano: ¿cómo vamos a conseguir tres que estén dispuestos a arriesgar tanto? El plan podría salir mal y ellos quedarían expuestos ante Plauciano, que los ejecutaría inmediatamente.

—Eso es asunto mío —respondió Julia con vehemencia—. Lo único que necesito es saber si tú tendrás la fortaleza de ánimo y la fuerza física para atravesar con una espada, con una daga, con lo que sea, a ese maldito Plauciano cuando estén declarando contra él frente a tu padre.

Hubo unos instantes en los que se escuchó el crepitar de las antorchas de la habitación.

—Las tendré, madre, las tendré.

Pero Julia no las tenía aún todas consigo y el plan dependía tanto de la audacia y la decisión de su hijo cuando estuvieran todos reunidos, esto es, Severo, Plauciano, Macrino y el resto de los oficiales, que no podía, que no debía dejar margen alguno a la más mínima duda o recelo por parte de Antonino. Así que Julia recurrió a lo único que le daba la completa seguridad de que su hijo mayor no flaquearía un ápice el día del asesinato.

—Hoy no me basta una adhesión tuya a este plan titubeando, Antonino. Si crees que no vas a estar a la altura, si tienes la más mínima duda, si crees que puedes flojear ante Plauciano, dímelo ahora. Puedo recurrir a tu hermano...

No tuvo que decir más. Como esperaba, Antonino se puso en pie de golpe al tiempo que gritaba:

—¡No, madre! ¡He dicho que lo haré! ¡Y lo haré yo!

Julia levantó las manos para que su hijo se controlara.

Antonino calló. Sus ojos estaban inyectados con rabia, con odio, por la insinuación que había hecho su madre, pero no dijo más.

—Bien, pues la conversación ha terminado —sentenció la emperatriz.

Antonino se levantó y se inclinó ante su madre antes de girarse para encarar la puerta. No tenía claro que todo aquello fuera a salir bien, pero desde hacía mucho tiempo había aprendido que era siempre mucho mejor jugar a favor de su madre que en su contra. También le hervía la sangre por la sugerencia de recurrir a Geta. Por el momento, se llevó toda esa rabia consigo y la enterró en el interior de su corazón.

Por el momento.

XXIV

EL RELEVO DE LA GUARDIA

Aula Regia, palacio imperial, Roma
22 de enero de 205 d. C.

Severo estaba preocupado. Había tenido una pesadilla en la que Albino, su mortal enemigo, el que casi acaba con él en el campo de batalla en la Galia, estaba vivo y se revolvía, una vez más, contra él y su familia. Sabía que era solo un mal sueño: él mismo había machacado el cuerpo de Albino tras la batalla de Lugdunum haciendo que su caballo lo pisoteara una y otra vez. Pero la pesadilla de la resurrección del antiguo gobernador de Britania lo había dejado inquieto para el resto de la jornada. Por otro lado, su ocupación principal del día, decidir cómo debía ser la estatua de bronce que se erigiría en el foro en memoria de su hermano recién fallecido, lo había entristecido. Recordar constantemente que su leal hermano mayor ya no estaba entre ellos, apoyándolo como había hecho siempre, lo hacía sentir aún más débil que cuando había tenido, no hacía muchos días, el último ataque de gota. Y, para colmo, habían llegado mensajeros desde el sur: el Vesubio había entrado en erupción y, de nuevo, como ya hiciera en época del divino Tito, amenazaba con arrasar las poblaciones cercanas. Las últimas explosiones se habían oído hasta en Capua. Tenía que decidir si desplazar la flota de Miseno, como ya se hiciera durante la dinastía Flavia, para poner en marcha un masivo plan de evacuación de la región en previsión de otra hecatombe como la que terminó enterrando Pompeya y Herculano por completo, ciudades borradas de la faz de la tierra para siempre. De eso hacía más de un siglo, pero aquel desastre permanecía en la memoria de todos los romanos, aún muy presente por las dimensiones colosales de aquella tragedia.

En medio de todas estas inquietudes, el joven Antonino, de dieciséis años, entró en el Aula Regia donde su padre atendía tanto a los escultores que debían hacer la estatua de su hermano como a los emisarios de Capua, agotados por el viaje, con el semblante serio y una mirada de urgencia.

—He de hablar contigo, augusto padre —dijo Antonino.

—Estoy atendiendo varios asuntos, hijo. Sea lo que sea que desees compartir conmigo, tendrá que esperar.

Pero Antonino negó con la cabeza.

—No, padre, no, augusto. Esto no puede esperar. Se trata de alta traición.

Severo dejó de mirar los bocetos que le presentaban los escultores con diferentes propuestas para la estatua de Geta y se fijó en que Antonino había entrado escoltado por un nutrido grupo de pretorianos armados, soldados de la guardia que, no obstante, no eran de los que habitualmente patrullaban en palacio. Su hijo debía de haberlos seleccionado él mismo. O algún oficial de su confianza.

—¿Alta traición? ¿Estás seguro de lo que dices?

—No molestaría a mi augusto padre por un asunto menor —confirmó Antonino—. Y menos en estos momentos en los que el Vesubio está rugiendo de nuevo con furia.

Severo suspiró. Levantó las dos manos haciendo un claro gesto de que todos abandonaran la estancia. Consejeros, artesanos, todos los miembros del *consilium augusti* que allí se habían congregado y los emisarios de Capua salieron del Aula Regia a toda velocidad. Todos intuían algún tipo de desastre, quizá de dimensiones similares a las de un volcán en erupción, y presentían que alejarse de aquella sala de audiencias, incluso salir de palacio con celeridad, era la mejor de las ideas.

Solo quedaron en el gigantesco salón imperial los pretorianos que escoltaban a Severo y aquellos con los que había llegado su hijo.

El emperador padre se sentó en el trono.

—¿Y el objetivo de esa supuesta traición soy yo? —preguntó Severo.

—Tú y yo, los dos augustos, padre —concretó su hijo con decisión y satisfecho de que, al menos, hubiera obtenido la atención del emperador principal.

—Ya... —dijo Severo, pero sin mostrar que diera mucha credibilidad a lo que anunciaba Antonino—. Tanto el viejo Aquilio Félix como Plauciano como, a veces, algún senador leal, alguno de los pocos que nos son fieles, me advierten de conjuras y, en la mayoría de los casos, son acusaciones falsas, sin fundamento, fruto de las envidias de unos contra otros.

—En este caso no hay margen para pensar que la acusación no sea cierta, augusto padre —insistió Antonino rotundo.

Severo se pasó la lengua por los labios. Tenía sed. Algo de vino le vendría bien, pero Galeno se lo había dosificado en extremo tras el último ataque de gota. Ese maldito médico quizá lo curara, pero hacía que sus días se convirtieran en un infierno de contención y frugalidad exageradas. Y eso que él estaba acostumbrado a la vida militar..., pero volvió a centrarse en lo que decía su hijo.

—¿Y quién se supone que es el instigador en esta ocasión de esta nueva supuesta conjura contra mí, contra nosotros, hijo?

—Plauciano.

Severo se reclinó en el trono imperial. Julia, su esposa, llevaba toda su vida maldiciendo contra su jefe del pretorio; el propio Antonino lo detestaba y así lo había dejado patente en numerosos comentarios, y el recientemente fallecido Geta, su leal hermano, lo había advertido, primero, en África, y luego, en la misma Roma, sobre las ansias de poder del prefecto de la guardia. Desde el suceso de las estatuas en Leptis Magna, Severo había reducido la influencia del jefe de la guardia pretoriana asignando diferentes tareas que antes eran de su competencia exclusiva a otros miembros del *consilium augusti* y el prefecto no había dicho nada en contra. Sí, Julia, su hermano y Antonino se habían mostrado muy hostiles contra Plauciano, de forma creciente, pero nunca antes ninguno de ellos había verbalizado una acusación de tal magnitud como la que acababa de expresar Antonino. Una acusación que, de probarse cierta, comportaría la pena de muerte para el jefe de la guardia.

—Para que yo lo entienda bien —dijo entonces Severo desde el trono imperial—: ¿estás acusando directamente a Plauciano de promover una conjura para asesinarnos?

—Sí, padre.

Severo miró al suelo. Suspiró largamente. Tragó saliva.

Castra praetoria, Roma
Media hora antes

El jefe del pretorio acababa de recibir un mensaje enviado desde palacio. Se le ordenaba acudir al Aula Regia de inmediato.

Plauciano se mesaba la barba con la mano izquierda en silencio sin dejar de releer la misiva que seguía desplegada sobre la mesa.

Era un mensaje extraño: el tono era muy seco, pero no venía firmado por Severo, lo cual explicaba la falta de aprecio hacia su persona en el texto, sino por el joven augusto Antonino. Cierto era que la carta decía explícitamente que el augusto Severo había tenido una nueva recaída en su enfermedad. ¿Era ese tono seco, distante, fruto de la urgencia con la que el augusto Antonino había dictado el mensaje?

Plauciano arrugó la frente: ¿estaba Severo tan enfermo como para no solo no poder escribir, sino ni siquiera enviar él directamente una carta informándolo de su estado? Quizá Septimio, por fin, iba a morir y su hijo requería de su presencia para asegurarse una transición tranquila con el apoyo de la guardia pretoriana, que podría controlar tanto al Senado como a la plebe de Roma. Sí, eso podría tener sentido. En ese caso, todo marchaba bien. Y..., sin embargo..., algo indefinido inquietaba a Plauciano..., pero, más allá de sus dudas, no podía ignorar una orden directa de uno de los augustos.

Se levantó y dio instrucciones para que un numeroso grupo de pretorianos lo siguieran. Salió del campamento de la guardia imperial seguido por una veintena de soldados armados y se adentró en las calles de Roma en dirección al palacio imperial.

Aula Regia, palacio imperial

Severo se llevó las yemas de sendos dedos índices a las sienes e inició un lento masaje.

—¿Y en qué pruebas o en qué testimonios fundamentas esta grave acusación, hijo?

Antonino se volvió hacia sus pretorianos y les hizo una seña. Uno de ellos partió hacia la puerta de acceso a palacio. Acto seguido, el joven augusto se dirigió a su padre.

—En los testimonios de un tribuno y dos centuriones de la guardia imperial —especificó el joven augusto—. Los acabo de llamar. Ellos mismos podrán contarte, augusto padre, lo que el mismísimo Plauciano les ha solicitado apenas hace unas horas.

—De acuerdo, que pasen —aceptó Severo.

El tribuno Opelio Macrino y dos centuriones de la guardia imperial entraron en la sala de audiencias y se situaron frente al emperador principal.

—Contádselo —dijo Antonino sin más preámbulo.

Macrino dio un paso al frente, despacio; era un paso del que ya nunca podría, para bien o para mal, dar marcha atrás jamás.

Pero lo dio.

Y habló:

—El prefecto Plauciano nos llamó a mí y a estos dos oficiales a su *tablinum* en los *castra praetoria* para involucrarnos en una conjura cuyo fin es el de... el de eliminar..., el de asesinar al augusto Severo y a su hijo, el augusto Antonino. Luego ya no me quedó claro qué ocurrirá con el resto de la familia imperial. Tampoco quise interesarme en los detalles, augusto. Esto fue anoche y de inmediato lo comuniqué al augusto Antonino, que fue el primero de los dos emperadores con el que pude hablar.

Severo inspiró aire profunda y lentamente.

—Tú eras jefe de la caballería de la legión I *Parthica*, ¿no es así? —indagó el veterano emperador.

—Sí, augusto —confirmó el interpelado.

—Ya —aceptó Severo—. Y ahora sirves como tribuno en la guardia.

Macrino asintió.

Severo miró hacia los otros dos oficiales.

—¿Vosotros corroboráis la acusación contra Plauciano vertida aquí y ahora por el tribuno?

Los dos centuriones se miraron un instante entre ellos y, luego, cruzaron sus miradas con el semblante agrio y en tensión del joven augusto Antonino. Podían sentir las pupilas del segundo de los emperadores atravesando sus cráneos como si fueran afiladas dagas astifinas que el joven augusto estuviera clavando con saña en las cuencas de sus ojos.

—Sí, eso nos pidió el prefecto de la guardia, *imperator* —dijo entonces uno de los centuriones—: asesinar a los dos emperadores.

—Así nos habló, augusto —confirmó el otro.

Severo resopló de forma exagerada.

Antonino sonrió torciendo la boca, pero dando la espalda a su padre para que este no viera el gesto.

Puerta del palacio imperial

Plauciano fue detenido en las escaleras que daban acceso al Aula Regia desde el exterior del palacio.

El prefecto de la guardia miraba a los pretorianos que custodiaban aquel acceso confundido. No daba crédito.

—¿Cómo osáis detenerme? —los interrogó despechado—. ¿Cómo os atrevéis tan siquiera a dirigiros a mí sin que os haya hablado yo antes?

—Lo siento, *clarissimus vir* —dijo un centurión que parecía estar al mando de aquel sector del palacio y a quien el prefecto apenas conocía. La guardia se componía de cinco mil quinientos soldados y, aunque Plauciano llevara como prefecto de la misma más de diez años, no conocía a todos los soldados. A muchos, sí. Le pareció peculiar que en todo aquel grupo de unos cincuenta al mando de aquel centurión no hubiera ningún rostro que pudiera identificar con rapidez. Alguien se había esforzado en seleccionarlos entre los pretorianos más distantes a su persona o entre guardias de reciente ingreso en el cuerpo pretoriano. Siempre había jubilaciones de los más veteranos y estos tenían que ser reemplazados. De pronto, se dio cuenta de que no había estado atento a quién estaba gestionando los nuevos ingresos... No era una labor absolutamente clave; la podía realizar cualquiera. Pero en aquel momento tenía un bloqueo y no podía recordar bien a quién había encomendado la tarea de organizar los reemplazos y reclutar nuevos pretorianos. Era el puesto ideal para alguien con el que no contara demasiado, pero a quien tampoco quisiera apartar por completo del cuerpo por si se iba de la lengua con algún asunto turbio que conociera de la guardia y sus tejemanejes... De súbito, Plauciano cayó en la cuenta de a quién había encomendado el farragoso asunto de las bajas y los nuevos ingresos en la guardia: a Opelio Macrino.

—¡Apartaos y dejadme pasar, por Júpiter! —exclamó entonces Plauciano entre airado y algo nervioso. A medida que ataba cabos, aquella convocatoria del augusto Antonino le gustaba cada vez menos.

—Sí, *clarissimus vir*, por supuesto —empezó el centurión al mando—, pero solo puede pasar el prefecto.

Plauciano miró con odio a aquel oficial, pero este le mantuvo la mirada desafiante. El jefe de la guardia imperial empezó a hacer cálculos: veinte hombres de su confianza contra los cincuenta que custodiaban aquel acceso al palacio imperial. Y era posible que hubiera más pretorianos poco afines a él en el interior del palacio que podrían asistir a aquellos cincuenta que ya consideraba como rebeldes, mientras que el grueso de sus más fieles pretorianos estaba a varias millas de allí, en los *castra praetoria*. ¿Qué estaba pasando? Quizá lo más prudente fuera retirarse ahora que aún estaba a tiempo, regresar al campamento general de la guardia y esperar acontecimientos allí, atrincherado con sus hombres de confianza, armado hasta los dientes, protegido por las murallas del campamento militar de la ciudad, pero, mientras pensaba todo esto, treinta de los cincuenta hombres, en dos grupos de quince, los rodearon por ambos lados, a él y a su escolta, para impedirles su repliegue descendiendo las escaleras.

—El augusto Antonino espera en el Aula Regia —dijo el centurión que custodiaba la puerta.

Plauciano volvió a hacer cálculos. Tenía a más de tres mil hombres en los *castra praetoria* fieles a su causa. En palacio no podía haber más de quinientos, que quizá pudieran oponérsele en caso de conflicto armado. El resto estaban apostados en diferentes puntos de la ciudad: en el puerto fluvial, en los almacenes, vigilando los accesos al foro, las puertas de la ciudad o los grandes edificios públicos... Si atentaban contra él en palacio, sus hombres más fieles podían iniciar una carnicería que muy bien podría llegar a verter sangre en el interior mismo de la residencia imperial..., pero, quizá, el joven Antonino solo estaba siendo precavido porque su padre estaba muy enfermo y temía por todo y de todos. Si este era el caso, podía maniobrar y estaba convencido de que podría manipular al joven Antonino como había hecho durante años con su padre. Era prematuro iniciar una batalla campal sin ni siquiera tener claro quién o quiénes podían estar en su contra. Igual ni siquiera había nadie en su contra. Tenía que tranquilizarse. Veía fantasmas donde quizá no los había.

—Esperadme aquí —dijo Plauciano mirando a los pretorianos de su escolta y, caminando con paso decidido por el pasillo que abrían ante él los guardias de la escalinata de acceso al Aula Regia, fue ascendiendo hasta llegar a las mismísimas puertas de la gran sala de audiencias. Cuatro pretorianos más las abrieron para facilitarle la entrada y Cayo Fulvio Plauciano se adentró, por fin, en el Aula Regia.

Nada más cruzar el umbral, las pesadas hojas de bronce se cerraron con un estallido metálico que Plauciano percibió como un mal augurio.

Ante él estaba el joven Antonino, a una decena de pasos, y a su derecha un tumulto de numerosos pretorianos más armados; a su izquierda, en el centro de la magna sala, Opelio Macrino con dos centuriones a cada lado y, más a la izquierda, en el trono imperial, el mismísimo Septimio Severo, sentado, contemplándolo todo.

El emperador padre parecía tenso, serio, preocupado, pero no enfermo.

Eso lo puso sobre aviso definitivamente.

Plauciano, en un acto reflejo, miró hacia atrás por encima

del hombro, pero solo pudo ver el bronce oscuro de las puertas cerradas. Se volvió entonces para encarar a los dos augustos presentes. No parecía quedar otro camino que el de afrontar lo que fuera. Respiraba con velocidad. Tenía un mal presentimiento y estaba muy convencido de que había calculado... mal.

Algo grave iba a pasar, pero aún pensaba que él no tenía por qué ser el perdedor aquella jornada. No necesariamente. Podía percibir la duda en el rostro de Severo. Esa era su mejor baza. Como siempre. Su influencia sobre su siempre débil amigo, sobre el emperador padre.

Cámara de la emperatriz Julia
En ese mismo momento

—Está aquí, augusta —dijo Calidio en voz baja.

La emperatriz le había dado instrucciones de que estuviera muy atento a lo que pasara en palacio aquella jornada y que, en el caso de que el prefecto Plauciano entrara en la residencia imperial, se lo notificara de inmediato, tal y como este acababa de hacer.

—Muy bien —dijo Julia y dejó a un lado el libro de Tito Livio sobre la historia de Roma que estaba leyendo. Se levantó y se dirigió a su *atriense*—. ¿Dónde?

—En el Aula Regia, con el augusto Severo y con el augusto Antonino y numerosos pretorianos.

—Bien —replicó la augusta y echó a andar hacia la puerta, con tal resolución y velocidad que Calidio se vio sorprendido y trastabilló al retroceder bruscamente para dejar el paso libre a la emperatriz.

Julia Domna salió de su cámara y se adentró por los pasillos del palacio imperial sin mirar atrás un instante. La caja de Pandora seguía abierta, de par en par. Todo era posible, la victoria absoluta o el mayor de los desastres.

Aula Regia

—Mi hijo te acusa de querer atentar contra mí y contra él —dijo Severo con sequedad y yendo directo al asunto—. Y el tribuno Macrino y estos dos centuriones afirman que fue a ellos a quienes encomendaste nuestros asesinatos.

—¡Por todos los dioses, Septimio! —exclamó Plauciano—. ¡Eso son tonterías, mentiras!

Severo suspiró antes de volver a hablar.

—Quiero creerte, viejo amigo, pero tengo cuatro personas que te acusan directamente: mi hijo, un tribuno y dos centuriones. Necesito algo más que palabras esta vez, algo más que excusas.

—¡Por todos los dioses, Septimio! ¡Soy yo, Cayo Fulvio Plauciano, el que te habla! ¡Tu amigo de siempre, tu amigo de toda la vida!

Severo, sentado en el trono imperial, miraba al suelo.

—Entonces... —dijo el emperador—, *¿por qué querías hacer esto? ¿Por qué querías matarnos?*[18]

—¡Por Hércules, Septimio! —gritaba Plauciano.

—¡Dirígete a mi padre como corresponde! —intervino Antonino.

El prefecto sacudió la cabeza, pero no estaba para callarse ahora por un tecnicismo.

—De acuerdo: escucha, Septimio, augusto: todas las acusaciones contra mí son falsas. Llevo contigo desde el principio, desde antes de que te proclamaras emperador, y siempre he estado a tu lado; ¿no valen acaso de nada todos estos años de lealtad? ¿No son acaso buena prueba de mi fidelidad a ti?

Severo volvía a masajearse las sienes con las yemas de los dedos.

Antonino andaba de un lado a otro del Aula Regia como único modo de controlar su tensión.

Macrino y los dos centuriones callaban y tragaban saliva. Los tres habían apostado todo a la defenestración de Plauciano, pero, de pronto, ante las dudas del emperador Severo,

---

18. Literal de Dion Casio, LXXVII, 4, 3.

aquello ya no estaba tan claro. ¿Y si se descubría que sus acusaciones eran, en efecto, falsas, como decía el propio Plauciano? Al joven augusto Antonino, su padre quizá lo perdonara, pero... ¿a ellos? Macrino, en particular, estaba a punto de hablar y de desvelarlo todo. ¿Y si contaba a Severo, en aquel instante, las intrigas de la emperatriz Julia? Quizá entonces ella sería la perjudicada, la que sería apartada de la corte, y él podría recuperar su posición como brazo derecho del que sería entonces un renacido y nuevamente todopoderoso Plauciano. La idea era tentadora.

Mucho.

El prefecto de la guardia seguía hablando, defendiéndose como un jabato. Severo continuaba mirando al suelo.

Opelio Macrino desplegó lentamente los labios y empezó a formar unas palabras de confesión total en su paladar cuando, de súbito, se abrió la puerta de la sala de audiencias que daba acceso al interior del palacio: Julia Domna entró en el Aula Regia. La seguían Calidio y media docena de pretorianos de escolta. La emperatriz se situó en el centro de la sala, junto a Plauciano.

Opelio Macrino selló su boca.

Julia Domna miró primero al prefecto y luego a su esposo, que, siempre con la mirada en el suelo, no se había percatado del motivo por el que todos callaban. En su ignorancia lo atribuía a que respetaban su momento de reflexión, pero la voz de su esposa lo despertó de esa especie de letargo de inacción en que estaba sumido.

—Haz el favor de no escuchar más a este traidor —dijo Julia, sin alzar la voz. Ella no era de gritar—. Primero Leto, luego Saturnino, hace unas semanas tu propio hermano y ahora estas acusaciones de hombres de la propia guardia..., ¿qué más necesitas para arrancarte de una vez por todas a esta víbora de tu lado?

—¿Víbora yo? —la interrumpió Plauciano—. Eso tiene gracia: si hay alguien venenoso en la corte, esa eres tú, Julia... augusta. —Y se volvió hacia Severo—: Es ella, sin duda, la que ha promovido estas acusaciones...

—Tú siempre envenenas al emperador con falsas acusaciones y mentiras en las que cuentas a mi esposo que le soy infiel con mil hombres diferentes —le espetó Julia con rapidez.

—¡Yo solo transmito al emperador lo que oigo...! —vociferó el prefecto.

—¡Lo que inventas! —replicó Julia, esta vez elevando la voz para que su respuesta no quedara ahogada por los gritos de su oponente.

—¡Silencio! —aulló entonces Severo alzándose frente al trono—. ¡Callaos, los dos, ya! ¡Por Júpiter, silencio!

Ambos callaron.

Severo se sentó despacio en el trono imperial.

Plauciano sostenía la mirada a Julia y torció ligeramente la comisura de los labios hacia arriba en lo que era un amago de sonrisa silenciosa y desafiante. Ese gesto, sin saberlo él, fue su sentencia.

Julia Domna se giró lentamente hasta dar con sus ojos en las pupilas brillantes de su hijo Antonino. Aquel cruce de miradas fue como si el joven augusto hubiera recibido el empujón final que necesitaba: Antonino se dirigió directo al prefecto de la guardia.

Plauciano lo vio acercarse, pero Antonino no iba armado con espada alguna ni exhibía en las manos ninguna daga. Y era solo un muchacho de dieciséis años. No calculó que Antonino venía cargado con inmensas dosis de odio hacia su persona cuidadosamente inoculadas en su ser por su madre durante los tres últimos años.

No lo vio venir.

El puñetazo en su cara fue tan directo como potente y demoledor.

El prefecto de la guardia imperial de Roma dio con sus huesos en el suelo al instante.

El pómulo sangraba profusamente.

Plauciano sentía además que una muela, o dos, se habían movido del sitio.

Pero empezaba a reincorporarse cuando sintió que el joven augusto se acercaba de nuevo. Plauciano, de forma instintiva, se protegió la cara con los brazos, pero Antonino no buscaba en ese momento volver a golpear, sino que anhelaba algo más letal. Plauciano, en su movimiento defensivo, dejó desprotegida la empuñadura de su espada y esta la asió con fuerza el joven augusto y tiró de ella.

Ahora Antonino estaba armado con la *spatha* del propio prefecto y el jefe del pretorio gateaba, encogido, ante él. Solo faltaba el golpe de gracia. Antonino se abalanzó una vez más sobre Plauciano y le clavó la espada en la espalda.

—¡Agghh! —aulló el prefecto de la guardia.

Plauciano gateaba, de nuevo, en busca de una esquina, pero estaba rodeado de pretorianos que, si bien no lo atacaban, tampoco lo asistían. Al principio, el puñetazo de Antonino lo había dejado bloqueado, casi sin la capacidad de razonar, pero el tajo en su espalda, el dolor agudo de la piel cortada, lo había despertado de aquel choque mental en el que se encontraba. Pero el despertar de su mente ágil se limitaba a dar una y mil vueltas, como hace siempre el malévolo, a cómo era posible que el mal que él mismo había ido creando en el entorno de la familia imperial, maldiciendo de la emperatriz, acechando el poder total, hubiera podido alcanzarlo. El cobarde, el vil, el miserable nunca entiende que alguien pueda decidir enfrentársele con sus mismas armas, con el mismo odio, con las mismas artimañas traidoras.

Pero la herida no era mortal.

Antonino observaba al prefecto abatido, pero no exterminado, y en su cabeza solo había sitio para una idea: había que terminar con lo iniciado. El joven augusto estaba encendido, dispuesto, y se lanzó de nuevo contra su enemigo. Nada ni nadie parecía poder detenerlo cuando se escuchó una voz inapelable:

—¡Quieto!

Y el joven augusto Basiano Antonino se detuvo.

Era el mismísimo Severo quien había gritado la orden. Desobedecer a su propio padre delante de todos no parecía una buena opción... Se contuvo... a duras penas...

Julia dudaba. Lo tenían ya tan cerca, pero su esposo se había vuelto a levantar, incluso había bajado del trono y se interponía ya entre Antonino y Plauciano. El jefe del pretorio tuvo tiempo de incorporarse. Sangraba por la espalda y por el pómulo, pero a Julia aquello le parecía poco castigo. Y, en absoluto, la solución a la amenaza que suponía el prefecto de la guardia, que, si salía vivo de allí, ya no dudaría en enfrentarse a ellos con todos los pretorianos que pudiera reunir y hasta con el apoyo de un Senado siempre hostil a Severo. Julia solo pensaba en dar la orden final, pero ella no era un *imperator*. Tenía la dignidad de augusta, pero no la iban a obedecer, no en una orden de ejecución contra un prefecto de la guardia. Y menos aún si el emperador padre se oponía.

Julia volvió a mirar a Antonino.

El primogénito de la familia imperial comprendió, pero era difícil rodear a su padre. El propio emperador Severo se interponía entre él y su objetivo. Plauciano no dudaba en utilizar al veterano *imperator* como escudo humano en un lento repliegue táctico en busca de la puerta de salida del Aula Regia.

—¡Matadlo! —aulló entonces Antonino; y lo repitió varias veces—. ¡Matadlo, matadlo! —siempre señalando hacia el prefecto de la guardia.

Los pretorianos del Aula Regia estaban como petrificados entre dos mandatos contradictorios: el augusto Severo había ordenado a su hijo que se detuviera cuando iba a ejecutar al prefecto y, por el contrario, el joven augusto Antonino los conminaba a terminar la ejecución que su propio padre había detenido. Los pretorianos se habían transformado en estatuas armadas, bloqueados entre el mando de dos augustos que les exigían acciones opuestas.

Pero Antonino no estaba dispuesto a ceder, como no lo estaba su madre, y supo concentrar su orden en la persona indicada, en el pretoriano más vil, el más traidor, el que más fácilmente cambiaba de bando según virara la dirección del viento.

—¡Mátalo! —repitió el joven augusto mirando ahora solo a Opelio Macrino.

El tribuno de la guardia estaba confuso, como el resto de los pretorianos, pero su instinto de asesino a sueldo le hizo calibrar con rapidez qué poder estaba en ascenso y cuál en declive. Pese a las dudas que había tenido apenas hacía unos instantes, cuando estuvo a punto de traicionar a Julia Domna, los nuevos acontecimientos y, en particular, la acción violenta del augusto Antonino contra el prefecto de la guardia le habían hecho comprender: entre el joven Antonino y el viejo Plauciano, a sus ojos, ya no había color. Un nuevo poder se alzaba mientras otro poder antiguo se desangraba.

Macrino desenfundó su propia espada y, antes de que Severo pudiera volver a ordenar que se detuviera, ensartó al prefecto de la guardia, otra vez, por la espalda, como se mata a los perros traidores. Y esta vez, sin dar tiempo a ninguna nueva orden, repitió la operación extrayendo el arma del cuerpo del prefecto e introduciéndola de nuevo de modo brutal, dos veces, tres..., cuatro.

Cayo Fulvio Plauciano no gritó en su caída final sobre el mármol del Aula Regia del palacio imperial de Roma.

Se derrumbó de espaldas porque la inercia de la fuerza de la espada de su ejecutor al salir hacia atrás lo hizo tambalearse en esa dirección. La cabeza chocó además con el suelo frío y se oyó un crac definitivo que, simplemente, aceleró la muerte del prefecto en lo que Julia Domna consideró una lástima. Aunque el objetivo principal estaba, por fin, conseguido.

El alma de Plauciano fue directa hacia el reino de los muertos mientras su poseedor seguía sin entender cómo había podido perder, cómo habían podido derrotarlo, cómo podía haber ocurrido todo tan rápido...

Septimio Severo se arrodilló ante su amigo.

—Cayo —dijo en voz baja—. ¡Cayo! —gritó.

—Todos fuera —ordenó la emperatriz de Roma sin mirar a nadie que no fuera su esposo, postrado junto al cuerpo de Plauciano.

Y los guardias recobraron el movimiento y, contentos de abandonar aquella sala, se pusieron en marcha en direcciones diferentes: unos hacia el interior del palacio, otros hacia la puerta que daba al exterior de la residencia imperial. La cuestión era salir de allí.

Cuando Antonino se acercó a su madre, esta, sin dejar de mirar hacia su esposo, le dio instrucciones precisas.

—Hazte cargo de la guardia personalmente. Que Macrino esté a tu lado en todo momento, para que vean que un tribuno pretoriano te respalda. Que cada soldado permanezca en su puesto. Aquí no ha pasado nada. El emperador... —se corrigió—; los emperadores, tu padre y tú, habéis decidido un relevo en la prefectura de la guardia. Pronto se hará público el nombre de los nuevos jefes del pretorio. Eso es todo cuanto han de saber los pretorianos: ¿está claro?

—Sí, madre —aceptó Antonino, que lo único que temía, como ya anticipó en una conversación privada con la emperatriz, era la reacción de su padre ante la ejecución de Plauciano. Su madre ya le había dicho que ella se haría cargo de ese asunto. Ese era el plan y allí estaba ella: cumpliendo al pie de la letra. Antonino estaba comprobando cómo él y su madre unidos formaban un equipo muy compenetrado, compenetrado y efectivo. Le gustaba—. Sí, augusta —repitió ahora, enfatizando la dignidad de su madre y mirando a Macrino para que este lo siguiera al exterior del complejo residencial de la familia que gobernaba los destinos de Roma y todo su inmenso Imperio.

Severo no decía nada.

Solo miraba a su amigo muerto.

Todos habían abandonado la sala.

Julia se puso en cuclillas junto a su marido, que seguía arrodillado al lado del cadáver.

—No había otra salida —empezó ella con la voz más tierna y sensual que poseía—. Acabó con Leto. Fue Plauciano el que instigó su muerte. —Y, por primera vez, le contó los detalles de aquel asesinato, simplemente ocultando el dato de que el ejecutor material fue Macrino; no quería premiar los buenos servicios del tribuno aquel día con una traición. No lo quería en un puesto de relevancia, era demasiado traicionero, pero tampoco sería inteligente entregarlo cuando aún quedaba por ver cómo respondía la guardia. Podía ser un buen aliado. Ya se había probado como tal. Pero había más cosas que explicar a Septimio. Le contó entonces lo de Saturnino y la peste. Y le repitió las advertencias que Geta, el hermano de Severo, les había hecho con respecto a la ambición de Plauciano—. Entiendo que te duela, pues amigo tuyo era, pero no había otra solución, esposo mío. Hacía tiempo que quien te fue leal en el pasado ya solo ansiaba arrebatártelo todo. Incluso la vida. No había otra salida.

Septimio Severo se incorporó lentamente y la emperatriz lo imitó.

El matrimonio imperial estaba en pie, solos, en el centro de la gran Aula Regia de Roma. Julia aún temía la reacción de su esposo, pero, de pronto, algo casi mágico ocurrió: muerto Plauciano, parecía que con su eliminación se hubiera desvanecido aquella especie de encantamiento con el que el prefecto de la guardia había tenido sometida la voluntad del augusto de Roma. De súbito, Severo empezó a hablar como si alguien lo hubiera liberado, como si se le hubiera quitado una enorme carga que soportara durante años sobre los hombros.

—Sí, llevas razón —confirmó el emperador—. Como tantas otras veces, estás en lo cierto, Julia. Plauciano ya no era el de antaño. Había llegado el momento de buscar un relevo en la jefatura de la guardia pretoriana, como comentabas a Antonino. Hemos de buscar un nuevo jefe de la guardia.

Julia Domna no daba crédito. Todo era perfecto. Se sentía tan feliz..., pero decidió mantenerse concentrada y aprovechar aquel momento en el que su esposo parecía verla con tan buena consideración y apuntó una pequeña corrección a lo que él acababa de decir:

—Un nuevo jefe del pretorio no, esposo mío. Dos. No repitamos viejos errores.

No es que Julia deseara necesariamente regresar a la vieja fórmula de una jefatura del pretorio colegiada entre dos altos mandos del mismo rango, pero estaba convencida de que si había que elegir a dos prefectos, ella tendría más posibilidades de conseguir que uno de ellos fuera Quinto Mecio.

Severo la miró y asintió.

—Dos jefes del pretorio —aceptó.

Y ambos, augusto y augusta de Roma, entrelazados sus brazos, salieron tranquilamente del Aula Regia, dejando el cadáver de quien había estado a punto de destruirlos tumbado boca arriba, solo, a la espera de que el emperador diera alguna orden sobre el destino de aquel amasijo de carne y huesos que a punto estuvo de conseguir un imperio y que, en apenas una hora, lo había perdido todo.

Otro más ejecutado en aquella sala que tanta sangre llevaba contemplada en poco más de un siglo de existencia.

—Todo está bien —le dijo Julia a Severo al salir de la sala de audiencias—. Todo está perfecto.

Pero entre las sombras de las columnas del atrio porticado, el césar Geta, de quince años, escuchó aquellas palabras y no se sintió incluido en ellas: sus padres unidos, su hermano con la responsabilidad de hacerse con el control de la guardia..., ¿y él, qué? ¿Nada? No, para el joven Geta nada estaba bien.

Ἐν δὲ τῷ Βεσβίῳ τῷ ὄρει πῦρ τε πλεῖστον ἐξέλαμψε καὶ μυκήματα μέγιστα ἐγένετο, ὥστε καὶ ἐς τὴν Καπύην, (...) ἐξακουσθῆναι (...) ἐδόκει οὖν ἐκ τῶν περὶ τὸ Βέσβιον γεγονότων νεοχμόν τι ἔσεσθαι, καὶ μέντοι καὶ τὰ περὶ τὸν Πλαυτιανὸν αὐτίκα ἐνεοχμώθη.

En el Monte Vesubio se encendió un gran fuego y hubo gritos lo suficientemente fuertes como para ser escuchados incluso desde Capua, (...) Así pues, a la vista de lo que sucedió entonces en el Vesubio, parecía probable que estuviese a punto de producirse algún cambio en el Estado y, de hecho, hubo un cambio inmediato en la suerte de Plauciano.

DION CASIO, LXXVII, 2, 1-2.[19]

19. Traducción de la catedrática Julita Juan Grau.

TERCERA ASAMBLEA DE LOS DIOSES SOBRE EL CASO DE LA AUGUSTA JULIA DOMNA

—

—Julia Domna ha superado la prueba de la traición —afirmó Júpiter categórico.

Y así era. Ninguno del cónclave iba a discutir eso, pero quedaba todavía mucha partida por jugar.

—Exijo, pues, la segunda prueba —reclamó Vesta. Y, a su alrededor, Neptuno, Apolo, Diana y los otros dioses que estaban en contra de Julia asintieron.

Júpiter miró entonces hacia Minerva. Su hija también cabeceó afirmativamente. Al dios supremo no le gustaba la idea, pero era lo acordado en la asamblea de los dioses de Roma, y el curso de aquel juego macabro, como ya pasara en la guerra de Troya, en el periplo de Ulises por el *Mare Internum* o con el viaje de Eneas, tenía que proseguir hasta su punto final.

Júpiter meditó bien cuál debía ser la siguiente prueba a la que fuera sometida Julia Domna. Él, en el fondo, sentía simpatía por la propia emperatriz. Su tenacidad y, por supuesto, el apoyo que su hija prestaba a la augusta de Roma lo inclinaban, secretamente, a su favor. Pero el dios supremo se sabía sujeto a buscar un complejo equilibrio entre los deseos de su hija y las diosas que la apoyaban, por un lado, y el conjunto de dioses romanos que estaban marcadamente en contra de Julia. Tenía que proponer otra prueba y debía ser un desafío duro. Como todos a los que las inmortales deidades sometían a los mortales seres humanos cuando estos o, en este caso, esta, estaban sujetos al juicio de la asamblea de los dioses.

—Adrasto, Belerofonte —dijo Júpiter.

Todos se miraron entre sí.

En particular, Minerva se volvió hacia Juno, Cibeles y Proserpina, todas diosas protectoras, de una forma u otra, de la familia. Los nombres mencionados por Júpiter las habían inquietado a las cuatro: Adrasto, hijo de un rey de Frigia, había matado accidentalmente a su hermano. Y Belerofonte, hijo de un antiguo rey de Corinto, también había causado la muerte accidental de su hermano, pero, cuando ya de por sí aquello podía sonar a una terrible prueba, Júpiter continuó hablando y aún empeoró el asunto.

—O Eteocles y Polinices.

Minerva tragó saliva. Esos habían sido los hijos de Edipo y Yocasta y los dos murieron enfrentándose mortalmente. Aquí no hubo ningún hermano superviviente. Si la prueba terminaba de ese modo, Julia se quedaría sin hijos, sin descendientes, sin dinastía, sin nada.

Pero, de pronto, como si el padre de Minerva intuyera que aquella era una sentencia demasiado dura, añadió dos nombres más.

—O quizá, simplemente..., Rómulo y Remo.

Minerva asintió. Ahí le daba otra vez su padre la posibilidad de que uno de los dos hermanos sobreviviera.

Por otro lado, en el otro extremo del cónclave, Vesta y los suyos se mostraban satisfechos. En cualquier caso, discurriera como discurriera el desarrollo de la segunda prueba contra Julia, uno de sus dos hijos moriría, ya fuera por muerte accidental o por enfrentamiento entre ellos. E incluso existía la posibilidad de que perecieran los dos.

Vesta sonrió. Quizá todo se solucionase pronto. Aunque Julia hubiera podido llegar al poder, su dinastía podría quebrarse antes incluso de haberse iniciado de forma real.

—Me parece bien la prueba —dijo la diosa del hogar de Roma.

Minerva se volvió hacia Juno y Cibeles.

—Hemos de conseguir que, por lo menos, uno de los dos hijos sobreviva, como sea, del modo que sea.

—No va a ser fácil —respondió Juno—. La rivalidad descontrolada entre sus hijos es la particular caja de Pandora que Julia ha abierto.

—Aun así —insistió Minerva—, hemos de intentar salvar, al menos, a uno de los dos.

LIBER TERTIUS

COEMPERADORES

Aeternit Imperi

Aeternitas imperii
La eternidad del Imperio

XXV

DIARIO SECRETO DE GALENO

Anotaciones sobre la rivalidad
entre Antonino y Geta

Con Plauciano muerto, Julia había eliminado al último de los enemigos importantes que podían haber puesto en peligro serio la continuidad de la dinastía de la familia imperial. Pero en mis notas anticipé que, para conseguir acabar con el ambicioso jefe del pretorio, Julia cometió un grave error de cálculo: Plauciano era un monstruo y para derrotarlo la emperatriz decidió crear otro monstruo formidable igual de letal. Así transformó al joven Antonino en un ser violento, brutal e impetuoso. La violación de Sohemias solo fue un aviso de los desmanes que semejante personalidad desbocada y sin control podría cometer. Y, de forma tristemente complementaria, que la emperatriz centrara toda su atención en Antonino durante aquellos años generó rencor, desconfianza y envidia sin límites en su hermano menor, Geta.

Julia tardó en percatarse de las dimensiones del problema creado y alimentado bajo su supervisión directa. Por el momento, la emperatriz solo había calibrado con precisión que la rivalidad directa entre sus dos hijos estaba creciendo. El principal escollo, como en el caso de Plauciano, para poder atajar la crisis era, de nuevo, el propio Septimio Severo: el emperador interpretaba las constantes disputas entre sus hijos solo como una muestra de la virilidad de ambos, algo que le parecía positivo, pues, al fin y al cabo, iban a ser los futuros *imperatores* al mando de las treinta y tres legiones del Imperio. Tenían que ser hombres fuertes, decididos y no amilanarse por nada, ni siquiera el uno por el otro.

Por mi parte, yo estaba en las cámaras más profundas de la

biblioteca de textos griegos del foro de Trajano, pues allí era adonde Severo había llevado todos los libros sobre magia, adivinación y otros considerados peligrosos, confiscados en la biblioteca de Alejandría. ¿Estarían allí, en efecto, como me había dicho Heracliano, los libros de Erasístrato y Herófilo? Por fin, muerto Plauciano, con el emperador Severo más tranquilo, la emperatriz consiguió el permiso del augusto para que se me concediera acceso completo y sin restricciones a aquellos volúmenes prohibidos para el resto de los mortales.

Pero, volviendo al hijo mayor del emperador, tampoco midió bien Severo el cambio en la personalidad de Antonino. Y digo bien al llamarlo aún Antonino, porque así continuamos refiriéndonos al primogénito de Septimio Severo y Julia Domna durante bastante tiempo. Aún no sabíamos que terminaría siendo rebautizado por el ejército con el sobrenombre de *Caracalla*. Eso vendría después. Pero vayamos paso a paso.

Julia consiguió dos años de paz tras la muerte de Plauciano.

Dos años.

Hasta que un día todos nos encontramos en el Circo Máximo: estaba a punto de empezar una carrera de cuadrigas, pero iba a ser una carrera como nunca antes se había visto en Roma: dos césares iban a competir por la victoria. Dos egos inconmensurables, el de Antonino y el de su hermano Geta.

Dos césares acostumbrados a conseguir siempre todo lo que anhelaban.

Pero en el Circo Máximo solo podía ganar uno.

Solo uno.

XXVI

LA CARRERA DE CUADRIGAS

Roma, 207 d. C.
Circo Máximo, palco imperial

—¿Cómo lo has permitido? —Julia estaba furiosa, pero hablaba contenida, controlando su ira, pues los ojos de todos estaban puestos en el palco imperial desde el que su esposo, en pie, a su lado, saludaba a la plebe que lo aclamaba.

El emperador se sentó.

—*Imperator, imperator, imperator!* —continuaba bramando el pueblo de Roma.

—La gente está encantada, ¿no lo ves? —dijo Severo por toda explicación.

—¡Por El-Gabal! —exclamó Julia—. ¡Una carrera de cuadrigas es muy peligrosa! Llevo semanas rogándote que detengas esta locura, pero tú tenías que salirte con la tuya. Podría morir uno de ellos. O los dos. O salir heridos.

—Son buenos aurigas, ambos —opuso el emperador, sin mirar a su esposa, saludando aún con el brazo derecho extendido a la plebe que seguía vitoreándolo.

—Dame una sola razón, un solo motivo por el que merezca la pena que Antonino y Geta corran este absurdo riesgo compitiendo en el Circo Máximo.

—¿Qué motivo quieres mejor que este? —preguntó Severo mirándola ahora—. ¿No lo ves? Esta carrera, competir en el circo como aurigas, los hace populares para el pueblo. Y el pueblo nos viene bien a nuestro lado para acallar al maldito Senado. Con la plebe de nuestra parte aquí, en Roma, y con las legiones leales a nuestra dinastía en las fronteras, el Imperio está completamente bajo nuestro control.

Julia miró a su alrededor.

El público, en efecto, estaba extasiado. Nunca antes habían tenido a dos césares, a dos futuros emperadores, como aurigas dispuestos a correr ante ellos, para ellos.

Julia miró hacia los *carceres*, los compartimentos en el extremo de la pista desde los que emergerían las cuadrigas. En poco tiempo aparecerían sus dos hijos junto con otros diez aurigas, en pos de la victoria en el Circo Máximo. Más de doscientas mil gargantas gritaban sin parar, y eso que aún no se había dado ni la salida de la carrera.

La emperatriz de Roma no pudo evitar contagiarse de aquel ambiente de locura y sentir un pálpito de emoción ante el espectáculo. ¿Quién ganaría? ¿Antonino? ¿Geta? ¿Algún otro de los restantes aurigas en liza? ¿Llevaría razón su marido? ¿Haría la carrera más populares, más queridos para el pueblo, a sus dos hijos?

Pero la sensación de peligro inminente volvió a apoderarse de todo su ser. Para Julia el riesgo de que todo saliera mal no estaba tanto en el hecho mismo de correr en el Circo Máximo como en la desbocada rivalidad que se había desatado entre sus hijos. La competencia entre ambos no era algo nuevo, venía de la infancia, pero desde la muerte de Plauciano estaba fuera de control. Y eso, Severo, como ocurriera en el pasado reciente con la ambición de Plauciano, no lo veía o, peor, se negaba a considerarlo un riesgo importante.

Julia se giró entonces hacia los nuevos jefes del pretorio que habían reemplazado a Plauciano: a la izquierda del palco estaba Papiniano, hombre sereno y buen consejero de Estado, pero demasiado lento en ocasiones, en particular cuando se trataba de actuar con presteza. Había sido propuesto para el cargo por Septimio mismo. Pero a su derecha estaba Quinto Mecio, leal a Severo y hombre más rápido cuando se requería velocidad en la ejecución de una orden y que, por supuesto, había conseguido el puesto de prefecto de la guardia a sugerencia de Julia. La heroicidad de Quinto Mecio en la batalla de Lugdunum y su buena gestión como *praefectus Aegypti* hicieron que su candidatura no sonara mal para Severo, quien, con rapidez, aceptó respaldar la idea de su esposa.

Hacia Quinto Mecio dirigió sus ojos la emperatriz.

No era una mirada inquisitiva, sino de autoridad.

Y Quinto Mecio acudió junto a la augusta Julia de inmediato.

Circo Máximo, carceres

Los *aurigatores*, que asistían a los aurigas, repasaban que todo estuviera preparado: revisaban el arnés que unía los caballos a la cuadriga, se aseguraban de que las ruedas estuvieran bien engrasadas en sus enganches con el carro e intentaban calmar, algo imposible, a las bestias que relinchaban enfervorizadas ante el clamor que oían por todas partes.

Los conductores entraron entonces en la parte trasera de los *carceres*. Lo habitual habría sido que se hubiera celebrado un sorteo para distribuir los diferentes compartimentos para la salida. Los números más bajos, del I al VI, eran los más cotizados porque encaraban directamente la trazada de la gran recta frente al palco imperial, mientras que, por el contrario, los números VII hasta el XII eran los peores, pues obligaban a los aurigas a trazar una diagonal, cada vez más larga cuanto mayor era el número del *carcer* asignado, para entrar en la recta principal. De este modo, normalmente, los aurigas que salían desde los compartimentos VII a XII se veían obligados a dejar pasar a las seis primeras cuadrigas para evitar un tremendo accidente si forzaban la situación nada más empezar la carrera en la pugna por entrar en cabeza en la primera recta.

Pero esta era una carrera diferente a todas.

No hubo sorteo alguno por los *carceres* en disputa.

El augusto césar Antonino se autoasignó el compartimento número I, algo que dejó claro horas antes de iniciarse la carrera. A sus dieciocho años, pese a su juventud, el primogénito del emperador ya se había distinguido en Roma por su carácter violento y era conocido por todos que las normas habituales no las consideraba aplicables a su persona, de forma que ningún auriga se atrevió a discutir con él. Todos sabían que en aquella carrera se jugaban la vida no solo durante las siete vueltas, sino también antes y después de iniciada o terminada la competición: según se condujeran en el trato con los césares aurigas, así les iría de bien o... de mal.

Antonino, no obstante, se las ingenió para que el hecho de que él se hubiera asignado el *carcer* número I no llegara a oídos de Geta hasta el mismo día de la carrera.

Su hermano Geta tuvo noticia de aquella decisión mientras revisaba su cuadriga con sus *aurigatores*, durante la puesta a punto de su carro. De inmediato, el segundo césar hizo saber al resto de los conductores que él, por su parte, se autoasignaba el *carcer* número II. No entró en discusión con su hermano porque, de hecho, la cuadriga que salía del *carcer* I también tenía que trazar cierta diagonal en la salida si quería conseguir la primera posición junto al muro central de la *spina*. Lo más efectivo desde el punto de vista de la competición sería haber elegido los *carceres* IV, V o VI, los que enfilaban de forma más directa con la recta y el muro, pero Geta comprendió que su hermano estaba mandando un mensaje incuestionable: él, Antonino, era el número I en todo momento y circunstancia. No le pareció, pues, oportuno a Geta rebajarse a elegir un compartimento de salida número IV, V o VI, aunque objetivamente fueran mejores. Pediría el II, que, al menos, y esto era lo esencial para él, le permitiría optar a entrar por delante de su hermano en la primera recta. Geta, por fin, mientras se ataba las riendas a la cintura, se llevó un instante la mano derecha al cuello y palpó el cordel del que colgaba su amuleto secreto. Eso le dio seguridad. Lo había adquirido la noche anterior. Tendría que valer, que ser suficiente. Su padre y su madre no confiaban en él, lo menospreciaban, pero él había sabido buscar ayuda en lugares secretos, con hombres a los que los demás despreciaban. Él les mostraría a todos en aquella jornada no solo que era el más valiente, sino también el más inteligente.

El resto de los aurigas celebraron un sorteo, pero en secreto, con los jueces de la carrera para distribuirse los compartimentos de salida que quedaban.

Todo estaba dispuesto para la gran carrera.

Quinto Mecio se abrió paso por entre los bibliotecarios, que en modo alguno se atrevían a interponerse en el camino de un prefecto del pretorio.

—Busco a Galeno —dijo Mecio mirando a aquellos hombres enjutos rodeados de papiros.

—Está al fondo, en la última sala, *vir eminentissimus* —dijo uno de los bibliotecarios.

Quinto Mecio asintió y, seguido de cerca por media docena de sus hombres, avanzó haciendo resonar sus sandalias militares por los altos muros de la biblioteca.

—¡Galeno! —gritó Quinto Mecio desde más allá del umbral de la puerta que daba acceso a la última sala de aquel edificio, donde otros dos pretorianos permanecían firmes como centinelas. El emperador había dado órdenes expresas de que nadie, absolutamente nadie, excepto Galeno, pudiera entrar en aquella sala sin su permiso directo. Por eso Quinto se vio obligado a llamar al médico desde fuera de la estancia.

—¡Galeno! —repitió Quinto Mecio con fuerza y luego, ante el silencio que siguió, empezó a hacer crujir sus mandíbulas. No tenía pensado qué hacer si el médico no emergía con rapidez de aquella sala cuyo acceso estaba vetado para todos excepto para el veterano médico griego.

Quinto Mecio iba a aullar el nombre por tercera vez, pero Galeno, al fin, apareció en el umbral, pues había reconocido la voz de uno de los nuevos jefes del pretorio y sabía que solo dos personas podían enviar a un prefecto del pretorio en su busca: el emperador Septimio Severo o su augusta esposa, Julia Domna. Y no era ni sensato ni inteligente ignorar a un emisario imperial.

—¿Qué ocurre? —preguntó Galeno sin cruzar el umbral, como si se sintiera poderoso permaneciendo allí donde solo a él le estaba permitido. Era una forma de mostrarse más fuerte que un prefecto y, ciertamente, el gesto surtió efecto, pues, de inmediato, Mecio cambió el tono de voz y habló en voz baja y con respeto.

—La emperatriz reclama al médico imperial en el circo.

—¿Por qué? —preguntó Galeno, inmóvil, en la penumbra de su bastión personal.

Quinto Mecio no estaba acostumbrado a dar explicaciones, pero las dio:

—Hay una carrera y corren los dos césares.

Galeno frunció el ceño. Algo había oído, pero en su momento pensó que eran fantasías del pueblo.

—Se matarán entre sí —dijo Galeno con sorprendente sencillez ante un prefecto que nunca se habría atrevido a formular de forma tan explícita algo que, no obstante, todos pensaban. Excepto el emperador. Severo no parecía ver el mundo igual que el resto de las personas de la corte imperial.

—La emperatriz reclama al médico imperial... por si acaso..., por si ocurre algo en la carrera —dijo Mecio en un tono casi de súplica.

—Vamos para allá —aceptó Galeno—. Antes de que sea demasiado tarde. La augusta de Roma es siempre clarividente en sus intuiciones.

A Quinto Mecio le gustó aquel comentario del médico griego.

De pronto, ya no le caía tan mal.

Circo Máximo

Las puertas de los *carceres* se abren de golpe. Los caballos emergen sobre la gigantesca pista de arena del Circo Máximo e inician un galope frenético que no tendrá descanso durante siete mortíferas vueltas.

Antonino tira de las riendas con fuerza dirigiendo su carro hacia el centro, cruzándose de forma violenta y sin considerar las consecuencias por delante de la cuadriga de Geta. Su hermano, que ya preveía aquella maniobra, opta por ser prudente en la salida y refrena ligeramente sus caballos, de modo que permite a Antonino tomar la delantera. Había pensado, en un primer momento, en luchar por la primera posición en la salida, pero la brusca maniobra de su hermano le hace ver que es mejor esperar a otro momento para intentar adelantarlo.

Por detrás, las cuadrigas del resto de los aurigas se reparten las posiciones con cuidado de no estorbar a ninguno de los dos césares, a quienes dejan que tomen la delantera con respecto a ellos. La carrera de los otros diez aurigas es otra: la de la tercera plaza y, como siempre, la de la supervivencia.

Gradas

Los corredores de apuestas, pese a que estas estaban formalmente prohibidas, como siempre, ganaban enormes cantidades de dinero. Era como si nadie en Roma quisiera dejar pasar aquella carrera tan especial con dos césares en liza. Todos anhelaban apostar el dinero que tenían, y algunos también el dinero que no tenían, ya fuera en favor de uno u otro de los césares. Como en la pista, Antonino también iba por delante en las apuestas. Pero la carrera solo acababa de empezar.

Palco imperial

Severo miraba, enardecido, como todo el público congregado en el Circo Máximo, hacia la arena. Sus hijos cruzaban justo por delante del palco imperial en ese momento.

Julia, sin embargo, dividía su atención entre lo que pasaba en la carrera y la puerta que daba acceso al propio palco. Quinto Mecio no había retornado aún. ¿Dónde estaba el prefecto? Y, más preocupante aún para la emperatriz: ¿dónde estaba Galeno? Algo le decía que la presencia del médico en el circo podría ser muy necesaria en pocos instantes...

Circo Máximo, gradas dedicadas a los senadores próximas al palco imperial

El senador Helvio Pértinax, hijo del divino augusto fallecido hacía pocos años, asistía, como tantos otros *patres conscripti*, a aquella fastuosa exhibición de poder de la dinastía de Severo.

Ningún emperador antes había tenido a sus dos herederos compitiendo en el Circo Máximo. Helvio Pértinax lo observaba todo entre admirado e incrédulo. ¿Era aquella carrera una locura del emperador, una muestra de su poder absoluto o una forma de congraciarse con la plebe ofreciendo un espectáculo jamás visto antes? Lo que era evidente para él es que allí ya nadie se acordaba del Senado.

—La rivalidad entre ambos césares nos puede venir bien —dijo el senador Aurelio Pompeyano por detrás de Helvio Pértinax, hablándole cerca del oído de forma que este pudiera escucharlo pese al clamor de la plebe. Aurelio era el hijo del veterano Claudio Pompeyano, fallecido hacía unos años, pero que, en tiempos de Marco Aurelio, primero, luego en época de Cómodo y, por fin, durante el breve gobierno de Juliano, rechazara ser candidato a emperador hasta en tres ocasiones, una muestra de inteligencia y prudencia nada común en aquellos tiempos y que había hecho, junto con su austeridad y buen juicio general, que toda su familia fuera tenida como referente por la clase senatorial. Aurelio era ahora la cabeza visible de aquella estirpe. Solo que Aurelio, quizá por su juventud y pese a las numerosas advertencias de su padre antes de morir, no era proclive a permanecer impasible ante la continua pérdida de poder del Senado frente al emperador Severo y su dinastía. Y, muy importante, al contrario que su padre, Aurelio Pompeyano estaba dispuesto a actuar, decidido a devolver el Senado al centro del poder.

—¿Qué quieres decir con eso de que la rivalidad entre ambos césares nos puede venir bien? —preguntó Helvio Pértinax.

—Quiero decir que nos ha de gobernar un Severo, eso parece difícil de cambiar —continuó el joven senador y se explicó con más detalle—: El emperador acabó con todos los que se atrevieron a oponérsele: Juliano, Pescenio Nigro y Clodio Albino están muertos. Así que ha de gobernarnos un miembro de la familia Severa, pero estaría bien poder elegir cuál de ellos sucede al augusto Septimio Severo, ¿no crees?

Helvio Pértinax se giró lentamente hacia su interlocutor. ¿Le estaba proponiendo un crimen de alta traición? No sabía adónde quería llegar Aurelio, pero, indiscutiblemente, había captado su atención.

Palco imperial

Julia miraba a la entrada del palco. Quinto Mecio no aparecía. Fijó entonces sus ojos en la arena del circo: dos cuadrigas se acercaban peligrosamente al carro de Geta, que seguía, a su vez, la estela de Antonino.

—No temas —dijo Severo como si intuyera las preocupaciones de su esposa, o al menos, parte de ellas—. He dado orden al resto de los aurigas de que no se acerquen ni a Antonino ni a Geta. Les he prometido una jugosa recompensa al que llegue en tercera plaza. Ninguno se atreverá a poner en peligro a nuestros hijos.

—En una carrera en el Circo Máximo no se puede controlar todo —contrapuso Julia con irritación. ¿Cómo podía ser su esposo tan ingenuo?—. Una vez que echan a rodar las cuadrigas, cualquier cosa es posible. Y lo sabes.

Severo desechó con un gesto de desdén de su mano derecha las palabras de su esposa.

Arena, segunda vuelta

Antonino encara la recta principal de la segunda vuelta manteniendo su primera posición. Geta ha intentado adelantarlo en los dos giros, pero su hermano ha sabido cerrarlo con habilidad y decisión en cada curva, de modo que Geta sigue por detrás. Para Antonino, tal y como muestra su amplia sonrisa, todo marcha perfectamente. Va a humillar a Geta delante de toda Roma, delante de su padre y de su madre. No hay nada que pueda motivarlo más...

Por detrás de los dos césares, las cuadrigas compiten por la tercera posición y el sustancioso premio que les ha prometido el emperador.

Una cuadriga de los verdes se cruza con otra del equipo de los rojos al salir de la primera curva en la segunda vuelta. Pero este segundo carro va mucho más rápido que el que le cierra el paso y se niega a frenar sus caballos. El choque es inevitable. Las palabras, superfluas.

—¡Cuidado, imbécil! —es lo último que dice el auriga de los verdes antes de que su carro, sus caballos y la cuadriga y los animales del carro de los rojos salten por los aires en un amasijo de maderas y hierros confundidos que se destrozan al chocar contra la pared de piedra del centro de la pista.

—¡Aggh! —aúlla el auriga de los rojos en medio de la brutal colisión.

Las bestias relinchan mientras sus cuerpos revientan por el impacto.

El público brama con furia de puro placer.

El espectáculo es total.

Los césares siguen por delante.

El resto de los aurigas apenas tienen tiempo de separarse del muro central de la pista para evitar chocar todos con los dos carros accidentados.

La carrera continúa.

Es un día magnífico en Roma.

El sol resplandece en lo alto.

Palco imperial

—¡A eso me refería! —gritó Julia fuera de sí.

—¡Se matarán los otros entre sí, pero ninguno se atreverá a tocar a nuestros hijos! —respondió Severo con rotundidad, buscando en sus propias palabras una seguridad que empezaba a tambalearse en su fuero interno, algo que, no obstante, no estaba dispuesto a admitir. Tonterías. Se había dejado contagiar por los miedos infantiles de su esposa. Miedos de mujer.

Julia volvió a girarse. Quinto Mecio seguía sin aparecer.

Arena, tercera vuelta

Un nuevo giro.

La cuadriga de Antonino llega a la segunda recta, justo al lugar del accidente. Los *arenari* y otros esclavos están retirando todos los restos que pueden de los carros que han chocado en la vuelta anterior, así que el césar tira de las riendas para que sus caballos se alejen del muro central y rodeen los animales heridos y los trozos de las cuadrigas destrozadas que aún están en medio de la pista.

Geta piensa en seguir recto, pero aún hay muchos hombres retirando restos y varios caballos malheridos que hacen prácticamente imposible avanzar de frente, en paralelo al muro central, de forma que sigue la trazada que marca la cuadriga de su hermano mayor y se ve obligado a permanecer, una vuelta más, en segunda posición.

Palco senatorial

—Te escucho, Aurelio —dijo Helvio, girándose de nuevo para encarar la pista, sus ojos fijos en los dos césares y sus cuadrigas, pero su mente centrada en las palabras que Aurelio Pompeyano había pronunciado—. ¿Qué quieres decir con lo de elegir qué Severo nos gobierna?

Su interlocutor sonrió. La misión que le habían encomendado los más descontentos entre los *patres conscripti* del Senado era persuadir a Helvio Pértinax para que se les uniera en su causa y ahora tenía la oportunidad perfecta para convencerlo.

—Antonino, como su padre, nos odia, desprecia a todos los senadores —continuó explicando Aurelio—. Nos dejará de lado; solo se apoyará en el ejército, como hace ahora el emperador Severo; pero Geta se siente desplazado por su padre y por su hermano mayor, y es de otros gustos, más intelectual, refinado en ocasiones; el ejército lo respeta porque es también hijo de Severo, pero estoy seguro de que el joven césar Geta se avendría a gobernar teniendo al Senado más en consideración.

De pronto, Helvio planteó una pregunta inesperada.

—¿Y la augusta Julia?

—La emperatriz es una mujer —replicó Aurelio con rapidez y cierto desdén—. No cuenta.

Pero a Helvio no le satisfizo aquella respuesta.

—Yo no estoy tan seguro de que no cuente —dijo el hijo de Pértinax.

Aurelio decidió ignorar las dudas que Helvio planteaba con respecto al papel que pudiera tener la emperatriz en todo aquello e intentó reconducir la conversación hacia lo único que a él le parecía relevante:

—¿Entonces no te interesa saber más de nuestro plan, mío y de otros senadores amigos?

Arena, cuarta vuelta

Antonino continúa dominando la carrera. Su hermano lo sigue muy de cerca.

Por detrás de ambos, hay una dura pugna por la tercera plaza y, de nuevo en el giro más alejado de los *carceres*, una de las cuadrigas de los verdes intenta adelantar por el interior a una de los rojos. El auriga que iba a ser sobrepasado cierra bruscamente el camino a su contrincante y este se estrella contra el muro central y restos de su cuadriga rebotan en la mediana de piedra y mármol golpeando a su vez contra otra de las cuadrigas que viene por detrás, de forma que este carro también se estrella. Por segunda vez en la carrera, se genera una enorme maraña de hierros y maderas y sangre y animales malheridos. Los dos aurigas accidentados se arrastran por la arena, con varios huesos rotos, gateando, sobreponiéndose a un dolor supremo, intentando escapar del desastre total cuando otra cuadriga no puede evitar incrementar la tragedia, o el espectáculo, y atropella a uno de ellos. El otro conductor, entretanto, se derrumba agotado, exhausto, encomendándose a los dioses.

El césar Antonino sigue en primera posición, a punto de girar en los *carceres* para iniciar una nueva vuelta marcado muy de cerca por la cuadriga de Geta. Por detrás de ellos, la media docena de cuadrigas supervivientes compiten ferozmente por lo que aparentemente es darles caza. Cuatro carros están destrozados, todos en el mismo punto, donde se acumulan las ruinas de las cuadrigas accidentadas en medio de brillantes charcos de sangre humana y animal y decenas de esclavos que intentan retirar todos los despojos antes de que los césares lleguen otra vez a aquel fatídico punto del Circo Máximo.

El público enfervorizado, doscientas cincuenta mil almas en pie, vitorea al augusto Septimio Severo, que les proporciona un espectáculo como nunca antes han visto: doce cuadrigas, dos accidentes, muertos, sangre, emoción y dos césares en pos de una única victoria.

—*Imperator, imperator, imperator!*

Palco imperial

Septimio Severo se levantó para volver a saludar mientras la carrera continuaba. Pese a las dudas y el mal humor de su esposa, seguía convencido de que había tenido una gran idea al organizar aquella carrera: el público estaba con él, con la familia imperial en su conjunto, unidos a ellos. Antonino y Geta se estaban comportando como correspondía, conduciendo con destreza las cuadrigas, y los accidentes y la sangre venían siempre de parte del resto de los aurigas.

Julia, por su parte, siempre pendiente de la puerta de acceso al palco, vio, por fin, llegar a Quinto Mecio. El jefe del pretorio venía solo, pero se acercó a ella velozmente.

—El médico griego ha acudido directamente a la arena, augusta —se explicó el prefecto—. Según dice, por si sus servicios son necesarios. Le he hecho acompañar por una escolta de media docena de mis mejores pretorianos.

—Muy bien, Quinto —dijo Julia y, por primera vez desde el inicio de la carrera, se permitió un pequeño suspiro. Ella ya no podía hacer más.

Palco senatorial

—Yo no he dicho ni que vuestro plan me interese ni que no —dijo entonces Helvio marcando distancias—. Lo que ocurre es que no veo que ganemos tanto cambiando a un Severo por otro: ¿en qué mejoraríamos teniendo a Geta en vez de a Antonino como futuro emperador?

Aurelio Pompeyano volvió a sonreír de forma enigmática,

pero sus palabras desvelaron el sentido que ocultaba su misteriosa mueca:

—Lo que te he explicado es solo el primer paso de nuestro plan. Utilizamos la rivalidad entre ambos para apoyar a Geta y de ese modo, digamos, terminar con el césar Antonino, el menos proclive a gobernar teniendo en cuenta al Senado, pero eso sería solo, como digo, una primera fase. Lo esencial es que ahora, para poner en marcha esta primera parte del plan, necesitamos a alguien de prestigio que se aproxime al césar Geta para sondear si a este le parecería interesante contar con el apoyo efectivo del Senado para desplazar a su hermano del acceso al poder o, llegado el caso, si es necesario, para eliminarlo físicamente. Tú eres hijo del divino Pértinax, deificado por el Senado con la aquiescencia del propio Septimio Severo, que promovió la apoteosis de tu padre. Geta te escuchará, sobre todo si ve que lo que le dices puede acercarlo a ser emperador en solitario, sin su hermano. Todos sabemos que se odian mutuamente. Es solo cuestión de tiempo que se maten entre sí, pero lo importante es que no transformen su enfrentamiento en una nueva guerra civil que arrastre a las treinta y tres legiones de Roma a una lucha intestina que desgaste las fuerzas de todo el Imperio y nos deje indefensos ante los bárbaros del norte y de oriente. Eso sería el fin del Imperio, el fin de todos nosotros. No podemos desatender las fronteras. Ya soportamos las guerras de Severo contra Nigro y luego contra Albino. No podemos abandonar los puestos fronterizos por tercera vez en tan poco tiempo. Los germanos, los partos, pictos, meatas, roxolanos y otros bárbaros están agazapados a la espera de que algo así pase. Tú sabes bien de lo que hablo. No hace tanto, en tiempos de Marco Aurelio, los germanos llegaron hasta el *Mare Internum.* Solo esperan una muestra de nuestra debilidad, de nuestra división, para volver a repetir una incursión que podría acabar con todo el Imperio.

Helvio Pértinax no dijo nada, pero apretaba los labios y meditaba su decisión con tiento.

Antonino traza el primer giro de la quinta vuelta y encara el lugar de los accidentes. Una vez más opta por rodear todos los restos de los múltiples carros destrozados. Además, ahora, con el segundo siniestro, se han acumulado nuevos despojos materiales, humanos y animales y el paso por el interior, junto al muro central, es del todo impracticable, por no mencionar la multitud de esclavos y operarios del circo que siguen allí trabajando en un vano intento por despejar todo aquel espacio antes de que termine la carrera.

Pero Geta sigue segundo y no quiere quedar segundo.

Lo que es practicable o impracticable, lo que es posible o imposible depende siempre de nuestra voluntad y también de nuestros escrúpulos. Geta, en su larga pugna con su hermano, iniciada en la infancia y acrecentada en la adolescencia y la juventud, hace tiempo que tiene puesta su voluntad en desbancar a Antonino de su primer puesto en todo siempre. Y, en ese enconamiento eterno, Geta también ha ido dejando de lado escrúpulos y dudas, principios y compasiones. Nadie se ha percatado aún de ello. Todos piensan que el violento y el imprevisible es solo Antonino, pero Geta piensa que allí, ante más de doscientos cincuenta mil romanos, ante los senadores y ante sus propios padres, puede ser un buen lugar para mostrar al mundo entero de qué es capaz él cuando se lo propone. Además, siente siempre el cordel de lino del amuleto que le ha entregado el mago Samónico la noche anterior.

—Con esto, al final, el césar Geta vencerá —le había dicho el viejo Samónico entre las sombras del foro de Trajano, donde se habían encontrado en secreto la noche previa a la carrera.

Así pues, Geta no varía la ruta de su cuadriga. No la aleja ni un ápice de una trazada recta en paralelo con el muro central, aunque esa línea invisible lo conduzca a intentar pasar por en medio de los cuatro carros accidentados.

El público grita.

Los operarios, los *arenari* y los esclavos miran hacia el segundo césar, que enfila directo hacia ellos. Algunos tienen la intuición correcta de que lo imposible va a ocurrir y pueden ponerse a salvo echando a correr, pero otros, entre confundidos o distraídos, no tienen aquella premura en reaccionar y solo pueden aullar de dolor cuando el carro de Geta pasa por encima de ellos troceando sus brazos y piernas sin piedad alguna. Sin misericordia ni remordimiento.

Geta se agarra con ambas manos al carro para evitar salir despedido cuando las ruedas trituran a todos aquellos que se han interpuesto en su camino hacia la gloria. A punto está de caer, pero consigue avanzar por encima de aquellos esclavos y operarios incautos a los que deja muertos o malheridos tras su paso brutal. Pero lo logra: consigue también pasar por encima de los restos de maderas y hierros de las cuadrigas partidas en mil pedazos.

Fue una locura.

Pero salió bien.

Al no dar el rodeo que había trazado su hermano, Geta emerge al final de todo aquel segmento de la pista tomando la primera posición de la carrera.

La plebe se levanta en las gradas.

—*Caesar, caesar, caesar!* —aúllan todos a una.

Palco senatorial

—Lo que dices puede tener sentido —aceptó, al fin, Helvio Pértinax casi gritando para hacerse oír por encima del clamor de un público en éxtasis—, pero no veo qué puedo yo ganar en todo eso, más allá de arriesgar mi vida, pues... si Geta nos traiciona y desvela vuestro plan a su padre, no duraremos vivos ni un día.

Aurelio Pompeyano no se sorprendió por aquella prevención que Helvio planteaba. De hecho, la esperaba y tenía la respuesta perfecta.

—He dicho que conseguir que Geta sea el sucesor de Severo en lugar de su hermano Antonino es la primera fase del plan; la segunda parte es: ¿por qué conformarnos con eliminar a uno de los dos césares? ¿Por qué someternos a tener a uno de los malditos Severos en el poder cuando no han hecho sino reducir nuestra influencia y ejecutar a muchos de nuestros colegas? Todo el Senado anhela que uno de los nuestros tome el poder, el control efectivo del Imperio. Eliminando a Antonino, apoyándonos en Geta, cuando Severo fallezca, que será en no mucho tiempo, pues cada vez está más débil y tiene peores ataques de gota, quedará solo Geta, y Geta puede terminar con su vida en un accidente. Acabas de ver cómo le gusta arriesgar. Una vez que hayamos suprimido a Antonino, con la ayuda de su propio hermano, Roma estará a solo un accidente más de ser libre de los Severos y nosotros, el Senado, tomaremos, una vez más, el poder. Nombraremos entonces un nuevo líder, un nuevo *imperator*. Y no será de la dinastía Severa, pues no hay más herederos. Fin de su historia para siempre.

En la arena la carrera, con el espectacular adelantamiento de Geta, se aceleraba. En la grada senatorial, la conversación también se precipitaba.

—¿Y en quién habéis pensado como nuevo emperador, ya que habéis pensado tanto, una vez muerto Severo y eliminados sus dos hijos? —preguntó Helvio Pértinax con cierta dosis de ingenuidad.

Aurelio Pompeyano no respondió, sino que se limitó a mirarlo fijamente.

Las palabras no eran ya necesarias.

—El ejército no me aceptará —contrapuso Helvio.

—Si hubiera otro Severo vivo puede que no, pero a cambio de una subida en el salario de los legionarios y un donativo a los pretorianos, yo creo que sí te aceptarán, unos y otros, las legiones y la guardia imperial, porque no surgirán otros candidatos. Ese fue nuestro error en el pasado: a la muerte de Cómodo, primero, y luego de tu padre, al que habíamos elegido como sucesor, estuvimos divididos y unos apoyaron al propio Severo, otros a Juliano, muchos a Nigro y otros tantos a Albino. Pero ahora todo el Senado está de acuerdo. Nos unimos bajo tu padre. Nos volveremos a unir bajo el gobierno de su hijo. Eso es lo único bueno que puedo reconocerle a Septimio Severo: ha logrado que todos los senadores pensemos como uno solo. Sinceramente, yo creo que el hijo del divino Pértinax tiene mucho que ganar con este plan. Sobre todo cuando lleguemos a su segunda fase.

Palco imperial

—¿Lo ves? —dijo Severo mirando a su esposa—. El público los adora. Ahora claman en su favor. Es una carrera magnífica.

Pero Julia negaba con la cabeza. Tan capaz su marido en la guerra y tan ciego primero con Plauciano y ahora con la disputa creciente entre sus hijos.

—Antonino no se conformará con ser segundo —explicó la emperatriz—. Le he enseñado a no hacerlo, a no conformarse nunca con ser segundo en nada —y bajó la voz y también la mirada; ya no necesitaba ver para saber lo que iba a pasar; sus palabras, en medio del fragor del Circo Máximo, apenas eran un susurro—. Lo adiestré para ser siempre primero. Tuve que hacerlo. Para acabar con Plauciano. Y su carácter, la violencia y la fuerza de Antonino no pueden reducirse ahora a nuestro antojo.

Cerró los ojos. Lo tenía claro: iba a haber sangre; sangre de sus hijos, de sus entrañas... Todo dependería de la gravedad de las heridas y de la destreza de Galeno.

Arena, sexta vuelta

Nada cambia en los dos giros siguientes. Las trazadas de Geta y Antonino evitan en ambos casos los restos de los carros accidentados al llegar al punto mortífero de aquella carrera.

Todo va a decidirse en la vuelta final.

Palco senatorial

Helvio Pértinax dejó de mirar hacia la arena. Tenía cosas más importantes en las que pensar.

Aurelio Pompeyano, con una sonrisa dibujada en la comisura de los labios, respetó aquellos instantes en los que su colega meditaba. Aceptar involucrarse en una conjura para arrebatar el poder no ya a un emperador, sino a toda una dinastía, requería de cierta reflexión. Pero estaba seguro de que, si Pértinax aceptaba, luego iría con ellos hasta el final, hasta las últimas consecuencias.

Arena, séptima y última vuelta

De nuevo en el punto crítico, en el giro mortal de ciento ochenta grados, pero ahora en la última vuelta. Los carros destrozados aún siguen allí; los esclavos supervivientes a la brutal maniobra de Geta se han concentrado ahora en retirar a sus compañeros heridos o muertos por el más joven de los césares, de forma que no ha habido tiempo para despejar más la arena. Así, en cuanto ven que los dos hijos de Severo realizan el giro anterior y que Geta reaparece en aquella recta de muerte con su cuadriga en primera posición, todos retornan a las pequeñas puertas que se abren en el muro central y la pared lateral norte para desaparecer y dejar el camino expedito: sea cual sea la ruta que decidan tomar los hijos del emperador, todos salen corriendo de la arena.

Geta, en esta ocasión, cómodo en el primer puesto, opta por no arriesgarse otra vez y decide rodear las cuadrigas accidentadas y los animales heridos y hasta un cadáver humano que aún no han tenido tiempo de retirar los *arenari*.

—¡Vamos, vamos! ¡Por Hércules! —aúlla Geta, y hace que el látigo estalle en el aire para que sus caballos no se relajen ni un instante. Una cosa es no aventurarse de nuevo a pasar por encima de las cuadrigas accidentadas y otra es confiarse.

Antonino va por detrás.

Es el momento clave de la carrera. A lo largo de la sexta vuelta ha intentado sobrepasar a su hermano en los dos giros anteriores, pero nada ha conseguido sin forzar la situación y siempre evitando los restos de los carros accidentados. Geta ha sabido cerrarle muy bien el paso. Tiene que jugárselo todo como el propio Geta ha hecho. Antonino mantiene las riendas con una mano y con la otra extrae el cuchillo afilado que lleva, como todos los aurigas, ceñido a la cadera, y corta las riendas que rodean su cintura. No quiere permanecer atado al destino de su carro. Solo eso le daría una opción si todo sale mal. Geta no ha tomado esas precauciones y le ha salido bien, pero Antonino intuye que la misma locura no puede salir bien dos veces en una misma carrera. Aun así lo va a intentar, pero con la prevención de no estar atado al carro. Lo que no puede ser de ningún modo es terminar en segunda posición. Segundo, nunca. Segundo es igual a nada. La suerte está echada. O adelanta a su hermano ahora o la victoria será para Geta.

Antonino suda, aunque no lo sienta; sus manos están empapadas, pero aprieta las riendas con tal fuerza que no percibe la humedad.

—Segundo jamás —masculla entre dientes y dirige los caballos hacia los carros accidentados, en busca del mismo estrecho paso por el que su hermano ha conseguido atravesar antes los restos de los vehículos volcados y hechos pedazos.

—¡Por Júpiter, por El-Gabal! —vocifera Antonino como si con los gritos pudiera exorcizar el miedo que siente desde las entrañas hasta la punta de los dedos de sus manos fuertemente asidas a las riendas.

—¡Recto! —aúlla a los caballos.

Y los animales le hacen caso.

El público se pone, una vez más, en pie.

¿Conseguirá el césar augusto Antonino emular la hazaña de su hermano?

Palco imperial

Septimio Severo, emperador de Roma, también se levantó en su asiento, aunque no lo supiera.

Julia Domna miraba al suelo y contenía la respiración. Los gritos de la plebe ya le daban suficiente información sobre lo que ocurría en la arena.

Monte Olimpo

Minerva aguzó bien la vista para observar lo que sucedía en el gran hipódromo del mundo romano. Era un día claro, sin apenas nubes en todo el *Mare Internum,* y eso facilitó la visión.

Vesta también estiró el cuello para no perder detalle alguno.

Y, por detrás de una y otra, el resto de los dioses, agrupados en dos bandos enfrentados por el destino de la emperatriz Julia, asistían interesados y tensos al desenlace de aquella carrera.

Júpiter, en lo alto de su trono, cerró los ojos y suspiró.

Arena del Circo Máximo, Roma
Última vuelta

—¡Aaaaahh! —grita Antonino cuando la rueda derecha del carro pasa por encima del cuerpo moribundo de un caballo, luego por encima del cadáver del esclavo que no han podido retirar y, por fin, sobre otra rueda rota de una de las cuadrigas accidentadas.

Se ha asido con todas sus fuerzas en ese instante a la cuadriga, pero no es suficiente y sale despedido por el lado izquierdo del carro, volando, hasta estrellarse contra el suelo.

El joven césar augusto escucha un perfecto crujido al impactar su cuerpo con la arena. Resuena desde los talones hasta rebotar en el interior de su cabeza. Luego lo ve todo nebuloso. Solo imágenes intermitentes de su carro alejándose sin él, con los caballos desbocados. Antonino sonríe. Sus animales siguen cabalgando hacia la victoria. Han adelantado a su hermano y en el Circo Máximo todo el mundo lo sabe en Roma: gana aquel cuyo carro atraviese primero la línea de meta. Que el auriga siga sobre la cuadriga o no, es secundario. Si el auriga, cuando los caballos cruzan primero la línea de meta, está vivo o muerto, es algo que carece de importancia. Y lo único esencial para él es ser primero. Ganar. Derrotar, una vez más, a su maldito hermano.

Antonino, con una sonrisa perpetua en el rostro, emite unas palabras finales:

—¡Corred, malditos, corred!

Y ya no dice ni ve nada más.

Túneles del Circo Máximo

—¡Acelerad! —ordenó Galeno a los pretorianos que lo escoltaban por los pasadizos del Circo Máximo. El gigantesco bramido del público le advertía de que algo grave había ocurrido.

—¡Apartaos, apartaos! —gritaban los pretorianos al tiempo que se hacían sitio a empellones—. ¡Paso al médico del emperador!

Ellos también presentían el desastre.

Palco senatorial

—Creo que vuestro plan ha terminado antes de empezar —dijo Helvio Pértinax—. Si Antonino ha muerto, no tenemos ya nada que venderle a Geta, ¿no crees?

—Falta ver si está muerto —apostilló Aurelio Pompeyano con un tono seco.

Palco imperial

—¡Te dije que se matarían entre sí! —exclamó Julia.

Severo estaba confundido. Miraba a su esposa, luego miraba hacia la arena: en la recta norte el médico Galeno, que acababa de aparecer, asistía a su hijo mayor, mientras que en la recta justo enfrente del palco imperial, el carro del propio Antonino, sin él encima, pero con los caballos a toda velocidad, conseguía terminar la carrera en primera posición por delante de Geta, que, con el rostro desencajado, parecía no dar crédito a su derrota. La salud de su hermano no estaba ahora en su cabeza.

El emperador sabía que había ofrecido a la plebe un espectáculo fantástico que, sin embargo, ya no parecía importante.

Severo se volvió definitivamente hacia su esposa, pero Julia ya no estaba a su lado. La vio salir del palco rodeada por una docena de pretorianos.

El público no cesaba en los vítores al *imperator* de Roma,

pero Severo, sin saber si su primogénito había muerto o no, con Julia alejándose de él, se sintió perdido y, sin saber bien qué hacer, se limitó a saludar a aquel público entregado que no dejaba de aclamarlo como si, en efecto, fuera el emperador más grande de todos los tiempos.

—Por todos los dioses..., ¿qué he hecho? —dijo en voz baja mientras se sentaba y los vítores hacia su persona no hacían sino crecer y crecer...

En los carceres

—¡Exijo un *diversium*! —aullaba Geta enfurecido.

Aurigatores, esclavos y libertos del Circo Máximo se hacían a un lado para no interponerse en su camino, mientras el segundo de los césares insistía en solicitar su derecho a una revancha, un *diversium*. Si se lo concedían los jueces, se volvería a correr en la arena, pero intercambiando las cuadrigas y los caballos. De esa forma, en una segunda competición en la que Geta correría con los caballos de su hermano y viceversa, quedaría claro si Antonino había ganado por ser mejor auriga que él o si, por el contrario, si Geta vencía, se demostraría que los caballos de su hermano eran mejores. No era habitual que se permitiera una revancha de ese tipo, pero la carrera de aquella jornada nada tenía de habitual.

Geta se detuvo ante uno de los jueces y lo cogió de la túnica con ambas manos zarandeándolo mientras insistía en su ansia por correr de nuevo.

—¡Exijo un *diversium*!

El juez se defendió con un argumento de peso.

—Primero, césar, hemos de saber si el césar Antonino está vivo o muerto...

Geta soltó al juez de golpe y este se desplomó como un saco, pero, veloz, se recompuso, se alzó y se separó del segundo césar.

—¿Tan grave es? —preguntó Geta con una sonrisa que no se esforzó en ocultar.

—El médico está con él —dijo uno de los libertos—. No se sabe nada aún, césar.

Geta asintió.

No dijo más. La incertidumbre sobre el estado de salud de su hermano era esperanzadora. Quizá, al final, aquella maldita carrera habría valido para algo útil. El joven césar se llevó entonces la mano derecha al cuello y palpó de nuevo el cordel de lino que llevaba atado a este y del que colgaba el amuleto de marfil que le entregara Samónico, una pequeña caja cerrada en cuyo interior había un minúsculo papiro con un conjuro escrito. Geta había recurrido a aquel mago en busca de ayuda. El conjuro, según le había asegurado Samónico, lo protegería y ayudaría siempre. El joven césar no había estado seguro de que aquello fuera a funcionar, pero, a la luz de los acontecimientos, con su hermano herido, quizá gravemente, su confianza en el viejo mago empezaba a crecer. Su padre y su madre se fiaban más del viejo médico Galeno. Bien. Él había encontrado su propio Galeno.

Geta reintrodujo el cordel de lino con el amuleto en el interior del cuello de su túnica y echó a andar en dirección al palacio. Pronto habría noticias sobre Antonino. Quizá anunciando su muerte. Buenas noticias... Galeno y otros médicos desautorizaban a Samónico, pero Geta se sabía más inteligente que ellos. La sonrisa del joven césar abría el camino de su retorno al palacio. La derrota en la arena ya no tenía tanta importancia, al menos, por el momento.

Palacio imperial, una hora después

Galeno, una vez dado su informe, se inclinó ante el emperador y la emperatriz de Roma, dio media vuelta y los dejó a solas en el atrio principal del palacio.

—Ya lo has oído: Antonino se recuperará. Solo tiene una pierna rota —dijo Septimio en un intento por quitar importancia a lo ocurrido.

Pero Julia, sentada en el borde de su *triclinium*, apretaba los labios y miraba al suelo.

Septimio Severo conocía bien aquella mirada fría.

—Nueve meses en mi vientre —empezó ella, siempre con los ojos fijos en el mosaico de infinitas teselas minúsculas que se extendía por el suelo—; cada uno de ellos, nueve meses en mis entrañas —insistía—. Eso solo para empezar; luego hemos tenido incontables enfrentamientos con el Senado, dos guerras civiles, miles, no, decenas de miles de muertos, batallas, asedios, traiciones dentro y fuera del palacio; lo que hemos sufrido en cada momento, en cada día, cada uno de estos años para levantar una dinastía y tú lo pones todo en riesgo por una estúpida carrera de cuadrigas. —Levantó la mirada y clavó los ojos en los de su esposo—. Por El-Gabal y por todos los dioses de Roma: ya estás buscando otra forma de hacer populares a tus hijos o no respondo de mis actos.

Julia no levantó la voz ni un ápice. Normalmente no tenía por qué hacerlo.

Septimio Severo sintió que se quedaba sin saliva en la boca. Decían que Livia llegó a envenenar al divino Augusto y algo parecido comentaban sobre Plotina y su esposo Trajano en los últimos días de su matrimonio. ¿Sería capaz Julia de algo así... con él?

—¿Me estás amenazando? —preguntó Septimio.

Julia bajó la mirada, cerró los ojos y suspiró.

—No sé ya ni lo que digo ni lo que pienso, Septimio —dijo ella como quien retrocede en batalla cuando siente que ha equivocado la táctica—. Hoy no ha sido un buen día.

Severo se dio cuenta de que Julia estaba cediendo en su ansia y eso, en ella, era mucho. Pero también era consciente de que él la había empujado al límite. Y no era buena idea llevar a Julia al límite. En general, no es buena idea llevar a ninguna mujer a una situación extrema: Tolomeo lo hizo con su hermana Cleopatra y Escipión Emiliano lo hizo con Cornelia. Ninguno de los dos hombres salió bien parado del enfrentamiento.

Severo buscó dialogar con más serenidad, pero aún con algo de acritud hacia su esposa.

—Es toda esa violencia que ha surgido en Antonino. Lo has transformado, no es el que era. No quiere compartir nada con nadie. Y eso es culpa tuya. Has creado casi un monstruo. Y, al mismo tiempo, has alimentado los celos de Geta.

Julia se mantuvo tranquila. Compartía con su esposo la percepción de que a gritos no solucionarían nada.

—Tuve que hacerlo —respondió la emperatriz—. ¿Ya no recuerdas tu ceguera con respecto al traidor de Plauciano? Te garantizo que si mis brazos hubieran sido lo suficientemente fuertes para empuñar la espada que acabó con él, no habría empujado a Antonino a eliminarlo para evitar que ese miserable amigo tuyo de la infancia les arrebatara lo que por derecho han de heredar el propio Antonino y su hermano Geta. Lo que no esperaba... —y la emperatriz bajó el tono de voz, como quien confiesa un error que hubiera deseado no tener que haber cometido nunca—. Lo que no esperaba era que ese odio permaneciera tanto tiempo en el pecho de Antonino y que, además, su propio hermano Geta devolviera odio ante las ansias de poder total de Antonino. Ahora se desprecian mutuamente y no sé cómo podemos deshacernos de toda la rabia que les arde en el pecho. Pero hacerlos competir en el Circo Máximo no ayuda a apaciguarlos.

Severo cogió una copa de agua. Hubiera preferido vino, pero ahora lo esencial era recuperar la saliva en la boca. Le costaba tragar aunque solo fuera aire.

Dejó el vaso en la mesa de nuevo.

No se dijeron nada durante un rato.

La figura de Calidio se dibujó entre las sombras de las columnas, pero el emperador agitó su mano derecha en un brusco aspaviento y el *atriense* se retiró con rapidez.

—Britania —dijo, al fin, el emperador.

Ella lo miró confusa.

—Tengo noticias de un levantamiento general en Britania —se explicó el emperador—. Una campaña en aquella frontera podría venirnos bien a todos. Un enemigo común volverá a unir a nuestros hijos. Como las legiones que lucharon a favor de Nigro y mis legiones se unieron para combatir a los partos en el pasado. Aquello funcionó con el ejército y la misma estrategia funcionará con nuestros hijos.

Ella lo miró fijamente.

—Es posible —aceptó la emperatriz, aunque en el fondo de su corazón no tenía claro que la rivalidad entre ambos hijos fuera a desaparecer con sencillez; pero una campaña militar, sin duda, parecía una buena idea para calmar los enfrentamientos entre ellos—. Esos informes... ¿son seguros?

—Sí. Alfeno Seneción es el actual gobernador y es hombre de fiar: es de Numidia y lo nombré gobernador en el pasado en Celesiria, donde sirvió bien. ¿Recuerdas? Todo esto te lo comenté en su momento.

Julia asintió.

—Esperaba que pudiera reconducir él mismo los acontecimientos en Britania —continuó Septimio—, pero no le ha sido posible y no creo que sea por su causa. Después de que derrotáramos a Clodio Albino y sus legiones establecidas en Britania, estas retornaron a la isla, pero nunca se mostraron ya demasiado diligentes a la hora de mantener el orden en la provincia. Es parecido a lo que ocurrió en Oriente tras la guerra contra Nigro, pero allí fuimos después con las legiones del Danubio y restablecimos las fronteras y aseguramos la lealtad de las tropas de Oriente. Pero a Britania nunca hemos ido después de la guerra contra Albino y aquello es un desastre. Oclatino Advento, uno de los procuradores de la provincia, me ha confirmado en otra carta el levantamiento. Hay que ocuparse de este asunto. Había pensado en enviar a alguien de confianza, pero... ¿por qué no hacerlo personalmente? Primero el divino Julio César, luego el divino Claudio, más tarde Agrícola, en tiempos de Domiciano, y así siempre. Innumerables intentos por conquistar y someter por completo aquella maldita isla, pero siempre termina todo en una rebelión. Es como si esa tierra nunca quisiera formar parte del Imperio. Pero yo los doblegaré para siempre. Parece una campaña de mérito. Al menos, mucho más que quedarme aquí para combatir a ese maldito bandolero.

—¿Te refieres a Bula? —preguntó Julia, en referencia a un rebelde, expretoriano de la guardia de Cómodo, que, junto con otros exguardias imperiales expulsados del ejército por Severo cuando este llegó al poder, se había hecho fuerte en el centro de Italia y asolaba granjas, villas y pequeñas ciudades desde hacía años y al que aún no habían conseguido reducir.

—Sí, a esa rata me refiero —confirmó Septimio—. Luchar contra ese forajido de Bula es casi una guerra servil. No nos reportará reconocimiento alguno ni ante el Senado ni ante la plebe. Podría ordenar a Alexiano que regresara de Siria y dejarlo al mando de la II *Parthica* aquí en Roma para terminar con ese miserable y nosotros acudir al norte. Alexiano es leal y capaz. Resolverá la situación de una vez si le doy plenos poderes en el asunto. Nosotros marcharemos al norte.

Lo dijo sin solicitar al final su parecer, pero ella sabía que él esperaba algún comentario por su parte, en un sentido o en otro.

—Parece un buen plan —comentó ella y, por primera vez en aquel largo y lento día, le dedicó a su esposo una sonrisa.

Él se la devolvió.

—¿Comemos? —preguntó entonces el emperador.

—Sí —aceptó ella, más por complacerlo que porque sintiera apetito alguno. De hecho, tenía un nudo en el estómago por el miedo que había pasado con el accidente de Antonino. Y que el emperador mencionara a Alexiano, el esposo de su hermana, le hizo recordar que Maesa seguía enfrentada a ella, ignorando sus cartas, sin enviar respuesta alguna ni otra noticia que no fuera su silencio y su desprecio.

Julia suspiró mientras se alzaba para acompañar a su esposo hacia el comedor de palacio. Había eliminado a Plauciano, pero la familia se quebraba: Antonino y Geta enfrentados, su hermana sin hablarle... Britania parecía un destino atractivo en medio de aquella nueva zozobra. Un cambio de aires les vendría bien a todos.

XXVII

EXPEDITIO FELICISSIMA BRITANNICA

Roma, durante las siguientes semanas

Geta, enfurecido por su derrota, reclamó el *diversium* en varias ocasiones.

—Si Antonino es tan bueno, que intente vencerme llevando él mi carro y yo el suyo —clamaba Geta en tabernas, termas y por todo el palacio imperial.

Pero primero la pierna rota de su hermano y luego las brumas de Britania hicieron que su anhelo de repetir aquella carrera fuera cayendo en un olvido envuelto en nieblas densas y una permanente fina lluvia que parecía empaparlo todo, hasta los rencores, derramándose de forma constante, eterna, perenne. Pero antes de partir hacia el norte, el joven Geta se citó de nuevo con el mago Samónico otra oscura noche, en vísperas del viaje hacia Britania, entre las sombras de los majestuosos edificios del foro de Trajano, levantados por Apolodoro de Damasco en el pasado.

Geta recibió al mago con el amuleto que este le entregara en la palma de la mano.

—Tus servicios no me sirven —dijo el joven césar con rabia—. Me prometiste que, al final, vencería, pero la victoria fue para mi hermano y la posibilidad del *diversium* se pospone *sine die* por la campaña de Britania. Este conjuro no sirve para nada.

Samónico no cogió el amuleto. Miró a su alrededor. Solo se veían las siluetas de los pretorianos que escoltaban a Geta en medio de la oscuridad de la noche.

—Yo prometí al césar que con este amuleto, al final, vencería..., pero nunca dije que me refiriera a la carrera de cuadrigas —precisó de forma enigmática, pero como percibía la rabia del césar, decidió ser mucho más preciso—. Yo me refería a que con este amuleto, al final, el césar Geta vencería en la única carrera que realmente importa: la de conseguir el poder absoluto y en solitario. Yo, si fuera el césar Geta, me pondría de nuevo el amuleto al cuello y esperaría a ver cómo se desarrollan los acontecimientos en Britania —concluyó con una sonrisa.

Geta se miró la palma de la mano. Reexaminó el amuleto con atención y meditó unos instantes: un cordel de lino del que colgaba una cajita de marfil con un diminuto papiro en el que, quien lo desplegara, podría leer un conjuro ininteligible que decía:

ABRACADABRA

ABRACADABR

ABRACADAB

ABRACADA

ABRACAD

ABRACA

ABRAC

ABRA

ABR

AB

A

Geta reconsideró la situación. Ciertamente la única carrera que realmente importaba era la de alzarse con el poder absoluto en solitario deshaciéndose, en algún momento, de su hermano Antonino para siempre. El segundo de los césares decidió ponerse de nuevo el amuleto al cuello, pero, mientras lo hacía, se dirigió al viejo mago.

—De acuerdo. Vamos a pensar que lo que dices sea cierto, pero tú vendrás conmigo a Britania y conmigo velarás por que la fuerza de tu amuleto sea realmente efectiva. —Y sin esperar respuesta del mago, dedicó una mirada a los pretorianos, que rápidamente rodearon al viejo hechicero y lo empujaron para que siguiera los pasos del césar en dirección a palacio.

Samónico comprendió en aquel momento que había entrado en una partida mortal y que su vida misma estaba en medio de las apuestas. No le gustó, pero ya era tarde para salir del juego. Su ambición lo había traicionado. Ahora se trataba de ver si el conjuro, en efecto, era tan poderoso como él defendía. Guardó silencio mientras seguía a los pretorianos y oraba en silencio rogando a Vesta, diosa de Roma, que lo ayudara a salir vivo de aquel trance.

Luguvalium,[20] Muro de Adriano
Britania
209 d. C.

Septimio Severo miraba hacia el norte desde lo alto de la muralla adriana. Aquella era la primera frontera imperial en la isla. Más al norte estaba la muralla antonina, levantada por el emperador Antonino Pío, de quien el primogénito de Severo había tomado su nombre dinástico. Aquella segunda y más lejana muralla marcaba el límite hasta donde Roma había tenido el control efectivo del territorio antes de la rebelión. Ahora todo el terreno entre el Muro de Adriano y la muralla antonina estaba sin el control de Roma. Los diferentes pueblos caledonios, desde los otadinos y los meatas hasta los *selgovae*, se habían hecho fuertes en la zona y no solo desafiaban el poder de las legiones al norte del Muro de Adriano, sino que además amenazaban con atacar y adentrarse en el sur de la isla abriendo brechas también en la fortificación de piedra ordenada construir por Adriano.

Y, por supuesto, el más remoto norte, Caledonia,[21] era tierra hostil por completo.

Severo estaba en lo alto del muro de piedra que partía Britania en dos, acompañado por su hijo mayor, ambos mirando hacia el norte.

—Este levantamiento se va a acabar, muchacho, te lo garan-

20. Carlisle.
21. Escocia.

305

tizo —dijo el emperador poniendo la mano sobre el hombro de Antonino—. Regresemos ahora al campamento y organicemos bien la campaña.

Antonino siguió, obediente, a su padre, pero, en el fondo, continuaba inquieto. Pese a estar separado de su hermano menor y encontrarse en medio de una campaña, su ansia por tenerlo todo había crecido de tal forma durante los últimos años en su interior, sobre todo desde que interviniera en el asesinato de Plauciano a sangre fría, que nada de lo que tuviera le parecía suficiente: su padre lo había nombrado cónsul, como ya hizo una vez hacía unos años, en 958 *ab urbe condita*,[22] pero también, al igual que en aquella ocasión anterior, había hecho lo mismo con Geta. Y eso, que en otros tiempos le hubiera parecido aceptable, había encolerizado a Antonino sin medida. La lluvia de Britania empapaba los odios, pero no podía conseguir ahogarlos por completo. La rabia permanecía latente, como si palpitara bajo un manto de agua oscura como la que se veía en los lagos profundos que las legiones encontraban en sus incursiones hacia el norte. No, Antonino no veía con buenos ojos aquel consulado compartido. Su hermano era más joven que él. En su opinión, pues, no debía, por tanto, tener los mismos derechos ni la misma dignidad ni los mismos títulos; pero su padre y su madre se empeñaban en montar aquella farsa de que ambos eran iguales en rango, de que estaban al mismo nivel en todo, algo que cada día se le antojaba más y más insoportable. De hecho, antes de partir hacia la nueva campaña militar, su padre había concedido a Geta el título de augusto, de modo que ahora eran emperadores al mismo nivel los tres: su padre, él mismo y Geta. A Antonino aquello lo había llevado a iniciar acciones, aún pequeñas, pero con la idea de ser cada vez más contundente, para conseguir desbancar por completo a su hermano de la sucesión dinástica. Para empezar, Antonino había empezado a difundir un rumor falso: decía que había nacido dos años antes de la fecha real de su concepción, con el fin de parecer aún más mayor con respecto a Geta. Lógicamente sus padres no podían caer en una mentira tan burda, pero Antoni-

22. En el año 205 d. C.

no sabía lo que se hacía: se preocupó de que los oficiales más próximos a él diseminaran aquel bulo entre legionarios, libertos y otros funcionarios de Roma traídos a Britania, mientras durara la guerra, para gestionar el gigantesco Imperio desde aquella esquina del mundo. La idea de que él era mucho mayor que su hermano iba calando en el ejército con la misma cadencia con la que la lluvia de Britania lo empapaba todo. Antonino dibujó una sonrisa inquietante en el rostro que su padre no pudo ver, pues marchaba por delante de él.

Llegaron al *praetorium* de campaña.

Septimio Severo se situó junto a la mesa donde había abierto un gran mapa de la isla.

—Avanzaremos desde Luguvalium hacia el oeste, hasta alcanzar Blatobulgium.[23] Quiero asegurar primero bien esta zona antes de adentrarnos más hacia al norte, hacia el muro del divino Antonino.

Los oficiales asentían.

El hijo de Severo, sin embargo, se quedó muy quieto. En su cabeza, solo una idea: sonaba tan bien eso del «divino Antonino». Él llevaba el mismo nombre que el viejo emperador del pasado, mientras que su hermano Geta solo arrastraba el nombre de su tío. ¿Hacían falta más pruebas para entender que él y solo él tenía que ser el sucesor de su padre? Se congratuló, una vez más, de haber extendido el rumor sobre su fecha de nacimiento anticipada dos años, porque además, tal y como le había explicado un astrólogo, dos años antes de su fecha real de nacimiento, el cuatro de abril, día en que su madre lo trajo al mundo, era un lunes y eso lo unía directamente con el poder de la diosa Luna. Para el joven Antonino aquella alianza con la diosa de la noche tendría que dar frutos. Pronto. Se prometió a sí mismo que siempre que hubiera un templo de la Luna cerca, él iría a hacer los sacrificios oportunos: eso reafirmaría su conexión con la diosa al tiempo que daría cada vez más forma a su relato de que era mucho mayor que Geta. Los detalles eran importantes. Le gustaba sentir que lo estaba considerando todo. Nunca pensó que aquella mentira podría volverse

23. Birrens, en Dumfriesshire, Escocia.

contra él. En un futuro. Más allá de sus planes a corto plazo. En un momento donde ya se hubiera olvidado incluso de su hermano. Antonino ignoraba que nuestras mentiras nos persiguen toda la vida y, al final, siempre nos encuentran.

Eboracum,[24] 209 d. C.

Julia Domna estaba reclinada cómodamente en el interior de la gran *domus* del gobernador de Britania y que hacía, ahora, las veces de palacio de la familia imperial durante su estancia en la isla. En sus manos, un rollo titulado *De vita et moribus Iulii Agricolae*,[25] de Tácito. Era el relato de la vida del gran Agrícola, que, en el pasado, en tiempos de Domiciano, fue capaz de recuperar el control de Britania para Roma y de extender el poder imperial incluso por la indómita Caledonia, que ahora parecía, una vez más, resistirse a la dominación romana. Si no fuera por las minas de oro y la producción de cobre, plomo, hierro y otros metales, Roma habría abandonado toda la isla hacía años. Eso le había quedado claro a la emperatriz en sus conversaciones con su esposo sobre la necesidad de mantener el control en aquella región remota del mundo.

El texto de Agrícola era complejo: contenía no solo una descripción de todo el territorio y de sus gentes, sino que, además, divagaba, para muchos del *consilium principis*, en exceso, pero para Julia no, en asuntos relacionados con el despótico gobierno de Domiciano, su enfrentamiento con el Senado y la forma en la que alguien honesto debía conducirse en una circunstancia como esa. Para Tácito, Agrícola, que a la sazón era pariente suyo, pues Tácito se había casado con su hija, era el mejor ejemplo de cómo un hombre de honor evitaba el enfrentamiento suicida con el déspota y, en su lugar, buscaba concentrar sus esfuerzos en la noble tarea de defender las fronteras del Imperio, un acto que beneficiaba al déspota, pero también a todos los subyugados bajo su gobierno.

24. York.
25. *Sobre la vida y el carácter de Julio Agrícola.*

Julia dejó de leer y miró hacia el suelo.

Arrugó la frente.

¿Consideraría alguien como Tácito, si viviera, que Septimio Severo se conducía como un tirano, al igual que Domiciano? Difícil de saber. Su marido, ella, toda la familia estaba enfrentada con el Senado, pero solo desde que el Senado apoyó primero a Nigro y luego a Albino en contra de Septimio durante las guerras civiles. Antes no había habido esa rabia entre los *patres conscripti* y Severo. Pero tras el apoyo senatorial a los enemigos de Septimio era lógica la hostilidad mutua entre su esposo y toda la familia imperial, por un lado, y los *patres conscripti*, por otro. Domiciano, sin embargo, había heredado un Senado bien avenido con los Flavios, con los divinos Vespasiano y Tito, sus antecesores, y luego él solo había revertido aquella relación en una brutal lucha de poder viendo conjuras donde no existían.

—Mmm —musitó la emperatriz.

Dejó el papiro sobre el *triclinium* y se levantó. Caminó hasta una de las ventanas y miró hacia el exterior: llovía.

Se sentía algo sola. Estaba allí, en Eboracum, separada de su esposo, de su hijo mayor y hasta de su hermana. Pero las separaciones, en ocasiones, son buenas: Antonino, con su padre en el norte, tendría que reducir su rabia hacia Geta. Esa, al menos, era la esperanza que tenía. Y ella, separada de su hermana, pese a la soledad, sabía que ambas necesitaban aún más tiempo sin verse. Lo ocurrido con Sohemias era un asunto que su hermana no podía ni olvidar ni perdonar. Al menos, no tan... ¿rápido? Habían transcurrido ya seis años... ¿Cuánto más necesitaría Maesa para volver a dirigirle la palabra?

Julia inspiró profundamente.

Maesa se había quedado en Roma con Alexiano, quien tenía encomendado destruir de una vez por todas al forajido Bula. Sí, ese tiempo de separación entre hermanas seguía siendo necesario. Doloroso, pero preciso. Aunque la echaba tanto de menos...

—Al final comprenderá —masculló.

—¿Quién comprenderá, madre? —preguntó Geta, que apareció a su espalda y la sobresaltó.

Julia dio un respingo, pero recuperando el control sobre sí

misma, eludió dar una respuesta y, en su lugar, formuló otra pregunta:

—¿Te has encargado del asunto de los cristianos?

—Sí, madre —replicó Geta olvidando por completo que había hecho una pregunta que no había recibido respuesta—. Ese miserable líder que tenían..., ¿cómo se llamaba...?

—Albano —dijo Julia—. Ese es su nombre.

—Bueno, era —precisó él ahora—. Ya ha sido ejecutado. En Verulamium.[26] No entiendo cómo esa religión de débiles, el cristianismo, crece tanto como para llegar a estos confines del Imperio.

Geta había permanecido en Eboracum con su madre para hacerse cargo de la gestión administrativa del Imperio mientras Severo y Antonino tomaban las riendas de la campaña militar. De ese modo, sus padres los mantenían bajo su control y, al tiempo, separados.

—Hay muchos débiles —contestó Julia recuperando su cómoda posición reclinada en el *triclinium*.

—Por eso mismo pienso que no debiéramos darles tanta importancia —continuó Geta—. Son eso: débiles.

—Muchos débiles juntos terminan siendo fuertes y los cristianos no reconocen la autoridad del emperador —le explicó su madre—. No creo que el asunto de los cristianos sea algo menor, hijo.

Geta se encogió de hombros mientras se volvía hacia la ventana.

—Sigue lloviendo —dijo el césar augusto.

—Aquí siempre llueve —comentó su madre con su mente aún meditando sobre los cristianos. Tenía que pensar más sobre aquel asunto. Las guerras civiles, la falta de dinero, los problemas en las fronteras... no dejaban un momento de respiro para reflexionar sobre algo que estaba ocurriendo en el interior del Imperio, algo que estaba creciendo...

26. St Albans, en Hertfordshire, Inglaterra. Tomaría su nombre del líder cristiano ejecutado en la región en algún momento entre el reinado de Severo y el gobierno de Diocleciano. La fecha exacta es de difícil concreción.

—¿Cómo irán las cosas en el norte? —preguntó Geta cortando en seco los pensamientos de su madre.

Julia, de inmediato, hizo que su mente viajara hacia más allá del Muro de Adriano. Sí, aquella era una buena pregunta: ¿cómo marcharía todo para las legiones que lideraban Septimio y Antonino en aquel territorio hostil?

En ese instante entró Quinto Mecio. De los dos prefectos de la guardia él era el que se había quedado en Eboracum con el césar augusto Geta, mientras que el otro jefe de la guardia, Papiniano, había acompañado a los augustos Severo y Antonino al frente de guerra.

—¿Qué ocurre, Mecio? —preguntó Geta con cierta brusquedad.

—Ha llegado un mensaje del frente de guerra, augusto —se explicó el prefecto con tono humilde y entregando un papiro doblado y sellado a Geta.

—Gracias, *vir eminentissimus* —dijo entonces Julia mirando al prefecto, que estaba a punto de girarse para abandonar la estancia. Quinto Mecio se inclinó ante la emperatriz y, mientras doblaba su cuerpo, se permitió una rápida mirada hacia la augusta. Para su sorpresa descubrió que Julia Domna también lo miraba y no con la distancia o el menosprecio de su hijo, sino con una calidez que, en cualquier otra mujer, habría hecho sentir a Quinto Mecio que tendría alguna vez esperanzas de conseguir un acercamiento más íntimo a la portadora de aquellos ojos oscuros. Pero, como siempre que advertía aquellos sentimientos, Mecio, con rapidez, se los sacudió mentalmente de su cabeza. Estaba ante una mujer inalcanzable para él. Era un anhelo imposible. Una locura y, sin embargo...

Mecio abandonó la estancia.

Julia bajó la mirada y se quedó con sus ojos como si examinaran el mosaico de miles de teselas del suelo. Ella también tenía algunas ideas inapropiadas, peligrosas, con relación a Mecio. Era mujer. Siempre había sido muy activa. En los asuntos de Estado, en intrigar, en amar a su esposo en la cama..., pero Septimio, cada vez más enfermo, más débil físicamente, la buscaba con menos frecuencia. Y ella, sin embargo, seguía sintiendo..., deseando...

—Padre dice que se adentran hacia el norte, hacia el muro del divino... Antonino —dijo Geta costándole una enormidad unir las palabras «divino» y «Antonino»—. La guerra sigue.

Y Geta calló. Sonrió, pero solo hacia su interior. En las guerras había bajas. ¿No podría el dios Marte reclamar la vida de su hermano Antonino como un botín necesario con cuya sangre sembrar la victoria de Roma? Sería épico para la dinastía Severa y sería tan... práctico. Así ya solo habría un sucesor. Si hubiera tenido una copa, habría brindado por Marte en aquel preciso momento, pero su anhelo fue percibido muy lejos de allí, por encima de las brumas y las nubes de Britania, en el cielo donde habitaban los dioses.

XXVIII
—

PRIMERA CAMPAÑA

Llanura al norte del Muro de Adriano
De 209 a 210 d. C.

Por aquellos pantanos y colinas salvajes tuvo que adentrarse Severo, junto con su hijo Antonino y las legiones. El emperador padre apenas podía cabalgar por la persistencia de sus ataques de gota y era transportado casi todo el tiempo en una litera que portaban un nutrido grupo de pretorianos. Pero energía para dar órdenes no le faltaba y Antonino se mostraba como un joven sucesor dispuesto a que se obedeciera a su padre en todo lo referente a la campaña militar: ordenaron levantar puentes con barcazas para cruzar ríos y pantanos siempre que fuera posible y, cuando el terreno era demasiado impracticable para conseguir una construcción estable, se utilizaban las grandes barcas traídas desde el sur de la isla y pilotadas por gabarderos árabes, venidos desde las riberas del Tigris, para transportar tropas y víveres de un lado a otro del obstáculo acuático que tuviera que superarse. Siempre en dirección norte. Siempre sin descanso. Contra el viento y la lluvia y el frío. La determinación de Severo por arrinconar a las tribus que se habían rebelado contra Roma era inversamente proporcional al estado de su salud personal, que no dejaba de empeorar semana a semana. Era como si el emperador padre no quisiera abandonar su gobierno sin una última gran victoria, doblegando, de una vez por todas y para siempre, a todos aquellos pueblos del norte de Britania cuya hostilidad había mantenido fuera del control de Roma los territorios al norte del Muro de Antonino y en dudosa fidelidad el terreno entre este y el de Adriano.

Los meatas y caledonios no eran estúpidos. Eran conscientes de las limitaciones de su fuerza militar, escasa y poco preparada para una guerra en campo abierto con grandes batallas campales donde los romanos los habrían aniquilado con facilidad. En su lugar, utilizaron el engaño y la emboscada, la astucia y el ataque por sorpresa. Con frecuencia permitían que las patrullas romanas de ojeadores y aguadores se hicieran con decenas de cabezas de ganado ovino y vacuno en lo que a los romanos les parecía una gran victoria porque conseguían comida y lana en grandes cantidades. Esto, por supuesto, fue solo al principio. Los legionarios de avanzadilla se confiaron, pues pensaban que los meatas y caledonios huían a toda prisa del territorio ante su presencia, abandonando el ganado a su suerte. Pero, tras unas primeras capturas de ganado sin oposición enemiga, de pronto, una aciaga jornada, cuando las patrullas tuvieron que adentrarse más al norte, en un territorio aún más pantanoso y agreste, se vieron rodeados por guerreros meatas y caledonios que se abalanzaron por sorpresa sobre ellos hasta no dejar legionario alguno vivo, excepto los que quedaban atrapados en las aguas cenagosas, movedizas, cuya muerte, no obstante, lenta e inexorable, estaba garantizada, mucho más cruel que la que acababan de sufrir sus compañeros caídos en la gran emboscada enemiga. Los guerreros del norte no desperdiciaron ni una sola flecha en los infelices atrapados en aquellas funestas ciénagas.

Hubo muchas de estas emboscadas.

Severo dio orden de ser más precavidos y no ir en busca de más ganado, que, había quedado claro, no era sino un cebo para nuevas emboscadas.

Ante la imposibilidad de derrotar al enemigo en la guerra de guerrillas que los meatas y caledonios habían elegido como eficaz forma de defensa, Severo, siempre con esa sensación de urgencia, con esa idea de que el tiempo se le agotaba para irse del mundo de los vivos con una gran victoria, cambió de estrategia. No habría ninguna gran batalla campal porque los guerreros del norte la rehuían, pero el poder de Roma, de igual forma, terminaría por imponerse en todo el territorio: el emperador padre ordenó que se reforzaran los principales fuertes de abastecimiento de su ejército en el Muro de Adriano, esto es, en

Arbeia,[27] Coria[28] y el propio Luguvalium. A partir de ahí, fue reocupando fortines romanos, levantados cien años antes, en época de la invasión que liderara Agrícola durante el gobierno de Domiciano. Así, Severo hacía reconstruir los fortines y los aprovisionaba bien, con víveres y pertrechos militares y abundante número de soldados, y desde cada uno de esos fortines lanzaba ataques punitivos brutales de destrucción total. Los romanos no necesitaban nada del territorio colindante, pues se aprovisionaban desde el sur. Vivir, pues, en medio de un océano de destrucción masiva no les suponía un problema, pero esta estrategia brutal y genocida sí que llevó a meatas y caledonios a una situación límite: no solo era asesinado cualquiera de ellos que se aproximara a las decenas de fortines romanos que se repoblaban y reconstruían entre el Muro de Adriano y el de Antonino, sino que, además, debían ver cómo el ganado, los pocos árboles frutales o cualquier otra cosa que pudiera servirles de sustento eran sistemáticamente destruidos. Podían seguir siendo libres, pero en la nada absoluta.

En cuestión de meses, los líderes de la rebelión contra Roma empezaron a capitular. Todo el territorio entre ambos muros volvió a estar de forma efectiva y real bajo el control absoluto del Imperio. Pero, sobre todo, y lo más importante: tener subyugadas a las tribus del norte garantizaba el dominio y la gestión segura de las importantes minas de oro que los romanos habían abierto en el sur de Britania. Solo por eso, merecía la pena aquella guerra.

Como siempre, Severo no combatía solo por la gloria.

Como siempre, otro emperador de Roma que no luchaba solo por añadir un título honorífico más a su larga lista de dignidades.

Como siempre, la sangre corrió y en abundancia por el oro, por el dinero.

Pero a ningún *imperator* le amargan más honores y más gloria. Y era cierto que, en el caso particular de Severo, su mal estado de salud, su percepción de que su tiempo se acababa, le

27. South Shields.
28. Corbridge.

hizo remitir cartas al Senado informando a los *patres conscripti* de que él y sus dos hijos se arrogaban también el título de *britannicus*, tras haber sometido el territorio entre los muros de Adriano y Antonino. Como era de esperar, el Senado votó de forma unánime a favor de reconocer públicamente dichos títulos con respecto a Severo y sus dos hijos. El disenso hacía tiempo que no era una opción.

Solo una persona se atrevió a discutir la concesión del título de *britannicus* a los tres augustos.

—No creo, augusto padre —empezó Antonino una tarde en el *praetorium* de campaña—, no creo que mi hermano Geta sea merecedor de ese título. Nuestro caso es diferente. Hemos sido tú y yo, padre, los que hemos sometido a estos malditos meatas y caledonios. Geta solo ha permanecido cómodamente sentado, comiendo en el palacio de Eboracum, a centenares de millas al sur de la primera línea de combate.

—Pero ha mantenido eficazmente las líneas de abastecimiento abiertas para nuestras legiones —opuso con vehemencia Severo— y eso, vista la estrategia del enemigo, ha sido clave para que nuestras tropas pudieran mantenerse siempre bien alimentadas y pertrechadas. Lo merece como nosotros y no es algo que esté dispuesto a reconsiderar ni ahora ni en otro momento.

Antonino sabía cuándo un asunto estaba zanjado para su padre. Y ese era el caso en aquella ocasión. Se trataba de un tema cerrado para el augusto Severo, solo que, para él, para el augusto Antonino, aquel asunto permanecía abierto.

—Ahora déjame descansar... —añadió en voz más débil su padre.

Antonino se inclinó y abandonó el pabellón de campaña. Sabía que a su padre le quedaban pocos meses de vida. Sería el final de un gran emperador, pero también el principio de una gran oportunidad, de, por fin, *su* oportunidad, la que llevaba esperando toda su existencia. Y la espera se le estaba haciendo larga.

XXIX
—

EL MURO DE SEVERO

Eboracum, 210 d. C.

—Necesitamos más tropas —insistió Severo categórico por tercera vez en aquella reunión con sus dos hijos.

Antonino había comentado que, en su opinión, con las tres legiones de Britania más la guardia pretoriana y unos refuerzos puntuales como algunas *vexillationes* traídas de Oriente, era suficiente para acometer una segunda campaña, esta vez al norte del Muro de Antonino Pío. Por su parte, Geta opinaba que, fueran o no suficientes las tropas de las que disponían, adentrarse más al norte era del todo innecesario, pues más allá de la abundante pesca, nada había de interés para Roma en Caledonia, un territorio esencialmente agreste y hostil tanto por sus pobladores aguerridos como por la naturaleza misma, inmisericorde, gélida y siempre lluviosa.

—Dominamos ahora, de forma real, todo el terreno entre los dos muros, el de Adriano y el de Antonino Pío —continuaba Geta, quien no dudaba además en añadir la palabra *Pío* al nombre del muro más al norte, no fuera a confundirse con el nombre de su propio hermano—. Con ese control efectivo, tenemos un buen espacio de seguridad sobre el sur de Britania, donde están las minas de oro más importantes, que es lo esencial en esta región. Además, hemos reforzado el Muro de Adriano con tal intensidad y esfuerzo que tanto legionarios como britanos ya no lo llaman Muro de Adriano.

—¿Ah, no? —Severo se sorprendió—. ¿Y cómo lo llaman entonces? —inquirió con curiosidad.

—Ahora todos se refieren a esa fortificación de piedra como el Muro de Severo, augusto padre —especificó Geta con una sonrisa.

—El Muro de Severo... —repitió el veterano emperador y echó la cabeza para atrás al tiempo que se reía a carcajadas—. ¡Ja, ja, ja! ¡Por Júpiter! ¡Eso tiene gracia!

Antonino se unió a la risa de su padre, pero sin el mismo fervor ni la misma energía. Para él, aniquilar a los caledonios sí era importante. Compartía con su padre que no se debía dejar el más mínimo reducto rebelde en Britania para evitar cualquier posible rebelión futura.

Severo terminó de reír. Antonino también calló y, junto con su hermano Geta, miró a su padre, expectante.

—De todas formas, pese a lo que dices, hijo —continuó Severo dirigiéndose a Geta—, quiero controlar Caledonia también. Estoy harto de rebeliones. Primero fue Juliano en Roma, luego Nigro en Partia, al poco los adiabenos y los osroenos en la frontera oriental; sufrimos también ataques en el sur del *limes* de África y ahora tenemos esta rebelión britana que no deja de ser sino continuación del levantamiento que Clodio Albino lideró contra mí, contra todos nosotros, hace unos años. La única forma de evitar nuevas rebeliones es con campañas de castigo tan absolutas, tan violentas, que el miedo a alzarse contra Roma permanezca en la región durante varias generaciones. Así actuamos en Oriente y los partos se están, por fin, quietos. Por eso he dado órdenes de recibir nuevas unidades militares de diferentes puntos del Imperio y, en particular, he solicitado un nuevo regimiento de caballería al que esta maldita lluvia perenne no lo amilane ni lo incomode; un regimiento de caballería para quien la lluvia sea su espacio habitual para la guerra.

—¿Y qué jinetes son esos, padre? —preguntó Antonino.

Severo sonrió al tiempo que daba su respuesta:

—Astures.

Antonino asintió confirmando que la idea de su padre le parecía inteligente. La caballería astur era legendaria desde hacía muchos años: habían servido ya en Britania y luego en numerosos puntos de la frontera danubiana, siempre con éxito en sus operaciones, siempre sembrando el terror en las filas enemigas. Aquella adición al ejército desplazado a Britania parecía una muy astuta maniobra.

—Y, además, he pedido a Alexiano que venga también aquí, al norte, en persona, desde Roma —continuó Severo—. Ha conseguido acabar con el miserable rebelde Bula, el expretoriano que asolaba el centro de la península itálica. Traerá parte de la II legión *Parthica*.

Antonino volvió a hacer un gesto de aprobación. Él no consideraba que fueran necesarias tantas tropas, pero todo lo que se hiciera con la intención de atacar Caledonia le parecía bien. Geta, sin embargo, no hizo gesto alguno en ningún momento. Se limitó a suspirar. Él prefería regresar de una vez a Roma, pero veía claro que tanto su padre como su hermano estaban decididos a prolongar aquella guerra más allá de lo razonable y que nada que pudiera hacer él podría cambiar las cosas.

Geta, de pronto, arrugó la frente: ¿nada?

Eboracum, una villa a las afueras de la ciudad

Embozado en una capa de lana gruesa para protegerse de la lluvia constante, el joven entró en aquella residencia escoltado por una docena de pretorianos que se quedaron en la puerta de la *domus* al oír las órdenes de su líder.

—Esperadme aquí —dijo Geta.

Y es que el tercero de los emperadores no quería que nadie de la guardia viera con quién se entrevistaba.

El joven augusto entró en la casa, donde el esclavo *atriense* se inclinó de inmediato al reconocerlo. No era aquella la primera visita del tercero de los *imperatores*.

Geta caminó directo hasta encontrarse con el viejo mago Samónico reclinado en un *triclinium* del que, veloz, se levantó para humillarse ante aquel que financiaba sus gastos de comida, bebida y otros placeres mundanos mientras estaba en Britania como..., ¿cómo definirlo...? Consejero personal del tercero de los augustos.

—El amuleto que me diste quizá me proteja —empezó Geta, sin saludos ni preámbulos inútiles para sus deseos—; pero necesito algo más rápido. Ha llegado el momento de actuar.

Hubo un silencio intenso en el que el viejo mago se limitó a parpadear y pensar.

—Actuar..., ¿en qué sentido exactamente, augusto? —indagó Samónico.

—Mi padre —precisó Geta.

El silencio que siguió fue el más denso que nunca antes había sentido en toda su existencia el viejo mago.

—¿El augusto Septimio Severo? —preguntó Samónico.

—No tengo otro padre —respondió con cierta irritación el joven Geta.

Quinto Sereno Samónico cabeceó, al fin, muy despacio, afirmativamente, pero aun así, sentía que necesitaba más precisión aún.

—Actuar... sobre el augusto Severo... ¿De qué forma...? —pero no se atrevió a concluir la interrogante. No era algo que un simple mago, a quien gustaba considerarse médico, pudiera expresar en voz alta sin sentir el peso de la magnitud de lo que intuía que se iba a terminar sugiriendo en aquella conversación.

Pero el joven augusto Geta sí que se sentía con la fuerza y la predisposición necesarias para formular la frase completa:

—Hay que actuar sobre mi padre, el augusto Severo, de forma... definitiva.

Eboracum, palacio del gobernador
Residencia imperial de campaña
Un mes después

Julia sabía que el hecho de que Severo reclamara a Alexiano en Britania implicaba que este se desplazaría al norte con su esposa, Maesa.

Y así fue.

De pronto, casi de forma inesperada, aunque las dos habían pensado mucho en este momento, ambas hermanas estaban frente a frente.

Ninguna de las dos había previsto que Severo convocara a Alexiano para reforzar el ejército romano en Britania, pero, una vez más, una guerra volvía a reunir a las dos hermanas, a ubicarlas en el mismo emplazamiento físico. Otra cuestión muy diferente, que estaba por ver, era si quedaba algún rescoldo de la poderosa unión de hermanas del pasado, truncada brutalmente por la violencia de Antonino contra Sohemias.

Julia rompió el incómodo silencio con una invitación y un esbozo de media sonrisa que, pese a lo forzada que resultó, intentaba ser natural y mostraba que tenía buena voluntad para aquel reencuentro.

—Por favor, ¿no quieres sentarte? El viaje desde Roma ha debido de ser agotador.

—Es largo, sí —admitió Maesa y se acomodó en un *solium* grande que había en uno de los lados de la habitación.

—Me gustaría poder ofrecerte un deslumbrante atrio como lugar de bienvenida, pero aquí llueve siempre y hace frío. Dentro estamos mejor.

—Mejor, sí —corroboró Maesa.

Silencio.

—Septimio está encantado de que Alexiano esté ya aquí —continuó Julia— y se felicita de su victoria total sobre Bula.

—Ya sabes que Alexiano suele cumplir con lo que se le encomienda.

—Así es, en efecto —ratificó la emperatriz—. Siempre ha sido un gran apoyo para Septimio, para ti, para mí, para todos. Fue todo un acierto tu matrimonio con él.

Silencio.

El tema del matrimonio.

Las dos miraron hacia lugares distintos. Julia hacia la ventana, Maesa hacia el complejo mosaico del suelo repleto de figuras geométricas.

—La boda de Sohemias fue bien, ¿verdad? Y todo lo demás también, ¿cierto? —preguntó al fin Julia.

Maesa tardó en responder. Estaban llegando al punto más delicado, a aquello que las había separado siete años atrás... ¿Separado para siempre?

—La boda fue bien, sí. Sohemias se casó en Emesa con Sexto Vario Marcelo. Y este se ha comportado desde ese momento, ya hace tiempo, como un esposo afectuoso con ella y... —le costó decirlo— y como padre. Ha sido procurador de los acueductos y ha recibido cartas de tu esposo en las que el emperador le ha prometido contar con él en Britania, como recaudador de impuestos o gestionando parte del tesoro imperial, una vez que tenga consolidado el dominio de toda la isla. Es un buen hombre con un buen futuro. Sohemias es, en este sentido, afortunada.

Julia asintió.

—El niño nació, entonces..., bien.

—Sí —respondió Maesa.

De todo lo hablado, Julia había tenido noticias indirectas por unas fuentes u otras, pero oírlo de boca de su hermana era una forma de buscar restablecer la normalidad, de intentar resucitar el vínculo familiar que las unió en el pasado.

Volvieron a callar un rato largo. Se trataba del niño fruto de la violación y por el que la necesidad de aquel rápido matrimonio de la muchacha en Siria fue perentoria.

Maesa tiró de una cadena dorada de oro que colgaba de su cuello y extrajo un camafeo cerrado. Manipuló un enganche para separarlo de la cadena, lo abrió y le mostró a su hermana el interior, donde se podía ver un pequeño retrato de su hija Sohemias, su marido, Sexto Vario, y un pequeño de pocos años que estaba entre ambos. El parecido del niño con el augusto Antonino cuando este tenía su misma edad era evidente. Pero ni Julia ni Maesa hicieron mención alguna a esa cuestión de similitud física entre el joven augusto, primogénito de Severo, y el hijo de Sohemias. No obstante, la emperatriz, como hacía con todo, registró el dato en su memoria.

—¿Entonces Sexto lo acepta bien... todo?

—Perfectamente. La boda se celebró con rapidez y cree que el hijo es prematuro, o no lo cuestiona y, como la criatura es fuerte y está bien de salud, no se plantea nada más —explicó Maesa—. Además, como tú apuntaste en su momento, creo que está tan encantado de haber emparentado directamente con la familia imperial que prefiere no hacerse preguntas incómodas. Es... irónico.

Pero Maesa calló mientras cerraba el camafeo y lo volvía a enganchar a la cadena que portaba al cuello.

—¿Qué es irónico? —preguntó Julia.

—Nada. Bueno. Todo. El hecho de que la misma familia imperial que supuso el desastre para mi pequeña Sohemias suponga, también, el motivo por el que ha sido posible devolverle la dignidad que se le había arrebatado. Eso me parece irónico.

—La vida es siempre complicada —sentenció Julia.

Breve silencio. En otro momento, la Maesa de antes de la violación de su hija habría aceptado la aseveración de su hermana sin más. Pero la nueva Maesa ya no era tan proclive a la sumisión, a la ratificación constante de todo lo que pensara, dijera o hiciera su hermana.

—No —opuso Maesa—. Yo creo que las cosas son sencillas.

—Es posible, depende de cómo se mire cada asunto. —Julia no quería discutir.

Silencio.

Muy largo.

Muy intenso.

—Septimio... —inició Julia, pero calló un instante, hasta que se decidió, por fin, a abrir su corazón a su hermana, por completo, sin dejarse nada en secreto. Sentía a Maesa muy distante, pero las circunstancias no dejaban margen, no había tiempo. Tenía que abrirse a ella, reavivar el vínculo—. Septimio está enfermo. Esta vez parece más grave que en otras ocasiones. Por primera vez, pienso que podría no durar mucho. Y mis hijos se odian. Temo que todo esto pueda terminar en una guerra civil, una guerra entre ellos. Te necesito. Creo que puedo contenerlos, pero preciso de alguien leal a mi lado. De alguien que sea más que leal. De alguien que me quiera y que me entienda. Dime que no estoy sola, por favor. Dime que puedo volver a contar contigo... como cuando éramos jóvenes. Como antes de que mi hijo... hiciera lo que hizo con tu hija. Por El-Gabal, por Minerva, siempre tan inteligente y astuta. Ojalá pudiera cambiar el pasado. Ojalá supiera cómo, pero no puedo.

Nuevo silencio. Más largo. Más denso si cabe que el anterior.

—No estás sola —respondió, al fin, Maesa.

—Gracias —dijo Julia y dejó que, sin gemidos, sin aspavientos, sin suspiros siquiera, unas lágrimas resbalaran mudas por sus mejillas.

Un abrazo habría sido bien recibido por Julia, por ambas, pero aún era pronto para eso. Las heridas de desgarro entre hermanas sanan despacio.

XXX

LA CAÍDA DE UN TITÁN

Residencia de la familia imperial
Eboracum, 210 d. C.

—Repetiremos la fórmula en la que distribuimos las obligaciones el año pasado. —Severo hablaba muy animado. Había bebido mucho aquella noche. Sin duda alguna, bastante más de lo recomendado por su médico. Galeno le había insistido en numerosas ocasiones en la necesidad de moderarse con la comida y el vino, pero el emperador solo le hacía caso durante unos días. En cuanto desaparecían los síntomas más graves de sus ataques, se relajaba y retornaba a sus hábitos poco frugales.

—Y eso, ¿qué quiere decir exactamente? —indagó Julia con interés.

Los dos coemperadores más jóvenes también escuchaban atentos. La campaña de conquista de Caledonia, más allá ahora del Muro de Antonino Pío, estaba a punto de iniciarse y su padre parecía tenerlo todo muy decidido.

—Lo que quiero decir —continuó Severo— es que el año pasado nos funcionó muy bien que Antonino y yo nos encargáramos de la ofensiva militar en persona, mientras que Geta puede hacerse cargo, de nuevo, de la intendencia del ejército y de la administración de los asuntos del Imperio durante las semanas o meses que dure esta campaña.

Ambos hijos asintieron. Antonino con más determinación que su hermano menor. A Geta le incomodaba ser constantemente relegado a la retaguardia. Así era difícil que el ejército lo considerara al mismo nivel que su hermano mayor. Es verdad que gestionar todo lo relacionado con el Estado le había permitido a Geta desarrollar una más estrecha relación con el Senado, pero él, como su padre y como su hermano, estaba muy persuadido de que la clave para mantenerse en el poder, la clave para controlar Roma, era el ejército.

Julia miraba hacia abajo.

Maesa, que junto con Alexiano también estaba presente en aquella cena de la familia imperial, percibía que su hermana estaba dudando si decir algo o callar. Vio un resplandor en sus ojos. Julia, finalmente, se había decidido por hablar.

—¿No crees, Septimio... —empezó la emperatriz—, que quizá fuera mejor dejar la ofensiva en manos de Antonino y tú quedarte en Eboracum con Geta? Prolongar tu descanso te ayudaría a restablecerte por completo...

Pero Severo negó con la cabeza, se levantó del *triclinium* como si por el mero hecho de poder sostenerse de nuevo sobre sus piernas ya probara que era un hombre fuerte y la interrumpió.

—Estoy perfectamente, mujer —le espetó a su esposa con irritación—. Ya tengo que aguantar las diatribas de Galeno sobre lo que puedo o no puedo comer, sobre lo que puedo o no puedo beber, sobre lo que puedo o no puedo hacer, como para que tú te sumes a sus peroratas de miedos y peligros. Estoy... —Y quiso continuar, pero, de pronto, las palabras no brotaban de su boca y la visión se le nubló y, al instante, se sintió como si Morfeo lo rodeara con sus brazos y no supo más.

El emperador Septimio Severo se desplomó como un fardo que se arroja de un barco de carga y se estrella de golpe contra el suelo del muelle.

Julia se levantó *ipso facto*.

Se arrodilló junto a su esposo, que sangraba por la parte posterior de la cabeza donde se había golpeado al desmayarse, pero, pese a lo escandaloso de la herida, la emperatriz comprobó que respiraba.

—¡Llamad al médico, por El-Gabal! —exclamó Julia.

Alexiano se levantó, pero vio que Quinto Mecio, que como prefecto de la guardia asistía desde una esquina, junto con el resto de los pretorianos, a la *comissatio* de la familia imperial, hacía una seña con la mano indicando que ya se encargaba él del asunto.

Alexiano miró a Julia. Esta cabeceó afirmativamente y, al volverse a mirar a su cuñado, se cruzó con las miradas de sus hijos: ni Antonino ni Geta parecían estar preocupados, peor aún: no parecían ni siquiera sorprendidos por el desvanecimiento de su padre. Cierto era que Severo llevaba mucho tiempo enfermo y en un escalonado pero constante declive en cuanto a energía y fortaleza, pero tanta falta de sorpresa en la faz de Antonino y Geta era prueba o de excesiva ansia por llegar pronto al poder absoluto o..., Julia arrugó la frente..., ¿o aquella gélida calma de sus hijos era por haber contribuido con alguna acción al repentino empeoramiento de la salud del emperador padre?

Cámara de la emperatriz
Prima vigilia
Una hora más tarde

—¿Y bien? —preguntó la emperatriz sorprendida por la tardanza de Galeno en compartir con ella lo que hubiera averiguado con relación al nuevo mal que aquejaba al emperador—. ¿Se trata de una evolución normal de su dolencia o hay algo más, médico?

Galeno respiró hondo.

—Hay algo más, augusta.

Pero, dicho esto, el médico callaba y se tomaba un tiempo antes de dar más datos.

—No es propio de ti andarte con rodeos o tardanzas —comentó entonces la emperatriz, pero en tono conciliador. Estaba muy segura de que si Galeno se estaba tomando más tiempo del habitual en poner palabras a lo que había detectado era porque se trataba de una cuestión, sin duda, muy grave y el veterano sabio se andaba con tiento a la hora de expresarse.

—Lo siento, augusta. No, no es propia de mí esta forma torpe de explicarme, o estos silencios casi teatrales, pero... mucho me temo que... están envenenando... al emperador.

Fue ahora Julia la que calló durante unos instantes.

—Te lo has pensado mucho antes de decirlo —continuó, al

327

fin, la esposa de Severo—, pero lo has dicho, luego debes de estar muy seguro de lo que afirmas.

—Lo estoy. El aliento del emperador, su respiración entrecortada y otros síntomas, sutiles, pero que se pueden observar por alguien experto, nada tienen que ver con su larga enfermedad de gota, que tanto lo ha debilitado. Hay algo más. Hay veneno.

—Pero... —la emperatriz arrugaba la frente al tiempo que hablaba— yo era de la creencia, todos en la corte lo somos, de que la *theriaca* que le suministras hace inmune al emperador contra todo veneno. —Y, de pronto, como una saeta lanzada con saña, pues la situación había incomodado enormemente a la emperatriz, Julia añadió un comentario hiriente—: ¿Está acaso fallando tu ciencia?

Galeno no se dio por insultado. Primero, porque sabía que su ciencia no erraba y, segundo, porque era consciente de que la emperatriz estaba digiriendo algo muy complicado de aceptar: alguien del entorno de la familia imperial estaba envenenando a su esposo. Alta traición dentro del palacio. ¿Alta traición dentro de la propia familia?

—Mi ciencia no está fallando. Tuve que reducir la dosis de *theriaca* por lo débil que se encontraba el emperador con sus ataques de gota. La cantidad habitual solo es posible de ingerir por alguien que se encuentre más... en plenitud, más fuerte. Esta reducción de la dosis ha permitido alargar la vida del emperador, pese a la gota que lo acorrala cada día más, pero lo ha hecho vulnerable a algunos venenos. Aunque la mano detrás de este... ataque... es la de alguien experto en el tema, alguien que también sabe de venenos. Mucho.

Julia Domna se aclaró la garganta. Cogió una copa. Necesitaba beber. Había varios vasos de oro con líquidos diferentes dispuestos en la mesa de su cámara. Fue vino y no agua lo que encontró, pero casi la satisfizo más.

Dejó la copa completamente vacía tras dos tragos largos.

Se volvió de nuevo hacia el médico.

—¿Has hablado con alguien más sobre esto?

—No, augusta.

—Pues dejémoslo así, por El-Gabal y todos los dioses romanos. ¿Cuánto tiempo le quedaba a mi esposo, enfermo como estaba?

—Sin ese veneno, era cuestión de meses; con el veneno es cuestión de... semanas. Días, quizá. Y tiene que ser alguien muy próximo al emperador. Alguien que, al estar tan cerca, puede evitar la prevención del *praegustator*, del catador imperial. Alguien que puede verter veneno en el plato del augusto después incluso de que el plato haya sido probado por el *praegustator*. Alguien tan cercano como...

Pero Julia no quería que el viejo médico terminara su razonamiento. Ya sabía que solo ella misma o sus hijos podían sortear al *praegustator*. Solo ellos estaban tan cerca de la comida del emperador. La emperatriz condujo la conversación hacia otro ámbito.

—Y la muerte será, ¿más o menos dolorosa?

Galeno enarcó las cejas. No había considerado aquella cuestión. Su objetivo era siempre alargar la vida de cualquier paciente. En general, nadie quería adelantar su muerte, pero era cierto que, en algunos casos, prolongar la vida era alargar un sufrimiento que, quizá, tuviera más de inútil e ingrato que de otra cosa.

—Quizá, con el veneno, el emperador padezca menos dolor. Lo más probable es que el augusto se suma en un estado de somnolencia. El veneno utilizado es una combinación de sustancias, pero estoy muy persuadido de que contiene una dosis importante de opio, que es lo que lo aturde. No me extrañaría que el emperador terminase entrando en un largo duermevela con pequeños instantes de lucidez, pero en el que, sobre todo, dormirá hasta morir.

—Entonces quizá no sea la peor de las muertes —comentó la emperatriz en busca de confirmación por parte del médico.

—No, no lo es —admitió Galeno.

—Entonces no digamos nada y tampoco hagas nada.

El médico griego parpadeaba mientras se inclinaba despacio ante la emperatriz.

La lentitud en aquel movimiento de humillación despertó la inquietud de la augusta.

—¿Puedo confiar en tu discreción?

—Siempre, augusta. —Aquí Galeno se mostró mucho más tajante y eso sosegó el ánimo de la emperatriz, aunque el médico no pudo evitar verbalizar su incomodidad con la situación:

»Pero... la augusta... ¿no va a hacer nada? Hay alguien envenenando al emperador de Roma.

—He dicho que *tú* no hagas nada. Esto excede tus competencias, ¿no crees?

Galeno volvió a hacer una reverencia y guardó el silencio que su augusta interlocutora esperaba.

—Lo que no quiere decir que *yo* no vaya a llegar hasta el fondo de esta cuestión —sentenció la emperatriz—. De hecho, nada de lo ocurrido me sorprende. Aunque, por supuesto, me inquieta y me... duele. —La última palabra le costó pronunciarla—. En cualquier caso, llevo tiempo pensando en previsión de que algo como esto ocurriera... —añadió mirando al suelo—. Mejor déjame a solas.

Galeno se inclinó una última vez y salió de la cámara de la emperatriz. Marchaba meditabundo cuando, al cruzar el umbral de la puerta de salida, se dio casi de bruces con el fornido pecho del jefe del pretorio Quinto Mecio.

—¿Se repondrá el emperador padre? —inquirió el prefecto.

No parecía una pregunta que buscara indagar allí donde no le competiera, sino una cuestión que parecía mostrar el genuino interés de uno de los dos jefes de la guardia por una posible recuperación de su superior supremo.

Aun así, Galeno fue prudente en su respuesta. La emperatriz le había manifestado su interés en que él no diera información alguna sobre lo que estaba ocurriendo.

—No lo sé —dijo el médico griego.

Mecio aceptó aquella vaga respuesta como lo que era: una evasiva, seguramente impuesta por la emperatriz, de modo que no preguntó más y se limitó a hacerse a un lado para dejar paso al anciano médico de la familia imperial.

El prefecto siguió con la mirada la figura de Galeno mientras esta se confundía cada vez más con las sombras proyectadas por la trémula luz de las antorchas que iluminaban el pasillo. En cuanto desapareció de su vista, Mecio se giró hacia la puerta de la cámara de la emperatriz y golpeó la misma un par de veces.

Cámara de la emperatriz

Julia oyó cómo llamaban.

Por lo intempestivo de la hora solo podía ser uno de sus hijos, que buscara noticias sobre la salud de su padre, o, más probablemente, Quinto Mecio, a quien había convocado en medio de la noche.

—¡Adelante! —dijo la augusta.

El prefecto entró, se volvió, cerró la puerta y, girándose de nuevo, se situó frente a la emperatriz, pero a una prudente distancia de varios pasos.

—Siento convocarte a estas horas de la noche —inició la emperatriz—, pero necesito saber si has podido averiguar algo de aquello que te encomendé hace unos días.

Quinto Mecio carraspeó antes de empezar a hablar. La emperatriz le había solicitado, en la más estricta intimidad y atendiendo a una absoluta discreción, que vigilara a sus dos hijos durante su estancia en Eboracum para saber de sus idas y venidas, sus amistades y entretenimientos, sus pasiones conocidas y sus secretos ocultos.

Julia temía una acción radical por parte de alguno de sus dos hijos y quería prevenirse contra ella. El desmayo de Severo y el informe de Galeno le habían hecho ver con nitidez que llegaba tarde para evitar la crisis, pero quizá reunir la información necesaria la ayudara para saber, primero, de dónde provenía con exactitud el ataque y, en segundo lugar, cuál sería la mejor forma de atajar el problema. Pero lo primero era clave: ¿era Antonino o era Geta quien estaba detrás del envenenamiento de Septimio?

—He ordenado que algunos de mis hombres de máxima confianza siguieran a los dos jóvenes emperadores, augusta —inició Mecio, pero calló.

—¿Y bien? —insistió la emperatriz con cierta impaciencia—. Con mi esposo gravemente enfermo, *vir eminentissimus*, no estoy para dilaciones ni pausas dramáticas. Sea lo que sea que hayas averiguado, cuéntamelo, con precisión y premura.

El prefecto de la guardia cabeceó varias veces y, por fin, se explicó con detalle, sin más pausas ni dudas. La emperatriz quería saberlo todo y todo sería, pues, lo que contara.

—El augusto Antonino no lleva una vida, digamos, muy mesurada: cuando no hay cena en la residencia de sus padres, es él mismo quien convoca a amigos y algunos oficiales próximos a él, los que más tiempo llevan acompañándolo en el campo de batalla, y organiza suntuosos banquetes, con abundante comida, bebida, bailarinas y festejos de todo tipo. Lo hace fuera de la residencia imperial, en una *domus* que ha adquirido con su dinero en el norte de la ciudad. Las prostitutas acuden a docenas a estas fiestas y el joven augusto siempre termina solazándose con una o varias de estas mujeres. No tiene, no obstante, ninguna preferida. En cuanto al augusto Geta, este se muestra más comedido en sus actividades. Suele permanecer largo tiempo en la residencia de la familia imperial recibiendo a numerosas legaciones venidas de todo el Imperio con relación a diferentes peticiones que se le hacen a su padre, el emperador Severo. A mi entender, la totalidad de estas visitas termina en el *consilium principis*, donde la propia emperatriz tiene conocimiento de las mismas. En cuanto a mujeres, el augusto Geta suele entretenerse más con algunas esclavas de la residencia que con prostitutas de la ciudad. Solo hay una actividad algo peculiar, pero que no parece entrañar ninguna acción sospechosa: alguna noche va a visitar a un amigo suyo a quien ha financiado su desplazamiento desde Roma hasta Britania con el fin, imagino, de contar aquí con su amistad y su consejo en su vida diaria. Se trata de un viejo, de nombre Samónico. La mayoría lo considera un mago, aunque este hombre parece considerarse a sí mismo médico. Todos sabemos de la desconfianza del augusto Severo hacia los magos y los hechiceros, de forma que entiendo que este hombre no querrá nunca ser considerado uno de ellos por temor a represalias del emperador padre. Y, por eso mismo, por miedo a la reacción de su padre, el propio Geta no querrá hacer pública la presencia de este mago aquí, en Britania. Y esto es todo lo que he podido averiguar, augusta.

Julia suspiró.

—Suficiente —dijo, la mirada baja, los hombros hundidos. No necesitaba saber más. Entre el odio violento de Antonino y la envidia silenciosa de Geta, lo primero en lanzarse a la ofensiva había sido la envidia. Ella siempre pensó que sería Antonino el que actuara primero y, sin embargo...

—Me has servido bien, prefecto —dijo la emperatriz—. Ahora puedes retirarte.

Quinto Mecio podía leer en los gestos de alicaimiento de la emperatriz que, sin saber bien cómo, él le había transmitido información que la había entristecido. Por todos los dioses..., era tan hermosa... y, sin embargo, él no podía..., no debía hacer nada. La habría abrazado allí mismo, la habría intentado consolar, acariciar...

—Sí, augusta —dijo Mecio, y salió de la cámara imperial.

Residencia imperial, Eboracum
Día siguiente, hora duodécima

Julia esperaba, junto a su marido postrado en la cama, las conclusiones del nuevo examen que Galeno estaba realizando al enfermo.

—No ha mejorado —dijo el viejo médico saliendo de la habitación del augusto padre seguido muy de cerca por la emperatriz.

Ambos se detuvieron a unos pasos de los pretorianos que actuaban de centinelas y que vigilaban por la seguridad de Septimio Severo mientras permaneciera convaleciente de su dolencia.

—¿Samónico? —comentó la emperatriz como toda respuesta a la valoración de Galeno sobre el estado de salud de Severo.

Galeno arrugó la frente. No era por confusión; quizá por sorpresa y porque estaba pensando con rapidez. Julia interpretó correctamente aquel gesto.

—¿Puede ser ese hombre el experto en venenos que haya seleccionado el que se esté administrando al emperador? —inquirió la emperatriz—. Es consejero de uno de mis hijos. Dicen que es médico.

—Puede que asesore a uno de los jóvenes césares, augusta, pero médico no es. Yo ni siquiera lo consideraría un mago

—opuso con rotundidad Galeno—. Es un charlatán que sabe embaucar a las mentes más ingenuas con sus mentiras.

—Te acabo de decir que uno de mis hijos lo consulta con asiduidad —insistió la emperatriz.

Galeno comprendió que su comentario anterior acababa de ser ofensivo para el joven augusto que tuviera a Samónico como consejero y, por extensión, ofensivo para la emperatriz madre.

—Quinto Sereno Samónico es muy hábil con la palabra. Esa, sin duda, es su mayor destreza. Puede engañar tanto a simples como a inteligentes, a tontos como a astutos, a pobres como a muy poderosos. No es médico, pero le reconozco también el suficiente conocimiento sobre plantas como para elaborar el veneno que se le esté suministrando al emperador. Mi sugerencia sería sustituir a todos los esclavos de la residencia imperial, a todos los pretorianos, a todo el mundo ajeno a la familia imperial, de modo que pudiéramos asegurarnos de que nadie consiga administrar esa sustancia al augusto Severo con la comida o con la bebida que le receto. Pero la emperatriz ya se manifestó en contra de intervenir en lo que está ocurriendo.

—Me aseguraste que no hay dolor.

—No, no lo hay. Por lo que acabo de ver, he comprobado que, tal y como predije, el emperador padre ha entrado en una especie de duermevela. Si todo sigue igual, es cuestión de semanas.

—De acuerdo —respondió la emperatriz y calló mientras meditaba.

Galeno, algo confundido, permaneció en pie, en silencio, esperando instrucciones.

Julia sentía que estaban en una guerra, pero que dentro de esa guerra había una tregua de otra guerra aún más feroz que empezó tiempo atrás, entre los muros del palacio, que siguió en la arena del Circo Máximo y cuyo desenlace estaba aún por decidir. Una guerra cuya reanudación tendría que evitar a toda costa, como fuera. Pero una guerra muy difícil de detener. Lo único que le daba algo de sosiego era el retorno de su hermana, no ya solo al seno de la familia imperial, sino también a su confianza. Aún no estaba la unión restablecida, pero tenía esperanzas. Con Maesa, una vez más, a su lado, quizá consiguiera reunir la suficiente energía para controlar a sus hijos y evitar así que en medio de la furia y el odio lo echaran todo a perder: el esfuerzo de tantos años, de tantas guerras, de tanta sangre. Una nueva guerra civil, entre hermanos, sería el fin de todo. Si detener el envenenamiento de Severo, comprando tiempo adicional a la inevitable muerte de su esposo, fuera a ayudar en algo, lo haría. Pero retrasar la muerte de su marido a costa de alargar su sufrimiento no evitaría lo que tenía que pasar. Acrecentar el sufrimiento de alguien querido siempre era despreciable, pero hacerlo para nada útil era absurdo.

Julia miró a Galeno.

—Que todo siga igual —dijo la augusta y dio media vuelta para dirigirse a su habitación.

XXXI

SEGUNDA CAMPAÑA DE BRITANIA:
LA INVASIÓN DE CALEDONIA

Norte de Britania
211 d. C.

El augusto Antonino caminaba sobre una montaña de cadáveres. Se había encaramado a ella para otear el horizonte gris de Caledonia. Los pictos, los meatas y otras tribus corrían en desbandada hacia el norte. Las legiones, bajo su férreo mando, habían avanzado desde la muralla antonina durante semanas sin detenerse, arrasándolo todo a su paso: partiendo desde los fuertes del Muro de Antonino, subiendo en paralelo a la costa oriental y bordeando siempre los montes Grampianos hasta superarlos y seguir adentrándose en las agrestes mesetas de granito del más lejano norte. En el avance habían encontrado viejos fuertes que levantara en el pasado el ejército de Agrícola. Aquel descubrimiento, que confirmaba lo que las crónicas de Tácito habían dejado por escrito, esto es, que en tiempos de Domiciano el valiente *legatus* Agrícola había llegado a establecer campamentos por gran parte de Caledonia, enardeció aún más los ánimos de Antonino: no podía ser él menos que un legado del pasado, por muy valiente que aquel oficial pudiera haber sido. Él, Marco Aurelio Severo Antonino Augusto, completaría, por fin, la conquista de aquel territorio o, en su defecto, lo arrasaría con tal brutalidad y con tanto denuedo que no volvería a alzarse en armas nadie de aquella región contra los muros romanos del sur durante generaciones. La cuestión era asegurar las minas de plata y oro y hierro del sur de la isla y eso iba a quedar garantizado con aquella campaña final de destrucción del enemigo.

Antonino seguía escudriñando el horizonte. El joven *imperator* no tenía que protegerse los ojos del sol con mano alguna para vislumbrar los movimientos de huida de los caledonios. El sol estaba siempre escondido tras un denso manto de nubes grisáceas. Desde la montaña de muertos miró un instante hacia el sur.

Por pura intuición.

Justo en ese instante, un jinete pretoriano galopaba hacia su posición atravesando la formación de cohortes de las legiones desplazadas al norte. Algo importante había pasado en la corte imperial.

Su padre.

Estaba seguro de ello.

Antonino descendió del montículo y se dirigió a Papiniano, el otro jefe del pretorio que compartía la prefectura de la guardia imperial con Quinto Mecio.

—Que los astures hagan su trabajo —dijo el joven augusto a los tribunos militares—. Para eso los trajimos aquí. —Y, sin esperar respuesta, avanzó unos pasos para encarar al jinete pretoriano que acababa de alcanzar su posición.

El caballero desmontó y, raudo, entregó una misiva plegada y sellada al joven augusto y coemperador.

Antonino cortó la cera con un dedo, desdobló el papiro y leyó con rapidez. Su faz se mantuvo seria durante la lectura, el ceño muy arrugado, con profundos surcos que, cada día que pasaba, eran más y más marcados. De hecho, su cara jovial de antaño, sin apenas ceño, había evolucionado y cambiado por completo hasta tener, casi de forma permanente, aquellos hondos surcos de rencor y tensión, de ansia y rabia entremezcladas.

—¿Algún asunto relevante, augusto? —preguntó Papiniano.

Antonino se volvió hacia el prefecto de la guardia.

—Mi padre. Está muy enfermo.

El jefe de los pretorianos ponderó las implicaciones de aquellas palabras.

—Lo adecuado sería terminar con la campaña antes de regresar a Eboracum, augusto —se atrevió a sugerir, pero Antonino negó con la cabeza.

—Dejaremos a los astures y una legión en el norte terminando lo que hemos empezado, pero yo me desplazaré hacia el sur de inmediato. No pienso dar la oportunidad a mi hermano Geta de que se proclame *imperator* único, en solitario, en Eboracum, sin tenerme a mí en cuenta, en caso de que mi padre fallezca y yo aún no hubiera llegado a la corte imperial.

El prefecto intentó mediar en el perenne conflicto larvado entre los dos jóvenes hijos de Septimio Severo.

—No creo que el augusto Geta actúe de ese modo, augusto.

Antonino torció la cabeza y, mirando de lado al prefecto, replicó a aquel comentario con una pregunta que sonaba casi a amenaza:

—¿No crees...?

No dijo más. Antonino siempre había pensado que de los dos jefes del pretorio, Papiniano era el más proclive a favorecer a Geta. Por eso no le gustaba su compañía. Había accedido a llevarlo consigo al norte porque le parecía mejor tenerlo allí con él, bajo su atenta mirada, que en retaguardia, donde podría intrigar junto con su hermano para desbancarlo del poder. Era mucho mejor haber dejado en Eboracum a Quinto Mecio. Ese otro prefecto parecía no ya proclive a él mismo, pero sí más sujeto a los deseos de su madre, y Antonino tenía claro que la gran *mater castrorum* nunca actuaría ni permitiría que nadie actuara contra sus intereses. También sabía que su madre defendería la idea de que ambos, él y Geta, debían gobernar juntos. Ese esquema ahora lo protegía, aunque le desagradaba para el futuro, pero ya se ocuparía de ese tema, de resolverlo y de tratarlo con su propia madre cuando fuera preciso. De momento, su madre, con Mecio en Eboracum, le ofrecía cierta garantía de seguridad para sus intereses. En cualquier caso, por lo que pudiera ocurrir, aquella misiva en la que se anunciaba que su padre estaba a punto de morir lo impulsaba hacia el sur con urgencia.

El joven *imperator* echó a andar en busca de su caballo. A su espalda podía escuchar el estruendo de los miles de cascos de la caballería astur iniciando la carga final de castigo contra el enemigo derrotado tras la última batalla.

La caballería astur traída desde el Danubio era el arma final de exterminio: Antonino la empleaba de forma sistemática para masacrar a los caledonios tras cada batalla. Los astures ya no eran realmente astures, sino una mezcla de descendientes de los primeros integrantes de la unidad, originarios del norte de Hispania, con numerosos refuerzos roxolanos, sármatas y de otros pueblos que se habían integrado en aquella unidad militar de caballería durante los decenios de permanencia de la misma en el Danubio. Había que sustituir a los que morían en combate o, en algunos casos, se licenciaban tras decenios de años de servicio al Imperio. Y los reemplazos no eran traídos desde Hispania, sino adquiridos en la región donde el contingente de caballería estaba en cada momento. Pero el regimiento se benefició de que, en el Danubio, sármatas y roxolanos eran también grandes jinetes. Por otro lado, lo que permanecía constante en la unidad militar astur era su ferocidad en la persecución del enemigo con caballos asturcones que habían seguido criando durante todo aquel tiempo en los diferentes puntos donde habían estado destinados. Los asturcones eran caballos de poca altura, pero muy fornidos y potentes. La escasa alzada permitía que sus jinetes alcanzaran con sus armas con mayor facilidad a los enemigos, aunque, a su vez, también quedaban los jinetes más vulnerables a un posible contraataque. Pero en Caledonia, los astures intervenían casi siempre al final, en la cacería terminal de cada batalla.

El avance de los caballos asturcones era atronador sobre el suelo pétreo y gélido de Caledonia. Su paso solo dejaría miseria y horror y pánico en todo el territorio.

Roma estaba dejando claro su mensaje.

El augusto Antonino, por su parte, ya montado sobre su propio caballo, escoltado por más de un centenar de jinetes de la guardia pretoriana, cabalgaba hacia el sur, hacia Eboracum, hacia la corte imperial, hacia su futuro, hacia el gobierno absoluto del mundo.

XXXII

EL NACIMIENTO DE UNA DINASTÍA

Eboracum, unos días más tarde
4 de febrero de 211 d. C.

Una dinastía nunca empieza con el primer emperador de su estirpe. Eso es lo que queda escrito en los libros de historia, en los pesados volúmenes que reúnen la larga cadena de sucesos humanos. Pero cuando uno impera, por mucho que haga para imponer su dominio sobre todo y sobre todos, nunca puede saber qué ocurrirá tras su muerte. Por eso una dinastía únicamente se inicia por el primero de los emperadores de una familia de gobernantes absolutos en los manuales y crónicas. En la vida real, en la que se vive día a día, una dinastía solo comienza de veras cuando el primero del linaje imperial fallece y, de forma efectiva, se ve sucedido por un miembro de su familia. En el caso de la familia de Julia, ese día fue el 4 de febrero de 211. Casi dieciocho años después de que Severo se autoproclamara emperador en Carnuntum ante su esposa e hijos. En esa jornada, casi remota en la memoria de todos, estuvieron presentes Julia, Antonino y Geta. Del mismo modo, en el día de su muerte, los tres estaban junto al lecho de Severo.

—Está muy débil —dijo Galeno en voz baja a la emperatriz—. No sé si tan siquiera podrá decir algo coherente. Está confuso, aturdido.

—Aun así —respondió Julia—, déjanos a solas con él.

—Por supuesto —aceptó el viejo médico griego.

Galeno salió de la estancia.

La emperatriz miró a los pretorianos y estos comprendieron sin necesidad de que se les verbalizara orden alguna: todos abandonaron la habitación del emperador padre.

Severo, en su lecho de agonía, quedó a solas con su mujer y sus dos hijos.

—Parece que quiere decir algo —dijo Antonino, que observaba cómo su padre movía los labios.

Julia aproximó su rostro a la faz de su esposo agachándose.

—Con ellos... —musitó Severo.

La emperatriz se reincorporó con rapidez.

—Acercaos, los dos —dijo ella—. Vuestro padre quiere hablaros, a los dos.

Antonino, por un lado del lecho, y Geta, por el otro, se inclinaron sobre el cuerpo de su padre acercando ambos los oídos a la boca del emperador supremo. Les resultaba incómodo, no por la postura, sino porque hacía mucho tiempo, desde la infancia para ser más concretos, que no estaban tan cerca el uno del otro. Pero los dos querían oír el último consejo que su padre pudiera darles. Por curiosidad, pero, por encima de cualquier otra cosa, por miedo de que uno lo oyera y el otro no, quedando el segundo en la duda y la sospecha eterna sobre cuál podría haber sido el postrero mandato de su padre. Por esto, tanto Antonino como Geta se acercaron aún más a los labios resecos del viejo augusto mientras este mascullaba, lentas, pero nítidas, sus últimas palabras en el mundo de los vivos:

—*Llevaos bien..., enriqueced a los soldados..., despreciad al resto...*[29]

A Antonino aquel consejo le pareció aceptable: la parte de llevarse bien con Geta iba a ser difícil, pero podría intentarlo, al menos, durante un tiempo. Las otras dos instrucciones, enriquecer a los legionarios y despreciar a todos los demás, las veía perfectas.

Geta recibió aquella frase final de su padre de forma más dubitativa aún. No solo le resultaba incómodo el asunto de tener que intentar llevarse bien con un hermano al que odiaba, sino que las otras sugerencias de su moribundo padre también le parecían complicadas: para seguir enriqueciendo a las legiones harían falta más impuestos y eso generaría problemas y, por fin, lo de despreciar a todos los demás era cuestionable. Para él,

29. Literal de Dion Casio, Libro LXXVII, 5.

Roma era más compleja: estaba, por ejemplo, el Senado, que, aunque muy debilitado, pero siempre hostil hacia la familia imperial Severa, seguía siendo fuente de conflictos. Pero porque siempre se habían enfrentado a él. ¿Y si en lugar de encararse con el Senado, se lo buscara como aliado? Grandes emperadores del pasado, como Trajano, gobernaron de la mano del Senado, y Roma fue la más grande, la más poderosa en aquel tiempo y con aquella circunstancia. No, para Geta el consejo de su padre era demasiado simple para un mundo mucho más complicado. Lo único bueno para él de aquellas palabras era que parecía que su hermano Antonino, estaba seguro de ello, aceptaba mucho más aquella última frase de su padre y eso le daba a él, a Publio Septimio Geta, ventaja.

Julia no estaba tan cerca de Severo como sus hijos, pero el silencio que se había forjado por la expectativa de ambos era tan profundo que las palabras susurradas de su esposo llegaron claras también a sus oídos. Del mismo modo, Julia pudo percibir, nítido, ese suspiro largo de Severo exhalado al finalizar la frase. ¿Había muerto su marido ya?

—Salid —dijo la emperatriz—. Dejadme ahora a solas con vuestro padre.

Antonino y Geta se alejaron del lecho y abandonaron la estancia.

Ahora fue Julia la que suspiró hondo.

Miró a su alrededor. Se acercó entonces a una esquina donde había una *sella* pequeña y sin respaldo, la cogió con ambas manos y la situó junto a la cama. Se sentó en ella y cogió la mano derecha de Septimio. Aún estaba caliente.

Miró a los ojos cerrados de su marido.

De súbito, Severo los abrió y miró fijamente a su esposa.

Ella no se asustó. El calor de la mano le indicaba que aún había vida en el debilitado cuerpo de su marido.

—Lo he sido todo y... no ha servido para nada...

Julia parpadeó mientras pensaba. No quería decir nada que pudiera hacer daño a su esposo en aquel trance final. Pero, al mismo tiempo, sentía una curiosidad enorme por entender bien los pensamientos finales de alguien como Septimio, que, con alguna limitación, era cierto, pero siempre con bravura y valentía y energía, se había impuesto a todo y a todos para dejarles ahora a ellos, a ella y sus hijos, un imperio. Sí, cualquier cosa que Septimio tuviera que comentar en aquellos instantes le parecía muy relevante a la emperatriz de Roma.

—¿Qué quieres decir, Septimio? —preguntó ella inquieta—. Todo lo que has hecho ha valido... y mucho.

—Se van a matar entre sí... nuestros hijos... y todo se perderá —precisó él con esfuerzo.

Julia quería decirle algo que lo tranquilizara, que le hiciera ver a su esposo que nada de eso ocurriría, de modo que pudiera ir hacia el encuentro con el barquero Caronte con sosiego y paz, a la espera de su deificación y su vuelo divino hacia el cielo, hacia el mundo de los dioses.

—Eso no va a ocurrir, Septimio —opuso Julia—. Para ello tendrían que matarme primero a mí.

Él la miró con ternura y, de pronto, con miedo.

—Ten cuidado... —dijo, y dejó de respirar.

Y Julia no pudo saber si la mirada final de pánico de su esposo era por la llegada de la muerte o de temor por lo que pudiera pasarle a ella.

XXXIII

—

UN MENSAJE DEL SENADO

Senado de Roma
Finales de febrero de 211 d. C.

Los *patres conscripti* estaban reunidos, en silencio. Caras serias y miradas de preocupación por todo el edificio de la curia.

—Ya os dije que sí contaba —dijo Helvio Pértinax—. Muerto Severo, con sus dos hijos enfrentados, la emperatriz es clave para la estabilidad del Imperio.

—¿Y qué propones? —preguntó Aurelio Pompeyano.

Helvio, ante los asombrados ojos de todos sus colegas, explicó su propuesta con detalle.

Todos escucharon atentos.

—No lo veo necesario —se opuso Aurelio al final de la intervención de Helvio.

Pero el hijo de Pértinax no se lo tomó a mal. Los tontos no dicen tonterías por fastidiar. Solo porque no saben decir nada de mayor enjundia. Aurelio jugaba a competir por el poder sin darse cuenta de que, en cualquier momento, el emperador, en este caso, los coemperadores podían revolverse ya no el uno contra el otro, sino ambos contra todo el Senado, contra el propio Aurelio Pompeyano, y ordenar su ejecución y también la del resto de los miembros de la curia. Lo malo es que Aurelio no comprendía que no era solo su vida la que estaba en juego. Por eso Helvio Pértinax intentaba convencer al resto de los *patres conscripti* de que su línea de acción era la más prudente tras la muerte de Severo y, sobre todo, a la espera de ver de qué forma se desarrollaban los acontecimientos en el seno de la familia imperial, esto es, hasta saber quién de los dos coemperadores se imponía.

—Creedme, es necesario —insistió Helvio—. Y requiero que mi propuesta se vote.

Aurelio miró a su alrededor. Sus colegas parecían proclives a la idea de Helvio. Aurelio Pompeyano calló. La votación dio comienzo.

Centro de la Galia
Marzo de 211 d. C.

La comitiva imperial avanzaba por las llanuras de una Galia gélida. Pese a estar ya a finales de marzo, la primavera parecía aún lejana y no se veía ni flor alguna ni hojas en los árboles. Era como si todo el paisaje quisiera respetar el luto de la emperatriz de Roma y de sus dos hijos. Ella, en un duelo sincero; ellos, en uno más actuado que sentido, pues sus corazones seguían henchidos de ansia por el poder total.

Por otro lado, aunque aparentemente la larga columna de legionarios, oficiales y carros pudiera constituir una continua y aparentemente única serpiente de soldados, los ojos de alguien atento a las sutilezas podrían descubrir que la comitiva se dividía en tres segmentos: uno, al principio, en el que cabalgaba orgulloso y firme el augusto Antonino; un segundo bloque, mucho más corto, con la guardia imperial custodiando las cenizas del fallecido Septimio Severo y el carro de la emperatriz y, por fin, otra tercera parte de la larga columna militar encabezada por el también augusto Geta, quien, al igual que su hermano, mostraba más orgullo que dolor en su porte decidido a lomos de un caballo blanco, fuerte y poderoso.

Llegados al territorio controlado por Lugdunum, sobrevino la noche, pero aún faltaban horas para alcanzar la ciudad, de modo que se levantaron tiendas de campaña con la diligencia habitual de un ejército que regresaba de una activa campaña de varios años. Los legionarios, curtidos en las guerras e inclemencias climáticas de Britania, montaban el campamento y establecían los turnos de guardia casi sin recibir órdenes de los oficiales. De las duras campañas en las brumas del norte les había quedado la presteza en levantar tiendas y parapetos defensivos para disponerse a pasar la noche en cualquier lugar y circunstancia. Estaban en una provincia pacífica del Imperio, por lo que tampoco se precisaba de empalizadas completas. Eso, y que solo hubiera una tenue lluvia, facilitó las tareas.

Julia Domna se encontró pronto en su pabellón de viaje, reclinada en un *triclinium*, comiendo sola algo de queso y frutos secos. No esperaba a ninguno de sus dos hijos. La rivalidad entre ambos seguía siendo patente a los ojos de todos y la emperatriz había decidido que lo más útil, al menos por el momento, era no reunirlos más que en los eventos que fueran absolutamente necesarios: sacrificios religiosos públicos o reuniones del *consilium augusti*. Cenar juntos, aunque hubiera sido propio de una familia unida, no era algo preciso en aquel momento. Tampoco quería compartir ninguna *comissatio* con uno o con otro hijo, no fuera a ser que el que no fuese llamado a su presencia sintiera aún más celos del otro y pensara que ella favorecía más a uno de ellos que al otro. No, durante un tiempo, la separación de ambos hijos era la mejor forma de mantener la paz en la familia y, por extensión, en el Imperio.

Ya habría tiempo para restañar heridas.

En Roma.

Bostezó.

—Lucia, prepara mi lecho.

—Sí, mi señora —respondió la esclava.

En ese momento Quinto Mecio entró en la tienda.

—Mis disculpas, augusta —se excusó el jefe del pretorio—, pero ha llegado un enviado del Senado.

Julia se pasó las palmas de las manos por el rostro al tiempo que se sentaba en el *triclinium*. No se veía con demasiadas energías después de un largo día de marcha. Lo que le extrañaba era que Mecio la molestara con aquello. Lo normal era que el Senado se dirigiera a los coemperadores, no a ella. Pero Quinto Mecio no era hombre de importunar sin sentido. De hecho, Julia había pedido que, de los dos jefes del pretorio, Quinto Mecio se ocupara de su seguridad personal. Ella seguía considerando a Papiniano lento, un hombre más de leyes, bueno para el consejo imperial, pero Quinto Mecio, como ella, era hombre de acción. Lo demostró en el Circo Máximo cuando consiguió traer a la arena a Galeno con la presteza necesaria y lo había demostrado de nuevo en varias ocasiones durante las campañas en Britania. Y en numerosas oportunidades también en el pasado, precisamente allí, cerca de Lugdunum, en otro tiempo, en otra guerra... Pero, pese a todo, Julia seguía algo confundida por la aparición de Mecio y su comentario sobre un mensajero del Senado.

—Pues habría que convocar a los dos emperadores —dijo al fin la emperatriz— para recibirlo como procede, ¿no crees?

Quinto Mecio negó con la cabeza al tiempo que respondía.

—Eso pensé yo, augusta, pero el enviado del Senado quiere dirigirse a la emperatriz de Roma... a solas.

Julia parpadeó un par de veces. De pronto, todo el cansancio desapareció. La adrenalina la reactivó y se puso firme en el *triclinium*, sentada, pero con la espalda muy recta.

—¿Quién es el enviado? —preguntó la emperatriz.

—El senador Helvio Pértinax.

Julia asintió una vez.

Quinto Mecio esperó en silencio a que la emperatriz tomara su decisión.

—Hazlo pasar —dijo Julia.

—Sí, augusta.

El jefe del pretorio se dirigió a la puerta de la tienda.

La emperatriz, siempre inmóvil, como una estatua sedente, seguía pensando con velocidad: Septimio recién fallecido, los coemperadores enfrentados... Estaban en una situación de debilidad..., ¿qué pretendía el Senado? ¿Pactar o atacar?

—¡Quinto! —gritó Julia Domna.

El jefe del pretorio se detuvo en seco y se giró hacia la emperatriz.

—Sí, augusta... —dijo él, pero antes incluso de que hablara la emperatriz, él le leyó el pensamiento—. Me aseguraré de que no entre armado.

Julia, por primera vez, miró a Quinto Mecio de forma distinta. Él, no obstante, no se percató de ello, pues ya se había girado y se encaminaba, de nuevo, hacia la puerta.

Lucia se cruzó con él.

—El lecho para el descanso de la emperatriz está preparado, mi señora —dijo la esclava, humilde, mirando al suelo, tal y como Calidio le había dicho siempre que convenía hacer cuando empezaba a verse movimiento de personajes importantes en el entorno de la emperatriz.

—Ahora no —dijo Julia—. Sírveme agua, y dispón jarras de agua y vino en la mesa y prepara una *sella*, ahí, frente a mí.

—Sí, mi señora.

Lucia lo dispuso todo con rapidez.

En el exterior de la tienda, el senador Helvio Pértinax esperaba rodeado por varios pretorianos. En ese momento llegó Quinto Mecio.

—*Clarissimus vir* —empezó el jefe del pretorio—. He de pedir que el senador levante los brazos.

Helvio Pértinax miró con seriedad al prefecto, pero no dijo nada.

Los levantó. Despacio. Pero lo hizo.

El jefe del pretorio palpó con fuerza los costados, brazos y piernas del senador por encima de su toga senatorial.

Helvio se quedó con el dato de que el prefecto había decidido realizar esa tarea personalmente, sin encomendársela ni siquiera a uno de los otros oficiales de la guardia pretoriana allí presentes. Era evidente que la emperatriz ya había encontrado a alguien, a otro hombre, de su total confianza. Y en apenas unas semanas tras el fallecimiento del emperador Severo. También reparó Helvio en que la augusta de Roma no se fiaba de nadie. Lo cual, en las presentes circunstancias, era un signo de prudencia e inteligencia. Todo aquello le hizo reafirmarse en que la propuesta que traía era la adecuada y para la persona indicada.

—Adelante, *clarissimus vir* —dijo Quinto Mecio haciéndose a un lado.

El senador entró en la tienda de la emperatriz. Y, tras él, el jefe del pretorio, que se situó discretamente en una esquina.

—Antes que nada, augusta —dijo Helvio inclinándose ante Julia—, me permito transmitir en persona el dolor del Senado por la muerte del emperador. Todos estamos muy dolidos y tristes por la pérdida de un augusto que ha fortalecido y ampliado las fronteras del Imperio.

Julia cabeceó levemente en señal de que aceptaba aquella supuesta muestra de afecto y respeto, aunque sabía que pocos en el Senado lamentaban, de forma real, la muerte de su marido, un emperador que, si bien había defendido y ampliado el Imperio, también lo había gobernado sin contar con la colaboración ni con el consejo del Senado. Pero ahora, en un momento de transición, cuando sus hijos apenas se iniciaban como emperadores, tocaba ser diplomático. Ya había un enfrentamiento interno en la familia, entre los dos jóvenes augustos. No era momento de abrir un frente exterior y menos contra los eternos *patres conscripti* de Roma.

—Gracias, el Senado es muy sensible para con mi pérdida y muy acertado en sus consideraciones con respecto a la capacidad de mi esposo en todo lo relacionado con ampliar y defender las fronteras del Imperio. Eso es algo en lo que todos, más allá de nuestras diferencias, podemos coincidir.

Julia señaló entonces hacia la *sella*.

Helvio Pértinax se sentó.

La emperatriz miró a Quinto Mecio, pero como este no se movía, se vio obligada a hablar.

—Puedes dejarnos solos, *vir eminentissimus*.

El jefe del pretorio no las tenía todas consigo. Había palpado la toga del senador, pero, aun así, Helvio Pértinax era mucho más fuerte que la emperatriz. Podría estrangularla... Sería suicida, pues luego lo ejecutarían, pero estaba todo tan extraño con la muerte del emperador Severo que Quinto Mecio vivía en un mar de dudas y temores con respecto a la seguridad de la emperatriz.

—Helvio Pértinax es un hombre leal —insistió Julia—. Estaré bien.

Quinto Mecio se inclinó ante la augusta, se puso firme de nuevo, echó al senador una mirada de sospecha infinita y de amenaza en la que cualquiera podía leer: «Si le haces algo a la emperatriz, no saldrás vivo de aquí y tu muerte será lenta, brutal y dolorosa», y, finalmente, salió de la tienda.

El cansancio retornó en parte a Julia y decidió ir directamente al grano. No se veía con energías para una conversación demasiado larga.

—Y ahora, senador, ¿por qué no me dices lo que has venido a solicitar de mí?

Helvio Pértinax abrió bien los ojos. No esperaba ni tanta seguridad ni tanta agudeza por parte de... una mujer. Quizá él, como Aurelio Pompeyano, infravaloraba la capacidad de la emperatriz. Bueno, Pompeyano la ignoraba por completo, él simplemente no la había calibrado aún en su justa medida.

—La augusta Julia es muy perspicaz —dijo Pértinax—, pero no vengo a que la emperatriz me dé nada, sino a que la emperatriz acepte un doble nombramiento que el Senado desea hacerle en reconocimiento por los grandes esfuerzos que la augusta Julia ha hecho siempre en pos de un imperio unido y fuerte en torno a la figura de un emperador aceptado por todos.

Julia Domna no dijo nada.

Su mirada fija en su interlocutor.

Helvio Pértinax prosiguió hablando.

—El Senado desea que la emperatriz acepte entre sus diferentes y merecidas dignidades los nuevos títulos de *mater senatus* y *mater patriae*.

—¿A cambio de qué? —preguntó al instante Julia.

La rapidez en la reacción de la emperatriz sorprendió, de nuevo, al senador.

—A cambio de nada, augusta —empezó a decir Helvio Pértinax, pero en su tono estaba clara su propia confusión y que no decía exactamente toda la verdad, hasta el punto de que él mismo confesó—: Bueno..., lo único que le gustaría al Senado, lo que los *patres conscripti* agradecerían enormemente...

—Habla, senador. Te escucho.

Helvio Pértinax no comprendía cómo podía sentirse acorralado cuando venía a ofrecerle a una emperatriz unas dignidades que ninguna otra esposa de ningún otro emperador había disfrutado antes.

—El Senado agradecería que la augusta Julia mediara en la enemistad de sus dos hijos, de los dos augustos, y evitara que la evidente animadversión entre ambos derive en un conflicto de mayor envergadura. Eso es lo que quería decir —terminó Helvio y exhaló el poco aire que le quedaba en los pulmones, aliviado de haberlo dicho ya todo.

—Cuando el Senado piensa en un conflicto de mayor envergadura, quiere decir una guerra, ¿no es cierto? —inquirió Julia.

—Por ejemplo.

—Entiendo —afirmó la emperatriz y fijó sus ojos en las jarras que había traído Lucia—. No te he ofrecido ni agua ni vino; ¿desea algo el senador Helvio?

—Agua está bien —dijo.

—¡Lucia! —exclamó la emperatriz en voz alta. La esclava apareció de inmediato en la tienda—. Agua para el senador. Vino para mí.

Lucia sirvió a ambos y volvió a salir de la tienda sin decir nada.

—Acepto de buen grado los títulos que me ofrece el Senado y, sin duda, haré todo lo posible por evitar que la... —Julia buscó una palabra diferente a *enemistad*—; que la... rivalidad entre mis hijos no sea germen de conflictos mayores. El Senado puede saber que en este punto contará con toda mi ayuda hasta allí donde mi influencia pueda alcanzar.

—Esto son maravillosas noticias, augusta —dijo Helvio y bebió un pequeño sorbo de agua.

La emperatriz lo imitó con su copa de vino, que, al contrario que el senador, ella bebió hasta la última gota en un largo y lento trago.

El *clarissimus vir* se levantó e iba a despedirse cuando Julia, sin mirarlo, con sus ojos fijos en la copa de vino que dejaba en la mesa con cuidado, volvió a hablar.

—Una cosa más, senador.

—Sí, augusta.

—Yo evitaré que mis hijos generen un conflicto a gran escala en el Imperio, pero si el Senado se inmiscuye en la rivalidad que existe entre ellos..., entonces... —pero no acabó la frase.

—¿Entonces...? —repitió Helvio Pértinax genuinamente intrigado.

—Entonces, senador, ni sé cuáles serían las consecuencias ni me hago responsable de las mismas.

Cuando Helvio Pértinax abandonó la tienda de la emperatriz no estaba seguro de si acababa de ser amenazado, avisado o informado. Solo tenía una cosa clara: después de eliminar a Antonino y a Geta, no habría fin a los Severos si no se deshacían también de aquella mujer. Pero, por supuesto, al final de aquella entrevista con la emperatriz, su respuesta fue la que ella deseaba oír.

—No nos inmiscuiremos, augusta.

XXXIV

LA DIVISIÓN DEL MUNDO

Palacio imperial de Roma
Primavera de 211 d. C.

Se inmiscuyeron.

Los nombramientos de Antonino y Geta como emperadores fueron aprobados por los senadores de forma unánime. Hasta ahí, todo correcto. Pero se inmiscuyeron.

Si el Senado no hubiera alimentado las ansias de Geta de ponerse no ya al nivel de su hermano como coemperador, sino de ser él mismo único gobernante, Geta, por sí solo, y eso lo sabía muy bien su madre, no se habría atrevido a luchar por todo. A quererlo, sí, pero a lanzarse como un poseso a un enfrentamiento brutal contra su hermano, no. O, peor aún, Geta nunca habría considerado anhelar, aunque solo fuera un pedazo del todo, un trozo de Imperio en el que él fuera el único líder incuestionable.

Pero se inmiscuyeron. El Senado se entrometió.

Aurelio Pompeyano y otros senadores le hicieron llegar al augusto Geta de mil formas diferentes que la simpatía de los *patres conscripti* estaba con él y que estarían con él en cualquier circunstancia. Geta, por supuesto, se tomó esto de forma literal y empezó por afianzar su posición en el palacio imperial: era notoria la animadversión mutua entre los dos hermanos, así que Geta decidió dejar ya de fingir en público y exigió tener sus propias dependencias en la *Domus Flavia*, el gran palacio, sede de la familia Severa en la colina del Palatino, desde el que se regía el destino de Roma y todas sus provincias. De este modo, una serie de estancias, patios y jardines quedaron acotados para su uso personal, mientras que otra sección del palacio quedó asignada para Antonino. Se tapiaron todos los pasillos y puertas entre una sección y otra. Solo las estancias privadas de la augusta madre Julia tenían acceso a las dependencias de sus dos hijos, una concesión que todos interpretaban como el gran ascendente que la emperatriz aún conservaba sobre las ya muy desbocadas voluntades de sus hijos. El Aula Regia permaneció de uso común para las audiencias públicas que, o bien Antonino, o bien Geta, pudieran conceder. Lo que no tenía lugar ya eran audiencias conjuntas con la participación de los dos coemperadores.

Desde el Senado, viendo el cariz que iba tomando aquel enfrentamiento entre los dos augustos, se fingió que se intentaban promover sacrificios a la diosa Concordia, pero, o bien Antonino, o bien Geta, cuando no ambos, manifestaban trabas e impedimentos, ya fueran por asuntos públicos o privados, que les impedían asistir a los sacrificios propuestos.

Hasta aquí todo parecía un enfrentamiento brutal, pero que permanecía en el ámbito de la familia imperial. Un lugar peligroso para cualquier conflicto, pero que, mientras no saliera de las paredes del palacio, no tenía por qué afectar al Imperio. Pero, evidentemente, nadie pudo contener entre los muros de la gran *Domus* imperial aquella pugna por el poder. Ni siquiera un palacio tan amplio y con tantas estancias podía contener dos egos tan crecidos y tan enfrentados.

Pero los senadores no supieron calibrar bien lo que podría ocurrir ni tuvieron en cuenta la advertencia que Julia Domna les transmitió a través de Helvio Pértinax. Por eso, cuando el propio Helvio, su veterano colega Dion Casio, el joven Aurelio Pompeyano y otros recibieron una misiva del augusto Geta convocándolos a un *consilium augusti* conjunto, de forma excepcional y sorpresiva, de ambos coemperadores, los *patres conscripti* ingenuamente interpretaron que, quizá, los dos hermanos empezaban a llegar a acuerdos.

Aurelio Pompeyano estaba incómodo con aquella posibilidad, pues él se lo jugaba todo a que los coemperadores terminaran matándose entre ellos para luego eliminar mediante una conjura al superviviente, si es que alguno sobrevivía a la lucha mortal que él esperaba que tuviera lugar pronto.

Los senadores, a diferencia de Julia, nunca imaginaron que en lo único que Antonino y Geta podían ponerse de acuerdo era en algo que el Senado no podría aceptar jamás.

Cámara privada de la emperatriz de Roma

Julia, rodeada por Lucia y dos ornatrices más que cepillaban el pelo augusto antes de colocar todas las pinzas que sostendrían el complejo peinado imperial, sostenía en la mano derecha una moneda donde se podía ver la efigie de su difunto esposo con las palabras DIVO SEVERO PIO alrededor.

Julia suspiró.

La moneda conmemoraba el fabuloso funeral y la deificación de Septimio. La emperatriz dio la vuelta al denario de oro y se quedó entonces mirando la pequeña cuadriga con su marido en lo alto de una pira funeraria de cinco niveles. La palabra CONSECRATIO rodeaba la montaña funeraria y el carro tirado por cuatro caballos con el emperador en lo alto.

«Se matarán entre ellos», le había dicho su esposo antes de morir, para terminar con un solemne e intenso «ten cuidado».

Julia, lentamente, cerró la mano envolviendo con sus finos dedos la moneda con la efigie de su esposo en un lado y la cuadriga sobre la gran pira funeraria en el otro.

Aula Regia

Helvio, Dion Casio, Aurelio y media docena más de senadores entraron en la gran Aula Regia. Allí estaban los dos jefes del pretorio, Papiniano y Quinto Mecio; Alexiano, como *legatus* de la II *Parthica* que había retornado de Britania y seguía apostada en las afueras de Roma, y algunos otros funcionarios de relevancia. Todos expectantes. Se había dispuesto una gran mesa en el centro de la sala sobre la que se había desplegado un mapa del Imperio romano. Nadie decía nada. Nadie se atrevía a formular en voz alta las interrogantes que todos manejaban en sus cabezas: ¿iban a debatir sobre las fronteras del Imperio, sobre los pueblos bárbaros que, como siempre, acechaban al norte del Rin y del Danubio, o se preparaba una nueva campaña contra los partos? Todo podía ser. Una guerra no era algo que nadie deseara, pero en el ánimo de todos los presentes, como en su momento lo estuvo en el del fallecido Septimio Severo, estaba arraigando con fuerza la idea de que una guerra contra un enemigo exterior sería lo único que podría unir a los dos coemperadores y diluir, de esa forma, su enfrentamiento.

Aurelio Pompeyano, por supuesto, no deseaba tal cosa, pero guardaba silencio como el resto. Él quería que el enfrentamiento entre los coemperadores se desatara ya en toda su virulencia, allí, en el palacio. Sus propias ansias de poder lo cegaban. Él quería a un Helvio Pértinax como emperador en lugar de los hijos de Julia y se veía a sí mismo como nuevo jefe del pretorio. Y no tenía que ser aquel su límite.

Unos confusos. Otros directamente cegados por la vanidad. Ni Aurelio Pompeyano ni el resto de los presentes podían ni tan siquiera concebir lo que los dos augustos habían pergeñado, aquello en lo único que habían sido capaces de ponerse, por una vez, de acuerdo.

Antonino entró el primero, seguido de cerca por una docena de pretorianos de su confianza. No se dirigió al trono imperial, lo que habría supuesto un mal principio para la reunión, pues habiendo aún solo un trono, ¿dónde se habría tenido que poner Geta cuando llegara? Una vez más, aquella señal de aparente concordia o, al menos, tregua, satisfizo a algunos senadores. Quizá, después de todas sus preocupaciones, a lo mejor no era preciso poner en marcha los planes de Aurelio Pompeyano para terminar primero con Antonino y, luego, también con Geta. ¿Serían, para sorpresa de todos, Antonino y Geta la reencarnación de los divinos Marco Aurelio y Lucio Vero, que gobernaron Roma como coemperadores durante varios años en paz y concordia, de modo que tuvieran los *patres conscripti* que detener por completo la conjura de Pompeyano?

Llegó entonces el segundo coemperador.

Todos dejaron de pensar, de cavilar, de calcular. Ahora lo importante era averiguar, por fin, qué querían comunicar los coemperadores en aquella inesperada audiencia conjunta.

Antonino estaba a un lado de la mesa, en silencio, contemplando el mapa. No había saludado a nadie y nadie se había atrevido a dirigirse a él sin que el augusto hubiera hecho gesto alguno de que deseaba que se lo saludara. Geta, protegido también por otra docena de pretorianos, elegidos personalmente por él mismo, se situó en el lado opuesto de la mesa. Y del mapa.

Antonino fue el primero, por fin, en romper aquel espeso silencio.

—Vamos a dividir el Imperio.

Cámara privada de la emperatriz de Roma

Julia dejó despacio la moneda de oro de su divino esposo sobre la mesa de mármol atestada de frascos con ungüentos de todo tipo y perfumes exóticos. Pero la dejó demasiado al borde y el denario cayó al suelo.

Lucia, veloz, se arrodilló un instante, recogió la moneda y la puso de nuevo sobre la mesa, justo donde la había depositado la emperatriz pero un poco más hacia dentro, de modo que permaneciera allí, inmóvil, quieta, serena, con la faz de Septimio Severo vuelta hacia arriba, hacia el cielo.

Julia no dijo nada.

«Ten cuidado», le había dicho su marido.

Ante el silencio de los senadores, Antonino sintió que era necesario repetir su anuncio por si estos aún no habían digerido lo que acababa de comentarles.

—Vamos a dividir el Imperio.

Helvio Pértinax se quedó con la boca abierta y no la cerró en un rato largo. Dion Casio negó levemente con la cabeza y cerró los ojos. Aurelio Pompeyano tuvo que controlarse para no esbozar la sonrisa que le surgía desde las entrañas. Ahora todos comprenderían en el Senado que su plan, más que nunca, era necesario.

El resto de los *patres conscripti* quedó petrificado. En efecto, tal y como había imaginado el propio Antonino, les estaba costando aceptar lo que acababan de oír.

Los jefes del pretorio, por su parte, tensaron los músculos de todo el cuerpo, pero tampoco dijeron nada.

—Vamos a hacerlo —apuntó Geta, confirmando lo que su hermano acababa de anunciar.

Pasaron unos instantes más en los que no se pronunció palabra alguna, hasta que Dion Casio, sintiendo las miradas de muchos senadores clavadas en él en razón a su veteranía, se sintió obligado a solicitar algo más de precisión sobre aquella decisión que podía significar el final del mundo tal y como lo habían conocido hasta aquel día.

—¿Y, si se me permite indagar, augusto Antonino y augusto Geta, de qué forma se llevaría a cabo esta... división?

Al veterano senador le costó pronunciar aquella última palabra.

—Es una pregunta pertinente —aceptó Antonino mirando primero a Dion Casio y luego señalando en el mapa—. Yo gobernaré el occidente del Imperio, de forma que Britania, la Galia, Germania Superior e Inferior, Recia y el Nórico, las dos Panonias y las dos Mesias, Tracia y Dalmacia e Hispania en su totalidad, Italia y África permanecerán bajo mi absoluto control junto con todas las legiones acantonadas en estos territorios. El Bósforo, que nos separa de Asia, será nuestra frontera.

—El resto, o lo que es lo mismo, Oriente, quedaría bajo mi

gobierno —añadió entonces Geta—. Es decir... —y se acercó al mapa para ir señalando cada una de las provincias que mencionaba—: Asia, Capadocia, las dos Sirias, Palestina, Arabia, Mesopotamia, Osroene y Egipto, también con todas las tropas establecidas aquí. No sé aún si elegiré Alejandría o Antioquía como capital. Es algo que aún debo determinar, pero el asunto de la división está claro. Está... decidido.

Desde un punto de vista objetivo, Geta se llevaba una porción menor del Imperio y menos legiones, solo once frente a las veintidós de Antonino, pero el más joven de los augustos parecía satisfecho si así conseguía separarse de su hermano y convertirse en señor único de un territorio en el que podría gobernar a su antojo.

Los dos coemperadores, una vez hecho el anuncio, con los ojos fijos en el mapa, callaban.

Los senadores, por su parte, podían sentir el latido de sus corazones en las sienes: ellos, que habían apoyado a Geta para envalentonarlo con el fin de que se enfrentara con su violento hermano, veían cómo el augusto más joven dejaba la ciudad de Roma en manos de Antonino sin aparente problema. Y nadie hablaba allí ni del Senado ni del resto de las instituciones romanas. Ellos, que creían que apoyando a Geta se desharían de Antonino, veían que se iban a quedar con él como único augusto de un Imperio, además, partido, disminuido, reducido. Todo era una locura, un dislate, pero ¿quién podía tener el atrevimiento de decirlo en voz alta?

Helvio Pértinax, en medio de la desesperación más absoluta, se giró hacia una esquina donde había divisado a uno de los esclavos más veteranos del palacio y que más años llevaba con la familia imperial.

Calidio percibió que un senador lo miraba fijamente y se aproximó despacio, eso sí, siempre mirando al suelo, por si este deseaba hacerle llegar alguna petición.

—Ve en busca de la emperatriz —le susurró Helvio mientras el resto de los presentes, incluidos los dos coemperadores, seguían con los ojos fijos en el mapa del Imperio romano que estaba a punto de ser rasgado por la mitad.

El veterano *atriense* de la familia imperial asintió y, con discreción, habiendo aprendido durante años a caminar sin que sus sandalias hicieran apenas ruido sobre el mármol del palacio imperial, se retiró del Aula Regia.

Cámara de la emperatriz

Julia aún seguía mirando la moneda del divino Severo, la que conmemoraba su majestuoso funeral y su apoteosis completa, cuando Calidio apareció en el umbral de la estancia privada de la augusta de Roma. El semblante del *atriense* fue suficientemente revelador de la gravedad de la situación, por eso Julia no perdió tiempo en preguntas estúpidas ni en terminar de peinarse. Se levantó de inmediato y las ornatrices, ante la seriedad de su faz, tampoco necesitaron instrucciones y salieron de la estancia con rapidez.

Calidio se hizo a un lado para dejar el paso libre a la emperatriz.

—¿Dónde? —preguntó Julia.

—En el Aula Regia —respondió Calidio inclinándose.

—De acuerdo. —Y Julia echó a andar veloz en dirección a la gran sala de audiencias.

Aula Regia

Julia Domna llegó a la puerta de la gran estancia imperial.

Los pretorianos que custodiaban su acceso desde las dependencias de la familia Severa se apartaron y le dejaron el camino expedito de inmediato.

La emperatriz anduvo decidida hasta llegar junto a la mesa sobre la que seguía extendido el gran plano del Imperio y en el que sus hijos ya habían trazado una línea que indicaba la frontera que separaría una parte del Imperio de la otra. Julia no precisó más que una mirada al mapa para saber lo que estaba ocurriendo. Más de una vez se habían aventurado sus hijos a formular en su presencia la idea de dividir el Imperio en dos como única manera de solventar sus diferencias. El hecho de que ahora expusieran esa idea a todos los miembros del *consilium augusti* era prueba evidente de que lo que antes era solo una idea, ahora era una decisión firme. La emperatriz sabía que no estaba ante una simple fanfarronada fruto del enojo momentáneo tras una nueva disputa entre hermanos coemperadores que se odiaban. Iban en serio.

—Hemos pensado, madre... —empezó Antonino, pero Julia lo interrumpió.

—Si hay algo que no habéis hecho ni tú ni tu hermano es pensar —les espetó a ambos con rabia, hasta con desdén, emociones que solo ella podía permitirse con respecto a los dos augustos que gobernaban Roma.

Antonino se mordió el labio inferior en un intento por contenerse. Geta se limitaba a bajar la cabeza y rehuir la mirada de su madre. El resto de los presentes, sin darse cuenta, dieron todos un par de pasos hacia atrás. Nadie quería estar en medio de aquella disputa entre la emperatriz y sus dos hijos. El futuro del Imperio dependía de la capacidad de persuasión de aquella mujer. Helvio Pértinax parpadeaba mudo. Dion Casio callaba sabiéndose testigo de uno de esos momentos que forjan la historia del mundo. Aurelio Pompeyano apretaba los dientes: a sus ojos, la familia imperial solo podía salir más débil de todo aquello y eso los haría fuertes a ellos, a los senadores.

Quinto Mecio, prefecto de la guardia y hombre de confianza de Julia, preocupado por la seguridad de la emperatriz, ante la reacción que pudieran tener los coemperadores, lo observaba todo estupefacto, su mente en zozobra entre la confusión y la admiración más absoluta ante la figura de la emperatriz de Roma.

—¡Habéis pensado...! ¡Por El-Gabal! —continuó la augusta Julia elevando cada vez más el tono de voz y mirando alternativamente a cada uno de sus dos hijos mientras hablaba—. ¿Qué habéis pensado sino una locura? Veamos, pues: cuando los partos vuelvan a atacar las fronteras de las provincias más orientales, ¿qué pasará? Porque no dudéis de que eso volverá a ocurrir mientras no solucionemos el problema de Partia de una vez por todas, acabando lo que inició el divino Trajano y siguieron, entre otros, el divino Lucio Vero y hasta vuestro propio divino padre, Septimio Severo. Entonces, insisto, Geta, cuando los partos ataquen, ¿cómo piensas defenderte de ellos? Tanto el divino Trajano como vuestro padre precisaron reunir tropas venidas de todo el Imperio para resolver la situación. ¿Acaso eres tú tan bueno que con apenas un tercio de la fuerza militar de la actual Roma podrás controlar todo el oriente del Imperio y defender su frontera?

Geta seguía mirando al suelo.

La emperatriz no esperó respuesta.

—Y tú, Antonino, ¿qué ocurrirá si, como en tiempos del divino Marco Aurelio, los marcomanos o cualquier otro pueblo germano vuelven a cruzar el Rin o el Danubio y se plantan en las costas del *Mare Internum*? ¿Sabes cuántas legiones necesitaron los divinos Marco Aurelio y Lucio Vero para volver a expulsarlos del Imperio? ¿Has olvidado que hubo que recurrir a tropas de todos los rincones de todas las provincias para contener aquel ataque brutal? —Antonino sí iba a decir algo, pero Julia levantó la mano y lo detuvo para seguir hablando ella—. Aún no he terminado. Vosotros ya habéis hablado mucho por hoy y, a lo que se ve, sin ningún sentido, así que ahora me escucharéis hasta el final. —Tomó aire y empezó a andar dando vueltas en torno a la mesa con el mapa que mostraba el Imperio partido—. Y si las cosechas de trigo son malas en Sicilia o en África, como ha ocurrido en alguna ocasión, ¿cómo piensas, Antonino, alimentar Italia sin el grano que puede ofrecerte Egipto, que estará en manos de ese hermano al que tanto odias? ¿O es que todo esto solo es el anticipo de una gran guerra civil? Eso sería el final de Roma, del Imperio, de todos nosotros. Es algo tan evidente que hasta vosotros mismos sois conscientes de ello, aunque os comportéis no como coemperadores, como augustos, sino como niños enrabietados. Y me da igual si todo esto que os digo no es suficiente para haceros entrar en razón, ¿me oís? ¡Por El-Gabal y por todos los dioses de Roma! Si todo esto no os basta para borrar esa maldita línea que habéis trazado en ese mapa, os queda algo en lo que en vuestra absoluta estupidez no habéis pensado.

Julia se volvió hacia los jefes del pretorio.

—¡Una espada, dadme una espada! —ordenó.

362

Papiniano dudó. Quinto Mecio, siempre más atento y más eficaz en la respuesta a lo que se le pedía, y más si la que demandaba algo era la emperatriz, desenfundó su gladio, le dio la vuelta y, cogiéndolo de la punta, lo acercó con la empuñadura hacia Julia. Sin preguntas. Con esa fe ciega del servidor que está deslumbrado por su superior. Mecio hacía tiempo que ya no se planteaba que Julia Domna fuera mujer. Esto es, a la hora de dar órdenes, pues en ella veía una capacidad de mando como no había observado nunca ni en el más experimentado militar. En momentos de más calma, no obstante, sí que la veía como mujer. Y como tal, también la admiraba, la ansiaba, la deseaba... en secreto, sin atreverse nunca a poner palabras a sus deseos prohibidos, imposibles por la infinita distancia que separaba a una augusta de un simple pretoriano, por muy prefecto de la guardia que hubiera llegado a ser.

El arma estaba ofrecida.

La emperatriz cogió la espada y la blandió con energía girando sobre sí misma con el brazo extendido. Todos se apartaron. Incluidos sus hijos. La arrojó entonces con saña sobre el mapa y allí quedó, cruzada en medio del azul que simbolizaba el *Mare Internum* del Imperio.

—*Habéis encontrado el medio de repartir la tierra y el mar. Y es cierto que el Ponto separa los continentes, pero ¿cómo ibais a repartir a vuestra madre? ¿Y cómo, mísera de mí, sería yo partida y distribuida entre cada uno de vosotros? Matadme, pues, y que cada uno separe su parte y la entierre en su territorio. Así también sería yo dividida entre vosotros, lo mismo que la tierra y el mar.*[30] No pienso irme ni con uno ni con otro ni pienso seguir viva para ser testigo de esta sinrazón si es que, al fin, lleváis adelante el dislate de partir el Imperio.

El silencio se podía inhalar al respirar.

Ninguno de los coemperadores se movía para tomar el arma de Mecio.

—¡Coged esa espada y partidme a mí también en dos, como

---

30. Literal de Herodiano, *Historia del Imperio romano después de Marco Aurelio*, IV, 3. Traducción según versión de Paloma Aguado con pequeñas modificaciones por parte del autor de la novela.

habéis hecho con todas las provincias! —les insistió su madre—. ¡Cortadme en dos y luego elegid con qué pedazo se queda cada uno de vosotros! Porque esta división del Imperio será solo sobre mi cadáver.

Quinto Mecio, desarmado, miró a su derecha. Uno de sus hombres lo comprendió y le entregó una espada. El prefecto quería estar preparado por si alguno de los dos augustos se acercaba a la espada que seguía sobre el mapa.

El emperador Antonino bajó, por primera vez en toda aquella mañana, la mirada. El augusto Geta, también por primera vez en mucho rato, hizo el gesto contrario, levantando los ojos para mirar la espada. Engullía saliva. Antonino, también.

Todos permanecieron inmóviles durante unos instantes que en la cabeza de los presentes se hicieron eternos, como si el tiempo de las horas y los días y los años se hubiera detenido en aquel punto.

Geta, al fin, sus ojos siempre fijos en la espada, se acercó a la mesa, tomó el arma por la empuñadura, la esgrimió con fuerza, apretó los labios, la giró y, al igual que había hecho Quinto Mecio antes, tomándola ahora por la punta, la ofreció de vuelta a su propietario. El jefe del pretorio, a su vez, devolvió rápidamente la otra espada al soldado que se la había dado y recibió entonces, con enorme alivio, el arma que le entregaba el augusto Geta. Nunca antes había enfundado Mecio una espada no usada con tanta felicidad.

—¡Venid aquí! —ordenó Julia dirigiéndose a sus dos hijos.

Reticentes, recelosos, dubitativos, pero se acercaron a ella.

Su madre los abrazó con fuerza, a ambos.

Besó a cada uno en la mejilla.

Separó sus brazos.

Geta, sin decir nada, echó a andar y, seguido por sus pretorianos, abandonó la sala. Su hermano lo imitó, caminando en dirección opuesta, y, en poco tiempo, Antonino también había abandonado la gigantesca estancia del Aula Regia.

Solo Dion Casio se atrevió a poner palabras a los pensamientos de todos.

—La emperatriz ha salvado el Imperio.

—Por ahora —respondió Julia mirando hacia el mapa—.

Por ahora. —Y se volvió hacia Helvio Pértinax y Aurelio Pompeyano, que permanecían quietos y en silencio—: Os advertí de que no os inmiscuyerais en la rivalidad entre los dos coemperadores. Os advertí una vez y vuelvo a hacerlo ahora: si persistís en apoyar a Geta en detrimento de Antonino, solo conseguiréis que Antonino se revuelva contra todos, sin excepciones, y entonces ya no podré contenerlo ni controlarlo. Ni yo ni nadie. Pensadlo bien, porque no creo que tenga ocasión de advertiros una tercera vez.

La emperatriz echó a andar entonces hacia la salida del Aula Regia. Su silueta delgada, erguida y segura dejaba tras de sí un halo de vaticinio que hizo que nadie hablara mientras ella, majestuosa, abandonaba la sala imperial de audiencias.

XXXV

RÓMULO Y REMO

Gemini erant; uter auspicaretur et regeret, adhibere placuit deos. Remus montem Aventinum, hic Palatinum occupat. Prius ille sex vulturios, hic postea, sed duodecim videt. Sic victor augurio urbem excitat, plenus spei bellatricem fore; id adsuetae sanguine et praeda aves pollicebantur. Ad tutelam novae urbis sufficere vallum videbatur, cuius dum angustias Remus increpat saltu, dubium an iussu fratris, occisus est: prima certe victima fuit munitionemque urbis novae sanguine suo consecravit.[31]

Como [Rómulo y Remo] eran gemelos, pensaron en recurrir a la ayuda de los dioses para decidir cuál de ellos debería fundar la ciudad y gobernar en ella. Remo fue al Aventino, Rómulo a la colina del Palatino. Remo, primero, vislumbró seis buitres; Rómulo tardó más tiempo, pero llegó a divisar doce. Siendo, pues, el segundo victorioso en el augurio, empezó a construir la ciudad, con la esperanza de que pareciera una auténtica fortaleza, pues los pájaros, acostumbrados a la sangre y la rapiña, parecían indicar que la construcción debía ser en este sentido. Se pensó que una muralla sería suficiente protección para la nueva ciudad. Pero Remo, mofándose de la poca altura del muro, saltó por encima del mismo, por lo que fue ejecutado, si por órdenes directas de su hermano o no es algo incierto; en cualquier caso, fue la primera víctima y consagró así la fortificación de la ciudad con su propia sangre.

31. Aneo Floro, *Epitome de Tito Livio bellorum omnium annorum DCC*, I, 1, 6. Traducción del autor de la novela.

Palacio imperial, Roma
19 de diciembre de 211 d. C.

No la escucharon.

No lo pensaron bien.

Los senadores desoyeron, por segunda vez, las palabras de Julia.

Y, como la emperatriz predijo, ya no habría oportunidad para un tercer aviso.

Se desató la locura.

Aurelio Pompeyano y los *patres conscripti* más radicales, que juzgaban que estaban ante la última oportunidad de recuperar la influencia y el poder perdidos con Septimio Severo, no dudaron en volver a alentar a Geta para que este se deshiciera de su hermano. Pero en esta ocasión, en previsión de que el segundo coemperador volviera a concebir la idea de aceptar una división del Imperio dejando al Senado en Roma a solas con el temible y vengativo Antonino, le propusieron a las claras que ellos se encargarían de eliminar a su hermano mayor, haciéndose así cargo del trabajo... sucio.

—Demasiado peligroso —comentó Helvio Pértinax en una reunión de los senadores conjurados—. Es mejor esperar.

—¿Esperar qué? —le espetó Aurelio Pompeyano.

Pértinax no supo qué responder. Era cierto que, muy probablemente, solo observar no fuera la solución, pero estaba convencido de que intervenir de forma directa en la guerra de odios entre los coemperadores, tal y como les había advertido la emperatriz, era un error.

Tampoco nadie escuchó a Helvio Pértinax o sopesó con más tiento la situación.

El plan siguió adelante.

Geta se comprometió en secreto con los senadores a devolverles parte de sus poderes y a respetar la institución y todas sus funciones si, efectivamente, eliminaban a Antonino.

Se compraron las voluntades de una treintena de pretorianos, ya de por sí favorables a Geta y que, estimulados por una sustanciosa cantidad de oro, se atrevieron a lanzar un ataque mortífero contra el augusto Antonino.

Fue al amanecer.

Todo estaba perfectamente planeado: a Antonino le gustaba levantarse temprano, como un militar, y acudir al colegio de gladiadores junto al Anfiteatro Flavio, donde se ejercitaba habitualmente en toda suerte de combates. Iba siempre escoltado por una docena de pretorianos de su guardia personal.

Se presuponía una lucha sangrienta, pero los conjurados confiaban en que el factor sorpresa, primero, y luego, la superioridad numérica resolvieran todo a su favor.

Antonino se levantó. Los esclavos lo vistieron con una túnica sencilla. No gustaba de usar toga y menos cuando iba a entrenarse. Salió de su cámara. Los pretorianos de su escolta lo siguieron.

Nada podía intentarse en el sector del palacio bajo control de los hombres de Antonino, pero el emperador mayor tendría que salir al exterior cruzando el Aula Regia. La división de las dependencias del palacio, las tapias y los muros levantados por todas partes, solo habían dejado esa salida como ruta común para ambos emperadores cuando estos deseaban abandonar el suntuoso edificio desde el que se gobernaba el Imperio.

Antonino entró en la gran sala de audiencias y allí, justo donde apenas unos días antes había propuesto dividir el Imperio, aparecieron pretorianos por izquierda y derecha, frente a él y su escolta, y por detrás cerrándoles el paso para un posible repliegue táctico hacia la zona del palacio bajo su control.

Los treinta pretorianos conjurados en su contra desenvainaron los gladios y lo mismo hicieron, casi como un acto reflejo, los doce soldados de Antonino.

—¡A mí la guardia! —aulló el emperador al tiempo que, sin dudarlo un instante, como hombre de acción que era y para sorpresa de sus atacantes, entraba directo al combate liderando a sus hombres. Antonino era violento, caprichoso y ambicioso sin fin, odiaba a su hermano y, seguramente, estuviera trastornado, pero nunca rehuía la lucha. No lo había hecho en el campo de batalla y no pensaba hacerlo en el interior del palacio imperial.

El eco generado por los altos techos del Aula Regia hizo que su grito se repitiera como una llamada que viniera desde el inframundo.

A mí la guardia... la guardia... guardia...

Las espadas de unos y otros chocaron y pronto, desde el primer embate, la sangre empezó a correr.

Patio central del palacio imperial

Quinto Mecio estaba de patrulla por orden de la emperatriz dentro de la inmensa residencia de la colina del Palatino. Tenía instrucciones de la augusta Julia de defender a ambos coemperadores de cualquier ataque, incluso si este era instigado por uno de ellos. Lo único que no debía hacer era enfrentarse con ninguno de los coemperadores personalmente.

—¿Podrás hacer esto? —le había preguntado la emperatriz.

—Sí, augusta —había sido su respuesta.

Quinto Mecio había desarrollado un sentimiento hacia la emperatriz que iba más allá de la lealtad propia de un jefe del pretorio, pero él, consciente de la diferencia que existía entre ambos, por muy *vir eminentissimus* que hubiera llegado a ser, no se permitía mostrar ni sus sentimientos ni sus pensamientos.

Eso creía él. Los hombres, en su infinita ingenuidad, piensan que pueden ocultar sus pasiones a una mujer hasta que un día, siempre con retraso, se dan cuenta de su candidez, de que ella ya lo sabe todo hace mucho tiempo.

La emperatriz se le acercó tras su respuesta, posó su suave mano en su brazo y le habló al oído con esa voz susurrada, aterciopelada y embriagadora que, a sus cuarenta y un años, conservaba intacta.

—En medio de esta locura, Quinto Mecio, solo cuento contigo —dijo ella y, al separarse, dejó tras de sí la fragancia de su aliento que olía a rosas, quizá por la pintura carmesí con la que adornaba sus labios que, carnosos, seguían siendo la puerta, a los ojos del prefecto, a una muy apetecible boca.

Quinto Mecio se recordaba a sí mismo tragando saliva y asintiendo repetidas veces sin atreverse ya a mirar la faz de la emperatriz de Roma. Él se sabía ya delatado por el rubor en su propio rostro militar y recio.

Por eso Quinto Mecio estaba de guardia aquella jornada y

por eso lo estaba como un felino que saliera de caza: atento, prevenido y tenso.

—¡A mí, la guardia! —se escuchó lejanamente, proveniente de algún lugar al oeste del edificio, quizá de la gran Aula Regia.

Quinto Mecio no lo dudó y echó a andar a paso acelerado hacia allí.

—¡Seguidme! —exclamó a una veintena de pretorianos que lo acompañaban y que, en aquel mundo confuso de lealtades extrañas y traiciones imprevistas, parecían estar más con él, con el jefe del pretorio, que con los guardias que semejaban oscilar un día a favor del augusto Geta y otro día a favor del emperador Antonino.

Aula Regia

—¡Malditos miserables! ¡*Lemures* del inframundo! —aulló Antonino, aún sin herida alguna en su cuerpo, pues varios de sus fieles se habían interpuesto entre él y los conjurados cuando fue rodeado por sus atacantes. Una docena de los traidores yacía ya en el suelo, muertos o gravemente heridos, pero también siete de los hombres de Antonino habían caído. Eran, pues, ya cinco, seis contando al propio emperador, contra dieciocho. Las numerosas bajas entre los rebelados podrían haberlos hecho desistir en su empeño, pero no ocurría eso, sino que, muy al contrario, atacaban aún con más saña, impulsados por dos motivos: en primer lugar, sabían que solo conseguir su objetivo los salvaría de la venganza del augusto Antonino y, en segundo lugar, porque la cantidad de dinero prometida, que era fabulosa, se repartiría a partes iguales entre los que sobrevivieran al magnicidio; de esta forma, dieciocho tocaban a más denarios que treinta y, viendo cómo iba el asunto, probablemente solo quedaran una decena. Más dinero para los conjurados que consiguieran la victoria en aquella batalla de voluntades y sangre, de ansia de poder y envidias alimentadas por senadores corruptos que anhelaban recuperar prebendas viejas, tan injustas para el conjunto de Roma como atractivas para los *patres conscripti* que habían promovido el ataque.

Antonino miraba a su alrededor.

Sus hombres luchaban con denuedo.

Otro cayó.

Y otro.

Y uno más.

Tuvo que luchar, de nuevo, él mismo. Como al inicio de aquella reyerta mortal. Había abatido a otros tantos conjurados, pero era una cuenta atrás. Los traidores seguían siendo más. Se trataba solo de unos instantes antes de caer él mismo...

—¡Todos quietos, por Júpiter!

La voz de Quinto Mecio rebotó atronadora en todas las paredes del Aula Regia.

Conjurados y defensores se volvieron. Uno de los dos jefes del pretorio acababa de llegar con una veintena de hombres armados y dispuestos a la lucha. ¿Pero en favor de quién?

—¡Alejaos todos del augusto Antonino y arrojad las armas!

Ni unos ni otros obedecieron. Pero permanecían inmóviles. Confusos.

Los pretorianos del emperador no querían dejar solo a su líder y los rebeldes estaban aún calculando en qué bando estaba Mecio.

—¡Hay mucho dinero para todos si acabamos con Antonino! —se atrevió a gritar uno de los conjurados, que, como identificó Mecio, tenía rango de centurión. Debía de ser el cabecilla del grupo.

El *vir eminentissimus* sonrió. Le venía tan bien saber quién mandaba a los traidores... Se volvió hacia sus hombres y estos, para sorpresa del resto de los pretorianos, sacaron arcos y flechas y, veloces, dispusieron dardos en los arcos, tensaron las cuerdas y apuntaron al corazón de todos los presentes menos el augusto y los tres pretorianos que permanecían muy cerca del emperador y que claramente, pues Antonino no mostraba recelo de ellos, eran fieles a su causa.

El cabecilla de los conjurados, sorprendido al verse rodeado de pretorianos reconvertidos en arqueros, iba a decir algo más...

Quinto Mecio no tenía ganas de conversación.

—¡Ya! —dijo el *vir eminentissimus*, casi con tono de hastío. Eran muchas semanas, meses enteros, de enorme tensión.

Casi se alegraba de ir poniendo algo de orden en aquella guerra civil larvada, librada sin misericordia ni prisioneros, en el seno de la familia imperial y, por extensión, de la guardia pretoriana.

Las flechas partieron astifinas silbando primero en el aire y luego quebrando costillas, huesos, músculos... Todos los conjurados cayeron abatidos. La mayoría muertos, pero aún había alguno que, malherido, gateaba quejumbroso o se removía en el suelo intentando quitarse la flecha que tenía clavada ya fuera en un hombro o en el mismísimo pecho.

Mecio se dirigió a sus hombres y les habló con cierto aire de reproche:

—¡Hay que practicar más! —Y luego, señalando hacia los heridos, añadió—: ¡Terminad con ellos!

Sus hombres, sin dudarlo, se aprestaron a la faena de rematar a los conjurados malheridos, que aún se retorcían en el suelo, con los gladios, armas que los soldados de Mecio blandían con más pericia que los arcos.

El prefecto miró entonces hacia el emperador. El augusto Antonino parecía estar en perfecto estado, ileso, sin rasguño alguno. Sus pretorianos habían combatido con lealtad y con bravura. Hasta cierto punto era lógico: como soldado que era el propio Antonino no le había costado granjearse la lealtad de pretorianos que fueran realmente combatientes, hombres de campaña, de lucha, que reconocían en el augusto Antonino un líder militar nato, alguien de quien fiarse en la paz y, sobre todo, en la guerra. La fortaleza de estos había podido más que el mayor número de atacantes movidos por la codicia pura y dura. Al menos, los pretorianos fieles a Antonino habían conseguido ganar tiempo suficiente para que el *vir eminentissimus* llegara con sus propios pretorianos de refuerzo.

Quinto Mecio suspiró. Estaba casi feliz. Podría ir ante la emperatriz y presentarse como ese hombre absolutamente leal que había podido evitar el desastre...

—¡Vamos, por todos los dioses! —exclamó entonces el emperador Antonino con un marcado entrecejo henchido de ira.

Quinto Mecio, sin embargo, arrugó la frente.

—Vamos... ¿adónde, augusto? —inquirió el jefe del pretorio ante aquella sorprendente resolución del emperador por ir a algún sitio cuando lo normal hubiera sido querer recluirse en sus aposentos y descansar mientras él, Quinto, se ocupaba de aclarar todo aquello, de averiguar quién estaba, en realidad, tras aquella conjura...

—Vamos a por mi hermano —dijo Antonino sin levantar ya la voz, sin escándalo, solo manifestando una decisión que para él era inapelable.

Los tres pretorianos de su guardia que aún sobrevivían lo siguieron, pero los de Mecio miraban al prefecto en busca de confirmación.

Quinto Mecio pensaba con rapidez. Tenía que detener ahora a Antonino. No podía permitir que el primer coemperador quisiera vengarse del segundo, aunque este, muy probablemente, hubiera instigado el ataque del Aula Regia. Pero... ¿cómo hacerlo? Por otro lado, no podía oponerse a sus deseos, excepto si le ordenaba que matara personalmente a su hermano, al emperador Geta. E incluso oponerse a eso podría ser ya algo difícil y con consecuencias terribles para él...

—Augusto, no sabemos si ha sido Geta el que ha instigado este ataque —se atrevió a argumentar Quinto Mecio, aunque todos pensaban que, sin duda, Geta era el responsable de aquella emboscada.

Pero Antonino no estaba ahora para razonar.

—Voy a por mi hermano. —Y esgrimió su gladio con vehemencia, desafiante—. Yo no necesito de intermediarios, como él, para hacer lo que hay que hacer. Ya no hay puntos medios, Mecio. O conmigo o contra mí. —Y luego levantó la voz y se dirigió a los pretorianos que habían acudido con Mecio hasta allí—: ¡Seguidme todos y cumplid mis órdenes!

Pero permanecían inmóviles.

Antonino se giró hacia el jefe del pretorio.

—¡Mecio! —le gritó.

El prefecto tragó saliva. Nadie le había dicho que no nunca a Antonino y había vivido para contarlo. ¿Hasta dónde estaba dispuesto a arriesgar? Pero se había comprometido con la emperatriz a velar por la seguridad de los dos emperadores. No podía tomar partido por uno en detrimento del otro, no podía traicionar la confianza que Julia Domna había depositado en él.

Quinto Mecio inspiró hondo.

Los ojos del emperador Antonino estaban clavados en él.

El jefe del pretorio cabeceó levemente en sentido afirmativo.

—Bien —dijo el emperador, en voz baja, pero exultante.

Antonino echó a andar y tras él fueron todos los hombres de Mecio también.

Solo que, cuando el último de ellos pasaba junto al jefe del pretorio, este lo cogió por el brazo interrumpiendo su marcha.

—Tú no —le dijo Quinto Mecio—. Tú ve a por la emperatriz. Solo ella puede detener esto. Solo ella puede parar la venganza del augusto Antonino.

—¿Y qué le digo a la emperatriz?

—Dile que Antonino va directo a matar a su hermano y que no podemos frenarlo. Dile que está fuera de control.

El pretoriano asintió, saludó con el puño en el pecho y partió raudo en busca de la emperatriz.

Para cuando Quinto Mecio volvió sus ojos hacia la puerta de salida del Aula Regia, ya habían abandonado todos la sala. El prefecto se puso también en marcha y apresuró el paso. Sabía que todo era cuestión de momentos, de instantes que lo podían cambiar todo. La presencia de Papiniano podría haber ayudado, pero el otro jefe del pretorio estaba ese día en los *castra praetoria*. Él y Papiniano se turnaban para atender tanto la seguridad de palacio como para asegurar la lealtad de la guardia pretoriana y habían acordado que siempre habría uno de ellos en cada lugar. Algo prudente, pero que, en aquel momento de crisis en el palacio imperial, resultaba un problema.

Quinto Mecio alcanzó a sus hombres, que seguían al augusto Antonino casi a la carrera.

—¡Geta! ¿Dónde estás, maldito? —vociferaba el emperador Antonino al tiempo que llegaba a la entrada que, desde uno de los patios porticados, daba acceso a las dependencias del otro coemperador. La puerta estaba custodiada por dos pretorianos de la confianza de su hermano menor.

—¡Apartaos! —ordenó Antonino.

Ambos pretorianos tenían órdenes precisas de Geta de no dejar pasar a nadie, pero no tenían claro que pudieran oponerse a una instrucción directa del otro coemperador. Todo era muy confuso. Además, el augusto Antonino venía seguido por varias decenas de pretorianos. No podrían detenerlos a todos...

El que estaba a la derecha de la puerta no tuvo más tiempo para pensar. La espada de Antonino acababa de atravesarlo de parte a parte y se encogía con las manos en el vientre intentando detener la hemorragia creada tras la salida del arma del emperador. El pretoriano que estaba a la izquierda se apartó *ipso facto*.

Lucio Septimio Basiano, rebautizado como Marco Aurelio Severo Antonino Augusto por sus padres, cruzó el umbral que separaba el sector de palacio controlado por él del que estaba, supuestamente hasta ese instante, bajo dominio indiscutido de su hermano Geta. Pero para Antonino el ataque del que fuera objeto apenas hacía unos instantes había terminado con todas las normas establecidas entre ambos. Ya no habría más negociaciones sobre cómo dividir el Imperio, ni siquiera más envidia ni rivalidad. Todo eso iba a terminar ese mismo día, esa misma mañana.

Atrio del emperador Geta

Geta estaba en medio del atrio que usaba regularmente para sus comidas y para recibir a sus amigos. Estaba en pie, mirando fijamente la puerta por la que acababa de acceder su hermano armado, esgrimiendo la espada aún con sangre caliente del pretoriano abatido en la entrada. A ambos lados de Geta había media docena de pretorianos más: los hombres leales a su causa con los que esperaba recibir la noticia de la muerte de su colega en el trono imperial de Roma, de Antonino, y, sin embargo, lo que veía era la figura de su odiado hermano escupiendo babas por la boca mientras le gritaba con furia.

—¡Vas a morir hoy, traidor! ¡Por Júpiter y por todos los dioses que he de acabar contigo hoy mismo! ¡Aquí y ahora!

Geta, instintivamente, se llevó la mano al pecho hasta palpar con sus dedos el amuleto protector que le había dado Samónico con aquel conjuro infalible. Lo llevaba ahora, más que nunca, como una salvaguarda en caso de que el ataque a su hermano saliera mal, como, a la luz de los acontecimientos, parecía haber ocurrido. En su momento recurrir al viejo mago le había parecido algo infantil, pero ahora sentir el amuleto mágico debajo de su toga, el mismo fetiche que lo protegió en el Circo Máximo o en Britania, le dio fuerzas. No ganó la carrera de cuadrigas, pero sobrevivió a los accidentes. No retornó de Britania como único emperador, pero regresó, al fin y al cabo, con todas sus posibilidades de acceso a un poder absoluto intactas. El amuleto, cuando menos, lo hacía resistente. Aun así, nada más ver la figura de Antonino lanzando sus amenazas de muerte, dio varios pasos hacia atrás y lo mismo hicieron sus pretorianos. El atrio fue admitiendo en su interior más y más guardias imperiales. Los hombres de Mecio pronto rodearon a la docena de leales a Geta.

El jefe del pretorio accedió el último al patio y examinó la situación con rapidez: no podía detener a Antonino y tampoco podía ya interponer hombres entre uno y otro. De hacer eso, se opondría a la voluntad de uno u otro coemperador. Se pasó la mano izquierda por la frente empapada en sudor.

—¡Que nadie intervenga! —ordenó Mecio—. ¡El que use su arma contra cualquiera de los emperadores perecerá por mi mano al instante!

La instrucción fue simple, comprensible y hasta lógica para todos los pretorianos, que suspiraron con alivio. Alguien de entre todos ellos tenía mando y parecía saber a qué atenerse. Ninguno de ellos se movió de donde estaba.

Antonino tampoco recibió aquella orden del jefe del pretorio de forma negativa. En el fondo le estaban facilitando las cosas. Estaba seguro de que, en un combate a muerte, sin interferencias, entre su hermano y él, Geta no tenía ni una posibilidad. De acuerdo. Que los pretorianos se estuvieran quietos. Luego ya reflexionaría sobre hasta qué punto Mecio sería, en el futuro próximo, merecedor de su confianza o no. De Papiniano, lo tenía muy claro: no pensaba fiarse nunca. Era demasiado próximo al Senado... y a Geta, pero tenía que olvidarse ahora de todo aquello y centrarse en la ejecución final de su hermano pequeño, de ese gran traidor que a punto había estado de asesinarlo por medio de sus conjurados...

Antonino, gladio en ristre, se acercó hacia su hermano.

—Me parece perfecto: que los pretorianos se estén quietos —dijo el mayor de los coemperadores—. Vamos, hermano, luchemos como los héroes de antaño, resolvamos esto en combate singular. Solos tú y yo: como Menelao y Paris, como Héctor y Áyax... —Pero Antonino recordó, de pronto, que esas luchas no terminaron como él deseaba que concluyera la suya con su hermano; en ese instante, le vino a la memoria un ejemplo mucho más pertinente—: No, mejor aún, querido Geta: luchemos como Rómulo y Remo, pues lo que ambos anhelamos es Roma. Roma entera, ya que nuestra madre no acepta que la partamos en dos mitades...

—¡Estoy desarmado! —exclamó Geta en un intento por incitar a sus pretorianos a que hicieran algo.

—¡Entregadle un arma! —ordenó entonces Quinto Mecio.

Uno de los pretorianos leales al prefecto se acercó hacia Geta con el arma en la mano, cogida por la punta, pero, al pasar cerca del emperador Antonino, se detuvo y miró a la cara del mayor de los coemperadores. El augusto asintió y el pretoriano entregó el arma al augusto Geta y se retiró de inmediato, dando una docena de rápidos pasos hacia atrás, hasta casi dar con su espalda en la pared del atrio.

—Por fin entre tú y yo, hermano —musitó Antonino entre dientes, como si masticara aquellas palabras y saboreara su significado con deleite—. Cuánto tiempo esperando este momento, esta oportunidad...

Geta había cogido el arma y la blandía ya frente a Antonino, pero, todo hay que decirlo, sin convicción en sus posibilidades. De hecho, más que pensar en la lucha, Geta miraba a un lado y otro como si buscara despertar de pronto y descubrir que todo aquello no era más que una terrible pesadilla. Todo había salido mal. ¿Cómo podía haberse dejado convencer por los malditos senadores? Ellos sobrevivirían a aquella infausta jornada, ¿pero él...?

La espada de Antonino cortó el aire apenas a un dedo de la lujosa toga de lana blanca de Tarento de su hermano.

Geta no llevaba ropa adecuada para combatir. Se retiró aún más, pero por muy grande que fuera aquel inmenso atrio, tenía fin.

—No podrás huir siempre, hermano —le espetó Antonino como si pudiera leerle los pensamientos y, de pronto...

—¿Qué pasa aquí?

Todos se volvieron hacia donde estaba la emperatriz de Roma, Julia Domna: hermosa, como si el tiempo la conservara sin atreverse a marcar su faz con surcos propios de campesinos, como si los años la acariciaran en vez de ajarle la piel; erguida como un centinela del Imperio, decidida como la mejor de las legiones antes de entrar en batalla.

—¡Por El-Gabal! ¿Qué ocurre aquí? —repitió Julia.

Los pretorianos quedaron aún más inmóviles de lo que ya estaban. Percibían la rabia, no, más aún: el arrebato de ira en estado puro de la emperatriz de Roma y todos los guardias imperiales, sensatos en sus conclusiones, pensaron que lo mejor era permanecer como estaban: estatuas. Ninguno de ellos quería la mirada de Julia Domna sobre él. Ella era la *mater castrorum*, la madre de los ejércitos, la madre de la patria, del Imperio y de los dos coemperadores.

Ella era todo.

La emperatriz, por el momento, clavaba sus ojos en cada uno de sus dos hijos alternativamente mientras se acercaba a ellos, lenta pero segura, como si se sintiera inalcanzable por su violencia o por su locura.

—¿Qué es todo esto, Antonino..., Geta...? Espero respuesta.

—¡Me va a matar, madre! —exclamó Geta antes que su hermano, pero sonó como un niño aterrado y, peor que cualquier otra cosa en un augusto de Roma, sonó a débil.

—Eres emperador de Roma —le recriminó a Geta su madre al tiempo que se interponía entre los dos—. Un augusto no puede hablar como un niño asustado.

Por su parte, Antonino bajó la espada, aunque no la enfundó.

—Él ha intentado matarme hace apenas unos instantes, madre —replicó con tono más grave, sin mostrar un ápice de miedo—. Ha enviado a decenas de pretorianos traidores a asesinarme cuando estaba en el Aula Regia. Mecio puede confirmarlo.

Julia se giró hacia el prefecto. Quinto Mecio respondió ante el requerimiento sin palabras que le hacía la emperatriz:

—El augusto Antonino ha sido atacado, en efecto, por un grupo de conjurados. No sé aún quién los ha enviado...

—¿Y quién sino mi hermano? —lo interrumpió Antonino.

La emperatriz de Roma suspiró, cerró los ojos un momento y los volvió a abrir.

—De acuerdo, Antonino —aceptó la emperatriz—; Geta ha instigado contra ti, pero esta no es la solución. El Imperio necesita más de un emperador. Es demasiado grande. Podemos mandar a Geta a Oriente, no en un Imperio dividido, pero sí en campaña para asegurar las fronteras que los partos siempre hostigan. Como se hizo en tiempos de Marco Aurelio y Lucio Vero. Esto ya lo hemos hablado. Es la mejor solución. Vero atacó Partia, mientras Marco Aurelio defendía el Danubio. Podemos...

—No, madre —dijo Antonino sin dejar que Julia terminara de argumentar.

Ella hizo como que no lo había oído y continuó con sus propuestas.

—Podemos pactar que Geta se encargue desde Siria de ampliar las provincias de Osroene y Mesopotamia...

—¡No, madre! —gritó Antonino.

Julia Domna calló. Su hijo mayor siguió entonces hablando, en voz alta, esgrimiendo la espada con peligrosos aspavientos al tiempo que andaba de un lado a otro del atrio.

—¡Ya no somos niños! ¡Por Júpiter, madre, por El-Gabal y por todos los dioses de Roma y de Siria, por todos nuestros antepasados, madre! Ya... no... somos... niños... —Pronunció la última frase palabra a palabra—. ¡Y esto no es una disputa infantil que puedas resolver con negociaciones ni con pactos! ¡Él...! —y señaló directo a Geta con la punta de su espada sangrante, todo el brazo extendido—. ¡Él me ha atacado a muerte, y muerte es lo que encontrará hoy, solo que no la mía, sino la suya!

Julia Domna parecía ahora la más hermosa de las pinturas

al fresco de todo el palacio. Detenida en el espacio y el tiempo del mundo. Solo se permitió pasar su pequeña lengua por sus labios carnosos mientras pensaba un momento antes de volver a hablar.

—Antonino, hijo mío, te prometo que Geta no volverá a atacarte... —se comprometió la emperatriz, la augusta, la madre.

—No, no lo hará —confirmó Antonino—, porque voy a matarlo. Aquí. Ahora.

Julia Domna hubiera dado en aquel instante su vida por haber sabido instigar la ejecución de todos aquellos senadores que habían animado a Geta a rebelarse contra Antonino, pero todo aquello, ella lo sabía, no conducía a nada que resolviera la crisis de aquel momento. Pasara lo que pasara, muchos senadores iban a morir, pero a ella solo le preocupaba evitar la muerte de sus hijos y, por encima de todo, que se mataran entre ellos...

Antonino empezó a aproximarse hacia ella, pues la emperatriz permanecía interpuesta entre él y su hermano.

Julia Domna abrió la boca, pero ya no dijo nada porque no encontró palabra alguna en su mente que pudiera detener a su primogénito. Ni una frase altisonante ni una gran proclama ni ninguna promesa detendría ya a Antonino. Lo conocía demasiado bien. Lo había gestado en su ser nueve meses, lo había criado de niño y lo había forjado de adolescente. Ella había alimentado su odio y su rabia y su violencia para hacer de él el arma letal perfecta con la que destruir al impostor y traidor de Plauciano en el pasado reciente. Ahora toda esa ferocidad, toda esa furia, todo ese exceso, no podían ser detenidos con palabras.

Julia inspiró hondo.

Solo su piel interpuesta podría frenarlo. Cuando esta idea estuvo nítida en su cabeza, la emperatriz la expresó con voz serena pero tajante.

—Para matar a Geta tendrás antes que matarme a mí.

Quinto Mecio inspiró también profundamente al tiempo que negaba con la cabeza. Su corazón estaba a punto de estallarle en el pecho, la mente le hervía por dentro. Al final, tendría que intervenir él.

El emperador Antonino se detuvo un instante, pero... solo un instante.

—Apártate, madre —dijo y continuó aproximándose a ella con la espada en alto—. ¡Apártate, madre! —gritó.

Pero Julia Domna no se movió.

—Yo os he dado la vida y yo os protegeré, a cualquiera de los dos, con mi propia vida, incluso os protegeré de vosotros mismos —argumentó, pero Antonino seguía avanzando.

Quinto Mecio desenvainó su espada y dio varios pasos directo hacia el emperador Antonino. El jefe del pretorio no podía permanecer allí impasible viendo cómo atacaban a la mismísima emperatriz madre. Así, impulsado por los sentimientos que sacudían su corazón, Mecio avanzó decidido a enfrentarse y detener al augusto Antonino.

—¡Quieto! —exclamó la emperatriz mirando al prefecto de reojo, sin mover ningún músculo—. Quieto, Mecio —le repitió con tono más suave, como el amo que intenta tranquilizar al más fiero y, al tiempo, al más fiel de los perros de presa adiestrados para matar, pero al que, en ese instante, se le ordena que no se mueva, que no intervenga, que no muerda, pese a su natural instinto de ataque en defensa del amo, del ama, pese a todos los días y semanas y meses y años de entrenamiento para no hacer otra cosa sino responder a la violencia contra el ama con otra violencia más fuerte y letal.

Quinto Mecio se detuvo. Pero volvió a andar.

—No —repitió la emperatriz. En voz baja, pero inapelable.

Y la autoridad de Julia lo frenó.

Quinto Mecio estaba dispuesto a todo, incluso a dejarse matar allí mismo si así salvaba la vida de la augusta, pero no podía dejar de obedecer a aquella mujer incluso si la emperatriz se estaba equivocando, incluso si la augusta estaba cegada por el amor a sus hijos... ¿O era por el amor al poder, a la dinastía que ella había creado, engendrado, alimentado?

Fuera como fuera, Mecio se detuvo.

Antonino, sin embargo, al contrario que el prefecto, sí siguió avanzando.

—¡A un lado, madre! ¡A un lado!

—¡No lo hagas, madre, no lo hagas o me matará! —gritó

Geta, flojo, buscando aún una salida, pensando en echar a correr..., eso era..., correr...

Geta empezó a andar hacia la puerta del atrio, que estaba detrás de los pretorianos de Mecio. Para ello comenzó a rodear a su madre, pero Antonino lo siguió con la mirada y con la espada. Julia percibió los movimientos de su hijo menor con el rabillo del ojo y caminó lateralmente, siempre interponiéndose entre los dos coemperadores. Geta se lanzó entonces a correr, Antonino fue tras él y Julia hizo lo mismo colisionando los tres en un tumulto de telas y túnicas y pieles y sangre, la misma sangre que los unía a los tres y que, de súbito, empezó a salpicarlo todo: las paredes, los vestidos, los uniformes de los pretorianos, mientras Geta, por fin, se zafaba de aquella maraña de ropas y espadas y cuerpos imperiales.

Pero no llegó lejos.

Geta arrojó su espada, que apenas si había usado torpemente para evitar alguno de los golpes de su hermano, y esta resonó metálica en el suelo.

Geta miró entonces hacia su madre mientras caía de rodillas junto a su arma.

—*Madre que me engendraste, madre que me concebiste..., ayúdame..., me están ase... si... nan... do...*[32] —Y su rostro cayó de bruces sobre las baldosas de mármol del palacio imperial de Roma.

Antonino, que casi al mismo tiempo que su hermano se había zafado ya del abrazo desesperado que su madre le había dado para detenerlo, se situó frente al cuerpo ya muerto de su hermano.

—Ya está —sentenció.

—¡Aaaaah! —gimió una mujer, pero el aullido de horror no venía de la emperatriz, sino de una de las esquinas del patio: la esclava Lucia, la ornatriz de más confianza de la augusta, se llevaba las manos a la cabeza—. ¡La emperatriz, la emperatriz!

Entonces todos se volvieron hacia donde estaba la augusta de Roma: Julia, toda su túnica cubierta de sangre, caminaba vacilante, una mano en el vientre, aparentemente intentando mitigar una hemorragia, la otra mano apoyada en la pared, en dirección hacia el cadáver de su hijo Geta.

32. Literal según Dion Casio, LXXVIII, 2, 3.

Antonino comprendió que había herido... ¿matado...? a su madre. Aquello no había entrado nunca en sus planes.

—Te dije que no te interpusieras —le espetó, por primera vez en todo aquel día, con voz temblorosa, y de ahí pasó al grito puro, nervioso, histérico—. ¡Te dije que no te pusieras en medio! ¡Te lo dije! —Y clamó al cielo elevando sus gritos hacia las nubes—. ¡Dioses! ¿Por qué nos torturáis así? ¿Por qué jugáis así con nosotros?

Y por primera vez en mucho tiempo, Antonino empezó a llorar. En su cabeza estaba nítido el recuerdo de su madre en el Anfiteatro Flavio, erguida, sin doblarse ni cuando el emperador Cómodo le disparó una flecha; la imagen de su madre en Siria, aclamada por todo el pueblo; de su madre, junto a su padre, vitoreada por todas las legiones de Roma...

Julia Domna, augusta, *mater castrorum*, *mater caesorum*, *mater augusti*, *mater senatus*, *mater patriae*, seguía intentando llegar al cuerpo de su hijo asesinado, pero perdió el equilibrio o las pocas fuerzas que le quedaban le fallaron y, lentamente, resbalando todo su cuerpo por la pared, fue deslizándose hasta quedar medio sentada, con una mano siempre en el vientre y la otra extendida intentando alcanzar la mano muerta de su hijo Geta.

Aquel gesto borró las lágrimas de Antonino, y el emperador, envuelto en la pesada capa de su ira, dio media vuelta y salió del atrio seguido por los pretorianos más leales a su causa.

Lucia corrió a ayudar a la emperatriz y se arrodilló a su lado.

—¡La han matado! ¡Entre esos dos malditos la han matado!

XXXVI

—

LA SANGRE DE JULIA

Biblioteca del palacio imperial
19 de diciembre de 211 d. C.

Galeno estaba encorvado sobre la mesa. Sus ojos ya no eran los de antaño y desde hacía tiempo se doblaba hasta que su vista acertaba a discernir bien las letras de los textos que estaba escudriñando. Pese a todos sus esfuerzos, los libros de Herófilo y Erasístrato no habían aparecido entre todos los rollos que Septimio Severo ordenó traer requisados desde Alejandría a Roma. Como era de esperar, casi todo habían sido obras de magia y astrología, muchas de ellas escritas más por charlatanes que por sabios. Una vez encontró un libro sobre plantas y sus aplicaciones médicas de un autor no identificado que se leía bien y que, sin duda, era obra de alguien preparado. Aquel descubrimiento lo animó en su búsqueda, pero ya no aparecieron más volúmenes relacionados con medicina. Porque el *Liber medicinalis* de Quinto Sereno Samónico, consejero del joven augusto Geta, que halló en aquel marasmo de papiros, no podía considerarse, desde su perspectiva, como otra cosa que un conjunto de disparates sin sentido. Una obra de un mago crecido por sentirse protegido por el augusto Geta. Hasta el punto de haberse involucrado en la lucha entre ambos coemperadores tomando Samónico claro partido en favor del menor de los augustos. Una decisión muy peligrosa. Pero aquel mago vivía entre la soberbia y la ambición. Una mezcla con la que se fragua con frecuencia una muerte inesperada y terrible.

El viejo médico griego oyó pisadas de sandalias militares a su espalda. El sonido de las tachuelas de las *caligae* pretorianas sobre el suelo de mármol era inconfundible, pero no se giró.

—¡Rápido, médico! ¡Tu presencia es necesaria ahora mismo en el palacio!

Galeno también reconoció la voz de Quinto Mecio, uno de los pocos con cierto sentido común que había en el entorno de la familia imperial, pero el médico, fiel a su costumbre de no distraerse con facilidad de su trabajo, siguió examinando el papiro que tenía entre manos, después de desdeñar otro más de Samónico.

Galeno ya imaginaba que algún desastre habría pasado en palacio, pero los desastres, o en este caso, los cadáveres no requieren de prisa alguna.

—Cuando termine de leer este volumen me acercaré.

Quinto Mecio ya conocía la altanería del anciano médico griego, así que no se sorprendió por el poco interés mostrado en cumplir con el requerimiento que se le hacía, pero esta vez Galeno no estaba en una estancia de acceso prohibido, sino en la sala central de lectura, así que Mecio se aproximó por la espalda y le puso la mano en el hombro.

—¡Por Júpiter, ha de ser ahora, médico! —insistió el prefecto de la guardia imperial—. Uno de los emperadores ha matado al otro.

Galeno levantó ligeramente las cejas, pero siguió volcado sobre el papiro.

—Tenía que pasar —dijo el médico griego sin despegar aún la mirada del papiro que sostenía en las manos—. Era cuestión de tiempo.

—¡Por todos los dioses, necesito de tus servicios! —repitió Quinto Mecio algo desesperado ya por la indiferencia de aquel viejo a lo que estaba pasando.

Galeno suspiró y, por fin, se giró para encarar a su interlocutor, pero aún sin levantarse del cómodo *solium* en el que se sentaba durante sus largas jornadas de lectura.

—¿Quién ha matado a quién? —inquirió el médico.

—El augusto Antonino ha terminado con la vida del augusto Geta —explicitó el jefe del pretorio.

Galeno asintió al tiempo que volvía a hablar, siempre sentado, sin ningún movimiento que indicara que pensaba levantarse y salir de la biblioteca en los próximos instantes.

—Antonino era el más fuerte de los dos. El desenlace es el esperado, aunque el Senado lo recibirá mal. En fin, como te he dicho, acudiré en un rato. En cualquier caso, *vir eminentissimus*, creo que te has equivocado de hombre: los muertos no precisan de mis servicios. —Y de pronto cerró los ojos y suspiró y cuando volvió a hablar parecía que lo hacía para sí mismo, casi en un susurro—. Quiero decir, el único servicio que me interesaría prestarles a los muertos es precisamente el que no me permiten realizar. Así toda mi vida, siempre ciegos... ¿cómo esperan que aprendamos, que comprendamos? —Parpadeó y, como si retornara de un sueño, se dirigió de nuevo al prefecto con un tono serio—. Sería más apropiado que te dirigieras a los sacerdotes para preparar el funeral que proceda. Geta, como te decía, ya no necesita un médico. Y, por cierto, comprendo que estés agitado. En tu caso debe de ser la primera vez, pero para mí esta no es la primera ocasión que me llaman para examinar el cadáver de un emperador asesinado en palacio. Todo esto ya lo he visto antes. Estos viejos y cansados ojos míos ya han presenciado mucho en esta vida como para sorprenderme por un magnicidio más o menos, así que deja que acabe de leer esto y, si tanto interés hay en que examine ese cadáver para que certifique su muerte, ya iré luego.

—¡No lo entiendes, viejo obstinado! —gritó entonces Mecio exasperado—. ¡No es por Geta por lo que reclamo tus servicios; es por la emperatriz!

Galeno, súbitamente, se puso muy recto en su butaca y abandonó el tono sarcástico, casi cínico, que había estado usando hasta ese momento.

—¿Qué le pasa a la emperatriz?

—La augusta Julia se interpuso entre sus dos hijos, pero el emperador Antonino, aun así, atacó de igual forma, brutalmente, sin miramientos. La emperatriz..., la augusta Julia me ordenó que no interviniera... y... ha caído herida. Se está desangrando mientras hablamos.

Galeno se levantó de inmediato y cogió su estuche de cuero con los utensilios médicos más necesarios que solía emplear.

—Condúceme hasta ella y hazlo rápido —dijo con el ceño

fruncido y la frente arrugada—. Si es como dices, ciertamente, no tenemos un instante que perder.

Atrio central del palacio imperial

El cadáver de Geta seguía tendido en el suelo, custodiado por media docena de pretorianos a los que Mecio había ordenado que no se movieran de su lado a la espera de que se decidiera qué se haría con el cuerpo, es decir, a la espera de las órdenes que sobre aquel asunto daría el emperador Antonino, el augusto superviviente a aquella aciaga jornada de sangre y furia. Es decir, el emperador único. El dueño y señor de Roma.

Galeno no dedicó más que una mirada rápida al cadáver del coemperador abatido. El inmenso charco de sangre en medio del cual yacía lo decía todo. No había que haber estudiado durante años en Pérgamo y Alejandría para concluir que nada podía hacerse ya por el malogrado Geta. Galeno fue directo a arrodillarse junto a la emperatriz, que también yacía sobre un charco de sangre, eso sí, notablemente de menor tamaño, lo que daba alguna esperanza. La esclava Lucia y el *atriense* Calidio se hicieron a un lado para permitir que el médico examinara a la emperatriz.

—Mi hijo... primero... —musitó la augusta Julia.

—El emperador Geta, augusta, está muerto —respondió Galeno mientras extraía un cuchillo afilado de su estuche y lo empleaba para empezar a rasgar la túnica y la ropa íntima de la emperatriz en busca del origen de toda aquella sangre—. Agua caliente y paños limpios —reclamó sin dejar de cortar la tela.

Lucia salió corriendo en busca de lo que el médico necesitaba.

—Geta... —seguía murmurando Julia Domna, los ojos vueltos hacia el cuerpo de su hijo menor y estirando el brazo en un vano intento por alcanzar la mano vacía del hijo abatido.

—¡La emperatriz ha de estar quieta! —dijo Galeno con autoridad—. ¡O no podré curarla!

Julia Domna hizo caso omiso a las indicaciones de Galeno e intentó arrastrarse hacia el cuerpo de Geta.

Galeno se separó un poco de la emperatriz. Era evidente que la augusta no se dejaría examinar hasta que él hubiera dedicado primero algo de su atención a Geta.

—¡De acuerdo, examinaré a Geta! —aceptó Galeno con la esperanza de que eso detuviera a la emperatriz en sus ansias por llegar hasta el cuerpo de su hijo caído, pero, pese a sus palabras, la augusta continuaba intentando reptar en dirección a este—. ¡Cogedla e inmovilizadla o se desangrará por completo! —gritó entonces el médico.

Calidio y Lucia, que ya había regresado con paños y algo de agua, no se atrevían a intentar detener a su ama contra su voluntad, pero, de pronto, apareció entre ambos la figura poderosa de Quinto Mecio, que los apartó de un empellón que casi los tumbó. El prefecto se arrodilló junto a la emperatriz y la abrazó de forma que a esta le fue ya del todo imposible moverse.

—Suéltame —masculló Julia al jefe de la guardia.

Pero, para sorpresa de todos, Quinto Mecio no obedeció.

—Lo siento, augusta, lo siento... —se limitaba a decir el prefecto sin dejar que la emperatriz se moviera y agravara así su estado.

—Bien —dijo Galeno y se dirigió entonces con rapidez al cuerpo de Geta. Le tomó el pulso en el cuello y, como era de esperar, no sintió nada. Luego puso la cabeza girada con el oído sobre el pecho del coemperador y tampoco sintió latido alguno. Solo observó algo peculiar: una mano de Geta se hundía debajo de la toga como si buscara algo. Galeno introdujo a su vez su propia mano en la vestimenta ensangrentada del augusto Geta y dio con el puño cerrado del coemperador, que asía con fuerza un amuleto. Separó con habilidad los dedos, que aún no estaban rígidos, tiró del amuleto y lo extrajo con cuidado y sin dificultad, pues el cordel de lino que lo había mantenido ceñido al cuello del emperador se había roto en la lucha y ahora estaba suelto. Galeno, sin mirarlo, lo ocultó bajo su propia túnica. Ya lo examinaría luego por si era relevante en algún sentido e informaría a la emperatriz..., esto es, si la augusta sobrevivía.

En medio de la confusión y la preocupación por las heridas de la emperatriz ni Mecio, ni Calidio, ni Lucia ni los pretorianos repararon en los movimientos de Galeno sobre el cadáver del emperador Geta.

El médico se volvió hacia Julia Domna.

—Como dije, el hijo de la augusta ha... muerto... Lo siento. Ahora la emperatriz tendrá que dejarme que la examine.

—¡Nooo, Geta noooo! —aulló la *mater patriae* en un mar de sollozos, con la faz pálida por la debilidad creciente mientras la vida se le iba a ella misma por la herida abierta en el vientre.

»¡Déjame..., Mecio! —insistió Julia intentando zafarse del abrazo del prefecto que la mantenía inmovilizada según las instrucciones del médico.

Galeno se agachó frente a la emperatriz.

—Necesito que la augusta me deje examinarla y permanezca inmóvil si he de intentar preservar su vida. Pero... —y, por primera vez en toda aquella jornada, el médico mostró un rasgo de humanidad, de compasión—; pero otra cosa es que la augusta Julia no desee ser curada. Si la emperatriz no desea vivir ya, puedo entenderlo —apuntó Galeno convencido de que semejante posibilidad podía ser real: aquella mujer acababa de ser testigo de cómo uno de sus hijos mataba a su otro hijo en su presencia y, además, la hería a ella mortíferamente. Muchos no querrían sobrevivir a semejante desatino—. Yo solo soy médico —continuó—. Hay cosas, hechos, acontecimientos que no puedo sanar. Solo puedo intentar restañar heridas, cortes, golpes y algunas enfermedades, pero contra el horror vivido hoy no tengo poder de sanación.

Julia desistió en sus intentos por arrastrarse hacia su hijo muerto. Quinto Mecio sintió cómo el delgado cuerpo de la emperatriz aflojaba los músculos y cedía en su lucha por zafarse de su abrazo.

—He de vivir —dijo Julia—. No puedo permitirme... morir... ahora. Aún no. Así no... Ahora menos que nunca... Haz lo que tengas que hacer, médico, y hazlo bien. Y tú, suéltame de una vez.

Esta vez fue tal la autoridad y, al tiempo, parecía que la emperatriz entraba en razón, que Quinto Mecio soltó de inmediato a la *mater patriae*, pero con extremo cuidado de que esta no se golpeara ni contra la pared ni contra el suelo.

—Lo siento, augusta —dijo el prefecto con la faz ruborizada.

Julia no estaba ni para disculpas ni para vergüenzas, pero como siempre, aun en medio del sufrimiento extremo, registró que el único que se había preocupado por ella, el único que había actuado con premura buscando a Galeno, el único que la había abrazado para evitar que perdiera más sangre, era Quinto Mecio. Guardó aquel dato con precisión en su interior, pero en aquel momento otras urgencias la consumían: sentía un dolor agudo en las entrañas. Cerró los ojos. Se mordió el labio inferior.

Galeno volvió a acercarse al cuerpo de la emperatriz y apartó la tela que había cortado antes. Aún se veía un leve flujo de sangre, no muy intenso, pero constante, que de no ser detenido terminaría por desangrar por completo a la augusta de Roma.

Lucia, sin ser requerida, pero con buen criterio, acercó el agua y otra ornatriz que la acompañaba por orden suya portaba varios paños blancos limpios que ofreció al médico. Galeno examinaba con atención la herida. No era muy profunda, pero había visto morir a gladiadores por cortes similares en el pasado, tanto en Roma como en Pérgamo. Había que limpiar bien primero toda el área afectada y luego coser. Arrugó la frente. Iba a causar mucho dolor, pero este era inevitable si se quería hacer bien el trabajo y de ello dependía la supervivencia de la augusta Julia. Galeno, al tiempo que empezaba a limpiar, inició una conversación con la emperatriz. Tenía que distraerla de alguna forma.

—La augusta dice que no puede permitirse morir, ahora menos que nunca..., ¿por qué?

—Menos que nunca, sí —confirmó Julia respirando con rapidez en busca de más aire, sintiendo las manos del médico que frotaban un paño contra su piel abierta—. ¡Aahh!

—¿Menos que nunca por qué? —insistió el médico sin detener sus manipulaciones sobre la herida.

—Porque..., ah..., porque Antonino me necesitará ahora para gobernar..., el Senado volverá a ir contra el emperador superviviente. Él..., por su parte..., va a ser brutal, va a tomar represalias por el ataque que ha sufrido hoy, pero hay que manejar la purga..., calcular hasta dónde se puede llegar con las ejecuciones..., aggh..., y negociar al mismo tiempo... No estamos en posición de acabar con todos, no a la vez... Hay que controlar al Senado, sí, pero, al mismo tiempo, Antonino no ha de perder el control del ejército y de la guardia y..., ahh..., y está el asunto de las finanzas del Estado... Las campañas de Oriente y Britania y las guerras civiles y las subidas de los sueldos de los legionarios han dejado al tesoro... al borde de la quiebra... Antonino no sabrá manejar todo eso solo..., el emperador me necesita..., ahora estará asustado por lo que ha hecho... Lo que ha... pasado... ha sido horrible, pero he de vivir o perderemos todo aquello por lo que hemos luchado estos años. Perderemos el poder, la dinastía, todo. Esto es lo que muchos senadores querían: que nos matemos entre nosotros, pero he de sobrevivir..., ahhh..., sé que aún puedo revertir todo esto..., aún podemos ganar... —Se volvió hacia el cadáver de Geta y empezó a llorar, pero incluso entre las lágrimas, ya fueran por el sufrimiento físico o por la pena infinita de ver a un hijo muerto a manos del otro, Julia siguió repitiendo aquella frase una y otra vez—: Podemos ganar, aún podemos hacerlo...

—He limpiado la herida —dijo Galeno mirando el rostro repleto de lágrimas de la emperatriz—, pero ahora he de coser. Lo que voy a hacer dolerá más.

—Hoy es imposible que sienta más dolor —respondió Julia ahogando su llanto con su mano sobre el rostro desencajado y con los ojos cerrados—. Haz lo que tengas que hacer, médico.

Galeno miró a Lucia, pero le pareció insuficiente; necesitaba a alguien más decidido para la tarea. Vio a Calidio y se dirigió a él.

—Has de coger a la emperatriz por las piernas y evitar que se mueva.

El *atriense* asintió y se situó de rodillas al pie de su augusta ama.

Galeno miró de nuevo a su alrededor. Vio al jefe del pretorio, muy serio, firme, atento a todo lo que se estaba haciendo. Mecio se había alejado prudentemente después de haber soltado a la emperatriz.

—El *vir eminentissimus* ayudaría más si en lugar de permanecer ahí de pie tapándome la luz se arrodillara de nuevo junto a la emperatriz y la volviera a abrazar por los hombros. El prefecto ha de evitar que la augusta se mueva. Las esclavas pueden cogerla por los brazos. La emperatriz es muy valiente, pero nadie puede controlar el cuerpo cuando se siente el dolor que voy a infligir a la augusta. Ni los legionarios ni los gladiadores lo resisten a no ser que se los duerma con opio antes.

Quinto Mecio se situó tal y como había indicado el médico, pero aún tenía dudas sobre todo aquello. Pensó que la emperatriz quizá también las tuviera, pero observó que, aturdida como estaba y muy débil, ya no decía nada: permanecía quieta, con la mirada perdida, desenfocada. El prefecto se sintió en la obligación de plantear lo que, sin duda, habría comentado la propia augusta de sentirse con más fuerzas.

—¿Y por qué no administrarle opio a la emperatriz y esperar a que se duerma? —preguntó el jefe del pretorio.

—Porque es difícil calcular la dosis adecuada de opio para dormir a alguien y se puede correr siempre el riesgo de sobrepasarla y que el paciente no despierte nunca. Esos riesgos los puedo asumir cuando opero a gladiadores o legionarios, pero no lo veo aceptable en la persona de la augusta de Roma. Y, además, no le suministro opio porque no tenemos tiempo. La emperatriz ha perdido ya demasiada sangre. Hemos de cortar esta hemorragia ahora mismo. Así que haced todos lo que os he dicho, por Asclepio. Voy a cauterizar las venas que pueda y a coser.

—Obedeced... —apostilló la emperatriz con un hilo fino de voz que, no obstante, seguía destilando una potente autoridad que ya nadie se atrevió a cuestionar.

Galeno pidió que le acercaran una llama.

Un pretoriano trajo una antorcha que, pese a lo avanzado de la mañana, entre la confusión y el tumulto, nadie había apagado.

El médico acercó una especie de espátula pequeña de metal, que previamente había lavado y secado, a la llama de la antorcha. Cuando consideró que estaba lo suficientemente caliente, la llevó a la herida de la augusta.

A lo vivo. Sin anestesia.

—¡Agggh! —aulló la emperatriz y, aun contra su férrea voluntad, sintió que su cuerpo se convulsionaba por el dolor, pero las fuertes manos de Calidio en sus piernas y, por encima de todo, los poderosos brazos de Quinto Mecio en sus hombros, junto con Lucia y la otra esclava, que la asían por los brazos, impidieron que sus movimientos supusieran un riesgo para la tarea del médico. Galeno, meticuloso y sin atender a los gritos que seguía lanzando la emperatriz, abandonado ya el cuchillo candente, empezó a coser la herida de forma concienzuda, pero para Quinto Mecio, de modo infinitamente lento.

Galeno, no obstante, no era proclive a dejarse influir por cómo lo miraran los que lo rodeaban cuando operaba. Sus opiniones, sus sentimientos no importaban. Solo era clave la precisión y sus manos y su pulso permanecían firmes, pese a los años acumulados. La experiencia era excelsa y eso hacía que la tarea fuera realizada con exactitud.

—Aaaahhh —exhaló la emperatriz.

—Se ha muerto, se ha muerto... —dijo Lucia aterrada.

Galeno dedicó una mirada al rostro de la emperatriz. Dejó de coser unos instantes y llevó entonces una mano al pecho de la misma y sintió el latido de su corazón.

—Se ha desmayado —precisó el médico y continuó cosiendo—. Es lo más inteligente que podía hacer. Ha resistido más y mejor que la mayoría de los gladiadores que he operado en mi vida. —Y continuó con la aguja y el hilo trabajando sobre el resto de la herida.

Al cabo de un rato se incorporó y miró al suelo de mármol que había hecho las veces de mesa de operaciones improvisada:

—Ahora hay que limpiar toda esta sangre..., la sangre de la augusta... Julia.

—Yo lo haré —dijo en seguida Lucia.

Galeno suspiró.

—Y hay que llevar a la emperatriz —continuó el viejo médico—, con mucho cuidado, a su lecho. El suelo está demasiado frío.

XXXVII

ABRACADABRA

Cámara de la emperatriz
Media hora después

Julia Domna estaba tumbada en su cama. Galeno vio que la esclava Lucia tomaba asiento junto a la emperatriz. Estaría bien atendida.

—Que se me llame en cuanto despierte o si tiene fiebre —dijo el médico—. Y hay que aplicar este ungüento de centaurea varias veces al día sobre la herida. Ayudará a que cicatrice antes.

Lucia asintió varias veces.

Galeno entregó un frasco con aquel líquido espeso cicatrizante y salió de la habitación. En el exterior estaba el jefe del pretorio con una veintena de hombres armados.

—No creo que el emperador Antonino tuviera deseo alguno de atacar a la emperatriz —se explicó Quinto Mecio—. La hirió porque ella se interpuso entre él y el augusto Geta, pero dejaré aquí a todos estos hombres de guardia. Por si acaso. Son de mi plena confianza. Y yo mismo permaneceré en el palacio, pero la verdad es que, si pudiera hacer algo más para ayudar a la emperatriz, me sentiría mejor. Es horrible esta sensación de impotencia, de no poder hacer nada por alguien a quien... a quien... uno...

Pero, prudente, en un momento de lucidez en medio de la confusión de aquella aciaga jornada, el prefecto no terminó la frase.

Galeno podía percibir el sentimiento detrás de las palabras de aquel jefe de la guardia, y decidió ayudarlo a escapar del laberinto en el que el prefecto se había metido con sus palabras.

—A quien uno respeta... tanto —dijo Galeno.

—Eso es, sí —aceptó Mecio de inmediato.

—Todos en Roma respetan y hasta admiran a la augusta Julia —añadió Galeno—; incluso sus enemigos. Tu sentimiento es comprensible. Pero has obrado con diligencia y lealtad hoy y estoy seguro de que la emperatriz, cuando se recupere, tendrá en cuenta tu valía y tus acciones en su justa medida.

El prefecto no dijo nada. Se limitaba a mirar al suelo.

—Pero sí hay algo más que puedes hacer —añadió el médico y captó, al instante, la atención del jefe de la guardia—: cuando la emperatriz despierte necesitará a alguien que le sea leal con quien hablar, a alguien de su propia familia, quiero decir, con quien desahogarse después de tanto sufrimiento físico y mental. Si el *vir eminentissimus* consiguiera que Julia Maesa, la hermana de la emperatriz, estuviera al lado de la augusta cuando esta despertara, estoy convencido de que eso supondría un gran alivio para la *mater patriae*.

Quinto Mecio cabeceó una vez, despacio, y se llevó el puño al pecho.

—Me ocuparé de ello.

—Bien —dijo Galeno—. Voy a descansar un poco. Me hago viejo para tanta locura.

Atrios porticados. Cadáveres. Pretorianos armados por todas partes. El paisaje del palacio imperial de Roma parecía no modificarse nunca. Solo cambiaban sus ocupantes. La eterna rueda de inquilinos henchidos de ansia que, en su mayoría, terminaban muertos en alguna de las múltiples estancias de aquel inconmensurable edificio seguía girando sin fin. Calígula, Domiciano, Cómodo, Pértinax, Juliano, Geta...

De pronto, el veterano médico recordó algo. Se llevó la mano debajo de la túnica y extrajo el amuleto que había cogido de la mano del augusto Geta. Se podía leer perfectamente en él un texto grabado en forma de triángulo, con una palabra, un conjuro de magos torpes que juegan a creerse sabios, a ser médicos; una palabra escrita en la primera línea y que a cada nueva línea era reescrita con una letra menos del modo siguiente:

```
ABRACADABRA
ABRACADABR
ABRACADAB
ABRACADA
ABRACAD
ABRACA
ABRAC
ABRA
ABR
AB
A
```

Galeno ya había leído todo eso en el maldito libro que Samónico había redactado sobre lo que él consideraba medicina:

Inscribes chartae quod dicitur abracadabra
saepius et subter repetes, sed detrahe summam
et magis atque magis desint elementa figuris
singula, quae semper rapies, et cetera figes,
donec in angustum redigatur littera conum:
his lino nexis collum redimire memento.

Grabe varias veces en un amuleto las letras abracadabra
y colóquelo hacia abajo, quitando la última cada vez,
de modo que falte una letra más en cada línea,
hasta que quede una única letra en la punta del cono:
se debe colocar en el cuello con una cuerda de lino.[33]

Galeno miraba el amuleto y suspiró. Sí, eso había escrito el
imbécil de Samónico en su libro y eso le habría contado al ingenuo joven emperador Geta, que creyó que semejante simpleza
lo protegería de la furia de su hermano. Ahora el augusto estaba muerto y Galeno daba pocos días de vida ya al supuesto
mago amigo del emperador abatido por Antonino. Samónico,
sin duda, como amigo del augusto Geta, estaría en la lista de los
próximos a ser ejecutados.

33. Quinto Sereno Samónico, *De liber medicinalis*, LI.

Galeno se encogió de hombros.

La locura parecía haberse asentado en el palacio imperial, como en otros tiempos, como en la época de Cómodo. Solo la emperatriz parecía tener la inteligencia y el aplomo suficientes para dirigir la nave del Imperio en medio de aquella zozobra de poderes: un emperador fuera de control, un montón de senadores ambiciosos y, mientras, las fronteras de Roma desatendidas... Solo la augusta tenía intuición para saber qué había de tenerse en cuenta más allá de las paredes del palacio, pero la cuestión con respecto a la emperatriz era ahora otra más apremiante: ¿sobreviviría Julia Domna a sus heridas? A las físicas, quizá sí, pero... ¿también a la amargura descarnada de lo padecido aquel día? Muy pocos pueden sobrevivir a tanto y reponerse. Nadie normal podría. Claro que Julia Domna no era una persona como las demás. Lo que no terminaba de entender Galeno era cómo podía concentrarse tanta desdicha en la persona de la emperatriz. Era como si una maldición, o muchas, la persiguieran. Como si se le estuvieran poniendo pruebas terribles, cada vez más difíciles, hasta que, al fin, llegaría una insuperable. ¿Quién o quiénes podían tener tanto contra la emperatriz?

CUARTA ASAMBLEA DE LOS DIOSES
SOBRE EL CASO DE LA AUGUSTA JULIA DOMNA
—

Julia estaba gravemente herida, pero para Vesta aquello no bastaba.

—No es suficiente —clamaba la diosa romana del hogar con furia—. Puede recuperarse. Quiero una tercera prueba en marcha. La sentencia del dios supremo hablaba de cinco pruebas. Exijo que la sentencia siga su curso.

Júpiter miró a su alrededor. Todos los dioses lo observaban atentamente.

Había uno nuevo en el cónclave, en una esquina, cubierto por un manto púrpura, en silencio absoluto. El dios supremo lo miró un instante antes de hablar, pero ni se dirigió a él ni detuvo en él su mirada mucho tiempo. Tampoco quería que el resto de las deidades repararan demasiado en aquel nuevo asistente al cónclave divino. El propio Júpiter lo había invitado. Por... deferencia. Ahora no estaba seguro de si había sido buena idea hacerlo.

En todo caso, la petición de Vesta estaba pendiente de respuesta y era una reclamación legítima ateniéndose a lo pactado en anteriores asambleas sobre la emperatriz Julia.

—Sea —aceptó Júpiter—. No creo que la emperatriz se recupere de sus heridas... —Pero, de pronto, calló y se volvió hacia su hija Minerva y con ella vio a Esculapio y el dios supremo recordó que su hija y Esculapio estaban usando al médico Galeno para asistir a la emperatriz Julia en todo momento. Quizá, después de todo, Julia Domna igual sí sobreviviera a las heridas infligidas por su hijo mayor.

Júpiter suspiró. Había tenido la esperanza de que aquel nuevo enfrentamiento entre dioses del Olimpo se dirimiera más rápidamente que en el caso de Troya o de Ulises, pero ahora podía ver bien claro que estaba ante otro largo y complejo combate de poderes, egos y envidias entre muchos de los dioses del Olimpo. Y él, en medio, como juez, no podía desdecirse de sus palabras. Había prometido cinco pruebas contra Julia y cinco debían ser. Poco importaba si el tormento al que estaba siendo sometida la emperatriz Julia era justo o injusto, adecuado o exagerado, por el mero hecho de no ser romana, por el mero hecho de adorarlos no solo a ellos, sino también al dios El-Gabal de Oriente.

—Sea —repitió Júpiter—. Habrá una tercera prueba contra la emperatriz. —E inspiró profundamente mientras se hacía un denso silencio en el cónclave de deidades. En medio de esa concentración, viendo que todos estaban muy atentos, se decidió a exponer cuál sería la tercera prueba que debería intentar superar Julia Domna—: La Manía intervendrá. Y Baco la asistirá.

—La deidad de la locura —dijo Vesta en voz baja al tiempo que asentía. La Manía había enloquecido a tantos... Le pareció una muy buena prueba, un obstáculo que ni siquiera Julia podría sortear como había hecho con la traición o el enfrentamiento mortal entre sus hijos. Contra la locura no podría.

Lo que Júpiter no dejaba claro era a quién iba a volver loco. Pero todos los presentes lo intuían: en la recién instaurada dinastía imperial, el eslabón más débil de aquella cadena de mortales seres humanos era el propio emperador Antonino. Ahí mordería la locura.

Vesta lo vio claro.

Y le pareció bien.

Minerva también lo vio evidente.

Pero le pareció mal.

Minerva se aproximó lentamente a Vesta mientras el cónclave, una vez más, se disolvía. Todos los dioses se alejaban, menos aquel cuyo rostro estaba cubierto por el misterioso manto púrpura.

—Si sigues promoviendo este injusto castigo a Julia, yo te devolveré daño por daño. Te daré allí donde más te duela y te advierto de que el incendio de tu templo en el corazón de Roma hace unos años no será nada en comparación con el golpe brutal que te asestaré si no dejas de pedir a mi padre, una vez tras otra, estas mortales pruebas que envías contra la emperatriz madre, solo porque la odias debido a que no es romana. El mundo es mucho más grande que tu querida Roma y en el mundo han de caber todos. ¿Ni siquiera ves que ella ha impedido la partición del Imperio romano? No sigas, Vesta, o lo lamentarás.

—¿Me estás amenazando? —preguntó Vesta revolviéndose contra la hija de Júpiter e ignorando por completo el comentario sobre el hecho objetivo de que Julia, en efecto, había evitado que el Imperio fuera dividido por sus hijos—. No tengo miedo ni a tus insidias ni a tus amenazas —concluyó la diosa del hogar.

—Las amenazas son cosa de los débiles —replicó Minerva con aplomo sereno, con una contundencia que dejó a Vesta gélida—. Yo no amenazo, yo informo. No tienes ni la más remota idea de contra quién estás luchando, Vesta. Pobre e ingenua Vesta. Cuando Minerva entra en combate, siempre gana. Lo hice en la guerra de Troya y lo repetí en el caso de Ulises. No te atrevas a seguir enfrentándote a mí.

Pese a la contundencia de las palabras de la hija de Júpiter y el incuestionable impacto que estas habían causado en Vesta, la diosa del fuego del hogar de Roma conservó cierta serenidad e incluso se atrevió a responder con osadía.

—Entre Manía y Baco... cegaremos a Antonino. Lo trastornaremos por completo.

Y con esas palabras de despecho, Vesta, por fin, se retiró.

Minerva se quedó a solas reflexionando mientras la diosa del hogar se alejaba de ella y, por detrás, Juno se aproximaba para interesarse sobre qué se habían dicho la una a la otra.

—¿Qué ha pasado? —preguntó la esposa de Júpiter.

—Vesta habla de que cegarán a Antonino —explicó Minerva mirando al suelo, muy pensativa.

—Puede que no sea una ceguera literal, puede que se refiera a la locura que a todos a los que afecta ciega, en el sentido de que nubla su razón —apuntó Juno interpretando las palabras de Vesta.

—Es posible —admitió Minerva—, pero ese uso específico de la palabra ceguera me ha hecho pensar. ¿Quién fue cegado, o, para ser más específicos, quién se cegó a sí mismo?

—Edipo —respondió con rapidez Juno, pero le pareció todo demasiado retorcido para la limitada mente de Vesta y sus argucias—. Pero no creo...

—Pues yo creo que sí —aseveró Minerva convencida y miró entonces a Juno directamente a los ojos—. Tendremos que hacer a Julia mucho más fuerte que Yocasta. ¿Puede hacerse?

—Sí, puede hacerse —respondió Juno—. Entre tu poder y el mío y el de Proserpina y Cibeles podremos conseguir que Julia resista, pero tanto dolor saldrá, al fin, por algún lado. Siempre sale. Ningún mortal puede administrar tanto sufrimiento en su ser sin que el dolor termine hiriendo, de un modo u otro, su cuerpo.

—Ahora centrémonos en hacer a Julia fuerte, fuerte contra todo, fuerte contra el peor de los desatinos que puede sufrir... una madre.

—Sí, pero el dolor... —insistió Juno.

Minerva la interrumpió y fue categórica.

—Ya resolveremos lo que ese dolor genere. Ahora hay que hacer a Julia resistente al mayor de los desmanes. Hay que conseguir que Julia pueda convivir con la más vil atrocidad que una madre pueda verse forzada a afrontar.

Las diosas se separaron.

Júpiter se quedó sin nadie a su alrededor.

El dios cubierto por el manto púrpura se le acercó despacio.

—Todo esto es injusto —dijo aún sin descubrir su rostro.

—Es posible —admitió Júpiter—, pero se ha desatado una guerra entre dioses, y hemos establecido unas normas y ahora hay que seguirlas hasta el final.

—Ella es solo una mortal —replicó el misterioso invitado del manto púrpura.

Júpiter inspiró profundamente antes de responder.

—No debería haberte invitado a asistir. Ahora veo claro que ha sido un error absoluto —continuó el dios supremo—. Comprendo que todo esto te cause gran sufrimiento. Te permití venir por... ser quien eres. Pero eso es todo.

—Deseo ayudarla, a Julia —replicó entonces el enigmático invitado al tiempo que se retiraba el manto púrpura y dejaba al descubierto su faz: el rostro de Septimio Severo, deificado.

—¡No! —respondió Júpiter casi en un grito y poniéndose un instante en pie frente a su trono.

Severo agachó la cabeza.

—Es mi esposa —insistió el emperador hecho dios—. Lo ruego. Imploro poder ayudarla.

—Eso no es posible —respondió Júpiter algo más calmado, sentándose de nuevo en su trono—. Esta es una guerra de los dioses antiguos. Los nuevos no pueden intervenir. Ahora ve allí donde están el resto de los emperadores de Roma y descansa. En todo caso, le he dado a tu mujer la ayuda de Minerva y ella es, de largo, la más inteligente de todos los dioses. Tu esposa está bien asistida. Y no intentes quebrantar mi mandato interviniendo o, simplemente, fulminaré a Julia.

Severo agachó la cabeza aún más.

Dio media vuelta e inició un triste caminar: Julia había pasado de sufrir la traición de Plauciano a estar en medio de una guerra total entre dioses antiguos. Y él, sencillamente, estaba atado de pies y manos. En el Olimpo, pero sin legiones que enviar en ayuda de su esposa ni forma alguna de asistirla. Nunca pensó que se pudiera sentir uno tan desolado en el cielo.

LIBER QUARTUS

CARACALLA

Antoninvs Pivs Avg

CARACALLA
I am ill,
The sun has struck me –in the streets.
The sun has struck me... I am sated now,
Giddy from slaughter... Mother, you must rule,
I am too spent.
I must take sleep. I am heavy
With one gigantic dream. You must give me rest,
Or else there is no ruler in the world;
Chaos has drowned it all.

(He falls drunkenly at her feet by the crown.)

JULIA DOMNA
You have need of sleep.
My son, my living son, you are weary now...
And the lids close so soft! Ye blessed gods,
To see him fall asleep, my living son.

MICHAEL FIELD [34]

CARACALLA
Estoy enfermo.
El sol me ha afectado en las calles.
El sol me ha afectado..., ahora estoy saciado,

34. Pseudónimo de las autoras Katharine Harris Bradley y Edith Emma Cooper, que escribieron juntas una obra de teatro sobre Julia Domna, publicada en 1903.

turbado por la matanza... Madre, debes gobernar tú,
estoy demasiado agotado.
Debo dormir. Me siento abrumado
    por un sueño gigantesco. Has de darme descanso,
o si no no habrá ningún gobernante en el mundo;
el caos ha acabado con todo.

(Cae aturdido a sus pies, junto a la corona.)

JULIA DOMNA
Tienes que dormir.
Hijo mío, mi hijo superviviente, ahora estás cansado...
¡Y los párpados se cierran tan suavemente! Oh, dioses
    benditos,
verlo caer dormido, mi hijo superviviente.[35]

35. Traducción del autor de la novela.

XXXVIII

DIARIO SECRETO DE GALENO

Anotaciones sobre la locura de Antonino
y la determinación de la emperatriz Julia

Antonino y Geta habían gobernado juntos oficialmente durante trescientos diecinueve días. No llegaron al año completo. Digo «oficialmente», y digo bien, porque *de facto* ni uno solo de esos días tomaron una decisión conjunta o coordinada, esto es, otra que no fuera intentar dividir el Imperio.

La envidia de Geta, alimentada por los senadores más ambiciosos, y la violencia de Antonino, alentada por la propia Julia para acabar con Plauciano, estaban destinadas a un choque de titanes inevitable tras la muerte de Septimio Severo. Todo ocurrió casi de la peor manera posible: un fratricidio frente a la madre con la propia emperatriz gravemente herida. Podía haber sido peor. Podía haber acabado igual pero tras una larga guerra civil que hubiera terminado, con toda probabilidad, con el Imperio romano destruido o herido de muerte. Julia evitó, primero, la división del mundo romano y, en segundo lugar, consiguió circunscribir la furia y el odio de sus hijos al ámbito del palacio imperial. Parecía irónico que Julia, acusada por muchos de extranjera, de no romana, era quien había conseguido abortar que la civilización romana se partiera en dos mitades iniciando lo que sería, sin duda, su final. ¿Alguien entre los mortales o entre los dioses se daba cuenta de esto? Dion Casio, en la Tierra, parecía el único senador sensible a esta honorable acción de Julia con respecto a mantener la unidad del Imperio. Pero... ¿y los dioses romanos? ¿Qué pasaba con ellos? ¿No merecía la emperatriz algo más de protección, de ayuda en su empeño por salvaguardar el Imperio?

En fin, las cuestiones celestiales nunca han sido comprendidas por mí.

Volviendo al relato de Julia, mucho se había perdido para ella en la confrontación mortal entre sus hijos, pero, a los ojos de la emperatriz, lo esencial se mantenía: había un único Imperio y lo gobernaba un emperador de la dinastía de la familia de Severo y de la estirpe de los sacerdotes reyes de Emesa. El sufrimiento, no obstante, era inmenso: la pérdida de un hijo siempre supone un trauma profundo para una mujer, pero la forma en la que Geta había sido asesinado por su propio hermano añadía un tinte de horror y padecimiento adicionales que muy pocas madres habrían podido sobrellevar.

De hecho, la pregunta que se hacían todos, senadores, prefectos de la guardia, pretorianos, libertos y esclavos, era la misma: ¿sobreviviría la emperatriz de Roma, no ya solo a las heridas, sino también al horror vivido? Y todos anhelaban, al menos durante los primeros meses tras la muerte de Geta, la misma respuesta: «Ojalá así sea». Pues la locura de Antonino andaba desbocada. El emperador superviviente pensaba acabar con todos los que alguna vez habían manifestado favoritismo por Geta, no importaba si habían sido sus tutores de la infancia o poderosos senadores. También estaban en peligro mortal aquellos que, simplemente, hubieran intercedido en el pasado reciente en las rencillas entre ambos coemperadores. Y, más retorcido aún: el emperador ordenó ejecutar a quien lo contrariara en cualquier forma o en cualquier contexto.

Antonino no admitía disenso alguno.

Esta actitud, he de admitirlo, me parecía lógica o, al menos, coherente: no se mata a un hermano, a alguien de tu propia sangre y con el que habías crecido toda tu vida, para luego negociar con otros o admitir que otros difieran de ti o alimenten favoritismos que no te convengan. Antonino llevó esto al extremo. Incluso ordenó ejecutar a un victorioso auriga porque corría con una facción diferente a la suya en el Circo Máximo y hasta dio instrucciones a los pretorianos para que un aciago día de *ludi circenses* arremetieran con los gladios en ristre contra la multitud del inmenso estadio que aplaudía las hazañas de aquel corredor de cuadrigas.

Antonino estaba fuera de control.

La sangre empapaba las calles de Roma.

Todos tenían miedo, desde el senador más influyente hasta el esclavo más insignificante. Cada uno buscaba la mejor forma para sobrevivir. Unos pasando desapercibidos a los ojos del emperador, otros destacando en la obediencia a Antonino.

Entretanto, Julia permanecía, velada por su hermana, convaleciente en el lecho, la mirada a veces perdida en el infinito, pensando... Para otros no habría mucho en qué meditar, más allá de intentar controlar al emperador trastornado en que se había transformado Antonino, pero para Julia había algo mucho más importante: la victoria. No un logro parcial, sino la victoria absoluta. Igual que la consiguió en el pasado deshaciéndose de todos los opositores a su esposo, Julia concluyó durante su convalecencia que la mejor salida para aquel desastre familiar era elevar la dinastía imperial de África y Emesa por encima de todas las demás dinastías que habían gobernado Roma; más aún, que cualquier otra dinastía que hubiera regido los destinos de cuantos imperios hubieran existido antes o fueran a existir en el futuro. Para Julia, la salida de la locura era el sueño más grande: ser más grandes que la Roma de Trajano o que el Imperio del mismísimo Alejandro Magno. Ahora bien, igual que en el pasado había tenido que asumir riesgos y sacrificios inmensos, esta segunda victoria, que debía ser la definitiva, la permanente, implicaría emplear cualquier método que condujera al fin deseado. Ya no habría moral ni principios que no fueran otros que la victoria completa. Para muchos este planteamiento conlleva dudas éticas. Julia, en este punto, lo tenía muy claro: la victoria siempre merece la pena y la victoria siempre es posible. Uno podría haberle planteado a Julia en esos días: «Pero... ¿es posible la victoria cuando el enemigo es tu propio hijo?». Julia no habría dudado en la respuesta: «Sí».

Y el caso es que, pasados los años, y ponderando circunstancias y cuestiones morales en la balanza del poder, el sueño de la emperatriz de Roma nos convenía a todos en aquel tiempo, incluso a las generaciones futuras: si Julia conseguía su objetivo completo, nos conduciría a todos, sencillamente, a un mundo mejor, pero para eso habría que transgredir tanto, saltarse tan-

tas leyes, tantas costumbres, tantos usos, tantas convenciones...
que muy pocos se atreverían a emprender ese tortuoso camino.
Pero Julia, si se recuperaba de las heridas, estaba dispuesta a, de
nuevo, entrar en la lucha, volver al combate, tomar, si era necesario, el control de todo. ¿El desenlace? Incierto. ¿La determinación? Absoluta. ¿Los riesgos? Inimaginables.

XXXIX

LA FURIA DENTRO DE LA FURIA

Domus del senador Aurelio Pompeyano
20 de diciembre de 211 d. C.
Al amanecer

Los pretorianos rodearon la casa de modo que la huida fuera del todo imposible. En cuanto se completó la operación de asegurarse de que no hubiera ninguna entrada sin vigilar, empezaron las voces del oficial al mando.

—¡Derribad las puertas! —aulló el tribuno Opelio Macrino.

Los soldados golpearon con un gran tronco grueso, que usaban a modo de ariete, las pesadas hojas de madera de la puerta principal de la residencia senatorial. A la tercera embestida enérgica, el travesaño que mantenía cerrada la entrada de la casa se partió y las puertas se abrieron de par en par. Una maraña de esclavos nerviosos, torpemente armados con palos y algunos utensilios de cocina, donde lo más amenazador era algún cuchillo, recibieron a los guardias imperiales con más miedo que confianza en sus posibilidades de defender la domus de su amo.

—Matadlos a todos —instruyó Opelio Macrino sin levantar la voz. Haberlo hecho habría sido como si considerara a aquellos infelices como auténticos enemigos.

La matanza empezó allí mismo, en el vestíbulo de acceso al atrio principal de la domus. Los pretorianos, con buen criterio, asestaron varios espadazos mortales a aquellos que portaban algún cuchillo afilado. Después, eliminado el único peligro real de ser heridos, se ocuparon meticulosamente del resto.

Fue rápido.

Opelio pasó por encima de la sangre derramada en el vestíbulo y, seguido de cerca por un nutrido grupo de sus hombres, irrumpió en el atrio central de la vivienda donde el senador Aurelio Pompeyano esperaba con intención de iniciar alguna negociación, si no para salvarse él, al menos para evitar la muerte a su esposa e hijos. Otros senadores habían tenido la prudencia de esperar noticias sobre el resultado de la conjura contra el emperador Antonino en sus villas fuera de la ciudad de Roma. Aurelio podría haber hecho lo mismo, pero pensó que, si todo salía mal, la respuesta violenta del augusto Antonino no se detendría por unas millas de distancia. Además, mantenerse en la ciudad le daba, ante el resto de los *patres conscripti*, el aire de líder del Senado que andaba buscando desde hacía tiempo. Una situación que tácitamente lo posicionaba en el mejor puesto para, una vez eliminado Antonino y, luego, su hermano, hacerse él mismo, y no Helvio Pértinax, con la toga púrpura. A fin de cuentas, él también descendía de sangre imperial, de la familia del mismísimo divino Marco Aurelio, y liderar la revolución contra la dinastía Severa lo entronaría con facilidad, apoyado por todo el Senado. Helvio, a fin de cuentas, aunque un aliado importante en la conjura, siempre había ido a remolque de sus ideas. El plan era arriesgado pero tentador y, simplemente, no pudo, no supo resistirse. Ahora recordaba todas las advertencias que su padre, fallecido en paz hacía varios años, le había hecho en repetidas ocasiones.

—No te inmiscuyas en la lucha por el poder —le había dicho siempre. En el aturdimiento del momento no podía recordar las palabras exactas de los avisos de su padre, pero el mensaje siempre había sido ese y ahora lo veía todo con nitidez, mientras los pretorianos con espadas ensangrentadas lo rodeaban. Su padre había rechazado la toga púrpura tres veces: cuando se la ofreció el propio Marco Aurelio, cuando se la entregaba el Senado entero y cuando se la ofertó el emperador Juliano. Tres noes, tres humillaciones, pensó él entonces. Pero tres supervivencias. Él no hizo caso a su padre ni tomó en serio tampoco la advertencia que la emperatriz Julia hizo llegar al Senado a través de Helvio Pértinax. Ahora la muerte estaba allí mismo, no ya a la puerta de su casa, sino dentro de su residencia. Aun así, no lo lamentaba todo: él se sentía con derecho a ser emperador por sus nobles orígenes, mucho más que esa familia de africanos y extranjeros sirios que gobernaba Roma desde el palacio del Palatino. Solo sentía no haber puesto a buen recaudo a su mujer e hijos enviándolos no a una villa fuera de la ciudad, sino bien lejos de allí, a algún remoto y secreto punto del Imperio donde el emperador Antonino no pudiera llegar con su ira descontrolada. Pero, quizá, aún estaba a tiempo de salvar a los suyos.

—Tengo dinero escondido. Oro. Mucho —dijo en un intento desesperado por dar comienzo a esa negociación que pudiera salvar la vida de su esposa e hijos—. Solo pido que respetéis la vida de mi familia. Y os diré dónde está.

Opelio Macrino se situó frente a él. El tribuno razonó en su interior con la rapidez que requería el momento, pues veía la avaricia en los ojos de los pretorianos que rodeaban al senador e intuyó un posible problema. Las órdenes del emperador Antonino habían sido claras: matar a todos los implicados en el ataque de palacio. Los nombres estaban en una lista elaborada por el viejo y sempiterno jefe de la policía secreta de Roma, Aquilio Félix, que, desde la oscuridad de su vetusta casa de la Subura, seguía manejando los hilos de los *frumentarii*, aparentemente al servicio de la familia imperial. Y en esa lista, Macrino lo recordaba muy bien, el primer nombre era el del *clarissimus vir* Aurelio Pompeyano. De modo que no había mucho margen para negociar.

Opelio Macrino se dirigió hacia sus hombres. Esta vez habló en voz baja, como en un susurro, lo que, curiosamente, aumentaba lo inapelable de su decisión.

—Matad a todos los miembros de esta familia, empezando por el senador, y acabad también con todos los que encontréis en la *domus*: id habitación por habitación, revisad todos los *cubicula*, mirad debajo de las camas, quebrad los ladrillos del horno de la calefacción y revisad los conductos por donde transita el aire caliente de la casa. No dejéis ningún rincón por revolver y matadlos a todos. Hombres, mujeres y niños. Libres o esclavos. Patricios o libertos. Que no quede vivo nadie en esta casa. Este miserable es el líder de la conjura contra el emperador Antonino..., ¿no querréis que tenga que informar al emperador de que a alguno de vosotros le ha temblado el pulso a la hora de ejecutar las órdenes recibidas, verdad? Y si encontráis oro, lo traéis aquí. De todo lo demás, solo quiero sangre.

Aurelio Pompeyano quería hablar, decir algo más. No había esperado nunca semejante determinación por parte de un tribuno pretoriano y menos en tiempos en que la lealtad de la guardia, con frecuencia, había oscilado de un bando a otro, entre un pretendiente a la toga imperial y otro, por un puñado de monedas más o menos. Cierto era que Severo desmanteló la anterior guardia pretoriana y había constituido una nueva a su medida, pero desde aquello habían pasado muchos años y las rencillas entre Antonino y Geta habían abierto bandos en el seno mismo de la guardia... ¿Cómo era posible que aquel oficial lo tuviera tan claro?

Aurelio Pompeyano iba a volver a mencionar lo del oro oculto, pero no tuvo tiempo. Las espadas de varios pretorianos ya lo atravesaban de lado a lado y el dolor primero y el miedo después lo inundaron. Cuando las armas abandonaron su cuerpo, con el acostumbrado botín de sangre, piel y trozos de vísceras, Aurelio Pompeyano, descendiente de la estirpe del mismísimo Marco Aurelio, cayó fulminado sobre el mosaico del atrio central de su fastuosa residencia en el centro de Roma. Había querido tocar la toga imperial y la púrpura misma se lo llevaba por delante sin haberla vestido ni un solo día.

Opelio Macrino, por su parte, acompañado por uno de los grupos de pretorianos que habían irrumpido en la casa, iba de una habitación a otra confirmando que sus hombres cumplieran con las órdenes, dando muerte a todo el que hubiera en aquel momento en la residencia senatorial.

Encontraron a la mujer y los hijos pequeños de Aurelio Pompeyano. Entre ellos, una niña de apenas once años. Los soldados no dudaron en acabar con los niños. Era evidente que no se podían dejar herederos varones de aquella familia que había liderado una conjura contra el emperador. Otra cosa eran las mujeres.

—Acabad con todos —insistió Macrino dejando a sus hombres con la mujer y la niña mientras salía de la última habitación registrada y pronunciaba unas palabras finales a modo de advertencia—: Que no tenga que volver a repetirlo.

De pronto, se detuvo.

El emperador había solicitado crueldad máxima contra Pompeyano y su familia.

Opelio Macrino sabía mucho de causar dolor. Era experto. Llevaba toda su vida abusando del poder del que disponía en cada destino, desde sus inicios como oficial de guardia en los puestos fronterizos del Danubio en Carnuntum, hasta su cargo actual como tribuno de la guardia imperial, pasando por su época de líder de la caballería de la legión I *Parthica* en Oriente. Allí trabajó a las órdenes de Plauciano, cuando el anterior jefe del pretorio empezaba sus maniobras para derrocar a Severo y su familia y apoderarse del trono imperial. Él, Macrino, se libró por muy poco de las purgas que Severo llevó a efecto tras la ejecución de Plauciano. El tribuno pretoriano sabía que su relación pasada con Plauciano lo marcaba como un elemento dudoso ante los ojos de la dinastía Severa, es decir, ahora, ante los ojos del emperador Antonino. Y no era momento para estar en la lista de lealtades dudosas. El emperador Antonino había solicitado crueldad máxima y habían estado demasiado expeditivos en la aniquilación de todos los de la residencia de Aurelio Pompeyano. Nada sabroso que transmitir al emperador Antonino para su regocijo más allá de que el senador había intentado negociar por la vida de los suyos ofreciendo oro y que no se le había ni tan siquiera escuchado. Era poco.

Opelio Macrino miró hacia la niña.

—Matad primero a la pequeña, delante de su madre. Que lo vea esta antes de morir. Hacedlo como queráis. Divertíos primero con la niña y luego con la madre. Esto agradará al emperador.

Y salió.

En otro tiempo se hubiera quedado para entretenerse también, pero sus pensamientos lo tenían turbado. Aquilio Félix habría forjado no solo una lista de enemigos claros, sino también otra de aquellos cuya fidelidad pudiera ser cuestionable. Intuía que él estaría en esa lista, por su antigua relación con Plauciano, y quería salir de ella lo antes posible. Estaba convencido de que la misión recibida de acabar con el senador Aurelio Pompeyano y su familia era una prueba que el emperador le había puesto para confirmar su lealtad. El augusto estaría probando a todos los que estaban en su entorno.

La niña aullaba.

La madre gritaba.

Se oyeron bofetadas. Y risas.

Opelio Macrino miraba al suelo. Lo estaba haciendo bien. Se mostraría el más brutal, el más despiadado de los servidores del emperador único Antonino y eso lo haría agradable a los ojos del augusto. Eso podría encumbrarlo. Había leído la lista de traidores varias veces. El emperador la había compartido con él y con otros tribunos para que todos vieran la dimensión de la venganza imperial. El nombre de uno de los dos prefectos de la guardia también estaba en la lista. El emperador habría enviado a otro grupo para acabar con él. ¿Quién estaría al mando de esa misión? No podía adivinarlo, seguramente otro oficial cuya lealtad quizá también estuviera en entredicho, como la suya propia, pero, en todo caso, lo esencial era que un puesto de jefe del pretorio iba a quedar vacante pronto. O quizá el augusto terminara ordenando la ejecución sumarísima de los dos prefectos de la guardia. En cualquier caso, el emperador necesitaría un sustituto o dos. Y era habitual encontrar reemplazo para los prefectos de la guardia entre los tribunos pretorianos. Él, Macrino, era tribuno.

La niña dejó de aullar.

La mujer seguía gritando. Sus hombres no salían aún de la habitación. Parecía que el asunto se iba a dilatar un tiempo.

Opelio Macrino sonrió feliz como no lo hacía desde tiempo atrás. Un mundo de oportunidades se abría, una vez más, ante él.

Sí, lo estaba haciendo bien.

El emperador Antonino era la furia, pero él sería la furia dentro de la furia, el brazo derecho, el ejecutor de la locura.

XL

EL MIEDO DE TODOS

Roma, diciembre de 211 d. C.
Aula Regia

El viejo Aquilio Félix, encorvado, con todos sus años a cuestas, con todas las muertes que había promovido con sus informes para cinco emperadores distintos durante los últimos cuatro decenios, entregaba, una vez más, listas de sospechosos: primero, la de aquellos que, indiscutiblemente, tenían que ser ejecutados, y, en segundo lugar, la de los que se dudaba de su completa lealtad, pero de quienes tampoco podía afirmarse que hubieran intrigado contra el emperador Antonino o que fueran a hacerlo.

—Me preocupa el asunto de los dos jefes del pretorio —dijo el augusto desde el trono imperial en voz baja. Había ordenado a todos los pretorianos de su escolta que esperaran en el exterior de la gran Aula Regia para disponer de más intimidad a la hora de tratar aquel espinoso asunto con el anciano jefe de los *frumentarii*, pero aun así se mostraba cauto a la hora de hablar. De hecho, Antonino pensaba que en algún momento tendría que comprobar si el propio jefe de la policía secreta era de fiar o no. Aquel viejo había conspirado contra unos y otros en el pasado, pero, por el momento, Aquilio Félix, como ya hizo en tiempos del emperador Severo, parecía estar aportando información útil, por lo que, de forma provisional, Antonino lo mantenía en el puesto.

—Los dos prefectos de la guardia, sí —repitió Aquilio Félix a modo de confirmación para mostrar que estaba atento a los razonamientos del emperador.

—Veo que Papiniano está en la lista de los que han de ser

ejecutados —continuó el augusto revisando los dos papiros que le había proporcionado el jefe de la policía secreta—, pero Quinto Mecio está solo en la de los de lealtad dudosa pero sin deslealtad probada.

—Así es, augusto. Al primero se le ha visto reunido en numerosas ocasiones con el... —¿qué palabra usar?—, con el fallecido augus... —se corrigió—, con el fallecido Geta y...

—¡No pronuncies nunca más ese nombre! —lo interrumpió Antonino alzándose del trono y levantando el tono de voz con los ojos inyectados de ira—. ¡Esa... ese... hombre no ha existido nunca!

El viejo jefe de la policía secreta dio dos pasos hacia atrás y se disculpó inclinándose en reiteradas ocasiones, casi besando el suelo con sus labios resecos.

—Lo siento, augusto..., lo siento inmensamente. No volverá a ocurrir.

—Eso espero —aceptó el emperador y, algo más sereno, volvió a sentarse en el trono—. Si hago todo lo que estoy haciendo, entre otras cosas, es para borrar todo rastro suyo.

Aquilio Félix se aproximó otra vez hacia el emperador, con tiento, para poder seguir comunicando con él de cerca, en voz baja, de modo que los pretorianos del exterior no pudieran escuchar nada de lo que allí se decía.

—Como comentaba..., Papiniano fue visto en varias ocasiones departiendo a solas con quien... nunca... existió... —dijo despacio y miró un instante hacia Antonino, que cabeceaba afirmativamente en señal de que aceptaba esa forma de referirse a Geta, a su hermano muerto. Esto animó al viejo líder de los *frumentarii* para continuar con sus explicaciones detalladas—: Papiniano también fue visto entrevistándose con senadores de la conjura contra el emperador Antonino, en particular, hablando en reiteradas ocasiones con Aurelio Pompeyano. Estoy muy persuadido de que los *patres conscripti* que han intrigado contra el augusto tenían en Papiniano un apoyo importante. O eso pensaban. Quizá Papiniano solo intentara mediar, pero...

—Pero son demasiadas conversaciones con quien no debía y punto —zanjó el emperador. Quedaba el asunto del otro prefecto—: ¿Y Mecio?

—Sí, el segundo jefe del pretorio, Quinto Mecio, es un caso más complejo, augusto: por un lado siempre se ha mostrado neutral en público con relación a las... diferencias entre el emperador y... quien... no existió... y esto no lo hace completamente de fiar, pero también es cierto que su actuación durante el ataque perpetrado en palacio contra el augusto Antonino fue clave para evitar que la conjura consiguiera sus objetivos. Mecio, además, parece bastante próximo a la augusta Julia Domna, claro que la madre del emperador también se ha mostrado neutral entre sus dos..., se ha mostrado neutral. Por eso digo que la lealtad de Mecio es confusa, aunque sería magnífico para el emperador si el augusto pudiera cerciorarse de la fidelidad de este prefecto, pues Mecio es un oficial muy eficaz, valiente en el campo de batalla, buen administrador cuando se le han conferido tareas en ese sentido, como cuando fue *praefectus Aegypti*, y es muy respetado por la mayoría de los pretorianos. Estoy seguro de que podría controlar la guardia imperial con mano férrea. La cuestión, claro, es dilucidar si al emperador le conviene que Mecio sea, en efecto, su brazo derecho con la guardia pretoriana. Está, además, el tema sobre cómo reaccionará el mencionado Quinto Mecio cuando se ejecute a Papiniano. Los dos prefectos han colaborado bien, de forma coordinada, estos años y pudiera ser que Quinto Mecio no se tomara a bien la ejecución de su colega. Resulta, pues, complejo definir su lealtad.

Hubo entonces un intenso silencio que quebró el propio emperador.

—Quizá no sea tan difícil solventar este asunto... —inició Antonino, pero calló para meditar lo que iba a decir.

Aquilio Félix contuvo la respiración. Estaba muy persuadido de que el augusto iría por la línea más simple de ordenar la ejecución no solo de Papiniano, sino también de Mecio. Era una lástima perder a un hombre como Mecio, pero el jefe de los *frumentarii* no albergaba esperanzas de que el emperador, conocido por su violencia y mal carácter, fuera capaz de pensar en soluciones más sutiles; pero, de pronto, la voz del augusto interfirió en sus pensamientos:

—Quizá si ordenamos a Mecio que sea él mismo, en persona, quien ejecute a Papiniano, resolveremos varias cuestiones al mismo tiempo, ¿no crees? —señaló el emperador ante los asombrados ojos de su interlocutor—. Si Mecio cumple la orden y mata a Papiniano, tendremos al primer prefecto desleal ejecutado y al segundo, confirmando con su acción que está dispuesto a obedecerme en lo que le ordene, dando muestras de gran lealtad.

Aquilio Félix se inclinó ante la perspicacia, inesperada para él, del emperador.

—Sin duda, este es un ingenioso plan, augusto —confirmó.

—Le enviaré la orden a través de alguno de los tribunos... ¿Quién se está mostrando particularmente leal?

—Opelio Macrino, sin duda —identificó Aquilio Félix con rapidez.

—Perfecto. Esta audiencia ha concluido.

El jefe de los *frumentarii* hizo varias reverencias, luego se dio la vuelta e inició su camino para salir del Aula Regia sopesando aún que el actual, y único, emperador de Roma era bastante más sagaz de lo que uno podría haber esperado. No solo era brutal. Tomó buena nota. Eso le recordó que en su residencia de la Subura guardaba otras dos listas de enemigos, las que había elaborado para entregar al emperador asesinado Geta: siempre previsor, había reunido información de los enemigos de uno y otro, de Antonino y Geta, para disponer de datos y nombres que lo hicieran útil para el augusto que se impusiera en la mortal disputa por el poder. Pero ahora, viendo el cariz que estaban tomando los acontecimientos, con la purga bestial que estaba dirigiendo el emperador Antonino, tener aquellas listas que había preparado para Geta empezaba a ser más un problema que otra cosa. El fuego, siempre purificador, tendría que ocuparse, en cuanto llegara a su *domus*, de eliminar aquellos papiros ya del todo inoportunos.

Castra praetoria

Quinto Mecio podía ver sobre la mesa la orden de arresto y ejecución del prefecto Papiniano firmada por el propio emperador Antonino. Y se la habían entregado a él.

Mecio se pasó la palma y los dedos de la mano izquierda por la nariz, boca y barbilla mientras pensaba. No tenía muchas opciones. Sabía que era una prueba, pero intuirlo, incluso estar seguro de ello, no cambiaba nada de lo sustancial: o bien obedecía y con ello mostraba al emperador que estaba dispuesto a someterse siempre a su autoridad, con lealtad ciega, con la fidelidad de quien no cuestiona ningún mandato imperial, o bien se negaba a cumplir la orden y no pasaría entonces mucho tiempo antes de que algún tribuno pretoriano, muy posiblemente Opelio Macrino, acompañado por un buen grupo de guardias, apareciera en su *tablinum* para ejecutarlo a él. Macrino se estaba distinguiendo por su actividad despiadada cumpliendo instrucciones imperiales. De hecho, el propio Macrino le había entregado en mano aquella orden de arresto y ejecución.

Mecio suspiró. Papiniano no merecía la muerte. Mecio estaba convencido de que no se había involucrado en la conjura dirigida y urdida por el senador Aurelio Pompeyano. Si Papiniano era culpable de algo, sería de, por un lado, haber intentado interceder en el conflicto entre ambos coemperadores y, por otro, de no mostrarse proclive a favorecer ninguna acción violenta de un augusto contra otro. En eso, Mecio veía que se le parecía mucho, pero Quinto sabía que su intervención personal para salvar al augusto Antonino en el día fatídico del ataque de los pretorianos conjurados le daba un pequeño margen de ventaja sobre Papiniano. Pero un margen mínimo y que se estaba testando con aquella orden.

Mecio sonrió con aire cínico: si el día del intento de asesinato de Antonino el que hubiera estado de guardia en palacio hubiera sido Papiniano y no él, con toda probabilidad el que estaría ahora con una orden de ejecución sobre la mesa sería el propio Papiniano y el nombre de la persona a ejecutar sería el suyo: Quinto Mecio. Y sería Papiniano el que estaría ponderando si cumplir o no esa orden. Caprichos de la diosa Fortuna.

Sí, ejecutar a Papiniano era injusto.

Mecio se sirvió un poco de vino de la jarra que había junto a la orden recibida.

Bebió.

Un trago, dos, tres, seguidos. Apuró la copa.

—Aahh —exhaló y dejó la copa vacía sobre la mesa.

Volvió a mirar el papiro con la instrucción mortal.

Pero si no lo hacía él, lo haría otro... El nombre de Macrino volvió a su mente. Aquel tribuno estaba destacando en la represión y pronto el emperador se fijaría en él. A Mecio no le gustaba Opelio Macrino. No tenía nada concreto de lo que acusarlo. Era una sensación, una intuición...

Miró la jarra.

Se sirvió una segunda copa y se la bebió, de igual modo, de un solo trago.

Suspiró, por segunda vez, al tiempo que volvía a dejar la copa vacía en la mesa.

Si cumplía la orden, por otro lado, se haría fuerte en la guardia imperial y se mantendría con capacidad de proteger a la emperatriz Julia.

La augusta Julia.

Mater castrorum, mater senatus, mater patriae...

Pero para él, para sus pensamientos secretos, solo Julia.

Cerró los ojos.

Los abrió.

Se levantó de golpe cogiendo el papiro con la orden.

Salió con paso firme de su *tablinum*. Nada más verlo emerger de la estancia, una veintena de pretorianos de su confianza lo escoltaron en su avance, a marcha rápida, por los pasillos de los *castra praetoria*.

Entre las columnas de uno de los atrios del palacio imperial
Finales de diciembre de 211 d. C.

—Y nosotros, ¿qué hacemos? —preguntó Lucia nerviosa—. ¿Nos matará también el emperador Antonino? Hemos cuidado de los dos, del augusto Geta y del augusto Antonino, cuando eran pequeños.

—No, no nos matará —respondió Calidio con bastante seguridad—. Somos esclavos de su madre, la augusta nos heredó cuando el divino Severo falleció. Y sabe que su madre nos tiene en estima. A los dos, a ti y a mí.

—Pero si el augusto atacó incluso a su propia madre —opuso ella en un susurro intenso que subrayaba la tensión acumulada durante los últimos días. Llevaban casi dos semanas en que las únicas noticias eran las relacionadas con nuevas ejecuciones promovidas por el emperador. Estaba acabando con cualquiera que hubiera tenido que ver algo con su hermano.

—Lo de herir a su madre no fue premeditado —argumentó Calidio en defensa de su idea de que el emperador no iría a por ellos—. Ella se interpuso. Matarla no estaba en sus planes. Ni herirla.

—¿Y si escapáramos? Con nuestros pequeños —se atrevió a proponer Lucia en un murmullo casi inaudible, inversamente proporcional en volumen a la magnitud de la transgresión que estaba sugiriendo. Habían tenido dos niños desde que se casaron y estaban siendo criados por ellos al tiempo que seguían con sus tareas de esclavos al servicio de la familia imperial. En cierta forma, eran unos privilegiados.

—No, hemos de quedarnos. —Calidio se mostró tajante—: Huir no es una opción. Seríamos fugitivos. Nosotros dos y los niños también. Eso no. Somos esclavos de la familia imperial y seríamos perseguidos hasta el fin del mundo y ejecutados para escarmiento de cualquier otro que pudiera pensar en hacer algo parecido. Muy posiblemente después de que nos torturaran en público. Los cuatro. No. Hemos de seguir con ella, con la emperatriz, a su lado, hasta el final. Nuestro destino, nos guste o no, está ligado al suyo. Pero necesitamos un final diferente, un final que ella decida, no el desenlace que está generando su hijo, el emperador Antonino. En un final controlado por la augusta, ella se acordaría de nosotros. De eso no tengo ninguna duda. Somos sus más fieles servidores desde hace muchos años. Nos manumitiría antes de morir, nos daría la libertad, estoy convencido, a nosotros dos si seguimos vivos y también a nuestros hijos; pero ahora la emperatriz no tiene la cabeza para nada más que no sea, primero, sobrevivir, y luego, ver cómo reorganizarlo... todo. Nosotros somos insignificantes, pero en el fondo de todo lo que la rodea, ella sabe que existimos. La conozco bien. Si sobrevive a sus heridas y al dolor de todo lo ocurrido, encontrará caminos que ni tú ni yo ni todos los senadores de Roma juntos podemos imaginar. Se le ocurrirá cómo controlar a su hijo y, a partir de ahí, reconducir las cosas...

—Yo le estoy muy agradecida a la augusta y le tengo afecto de veras —admitió Lucia con sinceridad—. Nos permitió casarnos. Lo facilitó todo hablando con su hermana, pero... creo que tienes demasiada fe en ella. ¿No estarás cegado... como otros hombres? Los hechiza a todos. Yo le tengo aprecio y siento mucho lo que le ha pasado y padecí cuando el... —iba a decir «loco», pero se corrigió, pues ni en las sombras de las columnas ni al abrigo de aquella semioscuridad se atrevía a dedicar semejante calificativo al emperador—, cuando el... augusto... la hirió. Creí que la había matado, pero, de veras, ¿no crees que te has dejado hechizar tú por ella como cualquier otro hombre?

—¡Por todos los dioses, Lucia, piensa en nuestros hijos! —exclamó él en susurro irritado—. Yo estoy siendo frío y práctico. Nuestra supervivencia depende de la suya y ella sobrevivirá. La he visto sobreponerse a un desastre tras otro y volver a dominar la situación. No tengo fe más que en lo que he visto. Son otros los ciegos, los que creen que la pueden dominar. No estoy hechizado. Sé que la emperatriz es capaz de lo mejor pero también de lo peor si lo cree necesario para sus fines. Te he protegido más veces de lo que imaginas de su propia ira, de su propia locura, pues cuando ella se concentra en pensar en el poder, no se detiene ante nada. Lo hice en Asia, cuando Severo te pidió como esclava para yacer contigo y me las ingenié para que fuera otra la elegida y mantenerte a salvo de los celos de la augusta. Eso no lo sabías, ¿verdad?

Lucia lo miró con perplejidad. No, nunca le había desvelado su esposo aquel episodio al completo.

—Lucia, no me digas cómo desenvolverme en este maldito palacio —continuó él—. Puede que no sepa de muchas cosas, pero si hay algo que sé es cómo ser esclavo de la familia imperial de Roma y sobrevivir. Así que, en esto, no me discutas.

Los dos callaron un rato en medio de aquellas sombras temblorosas proyectadas por las llamas de las antorchas del palacio.

—¿Y si ella muere? —preguntó Lucia de pronto.

Calidio tardó en responder, pero cuando lo hizo fue categórico:

—Entonces Roma entera se vendrá abajo y no habrá un Imperio de donde huir, ni para nosotros ni para nadie. No lo saben, los senadores, los miembros del *consilium principis*, los pretorianos..., todos se creen tan importantes cuando la única que importa es ella.

Su mujer no estaba del todo persuadida, pero ya no contrargumentó más.

Ambos echaron a andar hacia los *cubicula* de los esclavos. Ella cabizbaja y él muy pensativo, con la mirada observándolo todo, siempre atento. Calidio llevaba más de veinticinco años en el centro de Roma, en el centro mismo del poder y, como había dicho, sobreviviendo. Era toda una autoridad sobre el asunto del gobierno del Imperio, una autoridad anónima, una autoridad ignorada, pero, al fin y al cabo, un auténtico experto tan desconocido como borrado por la historia, que se ocuparía luego solo de los ciudadanos romanos libres y, de entre ellos, casi únicamente de los poderosos.

XLI

LA REPRESIÓN

Cámara de la emperatriz, palacio imperial, Roma
Enero de 212 d. C.

—Yo abrí la caja de Pandora y liberé toda esta locura —dijo la emperatriz con una voz aún muy débil—. Justo es, pues, todo lo que me pasa.

Maesa miró a su hermana confundida, pero no dijo nada. De momento, lo único que realmente la inquietaba era la supervivencia de Julia, que respondiera a las curas de Galeno y que recuperara fuerzas. Habían pasado ya dos semanas y su hermana aún estaba postrada en la cama, muy delicada, pálida, herida.

—¿Quién más? —preguntó entonces Julia. Su voz mostraba preocupación, pero había recobrado en parte su timbre más seguro, sereno, pese a su evidente debilidad física. Maesa habría preferido seguir hablando de los problemas en la frontera del Rin, asunto con el que habían iniciado la conversación, y departir sobre las consecuencias que los ataques de los germanos podrían tener sobre el Imperio, pero podía leer con nitidez en la mirada intensa de su hermana que Julia estaba mucho más interesada en la represión brutal que su hijo Antonino estaba poniendo en marcha en Roma.

—La lista es larga y debes de estar cansada —respondió Maesa, como si la hermana de la emperatriz intentara mitigar la dimensión de la violencia de Antonino frente a su madre, aún convaleciente de las heridas sufridas por el ataque de... su propio hijo.

—No busco valoraciones, sino datos concretos, y no estoy cansada —insistió Julia, sentada en su lecho, con varios almohadones en la espalda para acomodar su delgada figura.

—Varios senadores, Aurelio Pompeyano el primero —empezó a precisar Maesa—. Antonino lo considera el instigador principal de la conjura de Geta contra él. Los pretorianos se mostraron particularmente crueles con él y con toda su familia por orden expresa de Antonino. Parece que los guardias imperiales se afanan en cumplir las instrucciones. Ninguno quiere ser señalado como flojo o como dudoso en su lealtad a Antonino.

—¿Y el senador Helvio Pértinax? —inquirió Julia.

—No, Pértinax se salva, al menos, por el momento.

Julia cabeceó un par de veces afirmativamente.

—Bien —dijo—. Aurelio Pompeyano y Helvio Pértinax son los dos senadores de más prestigio. La familia de Pompeyano entroncaba directamente con la del divino Marco Aurelio, y Helvio, como hijo del divino Pértinax, es también descendiente, en su caso directo, de quien ha sido emperador. Si Aureliano ha sido el instigador, y por carácter creo que le va más intrigar que a Helvio Pértinax, Antonino ha hecho muy bien en ejecutarlo solo a él. Al dejar a Helvio con vida, tenemos a alguien relevante en el Senado con el que negociar. Un interlocutor de referencia. Pero solo cuando seamos más fuertes, cuando superemos esta... —a Julia le costó encontrar palabras con las que referirse al asesinato de su hijo Geta a manos de su otro hijo— esta crisis, esta división, solo cuando hayamos resuelto este penoso asunto entre nosotros, dentro de la familia, podremos ser, de nuevo, lo suficientemente fuertes como para eliminar a Helvio, que, sin duda, es un peligro latente para nuestra dinastía. El Senado seguirá intrigando contra nosotros y verán en Helvio un posible sustituto de Antonino.

Maesa miraba a Julia con los ojos abiertos de par en par. Era increíble cómo su hermana parecía haber digerido y asumido el fratricidio que había tenido lugar en su propia presencia y en el que ella misma había estado a punto de morir. La mentalidad plenamente práctica de su hermana la dejaba sin palabras. No sabía si Julia había perdido la razón por completo o si era la persona más fuerte que había conocido en toda su vida. Incluidos hombres y mujeres.

—¿Y Dion Casio? —indagó entonces la emperatriz.

Maesa tuvo que sacudir la cabeza antes de responder, como para intentar volver de su perplejidad al mundo real de las preguntas que su hermana le estaba planteando.

—No parece haber estado directamente implicado y los pretorianos de Antonino lo han dejado estar.

—¿Quién informa al emperador?

—El viejo Aquilio Félix, que sigue controlando, por lo que se ve, a gran parte de los *frumentarii* —explicó Maesa.

Julia arrugó la frente. El veterano jefe de la policía secreta seguía entre ellos suministrando información. ¿Hasta qué punto sería leal aquel hombre que sirviera en el pasado al mismísimo Cómodo en sus peores años de violencia? Julia estaba persuadida de que Aquilio Félix solo sería leal mientras el viento soplara a favor de la dinastía Severa. El hecho de que estuviera trabajando con Antonino le hizo ver a la emperatriz que debían de ser más fuertes de lo que ella pensaba; si no, Aquilio estaría trabajando solo para el Senado, para Helvio Pértinax o para otro senador que se postulara como alternativa a Antonino. ¿Tendría que ocuparse alguna vez de Aquilio Félix? Era muy mayor. Quizá fuera un asunto que se resolviera solo.

—Usaremos los servicios del viejo Aquilio Félix, pero hay que deshacerse de él y de ese grupo de espías en algún momento no muy lejano.

Maesa no dijo nada. Parecía que su hermana, a medida que ella hablaba, iba preparando su propia lista de futuras ejecuciones. Entonces lo vio claro: Julia era igual de violenta que Antonino, solo que en un cuerpo de mujer y siempre controlando sus acciones, midiendo los momentos, calculando las oportunidades... ¿Era necesaria toda aquella brutalidad? ¿Era la única forma de sobrevivir a los enemigos que los acechaban?

—¿Quién más? —preguntó de nuevo Julia rompiendo el breve silencio.

—Fabio Cilón se ha salvado por poco. Como intentó mediar entre Geta y él alguna vez parece que Antonino dio orden de ejecutarlo, pero se dio cuenta de que parte de los oficiales de la II *Parthica* estaban en contra y cedió. El prestigio de Cilón entre las legiones es muy grande.

—Es lógica esa reticencia de la II *Parthica* a ver morir a Fabio Cilón. Cilón y Leto han sido los dos *legati* en los que Septimio tuvo siempre más confianza —confirmó Julia—. Y con Leto muerto, Cilón es un hombre especial para los legionarios. ¿Recuerdas que fue él mismo, por orden de Septimio, quien vino a sacarnos a las dos de Roma cuando éramos rehenes de Cómodo?

—Sí, es cierto. Al final, Antonino ha apartado a Cilón de todo poder militar, pero sigue vivo —continuó Maesa—. Antonino se revolvió entonces contra el chambelán imperial y contra todos los sirvientes de Geta, ya fueran libertos o esclavos. Los han ejecutado a todos sin excepciones. Decenas de ellos muertos, muchos aquí mismo, en palacio. Mientras te recuperabas. Había gritos cada noche. Llegué a temer que un día entraran aquí los pretorianos y acabaran con nosotras, pero nadie se ha acercado a tu puerta.

Julia no dijo nada.

La decisión de acabar con todos los que en su momento sirvieron a su hijo menor era cruel y brutal, pero no carecía de cierta lógica. Antonino quería asegurarse de que no quedaba nadie en palacio que pudiera tenerle rencor. Injusta como pudiera parecer aquella acción asesina, era algo que ella no pensaba cuestionar. Ahora solo tenía un hijo y, por el bien de la dinastía, la emperatriz estaba decidida a apoyarlo sin límite. Comprendía que su hermana, no obstante, solo pudiera ver el horror y nada más. Maesa estaba cegada por la descarnada violación que sufrió su hija en un pasado aún demasiado reciente. Eso casi acabó con la relación entre ellas, pero ahora Maesa había vuelto. Y la necesitaba. Y la quería. Con ella a su lado aún podría controlarse todo. Pero habría cosas que, simplemente, sería mejor no compartir con ella.

—También ordenó la ejecución de Cornificia, la hermana de Cómodo que aún seguía viva —continuó Maesa—. Era una mujer mayor y sola, pero como se supo que decía en voz alta que había venido a consolarte por la muerte de... —Maesa bajó mucho la voz— de Geta, pues por eso. Antonino ha prohibido que se mencione tan siquiera el nombre de su hermano pequeño. Antes lo he dicho sin darme cuenta y hay que ir con tiento con ese tema. Cornificia no hizo caso, mostrando pena por la muerte de... tu hijo menor, y Antonino quiso dar ejemplo con ella a toda Roma. Parece que nadie tuvo que matarla, que ella misma se abrió las venas ante los pretorianos que habían sido enviados por el emperador. De hecho, en esta línea de borrar la memoria de... su hermano, Antonino ha forzado al Senado para que decrete una *damnatio memoriae* sobre él, sobre... Geta. Sus imágenes, incluso en las monedas, están siendo eliminadas, una a una, por un ejército de esclavos que no hacen otra cosa en todo el día. Sus estatuas ya han sido destruidas, incluso las que podían verse en el arco de triunfo del foro que recuerda la gran victoria de Septimio contra los partos. Más aún... —pero calló.

—Más aún... ¿qué? —preguntó Julia.

—Dicen que Antonino va a ordenar borrar toda mención a su hermano en la gran inscripción del Arco de Septimio en el foro. Comentan que dejará las líneas que se refieren a Septimio y también la línea siguiente donde se menciona la dignidad y los títulos del propio Antonino, pero la cuarta línea, donde se hace mención a Geta, será borrada y en su lugar inscribirán otra frase diferente.

—¿Qué frase?

—Nadie lo sabe aún.

Hubo un nuevo silencio. Para la emperatriz estaba claro que en el futuro muy pocos recordarían que hubo alguien llamado Geta que fue emperador. Pasarían años, decenios, siglos quizá y la gente cruzaría el Arco de Septimio Severo en el foro, se admirarían de sus relieves, de lo imponente de sus figuras, se detendrían a valorarlo, a ponderar lo que aquellas esculturas grabadas en la piedra representaban; incluso leerían la gran inscripción tallada en lo alto de la estructura; pero entonces ya el nombre de Geta no estaría allí. Al principio, la gente callaría en silencio, ya fuera por respeto o por miedo. Luego ya nadie recordaría toda la tragedia ocurrida en el seno de la familia imperial. Solo verían unas letras sobreimpresas sobre una inscripción anterior en la línea cuarta. Y nadie pensaría ya que aquello tuviera ningún significado, que aquella corrección, que aquel cambio de unas palabras por otras ocultara una brutal lucha por el poder... Julia cerró los ojos, suspiró y los volvió a abrir. Esa visión que acababa de tener del futuro tenía que evitarse.

Maesa respetó el tiempo que su hermana estaba empleando en digerir todo lo que acababa de comentarle.

—¿Hay más? —inquirió al cabo de un rato la emperatriz.

—Sí.

Julia suspiró.

—Te escucho —dijo la emperatriz.

—También se ha ejecutado a su mujer y su cuñado.

—¿Plautila, la hija de Plauciano? ¿Y su hermano? Pero si estaban en Lípari, desterrados —dijo Julia.

—Hasta allí envió pretorianos Antonino —confirmó Maesa.

—Ya —aceptó Julia sin demasiada sorpresa por la nueva revelación. Que su hijo ordenara la muerte de Plautila, la hija de Plauciano con la que Septimio lo obligó a casarse, y de Plaucio, su hermano, entraba dentro de lo esperable. Julia misma se había pasado años insuflando odio al propio Antonino contra la hija de Plauciano, precisamente para evitar que tuviera hijos con ella, algo que hubiera dado alas a su miserable padre para hacerse con el poder efectivo tras la muerte de Septimio. Sin embargo, ahora, con el propio Plauciano muerto, la ejecución de Plautila, exiliada y sin influencia alguna en la corte imperial, era una pura cuestión de odio. Pero Julia pensaba en otras consecuencias relacionadas con ese acto: la eliminación de Plautila dejaba a Antonino sin esposa, por tanto, sin, al menos por el momento, la posibilidad de engendrar hijos de forma oficial. La dinastía permanecía sin herederos y sin forma rápida de crearlos. Ese era un tema de suma gravedad que tendría que ser abordado en algún momento. Con dos hijos vivos, con dos coemperadores, el asunto de que ni Antonino ni Geta tuvieran descendencia aún no parecía vital, pero con la desaparición de Geta todo cambiaba. Habría que pensar algo... Nerón, el último emperador de la dinastía Julio-Claudia, murió sin herederos y sobrevino una serie de guerras civiles por todo el Imperio... Cómodo, el emperador final de la dinastía de los divinos Trajano y Marco Aurelio, también falleció sin descendencia y el mundo romano se sumió de nuevo en la guerra total. No podía pasar lo mismo con Antonino.

Maesa quebró las meditaciones de su hermana al proseguir con el listado de ejecuciones decretadas por Antonino:

—Los pretorianos también han dado muerte por orden imperial a algunos filósofos, magos y astrólogos, entre ellos, el primero, Samónico. Y dicen que el emperador se ha reído en público del conjuro *abracadabra* que Samónico parecía haber creado o sugerido usar a Geta para protegerse del odio de su hermano mayor. Algo que, es obvio, no le resultó de utilidad alguna. Parece que Galeno encontró un amuleto con esa palabra escrita varias veces en su interior. El propio médico griego informó a Antonino.

—Siempre tan inteligente... Galeno, quiero decir —manifestó Julia con una pequeña sonrisa sarcástica en la boca—. Así se ha quitado a un competidor en palacio, a la vez que al señalarlo se muestra como fiel servidor de Antonino y aleja su odio de él en un momento tan complicado. Galeno es un superviviente nato. Ni siquiera la peste puede con él...

Julia se quedó en silencio. ¿Por qué nunca pudo la peste con el viejo médico? El propio Galeno había manifestado no saberlo. ¿Estaría tocado por los dioses, bajo una protección especial de Asclepio?

—¿Crees que Galeno se inventó lo del conjuro? —preguntó Maesa con ingenuidad.

—No. Hasta ahí no llegaría —respondió Julia—, pero si tenía una prueba de que Samónico, al que despreciaba, apoyaba a Geta contra Antonino, no dudaría en mostrarla al emperador tal y como dices que ha hecho. ¿*Abracadabra*?

—Sí —confirmó Maesa—. Una palabra extraña. Galeno mismo me dijo que quizá estaba inventada con raíces del árabe o el arameo o de la lengua de los judíos, de eso no estaba seguro, y que, al parecer, debía de querer significar «curar algo» o «destruir algo». Pero que él no le otorgaba el más mínimo valor ni poder curativo o protector.

Julia asintió. Geta había recurrido al charlatán de Samónico, por un lado, al tiempo que, por otro, se dejaba embaucar por Pompeyano y otros senadores ambiciosos. El resultado de semejante red de consejeros había sido mortal para él. Casi para ella. Casi para toda la dinastía.

Suspiró una vez más. Seguía débil. Y había tanto aún por saber y por decidir y por hacer...

—De acuerdo, todo eso aquí, en la ciudad, pero... ¿y fuera de Roma? —se interesó entonces la emperatriz—. Además de las ejecuciones de Plautila y Plaucio en las islas Lípari, ¿ha ordenado ejecutar a otros fuera de Roma?

—De momento han dado muerte a dos gobernadores, el de la Bética y el de la Narbonense. Parece que estaban apoyando el complot de Geta. Pero de ahí no ha pasado.

—¿Y con relación a la guardia imperial?

—De entre los pretorianos, Papiniano fue el primero en caer. Ya sabes que como jefe del pretorio intercedió varias veces entre Antonino y Geta, sobre todo en Britania, cuando Septimio estaba muy enfermo. Y parece ser que se entrevistó con Pompeyano y otros senadores del complot los días antes. No está claro si para participar o para intentar detenerlos, pero eso a Antonino le ha dado ya igual. El emperador envió una orden de ejecución inmediata de Papiniano a los *castra praetoria*. Luego se ha eliminado a varios tribunos pretorianos como Valerio Patruino y Valerio Mesala. El terror ha sido tan grande estas semanas que hasta ha habido quien se ha suicidado: Aelio Antípatro, el tutor de ambos, de Antonino y Geta, no ha esperado a que le enviaran verdugos y él mismo se ha cortado las venas.

La muerte de Aelio le dio lástima a Julia. Fue un buen tutor para sus hijos, pero su mente se había quedado aún más impactada por las ejecuciones dentro de la guardia pretoriana. De pronto, su corazón empezó a latir con más rapidez y, por primera vez en toda aquella infinita lista de muertes, la emperatriz tuvo miedo de preguntar por la supervivencia de alguien en concreto.

—¿Y... Quinto Mecio?

El tono vibrante de Julia al hacer la pregunta no pasó desapercibido para Maesa.

—Sigue vivo, de momento, como jefe único de la guardia imperial. De hecho, parece que fue él quien se encargó de la ejecución de Papiniano por orden de Antonino.

Julia Domna exhaló aire lentamente de sus pulmones. Su hermana inclinó la cabeza hacia un lado.

—¿Te gusta ese hombre..., Mecio...? —le preguntó con curiosidad genuina.

Julia no respondió de inmediato. Estaba sopesando, estudiando sus propios sentimientos. Ponderando ventajas y desventajas.

Maesa esperó, sin prisa.

—Gracias por haber venido —dijo, al fin, la emperatriz, sin dar respuesta a la pregunta—. Que estés aquí, conmigo, en medio de toda esta locura, es una gran ayuda.

—De nada —dijo Maesa—. Fue el propio Mecio el que vino a buscarme.

Un nuevo silencio.

—Y, con relación a Quinto Mecio, te diré que nos viene bien alguien sensato y leal en estos momentos de zozobra, ¿no crees?

—Esa no es una respuesta a mi pregunta —matizó Maesa con una leve sonrisa en los labios—. Es una apreciación interesante, sin duda, pero no una respuesta.

Pasaron unos instantes.

—Sí, me gusta —admitió Julia.

Las dos hermanas se miraron y se echaron a reír y aquella risa limpia les vino bien a las dos para, de algún modo, aunque solo fuera durante un instante, exorcizar el peso del horror en el que se había transformado la vida en el palacio imperial de Roma, por un lado, y para difuminar el dolor padecido.

De pronto, al terminar la risa:

—Sohemias es como tú —dijo Maesa.

—No te entiendo.

—Es hermosa como tú —se explicó Maesa—. Siempre has sido la más guapa de las dos, de siempre. No, no me lo discutas. Y Sohemias es igual de hermosa. Es también cabezota como tú y, como tú, se fija en los hombres poderosos que hay a su alrededor para ver cómo influir en ellos. De hecho, siempre me confiesa que, si su marido falleciera, pronto buscaría a alguien que la apoyara. Dice que este es un mundo de hombres y que, sin uno fuerte a su lado, una está perdida.

Julia recordó que Sexto Vario, el marido de Sohemias, había ejercido bien como recaudador de impuestos en Britania y ahora debía de estar destinado en... ¿dónde era? ¿Numidia?

—¿Y por quién se interesaría mi sobrina si su marido falle-ciera? ¿Te ha especificado también eso? —preguntó Julia, con-tenta de ver que había más mujeres inteligentes y atrevidas en la familia.

—Por un tal Gannys —concretó Maesa—. Siempre lo men-ciona. Cuando Sexto no está presente, claro.

—Claro —confirmó Julia con una sonrisa.

—Es tribuno de una de las legiones de Oriente —continuó Maesa—. No me viene a la memoria ahora de cuál. Una de las que están establecidas en Siria. Ya ves, tú te interesas por el jefe del pretorio, ahora que Severo ha muerto, y ella ya se ha fijado en un importante tribuno militar. Lo cierto es que Sexto está débil y enfermo y Sohemias ya va procurándose ese apoyo que considera tan necesario en caso de que su esposo fallezca pronto.

—¿Y ese Gannys es hombre en quien se pueda confiar? —in-quirió la emperatriz muy interesada.

—Se conduce bien con los legionarios y los oficiales y es apreciado por el gobernador de la provincia. También se com-porta con mucho afecto con el joven Avito Basiano, el hijo de Sohemias y... Sexto.

Maesa tardó unos instantes en decir el nombre del supuesto padre. Las dos hermanas sabían que el auténtico padre del hijo de Sohemias no era su marido, sino el emperador Antonino. Pero ambas, con la intención de olvidar lo que las separó, evita-ron hablar sobre aquel particular.

—Entonces, Sohemias, si su marido, Sexto, fallece, parece haber elegido bien —dijo Julia para terminar con el incómodo silencio que se había creado entre ellas al acordarse las dos, aunque ninguna lo mencionara expresamente, del asunto de la violación—. Y, ya que lo mencionas, puestos a buscar nuevos... ¿cómo decirlo...? —buscó una denominación genérica, que no especificara ataduras concretas— nuevos... hombres, mejor que sean militares fuertes, ¿no crees?

Maesa sonrió.

—Supongo que sí.

Las dos volvieron a reír un rato, juntas, unidas.

Julia aprovechó la distensión para decir algo que nada tenía que ver con la búsqueda de posibles futuras parejas sentimentales o maridos o, sencillamente, hombres fuertes.

—He de hablar con Antonino —dijo la emperatriz.

—No sé si es buena idea —opuso su hermana—. Aún estás muy débil. Y él sigue fuera de sí.

—Tengo que hablarle sobre Geta.

Maesa negaba con la cabeza.

—¡Por El-Gabal, hermana! ¿Me has oído antes cuando te he dicho que ha ordenado una *damnatio memoriae* contra él y que nadie puede ni tan siquiera mencionar su nombre en su presencia?

—Yo no soy cualquier persona —contrargumentó Julia con firmeza—. Soy augusta, como él, y hablaré con el emperador de lo que me parezca. Llámalo y asegúrate de que venga.

Maesa se levantó, pero aun así intentó persuadir, una vez más, a su hermana de que abandonara aquella alocada idea.

—Antonino se ha convertido en un monstruo. Y no me refiero a sus violencias del pasado. Ahora es mucho peor.

—Lo sé. Eso ya lo hemos hablado —aceptó Julia—. Pero es *mi* monstruo. Llámalo.

Maesa conocía demasiado bien a su hermana, así que, viendo que no habría nada que ella pudiera decir para hacerla cambiar de idea, con el corazón entristecido, salió de la habitación y, sin añadir más, dejó a la emperatriz de Roma a solas con sus cálculos.

Julia Domna cerró los ojos y se concentró. Pensar y planificar la ayudaba a evadirse del dolor que la engullía aún desde sus entrañas.

Pero el tiempo transcurría lento cuando una tenía una herida profunda de espada en el vientre causada por uno de sus propios hijos. Las horas parecían casi detenidas cuando tu primogénito había asesinado a tu hijo menor. El tiempo goteaba casi como una herida mal cerrada por donde se te escapara la vida en pequeñas dosis letales, imparables, finales, en especial cuando tenías que volver a enfrentarte a un fratricida que era sangre de tu sangre.

Pasó más tiempo.

Siempre despacio.

Siempre lento.

Una hora entera desde que Maesa la había dejado en la habitación.

Por fin...

—Mi señora —dijo Lucia asomando por la puerta de acceso a la estancia—: el jefe del pretorio quiere verla.

—Dile que pase y retírate —le dijo Julia y la esclava salió rápidamente de la cámara de la emperatriz.

Quinto Meció cruzó el umbral y se situó junto al lecho de la *mater senatus et patriae*.

—El emperador está a punto de llegar, augusta —anunció Mecio—. Me he adelantado para... para informar de su venida. La hermana de la emperatriz me advirtió..., me comentó que la augusta deseaba hablar con su hijo.

—Así es, *vir eminentissimus* —respondió Julia sentada en la cama—. Ya me has informado de que viene. ¿Algo más?

Quinto Mecio negó con la cabeza, pero luego, en lugar de marcharse, se quedó mirando a la emperatriz un instante más de lo apropiado. La túnica fina que llevaba puesta la que fuera esposa de Severo dejaba adivinar un contorno de líneas suaves y una figura delgada y atractiva en aquella mujer que, a sus cuarenta y dos años, seguía siendo hermosa. ¿Era su voz, sus ademanes, sus gestos, su seguridad en sí misma, los labios que aún se veían carnosos, los cabellos perfectamente peinados, los muchos cuidados a los que siempre recurrió la emperatriz en su vida? ¿Todo junto?

Julia percibió el interés no declarado del jefe del pretorio y no le molestó ni la incomodó.

Mecio, a modo de despedida, se inclinó y a punto estaba de irse cuando:

—¿Eres leal? —preguntó ella sorprendiendo por completo al líder de la guardia pretoriana.

—Sí, a la emperatriz, siempre.

Ella, seria, asintió. Luego volvió a preguntar:

—¿Estarías dispuesto a hacer cualquier cosa por mí?

—Sí..., augusta.

—Bien. Quinto Mecio, puede que algún día tenga que recordarte estas palabras y no te guste.

—Sea lo que sea, obedeceré, augusta.

Julia lo miró directamente a los ojos con tal intensidad que él, al fin, bajó la mirada.

—Sí, lo harás —vaticinó ella.

Se oyeron pisadas de muchas sandalias en el exterior.

Mecio seguía allí firme, sin moverse, mirando al suelo.

—El emperador ha llegado, Mecio —dijo ella.

Él se irguió, saludó militarmente y abrió la puerta, pero antes de salir, se volvió un instante hacia la emperatriz.

—Estaré fuera, augusta, por si... se me necesita.

Julia asintió y Mecio quiso ver hasta una leve sonrisa de agradecimiento en el rostro de la emperatriz, pero no estaba seguro de si solo había sido su imaginación.

XLII

UNA ENTREVISTA CON LA FURIA

Cámara de la emperatriz, palacio imperial, Roma
Enero de 212 d. C.

Antonino entró en la cámara de la emperatriz de Roma.

El prefecto de la guardia aún estaba allí.

—Cierra la puerta al salir, Mecio —ordenó el emperador, que no quería a nadie presente cuando hablara con su madre.

El jefe del pretorio miró a Julia Domna y esta convino con un gesto sutil de la cabeza.

Mecio obedeció.

Emperador y emperatriz quedaron a solas.

El uno frente al otro.

Madre e hijo.

—Me han dicho que querías verme —empezó Antonino.

—Así es. Te agradezco tu pronta respuesta.

—Eres mi madre y augusta y *mater senatus et patriae*. Te debo un respeto.

Ella recibió aquellas palabras con un leve asentimiento.

—Además... —continuó él—, me alegra verte... recuperada, madre.

Julia volvió a cabecear una vez. Eso era lo más cercano a una disculpa que podía esperar de su primogénito. Más allá de ese comentario, cualquier otro intento de hacerlo reflexionar sobre el horror que había desatado sería inútil, por eso decidió no andarse con rodeo alguno e ir directamente a los asuntos esenciales.

—Has de divinizar a Geta —dijo ella, directa, sin tapujos, ni anuncios, ni circunloquios ni avisos de preparación y, como vio la cara de incredulidad absoluta de su hijo, añadió una frase más repitiendo la misma idea que acababa de expresar—: Has de deificar a tu hermano muerto.

Antonino pasó entonces del pasmo a la cólera. Su faz dejó de estar lívida por la petición de su madre para exhibir el rojo más intenso.

—Lo sabía, estaba seguro de ello —continuó él caminando de un lado a otro de la habitación como una fiera enjaulada antes de salir a la arena—. Sabía que esta reunión era un error y estaba convencido de que pedirías algo absurdo, pero, madre... —y aquí se detuvo y se quedó mirándola fijamente, en pie, con los ojos inyectados de ira—: has superado cualquier cosa que hubiera podido imaginar. A estas alturas te hacía informada de que he hecho que el Senado decrete una *damnatio memoriae* sobre mi hermano. Sus estatuas han sido destruidas y su efigie está siendo borrada de todas las monedas y de todos los lugares en donde pudiera haber sido representada. Incluso he hecho eliminar su nombre del arco de triunfo sobre Partia del foro. Nadie puede ni tan siquiera pronunciar su nombre en mi presencia y ¿vienes tú a pedirme que lo divinice, que decrete su apoteosis? No solo no te permito que menciones su nombre, madre, sino que no tolero ni que lo defiendas ni que tan siquiera lo llores. ¿Me oyes, madre? —Y lo gritó—: ¿Me oyes?

Exterior de la cámara de la emperatriz

Quinto Mecio, firme ante la puerta, rodeado por sus hombres, instintivamente se llevó la mano a la empuñadura de la espada.

Entre los pretorianos presentes estaba el veterano Opelio Macrino, que, pese a haber servido a Plauciano en el pasado, estaba reinstaurado en el círculo de confianza más cercano al emperador Antonino gracias a su exhibición de disciplina ciega a la hora de seguir las instrucciones brutales de represión dictadas por el augusto. Había venido encabezando la escolta personal del emperador y ahora permanecía con Mecio y el resto de los pretorianos junto a la puerta de la cámara de la emperatriz madre, a la espera de que la conversación entre la augusta y su hijo terminara.

Pero Opelio Macrino no solo había conservado la vida en aquellos días tumultuosos y recuperado la confianza del emperador en su persona, sino que, además, mantenía su fino instinto de percepción y casi de inmediato reparó en la tensión con la que Quinto Mecio vivía los gritos que el emperador lanzaba a su madre al otro lado de la puerta que vigilaban.

Pero Macrino no dijo nada.

Todos los pretorianos callaban.

El jefe del pretorio también.

El emperador dejó de gritar.

Ahora solo se escuchaban voces algo más calmadas, pero era imposible desentrañar las palabras.

Mecio relajó un poco los músculos del rostro: parecía que era otra vez la *mater senatus et patriae* la que hablaba. Luego seguía viva...

Interior de la cámara de la emperatriz

Julia Domna no se arredró ante los gritos de su primogénito. Retiró las sábanas que la tapaban. Sentía demasiado calor. A los aspavientos del emperador respondió con una serenidad fría, helada, que, al menos por un rato, selló los labios de su hijo.

—Tus gritos no me impresionan, Antonino. Si no te temí ni me aparté cuando empuñabas una espada, ¿crees acaso que tus voces van a intimidarme? Haz ahora el favor de callar y escuchar. Me has clavado un arma en el vientre y has matado a quien era hijo mío. Creo que me he ganado el derecho a que el emperador de Roma se tome la maldita molestia de escucharme, ¿no crees? ¡Siéntate!

Antonino, ojos abiertos, ni un parpadeo, mudo, se sentó en el mismo *solium* que apenas hacía una hora había ocupado su tía Maesa.

—Bien. Prosigamos —continuó Julia, reajustando las sábanas con las manos mientras hablaba—. Ni defiendo, ni justifico ni... —tuvo que engullir dolor en grandes cantidades antes de pronunciar las siguientes palabras— ni lloro... a tu hermano. De hecho, Geta se equivocó al dejarse encandilar por Aurelio

445

Pompeyano y el resto de los senadores que lo alentaron a rebelarse contra ti. Por otro lado, tampoco voy a entrar a valorar tu reacción. Tu hermano está muerto y eso no tiene vuelta atrás. Lo único útil en cualquier tragedia es mirar hacia el futuro y eso, precisamente, estoy haciendo. Ya que tú no lo haces, lo haré yo. ¿No querías todo el poder para ti? ¿No querías ser el emperador único, en solitario?

Antonino fue a responder, pero su madre levantó la mano derecha y él se contuvo.

—No he terminado —precisó Julia y continuó hablando, dejando ya las sábanas y cerrando ambas manos en sendos puños pétreos—. Perfecto. Ya lo eres. Lo has conseguido. Pero en el poder absoluto, hijo mío, no hay que tomar solo decisiones que nos gustan. Tu padre, por ejemplo, ordenó divinizar a Cómodo, sobre el que también pesaba una *damnatio memoriae*, pero tu padre lo hizo porque un emperador ha de terminar siempre siendo dios. Cómodo era hijo de Marco Aurelio y tu padre lo divinizó, aunque ese miserable de Cómodo nos disparara flechas a ti y a mí y a tu hermano en el Anfiteatro Flavio, aunque ese maldito nos retuviera como rehenes a los tres durante años para controlar a tu padre. Septimio, como yo, como tú, odiaba a Cómodo, pero por razones de Estado, por razones de gobierno, para dejar clara al Senado la supremacía total de un emperador, los obligó a divinizarlo. Declaró su apoteosis. Geta ha sido coemperador y augusto y es obligación tuya seguir dejando claro ante el Senado que un emperador es dios. Me da igual lo que pienses o lo que odiaras a tu hermano. ¿Querías poder absoluto? Lo tienes. Ahora ejércelo como corresponde: con idea de preservarlo y de prevalecer sobre el resto; con idea de perpetuarte y de perpetuar nuestra dinastía. Y por El-Gabal y todos los dioses de Roma, ve a Germania. Como bien decías, me he estado informando de todo lo que acontece aquí en Roma y en las fronteras del Imperio. Maesa me ha puesto al día de las ejecuciones que has ordenado, pero antes me habló de los problemas en la frontera norte. Me consta que hay ataques en las riberas del Rin. No solo tienes enemigos en Roma. ¿He de recordarte que no hace tanto, en tiempos de Marco Aurelio, los marcomanos se plantaron en Aquilea y a punto estuvieron de llegar a Roma misma? La frontera necesita de tu maldita rabia incontenida. Vuélcala allí y regresa con una victoria, retorna como un líder del ejército. Eso te hará más fuerte ante el Senado que todas las ejecuciones que puedas ordenar.

La emperatriz reclinó la espalda sobre los almohadones de la cabecera del lecho y suspiró.

—Y hay más: tendrás que casarte. Muerta tu esposa, hemos de encontrarte otra que nos convenga. Una dinastía necesita de un heredero, pero eso ya lo arreglaremos más adelante. —Le costaba hablar; se recostó hacia un lado en la cama y, con las almohadas siempre como respaldo, volvió a taparse del pecho para abajo con las sábanas que había dejado antes a la altura de la cintura. Tenía frío. ¿Fiebre?—. Ahora me preocupa más el problema del dinero —añadió la emperatriz, sorprendiendo de nuevo a su hijo con otro asunto de importancia cuando aún estaba asimilando todo lo dicho por su madre con respecto a deificar a su hermano o lo de su posible matrimonio futuro—. ¿Cuánto has pagado a los pretorianos por quedarte como único emperador?

—Dos mil quinientos denarios, madre —respondió el emperador con rapidez.

—Bien. Eso los tendrá satisfechos —aceptó Julia—. ¿Y has subido el sueldo a las legiones?

—Sí —confirmó el emperador—, según el consejo de mi padre.

—Correcto. Hay que enriquecer a los soldados, en eso tu padre tenía razón, y más si estamos enfrentados con el Senado, pero todo esto hace evidente que necesitamos más dinero, ¿no crees?

Antonino arrugó la frente. Cada vez tenía un entrecejo más pronunciado, casi un surco profundo entre sus ojos.

—Si emprendo una campaña contra los germanos, como me pides, eso generará recursos: botín, esclavos, oro quizá... —argumentó el emperador.

Julia se reacomodó en la cama otra vez. Hizo una mueca de dolor, de la que Antonino no se percató, y, por debajo de las sábanas, se llevó la mano izquierda hasta palparse el lugar de su herida. Notó una humedad inconfundible.

—Las campañas aportan dinero..., pero también lo consumen —contrapuso la emperatriz—, y no hay minas de oro ni de plata en Germania que compensen el gasto militar. Será una campaña más de defensa de fronteras que otra cosa. Y costosa. Los esclavos que consigas vendrán bien, sin duda, pero necesitamos algo más drástico para recaudar dinero. Mucho más dinero.

—¿Más drástico? —Antonino parecía confuso.

Julia inspiró profundamente y exhaló el aire de golpe. Tenía que dar término a aquella conversación. Lo esencial ya estaba hablado.

—Tú ve a la guerra, mantén tu popularidad en el ejército y yo pensaré en una solución al asunto económico.

—De acuerdo —aceptó Antonino y se levantó para marcharse.

—No te olvides de decretar la apoteosis de tu hermano antes de partir hacia el norte. Borra su memoria si quieres, pero deifícalo —le recordó Julia con el rostro algo pálido, detalle en el que Antonino tampoco reparó.

El emperador torció el gesto, pero ya no dijo nada ni discutió la instrucción de su madre.

Antonino salió de la cámara.

Los pretorianos, dirigidos por Opelio Macrino, lo escoltaron.

El prefecto de la guardia se quedó junto a la puerta de la cámara de la emperatriz con sus propios hombres de confianza. No sabía bien qué hacer cuando la voz de la augusta llegó potente a sus oídos y lo sacó de sus dudas:

—¡Mecio!

El jefe del pretorio entró en la habitación.

—Llama al médico —dijo Julia—. A Galeno. Rápido. Dile que tengo fiebre y que la herida... se ha vuelto a abrir.

XLIII

EL DECRETO DE CARACALLA

Germania, 212 d. C.

Caracalla.

Sí. A partir de aquel año, todos lo llamarían Caracalla.

Antonino fue a la guerra contra los germanos con el nombre que sus padres, la emperatriz Julia y el augusto Severo, le pusieron cuando quisieron simbolizar la unión de la dinastía Severa con la de los divinos Nerva, Trajano, Adriano, Antonino Pío y Marco Aurelio. Pero cuando regresó a Roma el ejército ya no lo llamaba Antonino, sino que lo había rebautizado con un sobrenombre especial: Caracalla.

Antonino acudió al norte con una furia y una rabia desconocidas en aquellas latitudes desde los tiempos legendarios de Julio César. Sin duda, el primogénito de Julia buscaba ahogar toda su ira, todos sus miedos, todas sus ansias en la guerra contra los alamanes y otros pueblos germanos que, en rebelión, habían osado atacar los puestos fronterizos del Rin. Quizá, como decía su madre, albergaban la esperanza de volver a quebrar las líneas defensivas del Imperio romano y adentrarse en él para apropiarse de amplios territorios como consiguieron, aunque fuera solo temporalmente, en tiempos de Marco Aurelio. Pero los germanos no imaginaron que el nuevo emperador de Roma estaba dispuesto a contraatacar con una violencia que podía alcanzar proporciones colosales.

—Seguiremos avanzando —dijo Antonino mientras bebía algo de agua rodeado por sus pretorianos.

Estaba cubierto de sangre enemiga y hablaba pisando varios cadáveres de bárbaros muertos por su propia espada. Alrededor se veía un mar infinito de cuerpos sin vida, en su mayoría germanos.

—Que se ocupen de nuestros heridos —añadió el emperador, a sabiendas de que un buen líder militar, además de conseguir victorias, ha de atender bien a sus legionarios: a los sanos, con dinero; a los heridos, con atención médica apropiada. Solo así se conseguía la adhesión plena de las legiones a su *imperator*.

Antonino solo encontró un problema, una incomodidad en aquella intensa campaña de castigo: los combates eran tan frecuentes, tan constantes, que cambiarse de uniforme, limpiarse y volver a ponerse el nuevo uniforme era un trabajo adicional indeseado. Por eso optó por simplificar su vestimenta. En lugar de la túnica militar habitual y los ajustados *braccae*, unos pantalones que a Antonino le molestaban a la hora de luchar, decidió vestir solo con una única capa larga típica de las tropas auxiliares galas, llamada *caracalla*. Pero, en aquel clima frío y lluvioso, el emperador pidió que se le tejieran varias de estas túnicas galas especiales que, en lugar de llegar hasta la rodilla, se alargaran hasta alcanzar los tobillos. Abandonó los *braccae* para siempre. Además, la *caracalla* llevaba una capucha que era útil para los frecuentes días de lluvia o viento de aquella región. Si desfilaba o pasaba revista a las tropas, por encima de aquella túnica especial se ataba el *paludamentum* púrpura imperial. Si combatía, en ocasiones llevaba la capa que lo distinguía como jefe supremo del ejército y, en otras ocasiones, cuando iba a luchar en primera línea, no: para sentirse más libre en el combate cuerpo a cuerpo y para que los enemigos no se cebaran en su persona al identificarlo como el bestial *imperator* que tanto los atormentaba con una campaña que ellos iniciaron, pero que el emperador romano ahora, en pos de una victoria total, alargaba, mientras los hacía retroceder día a día dejando los germanos tras ellos una larga mancha roja de sangre.

—Hay muchos heridos del enemigo en el campo de batalla —le dijeron sus oficiales.

—Matadlos a todos —ordenó Antonino, es decir, ordenó Caracalla—. No hacemos prisioneros que no sirvan para esclavos. Yo no necesito tullidos para el Anfiteatro como Cómodo. Yo mato en el campo de batalla.

Y eso era cierto. Y con bravura casi desmedida. Caracalla podía haber violado a su prima, asesinado a su hermano, herido a su madre, rozar la locura o, directamente, haber perdido la razón, pero como *imperator* en campaña militar, como líder de las legiones, era épico en el combate. Los tribunos lo admiraban, los oficiales lo respetaban, los legionarios lo idolatraban.

No hubo misericordia ni compasión en aquella lucha. Solo una larga y lenta y cruel guerra en la que Roma aplastó a los germanos. Estos tardarían años en atreverse a atacar de nuevo la frontera del Imperio romano. El mensaje les había llegado con nitidez a sus líderes: había que esperar a que fuera otro el que encabezara el ejército de Roma, pues la ira y la rabia de aquel joven emperador parecían haberse contagiado a cada centurión, a cada legionario, y las legiones de Roma combatían con una saña tan brutal como indestructible. Además, la violencia de Caracalla no era a golpes inconexos y desorganizados de furia sin control ni estructura. Si algo tenía el joven emperador de Roma era experiencia militar: desde niño había sido adiestrado por su padre para ser soldado, asistiendo en directo a la campaña de Partia, primero, y, a continuación, participando de forma activa en Britania, varios años combatiendo y hasta dirigiendo ataques y campañas militares contra enemigos hostiles. La ofensiva contra Caledonia ya estuvo bajo su mando personal. La brutalidad de Caracalla era eficaz porque era experta, diestra y bien calculada. Y eso lo valoraban todos los oficiales y todos los legionarios: el *imperator* era brutal contra el enemigo, pero no hacía correr riesgos innecesarios a sus tropas. Era el líder perfecto y lo seguirían adonde quiera que los llevara.

Así, el hijo mayor de Julia sufrió su última transformación: nació como Basiano en honor a su abuelo materno; en la adolescencia pasó a ser Antonino, para identificarse con la dinastía precedente; y, como adulto y emperador único de Roma, todos lo llamaron Caracalla. Un nombre este último al que él tomó cariño particular, pues era un sobrenombre dado por sus legionarios, un apelativo, un título que él se había granjeado a solas, sin la intervención de nada que no fuera la fuerza de su brazo y su espada en combate abierto.

Arco de Septimio Severo, foro de Roma
212 d. C.

Dion Casio se había detenido justo ante el gran arco triunfal en honor a las victoriosas campañas militares de Severo contra los partos. Iba camino de las nuevas termas que la familia imperial había estado construyendo durante los últimos meses para regalar al pueblo de Roma. Allí pensaba reunirse con Helvio Pértinax y otros senadores, con la excusa de visitar y apreciar en su justa medida el valor de aquella donación de la dinastía Severa a la ciudad y al pueblo de Roma, pero, en realidad, iba para hablar con Helvio sobre lo que estaba ocurriendo, en particular, sobre el nuevo decreto que había dictado el emperador desde su campamento militar en Germania. Un edicto que lo iba a cambiar todo, para siempre... Pero de camino a las nuevas termas, movido por la curiosidad, decidió cruzar el foro y detenerse bajo el arco triunfal de Septimio Severo y, como tantos otros ciudadanos curiosos, mirar hacia lo alto para comprobar que lo que se contaba por toda Roma era, en efecto, cierto: una decena de operarios, subidos a un andamio que ya estaban retirando, habían borrado la referencia a Geta en la inscripción del arco. Se podían leer perfectamente las tres primeras líneas:

IMP · CAES · LVCIO · SEPTIMIO · M · FIL · SEVERO · PIO · PERTINACI · AVG · PATRI PATRIAE PARTHICO · ARABICO · ET PARTHICO · ADIABENICO · PONTIFIC · MAXIMO · TRIBVNIC · POTEST · XI · IMP · XI · COS · III · PROCOS · ET IMP · CAES · M · AVRELIO · L · FIL · ANTONINO · AVG · PIO · FELICI · TRIBVNIC · POTEST · VI · COS · PROCOS[36]

36. Esta inscripción, interpretando las abreviaturas, quedaría en latín del siguiente modo: *Imp(eratori) Caes(ari) Lucio Septimio M(arci) fil(io) Severo Pio Pertinaci Aug(usto) patri patriae Parthico Arabico et Parthico Adiabenico pontific(i) maximo tribunic(ia) potest(ate) XI imp(eratori) XI co(n)s(uli) III proco(n)s(uli) et imp(eratori) Caes(ari) M(arco) Aurelio L(ucii) fil(io) Antonino Aug(usto) Pio Felici tribunic(ia) potest(ate) VI co(n)s(uli) proco(n)s(uli)*. En español, aunque la traducción ya está en una nota del *Liber secundus*, sería: «Al emperador y césar Lucio Septimio Severo Pío Pértinax augusto pártico arábigo y pártico adiabeno, hijo de Marco, padre de la patria, pontífice máximo, en el undécimo año de su poder tribunicio, en el undécimo año de su gobierno, cónsul en tres ocasiones, y procónsul, y al emperador césar Marco Aurelio Antonino Augusto Pío Félix, hijo de Lucio, en el sexto año de su poder tribunicio, cónsul y procónsul». Traducción del autor de la novela.

Pero cuando se llegaba a la cuarta, la que debía rememorar los títulos del césar asesinado, en lugar de su nombre y sus diferentes dignidades aparecía una frase entre paréntesis:

(P · P ·OPTIMIS · FORTISSIMISQVE · PRINCIPIBVS)

—*Patri patriae optimis fortissimisque principibus* [padres de la patria, los emperadores mejores y más valerosos] —dijo Dion leyendo entre dientes poniendo palabras completas a todo el texto e interpretando acertadamente la abreviatura P. Se podía observar como esta nueva cuarta línea era una frase tallada sobre otra inscripción anterior, pero nada quedaba de lo que se había grabado debajo con anterioridad a la corrección ordenada por el nuevo emperador. Las palabras sobreescritas encajaban bien como una referencia a Septimio Severo y a Antonino como grandes emperadores y, por supuesto, borraban todo vestigio de Geta.

Luego el texto continuaba en su formato original con las dos últimas líneas:

OB · REM · PVBLICAM · RESTITVTAM · IMPERIVMQVE · POPVLI · ROMANI · PROPAGATVM ·
INSIGNIBVS · VIRTVTIBVS · EORVM · DOMI · FORISQVE · S · P · Q · R[37]

De este modo, Geta, destruidas sus estatuas, borrada su efigie de todas las monedas de Roma y eliminada toda referencia a su dignidad de césar y augusto en el arco triunfal de Septimio Severo, había dejado de existir. No obstante, para sorpresa y confusión de todos los senadores, Antonino, justo antes de partir hacia el norte, había ordenado al Senado que deificara al mismo Geta cuyas estatuas, efigies y hasta inscripciones había eliminado. Parecía una contradicción absurda, casi una locura, pero tanto Dion Casio como el resto de los *patres conscripti* cap-

---

37. Texto completo interpretando las abreviaturas latinas: *ob rem publicam restitutam imperiumque populi Romani propagatum insignibus virtutibus eorum domi forisque S(enatus) P(opulus) Q(ue) R(omanus).* En español: «con motivo de la república restaurada y el poder del pueblo romano aumentado por sus sobresalientes virtudes tanto en casa como en el extranjero, el Senado y el pueblo de Roma (sc. dedican este monumento)». Traducción del autor de la novela.

taron el mensaje subliminal: todo emperador está destinado a ser dios. Un aviso que Antonino les hacía, una advertencia sobre cómo se consideraba él con respecto a ellos. Un mensaje a tener muy en cuenta. Era de agradecer que la furia del augusto estuviera ahora descargando sobre los germanos y no tanto ya sobre los senadores.

Dion Casio cruzó el arco triunfal por el centro. Caminó pausadamente por todo el foro, dejando a su derecha el *Atrium Vestae* y a la izquierda el templo de Vesta. A la altura de aquel lugar sagrado tuvo una sensación extraña, como si detectara una enorme tensión en aquel templo circular que custodiaba la llama permanente que velaban las vestales. Pero el senador siguió andando y, distraído por sus pensamientos, sin casi darse cuenta, se encontró bajo el vetusto Arco de Tito, levantado por Trajano hacía más de un siglo; lo cruzó también y se encontró con el gran Anfiteatro Flavio. Giró a la derecha y empezó a seguir a un torrente de gente que, como él, quería visitar las obras de las termas que Antonino había ordenado levantar en ese sector de la ciudad, en parte siguiendo un proyecto constructivo ideado ya por su padre: se trataba de edificar en Roma los más fastuosos y gigantescos baños públicos de todo el Imperio y entregarlos, regalarlos al pueblo.

Los esclavos de Dion Casio, que lo acompañaban en su paseo por el foro a modo de escolta, se ocuparon de abrirle paso entre libertos, ciudadanos libres, familias enteras, con mujeres y niños incluidos, que, movidos por la curiosidad, no querían dejar de ver, al menos una vez en su vida, aquella impresionante obra de ingeniería en pleno desarrollo.

Al poco, el senador llegó al punto donde decenas de pretorianos, *triunviros* y otros vigilantes de diferente condición, impedían el acceso al recinto en construcción. En todo caso, no era necesario aproximarse mucho más para maravillarse por la extensión del proyecto: era como si dentro de un gran edificio creciera otro también de dimensiones ciclópeas. Se podía apreciar ya la gran fachada porticada con decenas de columnas en dos niveles que debía ser el lugar de entrada para las piscinas, bibliotecas, jardines y el resto de las instalaciones que se estaban construyendo en el interior del magno edificio. El gentío se diseminaba ya fuera hacia un lado u otro del puesto de vigilancia pretoriano, bordeando las obras para poder apreciar mejor todo lo que se estaba construyendo, pero Dion Casio se quedó allí, quieto, esperando.

Helvio Pértinax lo sorprendió por detrás.

—¿Qué te parece? —le preguntó el joven senador, una vez que hubo llegado al punto de encuentro que habían acordado previamente por carta.

—Es indiscutible que la obra es impactante —dijo Dion Casio sin volverse a saludar a su colega y siempre mirando hacia las termas que, pese a que no estaban terminadas, todos conocían ya como los Baños de Antonino.[38]

Helvio se puso a su lado. Los esclavos de uno y otro se apartaron prudentemente, para proporcionar privacidad a la conversación entre sus amos.

—La apertura de estas termas —continuó Dion Casio— hará popular a la dinastía entre la plebe. Más aún, quiero decir. Los juegos circenses de Severo ya resultaban muy populares para el pueblo, pero este regalo gigantesco enamorará al vulgo. Solo hay que ver como vienen a millares para contemplar los trabajos de construcción.

—Es muy posible —admitió Helvio Pértinax—, pero aún falta mucho para que estas obras terminen y pueden pasar muchas... cosas.

Dion Casio se giró. Le agradó ver que los esclavos estaban convenientemente alejados de ellos y que, en consecuencia, ninguno habría oído las palabras de su colega del Senado.

—En medio de la purga brutal que Opelio está llevando a cabo por orden del emperador Antonino, no creo que sea buena idea sugerir... —empezó a decir Dion, pero Helvio lo interrumpió.

—No he sugerido nada. Pero es cierto que hemos de ser prudentes —y, a partir de ese momento, continuó hablando en voz baja—. Esto no es lo que me preocupa. Unos baños más o menos, por muy grandes y populares que puedan ser en el futu-

---

38. Hoy conocidos con el último sobrenombre de Antonino, es decir, como Termas de Caracalla.

ro, no me quitan el sueño. Es el nuevo decreto lo que me parece peligroso.

—¿El de la extensión del derecho de ciudadanía romana, quieres decir, verdad? —inquirió Dion Casio también en voz baja.

—Por supuesto, ¿qué otro edicto puede haber que sea tan importante? —replicó Helvio Pértinax casi indignado porque su veterano colega buscara más precisión—. ¡Por Júpiter, ese edicto lo cambia todo! Ahora todos los ciudanos libres del Imperio van a tener reconocidos los mismos derechos de ciudadanía que los habitantes de Roma o Italia. Una cosa ha sido ir admitiendo senadores de las provincias seleccionados de entre las clases dirigentes de los diferentes territorios del Imperio. Hasta hemos tenido emperadores de fuera de Roma, empezando por los divinos Trajano y Adriano y continuando con el mismísimo Septimio Severo...

—Divino Severo —lo corrigió Dion Casio.

—Divino Severo —aceptó Helvio Pértinax—, pero ahora cualquier habitante del Imperio, por pobre que sea, con tal de ser un ciudadano libre, tendrá los mismos derechos que un romano nacido junto al Tíber. Eso es inaudito.

—Los mismos derechos, pero también las mismas obligaciones —lo corrigió nuevamente Dion Casio—. También van a tener que pagar impuestos. El augusto Antonino, o Caracalla, como lo ha rebautizado el ejército, va a recaudar dinero suficiente para financiar los salarios de las legiones en esta campaña del norte y en futuras ofensivas, para pagar el *donativum* comprometido con los pretorianos y para costear los gastos de magnas obras como esta que tenemos ante nosotros. El edicto, aunque inaudito, como bien dices, lo cambia todo, pero para hacer al augusto Antonino más fuerte que nunca.

—Y a la ciudad de Roma y al Senado más débiles, más insignificantes dentro del conjunto del Imperio —protestó Helvio Pértinax.

—Quizá sea la evolución lógica —apuntó entonces Dion Casio—. El Imperio ha crecido mucho y nuestra querida ciudad es parte importante, pero cada vez más pequeña en proporción con el número de habitantes sobre el que gobierna. En todo caso nada podemos hacer para frenar ese edicto, o... ¿acaso tú vas a proponer una moción para que se vote en contra de dicho edicto en el Senado contraviniendo la voluntad del emperador Antonino Caracalla?

Helvio Pértinax guardó silencio un rato.

—La idea del edicto, aunque la deteste, admito que es brillante desde el punto de vista de la familia imperial —añadió—. Pero todos sabemos que no se le ha podido ocurrir a Caracalla. El edicto es idea de la augusta Julia, de la emperatriz madre.

—Sin duda —confirmó Dion Casio.

—Ahora nos gobierna una mujer —añadió Pértinax exasperado.

—En efecto.

—¿Qué va a ser del mundo? Ni siquiera Livia, la esposa del divino Augusto, tuvo tanto poder.

—No lo sé, pero nosotros mismos elevamos a la augusta Julia a la categoría de *mater senatus et patriae*, ¿recuerdas? En gran medida, por sugerencia tuya.

—Sí —convino Helvio Pértinax—, pero ninguno pensamos que fuera a tomárselo en serio, que fuera a ejercer el poder de forma efectiva. Yo quería una emperatriz madre que calmara la locura entre sus hijos. No pensé nunca que la augusta aspirara a gobernar realmente.

—Pues lo está haciendo —continuó Dion Casio—. Caracalla, su hijo, es el brazo armado de la familia imperial y ella la que gobierna, aunque el emperador no sea consciente de ello. Pero te voy a decir una cosa, Helvio, yo me quedo más tranquilo si las decisiones en economía y administración del Estado las toma la augusta Julia. Caracalla es un imponente soldado, pero no sabe gobernar. De hecho... —Dion Casio ladeó un poco la cabeza hacia la derecha al tiempo que levantaba la mirada al cielo—, yo diría que Julia nos gobierna desde hace bastante más tiempo del que suponemos, solo que nos hemos dado cuenta ahora.

—Pues yo no estoy dispuesto a dejar que nos gobierne una mujer —contrapuso Helvio Pértinax nuevamente indignado con su colega, ahora por lo que él interpretaba como resignación.

—Pues, por Júpiter, ándate con cuidado, Helvio —le respondió Dion al tiempo que empezaba a andar—: la augusta Julia no parece un enemigo menor a quien sea sencillo arrebatarle el poder. Y como veo que vas a encaminarte por la senda del recién ejecutado Aurelio Pompeyano e imagino que pretendes intrigar contra la emperatriz, te ruego que ya no me llames, ni me visites ni cuentes conmigo para tus futuras... acciones. Lo siento, llámame cobarde si quieres, pero no quiero que nadie del círculo imperial, en particular, la emperatriz, pueda ya relacionarme contigo. A mí me gusta vivir.

Con estas palabras, el veterano Dion Casio se separó de su joven colega y siguió caminando de regreso al foro de Roma.

—Una mujer... —repitió Helvio Pértinax entre dientes—. Por todos los dioses: es solo una mujer.

XLIV

UNA VEZ MÁS, PARTIA

Babilonia, Imperio parto
212 d. C.

Artabano miraba hacia las murallas de Babilonia con los ojos enrojecidos. Apenas había descansado en las últimas jornadas. La guerra civil duraba ya cuatro años. Estaba cansado, pero no pensaba ceder ahora, no después de tantos esfuerzos: su padre, Vologases V, había cedido ante Roma hasta el punto de permitir que el emperador Severo arrasara Ctesifonte, como ya hicieron en el pasado Trajano o Lucio Vero. Quedó así, una vez más, en evidencia la debilidad del ejército parto ante el avance de las legiones romanas cuando estas eran comandadas por voluntades poderosas. Decían que Severo había erigido un espectacular arco de triunfo en Roma para celebrar aquella ignominia de forma perenne en el centro de su capital.

Artabano escupió en el suelo.

Pero eso no era todo: Vologases V, su padre, no contento solo con aquella vergonzosa derrota, en su lecho de muerte cedió el trono al primogénito, también llamado Vologases, que debía pasar a la historia como el sexto emperador parto con el mismo nombre. Para Artabano aquella decisión fue un error más que añadir a su progenitor, pues Vologases era débil, como lo había sido su propio padre. ¡Qué lejos ambos del valeroso Vologases IV que reconquistó toda Partia y forzó al emperador romano Adriano a devolver los territorios arrebatados por Trajano! Artabano quería recuperar ese honor y esa fuerza para Partia y sabía que su débil hermano mayor no estaba a la altura ni tenía la predisposición para semejante empeño. Por eso no lo dudó ni un instante y, cuando el cuerpo del padre de ambos aún estaba caliente en su tumba, Artabano se levantó en armas contra Vologases VI e inició la guerra. Lo único con lo que no contó fue con el hecho habitual de que los cobardes son escurridizos: su hermano optó por ocultarse, por apenas dar batalla, por ir de una ciudad a otra, de una región a otra, generando caos y confusión, pero evitando el enfrentamiento directo con el grueso de su ejército. Eso había alargado el conflicto durante aquellos malditos cuatro años. Pero hasta la más huidiza de las alimañas termina por ser arrinconada. Babilonia había sido la última ciudad que continuaba siendo fiel a Vologases VI y en ella se había refugiado con el contingente de tropas que le quedaba. No disponía de muchos guerreros fieles ya, pero sí suficientes para defender las murallas de la ciudad con eficacia durante bastante tiempo. Se auguraba un asedio complejo. Y largo.

—Y si hay algo que no tenemos es tiempo —masculló entre dientes Artabano.

Sus generales fruncieron el ceño. Él percibió la confusión de sus hombres. Era agotador estar rodeado de inútiles con tan poca percepción del mundo, del entorno, de lo que pasaba en todas las fronteras de su Imperio dividido.

—Llevamos cuatro años de guerra civil. ¿Cuánto más creéis que pasará antes de que el nuevo emperador romano, el hijo de Septimio Severo, quiera aprovecharse de nuestra división y atacarnos para repetir y emular las hazañas de su padre? —les aclaró Artabano mientras se ajustaba el casco.

Nadie dijo nada.

Cierto es que alguno podría haber argumentado que quizá habría sido mejor entonces no iniciar la guerra civil, pero Artabano le habría respondido que Vologases no defendería nunca Partia de un ataque romano. Y eso lo sabían sus hombres. Por eso lo seguían. Muchos de ellos eran veteranos de las desastrosas campañas contra Severo. Anhelaban vengarse de Roma. Y con Artabano al frente esperaban conseguirlo.

—Tenemos que atacar ya mismo —dijo Artabano, pero percibió las dudas en las miradas de cada *spahbod*. Sus generales temían la maldición de Babilonia: los sacerdotes de la ciudad, los que veneraban a Ishtar, habían predicho, una vez más, que quien atacara la ciudad terminaría de forma terrible sus días en los próximos años. En cualquier otro sitio, en cualquier otro lugar, aquello parecería solo una fanfarronada de quien no disponía de nada más ya con lo que atemorizar a los asaltantes, pero frente a los muros de Babilonia nadie podía tomarse aquellas palabras a la ligera: Alejandro Magno murió en aquella misma ciudad porque no hizo caso a los avisos de los sacerdotes de Ishtar que predijeron su muerte si entraba en la sagrada urbe y, siglos después, el todopoderoso Trajano, que entró en la ciudad, contraviniendo él también aquellas mismas advertencias, finalizó sus días enfermo, viendo cómo Adriano daba un golpe militar para reemplazarlo en el poder y terminar luego retirándose de las conquistas de Oriente. Hasta el propio Severo habría presenciado desde el Olimpo cómo uno de sus hijos asesinaba al otro en el palacio imperial de Roma. No eran buenos precedentes.

Artabano escupió en el suelo. Una lástima el fratricidio dentro de la dinastía romana. Lo ideal para Partia habría sido que los hijos de Severo hubieran transformado su disputa por el poder en una guerra civil. Pero ahora ese conflicto entre hermanos derivado en guerra estaba, una vez más, en la propia Partia. En fin, ya nada podía hacerse para cambiar el curso de los acontecimientos. Lo esencial era dar término lo antes posible a aquel enfrentamiento armado, reunificar todas las fuerzas de Partia y, por fin, atacar el Imperio romano. Con saña, con brutalidad y por sorpresa.

—¡Por Ahura Mazda, he dicho que vamos a atacar! —vociferó Artabano V de Partia.

Sus generales asintieron y se ajustaron las corazas.

Artabano suspiró aliviado cuando vio que sus hombres, por fin, lo seguían. Tenían que terminar con aquel asedio. Los romanos no eran el peligro que más inquietaba al nuevo autoproclamado *Šāhān šāh*, rey de reyes. En el extremo oriental del Imperio parto, una nueva familia, los sasánidas, estaba tomando fuerza y Artabano intuía que pronto tendría un enemigo más que combatir, además de su propio hermano Vologases, atrincherado en Babilonia, y los romanos. Tenía, pues, que ir por orden: hoy Babilonia, mañana Roma y, por fin, los sasánidas. La dinastía arsácida, su dinastía, prevalecería sobre todos. Artabano se sentía destinado a ello. Ahura Mazda cabalgaba con él. No podía perder.

XLV

LAS VESTALES DE ROMA

Palacio imperial, Roma, 213 d. C.

Julia, sentada en un *solium*, hundía la cabeza entre las manos; había conseguido sobreponerse a las heridas del mortífero ataque de su hijo y al dolor del otro hijo asesinado, pero presenciar ahora los nuevos desatinos inesperados de Antonino la tenía abrumada. Él, como siempre, se justificaba. Todos tenían la culpa de todo menos él, que, por supuesto, se consideraba víctima de las circunstancias... Y ella, una vez más, tendría que arreglarlo todo...

—A Clodia Laeta ni la toqué, madre —se defendía Caracalla—. Con Aurelia y Pomponia apenas fueron unos besos.

—¿Y con Cannutia Crescentina? —le preguntó Julia levantando la cabeza y clavando con tal furia sus pupilas en las de su hijo que este, antes de responder, volvió los ojos hacia otro lado del patio.

—Sí, con Cannutia yací. Ella lo permitió.

—¡Claro que lo permitió! —le espetó la emperatriz levantándose—. ¿Cómo puede negarle nada una vestal al *pontifex maximus*?

—Siempre dices, madre, que como augusto puedo hacer lo que desee.

—Sí, pero sabiendo que hay cosas que puedes permitir que se sepan y otras que están mejor en secreto.

—Aquilio Félix me aseguró que no se enteraría nadie.

—Aquilio Félix... —repitió la emperatriz y volvió a sentarse, apretando los labios, frunciendo el ceño, muy concentrada.

—Fue él quien me facilitó los encuentros con las vestales.

Julia asintió. Estaba repasando con rapidez los aconteci-

463

mientos de los últimos meses: Caracalla, como llamaban todos a su hijo ahora, había conseguido una gran victoria en Germania; los bárbaros habían sido, literalmente, masacrados en la frontera del Rin y el prestigio militar de Antonino había crecido entre los tribunos y los centuriones de las legiones. También, con el edicto de extensión de la ciudadanía romana a todos los habitantes libres del Imperio, pese a las reticencias del Senado, había ampliado la financiación estatal de forma notable. Muchos pagaban, además, con satisfacción por sentirse al mismo nivel que los ciudadanos de la propia Roma y porque, adicionalmente, veían que el emperador que les cobraba impuestos defendía de una forma activa y enérgica las fronteras de su mundo, en el que comerciaban, en el que vivían. Hasta ahí todo perfecto. Incluso ella se recuperó de las heridas con más rapidez de la que el propio Galeno esperaba, pero, de pronto, en las últimas semanas, todo se había desencajado por las ansias, una vez más, incontrolables de su hijo: apenas habían tenido tiempo de celebrar de forma adecuada la victoria de Caracalla sobre los germanos, con un par de carreras de cuadrigas y unos juegos gladiatorios en el Anfiteatro Flavio, cuando había estallado aquel escándalo que era la comidilla de toda Roma: el emperador se había acostado con varias vestales. Eso decían. Y Caracalla admitía, al menos, haber tenido relaciones íntimas con una y besado a otras dos. Y ahora resultaba que su hijo le revelaba que Aquilio Félix le había facilitado un supuesto secretismo en aquellos contactos carnales ilegales, secretismo que, era evidente, no se había mantenido. Curioso que el jefe de los *frumentarii*, de la policía secreta de Roma, repleto de misterios que sabía callar durante años, no hubiera sido ahora diligente en ocultar bien las aventuras sexuales sacrílegas del emperador. ¿Trabajaba Aquilio aún para la familia imperial o estaba empezando a cambiar de bando? ¿Se estaba alineando el viejo jefe de la policía secreta con Helvio Pértinax y el Senado iniciando una campaña de desprestigio del emperador antes de lanzar un ataque definitivo contra Caracalla y luego, sin duda, por extensión, contra el resto de la familia imperial?

La emperatriz suspiró.

—Has de ordenar su ejecución —dijo entonces Julia, con rotundidad, como se pronuncian las sentencias de muerte.

—¿La ejecución de quién, madre? —preguntó Caracalla.

Un instante de silencio absoluto. La emperatriz sabía que iba a ordenar algo injusto, terrible, descarnado, pero mantener el poder obligaba a veces a decisiones... desagradables.

—Has de ordenar la ejecución de las cuatro vestales.

Otro breve instante intenso donde se podía escuchar el agua fluyendo en una de las fuentes del jardín. No había esclavos presentes y los pretorianos vigilaban en los accesos al patio, pero por el exterior. La *mater senatus* y el *imperator* estaban solos.

—Clodia Laeta es inocente. No se dejó tocar —apuntó Caracalla en un peculiar arranque de justicia y moralidad en medio del sacrilegio.

—Han de morir las cuatro —insistió la emperatriz tajante—. El pueblo duda ya de las cuatro, así que hay que darle a la plebe la sangre que reclama. Tenemos al ejército y la guardia pretoriana, pero no al Senado. No quiero que la plebe se ponga también en nuestra contra. Además, estoy segura de que todo esto ha sido instigado desde dentro de la curia: alguno o varios de los *patres conscripti* han ideado este plan para desprestigiarnos antes de atacarnos mortalmente. Promover un levantamiento contra un emperador sacrílego es mucho más fácil que contra un augusto incorruptible moralmente e invencible en el campo de batalla. Consigues grandes victorias en combate, pero tu moralidad... es cuestionable. Ya lo era. Ahora, con este asunto de las vestales, tienen donde morder. Por eso hay que atajar el asunto de raíz. Condena a muerte a las cuatro.

—Madre, ningún emperador ha condenado a vestales desde el tiempo de Domiciano.

—Haber pensado en ello antes de satisfacer tu lujuria con ellas, antes de experimentar placeres prohibidos.

—El pueblo tomará las ejecuciones como un mal presagio —opuso aún Caracalla, quien, poco a poco, empezaba a entender la gravedad de sus últimos actos privados.

—Seguramente —confirmó Julia—. De modo que tendrás que volver a recuperar en el campo de batalla todo lo que pierdes cada vez que retornas a Roma. Quizá lo mejor sea mantenerte alejado de Roma durante años. Pero conservando el poder.

—¿Y dónde se supone que debo ir esta vez, madre?

—Al norte del Danubio hay una rebelión de los getas... —empezó su madre, pero su hijo la interrumpió con brusquedad:

—No menciones a esos bárbaros cuyo nombre es idéntico a... quien nunca existió.

Su madre se encaró con él desafiante:

—Tu hermano existió y los getas se llaman así. Si no te gusta su nombre, cámbiaselo o destrúyelos. Puedes empezar por ahí y así apaciguar con tu violencia bien dirigida el *limes* del Danubio.

Caracalla no hizo más comentarios. Se limitó a contener su rabia y seguir escuchando. Su madre parecía tener aún mucho que explicarle:

—Y luego tenemos el eterno conflicto fronterizo con Partia, que sigue sin resolverse desde que Adriano se retiró de Mesopotamia. Pero primero el Danubio. Los partos andan entretenidos en sus propios conflictos civiles y eso nos da tiempo para acometer ese asunto más adelante. Ahora ve a Mesia y la Dacia. Una nueva victoria borrará de la mente del pueblo los malos augurios que se formularán a partir de las ejecuciones de las vestales. De ellas diremos que las pusiste a prueba para asegurarte de que las sacerdotisas que custodian el fuego sagrado de Vesta son realmente virtuosas, aunque las tiente el propio emperador. En todo caso, lo esencial será que derrotes a los getas. Eso nos fortalecerá de nuevo. Sí, hijo, volveremos a reconstruirnos y podremos solucionar lo que queda pendiente.

—¿Y qué asunto está pendiente para ti, madre? —preguntó él intrigado.

Julia Domna inspiró hondo antes de pronunciar dos palabras que sonaban a vaticinio:

—El Senado.

Caracalla no dijo nada, pero cabeceó afirmativamente. Más allá de las diferencias en el pasado con su madre, en pocos meses había pasado de tener reticencias a que ella se inmiscuyera en asuntos de Estado a admirarse por la capacidad de la *mater patriae* para tomar decisiones hábiles con relación a la gestión del poder en Roma y en todo el Imperio. Caracalla, en poco tiempo, llegó a la conclusión de que su augusta madre era, de largo, la mejor consejera imperial que podía tener cualquier emperador. Más astuta que el mismísimo jefe de la policía secreta, más sabia que todos los miembros del *consilium principis* juntos, más mortífera que la daga más astifina que uno pudiera comprar.

—El Danubio. De acuerdo —aceptó Caracalla—, pero a la hora de acusar formalmente a las vestales estas tendrán que tener un hombre con el que se las acuse de haber yacido, alguien diferente a mi persona, alguien que se atreviera a semejante sacrilegio o la acusación no se sustanciará. Y no será creíble que cualquier insensato sea capaz de acometer este... sacrilegio, madre.

—Por supuesto —admitió Julia.

—¿Y quién va a ser el acusado? —inquirió Caracalla curioso, pues su madre hablaba con tal resolución que él no tenía duda de que todo estaba ya decidido en la mente de la emperatriz.

—Aquilio Félix.

—¿Ese viejo?

—Ese viejo puede tener tantos deseos lujuriosos como cualquier otro. Te recuerdo que el viejo Catón dejó encinta a una de sus más jóvenes esclavas cuando él ya tenía más de ochenta años. De hecho, el Catón que participó en el asesinato de Julio César era descendiente de ese último desenfreno del viejo Catón. Sí, la gente lo creerá. Aquilio Félix ha estado acostumbrado a burlar la muerte muchas veces. Todos pensarán que esta vez se ha excedido del todo. Y de este modo nos desharemos de ese extraño jefe de la policía secreta que ya no sabe guardar secretos. Alguien en quien ya no podemos confiar.

—Se defenderá.

—Sí, pero tú, como *pontifex maximus*, serás el presidente de ese tribunal religioso. Seguiremos todos los formalismos al pie de letra. Eso satisfará al colegio de sacerdotes y te apoyarán. No haremos como Domiciano, que condenó a tres vestales en un juicio privado, sin garantías, celebrado fuera de Roma, en su villa de Alba Longa. Seguir las leyes ahora con escrupulosidad te dignificará ante todos.

—Las vestales pueden acusarme en público. Confesar delante de todos que fui yo el que las sedujo...

—No lo harán, hijo. Tienen familia, padres, hermanos. Callarán. Llorarán en silencio su destino, pero callarán a cambio de que respetemos a sus familias, padres, hermanos, hermanas. Y las comparaciones con Domiciano también se diluirán al seguir la ley en las formalidades del juicio religioso y al conseguir tú nuevas victorias en el campo de batalla. Domiciano solo combatió contra Saturnino porque este se rebeló contra él, pero nunca defendió en persona y con eficacia, como haces tú, las fronteras del Imperio. Convoca el juicio y ordena las ejecuciones y revertiremos la dirección de esta tormenta para que el viento, de nuevo, sople a nuestro favor.

Antonino Caracalla asintió una vez más, pero su figura estaba encorvada, los brazos caídos a lo largo del cuerpo.

—¿Y no será esta una sentencia terriblemente injusta, madre?

Julia Domna miró a su hijo con los ojos muy abiertos, como sorprendida.

—¿Ahora tienes remordimientos? Si no quieres tener mala conciencia deja de cometer atrocidades: violaste a tu prima Sohemias, aquí mismo, en este patio; asesinaste a tu hermano e incluso me heriste a mí. Si no quieres tener más remordimientos enmienda tus acciones para el futuro, pero, pase lo que pase, hagas lo que hagas, no permitiré que pierdas nunca el poder y el control de Roma y el Imperio. Si caemos ahora, si aflojamos tan solo un poco, el Senado no tardará ni un día en levantarse contra ti, en darte muerte y, después de ti, asesinarán, uno a uno, a tus primos, primas, a tu tía y a mí misma. No dejarán con vida a uno solo de nuestra familia. Así que, nada más celebrarse el juicio contra las vestales, ve al norte y empieza a enderezar el destino de todos nosotros que tú mismo has torcido por tus ansias sacrílegas. Solo te pido una cosa.

—¿Qué, madre?

—Déjame a Mecio en Roma. Lo necesitaré para controlar la guardia.

—De acuerdo.

Caracalla dio media vuelta y empezó a caminar para salir del patio central del palacio imperial.

—Ah, y quedará una cuestión por resolver —dijo la emperatriz.

Caracalla se giró hacia su madre.

—Tendrás que casarte alguna vez de nuevo —comentó Julia—. Necesitamos un heredero, ¿no crees?

El *Imperator Caesar Augustus* Antonino Caracalla asintió.

—Supongo que sí, madre —e iba a reemprender la marcha
cuando una duda asaltó su mente y, sin pensarlo mucho, decidió compartirla con su madre—: ¿Y no se indignará la diosa
Vesta con esta acción nuestra?

Julia Domna miró a su hijo fijamente y respondió con voz
grave, pero serena:

—Muy posiblemente, pero algo me dice que a la diosa Vesta, romana hasta las entrañas, no hemos debido de caerle bien
nunca. A sus ojos, debemos de ser unos extranjeros controlando Roma, un accidente de la historia del Imperio, un error a
corregir. Pero, sea como sea, no tenemos margen para otra forma de actuar. Ve al norte, al Danubio. Yo controlaré al Senado.

Caracalla, por fin, se alejó de forma definitiva.

Julia se quedó en silencio, meditando, sopesando otras
opciones, alguna alternativa a la ejecución de aquellas sacerdotisas.

No la encontró.

XLVI

DIARIO SECRETO DE GALENO

Anotaciones sobre el juicio a las vestales
y los nuevos objetivos de la augusta Julia

El juicio a las sacerdotisas de Vesta se celebró a las pocas semanas y con carácter público. Fue en la Regia, donde se reunían con regularidad los sacerdotes de Roma. Las sentencias fueron de muerte, inapelables. Solo se les permitió elegir a cada una el modo de terminar con sus vidas. Cannutia Crescentina se arrojó desde lo alto del tejado del *Atrium Vestae*. Pomponia Rufina, Aurelia Severa y Clodia Laeta fueron enterradas vivas. Las dos primeras guardaron silencio, al igual que había hecho Cannutia al lanzarse desde lo alto de la residencia de las vestales. De este modo, los cálculos de la emperatriz se probaron correctos. Clodia, sin embargo, gritó desde el subsuelo en el que había sido enterrada viva y aulló reiteradamente que era inocente y, ante la imposibilidad de revelar nada sobre el emperador, algo que habría llevado a toda su familia a una muerte segura, maldijo en silencio la masculinidad de quien tan injustamente la condenaba y rogó a los dioses que la virilidad del emperador fuera castigada. Ni la plebe, ni los sacerdotes, ni yo mismo ni siquiera el augusto, al menos en aquel momento, dimos importancia a las palabras de la vestal.

El juicio a Aquilio Félix fue en los *castra praetoria* y en secreto, bajo la vigilancia del prefecto de la guardia Quinto Mecio y del tribuno pretoriano Opelio Macrino, que, cada vez más, estaba en el círculo más próximo al emperador. No quedó registrado nada de lo que dijo. De hecho, no está muy claro que se hiciera siquiera un juicio. Aquilio Félix acabó ejecutado y su cabeza expuesta en el foro de Roma. Un final, por otro lado, bastante previsible para un jefe de la policía secreta que había pasado toda su vida cambiando de bando en las eternas luchas intestinas por el poder del Imperio.

—Solo me sorprende que este desenlace a mi vida haya tardado tanto en llegar —dicen que dijo antes de ser ejecutado, en una clara muestra de que su final estaba predestinado desde hacía años.

Antonino Caracalla marchó hacia el Danubio e inició una brutal campaña de castigo contra los getas, roxolanos y sármatas que habían atacado puestos fronterizos en la Dacia. Escogieron, como los germanos unos meses antes, el momento equivocado, pues Caracalla necesitaba un lugar donde descargar su furia y en la Dacia pudo encontrar el desahogo que anhelaba. Era como si quisiera lavar con sangre enemiga la mancha de sus sacrilegios en Roma y de las terribles sentencias mortales e injustas contra las vestales a las que él mismo había mancillado.

Por mi parte, di por terminadas mis pesquisas para intentar localizar los libros secretos de Herófilo y Erasístrato que Heracliano, en Alejandría, me juró y perjuró haber entregado a los pretorianos del divino Severo cuando el emperador ya fallecido ordenó confiscar todos los libros que tuvieran que ver con magia o astrología o que fueran considerados peligrosos por cualquier motivo. Tras varios años revisando uno a uno todos los volúmenes de la biblioteca imperial, comprendí que, una vez más, había sido engañado. Los libros secretos no estaban entre los papiros y pergaminos confiscados. Estaba muy persuadido de que tenía que retornar a Alejandría y buscar directamente en la gran biblioteca sin más parlamentos con Heracliano ni con ningún otro bibliotecario. Simplemente registrar cada sala, cada estantería, cada papiro, hasta dar con los textos de Herófilo y Erasístrato. El viaje, no obstante, era costoso y peligroso para emprenderlo solo y más a mis años. Pero aquí, de nuevo, la emperatriz me dio esperanzas. En mis conversaciones con la augusta detecté que ella estaba desarrollando un creciente interés por toda la política de Oriente. En particular, la augusta Julia parecía estar obsesionada con Partia, con resolver aquel problema fronterizo que ni los divinos Trajano y Marco Aurelio ni tan siquiera su propio esposo, el divino Septimio Severo, habían podido solucionar de forma definitiva. Era cierto que Caracalla, el hijo de la emperatriz, estaba mostrándose como un líder militar de primer orden con campaña victoriosa tras campaña victoriosa. Y con una capacidad destructiva no conocida por los enemigos de Roma en decenios.

—¿Está acaso la emperatriz probando la capacidad militar del augusto Antonino con estas campañas antes de embarcarlo en una aventura de conquista mucho más difícil y exigente? —me atreví a preguntar un día por la mucha confianza que la augusta me había concedido—. Porque si es así, la emperatriz no debería olvidar, si se me permite decirlo, que Partia no es un conjunto de tribus como los germanos o los getas.

Ella se limitó a sonreírme y decir, de forma para mí entonces enigmática:

—Antonino es, sin duda, la solución definitiva para el problema de Partia, pero no como tú piensas, no como siempre habéis pensado todos. Hay... otras formas.

Y no dijo más.

En cualquier caso, el interés de la augusta por la cuestión parta me hacía ver que, muy pronto, la familia imperial y todo su séquito, en el que yo estaría incluido, se desplazaría hacia Oriente y eso volvería a acercarme a Egipto. Pero he acelerado el relato. Detengámonos primero unos instantes en la campaña danubiana de Caracalla y sus consecuencias políticas en Roma, que las tuvo y no menores. Luego, avanzaremos todos, de nuevo, hacia el oriente del Imperio.

XLVII

GÉTICO

Palacio imperial, Roma, 214-215 d. C.

Los días pasaban con relativa calma en Roma. Las noticias constantes de las victorias de Caracalla en el norte sirvieron, tal y como había predicho su madre, como bálsamo frente a los malos augurios por la muerte de las vestales. Incluso la maldición de Clodia llegó a olvidarse en Roma. A Julia, no obstante, no se le escapaba que, en las cartas que su hijo le remitía desde el Danubio, este siempre hacía mención a sus visitas constantes a todo tipo de termas naturales y templos de Asclepio, usando el nombre griego del dios Esculapio, en busca, sin duda, de la cura para algún mal que él, sin embargo, no especificaba nunca. Pero como su hijo no incidía demasiado en el asunto, la emperatriz no le dio importancia. Por el momento. Lo esencial era que las fronteras de Britania, el Rin y el Danubio habían quedado aseguradas por largo tiempo, gracias a las campañas de Severo y Caracalla en la agreste isla, primero, y, luego, por las despiadadas incursiones de Caracalla en los territorios continentales. Y esto les permitiría trasladar legiones y recursos hacia Oriente. Partia. Siempre Partia. Para Julia, como antes le ocurrió a Julio César, como a Nerón, Trajano, Adriano, Lucio Vero o su propio marido, Septimio Severo, era un asunto que ocupaba su mente constantemente. Eso y mantener al Senado a raya.

Su hijo, Antonino Caracalla, ya era *Britannicus* y *Germanicus* y a estos títulos, impulsado por los planes expansivos de su madre, planeaba añadir los de *Parthicus* y *Arabicus* próximamente. De hecho, el emperador ya había encaminado sus pasos hacia Asia y había quedado en reunirse con su madre en Alejandría. Pero, en medio de toda esta geoestrategia, Helvio Pértinax, en una muestra de rebeldía latente, desfachatez y desafío, se permitió decir en una reunión del Senado que el emperador podría añadir también a su larga lista de títulos el de *Geticus Maximus*.

—*Adde, si placet, etiam Geticus Maximus*[39] [añade, si quieres, también el de Gético Máximo].

Un ingenioso juego de palabras con el que el senador aludía a la victoria del emperador sobre los getas al norte del Danubio, pero, al mismo tiempo, a nadie se le escapaba que hacía referencia también a la muerte del augusto Geta a manos de Caracalla.

La fanfarronería de Helvio Pértinax llegó a oídos de Julia.

La augusta ponderó unos días si comunicar o no aquel comentario a su hijo, aún desplazado al norte del Imperio. Sabía que la reacción de Caracalla, ella ya había interiorizado aquel apelativo con el que las legiones se referían a Antonino, sería letal.

Julia, por fin, concluyó que la familia imperial, la dinastía, no se podía permitir semejantes comentarios sin castigo. La emperatriz escribió al emperador. Con el correo imperial solo debía de ser cuestión de unas pocas semanas. Tiempo que Julia empleó para madurar el modo en que actuar cuando la misiva de su hijo llegara con la orden de ejecución.

La carta de respuesta del emperador arribó con más prontitud de la imaginada.

Calidio entregó el documento a su ama y, con una reverencia, se retiró.

Julia hizo un gesto y todas las ornatrices interrumpieron el aseo y aderezo de la *mater senatus et patriae* y se dirigieron a la puerta.

—Lucia, tú espera un instante.

La esclava obedeció.

Julia leyó la carta. Era, como preveía, breve. Fue cuestión de un momento.

—Lucia, llama a Mecio —dijo la emperatriz.

—Sí, augusta.

El jefe del pretorio se personó en la estancia privada de la augusta de Roma al poco de ser reclamado.

39. Literal de Elio Esparciano en su obra *Antonino Caracalla*, 10, 5.

—La emperatriz me ha llamado.

Mecio mantenía esa forma aparentemente distante y de respeto a la hora de dirigirse a ella pese a que, cada vez más, era patente una cierta informalidad en el trato hacia él por parte de la emperatriz. Pero que él mantuviera aquella deferencia hacia ella, por su rango y por todo lo que ella representaba, le gustaba a Julia. Incluso hacía que él le resultara aún más atractivo.

—Imagino que el *vir eminentissimus* está al corriente de los comentarios que el senador Helvio Pértinax se ha permitido hacer con respecto al emperador, ¿verdad?

—Sí. Creo que todos en el Senado y en palacio y en muchos lugares de Roma lo están, augusta.

Cada vez que él la llamaba *augusta*, Julia sentía pálpitos en su interior, desde el corazón hasta lugares casi olvidados de su cuerpo.

—Lo de *Geticus Maximus* no me ha gustado nada y al emperador tampoco. Digamos que nos ha parecido a ambos de un mal gusto bastante... inaceptable. Además de que, considerando lo ambiguo del término y la *damnatio memoriae* que el augusto Antonino decretó sobre el desaparecido divino augusto, podría considerarse que el senador Helvio Pértinax, al hacer semejante comentario, ha quebrado la *damnatio memoriae*, lo cual, como sabes, es un delito muy grave. Aquí tengo una carta del propio augusto Antonino en la que decreta la ejecución del senador. Sé que cumplir esta orden puede ser origen de tumultos, incluso de una rebelión... ¿Podrás ocuparte de cumplir la sentencia, de controlar el orden público y de garantizar la seguridad del palacio?

Julia alargó entonces su fino brazo y le entregó la carta del emperador.

—Me ocuparé, augusta. Por supuesto. Y no habrá tumultos. No lo permitiré.

—Tanta lealtad por tu parte, Mecio, merece un premio —continuó la emperatriz alzándose lentamente y, vestida apenas con la túnica íntima con la que lo había recibido en su cámara privada, se acercó al jefe del pretorio y le habló al oído—: Cuando termines con este enojoso asunto de Helvio Pértinax... regresa aquí.

Y se separó de él.

—Sí, augusta.

Su sencilla pero clara respuesta la encendió por dentro aún más.

—No importa que sea de noche, no importa que sea tarde —añadió ella—. No sé si me explico bien...

—La emperatriz de Roma se explica perfectamente —respondió Quinto Mecio con cierto timbre intenso en su voz.

—No, no me explico tan bien como dices. Pero tú me entiendes, me interpretas a la perfección, siempre, desde hace mucho tiempo... —Pero de pronto, calló, miró a un lado y cambió de tema—: Ah, y entrégale esta nota a Pértinax, antes de... su momento final.

Quinto Mecio, prefecto de la guardia imperial, no supo qué decir ante el último comentario de la emperatriz, de modo que se limitó a coger el papiro que le entregaba la augusta, inclinarse, saludar con el puño en el pecho, dar media vuelta y salir de la habitación.

Julia Domna se quedó a solas. Volvió a tomar asiento frente al espejo. Ella misma cogió un cepillo y empezó a deslizarlo por su largo pelo lacio. Su hijo había asegurado las fronteras del Rin y del Danubio antes de emprender una nueva campaña en Oriente. Justo era que ella asegurara la frontera interior, la que la familia imperial tenía con el Senado. La desaparición de Helvio Pértinax dejaría descabezados a los *patres conscripti*, al menos, por un tiempo. El suficiente para conseguir la gran victoria en Partia y con esa victoria ya nada podría impedir la permanencia de la dinastía familiar en el poder durante muchos años. Haber ejecutado a Helvio Pértinax inmediatamente después de la muerte de Geta habría sido arriesgado. Entonces estaban en una posición débil, pero las victoriosas campañas militares de Antonino Caracalla les volvían a dar fuerza para mostrarse enérgicos en Roma. Todo marchaba según sus planes. Mucho se torció cuando Antonino y Geta se enfrentaron a muerte, pero ahora todo estaba reconducido.

Julia, algo poco habitual en ella cuando estaba a solas, se permitió una marcada sonrisa de satisfacción.

Monte Olimpo

Vesta hablaba entre sollozos por la muerte de sus sacerdotisas. Llevaba meses llorando, esperando que la locura terminara con Julia, pero nada pasaba, nada parecía destrozar a aquella maldita reina siria. Así que se decidió a solicitar un nuevo planteamiento al dios supremo:

—Exijo otra prueba…, otra más…, una diferente…

Minerva callaba mientras miraba fijamente a su enemiga. Sabía que le había devuelto dolor por dolor, pero nada estaba aún decidido.

Júpiter habló con calma gélida, del modo en que se expresa quien sabe más que los demás, del modo en que habla quien sabe lo que va a pasar y que sabe que lo que va a pasar no es bueno.

—La prueba de la locura no ha hecho más que empezar. La Manía, en ocasiones, es lenta, pero siempre inapelable. Estamos en la calma antes de la tormenta. Y, sinceramente, no creo que Julia resista. Disfrutará aún de unos momentos de victoria, pero pronto todo va a cambiar. El mundo de Julia está a punto de derrumbarse y sus sueños… se desvanecerán.

Las ominosas palabras de Júpiter sonaron a sentencia.

Todos los dioses volvieron sus miradas hacia Roma.

Minerva aprovechó aquel instante para aproximarse a Juno por la espalda y hablarle al oído.

—¿Será Julia lo suficientemente fuerte?

La esposa de Júpiter, sin dejar de mirar hacia la capital del Imperio, respondió en un susurro.

—No lo sé.

Residencia del senador Helvio Pértinax, Roma
Hora duodécima

Las sombras alargadas del anochecer parecían escoltar a Quinto Mecio y sus hombres mientras avanzaban por las calles de una bulliciosa Roma que se preparaba para la peligrosa noche, reino de malhechores, ladrones y truhanes de toda condición.

Pero todos ellos, sin excepción, se ocultaban ante la llegada de la nutrida patrulla de pretorianos que lideraba el jefe del pretorio.

—Aquí es —dijo Opelio Macrino, que, en calidad de tribuno pretoriano, ya muy favorecido por el emperador, acompañaba a Mecio en las misiones más complicadas. No es que al prefecto le agradara, pero mejor tenerlo próximo que lejos. Así es más fácil controlar al traidor.

—Quédate aquí con la mitad de los hombres. El resto, que entre conmigo —ordenó el jefe de la guardia.

—Sí, *vir eminentissimus* —obedeció Opelio Macrino.

Quinto Mecio golpeó la puerta con fuerza.

—¡Abrid en nombre del emperador de Roma!

Su voz retumbó rotunda por toda la calle. Se escuchó cómo se cerraban ventanas en las *insulae* próximas. Nadie quería asomarse.

Los esclavos de la residencia senatorial abrieron las pesadas hojas de madera de inmediato. Fue cuestión de unos instantes. Quinto Mecio y Helvio Pértinax se encontraron cara a cara junto al *impluvium* del atrio de la *domus* del senador.

—Si me ejecutas, el resto de los *patres conscripti* se alzarán contra el emperador. Será una nueva guerra civil —dijo Pértinax desafiante, con su mujer y sus hijos agrupados, no obstante, por seguridad, en una esquina del patio.

Mecio se mantuvo firme ante el senador. Se limitó a mirar a su alrededor. Evaluaba el contexto.

A Pértinax no le gustó nada aquella actitud del jefe del pretorio.

—¡Retiraos! —les gritó a los miembros de su familia, y su esposa se ocultó con los niños.

—Nadie se levantará en armas contra el emperador —dijo Mecio—. Tú eres hombre muerto, pero tu familia puede vivir. Traigo conmigo varios papiros para que los rellenes con cartas que dirigirás a los senadores más proclives a tu causa, a los que les vas a rogar que no hagan nada tras tu muerte o, de lo contrario, los primeros en ser ejecutados serán tu mujer y tus hijos. El emperador está dispuesto a ser magnánimo con tu familia, pero solo mientras el Senado se mantenga quieto y en silencio.

Tú mismo. En todo caso, sería una rebelión muy corta que no se extendería más allá de Roma. Para eso estoy yo aquí con la guardia pretoriana y con varias cohortes de la legión II *Parthica* a mi disposición. No seas imbécil. Escribe esas cartas e intenta asegurar la vida de tu familia. La tuya la perdiste el día que te creíste con derecho a fanfarronear en público, ante todos, sobre la vida privada de un emperador de Roma. Solo te resta decidir si vas a ser estúpido también en tu muerte.

Helvio Pértinax calló y miró al suelo.

Pasó un rato de intenso silencio.

Quinto Mecio no apresuró al senador.

—Dame esos papiros —dijo Helvio.

Se los entregaron.

Entró en su *tablinum*, seguido por varios pretorianos, y se sentó a la mesa de su despacho privado.

El senador escribió aquellas cartas despacio. Sabía que, cuando terminara la tarea, la espada que Mecio mantenía desenvainada sería clavada en su pecho.

Pero todo tiene su fin.

Helvio Pértinax acabó de redactar las misivas.

—Ya está —dijo.

Mecio cogió las cartas y se las guardó bajo la coraza.

—La emperatriz me entregó esta nota para ti —le dijo el prefecto.

El senador tomó el pequeño papiro y lo desplegó para leerlo:

Scire quando loqui magnum est, sed scire quando tacere maximum est.[40]

JULIA DOMNA

Quinto Mecio blandió su espada en el aire, asida con fuerza. Solo esperó a que el senador terminara de leer aquel mensaje final.

---

40. «Es importante saber cuándo hablar, pero es mucho más importante saber cuándo callar.»

XLVIII

MÁS QUE UN PREFECTO

Cámara privada de la emperatriz, palacio imperial
Secunda vigilia
215 d. C.

Julia, tumbada de costado en su lecho, oyó las pisadas de sandalias militares acercándose a su puerta. Era un sonido que para casi todos en Roma significaba la muerte, pero no para ella.

Los esclavos dormían.

En la puerta solo estaban los pretorianos de guardia.

Se empezó a abrir la hoja de bronce de la entrada a la cámara privada.

Julia se sentó en la cama. No se molestó en taparse. Apenas llevaba la túnica íntima, aún más fina que la que había vestido cuando recibió al prefecto por la tarde.

Era una noche calurosa del estío romano y a Julia no le gustaba sudar. No a solas.

La poderosa silueta del jefe del pretorio se dibujó alargada en el suelo de la habitación iluminada por las antorchas del pasillo, pero la puerta se cerró y la sombra se desvaneció, solo que Quinto Mecio ya no estaba fuera: estaba dentro.

La penumbra de la habitación, apenas quebrada por una tímida lámpara de aceite a punto de extinguirse, dejaba percibir, no obstante, el contorno de sus músculos pétreos y un breve destello de su coraza impoluta. ¿O había manchas de sangre?

—La emperatriz me dijo que regresara —empezó Mecio en voz baja, con dudas—, aunque fuera tarde.

—Sí, eso dije.

—Aquí estoy..., augusta.

La sangre empezaba a palpitar de nuevo en las entrañas de la emperatriz.

—Siempre cumples mis órdenes.

—Siempre..., augusta.

Julia se levantó despacio y caminó hacia él al tiempo que hablaba con la voz más embriagadora posible, pero con un tinte de advertencia en el paladar.

—Si el emperador, mi hijo, se entera de esto es muy probable que ordene tu ejecución. Por eso te he mantenido todo este tiempo fuera de mi lecho.

Ante el aviso de la emperatriz, Quinto Mecio respondió de forma inapelable:

—Hay cosas por las que merece la pena morir.

La respuesta era perfecta.

—De acuerdo —aceptó Julia y miró hacia la cama al tiempo que extendía su brazo con la mano tendida hacia el prefecto.

Él cogió aquellos dedos suaves con delicadeza y con firmeza a la vez. No quería hacer daño, pero tampoco parecer débil.

—Deberías desnudarte antes, ¿no crees? —le sugirió la emperatriz con un tono más divertido, como si fuera una niña, soltando su mano y sentándose en la cama.

Quinto Mecio empezó a desatarse la coraza, pero los múltiples nudos hacían que la tarea pudiera tomar su tiempo.

Julia se levantó.

—Mejor será que te ayude o nos sorprenderá el amanecer y aún no habremos hecho nada.

La destreza de la emperatriz a la hora de deshacer todos aquellos nudos que ceñían la *lorica segmentata* sorprendió al jefe del pretorio. Ella le habló como si le leyera el pensamiento.

—No es la primera vez que desato una coraza militar. Con Septimio prefería hacer esto yo personalmente. Y a él le gustaba.

—Puedo... entenderlo..., augusta. Es muy...

Pero ya no pudo hablar. Los labios de Julia estaban en su boca.

Quinto Mecio se levantó y empezó a vestirse mientras Julia lo observaba desde la cama. Una vez hubo terminado, se dirigió a ella.

—Es mejor que me marche ahora que aún es de noche.

—No es mejor —lo corrigió ella—. Es prudente —precisó la emperatriz—, pero espero verte más noches.

—Siempre que la augusta lo desee —confirmó él.

—Aquí, Quinto, cuando estemos solos, puedes llamarme Julia.

—De acuerdo..., aug..., de acuerdo..., Julia.

El prefecto abandonó la habitación.

La emperatriz, feliz, se giró hacia el otro lado de la cama y cerró los ojos. Todo iba bien..., ¿demasiado bien? No quería preocupaciones ahora: el hecho era que Caracalla luchaba con bravura en la frontera, ella controlaba al Senado mediante la fuerza y lealtad de Mecio y, además, este la amaba. Surgirían problemas, pero ya los resolvería como había hecho siempre. Ahora, aquella noche era suya y solo suya y la felicidad que sentía no podría arrebatársela nadie.

Exterior de la cámara privada de la emperatriz de Roma Hora prima

Los centinelas de la puerta no dijeron nada ni saludaron a su superior cuando este salió de la cámara de la augusta de Roma después de haber pasado en el interior media noche. Eran hombres de su más absoluta confianza y Mecio sabía que no lo delatarían nunca.

Pero aún había muchas sombras en aquel inicio del amanecer y muchas columnas.

Opelio Macrino, detrás de uno de esos pilares silenciosos, pudo ver cómo el jefe del pretorio salía a deshoras de la cámara de la emperatriz ajustándose aún la *lorica segmentata*. Macrino sonrió en medio de la oscuridad. Los rumores eran ciertos: la relación entre el jefe del pretorio y la emperatriz iba más allá de lo que sería apropiado. ¿Qué opinaría el emperador si tuviera noticia de ello? ¿Debería informar a Caracalla... inmediatamente? ¿O era mejor esperar el momento más adecuado, la oportunidad perfecta para desatar la cólera del augusto contra Mecio?

Opelio Macrino, de pronto, se supo muy poderoso. Y, lo mejor de todo, lo era sin que nadie lo supiera. Su intuición de seguir a Quinto Mecio aquella noche y esperarlo hasta comprobar cuánto tiempo permanecía en la cámara de la emperatriz se había probado muy acertada. Su camino hacia la cima empezaba a despejarse. La cuestión era: ¿hasta qué altura estaba dispuesto a volar? ¿Sin límite?

XLIX

YOCASTA

Alejandría, invierno de 216 d. C.

ΙΟΚΑΣΤΗ
Χώρας ἄνακτες, δόξα μοι παρεστάθη ναοὺς ἱκέσθαι δαιμόνων, τάδ'ἐν χεροῖν στέφη λαβούσῃ κἀπιθυμιάματα. Ὑψοῦ γὰρ αἴρει θυμὸν Οἰδίπους ἄγαν λύπαισι παντοίαισιν οὐδ'ὁποῖ'ἀνὴρ ἔννους.

YOCASTA
Señores de la región, se me ha ocurrido la idea de acercarme a los templos de los dioses con estas coronas y ofrendas de incienso en las manos. Porque Edipo tiene demasiado en vilo su corazón con aflicciones de todo tipo y no conjetura, cual un hombre razonable.

SÓFOCLES, *Edipo rey*

En la gran biblioteca

Galeno miraba los innumerables pasillos repletos de *armaria* henchidos hasta los topes con papiros infinitos. Aún podía oír las carcajadas de Heracliano cuando se alejaba tras una nueva entrevista con él. El veterano bibliotecario lo detestaba por sus excesos de vanidad, por sus múltiples escritos en los que criticaba a tantos colegas médicos. Que él, Galeno, tuviera razón en cada una de sus críticas poco le importaba a un Heracliano que parecía regodearse al ver que nunca conseguiría lo que tanto anhelaba:

—¡Ja, ja, ja! Búscalos si quieres —le había dicho divertido—. Nunca encontrarás los libros de Herófilo y Erasístrato. Aquí no están. Y, según lo que tú me cuentas, en Roma tampoco.

—¡Miserable! —le había gritado Galeno con furia—. ¡Me juraste que los volúmenes secretos de esos médicos habían ido a Roma confiscados por Severo, junto con otros libros considerados peligrosos!

—¿Eso dije? Ummm, es posible, pero luego he averiguado que no todos fueron conducidos a Roma. Si has revisado bien la biblioteca imperial, y estoy seguro de ello, será que, al final, esos rollos de Herófilo y Erasístrato serían conducidos a otro lugar. ¿Otro sitio especializado también en la medicina...?

—¿Pérgamo? —inquirió Galeno encolerizado. Era como volver al principio, en un círculo interminable en el que los papiros más deseados por él siempre se le escapaban de entre las manos.

—No lo sé.

—¡Y yo ya no creo nada de lo que dices! —le espetó entonces Galeno furibundo.

—Busca aquí, si quieres, pero la tarea es inabarcable.

Y ahí fue cuando Heracliano empezó a reírse a mandíbula batiente y a alejarse dejándolo solo, con los pretorianos que lo escoltaban, rodeados todos de miles y miles de estantes repletos de papiros.

Galeno empezó a girar despacio, mirando los anaqueles, abrumado. La tarea, en efecto, era inabarcable. Llevaría toda una vida, y la suya, lo sentía, se estaba terminando, apagándose despacio, pero concluyendo inexorablemente. Él ya era viejo.

—¿Cuántos papiros hay en esta biblioteca? —preguntó uno de los pretorianos que escoltaban al médico de la familia imperial, por pura curiosidad. La interrogante, no obstante, tenía sentido, y la respuesta que Galeno iba a dar, simplemente, confirmaba lo imposible de encontrar los libros que buscaba, si es que estaban allí:

—Un millón de rollos —dijo el viejo médico, entre dientes, sin dejar de mirar hacia los estantes—. La biblioteca de Alejandría contiene más de un millón de volúmenes diferentes. Todos valiosos, pero ninguno tan valioso como los que busco.

Y echó a andar por aquellos pasillos, sin rumbo, entristecido porque intuía que nunca podría saber qué fue lo que vieron Herófilo y Erasístrato cuando hicieron las disecciones de seres humanos, cuando se les permitió, en otra época, en otro tiempo de más lucidez, ver dentro del cuerpo. Todo ese saber iba a perderse para siempre.

Los pretorianos lo siguieron a cierta distancia. A los guardias imperiales todo aquello les parecía una excentricidad, pero tenían orden de la propia emperatriz de proteger y ayudar a aquel viejo médico en todo lo que precisara. Por otro lado, en el exterior del edificio, los tumultos y los enfrentamientos estaban casi sin control y sabían que sus compañeros de la guardia pretoriana estarían afanándose en terminar con aquel conato de rebelión contra el emperador que se había iniciado en las calles de Alejandría. Acompañar a aquel anciano médico era mucho más tranquilo, mucho más cómodo. Allí estaban bien. ¿Que por qué se había rebelado la gente contra el emperador? Eso no lo tenían claro. La política no era lo suyo.

Residencia de la familia imperial en Alejandría

—¿Cuántos son los muertos? —preguntó la emperatriz mientras caminaba seguida por Quinto Mecio y una nutrida escolta de pretorianos.

—Se cuentan a miles, augusta —respondió el jefe del pretorio dirigiéndose a la emperatriz con el adecuado respeto y distancia en público. Lo que hubiera pasado y siguiera pasando entre ambos en la cámara privada de la emperatriz de Roma era algo que ninguno de los dos deseaba que fuera notorio. De hecho, Julia y Mecio se trataban casi con exagerada frialdad, pues los dos habían convenido que ese era el mejor modo de conducirse en una corte repleta de intrigantes y con Caracalla siempre oscilando en su estado de ánimo, en ocasiones deprimido, las más veces, violento, irascible, peligroso.

—Miles de muertos —repitió Julia y luego pidió más explicaciones—. ¿Cómo ha empezado todo?

Llevaban unas semanas en Alejandría con el objetivo de realizar allí todos los preparativos necesarios para lo que Antonino Caracalla pensaba que iba a ser la nueva campaña contra Partia. Julia tenía planes definidos que podrían hacer variar el curso natural de los acontecimientos, de la historia del mundo, pero incluso si ella conseguía llevar adelante su plan, asegurarse víveres, pertrechos y una retaguardia segura era algo del todo pertinente antes de que su hijo se adentrara en oriente con un buen número de legiones. Y todo parecía haber marchado bien: Alejandría había recibido engalanada la llegada del emperador y de ella, la augusta madre. Se estaba haciendo acopio del grano necesario para las legiones, por un lado, mientras su hijo daba las instrucciones de reorganización de las tropas de la frontera oriental. Todo iba según lo planeado. Septimio trató bien a Egipto en su visita de hacía siete años y había otorgado a Alejandría y al resto de la provincia beneficios y derechos como nunca antes le había concedido ningún otro emperador de Roma. Los egipcios, siempre recelosos de Roma, se habían mantenido, desde tiempos de Cleopatra, sometidos al imperio de la ciudad del Tíber, pero los conatos de rebeldía habían sido una constante, ya fuera por los judíos allí establecidos, por los nuevos cristianos y, siempre, por los nativos de Egipto. Un pueblo incómodo de gobernar que parecía, no obstante, haber sido, por fin, domesticado por la magnanimidad para con ellos de Septimio en el pasado reciente. Pero ahora, de pronto, todo estallaba. Y este levantamiento no encajaba en la cabeza de Julia.

Quinto Mecio tardó en responder a la emperatriz. Buscaba la forma adecuada de resumir en pocas palabras cómo se había iniciado la crisis.

—El emperador incrementó los impuestos en todo el Imperio, pero en especial en Egipto, para conseguir el suficiente dinero y víveres para la nueva campaña de Oriente. Los egipcios se han sentido maltratados y, bueno, aquí siempre se ha sido proclive a la rebelión...

—Sigue —dijo Julia sin dejar de avanzar por los pasillos del palacio imperial de Alejandría.

—Hubo pequeñas revueltas en poblaciones próximas, pero ayer se inició una sublevación en la parte norte de la ciudad y derribaron algunas estatuas del emperador. Caracalla... —Mecio se corrigió de inmediato—, quiero decir, el augusto Antonino ordenó que se localizara a los causantes de aquel sacrilegio. El prefecto de Alejandría no ha sido... eficaz, y el emperador ordenó entonces su ejecución y luego, como no había forma de dar con los que habían cometido el crimen de la destrucción de las estatuas, puso en marcha un... plan... para castigar a la ciudad.

Julia, sin dejar de andar, cerró los ojos un instante. Su hijo podía no ser muy inteligente en asuntos de Estado, pero a la hora de causar sufrimiento, sin duda, tenía gran capacidad de ingenio. Casi temía preguntar, pero debía saberlo todo antes de entrevistarse con Antonino e intentar detener aquella sangría.

—¿Qué plan?

Mecio tragó saliva.

—¿Qué plan, *vir eminentissimus*? —insistió Julia.

—El augusto anunció por toda la ciudad que iba a crear una falange militar al modo de la falange macedónica de Alejandro Magno y que, para honrar a Alejandría por sus sobreesfuerzos al aportar más que cualquier otra provincia del Imperio a la nueva campaña de Oriente, este cuerpo estaría constituido solo por los mejores hombres de la ciudad. En el anuncio se explicitaba que esta falange estaba destinada a ser la envidia de cualquier otra unidad militar del Imperio y se sugería que cada familia de Alejandría remitiera a la gran plaza, frente al museo y la gran biblioteca, a un joven varón de cada casa, hasta un total de diez mil hombres. Todos cumplieron con el mandato del césar, aunque solo fuera por congraciarse con el emperador y evitar que el enfrentamiento entre los ciudadanos de Alejandría y las tropas legionarias terminara en un baño de sangre. Pero cuando todos los jóvenes varones de la ciudad estuvieron reunidos en la gran plaza, el emperador Antonino...

—El emperador Antonino... ¿qué? —preguntó la *mater senatus et patriae* ante la interrupción que Mecio había hecho a su relato.

—Augusta, el emperador..., en lugar de dar armas a todos los jóvenes allí reunidos, para empezar así su instrucción militar, ordenó que todos fueran ejecutados. Una decena de cohortes se encargaron de la tarea. Estaban apostadas en las calles anexas a la gran plaza. Los legionarios irrumpieron en la explanada y fueron atravesando con los gladios, uno a uno, a todos los jóvenes egipcios allí congregados con el falso pretexto de crear la falange de combate. La matanza ha durado varias horas, pero el emperador no parece estar satisfecho y ha dado instrucciones de que mañana, al amanecer, en la hora prima, las tropas vayan casa por casa buscando al resto de los hombres de la ciudad para que continúen las ejecuciones. No quiere dejar a un solo varón de Alejandría con vida, augusta. No les perdona su rebelión. Los considera a todos culpables de traición.

Ahora estaban en la hora duodécima. Julia inspiró profundamente. Disponía solo de la noche para hacer cambiar de opinión a su hijo y detener tanta locura o, de lo contrario, todo se vendría abajo: la campaña de Partia no podía emprenderse con una guerra de exterminio en marcha en una de las provincias orientales del Imperio. Una guerra, además, sin sentido.

—Aquí es —dijo Quinto Mecio deteniéndose frente a una puerta de bronce, adornada con remaches de oro y plata y custodiada por una docena de pretorianos que, al ver llegar a su superior, acompañado por la emperatriz madre, formaron un pasillo por el que les permitían paso franco.

Julia Domna se situó justo frente a la puerta.

No dijo nada.

Sin saberlo había cerrado los puños pequeños de sus manos suaves.

Quinto Mecio se posicionó a su lado y, de pronto, justo delante de ella, interponiéndose entre la augusta de Roma y la puerta de bronce.

—La emperatriz no debería entrar sola —se atrevió a decir, con tono sumiso, dejando patente ante sus hombres que en modo alguno estaba dando una instrucción a la augusta Julia, sino solo explicando su parecer sobre lo que podría ser un grave error con relación a su seguridad; y velar por la seguridad de la augusta de Roma era, sin duda, una de las obligaciones primordiales del jefe del pretorio.

—Hazte a un lado, Mecio —musitó la emperatriz en un suspiro casi imperceptible para el resto de los pretorianos que los rodeaban.

El prefecto, no obstante, no se movió.

—El emperador está fuera de sí, augusta —insistió Mecio—. Cuando está así es imprevisible.

—A un lado, Mecio —insistió la emperatriz, aún con serenidad, pero alzando ligeramente el volumen de su voz.

El jefe del pretorio permanecía inmóvil. Uno podía ver las gotas de sudor emerger por su frente y deslizarse hacia abajo trazando pequeñas rutas brillantes como estelas de estrellas fugaces.

—Cuando el emperador está en ese estado puede revolverse contra cualquiera y... —el *vir eminentissimus* se lo pensó, pero, al fin, lo dijo— y esto ya ha ocurrido en el pasado: el emperador ya atacó a la augusta de Roma. Y puede volver a ocurrir. Mi obligación es preservar la vida de los miembros de la familia imperial. Preservarla incluso cuando el conflicto es... entre ellos mismos.

Julia, sin moverse de donde estaba, levantó levemente los ojos y los clavó directamente en los del prefecto.

—Y haces un excelente trabajo en medio de una situación difícil, pero ahora vas a apartarte de esa puerta o ¿acaso tengo que dirigirme directamente a tus subordinados para que te fuercen ellos a hacerte a un lado?

Quinto Mecio se pasó la mano derecha por los labios y la barbilla. Las gotas de sudor rodeaban ya las cejas y caían por sus sienes. Bajó la mano derecha y la posó en la empuñadura de la espada. Subió entonces la izquierda y frotó su dorso por encima del entrecejo para intentar secarse algo del mucho sudor que fluía de su piel sin parar. ¿A quién harían caso sus hombres? ¿A él o a la emperatriz? No lo tenía claro. Eran sus pretorianos más leales, seleccionados por él mismo tras años de servicio al frente de la guardia, pero la emperatriz tenía un aplomo y unas dotes naturales de mando que proyectaban tal autoridad que bien pudiera ser que le hicieran caso a ella, que, de hecho, sería lo correcto. La augusta estaba solo por debajo del emperador. Lo que ella dijera era ley para los pretorianos, a no ser que fuera contravenido por el mismísimo emperador. Y Caracalla no había dado instrucciones de no ser visitado por su madre.

Quinto Mecio empezó a retirarse muy lentamente hacia un lado. La mano sobre la empuñadura parecía temblarle, algo que no pasó desapercibido para la emperatriz. Ella nunca había visto aquello en el prefecto de la guardia. Mecio hacía evidentes esfuerzos por obedecer en contra, no obstante, de lo que le dictaban su sentido común y su ansia por proteger a la emperatriz.

—Entrar ahí ahora, augusta, es un suicidio —dijo entonces Mecio, como una súplica, como último recurso para intentar hacer cambiar de idea a la augusta de Roma, a la *mater senatus*, a... Julia.

—A un lado, Mecio —repitió la emperatriz.

El prefecto siguió apartándose, muy lentamente.

No le quedaba ya nada que decir o que oponer. Esto es, ningún razonamiento lógico, ningún argumento elaborado para hacerla cambiar de opinión. Solo quedaban las emociones.

—No entres ahí, Julia, por favor —masculló entre dientes, con los ojos humedecidos por lágrimas contenidas, sin decir augusta al final, empleando el *nomen* de la emperatriz directamente, algo que oyeron varios de los pretorianos presentes.

Ninguno dijo nada.

Por un instante pareció que el tiempo se había detenido.

La emperatriz podría ordenar que lo detuvieran allí mismo por insubordinación, por una clara falta de respeto, por lo que quisiera y todos habrían obedecido de inmediato. Y, sin embargo, en su fuero interno, todos también estaban con el prefecto: si la emperatriz entraba ahí e intentaba persuadir a Caracalla de que detuviera las ejecuciones de egipcios, este se revolvería contra ella, como ya hizo en el pasado, y, con toda seguridad, enajenado como estaba aquel día, sería muy capaz de matarla con sus propias manos o de herirla con su espada. Y, como había expresado el prefecto, no sería la primera vez que Caracalla hundiera un arma en el vientre de su madre, ese mismo vientre que le dio la vida a él mismo.

Julia no recurrió al resto de los pretorianos. Sabía que la última frase de Mecio no había sido pronunciada por un jefe de la guardia en rebeldía, sino por un amante desesperado, y como tal, la emperatriz apreció y se conmovió por el valor de aquellas palabras. Pero la determinación de Julia era indomeñable. La emperatriz solo cambió la forma en la que se dirigió al prefecto:

—Hazte a un lado, Quinto.

Mecio se apartó por completo y miró a sus hombres, que se aproximaron a la puerta para empezar a empujar las pesadas hojas de bronce. No necesitaban que el prefecto hablara para saber qué requería de ellos en cada momento.

Julia cerró los ojos e inspiró profundamente.

Cuando los abrió se encontró con las puertas separándose lentamente y a Mecio, para su sorpresa, con una daga en la mano.

El prefecto le dio la vuelta al arma y se la ofreció por la empuñadura, sujetándola él por la punta afilada.

—Al menos, la augusta no debería entrar desarmada, por favor —imploró el prefecto, blandiendo la daga por la punta, como una ofrenda a una heroína del mundo antiguo en peligro mortal. ¿A una diosa?

Julia cogió la daga por la empuñadura, la sostuvo un instante en la mano, para alivio, aunque fuera mínimo, de Mecio, pero, de pronto, volvió a darle la vuelta y asiéndola por el filo, como había hecho él tan solo hacía un momento, se la devolvió. Y él, por inercia, pero en estado de choque, tomó la daga de nuevo.

—Voy armada, Quinto —le dijo la emperatriz con una sonrisa dulce, como si intentara apaciguar la tormenta que desestabilizaba el corazón del prefecto—. Tus sentimientos te honran, pero también te ciegan. Ante un hombre, una mujer hermosa siempre va armada. Y mi hijo, el emperador, a fin de cuentas es, como el resto, un hombre. Y yo, creo, sigo siendo hermosa, ¿verdad?

El prefecto parpadeó varias veces en medio del intenso silencio de sus pensamientos desbocados: ¿qué decir ante semejante afirmación? ¿Que hay límites entre una madre y un hijo que no pueden..., que no deben rebasarse jamás? ¿Pero acaso la palabra límite existía en la mente de la emperatriz?

Quinto dio un último paso atrás.

Las puertas quedaron abiertas de par en par.

El césar Marco Aurelio Severo Antonino Augusto, de niño

llamado Lucio Septimio Basiano y ahora, en aquel momento, conocido por todos como Caracalla, estaba sentado en medio de la habitación en una enorme *cathedra* desde la que gobernaba el mundo. Sostenía una copa de vino en la mano izquierda y empuñaba una espada en la otra.

Julia dio varios pasos al frente, cruzó el umbral de la puerta y se detuvo una vez en el interior de la habitación. Desde el exterior, con las hojas de bronce bien abiertas, los pretorianos, encabezados por Mecio, miraban engullendo saliva y, aunque ellos no lo supieran, sin respirar.

—Sé a qué has venido, madre, y no pienso detener las ejecuciones —pronunció Caracalla categórico—, y nada que puedas decirme podrá persuadirme para que cambie de parecer. Así que, madre, sal de aquí y déjame solo.

Mecio veía angustiado cómo el emperador, aun en medio de su locura, le estaba dando una oportunidad a su madre para retirarse.

La emperatriz también se dio cuenta de ello y, por un breve instante, lo consideró con seriedad, pero... todo estaba en juego: necesitaban a Egipto con ellos, pero un Egipto dominado, no destrozado. Si había habido un conato de rebelión, un castigo era oportuno, pero una matanza sin fin era algo sobre lo que no se podría construir nada y ahora, maldita sea, ahora que ella lo tenía todo pensado, no estaba dispuesta a permitir que la violencia habitual en su hijo, en un incontrolado ataque de locura, fuera a terminar con sus planes de futuro. No había pasado toda su existencia creando una dinastía para perderlo todo por una ciudad, por muy ingrata que esta pudiera haberse mostrado con ellos. Hay momentos en que la gratitud o la ingratitud son secundarias.

Julia Domna se giró hacia los pretorianos.

—Cerrad la puerta y no oséis abrirla hasta que lo mande el emperador —ordenó.

Los pretorianos miraron a Mecio y este, hundido, con los hombros doblados hacia delante, cabizbajo, asintió.

Las gruesas hojas de bronce fueron empujadas por los soldados y, poco a poco, iban cerrándose.

—No lo hagas, madre, no intentes esto... —escucharon los

493

pretorianos decir al emperador de Roma, pero siguieron empujando las hojas de bronce para que estas se cerraran lenta pero inexorablemente.

Quinto Mecio negaba una y otra vez con la cabeza, siempre mirando al suelo, y, cuando se escuchó el chasquido final del metal al quedar las hojas selladas en su posición de cerrado completo, sintió que aquel seco estallido metálico explotaba en el interior de su cabeza. Se llevó ambas manos a lo alto, las posó en la parte posterior del casco y se giró como si al hacerlo pudiera escapar de aquel lugar y borrar todo lo que estaba pasando. Pero ni su corazón ni su ánimo podían eliminar de su mente la sensación punzante y aterradora de que acababan de encerrar a Julia Domna en el interior de su tumba.

Madre e hijo se encontraron a solas.

Hacía mucho tiempo que eso no pasaba.

Caracalla fue tajante.

—Si me pides una sola vez que detenga el castigo que he impuesto a Alejandría, te haré mucho daño, madre.

Lo dijo esgrimiendo la espada amenazadoramente hacia ella.

—No sería la primera vez, hijo —respondió Julia en alusión al funesto día en que él la atravesó con esa misma espada que sostenía en la mano. De eso hacía cuatro años.

—No estoy orgulloso de aquello, madre, pero si he de repetirlo, lo haré. Sabes que soy muy capaz.

Julia empezó a caminar lentamente hacia un lado de la amplia habitación, alejándose de la puerta, cruzando en diagonal la estancia y cuidándose mucho de mantener una distancia prudente con respecto a su hijo, que, sentado en su *cathedra*, permanecía en el centro de la gran sala observando cada uno de sus movimientos con atención. Con sospecha.

—Tengo muy claro lo que eres capaz de hacer, hijo —confirmó Julia—. Por eso aún tengo la esperanza de construir el imperio más grande que el mundo haya conocido nunca. Pero te necesito sereno, con control sobre tus acciones.

Caracalla frunció el ceño. Era una digresión... ¿o no?

—¿Te refieres a la campaña contra Partia, a su conquista permanente, a lo que intentó Trajano?

—En parte, sí —aceptó ella—, pero deberíamos llegar hasta

el Indo, ¿no crees?, para ser *de facto* más grandes que Trajano y más aún que el propio Alejandro: el sueño del macedonio hecho realidad y ampliado: un único imperio desde Caledonia hasta la India, desde los bosques del norte del Rin y el Danubio hasta las arenas de África.

—Por eso he de garantizarme que nadie se rebelará contra mí en retaguardia, madre, cuando cruce el Éufrates.

—Por eso este castigo contra Alejandría, ¿no es cierto?

Caracalla volvió a esgrimir la espada que, por unos instantes, distraído por la conversación, había bajado.

—Por eso este castigo, sí, madre. —Y Caracalla se levantó de forma violenta y habló a gritos—. ¡Se han rebelado contra mí! ¡Contra nosotros, madre! ¡Por Júpiter Óptimo Máximo! ¡Por El-Gabal! ¡Por todos los dioses! ¡Ellos, los egipcios, a los que benefició padre reconociéndoles derechos que ningún otro emperador les había concedido antes! ¡Contra mí, que los he hecho, como a todos los habitantes libres de todas las provincias, ciudadanos del Imperio al mismo nivel que Roma! ¡Y osan rebelarse! ¿Es así como pagan mi generosidad?

—Se los ha abrumado con impuestos —argumentó Julia, y Caracalla iba a interrumpirla, pero ella alzó la mano derecha y habló muy rápida—. Y no lo cuestiono: Siria está aún exhausta después de los esfuerzos que se le exigieron para proveer de todo lo necesario a tu padre en su propia campaña contra Partia. Es muy razonable que las exigencias recaigan ahora sobre otra provincia de Oriente y, sin duda, Egipto es la que más recursos puede proporcionar. Así que es lógico que la mayor parte de los impuestos especiales para la nueva marcha contra Partia haya recaído sobre ellos, pero, por eso mismo, no deberíamos sorprendernos tanto de nuestra impopularidad actual entre los egipcios. —Caracalla iba a intentar hablar de nuevo, pero ella, manteniendo la mano levantada y caminando en círculos alrededor de su hijo, se mantuvo en el uso de la palabra—. Lo sé, se han rebelado, han derribado estatuas del emperador. Hay que cortar semejantes muestras de violencia y de traición de raíz, pero diez mil varones muertos parece un precio suficiente para que en Alejandría nadie se vuelva a rebelar...

—¡No, no es bastante, madre! ¡He ordenado dividir la ciudad en varios sectores, levantando muros que separen unos barrios de otros! —añadió Caracalla interrumpiendo, al fin, a su madre en el instante en que esta tuvo que tomarse un momento para inhalar aire y prepararse para lanzar su petición, pasara lo que pasara.

—Y me parece muy bien. Mantén la ciudad dividida, y está bien el castigo ejemplar que has ordenado, pero ahora has de detener la matanza. Es suficiente. Mañana no ha de haber más muertes.

—¡Calla, madre!

—¡Vas a generar un rencor permanente contra nosotros!

—¡El rencor sin hombres que puedan vengarse no me da miedo!

—¡Pero necesitamos hombres en Egipto, por El-Gabal! ¿Quién va a labrar las tierras, quién va a recoger el grano que necesitarán las legiones, Roma y el Imperio, si acabas con todos? Has dejado claro tu poder y tu fuerza. ¡Ahora detén la matanza!

Caracalla se acercó hacia ella con la espada en la mano.

—No eres el mismo desde lo de las vestales —le dijo ella.

Eso lo detuvo.

—¿Crees que no me he dado cuenta? —continuó su madre, sin retroceder un solo paso.

Caracalla mantenía la espada en alto, aún a varios pasos de Julia, pero con la punta claramente señalando al cuello de la emperatriz.

—Yo no quería tocar a las vestales.

—Y aun así yaciste con una, besaste a otras dos y luego las condenaste a muerte.

—¡Por todos los dioses, madre! ¡Primero me embaucó ese miserable de Aquilio Félix! ¡Y luego, seguí tu consejo! ¡El pueblo dudaba y reclamaba su muerte! ¡Tú misma me dijiste que estaba bien congraciarse con el pueblo!

—Sí, eso dije, y no me desdigo de mi consejo ni de las ejecuciones. Solo insisto en que no eres el mismo desde lo de las vestales, ¿por qué? Estás..., estás...

Pero Julia no quiso decir ninguna de las palabras que venían a su mente: trastornado, loco, descontrolado...

—¿Por qué estás así? —se limitó a preguntar la emperatriz de nuevo.

Caracalla no respondía, pero bajó la espada y, cabizbajo, retornó a su *cathedra*.

Julia fue acercándose lentamente hacia su hijo.

—Las vestales eran inocentes, madre —respondió, al fin, Caracalla—. Yo las arrastré a su perdición. Aun así, ordené su muerte, incluso la de Clodia, que se mantuvo pura. Y esta me maldijo desde su tumba para siempre. ¿Recuerdas, madre? Desde entonces... no puedo... —pero no terminó la frase y reinició otra distinta—: Quise congraciarme con el pueblo, pero las vestales me maldijeron y ahora son los dioses los que me odian. Perpetré un sacrilegio... demasiado grande...

Pero Julia había identificado la frase clave en el parlamento de su hijo: «No puedo».

Eso le recordó con rapidez una conversación que había tenido con Galeno hacía unos meses, cuando ella ya se mostraba preocupada por las noticias que había ido recibiendo sobre los templos que su hijo Antonino visitaba en sus desplazamientos por el Danubio, por Tracia y por Asia, en su largo periplo antes de reencontrarse con ella en Egipto.

—Mi hijo está visitando siempre todos los baños termales que encuentra y acude a los templos de Asclepio en busca de ser sanado de un mal que lo aqueja —le había explicado ella a Galeno—. Es algo de lo que nunca me ha hablado en sus cartas.

—A mí tampoco, augusta —le había respondido el médico.

—¿Puede uno provocarse a sí mismo un mal? —fue la inesperada pregunta que ella le lanzó al médico entonces.

—Las enfermedades, augusta, se dividen en orgánicas y mentales —le explicó él—. Pero he visto, en más de una ocasión, que el aturdimiento o una dolencia mental pueden generar males orgánicos. Sí, eso es posible.

La conversación terminó allí.

Ella no necesitaba saber más. Conocía demasiado bien a su hijo para comprender lo que le estaba ocurriendo durante los últimos meses. Eso y su intuición de mujer: Antonino Caracalla no solicitaba esclavas desde hacía un tiempo en el palacio imperial de Alejandría y, según le informaba el propio Mecio, tampoco solicitó muchas en las campañas del norte; eso, al menos, le habían relatado al jefe del pretorio varios tribunos de su confianza. Nadie le daba demasiada importancia, pero para Julia era obvio que algo estaba pasando. Y no podía ser que ahora, de pronto, a Antonino le gustaran los hombres. Él no era como Trajano. A ella no le importaba lo que le gustara o dejara de gustarle a su hijo en la cama. Eso le era indiferente. Lo único que quería era saber por qué Antonino buscaba sanar de algo a lo que no le quería poner nombre.

Era muy arriesgado preguntar, pero ella necesitaba saber, confirmar..., así que fue directa al punto crítico.

—¿Qué es lo que no puedes, hijo?

Caracalla guardó silencio.

La pregunta había sido hecha con un tono demasiado violento, seco, casi de reproche velado.

—Hijo mío —reinició ella ahora con dulzura, con esa voz suya que embriagaba siempre a los hombres y que hacía que ningún oficial, ningún senador, pudiera negarle nada en su cara—: dime qué es lo que no puedes hacer y yo te ayudaré.

Caracalla se pasó la mano izquierda por la boca. Quería más vino, pero la copa y la jarra de la mesa estaban vacías. Podía llamar a un esclavo, pero ahora todo eso parecía tan pequeño, tan trivial...

—No puedo yacer con mujer alguna, madre —respondió él al fin, como si se arrancara una flecha que tuviera clavada en el pecho—. Te lo he dicho: las vestales me maldijeron, Clodia con toda seguridad, lo expresó en alto, y quizá las otras lo pensaron también, y desde su ejecución no puedo poseer a ninguna mujer. Ni a ningún hombre o muchacho tampoco. Lo he intentado todo. Lo he probado todo. Ya no llamo a esclava alguna para no sentir vergüenza de mí mismo.

Julia cerró los ojos un instante. Su hijo era medio hombre, como un eunuco, con todo su cuerpo entero, pero a efectos de capacidad sexual, como un eunuco. Y un medio hombre no puede gobernar un imperio como el romano. Julia abrió los ojos. Necesitaba a su hijo entero, en plenas facultades para todo. Ya fuera yaciendo con mujeres o con hombres, pero lo precisaba con su fortaleza militar y esto requería que él se sintiera un hombre completo, viril, poderoso. Y, una cuestión vital, lo necesitaba con la capacidad de engendrar herederos en el vientre de una esposa.

—Yo te di la vida, yo puedo curarte —dijo Julia, sin dudarlo, con serenidad, con calculada emoción—. Una esclava no te valdrá para esto, eso ha quedado claro. Si queremos conjurar esa maldición de las vestales, necesitarás a una augusta de Roma.

—No creas que no lo he pensado alguna vez, madre —respondió él mirándola muy fijamente a los ojos... y luego, clavando sus pupilas en sus senos dibujados bajo una túnica ceñida como pocas veces había visto en su madre en el último año... ¿Se había vestido ella así a propósito? Pero... y se decidió a formular en alto sus dudas, sus miedos—. ¿Pero eso no sería sacrílego, madre? Si no lo fuera... *Vellem, si liceret* [Querría, si fuera lícito].[41]

Ella se le acercó aún más, dejando suelta la túnica por delante y descubriendo parte de sus senos.

—*Si libet, licet, an nescis te imperatorem esse et leges dare, non accipere?* [Si lo deseas, puedes; ¿acaso no eres consciente de que tú eres el emperador y que eres tú quien dicta las leyes, no el que las recibe?]

Julia calló entonces y se detuvo justo a un paso.

Él seguía sosteniendo el arma con la mano derecha. La izquierda con los dedos acariciando el valle entre los senos de su madre.

—Deja la espada y ven conmigo, hijo. Aquí mismo tenemos un lecho. Y yo no te maldeciré nunca. No lo hice cuando acabaste con tu hermano, no lo hice cuando me heriste, no lo haré ahora. Yo soy tu cura, tu salvación... Tu enfermedad termina hoy, aquí, conmigo.

Y ella le tendió su mano de piel suave, dedos finos, tez oscura...

Antonino Caracalla, a su vez, abrió su mano derecha y dejó

41. Esta cita y la siguiente son literales según cuenta el autor latino del siglo IV Elio Esparciano en su obra *Antonino Caracalla*, 10, 2. Traducción del autor de la novela.

que la espada cayera con un sonoro clang sobre el mármol de la estancia.

En el exterior de la cámara

Quinto Mecio escuchó el inconfundible sonido metálico de un arma al chocar con el suelo pétreo.

El emperador había debido de soltar su espada. Y no se habían oído gritos de dolor ni llamadas de auxilio por parte de la emperatriz madre. ¿Qué significaba aquello? O bien la emperatriz se había dejado matar sin emitir queja alguna, o bien... Quinto Mecio tragó saliva. Se volvió hacia las puertas de bronce. Quería gritar a sus hombres que las abrieran, pero las palabras de la emperatriz habían sido categóricas: «Cerrad la puerta y no oséis abrirla hasta que lo mande el emperador».

Quinto Mecio se llevó ambas manos abiertas a la parte posterior de la cabeza y así, como si de una fiera enjaulada se tratara, empezó a caminar de un lado a otro frente a las pesadas hojas de bronce y plata y oro.

En el interior

Antonino Caracalla y Julia Domna estaban desnudos en el lecho. El uno al lado del otro. Sudorosos, respirando aún con rapidez. Uno por el ansia satisfecha, la otra por el ansia contenida.

—Quizá debería tomarte a ti como esposa —dijo Caracalla—. Como hizo Edipo con Yocasta.

Ella forzó una sonrisa, pero negó con la cabeza.

—Esa historia, hijo, no terminó bien. Y la nuestra, aunque muchos lo deseen, no será una vida que termine con nosotros perdiendo todo aquello por lo que tanto hemos luchado. Eso no lo permitiré nunca. Además, hay otro motivo por el que no deberíamos casarnos tú y yo.

—¿Por qué, madre? —Él hablaba ya con un sosiego total, como si el sentir que había recuperado su virilidad completa le hubiera borrado todos los remordimientos acumulados en los últimos años de desenfreno. Aquella era la primera noche que se sentía tranquilo desde que su madre le revelara que Plauciano tramaba quedarse con todo. Se giró hacia ella—. ¿Por qué no he de casarme contigo? Teniendo en cuenta lo que hemos hecho, sería lo más lógico. Además...

Pero ella le tapó la boca con su mano suave, caliente.

—No vas a casarte conmigo porque te he encontrado la esposa perfecta. Joven y hermosa y, como acabas de comprobar, con ella podrás yacer y ella, en su momento, te dará el heredero que necesitamos. Pero no es aún momento de hablar de todo eso: ahora, por favor, hijo, detén la matanza que has ordenado para mañana. Alejandría ha sufrido castigo suficiente. Ya no se levantarán contra ti.

Caracalla la miraba con los ojos sin parpadear. Su madre era inabarcable: le había dado la vida; la había visto desafiar al mismísimo Cómodo; intrigar con su padre para eliminar, uno tras otro, a emperadores como Juliano, Nigro o Albino; la había visto enfrentarse al todopoderoso Plauciano; la había herido, él había... matado a su otro hijo y ahora había yacido con ella. Y allí estaba, a su lado, diciéndole, con serenidad, lo que seguramente era lo más inteligente y que, sin embargo, nadie más se atrevía a decirle.

—De acuerdo, madre.

Y Caracalla se levantó y empezó a vestirse.

Julia salió de la cama y lo ayudó para que se aseara con rapidez y de forma apropiada.

—Gracias, madre —dijo él y luego, con voz potente, miró hacia las gruesas hojas de bronce—. ¡Abrid la puerta!

De inmediato, como si en el exterior hubieran estado esperando recibir aquella orden desde hacía horas, el chirrido de las bisagras mal engrasadas inundó el silencio íntimo de la estancia en medio de aquella noche extraña.

Caracalla salió. Allí se encontró con Mecio:

—La matanza de mañana queda anulada. Los alejandrinos ya han tenido suficiente.

—Sí, augusto —respondió el jefe del pretorio.

—Voy al atrio —añadió el emperador—. Que me traigan agua y vino y comida y esclavas.

Mecio asintió.

Caracalla, seguido por la escolta pretoriana, dirigida por Opelio Macrino, que acababa de reincorporarse en el cambio de guardia, echó a andar en dirección al patio central del palacio imperial de Alejandría.

Quedaban aún media docena de pretorianos con el prefecto.

—Esperad aquí —les ordenó—. Voy a comprobar que la emperatriz esté bien. Cerrad cuando pase al interior y haced guardia. Si la augusta necesita algo, os llamaré.

Quinto Mecio entró en la cámara, solo. No quería que nadie viera nada que pudiera ser malinterpretado o, peor aún, correctamente interpretado.

La emperatriz yacía semidesnuda en la cama. Apenas se había puesto la túnica íntima. Julia identificó que era Mecio el que entraba y, en cualquier otro momento, no habría cubierto con las sábanas su cuerpo, pero aquella noche, en aquellas circunstancias, se sintió, por primera vez en mucho tiempo, cohibida por la presencia de un hombre en concreto, por la presencia de Quinto Mecio.

—Como prefecto sé que me respetarás siempre, pero imagino que como amante ahora debes de detestarme —dijo ella—. Debes de sentir vergüenza, o asco o algo peor: pena.

Quinto Mecio la observaba allí, tumbada de costado, la sábana puesta por encima con precipitación, con una pierna desnuda asomando por debajo, con manchas blancas, pruebas de la recuperada virilidad del emperador, diseminadas por la propia tela de algodón e incluso, aún, unas gotas muy visibles sobre la piel morena de la propia Julia.

La emperatriz se percató de hacia dónde miraba el prefecto. Ella no había querido limpiarse con su hijo en la habitación para que este no pensara que ella se sentía incómoda en modo alguno con lo que había ocurrido, pero ahora, con Mecio mirando los restos de semen de su hijo sobre su pierna, Julia lamentaba no haberse aseado. Pero ya no cubrió su pierna con la sábana. Todo había quedado explícito. Ella había intentado que Antonino no terminara completamente en su interior, para evitar males mayores, pero ahora ya no sabía si había hecho bien o no. Tenía semen dentro y fuera de ella. El de dentro, era un peligro; el de fuera, la avergonzaba ante el único hombre que le era, por completo, leal. Al menos, hasta esa noche. Quizá ya no.

—No, augusta —respondió él—. No siento ni odio, ni vergüenza ni asco.

Ella parpadeó varias veces.

—Entonces es algo peor. Es esa lástima que anticipé.

—No lo sé, augusta —continuó él—. No sé si también hay pena. Todo cuanto puedo decir es que siento una enorme admiración por la emperatriz. La augusta de Roma ha detenido una matanza sin sentido que iba a costarnos al final muy caro a todos. Sí, admiración y sorpresa es lo que hay en mí, en este momento, cuando miro a la augusta de Roma. ¿Es eso peor?

Julia Domna, abrazando la sábana manchada para cubrirse, ahora sí, se sentó en un lado de la cama.

—Sí, Mecio, eso es peor. Pero no para mí, sino para ti. Tu admiración por mí terminará siendo tu fin.

—De algo hemos de morir. A mí me gusta elegir la razón.

Julia cerró los ojos y suspiró.

—No sé ni cómo ni cuándo podré pagarte tanta lealtad, Mecio.

—Quizá no sea en este mundo. Soy un hombre paciente.

Ella escuchó aquellas palabras y las recibió como un bálsamo en medio de la tormenta total.

—Tráeme mi ropa, por favor.

Mecio miró a su alrededor y descubrió una segunda túnica de algodón blanco y otras prendas íntimas de la emperatriz diseminadas en una recta perfecta desde la *cathedra* donde había estado acomodado el emperador hasta el lecho donde estaba sentada ahora la emperatriz. El prefecto se agachó tantas veces como fue necesario y, una a una, cogió con sus manos las prendas de ropa, se acercó a Julia y se las entregó.

—Gracias, Mecio. Puedes retirarte... Hoy no querré estar contigo. Esta noche no estoy de humor.

—Por supuesto —aceptó él sin discusión alguna.

A continuación se volvió y se encaminó hacia la puerta.

—Y llama al médico —le dijo Julia aún desde la cama—. Dile que traiga *silphium*.

—Sí, augusta —dijo él desde la puerta—. Me aseguraré de que lo traiga.

El *silphium* era el más potente abortivo que se conocía. Mecio comprendió que quizá no toda la virilidad del emperador había quedado diseminada por las sábanas o por la piel de la emperatriz. La augusta, como siempre, no quería dejar cabos sueltos.

Mecio golpeó en las puertas de bronce. Los pretorianos de la guardia las abrieron y él salió. Las hojas de pesado metal volvieron a cerrarse.

Julia se quedó, por fin, sola en la habitación.

Se tumbó de costado abrazando las prendas de ropa junto con la sábana y quedó de lado sobre el lecho.

Cerró los ojos.

No le había dejado a su hijo fantasear más con la idea de casarse con él como hizo Edipo con Yocasta, pero Julia estaba segura de que pronto muchos, a escondidas, en susurros, al abrigo de las noches más oscuras, la llamarían a ella por ese nombre... Yocasta..., para siempre..., como una maldición que la perseguiría hasta la eternidad. Pero ¿qué sabían ellos, todos, del poder, de crear una dinastía, de forjar el imperio más grande nunca conocido? ¿Qué sabían los que la criticaran de todo eso? Nada. Al poder se lo envidia, sin saber de los sacrificios últimos que hay que hacer por retenerlo.

¿Merecía la pena tanto dolor? ¿Guerras y ejecuciones? ¿Un fratricidio? Y ahora, ¿un incesto?

Julia se acurrucó de costado hasta adoptar una posición fetal.

Empezó a llorar.

Todo merecía la pena. Sí, por el sueño más grande, por el imperio más grande: ese que solo podría conseguir una mujer. Porque ellos no entienden, no saben, no sienten...

Las lágrimas humedecían su rostro, la almohada, las sábanas.

Era aquel un llanto largo, casi eterno, como el Nilo.

L

UNA CARTA DE ROMA

Ctesifonte, 216 d. C.

El *Šāhān šāh* de Partia miraba en silencio al suelo desde lo alto de su trono dorado en la sala central de su palacio.

Las cosas no marchaban bien.

—¡Vino! —reclamó.

Se lo trajeron.

Artabano V bebió sin decir nada, sin mirar a nadie. Los guardias callaban y los mensajeros venidos de diferentes lugares del Imperio esperaban, al otro lado de la puerta, con paciencia.

No, las cosas no marchaban bien. Su hermano seguía en Babilonia, resistiendo. Al poco de lanzar los primeros combates, se inició un brote de peste entre los soldados atacantes y Artabano ordenó que sus tropas se retiraran. Quizá la peste afectara también a los sitiados, pero no fue así. Todos interpretaron que Ishtar protegía su ciudad sagrada y que la maldición de sus sacerdotes había caído sobre el ejército del *Šāhān šāh*. El rey de reyes estaba persuadido de que todo aquello eran supercherías y a punto estuvo de ordenar que lanzaran cadáveres de apestados por encima de las murallas con catapultas con el fin de propagar la enfermedad en el interior de la ciudad asediada. Pero sabía que aquella instrucción dividiría a sus oficiales, unos a favor, pero otros, aunque callaran, en contra. Y necesitaba, ahora más que nunca, un ejército unido, unos oficiales leales. No era momento de tensar la cuerda de las creencias religiosas de ninguno de sus mandos militares. Por eso optó por retirarse y mantener solo unos regimientos alrededor de Babilonia que dificultaran su abastecimiento, aunque no lo impidieran por completo.

Artabano V de Partia exhaló aire lentamente.

Así las cosas, su hermano Vologases se eternizaba en Babilonia como un permanente problema sin resolver, pero, como ya preveía el *Šāhān šāh*, aquel no era el mayor de sus problemas: los sasánidas, al este, empezaban a tomar el control de más territorio del que uno podría haber imaginado. Artabano había enviado tropas hacia oriente, pero, al mismo tiempo, temía un ataque romano desde las regiones de Osroene y Mesopotamia norte controladas por el sempiterno enemigo de occidente. Era solo cuestión de meses que tuviera tres frentes militares abiertos a la vez. Necesitaba algo especial, diferente, que pudiera cambiar la inercia de los acontecimientos o todo terminaría por desmoronarse. Estaba en juego no ya solo su permanencia en el trono, sino el control de Partia por la dinastía arsácida, y hasta la propia supervivencia de Partia, al menos, tal y como se había conocido hasta ese momento, pero de eso apenas parecían darse cuenta muchos de sus generales y, por supuesto, aún menos que ellos su hermano Vologases. Artabano, acuciado por el temor a tres frentes de guerra al mismo tiempo en un futuro próximo, se había rebajado hasta el punto de enviar mensajeros para promover un pacto, una tregua que los hiciera fuertes frente a la amenaza sasánida o la romana o ambas, si estas, en el peor de los casos, coincidían en el tiempo. Pero Vologases lo había rechazado. Se sentía protegido por los muros de Babilonia y por la diosa Ishtar.

Ingenuo. Ni todas las divinidades partas juntas lo salvarían de Roma y de los sasánidas si ambos atacaban a la vez.

Artabano V de Partia escupió en el suelo.

—Hoy no recibiré a nadie —dijo al fin—. No estoy de humor.

Los consejeros asintieron y empezaron a retirarse. Todos menos uno.

—El *Šāhān šāh* hace bien en descansar, mi señor; es una pesada carga la que el rey de reyes lleva sobre los hombros —empezó Rev, el más veterano de los consejeros imperiales—, pero hay un emisario que el gran Artabano haría bien en recibir.

—¿Y eso por qué? —preguntó el monarca con cierto tono de fastidio.

—Es un enviado de Roma —respondió el consejero.

Artabano V enmudeció. Babilonia en rebeldía, los sasánidas apoderándose de las regiones orientales y ahora Roma ya iniciaba los movimientos. Era de esperar. Y, aun así, pese a que lo había intuido durante meses, llegado el momento, su estómago se encogía. Una guerra contra Roma ahora sería el fin. Tenía medio ejército en oriente en combate y varios regimientos en Babilonia. No podía luchar en tres frentes al mismo tiempo. Eso lo sabía hasta el más inútil de los oficiales de cualquier reyezuelo. Hasta ese momento aquello solo había sido un temor intangible, pero la llegada de aquel enviado romano hacía que la peor de las pesadillas para Partia empezara a sustanciarse, a cobrar forma real.

—¿Qué tiene de especial ese mensajero de Roma? —inquirió entonces el rey de reyes, pues en el tono de Rev había detectado cierta admiración, algo que era poco común en aquel consejero experimentado, poco proclive a sorprenderse por nada ni por nadie.

—Es que Roma, mi señor, no ha enviado a cualquier centurión o civil —se explicó Rev—. Roma nos ha remitido un mensaje portado por todo un jefe del pretorio imperial.

—¿Un *vir eminentissimus*, aquí, en Ctesifonte? —La perplejidad del *Šāhān šāh* era evidente.

—Así es, mi señor —confirmó Rev.

Artabano asintió.

—Sea, que pase. Solo él.

Rev hizo una señal a la guardia. Un soldado salió en busca del emisario romano.

Artabano se llevó la copa de vino a la boca y la apuró de un largo trago. Necesitaba ánimos para escuchar lo que fuera que aquel enviado iba a reclamar. Eso sí, tenía una cosa muy clara: si Roma quería guerra, si exigía más territorios, el primero en morir sería aquel maldito *vir eminentissimus*. Matar a un jefe del pretorio romano no solucionaría sus problemas más acuciantes, pero le proporcionaría un inmenso placer. Solo un romano estúpido o un engreído se ofrecería como voluntario para portar un mensaje de Roma al corazón del Imperio parto, a la mismísima Ctesifonte que los romanos habían arrasado en más de una ocasión. En cierta forma, ese enviado se había buscado él solo el destino final que iba a encontrar en unos... instantes. Verter sangre romana a los pies del trono de Partia satisfaría a sus hombres, lo engrandecería ante ellos.

Artabano, incluso, se permitió una sonrisa malévola en el rostro mientras se llevaba lentamente la mano a la empuñadura de su espada: lo haría personalmente. Luego enviaría la cabeza del jefe del pretorio de vuelta a Roma. Como sus antepasados hicieron con la cabeza del cónsul Craso. Con eso bastaría para que entendieran. Puede que su dinastía estuviera llegando a su final, pero no sería sin antes derramar mucha sangre romana, sasánida y de traidores. Con él al mando, Partia moriría matando.

Sala de espera
Junto al salón de audiencias
del palacio imperial de Ctesifonte

Quinto Mecio vio cómo todos los demás emisarios de diferentes regiones del mundo eran invitados a retirarse. Había armenios y griegos, árabes y hombres de tez oscura y rasgos suaves que él ya había visto alguna vez en tierras de Oriente y que alguien le explicó que provenían de la lejana India. También vio a otros hombres con los ojos rasgados originarios, sin duda, de la legendaria Xeres, vestidos con sedas fascinantes. Pero el *Šāhān šāh* no iba a recibir a nadie, al menos, aquel día. Quinto Mecio iba a unirse a la larga estela de embajadores desairados, pues no preveía que el trato hacia él fuera a ser distinto. Comenzaba a andar mientras meditaba cómo insistir al día siguiente para poder entregar su mensaje, cuando un guardia se dirigió a él y le hizo una señal con la mano para que no siguiera avanzando. Quinto Mecio, extrañado, se detuvo y permaneció inmóvil, en silencio, viendo cómo la sala de espera se vaciaba de todas aquellas gentes.

Mientras los otros mensajeros desfilaban ante él, su mente repasaba la última conversación que había mantenido con la emperatriz, aquella charla por la cual se encontraba ahora allí, a punto, quizá, de ver al rey de reyes y a punto, muy posiblemente, de morir. Él no era un incauto. Las relaciones entre Roma y Artabano V no eran buenas. El *Šāhān šāh* no reconocía la potestad de Roma sobre Osroene y el norte de Mesopotamia y había reclamado aquellos territorios para Partia en varias ocasiones. De hecho, el rey de reyes había jurado en público, en más de una ocasión, que recuperaría aquellas regiones pronto. Al menos, eso se contaba en Roma, en las calles, pero también en el *consilium principis* del emperador Caracalla. Una guerra era inminente. Y él, pretoriano de la guardia del augusto de Roma, no sería para nada bienvenido allí, en Ctesifonte. Cierto era que venía en son de paz y con una carta que entregar, pero ¿sería eso garantía suficiente para asegurar su regreso a Antioquía, donde se lo esperaba de vuelta, con vida? ¿No desearía el *Šāhān šāh* dejar clara su negativa a cualquier negociación cortándole la cabeza y enviándola en un cesto al emperador Antonino Caracalla y a la emperatriz madre Julia? ¿Acaso bañarían su cabeza con oro o con otro metal para mantener su mueca de terror en el momento final de su existencia antes de enviarla hacia occidente? Esa era su costumbre en aquellos casos. Y la presencia de Caracalla en Alejandría, primero, y luego en Siria, reagrupando legiones, no era la mejor de las cartas de presentación en aquel momento... y, sin embargo, allí estaba él, tras haber aceptado el encargo de... Julia, en aquella conversación dos meses antes en Antioquía que, ahora, repasaba mentalmente, como si en ella quisiera encontrar una salida, una esperanza, una posibilidad de sobrevivir.

Antioquía
Dos meses antes de la entrevista con Artabano V

—¿Recuerdas que un día me dijiste que siempre harías cualquier cosa que te pidiera? —Así le había hablado Julia.

—Sí, augusta, lo recuerdo.

—¿Y recuerdas, también, que te dije que algún día te mencionaría tu promesa y que bien pudiera ser que lo lamentaras?

—Servir a la emperatriz de Roma nunca podrá ser para mí motivo de lamento alguno.

Julia suspiró entonces y negó con la cabeza. Mecio estaba seguro de que incluso había visto una lágrima en la preciosa tez morena de la augusta de Roma.

—¿Por qué no tendré a nadie más en quien poder confiar esta misión? —dijo la emperatriz siempre negando con la cabeza al tiempo que se le acercaba y luego, apenas a un paso de distancia, ella, con aquellos ojos negros profundos que lo hechizaban, volvió a hablar—. Quizá mueras en esta misión.

—Haré lo que me pidas —dijo él. Ya sin usar ningún término referente a su elevada dignidad, pero no por falta de respeto, sino porque él y ella, su relación, su forma de devorarse con los ojos, su modo de amarse por las noches secretas, estaban ya más allá de todos los títulos, dignidades y nombramientos.

—Has de llevar esta carta, Quinto —dijo ella y tendió su mano con un papiro doblado.

—Sí, la llevaré.

—Y has de volver, Quinto, sobre todo, por encima de cualquier otra cosa, has de volver —insistió ella—. Te necesito vivo, te necesito aquí, conmigo.

—Regresaré.

Ella volvió a negar con la cabeza.

—Por una vez, por una sola vez, desearía que fueras egoísta y que faltaras a tu palabra y que rompieras tu promesa y que me pidieras que enviara a otro a Partia, allí de donde es muy posible que, estando las circunstancias como están entre Roma y Oriente, no vuelvas vivo. ¿Por qué no me traicionas por esta vez y te rebelas y me desobedeces, Quinto?

—Yo no puedo desoír los deseos de Julia Domna. Lo que anhelas se cumplirá. Entregaré esta carta. Y... regresaré. —Pero le faltó convicción en aquella palabra final y los dos percibieron la duda.

—Abrázame, Quinto —le pidió la emperatriz.

Y los poderosos brazos del jefe del pretorio rodearon a la más hermosa de las emperatrices de Roma.

—El *Šāhān šāh* te recibirá ahora, romano. —La voz de uno de los soldados partos hizo que Quinto Mecio parpadeara varias veces, como si despertara de un trance.

Pero no, no era un sueño. Todo era real. Una pesadilla que se podía tocar con las manos. Las espadas de los centinelas partos, afiladas y puntiagudas, oscilaban en los costados de cada guardia como avisos de lo que estaba por venir. Y, sin embargo, tenía fe ciega en Julia. Ella no lo habría enviado allí, aun siendo muy arriesgado, si no tuviera esperanza de que su plan, de que sus designios, de que sus intuiciones serían acertados y el rey de reyes de Partia aceptaría su plan. Y si el rey de reyes aceptaba la propuesta de Julia..., le dejaría regresar... vivo. El prefecto sabía de los problemas de Artabano V en Babilonia, por un lado, y en oriente, con los sasánidas, por otro. La emperatriz había compartido con él el contenido del mensaje y Mecio también albergaba esperanzas de que todo saliera según lo proyectado por Julia, pero, de pronto, allí, rodeado por los guardias armados del *Šāhān šāh*, ya nada de aquello parecía tan probable. La muerte se percibía, por el contrario, mucho más cercana, más probable.

Quinto Mecio cruzó el umbral de la puerta de la sala de audiencias y, por el largo pasillo de guardias, avanzó hasta detenerse frente al trono dorado del rey de reyes.

No dijo nada.

Esperó a que el emperador de Partia se dirigiera primero a él.

—Me dice mi consejero que traes un mensaje de Roma.

—Así es, un mensaje para el *Šāhān šāh*, una carta del emperador de Roma. —Redactada por Julia, ideada por ella, pero con la aquiescencia de Caracalla, a quien su madre, desde la estancia en Alejandría, parecía controlar por completo, para bien de Roma, del Imperio, de todos.

Mecio extendió su brazo hacia el rey de reyes con la carta en la mano. El movimiento hizo que varios guardias desenvainaran las espadas y rodearan con rapidez al prefecto romano. Quinto se quedó inmóvil.

Artabano V sonrió. Disfrutaba viendo sufrir a aquel jefe del pretorio. Todo un jefe de la guardia imperial del emperador Antonino Caracalla, hijo del maldito Septimio Severo, que había arrasado Ctesifonte apenas hacía unos pocos años, estaba ahora ante él, desarmado, indefenso, rodeado por sus hombres. A su merced. Aquello iba a disfrutarlo mucho.

El rey de reyes tampoco se movió.

Rev avanzó y cogió la carta. Dio unos pasos atrás y empezó a leerla en voz baja.

Artabano seguía con los ojos fijos en el pretoriano.

—No es habitual un mensajero de tan alto rango —dijo el *Šāhān šāh*.

—El emperador de Roma quiere asegurar con mi presencia personal ante el emperador de Partia que lo que se dice en la carta es una propuesta sincera. Es algo muy meditado y...

—¡Silencio, miserable! —gritó Artabano V alzándose en pie frente a su trono dorado y escupiendo acto seguido en el suelo, justo delante de un Quinto Mecio que enmudeció de inmediato—. ¡Silencio, imbécil! —Artabano volvió a sentarse y reinició su discurso algo más calmado—. No me importa lo mucho que haya meditado Antonino su nueva reclamación. Partia no va a ceder más territorio a Roma. Eso se ha terminado. Las cosas van a ser más bien al contrario. Seremos nosotros los que recuperaremos territorio. Y muy pronto. Y con eso todo queda dicho. Ya has entregado tu carta... —Y en este punto Artabano, que volvía a dibujar una sonrisa, esta vez tenebrosa y oscura, en el rostro, interrumpió sus palabras unos instantes—. Sí, ya has entregado la carta. Ya has cumplido tu misión.

—Mi misión, rey de reyes, es entregar la carta y volver con la respuesta del emperador de Partia.

—Por supuesto —confirmó el *Šāhān šāh* con una mueca de diversión en la faz—. Volver, vas a volver. Lo que queda por ver es si vas a regresar vivo o muerto. Quizá tu cabeza, convenientemente separada de tu cuerpo, sea la respuesta más clara a lo que sea que Antonino me pida en esa maldita carta, ¿no crees?

Y el emperador se echó a reír a mandíbula batiente, saltándole lágrimas de los ojos con tal escándalo que resultaba contagioso su ataque de risa y sus guardias y hasta el propio consejero Rev acompañaron al *Šāhān šāh* en su carcajada.

Quinto Mecio se pasó el dorso de la mano izquierda por los labios resecos. Sentía gotas de sudor frío resbalando por su frente como serpientes transparentes que zigzagueaban marcando, a cada mínimo giro, los instantes que le quedaban de vida. Con el rabillo del ojo pudo ver cómo uno de los oficiales de la guardia del *Šāhān šāh*, en cuanto la risa empezó a desaparecer de la sala, se situaba a su espalda y asía la espada con ambas manos.

Artabano V se frotaba los ojos llorosos con las yemas de los dedos. Iba a ordenar a su mejor guardia imperial que se detuviera. Quería haber descendido del trono y decapitar él mismo a aquel prefecto pretoriano de Roma, pero sintió pereza y su mejor hombre ya estaba en posición detrás del mensajero romano.

El consejero Rev continuó leyendo en silencio la carta con rapidez y frunciendo el ceño a medida que avanzaba en la lectura.

—No es... —empezó a decir Rev— una reclamación, mi señor. Lo que hay en esta carta es una propuesta.

—¿Una propuesta? —preguntó Artabano con aire distraído. Su atención estaba centrada en el espectáculo que iba a disfrutar en un momento: la ejecución de un jefe del pretorio romano en su palacio y por él mismo.

El oficial parto permanecía con la espada en alto.

Quinto Mecio se daba cuenta de su torpeza. Debería haber desvelado el contenido de la carta antes, pero él nunca había estado ante un emperador parto. No quería haber parecido impetuoso o irrespetuoso. Esa prudencia le iba a costar la vida...

—¿Una propuesta de qué? —inquirió Artabano. Su brazo estaba en alto, a punto de dejarlo caer para indicar al oficial de su guardia que era el momento de decapitar a aquel mensajero del enemigo.

—Una propuesta de matrimonio, mi señor —respondió Rev.

Artabano V no dejó caer el brazo de golpe, sino muy lentamente. Esa no era la señal de ejecución. El oficial parto situado justo por detrás de Mecio bajó su espada y, también despacio, la envainó a la espera de nuevas instrucciones. El resto de los guardias también se alejaron un par de pasos del pretoriano romano.

—Una propuesta de matrimonio entre el emperador de Roma y la hija mayor del rey de reyes, mi *Šāhān šāh*.

Artabano arrugó la frente. Aquello parecía una locura, una broma absurda y, sin embargo...

—Lee la carta, consejero.

Rev se aprestó a obedecer:

—Está en griego. Dice así, mi señor: *Yo, el* Imperator Caesar Marcus Aurelius Antoninus Pius Felix Augustus, Britannicus Maximus, Germanicus Maximus, Pontifex Maximus, *propone a Artabano V,* Šāhān šāh, *rey de reyes, basileus basilei, emperador de Partia, un matrimonio entre mi persona y la primogénita del propio Artabano V. Este será un enlace que sellará la paz entre nuestros dos imperios después de decenios de luchas y combates en los que ambos hemos tenido victorias y derrotas, en donde ambos hemos sufrido incontables bajas y un desgaste constante que nos debilita ante otros enemigos que nos acosan en diferentes regiones limítrofes con nuestros imperios. Con un matrimonio así, a partir de ahora, los enemigos de Artabano serán los de Antonino también y viceversa. Con nuestras fuerzas juntas, nadie podrá oponerse a nuestro Imperio, que ahora será uno conjunto que heredará mi futuro hijo, que engendraré con la hija del emperador de Partia y que, en consecuencia, será, a su vez, nieto del rey de reyes. Una sola dinastía para gobernarlos a todos. El sueño de Alejandro hecho, por fin, realidad de la mano del césar Marco Aurelio Antonino Augusto y el* Šāhān šāh *Artabano V de Partia.*

Y Rev calló, pero como viera que el rey de reyes tardaba en reaccionar, añadió un comentario que dejaba claro que no había nada más que leer:

—Esto, mi señor, es lo que dice la carta.

Artabano se pasaba la punta de la lengua por los labios. Aún podía saborear el ligero dulzor del vino de la copa que había apurado antes de recibir al emisario romano. Aquella propuesta parecía un dislate. Cómo fiarse del emperador Antonino, hijo del mismo Septimio Severo que había asolado Partia apenas hacía... ¿dieciocho años? Y, por otro lado, lo que allí se decía era tan cierto: el eterno conflicto con Roma los había debilitado. El temor a ser atacado por los romanos era lo que le impedía lanzar todas sus fuerzas contra los sasánidas, que se estaban haciendo fuertes en oriente y que amenazaban su poder. Una alianza real con Roma sería la herramienta perfecta para asentar su poder total sobre Partia occidental primero, pues Vologases quedaría completamente aislado en Babilonia; y con unas cuantas legiones apoyadas por sus *catafractos* y arqueros podría barrer a los sasánidas antes de que se hicieran más fuertes. Seguramente, luego tendría que enviar tropas a algunas de las guerras de Occidente en apoyo de Antonino Caracalla; curioso que no usara los títulos de *parthicus adiabenicus* y otras dignidades que, sin duda, le habrían ofendido... Artabano se tomó esa mesura a la hora de atribuirse dignidades referentes a territorios en disputa entre Roma y Partia como lo que, sin duda, era: una muestra de buena predisposición por parte del nuevo emperador romano a negociar, a unir fuerzas y dejar atrás pasados enfrentamientos que, ciertamente, habían desgastado a ambas partes. En efecto, una alianza con Roma podía ser, después de todo, tan inesperada como, al tiempo, la mejor respuesta a todos sus males.

En cualquier otro momento, en cualquier otra circunstancia, habría despreciado aquella propuesta.

Artabano inspiró profundamente. Luego suspiró, pidió vino y bebió de nuevo. Miró a los ojos a Quinto Mecio.

—A lo mejor, pretoriano, igual regresas vivo a Roma. Qué caprichosa es la existencia, ¿verdad? Un instante tan próximo a la muerte y otro a punto de que se te invite a beber y comer.

LI

EL SUEÑO MÁS GRANDE

Antioquía, primavera de 216 d. C.

Por unos meses, *de facto*, Antioquía se convirtió en la capital del Imperio. Era la ciudad más importante del mundo romano en las proximidades de Partia, donde estaban puestos ahora los ojos de Roma para dar una solución final y definitiva a la eterna lucha de desgaste que sufrían ambos poderes desde hacía siglos.

Por otro lado, también de hecho, ante la ausencia de su hijo Antonino Caracalla, de viaje hacia el corazón de Partia, Julia ejercía el gobierno de forma efectiva y pública. Todos los asuntos de Estado pasaban por sus manos. Y, aunque eso pudiera molestar a bastantes senadores y a otros prohombres de Roma, sus sabias decisiones y su buena gestión financiera y política no dejaban margen alguno ni para la crítica ni para cuestionar las habilidades de gobierno de la emperatriz madre.

Caracalla, ciertamente, estaba en otras cosas. Julia podía casi visualizarlo, al cerrar los ojos, cabalgando en medio de la más lujosa de las comitivas, escoltado por varias legiones, hacia Ctesifonte. Pero esta vez, a diferencia de tantas otras ocasiones en el pasado reciente, y no tan reciente, las tropas romanas avanzaban no hacia el combate, sino hacia una celebración, hacia un matrimonio que debía cambiar el *statu quo* no ya del mundo romano, sino del mundo entero.

—Todos están reunidos ya en el gran atrio —dijo Calidio desde el umbral de la puerta de la cámara personal de la emperatriz. Su esposa, Lucia, la ornatriz de más confianza de la augusta de Roma, se separó de Julia interrumpiendo el peinado que estaba entrelazando.

La emperatriz abrió los ojos y se desvaneció en su mente su ensoñación del viaje que debía de estar haciendo en aquel momento su hijo.

—No, termina —dijo Julia y luego, en voz más alta para que Calidio pudiera oírla bien, añadió—: Diles que en seguida me reuniré con todos ellos.

—Sí, augusta —respondió el *atriense* de la familia Severa y cerró la puerta.

—Termina —repitió la emperatriz—, pero date prisa.

Lucia se aprestó a recoger con pinzas los últimos rizos del complejo peinado de la emperatriz de Roma.

Julia cerró los ojos de nuevo.

Estaba nerviosa. No podía evitarlo. Había tanto en juego con aquella boda entre su hijo y Olennieire, la hija de Artabano V... Se sonrió un instante, entre divertida, por la simpleza de los hombres del *consilium principis,* y amargada, por su pertinaz ignorancia de lo relevante que podía ser una mujer a la hora de construir un mundo diferente. Y es que ninguno de los consejeros imperiales se había molestado en aprender el nombre de la prometida oficial del emperador Antonino, bajo la excusa de ser un vocablo de difícil pronunciación. Olennnieire. Julia pensaba que un nombre que simbolizaba la unión definitiva de Roma y Partia y, en consecuencia, el nacimiento del poder más fuerte que nunca había visto la humanidad, bien merecía el esfuerzo de ser memorizado. Pronto germanos, alamanes, roxolanos, pictos, meatas, getas, sármatas, armenios... ya nadie sería un problema para un Imperio cuyas fuerzas combinadas incluirían las treinta y tres legiones de Roma junto a la caballería pesada y los arqueros de Partia. Un ejército simplemente invencible. Julio César, Trajano, Marco Aurelio y Lucio Vero, hasta su propio esposo Septimio, todos habían intentado solucionar el problema de Partia con la violencia y todos habían fracasado. Sí, habían conseguido importantes victorias parciales, anexiones, títulos, arcos de triunfo, pero nunca una paz duradera. ¿No había llegado ya el momento de intentarlo de otra forma? Una boda, una unión y no una lucha eterna. Ese era su enfoque, su plan. Tan potente como original. Por eso podía funcionar. Doscientos años de guerra y ningún emperador lo había sabido entender.

Julia sonrió. Le resultaba increíble la reducida capacidad de los hombres para ver más allá de las espadas.

¿Y Mecio?

Julia inspiró profundamente mientras Lucia terminaba de peinarla. En medio de tantos planes, ni ella misma veía la evidente contradicción de, por un lado, menospreciar la habilidad de los hombres para resolver problemas y, por otro, sentirse totalmente prendada de la virilidad de uno de ellos.

Mecio...

Sí. Mantuvo la sonrisa. De pronto, se dio cuenta de aquella contradicción. Podría argumentar que Mecio era diferente. Y, en gran medida, lo era: se mostraba y actuaba de forma leal a ella con constancia poco habitual en un hombre. Esa actitud tan poco frecuente y, por qué no admitirlo, su hombría diurna, que emanaba autoridad ante sus pretorianos, y su virilidad nocturna, de la que le gustaba hasta el olor de su sudor después de que hubieran yacidos juntos, también la atraían.

Sí, eran contradictorios sus sentimientos frente a los hombres. Severo también fue, a su modo, leal con ella, excepto cuando se vio cegado por Plauciano.

Ahora todo aquello parecía tan lejano...

Lo contradictorio, a veces, se complementa. Como Roma y Partia estaban a punto de hacer, por fin, después de tanto tiempo.

Y, de nuevo, Mecio.

Julia recordó las últimas palabras que había intercambiado con el jefe del pretorio antes de su nueva partida hacia Ctesifonte, en esta segunda ocasión acompañando al emperador Caracalla rumbo a Oriente para casarse:

—Ahora regresas a Partia con el augusto —le había dicho ella acercándosele—. Te doy otra carta. Más breve, pero esta vez no es para ningún emperador, ni de Roma, ni de Partia ni de lo que deberá ser el único gran Imperio unido. Esta nota es solo para ti.

Y se la entregó.

Ella vio cómo la tomaba con su mano e iba a abrirla cuando lo detuvo abrazándolo.

—No, Quinto, esa nota solo has de leerla si las cosas salen

mal —le explicó, apretando su cuerpo, caliente y suave, contra el pecho fuerte como un roble del pretoriano—. ¿Lo has entendido?

—Sí —había respondido él. Y acto seguido la abrazó.

Fue en ese momento cuando ella retiró la cabeza levemente hacia atrás y él aprovechó, como hacía siempre en aquella circunstancia, para besarla con pasión.

Fue el último beso.

Por el momento.

¿Habría nueva ocasión?

Debía haberla. Tras la boda entre Caracalla y Olennieire todo sería ya posible. Incluso podría no ocultar su relación con Mecio. Sobre todo cuando la hija de Artabano produjera un heredero. Entonces, con la dinastía asegurada, si ella, la emperatriz madre, tenía una nueva relación con otro hombre, ni su hijo ni nadie podría ver a Mecio como un competidor por el trono. Además, aunque ya por su edad fuera difícil que quedara embarazada, no dudaría en recurrir al *silphium* si fuera necesario, como ya hizo cuando yació con... Antonino.

Sacudió la cabeza.

Cerró los ojos.

Los abrió.

Ella intuía ya las insidias, las maledicencias y los rumores sobre ella y Mecio y temía que estos llegaran a oídos del emperador en un modo o en un momento o a través de una persona inconveniente. Y que todo se le explicara mal a su hijo.

—Ya está, augusta.

La voz de Lucia borró los reflejos de sus recuerdos sobre el prefecto de la guardia pretoriana como cuando alguien tira una piedra en un estanque y nuestro rostro, que veíamos en el agua, desaparece en medio de las pequeñas ondas de la superficie.

—De acuerdo —dijo la emperatriz—. Vamos al atrio y veamos qué asuntos de Estado nos ocupan esta mañana.

Mesopotamia, verano de 216 d. C.
Avance hacia el sur de Caracalla y sus legiones

Quinto Mecio miraba desde lo alto de una duna.

Una inmensa serpiente de legionarios marchaba por las arenas del desierto, siempre en dirección sur, en paralelo al curso tranquilo del Éufrates. Pese a que Artabano había prometido no interponerse en modo alguno a la progresión de las tropas de quien debía ser su yerno muy pronto, Caracalla no se fiaba por completo de que los partos fueran a respetar aquel pacto y había reunido más de siete legiones para aquella travesía. Una fuerza formidable. A Quinto Mecio aquella medida le parecía prudente. Ambos emperadores habían intercambiado magníficos presentes, ya fueran piedras preciosas, desde esmeraldas a rubíes, y caballos hermosos hasta espadas con incrustaciones de oro y plata y ópalo. Pero aun así, el propio jefe del pretorio compartía las dudas del augusto romano. Eran más de dos siglos combatiendo un Imperio contra el otro, más de doscientos años de conflictos, batallas, guerras, asedios y masacres como para sepultar todo aquel rencor, toda aquella sospecha constante sin más. Y, sin embargo, Mecio también era de la opinión de que el plan de Julia era tan fascinante como imaginativo: dar fin a toda aquella guerra intermitente de desgaste entre Occidente y Oriente para fortalecer ambos imperios, uniéndolos en uno solo indestructible. Sí, el sueño de Alejandro Magno y de Trajano hecho realidad por el ingenio de una mujer.

El prefecto seguía observando el avance del ejército romano desde lo alto de su caballo. Se llevó la mano al pecho y palpó, por debajo del uniforme pretoriano, la nota que Julia le diera antes de partir, una vez más, hacia Ctesifonte. Cumpliendo con las instrucciones de la emperatriz, no la había abierto ni la había leído. Solo tenía que hacerlo si todo salía mal. Pero... ¿qué quería decir exactamente «si todo salía mal»?

Antioquía, dos meses antes

—Cuando eso ocurre, Mecio —le explicó ella después de aquel último y largo beso—, cuando eso ocurre, cuando la desgracia completa nos alcanza, nadie tiene que explicárnoslo.

Y él se limitó a asentir y a guardarse la carta justo allí, bajo el uniforme, en el pecho, junto al corazón.

Mesopotamia, verano de 216 d. C.

Se adentraron más y más en territorio parto, alejándose de las ciudades del norte controladas por Roma, como Dura Europos, Biblada o Eddana, para terminar cruzando poblaciones bajo estricto mando del enemigo. Y allí, pese a lo que pudieran haber esperado en cualquier otro momento, las puertas de las murallas de todas las fortalezas se abrían y los romanos eran recibidos con guirnaldas y vítores, como si de un invitado a una fiesta se tratara. Toda Partia estaba de boda.

Y así Caracalla *entró en la tierra de los bárbaros como si ya fuera suya; en todas partes los altares estaban llenos con coronas de flores y perfumes y se vertía todo tipo de inciensos en su camino.*[42]

Todo era perfecto.

Quinto Mecio solo observó que algunos tribunos hablaban más de lo habitual con el emperador. En particular, Opelio Macrino, alguien de quien no terminaba nunca de fiarse y que sabía que tampoco era un oficial en el que confiara demasiado la emperatriz. Pero todo marchaba tan bien que el veterano prefecto no pudo por menos que sacudirse las pequeñas preocupaciones de su mente.

Se sonrió mientras azuzaba su caballo y cabalgaba justo por detrás del *Imperator Caesar Augustus*. A veces, cuando no tenemos problemas, parece que quisiéramos inventarlos. El sueño más grande, el sueño de Julia, estaba cumpliéndose.

---

42. Literal de Herodiano, IV, 11.

LII
—

LA BODA DE CARACALLA

Ctesifonte, verano de 216 d. C.

Artabano V esperaba fuera de las murallas de su ciudad. Haberlo hecho protegido por los potentes muros de Ctesifonte, reconstruidos tras el brutal ataque de Severo de hacía dieciocho años, habría sido prueba de duda por su parte. Antonino, o Caracalla, como parecía que ahora todos llamaban al emperador romano, no había pedido de forma expresa aquel gesto de buena voluntad y paz, pero el *Šāhān šāh* no quería dejar margen alguno al conflicto. Cada día que había pasado desde que recibiera aquella insospechada propuesta de matrimonio, su mente veía con más y más claridad que aquel era, sin duda alguna, el mejor de los caminos a seguir, sobre todo con dos frentes de guerra abiertos: por un lado, el sasánida Ardashir, líder de la familia rebelde que se había apoderado de gran parte del este y asentado en Persis como su capital, y, por otro lado, con Vologases aún resistiendo en Babilonia.

Hasta Artabano habían llegado noticias de cómo el emperador romano había rodeado Babilonia sin aproximarse a ella y, lo más importante, al parecer sin intercambiar mensajero alguno ni aceptar emisarios de Vologases. Ese había sido un detalle que había agradado al *Šāhān šāh*. Si Caracalla estaba dispuesto a serle leal, él también lo sería y, en efecto, unidos acabarían con los enemigos respectivos de uno y otro, para luego dejar el más grande de los imperios al que sería descendiente de Roma y Partia al mismo tiempo. Sí, la idea había calado de forma profunda en Artabano. Por eso salió a recibir al emperador romano fuera de su ciudad, sin apenas armamento, protegido solo por una pequeña escolta de su guardia. El mar de tiendas que se había levantado era para los festejos de la boda, no para soldados: centenares de toldos donde protegerse del sol, unos y otros, romanos y partos, mientras se celebraba la ceremonia y se festejaba el enlace con un largo banquete y abundante vino durante varios días.

A cincuenta millas de Ctesifonte

Las *turmae* que iban por delante del ejército romano regresaron con los informes sobre lo que habían visto en torno a la gran ciudad parta.

—Es como se nos anticipó por los mensajeros de Artabano —explicaba Macrino al emperador.

En la tienda del *praetorium,* además del augusto, estaban Mecio, Rustio, el segundo jefe del pretorio, recientemente nombrado por el emperador, el propio Macrino y el resto de los tribunos pretorianos.

El nombramiento de Rustio había sido decidido por el propio Caracalla, pero no era un hombre próximo a Macrino, de modo que ni la emperatriz ni Quinto Mecio vieron nada malo en aquella elección. Lo que no supieron interpretar ninguno de los dos era que Caracalla jugaba a una estrategia de distracción, en muchos sentidos.

—¿Estás bien seguro? —preguntó Caracalla con insistencia a Macrino.

—Artabano espera fuera de la ciudad —continuó el tribuno favorito del emperador—. La multitud de tiendas que se levanta frente a las murallas está poblada solo por esclavos y viandas y ánforas para el mayor de los festejos. El rey de reyes pernocta protegido solo por una reducida escolta de no más de cincuenta hombres. Se ve mucho movimiento entre las tiendas y la ciudad, pero son comerciantes, artesanos y otros habitantes de Ctesifonte que se afanan en prepararlo todo, en traer aún más víveres, o que se ocupan de adornar las tiendas con más guirnaldas, mientras otros acumulan grandes cantidades de leña para centenares de hogueras. Ctesifonte es una ciudad abierta. No hay señal de que preparen emboscada alguna, augusto.

Caracalla, sentado en la *sella curulis* de campaña, hacía aún más profundo su marcado entrecejo. Pese a todo lo comentado por Macrino, seguía inquieto. Y, en momentos como ese, se volvía siempre hacia aquel en quien su propia madre tenía más confianza. Más allá de lo que pensara de su más veterano jefe del pretorio, más allá de sus dudas crecientes sobre aquel oficial que cada día parecía más y más próximo a su madre, su criterio en cuestiones de guerra o de gobierno le parecía siempre relevante.

—¿Tú qué piensas, Mecio? —inquirió el emperador.

El prefecto de la guardia se puso muy firme.

—Yo creo que el augusto podría acercarse a Ctesifonte con una pequeña escolta pretoriana, hombres escogidos por mí y por Rustio. El resto del ejército podría permanecer acampado a unas veinte millas de la ciudad, una distancia prudente para que su presencia no sea sentida como una amenaza inminente para una ciudad con sus puertas abiertas, pero tampoco demasiado lejos como para que las legiones no puedan asistir al emperador de Roma en caso de que... —y Mecio se encontró pronunciando palabras que le resultaban familiares—. De que todo salga mal, augusto.

Caracalla asintió, pero calló un largo rato en el que nadie más se atrevió a decir nada.

—Sea, por Júpiter —aceptó, al fin, el emperador—. Artabano está dando muestras de lealtad hacia mí y no creo que sea inteligente por nuestra parte actuar de forma que nuestras acciones puedan inducir al emperador parto a dudar de nosotros. Nos ha abierto sus ciudades y nos espera con apenas una pequeña escolta. —Se levantó—. Le corresponderemos con la misma lealtad.

Frente a los muros de Ctesifonte
Una hora más tarde

La escolta del emperador de Roma se detuvo apenas a cien pasos del grupo de jinetes que protegían al *Šāhān šāh* de Partia.

Caracalla desmontó de su caballo y, en pie junto al animal,

se quedó mirando a Artabano. El augusto, en ese instante, muy despacio, empezó a desenfundar su espada.

Era un gesto inesperado y no pactado para aquel encuentro inicial previo a la boda.

Era tal el silencio de soldados romanos y partos que se pudo oír el silbido metálico de la espada al resbalar por la vaina dorada del emperador de Roma.

Artabano arrugó la frente.

Sus hombres se llevaron todos las manos a las empuñaduras de sus propias armas, aunque lo inmóviles que permanecían los pretorianos romanos los tenían confundidos. ¿Iba acaso a atacar el augusto romano solo? ¿Buscaba acaso un duelo entre emperadores al modo de los antiguos héroes griegos de la *Ilíada*? ¿Había sido todo al final una maldita mentira para conseguir aquel desafío a muerte...?

La cabeza de Artabano bullía entre rabia y miedo, entre presteza por defenderse y contención ante la duda, cuando Caracalla se volvió hacia uno de sus hombres y le hizo entrega de su espada. Y así, desarmado, empezó a andar hacia Artabano.

El rey de reyes exhaló un largo suspiro de alivio. Todo estaba bien. Artabano se echó a reír y sus hombres lo imitaron. Todos aliviaron así la tensión acumulada en aquel momento en el que todo parecía pender de un hilo. El rey de reyes imitó el gesto de Caracalla y desenvainó también su espada para, acto seguido, entregarla a uno de sus guardias.

El emperador romano seguía avanzando hacia él.

Artabano también lo imitó en este punto y echó a caminar para encontrarse con el augusto de Roma.

Estaban a veinte pasos, quince, diez... Una duda volvió a recorrer los entresijos de la mente del *Šāhān šāh.* ¿Y si el emperador romano, enemigo mortal de Partia hasta hacía muy poco, llevara consigo una daga oculta en la ropa...? Pero Caracalla mantenía las manos a ambos lados de su capa, su larga túnica militar, como si intuyera las dudas en su ancestral oponente e intentara disiparlas con ese gesto.

Manos desnudas.

Ningún arma a la vista.

Cinco pasos.

Artabano, de pronto, miró por encima del hombro de Caracalla. ¿Arqueros? Podía haber alguno dispuesto para arrojar un dardo mortal, pero tampoco vio a pretoriano alguno con arco y flecha apuntando hacia él.

El emperador de Roma se detuvo y separó los brazos.

Artabano dio los pasos finales.

Tres, dos, uno. Alzó levemente también las manos, alejándolas del cuerpo como si fuera un águila a punto de levantar el vuelo.

Los dos emperadores se fundieron en un largo abrazo.

Todo estaba bien.

Los festejos empezaron al poco tiempo.

Las dos escoltas se mantuvieron próximas a sus líderes, armas envainadas, pero siempre atentos a cualquier gesto extraño o inesperado por parte de los contrarios. Sin embargo, solo los rodeaba un ambiente festivo y relajado: decenas de esclavos empezaron a servir viandas suculentas con carnes espléndidas de carnero y aves de toda condición sazonadas con sabrosas salsas. En cuanto Caracalla se acomodó entre los almohadones de seda, traídos para acomodar a ambos emperadores, sus hombres lo imitaron sentándose en largos bancos dispuestos frente a las mesas.

Todo seguía bien.

El augusto iba a comer, pero, de pronto, detuvo su mano con un trozo de carne, aparentemente exquisito, apenas a un palmo de su boca.

¿Y si estaba envenenado?

Artabano, como si pudiera leer sus pensamientos, se inclinó hacia delante y estirando el brazo cogió con la mano un trozo de carne de la misma bandeja que había elegido el emperador romano y, mirándolo a la cara, se lo llevó a la boca y comió a placer.

Caracalla seguía con la faz seria. Podía estar envenenado y que el *Šāhān šāh* hubiera tomado, previamente al encuentro, un poderoso antídoto. Podría ser... En cualquier caso, él mismo, el *Imperator Caesar Augustus*, consumía a diario una buena dosis de la *theriaca* que Galeno llevaba suministrando durante decenios a las familias imperiales de Roma en previsión de posibles envenenamientos. La misma medicina que en el pasado protegió a Cómodo y que forzó a que los conjurados contra él tuvieran que recurrir al estrangulamiento para darle muerte, pues el veneno no bastó.

Caracalla seguía con el pedazo de carne en la mano.

Artabano no se tomó a mal las dudas de su invitado. De hecho, él mismo había sentido toda suerte de sospechas apenas hacía unos instantes, justo antes de abrazarse. De este modo, el *Šāhān šāh* continuó comiendo de aquella bandeja sabrosa a la espera de que el emperador romano se decidiera a relajarse de una vez y convencerse de que la idea del matrimonio para unir los dos imperios era algo que realmente veían con buenos ojos en Partia.

Caracalla, por fin, empezó a comer. El bocado le supo delicioso y lo mismo el resto de las carnes, los pescados y todo cuanto fue probando en aquel banquete sin fin que daba inicio a varios días de festejos que iban a culminar con la boda.

Llegaron bailarinas, exóticas para los romanos por sus cuerpos pequeños y flexibles de piel casi color madera.

—Son de la India —dijo el rey de reyes en griego, lengua que ambos emperadores conocían y que usaban para comunicarse con soltura, y, tras las primeras copas de vino, con desinhibición creciente.

En esas estaban cuando apareció la novia, custodiada por la *Bāmbišnān bāmbišn*, la reina de reinas, la primera esposa del rey de reyes, y varias esclavas: la joven doncella a punto de desposarse vestía sedas que apenas permitían adivinar la figura esbelta que se ocultaba bajo aquel atuendo nupcial. Hasta el rostro estaba cubierto y todos pensaron que nadie podría verlo hasta después de la boda, pero Artabano se levantó y se dirigió a su hija.

—Descúbrete —ordenó.

Olennieire obedeció y retiró el velo que cubría su rostro dejando a la vista una hermosa faz de piel canela, ojos negros grandes y facciones suaves, hermosas.

Caracalla asintió al tiempo que hablaba:

—Muy bella, sí. Por El-Gabal y todos los dioses de Roma, sí que lo es.

La respuesta del emperador romano satisfizo al *Šāhān šāh*, que hizo una señal a los esclavos para que trajeran más vino y luego otra, muy rápida, para que la *Bāmbišnān bāmbišn* se llevara a la novia a la tienda que esta tenía asignada hasta el momento de la celebración del matrimonio convenido.

Por su parte, Quinto Mecio se sintió cada vez más relajado, más de lo que había imaginado que podría sentirse en aquellas circunstancias tan particulares, pero es que todo parecía tan seguro; todo parecía estar saliendo tan bien: los partos estaban por la labor de pactar, del matrimonio y de la paz. No, aquello no iba a salir mal. Los partos estaban por la unión, esa unión destinada a hacerlos a todos mucho más fuertes. Mecio miraba su copa de vino y se sumergía en sus pensamientos y en el recuerdo de la última copa que había compartido con la emperatriz antes de marchar. Julia Domna era tan hermosa como inteligente: después de más de dos siglos de guerras entre Roma y Partia había tenido que llegar ella, una mujer, sin duda no una mujer cualquiera, pero mujer al fin y al cabo, para mostrarles a todos, a romanos y partos, encabezados por Caracalla y por Artabano, el camino adecuado a seguir para solucionar, de una vez por todas, el eterno conflicto entre ambos imperios.

Una mujer.

Quinto Meció sonrió en silencio.

Bebió a gusto un nuevo y largo trago.

Nada podía salir mal...

De pronto, tuvo una sensación extraña.

De reojo observó que Macrino no había cogido copa alguna. Y tampoco el resto de los tribunos pretorianos. Y Rustio sostenía un vaso de vino en la mano, pero apenas se lo llevaba a los labios. Solo Caracalla se había permitido tomar varias copas acompañando al rey de reyes... ¿Por qué no bebían los oficiales de la guardia imperial?

Antonino Caracalla, en el otro extremo del gran círculo de divanes y almohadones donde se había acomodado a los oficiales romanos de más alto rango y a los nobles partos, apuraba su tercera copa de vino. Su cabeza meditaba en silencio, entre sonrisa y sonrisa que dedicaba a los comentarios del *Šāhān šāh* sobre el gran poder que se estaba constituyendo con aquella boda. El emperador de Roma oía las palabras del rey de reyes y las registraba lo suficiente como para responder con gestos o con breves comentarios a lo que se le decía, pero su mente estaba en otro asunto. Miraba a Macrino y observaba cómo el tribuno, a su vez, estaba atento al horizonte que el desierto dibujaba más allá del mar de tiendas levantado para los festejos.

Caracalla saboreaba el vino y ponderaba aún los pros y los contras de su plan secreto: conseguirlo todo, absolutamente todo, pero para ello tenía que contravenir los designios de su madre. Lo último lo inquietaba. Incluso en momentos de grave crisis, el criterio de la emperatriz madre había sido acertado y además sentía por ella esa extraña mezcla de amor filial, pasión íntima y admiración..., pese a la rabia por los años en que apoyó a Geta o, al menos, en los que intercedía para que él y Geta se reconciliaran. Siempre esa idea suya del poder compartido, primero entre él y su hermano y ahora entre él y el emperador Artabano, en la confianza de un futuro heredero de un poder unido. Pero a él, a Antonino Caracalla, nunca le había gustado la idea de compartir nada con nadie. Creció pensando en que tenía derecho a todo, siempre. ¿No fue su propia madre la que le dijo que lo que a él le pluguiera era ley? Eso le dijo ella. Y yacieron juntos en Alejandría porque él lo deseaba. ¿Había límite más grande que pudiera romperse? ¿Y si a él le placía seguir como hasta entonces, esto es, sin compartir el poder con nadie? Era cierto que los partos habían resistido durante años, durante siglos, y que pese a las derrotas se rehacían siempre y contraatacaban y que el conflicto eterno era un permanente desgaste militar y económico para Roma. Eso era cierto, pero es que ahora lo veía tan... fácil: Artabano seguía bebiendo y los soldados partos también. Apenas una pequeña escolta enemiga. Sus pretorianos, sin embargo, atentos, apenas habían probado el vino. Solo Quinto Mecio se había relajado, apartado como estaba de todo el plan por ser el hombre de confianza de su madre. ¿O sería mejor decir de *demasiada* confianza? Demasiada, sin duda, si todo lo que decía Opelio Macrino sobre Mecio era cierto. Incluso si solo era cierta una parte de lo que le había revelado el tribuno.

La faz de Caracalla adoptó un rictus serio, amargo. Quizá

había llegado el momento de reemplazar a Mecio y apartarlo de la corte imperial. Eso como mínimo.

Artabano seguía bebiendo y haciendo bromas, sin percatarse de nada.

En el horizonte del desierto las siete legiones que Caracalla se había traído hasta el corazón de Partia empezaron a definir su silueta amenazadora sobre las dunas. El emperador de Roma miró a Macrino y el tribuno lo miró a él. Caracalla se giró entonces hacia Rustio, el jefe del pretorio informado sobre el plan. Antonino Caracalla, *Imperator Caesar Augustus*, cabeceó levemente. Dos veces.

No hizo falta más.

La rueda de la historia empezó a moverse y una vez empujada por un emperador de Roma, ya nadie podía detenerla.

Para bien o para mal.

Artabano, por fin, se percató de la faz seria de su invitado, de los ojos como distantes, vacíos casi, de aquel que estaba a punto de ser su yerno. El rey de reyes percibió aquel sutil, pero claro, asentimiento de cabeza en dirección a varios de sus oficiales pretorianos y observó cómo uno de ellos se acercaba a Caracalla. El *Šāhān šāh* oyó entonces los gritos de advertencia de algunos de sus propios oficiales que habían detectado el avance del inmenso ejército romano que, según lo pactado, debería estar acampado a más de veinte millas de Ctesifonte y que, sin embargo, estaba ahora allí mismo.

Caracalla se apercibió de que Artabano empezaba a encajar ya las piezas del mosaico, así que se levantó, arrojó su copa al suelo y tomó con rapidez la espada que le ofrecía el pretoriano que se le había acercado.

El *imperator* entraba en combate.

Esa era la segunda señal.

La definitiva.

Los pretorianos desenfundaron sus armas y empezó todo.

Comenzó la lucha.

Se dio inicio a la matanza.

Los nobles partos, desarmados, eran ensartados por las espadas pretorianas. Los guardias del *Šāhān šāh* intentaban reaccionar, pero entre el vino y la sorpresa y la inferioridad numérica, se vieron sobrepasados. Solo Artabano supo improvisar un plan de emergencia mínimo.

—¡Seguidme! ¡Por Ahura Mazda, seguidme! —aulló y los miembros de la guardia que pudieron, aproximadamente una treintena de hombres, se le unieron mientras salía corriendo de aquel círculo de muerte.

Caracalla, quizá por el licor ingerido, estuvo algo lento y Artabano se le escapó cuando debería haberlo atravesado con su espada al inicio del ataque, pero ahora ya era tarde para eso. Había cosas más importantes.

—¡Las puertas, las puertas! —vociferó el emperador de Roma.

Quinto Mecio estaba en pie, espada en mano, pues la había desenfundado sin saber aún muy bien el motivo, pero en un acto reflejo, emulando al resto de los pretorianos. Sin embargo, aún se sentía confuso sobre lo que estaba ocurriendo. Los partos no habían atacado en ningún momento. ¿Era posible que Caracalla estuviera dispuesto a traicionar el pacto, más aún, a contravenir todo lo diseñado por Julia? El aturdimiento provocado por el vino no le permitía llegar a conclusiones lógicas con la rapidez debida; el licor no le dejaba aceptar que lo evidente era lo real.

—¡Mecio, las puertas de la ciudad! —le gritó el emperador mirándolo fijamente. Caracalla podía haber mantenido a su veterano jefe del pretorio fuera del plan, pero una vez iniciadas las acciones militares, sabía que Quinto era su mejor hombre.

El prefecto asintió. Cuando uno está confundido es más sencillo obedecer que pensar por sí mismo. Además, debía disciplina total al augusto de Roma. Mecio se aferró al primero de los caballos que pudo encontrar y reunió un grupo de pretorianos que lo siguieron. Había que evitar que los partos cerraran las puertas de la ciudad. Eso lo entendía. Porque había empezado el combate, una batalla, una guerra, ¿verdad?

Mecio montaba sobre su caballo intentando aún digerir lo que estaba aconteciendo.

Artabano, entretanto, cabalgaba ya por delante de ellos, a toda velocidad, hacia la ciudad en busca de refugio.

Por detrás Mecio y sus jinetes y, más rezagado, Rustio con un segundo grupo de jinetes.

En retaguardia había quedado Macrino, junto al emperador, dando muerte a tantos nobles partos desarmados como podía, incluidos mujeres y esclavos de cualquier edad. Un niño muerto del enemigo hoy era un guerrero menos contra el que combatir mañana. La filosofía del tribuno pretoriano era simple y compartida por el augusto Caracalla. Había buena sintonía entre ambos. Y entre muerte y muerte, al poco, Macrino se presentó frente a Caracalla con una joven aterrada, envuelta aún en finas sedas, que no dejaba de gritar como si estuviera trastornada. Un pretoriano le dio una bofetada y la tumbó en el suelo. Era Olennieire, la novia, la hija de Artabano, la que estaba destinada a ser esposa de Caracalla.

—¿Qué hacemos con ella? —preguntó Macrino.

Pero Caracalla estaba en otras cosas de más enjundia para él. ¿Conseguirían sus hombres mantener las puertas abiertas?

—Con la hija del rey parto, augusto —insistió Macrino—, ¿qué hacemos?

Caracalla se giró para observar el avance de las legiones. Estaban ya muy cerca. Si mantenían las puertas abiertas todo sería tan fácil...

—Matadla —dijo Caracalla, sin pensar mucho en lo que decía. ¿No veían sus hombres que había ahora cosas mucho más importantes en juego que una mujer?

Macrino hundió su espada en el cuerpo de la joven, que, inconsciente como estaba ya, se ahorró el horror de verse asesinada a sangre fría sin motivo ni causa que ella hubiera podido entender.

Macrino sacó el arma y limpió la sangre en las sedas de la muchacha ejecutada.

Caracalla volvía a mirar hacia las puertas.

—Coge más jinetes y ayuda a Mecio y a Rustio en lo de las puertas —ordenó el emperador—. Yo conduciré las legiones personalmente.

Macrino enfundó la espada, saludó con el puño sobre el pecho y montó en un caballo. Partió hacia las puertas de Ctesifonte veloz con otro grupo de jinetes.

Por delante de ellos, cabalgaba Rustio con sus hombres, y más allá Mecio con más pretorianos y, por delante de todos ellos, el rey de Partia en su intento por acceder a las puertas antes que nadie.

Artabano tomó entonces una decisión tan inesperada para los romanos como congruente con la secular historia de la dinastía arsácida: tiró de las riendas de su caballo y, en lugar de seguir cabalgando hacia las puertas de la ciudad, que permanecían aún abiertas para él y sus hombres, se desvió hacia un lado para empezar a rodear las murallas de Ctesifonte.

Sus hombres lo entendieron. Nadie tenía que explicarles nada: abandonaban Ctesifonte a su suerte, como en su momento hiciera Vologases V frente a Septimio Severo u Osroes contra Trajano. Ahora era el turno de Artabano de entregar la capital en beneficio de salvar su propia vida. Ya llegaría el contraataque, la venganza. Todo volvía a iniciarse de nuevo: el eterno círculo de sangre que será luego respondida con más sangre.

—¡Volveremos! —fue todo lo que dijo el *Šāhān šāh*—. Volveremos —repitió entre dientes con la rabia amarga de quien se sabe traicionado por completo. En su mente no estaba ni la muerte de sus esposas ni la de su hija. Podía encontrar nuevas mujeres y engendrar nuevas hijas. Lo que le hacía hervir la sangre era haberse dejado engañar como un niño.

Mecio, galopando por detrás del rey de reyes, sabía que tenía que tomar decisiones militares: ¿seguía a Artabano en su huida o se encaminaba hacia las puertas? La orden del emperador había sido la de las puertas. Rustio, en esos instantes de duda, lo alcanzó. Ambos miraron hacia atrás: Macrino cabalgaba ya hacia ellos.

—Yo voy a por las puertas —dijo Mecio—. Tú persigue al rey de Partia. Macrino me dará el apoyo que me falta.

Rustio asintió.

Quinto Mecio reinició el galope hacia las puertas seguido por sus jinetes.

Desde lo alto de las murallas, los defensores partos vieron cómo el *Šāhān šāh* primero empezaba a rodear la muralla alejándose de la puerta abierta para, al poco, cabalgar al galope distanciándose no ya de la entrada, sino de la ciudad misma, en dirección al desierto, en la ruta opuesta a por donde se aproximaban las legiones enemigas. Los soldados partos de lo alto de las murallas tardaron un tiempo precioso aún en comprender, en reaccionar. Pero, al fin, lo hicieron:

—Hay que cerrar las puertas —dijo uno de los oficiales.

Pero ¿podrían hacerlo? ¿O ya era demasiado tarde?

Las puertas de Ctesifonte, inmensas moles de madera reforzada con remaches de bronce, no se podían cerrar en un instante, sino que requerían de una maniobra que tomaba un tiempo. Los oficiales de la ciudad ordenaron que saliera un grupo de jinetes para evitar el avance de los pretorianos que se acercaban al galope.

Quinto Mecio estaba ya apenas a un centenar de pasos de la puerta, igual que su *turma* militar.

—¡Disparad! —ordenaron entonces desde lo alto de las murallas para ralentizar la aproximación del enemigo.

Los arqueros partos arrojaron decenas, centenares de flechas.

Algunas, certeras, abatieron a muchos pretorianos.

—¡Aggh! —aulló Mecio. Lo habían alcanzado en un hombro, pero siguió cabalgando con el resto de los pretorianos supervivientes. El prefecto de la guardia estaba convencido de que pronto se les uniría Macrino y juntos conseguirían el objetivo.

Entretanto, los defensores se daban cuenta de que, si hubieran preparado una defensa organizada, los arqueros habrían podido abatir a todos los pretorianos, pero no se habían atrevido a disparar al principio por temor a herir a su rey de reyes. Aun así, pese al retraso, habían podido abatir a parte de los jinetes atacantes.

Las puertas se habían cerrado un cuarto, pero aún quedaba mucho espacio abierto cuando Mecio alcanzó la entrada con varios pretorianos y, una vez en el interior de la ciudad fortificada, empezó a atravesar con su espada a los soldados partos que intentaban hacer girar las grandes norias con cuerdas gruesas que tiraban del mecanismo que movía las puertas. El cierre, por el momento, se detuvo. Las puertas quedaron, así, entreabiertas. La lucha era sin cuartel.

Macrino se aproximaba con sus propias tropas pretorianas. Debería haber acelerado, pero fuera por el temor a las flechas partas o porque, en el fondo, tenía un objetivo aún más importante que conseguir que el de que las puertas se mantuvieran abiertas, ralentizó el avance.

—Con cuidado —dijo a sus hombres—. Dispersaos —ordenó, en lo que pareció una buena idea a todos. Los arqueros enemigos tenían ahora no ya que disparar a bulto, sino apuntar uno a uno a cada objetivo en movimiento y, además, tenían un problema más acuciante: los hombres de Mecio y el propio prefecto pretoriano, que estaban acabando con todos los soldados partos de las grandes norias de las puertas.

—¡Aggh! —aulló Mecio en el interior de la fortaleza de Ctesifonte.

Una segunda flecha lo había alcanzado por la espalda. Se tambaleó sobre el caballo y perdió el equilibrio. Cayó de lado, pero se las ingenió para dejarse resbalar por el costado de su caballo de modo que dio con los pies en tierra, soltó las riendas y, al instante, ya estaba en pie luchando cuerpo a cuerpo contra los guerreros partos de la puerta.

—¡A mí la guardia! —aulló Mecio. ¡Por todos los dioses! ¿Por qué tardaba tanto Macrino?

Sus hombres, los que habían conseguido penetrar junto con él en el interior de Ctesifonte, desmontaron y lo rodearon para protegerlo.

Desde lejos, Opelio Macrino observaba lo que ocurría en la puerta de la ciudad muy serio. Pero seguía avanzando despacio, aprovechando que los arqueros estaban cebándose más en los hombres de Mecio que en ellos mismos.

—¡Agggh! —Una tercera flecha, de nuevo en la espalda de Quinto Mecio.

El prefecto hincó una rodilla en el suelo. Escupió sangre por la boca. Miró hacia atrás: Macrino apenas avanzaba; ese miserable lo estaba abandonando a su suerte... ¿Qué había ocurrido? Todo marchaba perfectamente apenas hacía unos momentos y... de pronto... ¿Por qué Caracalla había actuado así...? Todo había salido mal. Sintió arcadas y vomitó más sangre con restos de la comida que había estado ingiriendo apenas hacía unos momentos. Sus hombres luchaban a su alrededor en un intento por protegerlo, pero las flechas caían como una lluvia espesa y pronto todos estaban heridos como él, algunos muertos.

Quinto Mecio se arrastró al pie mismo de la muralla y se acurrucó contra los gigantescos sillares de piedra.

Macrino comprendió que tendría que acelerar la marcha o los partos podrían cerrar las puertas y, la verdad, no tenía ganas de enfrentarse a la cólera de Caracalla por no haber conseguido cumplir sus órdenes. El emperador no era hombre flexible ni comprensivo. Pero, justo en ese instante, los dioses parecieron acudir en su ayuda: por encima de su cabeza empezaron a volar centenares de flechas romanas dirigidas contra lo alto de la muralla. Los arqueros de las legiones los estaban cubriendo. Los partos no podían ahora ni asomarse por entre las almenas. El que lo hacía era atravesado por media docena de dardos romanos.

—¡Por Júpiter, a por la puerta! —aulló Macrino.

Y él, seguido por sus jinetes, se lanzó, por fin, al galope.

Quinto Mecio agonizaba en su improvisado refugio. Ya nadie le arrojaba flechas. Los partos tenían otras prioridades. Rematar a un herido de muerte no era primordial ya para ellos. El hecho de que dejaran de acribillarlo con más flechas era muestra evidente de que los pretorianos de Macrino debían, de una maldita vez, de haberse acercado demasiado a la puerta como para suponer una nueva amenaza para la defensa de la ciudad. Pero Mecio sabía que la ayuda de las legiones llegaba tarde para él. Su corazón latía con menos fuerza a cada instante. Todo había salido mal..., todo... Esa frase lo hizo recordar... Se llevó la mano al pecho, por debajo de su uniforme, y extrajo la carta de la emperatriz. Como pudo la abrió sacudiéndola con la mano que le quedaba libre. Leyó en silencio mientras sus ojos se medio cerraban y, poco a poco, con la pérdida de sangre, empezaba a entrar en estado de choque. Aun así, las palabras de Julia lo acompañaron en su agonía, aunque su significado le pareció oscuro, quizá por su propio aturdimiento, quizá porque era un mensaje en clave:

Si todo sale mal, cuando llegues al reino de los muertos, espérame junto a la laguna Estigia. Y mientras aguardas gobiérnate por tus impulsos. Solo así serás ejecutor de nuestra venganza.

Opelio Macrino llegó en ese momento. Sus hombres se encargaron de limpiar de soldados enemigos la zona y de asegurar el control de los mecanismos de apertura y cierre de las puertas. El tribuno vio entonces a Mecio tendido junto a la muralla. Desmontó y se acercó hasta el jefe del pretorio malherido.

—Mecio —dijo Macrino en voz alta arrodillándose junto al prefecto.

—¿Por qué... has tardado... tanto...? —preguntó el prefecto agonizante.

Macrino miró a su alrededor: sus hombres estaban ocupados en terminar con la resistencia de los últimos soldados partos de la puerta y las legiones se acercaban. Todo estaba bajo control y nadie se fijaba en ellos. Aquella sería una conversación privada, de modo que no era preciso recurrir a las excusas que tenía preparadas, como que intentaba evitar las flechas del enemigo o que había esperado el apoyo de los arqueros de las legiones. Nada de eso hacía falta. Podía permitirse el lujo de decir en alto la verdad más cruel.

—No tenía prisa —le respondió Macrino—. Creo que vas a dejar vacante uno de los dos puestos de jefe del pretorio y no te puedes imaginar lo agradecido que me está el emperador desde que le desvelé lo de tu relación con la emperatriz.

Mecio reunió fuerzas de donde ya no tenía y, pese a las numerosas flechas clavadas en su cuerpo, llevó una de sus manos al cuello del tribuno en un vano intento por estrangularlo, pero no tenía energías.

—¡Miserable! —dijo mientras Macrino se limitaba a apartar de su cuello aquellos dedos temblorosos, débiles, moribundos con una mueca de macabra diversión.

—Has de saber... —continuó Macrino, que parecía disfrutar una enormidad con aquella conversación final—; sí, has de saber que el emperador Caracalla tuvo muchas dudas a la hora de rebelarse contra los designios de su augusta madre, pero, al fin, aconsejado por mí y por algunos otros de mis oficiales, se dejó persuadir de que masacrar a los partos era mucho más fácil. Y así, además, no tendría que compartir el poder con nadie. Ya sabes que Caracalla nunca ha sido mucho de compartir. Lo sabes, ¿verdad?

Quinto Mecio se rindió físicamente y ya no intentó atacar a Macrino, pero no se entregó en espíritu. Las palabras de la nota de la emperatriz, que en una primera lectura le habían parecido enigmáticas, ante las revelaciones que le acababa de hacer Macrino, cobraban perfecto sentido.

—Junto a la laguna Estigia... —masculló Mecio entonces entre espumarajos de sangre que escupía por la boca.

—¿Qué has dicho? —preguntó Macrino.

Y Quinto Mecio, en su último estertor, lo repitió, palabra a palabra.

—Junto... a... la... laguna... Estigia. —Era la única forma en que el veterano prefecto encontró algo de sosiego en el final de su vida.

—¿La laguna Estigia? —repitió entonces Macrino—. Ya, claro. Estás preocupado por tu encuentro con el reino de los muertos. En fin, es lógico. Lo entiendo. En cualquier caso, Mecio, yo no soy hombre religioso. No creo mucho en esas cosas. Que disfrutes de ese viaje que crees emprender ahora.

Opelio Macrino se levantó entonces y, mirando fijamente el cuerpo expirante de Mecio, se encogió de hombros. De hecho, ¿qué podía importar lo que aquel imbécil dijera o pensara al final de sus días? Mecio había apuntado alto, demasiado para él. Enamorarse de Julia, de la emperatriz madre, había sido su gran error. Se giró y miró hacia la ciudad. Lo esencial ahora era que tenían el control de las puertas, que el emperador estaría más satisfecho aún con él de lo que ya estaba, y que acababa de quedar vacante, como le había dicho a Mecio, uno de los puestos de prefecto de la guardia pretoriana. Era un día grande. Un día perfecto. Todo había salido bien.

El tribuno se volvió hacia las legiones.

Caracalla avanzaba directamente hacia él.

Genial.

El cuerpo de Quinto Mecio, al pie de la muralla, aún sentado, resbaló por la superficie de piedra y cayó de lado, pero, como si de un acto reflejo se tratara, su mano se cerró en un puño en el que quedó atrapada para siempre la nota de la emperatriz. Nadie podría arrebatarle aquel mensaje. Ni siquiera cuando prepararon su cadáver para el funeral. Lo tuvieron que incinerar con aquella nota atrapada entre sus dedos pétreos.

El detalle le fue mencionado a Opelio Macrino por uno de los pretorianos que retiraron el cadáver de Mecio, pero el tribuno no le dio importancia: Quinto Mecio estaba muerto y los muertos no importan.

Antioquía, un mes después

Hasta la capital siria llegaron las noticias de lo acontecido en Partia. El correo imperial hizo entrega de un mensaje donde se informaba a la emperatriz de todo lo ocurrido desde que su hijo decidiera, por su cuenta y riesgo, sobre todo, riesgo, cómo conducir la relación con el Imperio parto.

Julia Domna leyó de pie. Tardó un rato. Era un mensaje de cierta extensión.

Estaba en el atrio donde solía recibir a mensajeros, embajadores, al chambelán y a cuantos funcionarios del Imperio requerían de su consejo o de sus instrucciones, aunque esa mañana estaba solo acompañada por su hermana.

Julia se sentó.

Cerró los ojos.

Se llevó la mano izquierda, primero a la frente, luego la bajó lentamente hasta masajearse el espacio hundido donde el final de las cejas se junta con el final de la nariz. A continuación suspiró.

—¿Algo marcha mal? —preguntó Maesa, sorprendida por el intenso silencio de su hermana tras leer la misiva que acababa de llegar desde Partia.

Pero Julia no respondía. Seguía allí, frente a ella, sentada, con los ojos cerrados, masajeándose ahora la frente.

—¿Antonino está bien? —concretó Maesa de forma más precisa.

Julia abrió, por fin, los ojos y sonrió.

—Sí, él está perfectamente —respondió—. Ha asesinado a la hija del rey de Partia en lugar de casarse con ella; ha masacrado a los invitados a la boda; ha arrasado Ctesifonte aunque los partos no lo habían provocado en modo alguno. Quinto Mecio ha perecido luchando bajo su mando. Parece que de forma valerosa, consiguiendo que los partos no pudieran cerrar la puerta principal de la ciudad, según órdenes de Antonino. Ha sido incinerado. Un funeral con todos los honores y marcha ya camino del reino de los muertos con la moneda en su boca para pagar a Caronte el paso de la laguna Estigia. Y Opelio Macrino ha sido nombrado prefecto en lugar de Mecio. Artabano ha escapado, está reuniendo un ejército de dimensiones formidables y prepara un contraataque. La guerra con Partia vuelve a iniciarse, pero Antonino, sí, está perfectamente.

Julia detuvo su relato y se levantó lentamente. Le costaba. Se sentía torpe, débil, casi cayó. Lucia, que estaba detrás del *solium*, se apresuró a cogerla del brazo para ayudarla.

—Estoy bien —dijo la emperatriz. Lucia se retiró.

—Siento enormemente lo de Mecio —comentó entonces Maesa, que no sabía bien por dónde empezar a consolar a su hermana ante tanto desastre junto.

—Yo también lo siento —dijo Julia y echó a andar, pasando por delante de Maesa, en dirección a su cámara—. Yo también lo siento.

La emperatriz se detuvo un instante frente a Calidio, que también estaba presente, en una esquina, atento a cualquier cosa que su ama pudiera necesitar.

—Hoy ya no veré a nadie. Comunícalo al chambelán y a todos —le dijo Julia—. Total, es absurdo hablar de nada o hacer planes cuando Antonino los piensa desbaratar todos en una tarde de furia.

La emperatriz se encogió de hombros, como señal de su impotencia absoluta.

Julia Domna cruzó el resto del atrio en silencio, como un espíritu, como un *lemur* sin destino. Nadie, ni su hermana, se atrevió a decir nada ni a importunar a Julia Domna en su repliegue. La emperatriz llegó a su habitación, se sentó en el lecho y, acto seguido, se tumbó de costado.

Cerró los ojos.

Se durmió.

Aquella tarde, durante aquel duermevela extraño en el que se sumió, sin que ella lo supiera, todo el dolor de su ser se concentró en el interior de su seno izquierdo. Algo empezó a no funcionar correctamente en esa parte de su cuerpo, pero aún pasarían meses antes de que Galeno se percatara de ello.

Ὁ δ' Ἀντωνῖνος διαβὰς τοὺς ποταμοὺς ἀκωλύτως, εἰσελάσας ἐς την Παρθυαίων γῆν ὡς ἰδίαν ἤδη, πανταχοῦ θυσιῶν αὐτῷ προσαγομένων βωμῶν τε ἐστεμμένων, ἀρωμάτων καί θυμιαμάτων παντοίων προσφερομένων, χαίρειν τοῖς γινομένοις ὑπὸ τῶν βαρβάρων προσεποιεῖτο. Ὡς δὲ προχωρήσας τό τε πλεῖστον τῆς ὁδοιπορίας ἀνύσας ἤδη τοῖς βασιλείοις τοῦ Ἀρταβάνου ἐπλησίαζεν, οὐκ ἀναμείνας ὁ Ἀρτάβανος ὑπήντετο αὐτῷ ἐν τῷ πρὸ τῆς πόλεως πεδίῳ, δεξιούμενος νυμφίον μὲν τῆς θυγατρὸς γαμβρὸν δὲ αὐτοῦ. Πᾶν δὲ τὸ πλῆθος τῶν βαρβάρων ἄνθεσι τοῖς ἐπιχωρίοις κατεστεμμένον, ἐσθῆτί τε χρυσῷ καί βαφαῖς διαφόροις πεποικιλμένον, ἑώρταζε, πρός τε αὐλοὺς καί σύριγγας τυμπάνων τε ἤχους ἐσκίρτων εὐρύθμως· χαίρουσι γὰρ τοιαύτην τινὰ ὄρχησιν κινούμενοι, ἐπὰν οἴνου πλείονος ἐμφορηθῶσιν. Ὡς δὲ πᾶν συνῆλθε τὸ πλῆθος, τῶν τε ἵππων ἀπέβησαν, φαρέτρας τε καί τόξα ἀποθέμενοι περὶ σπονδὰς καί κύλικας εἶχον. Πλεῖστον δὲ πλῆθος τῶν βαρβάρων ἤθροιστο, καί ὡς ἔτυχεν ἀτάκτως εἰστήκεσαν, οὐδὲν μὲν ἄτοπον προσδοκῶντες, σπεύδων δὲ ἕκαστος ἰδεῖν τὸν νυμφίον. Τότε ὑφ' ἑνὶ συνθήματι κελεύει ὁ Ἀντωνῖνος τῷ ἰδίῳ στρατῷ ἐπιδραμεῖν καί φονεύειν τοὺς βαρβάρους.

Habiendo cruzado los ríos sin oposición alguna, Caracalla entró en el territorio bárbaro como si ya fuera suyo. Se ofrecían sacrificios en su honor por todas partes, los altares repletos de guirnaldas y perfumes, y se vertían todo tipo de inciensos a su paso. Caracalla fingió estar encantado por las atenciones que le otorgaban los bárbaros y continuó con su avance. Había completado ya la mayor parte de su viaje y se aproximaba al palacio de Artabano. El rey no esperó para recibir al emperador, sino que salió para agasajarlo en la llanura frente a la ciudad, dando así la bienvenida a su yerno, el prometido de su hija. Todos los partos, coronados con las flores tradicionales y vistiendo túnicas con bordados de oro y de diferentes colores, celebraron aquella ocasión danzando sin parar al ritmo de la música de las flautas y el redoble de los tambores. Se deleitan en tales bailes orgiásticos, en especial cuando están borrachos. Abandonando sus caballos y dejando de lado sus aljabas y arcos, todo el pueblo se reunió para beber y verter libaciones. Una gigantesca multitud de bárbaros se congregó y permanecieron allí en pie relajados, allí donde estuvieran, ansiosos por ver al novio y sin esperar nada fuera de lo normal. Entonces, se dio la señal y Caracalla ordenó a su ejército atacar y masacrar a todos.

HERODIANO, 4.11.2-4.11.5

QUINTA ASAMBLEA DE LOS DIOSES
SOBRE EL CASO DE LA AUGUSTA JULIA DOMNA
—

—¡Cuatro vestales! —aullaba Vesta completamente fuera de sí en medio del nuevo cónclave de los dioses del Olimpo—. ¡Cuatro vestales inocentes asesinadas!

La diosa del hogar había dejado ya las lágrimas divinas para simplemente centrarse en su odio y su rabia.

—Todas no eran inocentes —comentó Júpiter de modo más sereno, más neutral.

—¡Engañadas, embaucadas de forma retorcida por el hijo de Julia y sus más salvajes aliados en esta brutal campaña de destrucción de Roma! —Vesta seguía gritando iracunda—. ¡Ultrajadas unas, otra acusada simplemente con mentiras y todas ejecutadas por orden de la propia Julia!

—Es cierto —admitió Júpiter—, pero tú iniciaste esta macabra persecución de la emperatriz. Hemos provocado la traición en el seno de sus más allegados colaboradores primero, luego hemos enfrentado a sus hijos; la hemos visto perder a uno de ellos y ser herida por el otro; hemos enviado a Manía y a Baco a trastornar por completo al hijo superviviente y la emperatriz se ha defendido. Que en su proceso de defensa te haya atacado es parte aceptable en esta partida. A tiempo estamos de detenernos y olvidar todo esto.

—¡Nooo! ¡Eso jamás! —negó Vesta con rotundidad—. ¡Esa zorra ha de salir de Roma! Primero ardió mi templo, ahora asesina a mis vestales. ¿Qué será lo siguiente?

—Del incendio de tu templo en el foro no hay pruebas de que ella tuviera nada que ver —opuso Minerva.

—Pero le dio la oportunidad de intentar huir de Roma —insistió Vesta, quien, aunque, en efecto, no tuviera prueba alguna de la mano de Julia Domna en el incendio del foro en el último año del reinado de Cómodo, no estaba dispuesta a retractarse de ninguna de sus acusaciones contra la emperatriz.

Minerva iba a interpelar de nuevo a la diosa del hogar, pero Júpiter se levantó de su trono.

—¡Silencio!

Las dos diosas callaron, aunque permanecieron mirándose la una a la otra, desafiantes.

Júpiter no quería que el cónclave se transformara en una absurda discusión entre dos diosas encolerizadas. De hecho, hacía tiempo que quería terminar con toda aquella guerra entre dioses por la cuestión de la emperatriz Julia y traer al cónclave asuntos de más enjundia que, a su entender, les afectaban más a todos, pero sabía que, como en el caso de la guerra de Troya, de la persecución de Ulises o del periplo de Eneas, hasta que no se resolviera el asunto de Julia no habría paz suficiente entre todos los dioses como para poder hablar de las cosas realmente importantes.

En ese momento, vio entrar a Severo, cubierto con su manto púrpura. Pero nadie se fijó en él. O eso pareció. Una vez más, todos aparentaban estar pendientes de su dictamen sobre las pruebas que Julia debería afrontar. Júpiter había accedido a la súplica de Severo de poder estar, de nuevo, presente en aquel cónclave donde se decidía el futuro de su esposa.

A Júpiter le entristecía su presencia, pero él había insistido en provocarse ese padecimiento innecesario.

El dios supremo se sentó y carraspeó hasta aclararse bien la garganta.

Miró a Vesta.

—Entonces, deseas que sigamos con esto, ¿cierto?

—Cierto, dios supremo —respondió Vesta tajante, pero respetuosa ante la deidad que los gobernaba a todos.

—¿Demandas, pues, una nueva prueba contra Julia? —inquirió Júpiter buscando precisión por parte de su interlocutora.

—Sí —confirmó la diosa del hogar.

Júpiter suspiró.

En fin. Fuera como fuera, cuanto antes terminaran con todo aquello, mejor. Si no había otro camino que las cinco pruebas, pues las cinco pruebas. Incluso estaba dispuesto a acelerar el proceso más allá de las demandas de la propia Vesta. Un final rápido, por duro que fuera, también terminaría antes con la agonía que debía de padecer el propio Severo, a quien podía ver en una esquina, encogido, envuelto en su manto púrpura.

—Sea —se explicó Júpiter—: pues iniciaremos una cuarta prueba contra Julia. Hemos intentado derribarla del poder desde dentro, con la traición primero, con los hijos enfrentados o con la locura de Antonino Caracalla. Todo esto no parece haber servido. —Júpiter miró en este momento hacia Minerva. Tenía claro que la asistencia de su hija, de su esposa Juno y de las diosas Cibeles y Proserpina, todas protectoras de un modo u otro de la familia, que habían colaborado de forma coordinada para proteger a Julia, había hecho posible que, pese a tantas desdichas en el seno de la familia imperial, la emperatriz aún controlara el Imperio romano. Por eso había decidido él, el dios supremo del Olimpo romano, acabar definitivamente con la propia Julia. No porque tuviera nada personal en su contra, sino porque, atendiendo a que veía que los dioses no se percataban de los otros asuntos que los amenazaban, había concluido que terminar con Julia sería la forma más rápida de acabar con aquella guerra. Él no deseaba actuar de forma tan brutal contra una protegida de su hija, pero lo había decidido por el bien de todos. Por un bien superior. Por su propia supervivencia.

—Se debería intentar otra forma —sugirió Vesta, siguiendo el razonamiento de Júpiter.

El dios supremo la miró y pronunció un nombre:

—Lucio Arruncio Camilo Escriboniano.

Vesta y Minerva arrugaron la frente y el resto de los dioses tampoco parecía comprender aún.

A Júpiter le gustaban aquellos acertijos. Era el único placer que extraía de toda aquella, para él, inmensa pérdida de tiempo.

Pronunció más nombres, a ver si los dioses inferiores conseguían discernir qué tenían en común todos aquellos personajes del pasado reciente de Roma.

—Cayo Ninfidio Sabino, Lucio Antonio Saturnino, Avidio Casio.

Con cuatro nombres, entonces sí, el resto de los dioses empezaron a comprender: lo que unía a todos aquellos casi olvidados mandatarios de Roma, senadores unos, *legati* otros, no era sino que todos, en algún momento, se habían rebelado contra el poder imperial establecido y lo habían usurpado por completo proclamándose emperadores: Escriboniano se postuló como augusto apoyado por dos legiones, la VII *Macedonica* y la XI *Claudia*, todo a la muerte de Calígula. Pero los pretorianos se decidieron, al fin, por Claudio, el tío del fallecido Calígula, que era de la misma dinastía imperial, y los legionarios abandonaron a Escriboniano cuando este les reveló que quería reinstaurar la república. Por su parte, Ninfidio se propuso como sucesor de Nerón a su muerte y empezó a asumir el poder, bajo el pretexto falso de ser un hijo ilegítimo del propio Calígula, pero los pretorianos, temerosos de que Galba, el hombre fuerte del Imperio en aquel momento, proclamado ya emperador por el Senado, los castigara por no cortar aquella rebelión, asesinaron a Ninfidio. Saturnino, por otro lado, se levantó en armas contra la locura de Domiciano con las legiones XIV *Gemina* y XXI *Rapax* en Germania. Lamentablemente para él, sus aliados germanos no pudieron cruzar el Rin para fortalecer su ejército por el deshielo del gran río germano, que engulló a gran parte de los bárbaros cuando el peso de los guerreros del norte quebró el hielo. Y, finalmente, Avidio Casio se rebeló contra Marco Aurelio cuando este estuvo muy enfermo y llegaron noticias confusas a Roma sobre su estado real de salud. Marco Aurelio se repuso y retuvo el poder. Sí, todos eran usurpadores. Eso es lo que Júpiter enviaba ahora contra Julia: un usurpador del poder imperial para atacar a la emperatriz desde fuera del núcleo familiar o de los amigos más cercanos.

—Sea —aceptaron Minerva y Vesta al tiempo.

—Sea, pues —sentenció Júpiter y así se dio término al quinto cónclave de los dioses del Olimpo con relación al ya largo caso de la emperatriz Julia Domna.

Todas las deidades se alejaban ya del Olimpo, dando por buena aquella cuarta prueba. Es decir, todas menos Vesta, que se acercó airada al propio dios supremo.

—Pero todos esos hombres fracasaron en su objetivo de usurpar el poder.

—Lo sé —admitió Júpiter.

—Pero eso no es justo conmigo —protestó Vesta, quien, aunque el cónclave se hubiera dado por terminado, no daba su brazo a torcer en su empeño de enviar desde el Olimpo algo que realmente fulminara a la emperatriz extranjera que, para ella, era la auténtica usurpadora del poder en el Imperio romano—. No veo justo enviar una prueba en la que es más que seguro que Julia saldrá victoriosa.

—Bueno —empezó a explicarse Júpiter divertido de que Vesta no se diera cuenta de que lo que decía no era del todo cierto y de que, además, él lo tenía ya todo pensado y decidido—: para empezar, Julia es solo una mujer. Los que terminaron con todos aquellos usurpadores eran hombres, ya fuera el emperador Claudio, el augusto Galba, el maldito Domiciano o el emperador Marco Aurelio. Sinceramente, no veo a una mujer, por muy emperatriz que sea, por mucha resistencia y astucia que haya demostrado tener, consiguiendo influir directa o indirectamente en las legiones romanas para poder detener una rebelión en toda regla comandada por alguien ambicioso sin límites y, lo más importante en estos casos, sin escrúpulo alguno.

—Ya, pero aun así... —continuó Vesta insistiendo en sus dudas de que el plan pudiera tener éxito.

—Además, si tanto te preocupa el desenlace de esta cuarta prueba, debes saber que he decidido enviarle la quinta prueba también ya. Sin anuncio al resto de los dioses.

—¿Sin avisar? ¿Sin explicación previa? —repitió Vesta de forma interrogativa y sin ocultar su sorpresa—. ¿Por qué el dios supremo se ha puesto de mi parte?

Júpiter exhaló aire despacio.

—Realmente no estoy de parte de nadie. Solo pienso que esto ha de terminar lo antes posible. Nos desgasta y eso no...

Pero Vesta, le resultaba evidente a Júpiter, con sus ojos fijos en el suelo, ya no lo escuchaba. Parecía que cada vez que él deseaba mencionar lo verdaderamente importante, lo que debería preocuparlos a todos, a absolutamente todos, fuera quien fuera, dios, diosa o deidad menor, no parecían querer prestar atención.

De pronto, Vesta levantó la mirada y planteó una pregunta:

—¿Y cuál es esa quinta prueba?

Júpiter carraspeó. Si Vesta hubiera mostrado algo de interés en lo que él iba a decir hacía unos instantes, quizá le hubiera explicitado ahora cuál era, en efecto, la última de las pruebas, la más letal, la completamente incontestable, la que terminaría con todo, la que acabaría con Julia, pero ante la falta de atención de Vesta, Júpiter optó por limitarse a esbozar la más silenciosa de las sonrisas.

Vesta comprendió que el dios supremo no compartiría más información con ella. Se inclinó ante él en señal de sumisión; no quería indisponerlo en su contra ahora que parecía estar casi tomando partido a su favor, contra Julia, y dio media vuelta.

La diosa del hogar romano estaba alejándose del lugar del cónclave cuando Apolo y Marte la abordaron.

—¿Qué queréis? —les preguntó.

—Lo mismo que tú, y lo sabes —le espetó Apolo con cierto descaro. Se sabía un dios mucho más poderoso y si había aceptado colaborar con Vesta era solo por la rabia enconada que le tenía a Minerva, y le molestaba que la diosa del hogar romana se atreviera a dirigirse a él de igual a igual.

Vesta se dio cuenta de que no debía desairar a sus aliados más importantes.

—Disculpad mi enojo. La persistencia de esa extranjera en el control del poder imperial de Roma me irrita. Os agradezco vuestro apoyo en todos estos cónclaves. Os escucho.

Apolo se acercó más a la diosa romana.

—Selene —dijo.

—¿Selene? —repitió Vesta algo confusa sin entender bien cómo podría ayudar la hermana de Apolo en todo aquello. Selene era el nombre griego de Diana.

—Caracalla, el hijo de Julia, adora a mi hermana Diana, aunque normalmente acude a templos que mantienen el viejo nombre griego de ella, templos levantados antaño en nombre de Selene. Creo que ha llegado el momento de aprovecharnos de esto. ¿No te gustaría devolverle a Julia todo el daño que te ha hecho con la ejecución de las cuatro vestales? Con la ayuda de

Selene, de Diana, de mi hermana, podemos infligirle el mismo dolor. Y con creces.

—La idea me gusta, pero sigo sin ver cómo vamos a poder hacer eso con Selene.

—Han levantado templos en honor a mi hermana Diana, o Selene, como prefieras llamarla, templos en honor a la Luna en lugares remotos, apartados —se explicó Apolo.

—Lugares alejados de las grandes rutas... —empezó a decir Vesta, como si comenzara a entender, pero se detuvo. Le parecía que la sugerencia de Apolo podría ser tan buena que no quería ilusionarse.

—Los lugares apartados, los templos alejados de todo y de todos son... lugares propicios —apostilló Apolo.

Vesta no tenía que preguntar para qué eran propicios. Lo tenía muy claro. Y le encantaba la idea.

Pero aún había más.

Marte se acercó y habló con su habitual voz áspera de salvaje guerrero.

—La guerra entre Roma y Partia —dijo. Y calló.

Vesta lo miró sin decir nada. Y ante ese silencio, Marte optó por dar alguna precisión más.

—Puede recrudecerse, alargarse, complicarse.

—De acuerdo, me parece perfecto —respondió Vesta—. Me parecen muy buenas ideas vuestras dos propuestas.

Apolo y Marte se despidieron de ella. Se iban con prisa. Los dos tenían planes que poner en marcha. Apolo, además, tenía un encargo secreto del propio Júpiter. Una enfermedad mortífera contra la emperatriz. Las dolencias contra la salud eran competencia suya.

La diosa del hogar se quedó sola. Se permitió una sonrisa. Antes había sido el turno de Júpiter de sonreír, pero ahora era el suyo: Julia tendría demasiados frentes abiertos. No podría con todos: un usurpador, una quinta prueba secreta enviada por Júpiter, una guerra cruenta contra Partia y el plan de Apolo aprovechando la devoción de Caracalla por la Luna. Cuatro enemigos a la vez. Julia estaba sentenciada. Su derrota total, y no solo eso, su muerte, era ahora solo cuestión de tiempo. Vesta se echó a reír. De poco tiempo.

En ese momento, alguien se le aproximó por la espalda.

Vesta percibió la presencia y se volvió sobresaltada.

Ante ella estaba aquel dios que vestía la capa púrpura a quien le había parecido ver en alguno de los últimos cónclaves. Se había preguntado quién sería, pero tampoco le había interesado tanto como para hacer averiguaciones. Vesta sentía que tenía cosas más importantes de las que ocuparse.

—Ella os derrotará —dijo aquel misterioso dios del manto púrpura sin ni siquiera descubrir su rostro y echando ya a andar para alejarse del lugar.

—¿Quién eres? —preguntó Vesta intrigada, pero aquel dios no se detuvo ni se giró para identificarse. Sin embargo, la diosa encajó las piezas, de pronto, en su mente: el manto púrpura, ese porte imperial...—. Eres Severo, ¿verdad?

Septimio dejó de caminar un instante, pero iba a reemprender la marcha sin decir nada ni girarse cuando Vesta insistió con las palabras más hirientes que pudo articular:

—Pues ya ves el inexistente luto que te ha guardado tu querida Julia. Primero el prefecto de tu guardia, luego su propio hijo, *tu* hijo, y ahora..., ¿quién será el siguiente? ¿Cuál será la siguiente humillación a la que te someta?

El divino Septimio Severo se volvió entonces, muy lentamente, se acercó a la diosa y se encaró con ella:

—Mi esposa es viuda en el mundo de los vivos y hace todo lo que tiene que hacer para preservar el Imperio y su dinastía, *mi* dinastía. Y os derrotará como ha hecho siempre que ha luchado contra los que han sido tan insensatos de atacarla. Ni una deidad envidiosa como tú ni la más oscura prueba que pergeñe Júpiter podrán detenerla.

El *imperator* se giró de nuevo y, sin esperar una réplica que Vesta no tenía, se alejó del lugar caminando erguido, orgulloso, valiente.

LIBER QUINTUS

MACRINO

IMP C M OPEL SEV MACRINVS AVG

LIII

DIARIO SECRETO DE GALENO

Apuntes sobre la enfermedad mortal de la emperatriz

Antioquía, Siria, 216 d. C.

La emperatriz me convocó a su presencia en su palacio de Antioquía. Habían pasado unas semanas desde que la augusta recibiera las funestas noticias sobre el nuevo arranque de ira de su hijo, el emperador Antonino Caracalla, que había echado por tierra todos sus planes de un matrimonio que uniera a Roma y Partia en un gigantesco y todopoderoso Imperio. Todo eso se había perdido. Y también el prefecto Quinto Mecio, en el que tanto se había apoyado la emperatriz durante los últimos años.

La augusta se quejaba de un pequeño bulto en el pecho.

La examiné.

La hinchazón, lamentablemente, no era tan pequeña como uno habría esperado teniendo en cuenta que, según decía, se lo había detectado apenas hacía unos días.

—¿Duele? —le pregunté mientras palpaba suavemente la superficie de su seno izquierdo, donde se podía notar la inflamación.

—No, pero me parece extraño ese bulto —respondió la augusta—. No lo había percibido antes. ¿Qué es?

Tenía un mal presentimiento, pero un médico no debe compartir con un paciente sus pronósticos, sobre todo cuando estos son negativos, a no ser que tenga una seguridad plena sobre la dolencia en cuestión.

—Necesito consultar unos libros antes de poder precisar el mal específico que aqueja al seno de la emperatriz —dije.

Pero la augusta era una persona de fina intuición.

—¿Tan grave puede ser un pequeño bulto en mi pecho como para que el gran Galeno no se atreva a decirme de qué puede tratarse, al tiempo que su faz se torna seria y sombría?

—Una hinchazón de este tipo, en un pecho, en particular en una mujer, puede ser, en efecto, algo serio, augusta —le confirmé—, pero antes de aventurar un diagnóstico concreto preferiría disponer de unos días. Como digo, quiero pedir que me traigan unos libros de Hipócrates que tengo en mi residencia, fuera del palacio.

—Al menos, no prevés una muerte inminente —dijo ella con una carcajada entre nerviosa y, fingidamente, divertida.

—No, augusta, eso no es probable —intenté decir en un tono más distendido, pero creo que la emperatriz comprobó que me costaba seguirle el tono de broma cuando, como ella había percibido, en mi mente crecían ideas oscuras sobre la salud de la augusta de Roma.

—Siempre has sido bueno en tu ciencia —aceptó ella—. Tómate el tiempo que necesites, consulta los libros de tu disciplina y comunícame tu opinión y tu tratamiento cuando lo tengas todo decidido.

¿Cómo decirle que si mis pronósticos se confirmaban no había tratamiento? No hasta donde alcanzaba mi ciencia. Quizá en otro mundo, en otra época...

—Eso haré, augusta.

Pasaron unos días.

El bulto creció.

Consulté todos los libros de Hipócrates.

Mis peores augurios se confirmaron.

—Es un καρκίνος (karkinos), augusta. Un oncos, un tumor que crecerá en forma de cangrejo apoderándose de todo el seno y luego del pecho. Los romanos lo denominan cáncer. —Callé unos instantes. Inspiré hondo. Pronuncié entonces no ya un diagnóstico, sino una sentencia—: No se detendrá ante nada.

—Comprendo. No has escatimado en palabras precisas en la descripción de mi dolencia, médico —replicó la emperatriz claramente conmovida ante mi revelación, aunque yo diría que, de algún modo, la augusta intuía ya hacía tiempo que lo que le ocurría era grave. Un desastre más dentro de la amplia serie de catástrofes en las que se había transformado su vida reciente: su plan de unir Roma y Partia, destruido; su hijo sin esposa; la dinastía sin heredero, y se adivinaba una nueva guerra brutal contra los partos que, lógicamente, más pronto que tarde buscarían venganza por el ataque traicionero de Antonino.

—Lo siento, augusta, no está en mi ánimo molestar con palabras innecesarias; solo quería precisar el mal...

—Ahora sí duele. Cada vez más —me interrumpió la augusta.

Asentí.

—Y dolerá más, augusta.

—¿Mucho más?

—Inmensamente.

—¿Y el tratamiento?

—No hay.

—¿No se puede extirpar? Tú eres un excelente cirujano.

—No suele ser fácil y tiende a reproducirse de nuevo, pero en el caso de la emperatriz ya es... tarde. Se ha ramificado en exceso.

—¿Tan rápidamente?

—A veces aumenta lentamente, en otras ocasiones con rapidez. No sé ni qué acelera ni qué reduce la velocidad con la que el tumor aumenta. Y, sintiéndolo muchísimo, augusta, mi ciencia no alcanza para proporcionar tratamiento alguno más allá de elevadas dosis de opio cuando el dolor sea muy agudo.

—¡No! ¡Opio no! —replicó entonces la emperatriz con decisión, casi en un grito desaforado—. No, eso no —repitió con más autocontrol—. El opio me aturde la mente, nubla los pensamientos, y necesito meditar, recalcularlo todo, definir un nuevo plan. No tomaré opio.

No discutí con la emperatriz. Solo el dolor la haría entender la necesidad de ingerir aquella sustancia.

—No se detendrá ante nada —dijo entonces la emperatriz repitiendo las palabras que yo mismo acababa de utilizar para definir la forma en que actuaría el *karkinos*.

—Así es el cáncer. Al menos, hoy día. Quizá, en un futuro, otros que me sucedan en la disciplina médica lleguen a pergeñar cómo reducir a este enemigo, pero yo... —me costó reiterar mi incapacidad, siempre me cuesta aceptar mis limitaciones—; yo no sé cómo detenerlo.

—No se detendrá ante nada —insistió la emperatriz—. En cierta forma es lo único que me gusta de lo que me has dicho. Si he de morir, que sea a manos de un enemigo que esté a mi altura; que sea a manos de un enemigo mortal que actúe igual que yo; que sea a manos de un enemigo que se muestre tan implacable como yo. Morir estrangulada por un atleta, como le ocurrió a Cómodo, apuñalada por un pretoriano o ejecutada por un oficial de las legiones, como les pasó a Pértinax, Juliano, Nigro o Albino, me habría parecido tan poco, algo bajo, vulgar. Al menos, Galeno, a ti te debo saber el nombre de mi ejecutor y saber que es un enemigo que, en efecto, está a mi nivel. *Cáncer* se llama mi último gran enemigo. Sea.

Nunca imaginé que un enfermo pudiera valorar de aquella sorprendente manera su dolencia.

—Pero este cáncer, este enemigo, como la emperatriz parece preferir llamarlo, hará sufrir a la augusta.

—Yo también hice sufrir a mis enemigos. Así es la lucha por el poder. También por la supervivencia. En cualquier caso —la emperatriz inspiró profundamente—, ya que nada se puede hacer contra el enemigo que se ha apoderado de mi seno izquierdo, me centraré en el otro enemigo que me queda.

—¿Quién? —me atreví a preguntar, por inercia, sin pensar.

La emperatriz no se enfadó. Eran muchos los años a su servicio y me toleraba ciertas confianzas que, en cualquier otro, habrían sido interpretadas y tratadas como impertinencias merecedoras de castigo. La augusta, sin embargo, se mostró benévola con mi curiosidad, pero firme en su decisión de no desvelar, por el momento, sus designios sobre el control del poder.

—Querido Galeno: esa es una pregunta que excede tus funciones, ¿no crees?

—Mis disculpas, augusta —y me incliné.

La emperatriz me sonrió. Fue la última sonrisa que vi en su rostro. Había recibido mi pregunta inquisitiva sin enfado, pero no quería decir que fuera a darme una respuesta. O no por el momento.

Pasaron los días.

Las semanas...

El dolor más intenso llegó.

Golpeó con fuerza a la emperatriz, a la vez que se recibían terribles noticias de Partia: una nueva guerra, como era de esperar, se había desatado en Oriente. Exactamente lo contrario de lo que ella había deseado, anhelado y planificado era lo que estaba ocurriendo. Los partos, dirigidos por un Artabano V henchido de ansias de venganza, habían constituido un vasto ejército que atacaba a las legiones de Caracalla en diferentes puntos de Partia. Y la contienda se alargaba. Las bajas, de un bando y otro, aumentaban. La sangría, una vez más, se había iniciado. Y, por supuesto, los costes económicos de la misma empezaban a sentirse en las cuentas del Estado romano. La desconfianza del Senado por esta nueva campaña también era notoria.

Pero de entre todos estos desastres, incluido el de su propia enfermedad, cada vez más dolorosa, a la emperatriz le preocupaba, sobre todas las cosas, un hombre: Opelio Macrino, el jefe del pretorio nombrado por Caracalla en lugar del fallecido Quinto Mecio. Esto, como he dicho, no quiso revelármelo la augusta en aquel momento, pero los acontecimientos posteriores me hicieron entender que cuando Julia Domna me sonrió aquella jornada lo hizo pensando ya en cómo derribar a Macrino.

El dolor la destrozaría por dentro.

Julia sentiría cómo la muerte la acecharía de modo definitivo. Los sucesos terribles la irían acorralando, dejándola sin apoyos, sola..., hasta llegar el momento de su más osada afirmación:

—¡No me detendrá ni la muerte! ¡Conseguiré la victoria aunque para ello tenga que luchar desde el reino de los muertos!

Así me hablaría. Y repetiría su determinación con diferentes fórmulas. Todas rotundas, todas inapelables. Pero estoy adelantándome a la cronología de los hechos. Las cosas iban mal para la emperatriz, pero habrían de empeorar mucho más antes de que ella comprendiera que tendría que luchar desde más allá de la vida, desde la mismísima muerte, para intentar conseguir la victoria definitiva.

Vuelvo al tiempo de mi relato: Macrino es aún solo un enemigo en alza, un jefe del pretorio ambicioso.

La emperatriz escribió en esos días una carta a su hijo alertándolo de que ella intuía que Opelio Macrino, al igual que en su momento Plauciano, podría albergar en su persona una ambición sin límites y que, en consecuencia, debía destituirlo, despojarlo de su dignidad de *vir eminentissimus* como jefe del pretorio, o, cuando menos, si no estaba dispuesto a obedecerla en esto, que alejara a Macrino de él. Para Julia, aunque Macrino se hubiera mostrado como un aparente fiel servidor de Antonino, en particular tras la muerte de Geta en la represión que se llevó a cabo contra los partidarios del fallecido, aquel prefecto no dejaba de estar manchado por su pasada conexión con Plauciano. Y ella sospechaba, cada vez más, de él. Y Julia no solía errar en sus intuiciones.

Pero Caracalla nunca llegó a leer esa carta. El hijo de la emperatriz de Roma estaba demasiado... ocupado.

LIV

EL CORREO IMPERIAL

Edesa, Osroene
Marzo de 217 d. C.

—Ha llegado el correo imperial, augusto —dijo Macrino mostrando la bolsa de cuero que contenía las diferentes misivas enviadas desde Antioquía, remitidas por Julia Domna.

—Ahora no, Macrino —le espetó el emperador mientras varios *aurigatores* le ajustaban el casco y se aseguraban de que las riendas estuvieran bien atadas a los bocados de los caballos.

Caracalla estaba a punto de participar en una de las carreras de cuadrigas que había organizado en el hipódromo de Edesa aquel invierno para su entretenimiento. Correr como auriga y, además, en el equipo de los azules, su divisa favorita, era lo que más lo relajaba en aquel intermedio invernal de la nueva campaña contra los partos. Desde que atacara a traición a Artabano V en Ctesifonte, había dado muerte a gran número de nobles arsácidas, empezando por la princesa Olennieire; había saqueado la capital parta; se había adentrado en el territorio de quienes habían estado a punto de ser sus aliados; había cruzado el Tigris y arrasado también grandes extensiones del reino de Adiabene. No contento con aquello, sometió la ciudad de Arbela y aprovechó para saquear las tumbas de los reyes partos de la dinastía arsácida. No calculó, quizá, que todas aquellas acciones provocarían una resistencia feroz por parte de Artabano V, además de que la brutalidad del ataque romano, en combinación con sus múltiples actos sacrílegos, hacía que el rey de reyes parto sumara cada vez más adeptos a su causa frente a la violencia sin control de Caracalla. Incluso el reino de Armenia, que llevaba años leal a Roma, empezaba a dudar en su fidelidad al actual *Imperator Caesar Augustus*.

Pero todo eso para Caracalla era no ya agotador, sino tedioso.

El emperador, en la única medida prudente de la campaña, decidió retirarse durante el duro invierno a Edesa, la capital del antiguo reino de Osroene reconvertido por su padre en provincia romana. Otra alternativa habría sido seguir viajando hacia el oeste, al menos él con la guardia pretoriana, dejando las legiones en Edesa, para invernar en la gran y confortable Antioquía, pero aquello implicaba tener que afrontar la ira de su madre por su decisión de no seguir adelante con el matrimonio pactado con la hija de Artabano y, en su lugar, iniciar una nueva guerra de desgaste contra Partia. Aquel no era un reencuentro deseado por Caracalla, al menos, por el momento. Tenía la esperanza de que una gran victoria absoluta sobre los partos suavizara el enfado de su madre con él.

Edesa, sin embargo, a medio camino entre el frente de guerra, por un lado, y Antioquía, por otro, parecía una ubicación razonable para que un emperador de Roma pasara aquellos meses invernales en mitad de una campaña contra Partia.

Así las cosas, las comunicaciones entre él y su madre se realizaban por carta.

Opelio Macrino aún ofrecía, aunque ya sin insistir, la bolsa de cuero con el correo imperial.

—Luego —sentenció Caracalla ofuscado como estaba en protestar porque su casco le impedía la visión correcta por estar demasiado ajustado. Su atención estaba en la carrera. Los asuntos de Estado podían esperar. Su madre, que a buen seguro le habría enviado alguna misiva, también podía esperar.

El jefe del pretorio se retiró.

—¡Así, así! —exclamó Caracalla cuando uno de los *aurigatores* acertó, por fin, a atar el casco de la forma adecuada según el parecer del emperador—. ¡Por Júpiter! ¡Vamos allá!

Y el augusto sacudió las riendas de forma que los caballos partieron raudos al compartimento desde el que tendrían que salir al inicio de la carrera.

Opelio Macrino se quedó en la parte trasera de los *carceres*.

Muchos de los pretorianos subieron por los pasillos del hipódromo de Edesa para ver la carrera. A ellos, como a los legionarios, les gustaba que el augusto hiciera estas exhibiciones de destreza compitiendo con aurigas de la zona. Los hacía sentirse gobernados por un emperador recio, valiente, audaz. Alguien con quien sería imposible ser derrotado en un campo de batalla. La resistencia parta, tras unas semanas de descanso en Edesa, aparecía a los ojos de todos como algo que, con persistencia y bajo el firme mando del hijo de Severo, se conseguiría doblegar.

Los *carceres* se abrieron.

Empezó la carrera.

El público, una bulliciosa mezcla de legionarios romanos, habitantes de Edesa y curiosos llegados a la capital de Osroene desde muchos y diversos rincones de la provincia, bramaba con pasión. Era un espectáculo como pocos: ¿cuántas ciudades del Imperio podían decir que el mismísimo emperador había competido en su hipódromo?

Opelio Macrino, serio, permaneció en silencio tras los casi desiertos *carceres*. Aún sostenía la bolsa con el correo imperial.

Vio una silla en una esquina, usada seguramente por alguno de los asistentes de las cuadrigas para descansar entre carrera y carrera. Opelio Macrino se acomodó en ella.

Para él las competiciones de Edesa eran tediosas. No había emoción alguna. Nadie se atrevía a adelantar al emperador. Y, si lo hacía por error, en la primera curva que podía se echaba a un lado para que Caracalla recuperara la primera posición.

Macrino suspiró.

Miró la bolsa.

Parpadeó en silencio.

La abrió.

Extrajo las misivas imperiales. La mayoría eran de diferentes senadores que, con toda seguridad, plantearían peticiones al emperador que la emperatriz, que era quien filtraba todo el correo remitido a Caracalla, habría dado por razonables. Había una carta del senador Dion Casio que se adivinaba breve por el poco papiro empleado en su composición. Macrino sabía que el emperador había reclamado su presencia en Oriente para que se hiciera cargo de alguna de las provincias del este. Una carta breve sería una aceptación del encargo. Una negativa, poco probable ante un deseo del augusto, requeriría de muchas explicaciones y varias hojas de excusas y justificaciones muy razonadas. De pronto, de entre todas las misivas, una le llamó la atención: estaba firmada en el exterior por la propia Julia Domna, augusta.

Macrino tragó saliva.

El público seguía bramando.

Debían de estar en la segunda o tercera vuelta. Eso le daba cierto margen de tiempo antes del regreso del emperador a los *carceres*.

El jefe del pretorio miró a un lado y a otro.

Nadie tenía ojos para él. Todos estaban pendientes de la competición de cuadrigas.

El *vir eminentissimus* no lo dudó y con los dedos quebró la cera que sellaba la misiva. Acto seguido la desplegó con ambas manos y empezó a leer.

Querido hijo y augusto Antonino:
Más allá de nuestras diferencias, una vez iniciada esta nueva guerra contra Partia te deseo victorias y que El-Gabal y los dioses romanos te protejan en todo momento. No dudo de tu capacidad militar y estoy segura de que llevarás esta guerra a buen término. Yo, como sabes, no la habría iniciado, pero he decidido dejar esa cuestión de lado. Lo esencial ahora es regresar a Roma con una victoria con la que se pueda reclamar que el Senado añada a tus títulos de *Britannicus Maximus* y *Germanicus Maximus* el de *Parthicus Maximus*. Superada esta guerra, hablaremos del futuro. Hay muchas cuestiones de las que deseo departir contigo, pero prefiero que sea cara a cara. Solo un asunto me preocupa de forma específica y me atrevo a anticipártelo en esta carta porque creo que es cuestión de cierta urgencia. Se trata del nombramiento de Opelio Macrino como jefe del pretorio en sustitución de Quinto Mecio.

En este punto el *vir eminentissimus* interrumpió un instante la lectura y miró a un lado y a otro de nuevo para asegurarse de que nadie le prestaba atención alguna. Satisfecho de comprobar que así era y escuchando los gritos del público mientras la carrera seguía su marcha, Macrino continuó leyendo.

No creo que ese nombramiento sea buena idea. Como sabes, Macrino estuvo mucho tiempo al servicio de Plauciano y, aunque en años posteriores haya podido servirte con aparente lealtad, es alguien de enorme ambición que no conviene tener en una posición de tanto poder. De hecho, por si dudas de mi criterio, he interrogado sobre el asunto a diferentes oráculos y adivinos. Flavio Materniano, cuya opinión me consta que valoras en extremo, ya que tú mismo lo pusiste al frente de las milicias en Roma, me ha confirmado que en tu futuro, según cuenta algún adivino, ve problemas en la relación con Opelio Macrino, incluso una posible traición por su parte. De hecho, el propio Materniano iba a escribirte, pero he preferido hacerlo yo directamente, pues me consta que el correo imperial, según me dicen los pretorianos, llega directamente a ti. Hijo mío, has de destituir a Macrino y, si esta medida te parece excesiva, apártalo de tu persona. Envíalo a algún punto del frente diferente al lugar adonde tú vayas a combatir. Solo esto te ruego. Como siempre, tu madre, que más allá de tantas cosas te quiere bien, como nunca nadie sabrá quererte ni apreciarte.

JULIA DOMNA, aug.

Opelio Macrino plegó la carta muy lentamente, haciendo que cada pliegue coincidiera con la forma en que había sido doblada inicialmente. Se pasó la punta de la lengua por la parte inferior del labio superior. Luego cerró la boca.

—¡Caracalla, Caracalla, Caracalla! —aullaba el público.

La carrera había concluido y, a la luz de los vítores, el emperador, una vez más, había conseguido la victoria. De nuevo, ningún auriga de Osroene había estado tan loco como para intentar vencer al siempre violento y todopoderoso Caracalla.

En cualquier caso, aquello era secundario.

De pronto, con decisión, arrugó y estrujó entre sus dedos la carta de la emperatriz y se la introdujo debajo del uniforme. Los *carceres* y los establos empezaban a poblarse con *aurigatores*, aurigas, asistentes de todo tipo, caballos, cuadrigas... El mismísimo emperador, muy sonriente, avanzaba en medio de unos y otros recibiendo las felicitaciones de todos, algunas sinceras, las más fingidas, por la nueva victoria espectacular en el hipódromo de Edesa.

—¿Has visto, Macrino? —lo interpeló el emperador.

—Sí, augusto. Una gran victoria. Una más del mejor de los aurigas.

—Así es, por todos los dioses, así es. —Y se echó a reír y con él muchos de los pretorianos que lo rodeaban—. Ahora sí, pásame la bolsa con el correo imperial —dijo cuando dejó de reír.

Opelio Macrino entregó la bolsa de cuero con todas las cartas menos aquella que había escrito Julia.

LV

NOTICIAS DE CHIPRE

Antioquía, primavera de 217 d. C.

—¿Se ha recibido respuesta? —preguntó la emperatriz desde su lecho.

El dolor era particularmente intenso aquella mañana. A veces le dolía simplemente al respirar. Sabía que le quedaba poco tiempo y quería dejarlo todo encauzado. Tenía varias ideas sobre posibles esposas para Caracalla, pero antes debía asegurarse de alejar a Macrino del poder. Cada vez se sentía más persuadida de que aquel nuevo jefe del pretorio tenía los mimbres de un segundo Plauciano y que, por otro lado, Caracalla parecía estar cayendo en una ceguera similar a la de Septimio en lo relativo a la ambición del nuevo jefe del pretorio.

—Deberías tomar el preparado que ha elaborado Galeno para ti —le replicó Maesa sin dar respuesta a su pregunta.

—¡Te he dicho una y mil veces que necesito la mente despejada para pensar! —exclamó Julia, con rabia en la voz—. ¡El opio me aturde, me da pesadillas y transforma cualquier ruido en insoportable!

—Lo siento —dijo Maesa en tono más suave, sorprendida por lo irritado de la respuesta de su hermana. No era normal tanto enfado hacia ella. Aquello la alertó de que debía de haber algo más, alguna cuestión adicional que había descompuesto a Julia. Maesa optó por hablarle a su hermana sin atisbo ya de reproche ante su tozudez de no tomar el opio diluido en vino que le había preparado el veterano médico imperial—. Y no, no se ha recibido carta alguna de Caracalla.

Hubo una pausa sin palabras. Maesa observaba con atención a Julia. Su hermana evitaba sus ojos. Eso tampoco era normal.

—Ese silencio es peculiar —comentó Julia al fin.

—Otras veces Antonino ha tardado en responder —apostilló Maesa intentando reducir las preocupaciones de su hermana.

—Sí, es posible que solo sea su habitual retraso en darme una respuesta cuando le hago una petición y, sin embargo, intuyo algo...

Maesa ya no dijo nada. Se levantó, tomó el preparado con opio e iba a llevarlo a la mesa central de la habitación para luego ordenar a Lucia que lo retirara, cuando su hermana volvió a hablar.

—Que no se lo lleven.

—¿Lo vas a probar, por fin? —inquirió Maesa con algo de ilusión, pues ver hasta qué punto se mortificaba Julia le hacía sentir una enorme lástima.

—No. Déjalo en la mesa y ven aquí. Siéntate a mi lado.

Maesa obedeció. Ahora era ella la que intuía que su hermana sabía algo malo, algo que la afectaba directamente a ella. Eran muchos años juntas: se habían querido como ninguna hermana había querido a otra jamás; se habían enfadado, se habían encolerizado la una con la otra y se habían reconciliado. Eran demasiadas emociones compartidas para no saber anticipar qué tipo de noticia iba a desvelarle una a la otra simplemente al oír el tono de voz que cualquiera de las dos empleaba. Y, además, Julia seguía sin mirarla a los ojos.

—Dime —dijo Maesa.

—Es Alexiano —empezó la emperatriz.

Alexiano, el leal esposo de Maesa, fiel servidor primero de Severo y luego de Caracalla, padre de Sohemias y de Avita, había sido reclamado por Caracalla para asesorar al gobernador de Chipre, un enclave siempre conflictivo por el elevado número de judíos proclives a rebeliones y levantamientos continuos. El emperador, de acuerdo con su madre, había enviado allí a aquel veterano político, militar y miembro de la familia imperial para asegurarse la tranquilidad en aquel territorio durante el delicado período de la nueva campaña contra Partia. Del mismo modo que el augusto, también en este caso de forma coordinada con la emperatriz, había reclamado al senador Dion Casio para asegurar la paz en Pérgamo y otras ciudades próximas. Tener pacificada la retaguardia por hombres leales era del todo preciso en medio de aquel nuevo enfrentamiento contra los partos.

—¿Qué ha pasado con Alexiano? —preguntó primero Maesa, pero con rapidez corrigió la pregunta—. ¿Desde cuándo se sabe?

Maesa ya tenía claro que el semblante sombrío de su hermana aquella mañana no era solo por el dolor de su enfermedad. A Alexiano debía de haberle pasado algo terrible de camino a Chipre. Por eso Julia rehuía mirarla a los ojos.

—Desde esta mañana. Hace apenas una hora. Llegó una carta del gobernador de Chipre con el correo imperial.

Maesa asintió varias veces, pero aún no tenía por qué estar todo perdido.

—¿Qué ha pasado? —preguntó.

El silencio de su hermana fue tan largo como clarificador.

—¿Cómo ha sido? —indagó entonces Maesa, en voz baja, casi un leve suspiro.

—Alguna enfermedad, no saben bien qué —se explicó Julia—. Aquí estamos acostumbrados a la precisión de Galeno, pero los médicos de Chipre no son como él. Lo siento mucho. Muchísimo.

Otro silencio intenso precedió a la respuesta de Maesa a aquel anuncio brutal, inexorable.

—Ha sido un buen esposo y un buen padre para Sohemias y Avita —dijo—. Tú lo sabes.

—Lo sé —confirmó Julia—. Lo siento.

Algunas lágrimas empezaron a descender oblicuamente por las mejillas de Maesa.

—Últimamente se quejaba de que le dolía el pecho, pero nunca pensé... —comentó Maesa.

—Igual te haría bien tomar algo del vino con opio —sugirió Julia.

—Pues sí —admitió Maesa y se levantó, fue a la mesa, tomó el vaso con el preparado de Galeno e ingirió unos sorbos—. Yo no soy como tú. A mí me parece bien mitigar el dolor. —Pero hablaba sin rencor; incluso, en medio de la tragedia, se permitió una leve sonrisa—. Como me conoces, por eso has dicho que no me llevara el opio.

—Somos hermanas, pero somos diferentes —comentó Julia—; sin embargo, salvo una vez, siempre hemos estado juntas y lo hemos visto todo con los mismos ojos.

Maesa dejó de beber opio con vino y retornó al asiento junto al lecho de la emperatriz. Julia tendió una mano a su hermana y ella la tomó y la asió con fuerza, mientras seguía llorando. Estuvieron así un rato, compartiendo un silencio que ahora era cómplice de su unión en la catástrofe, que, como tantos otros silencios compartidos en el pasado, las volvía a unir cada vez con más fuerza.

—Sohemias sigue con Gannys, el *legatus* de la III *Gallica*, ¿verdad? —inquirió Julia.

—Sí.

—Bien. Eso está bien —continuó la emperatriz—. Contamos con Gannys. Nos hace falta algo más para rehacernos frente al Senado y frente a posibles traidores, pero con la boda que estoy planeando conseguiremos nuevos apoyos.

—No paras nunca de pensar en el poder —le recriminó Maesa, pero sin rabia.

—Lo siento —se disculpó Julia—. No era el momento para esta conversación.

—No lo puedes evitar. Muertos Alexiano y Quinto Mecio en seguida buscas un hombre fuerte que pueda reemplazarlos, alguien que nos apoye. Pero no te preocupes. Hace tiempo que ya no me enfado contigo por eso. ¿Recuerdas aquello que me dijiste una vez en el palacio imperial de Roma?

—¿Qué exactamente? Nos hemos dicho tantas cosas la una a la otra...

Maesa sonrió. Las lágrimas seguían allí, surcando su rostro, pero el sopor del opio parecía haberle sosegado el ánimo.

—Me dijiste que en Roma no se trata de ganar o perder, sino de ganar o morir. Y, con el tiempo, he visto que tienes razón. Por eso entiendo que, en cuanto has recibido la noticia de la muerte de Alexiano, hayas empezado a repasar con qué apoyos contamos para sostenernos, para sobrevivir. Si caemos, caemos todos: mis hijas y mis nietos también. Por eso ya no me enfado contigo cuando piensas en cómo mantenernos en el poder. Ahora, al final de tantos años, lo he entendido.

—Me alegro de que, por fin, me comprendas. Eso lo hace todo más fácil.

Hubo un nuevo silencio largo.

—No sufrió —dijo Julia—. Alexiano murió mientras dormía. Debería haber empezado por ahí.

—Gracias, Julia. Es bueno saberlo.

—Ah —musitó entonces la emperatriz al sentir una nueva punzada de dolor agudo en el seno izquierdo—. Igual..., después de todo..., si queda opio..., tomaré un poco yo... también.

Maesa le acercó el cuenco con la droga.

Julia bebió, pero el opio no parecía hacerle efecto. El dolor era demasiado intenso. Su hermana, inteligentemente, intentó distraerla del inapelable sufrimiento de su enfermedad.

—¿Con quién crees que se debería casar Antonino ahora? —preguntó Maesa.

La estratagema surtió efecto. Julia, al explicar sus planes, pareció olvidarse un poco del dolor agudo que la consumía.

—Una vez que echó por tierra la posibilidad de unir... Partia y Roma... — inició la emperatriz—, y que ha retomado las acciones militares contra los partos, lo que tenemos que evitar son los frentes internos. El Senado sigue siendo una fuente de intrigas contra nuestra dinastía. Si Antonino se casa con la hija de uno de los senadores más poderosos, esta es una alianza que nos fortalece hacia el interior del Imperio. Ya que ha decidido guerrear contra todo lo que se mueve fuera de nuestras fronteras, hemos de apaciguar los conflictos internos, ¿no crees?

—Tiene sentido, sí —aceptó Maesa.

Y las dos callaron.

Y ambas compartieron más opio con vino. La enfermedad, en un caso, y la pérdida del esposo, en el otro, hacían que la droga y el silencio fueran la mejor terapia.

LVI

—

UN NUEVO PODER

Edesa
Abril de 217 d. C.

Macrino sabía que no disponía de mucho tiempo. La emperatriz desearía una respuesta por parte de su hijo a su carta. Julia Domna esperaría un tiempo prudencial, pero si las semanas pasaban sin que el emperador acusara recibo de su mensaje, ella volvería a escribir. Y el jefe del pretorio sabía que podría, en algún momento, no estar él presente cuando llegara una nueva remesa de cartas desde Antioquía. Si el emperador descubría, con una segunda misiva de la emperatriz, que él había interceptado o retenido un mensaje de su madre del correo anterior, no llegaría vivo al anochecer de esa jornada. Era cierto que el emperador y la emperatriz madre estaban distanciados y que Antonino podía tardar un tiempo en responder, pero, hasta la fecha, siempre había dado respuesta a Julia Domna cuando esta se había dirigido directamente a él con una propuesta.

Tenía que actuar rápido y actuar con los elementos que tuviera a mano. Pero no tenía tanto en lo que apoyarse: la guerra estaba a punto de reiniciarse, eso era cierto, y las tropas se preparaban para partir de Edesa en dirección este, hacia el Tigris, una vez más. Se adivinaban batallas y grandes esfuerzos para los legionarios, pero, y este era el problema para el jefe del pretorio, no había descontento entre las legiones: las generosas pagas con las que Caracalla los gratificaba y la idea de un nuevo reparto de botín tras saqueos y confiscaciones al enemigo eran fuerzas movilizadoras potentes para el ejército. No podía intentar promover un motín o una rebelión a gran escala. La popularidad del emperador entre las legiones era mucha. Y sus exhibiciones como auriga durante el invierno aun habían magnificado su figura ante unos legionarios siempre fácilmente impresionables y manipulables. No, Opelio Macrino sabía que tenía que moverse en otra dimensión, en una escala más reducida, algo diferente a un motín, pero que pudiera ser igual de resolutivo para conseguir sus fines. Tenía que encontrar esos pequeños corpúsculos de rechazados, ignorados o menospreciados que rondan siempre en torno a cualquier núcleo de poder. Caracalla era un buen militar para comandar un ejército de varias legiones, planificaba bien la logística de las campañas y la estrategia en las batallas, pero en la distancia corta era, desde su adolescencia, caprichoso, desdeñoso y, con frecuencia, violento.

Había más de un desairado en la guardia.

Marcial era uno de esos hombres y a él se dirigió Macrino.

Se trataba de ir desde lo pequeño a por lo muy grande.

—Ya sabes el descontento que hay entre los legionarios, ¿verdad? —mintió un día el jefe del pretorio a Marcial, un amanecer en que lo convocó a su tienda de campaña.

—No, no me he dado cuenta, *vir eminentissimus* —respondió con ingenuidad y sinceridad en este caso el interpelado.

—Lo sabía —replicó Macrino dando una palmada en su rodilla derecha—. Se lo dije a los demás: «Marcial no se ha percatado de lo que está pasando; está tan dolido por el desplante que le hizo el emperador cuando le negó su merecido ascenso a centurión que ya ni siente ni padece». Eso mismo les dije a todos.

Marcial seguía sin entender de qué o de quiénes estaban hablando.

—¿Todos? —preguntó.

—Todos los tribunos y demás oficiales de la guardia —volvió a mentir el prefecto—. Todos estamos en esto.

Hubo un silencio largo. Macrino dejó que su interlocutor intentara, poco a poco, encajar piezas en su cabeza.

—¿De qué estamos hablando?

Aquí el jefe del pretorio se tomó un tiempo. Anunciar una rebelión, incluso si esta es solo una invención, requiere de un cierto momento de silencio retórico que subraye la intensidad de lo que se va a decir.

—Sabemos que se está preparando un motín a gran escala —se inventó Macrino—. Los legionarios no quieren reiniciar esta guerra contra los partos. Se han dado cuenta de la ferocidad con la que combatieron el año pasado y seguro que vamos a volver a encontrar una resistencia brutal. Nunca debimos saquear las tumbas de sus antepasados, como hicimos por orden del emperador. Eso los habrá enfurecido aún más y ya sabes que no todos los oficiales estuvieron de acuerdo en aquella acción en Arbela.

Eso era lo único cierto de cuanto había dicho el jefe del pretorio: hubo ciertas disensiones en su momento. Ultrajar tumbas era meterse a trastocar el mundo de los muertos, incluso si eran tumbas enemigas con religiones bárbaras, y es que había muchos soldados supersticiosos que no veían aquello necesario y que, en cambio, sí lo consideraban peligroso. Macrino sabía que no había nada como salpicar su gran mentira de la rebelión general con pequeñas gotas de realidad para hacer una mezcla verosímil a los ojos de quien, en el fondo, desea lo peor para el emperador, por rabia, por desquite, por despecho. Marcial había sido leal y combatido bien bajo el mando de Septimio Severo, primero, y, luego, bajo el gobierno de su hijo Caracalla. Le había llegado el turno de ascender a centurión, pero cometió un día el error de no aclamar al emperador con suficiente energía durante las carreras de cuadrigas del invierno. Algo que no hizo por falta de aprecio a la destreza del augusto, sino porque a Marcial los juegos circenses nunca le habían atraído demasiado. Al emperador Marco Aurelio tampoco le gustaban, pero un emperador puede permitirse elegir lo que le gusta y lo que no. Un pretoriano, no. Y disentir en gustos con tu superior, en este caso con Caracalla, lo había alejado de su ascenso merecido, ganado a pulso y a sangre en el campo de batalla. El augusto le negó, con desdén y desprecio, delante de todos, su derecho a ser centurión.

—Cuando te ganes el puesto —le había dicho el propio Caracalla para humillarlo. Todos en la guardia sabían, sin embargo, que Marcial se lo había ganado con creces, pero nadie hizo nada porque la generosidad en las pagas de Caracalla satisfacía a la mayoría. De este modo, el emperador podía permitirse estos caprichos de corto alcance, estas injusticias a pequeña escala, que, por otro lado, tanto lo divertían.

Macrino sonrió, porque vio que en la arrugada frente de su interlocutor se iba formando la esperanza de una venganza.

—¿De veras se prepara un motín de las legiones? —Marcial aún buscaba confirmación. Malinterpretar palabras en este contexto podía suponer la muerte.

—Sí.

—¿Y qué vamos a hacer nosotros..., la guardia? —inquirió Marcial.

—Muy bien. —Y Macrino se levantó, se acercó a la mesa y escanció vino en dos copas: ofreció una a Marcial y volvió a sentarse—. Tenemos tres opciones: no hacer nada y ver qué pasa, pero el emperador recurrirá a nosotros para poner orden y tendremos que combatir contra legionarios encendidos; eso no va a ser agradable. Tenemos una segunda opción: advertir al emperador de la rebelión que se está tramando, pero nos ordenará que acabemos con todos los oficiales involucrados y, no lo dudes, ordenará, acto seguido, que diezmemos las legiones. Será una matanza tan encarnizada como la que perpetró en Alejandría, solo que ahora serán legionarios las víctimas. Ninguna de las dos alternativas me gusta, por eso he hablado con los tribunos de la guardia y otros oficiales pretorianos y todos estamos de acuerdo. Tú no eres formalmente oficial por despecho del emperador, pero todos han estado de acuerdo en que debemos contar contigo.

—Contar conmigo... ¿para qué exactamente?

—Echa un trago de vino —lo invitó Macrino.

Marcial obedeció. El jefe del pretorio lo imitó. Ambos bebieron hasta apurar las copas, como si supieran que lo que iban a hablar a continuación requiriese de esas fuerzas suplementarias que, en ocasiones de dificultad, nos aporta el licor de Baco.

—La tercera opción es que acabemos con la vida del emperador nosotros mismos, la guardia. Eso aplacará a las tropas, porque, muerto Caracalla, podremos pactar una paz con los partos y regresaremos todos los miembros de la guardia pretoriana tranquilos a Roma, donde se elegirá un nuevo emperador. Las legiones, por su parte, retornarán a sus cuarteles y allí, por fin, tendrán el necesario descanso que merecen. Es, crée-me, esta última una buena opción. La mejor.

Marcial asintió. Tal y como esperaba Macrino, las ansias de su interlocutor por vengarse del emperador que lo había humi-llado le nublaban la mente de tal forma que no veía todos los inconvenientes de semejante plan. El jefe del pretorio sí era consciente de la enorme desventaja e inseguridad que iba a ge-nerar aquel magnicidio en medio de una guerra contra los par-tos, pero sabía también que no tenía margen. Cada día se levan-taba agobiado, sudoroso, con el temor de que llegara una nueva serie de cartas desde Antioquía que no pudiera controlar antes de que fueran entregadas a manos del emperador, y que lo ad-virtieran sobre su deslealtad, poniéndolo en su contra, dejándo-lo, con toda seguridad, a un paso de una ejecución sumarísima, sin juicio, sin preguntas, en cuanto el augusto confirmara que él, Macrino, había manipulado el correo imperial.

—¿Cómo vamos a hacerlo? —preguntó Marcial.

Macrino volvió a sonreír. Acababa de encontrar a su hombre.

—Lo haremos mañana —le respondió el jefe del pretorio. No quería dejar mucho tiempo para que Marcial pudiera perca-tarse de que prácticamente nada de lo que le había dicho era cierto. El carácter taciturno y poco sociable de Marcial sería un buen aliado durante las próximas horas de intensa espera. Ase-sinar a un emperador de Roma era algo grande, peligroso, pero lo que Macrino esperaba obtener con aquel magnicidio era aún más grande. Más grande para él. Estaba llegando la hora, su hora, el alba de un nuevo poder.

Macrino explicó su plan con detalle.

Marcial asintió en silencio mientras escuchaba atento. Lue-go, cuando las instrucciones del prefecto estuvieron claras, marchó.

Macrino se quedó a solas.

Pensó en beber algo más de vino, pero eso le recordó que aún quedaba pendiente una cuestión importante.

El jefe del pretorio salió de la tienda militar y fue directo a las dependencias de campaña donde se cocinaba la comida de los altos oficiales y, en particular, del emperador. Entró y des-pertó a voces a dos de los cocineros que dormitaban.

—El emperador se ha quejado —les anunció.

Los dos hombres palidecieron.

—Primero es una queja —les empezó a aclarar Macrino, aunque no era necesaria tanta explicación para entender la gravedad de la situación—, pero luego serán ejecuciones. La comida está poco sabrosa. Las salsas, en particular, muy sosas. Vosotros veréis.

No dijo más.

Macrino dio media vuelta y salió de las cocinas.

Su plan acababa de ponerse en marcha.

LVII

—

EL TEMPLO DE SELENE

En la ruta de Edesa a Carrhae
8 de abril de 217 d. C.

Iniciaron el camino al amanecer. El emperador quería estar de regreso antes de la caída del sol para poder pernoctar en su cómoda residencia en Edesa. Pronto empezaría la nueva campaña contra Partia, pero antes quería hacer sacrificios y rendir culto en el templo de Selene en Carrhae. A caballo se podría hacer todo el recorrido de ida y vuelta en un día, pero había que salir temprano.

Caracalla vio que Macrino había preparado, según sus instrucciones, una columna equivalente a ocho *turmae* de caballería. Un total de doscientos cuarenta jinetes escogidos entre los mejores pretorianos.

—¡Vamos! —dijo el emperador al tiempo que montaba en su caballo.

Macrino, ya desde lo alto de su propia montura, hizo una señal y toda la columna se puso en marcha.

Cruzaron el gran campamento legionario, levantado en las afueras de Edesa, entre los vítores de las tropas:

—*Imperator, imperator, imperator!*

Caracalla se sentía seguro.

Opelio Macrino, más tenso, cabalgaba en silencio. Estaba claro que acabar con el emperador y sobrevivir iba a requerir mucha habilidad e ingenio. Miró de reojo a Nemesiano y a Apolinaris. Los dos tribunos a los que había involucrado en la conjura, junto al despechado Marcial. Los dos tribunos también exhibían un semblante sombrío. Era evidente que sabían que estaban arriesgando mucho. Claro que lo prometido por Macrino también era mucho: ser los dos nuevos jefes de la guardia bajo *su* mando, en un nuevo Imperio romano donde la dinastía promovida por Julia ya no tuviera lugar.

El sol no tardó en hacer acto de presencia y, aunque aún no habían llegado a las *idus*[43] de abril, el calor empezó a ser sofocante.

—Agua —reclamó el emperador.

Macrino se volvió hacia Nemesiano y este se acercó con un odre.

El emperador bebió con ansia sin desmontar del caballo.

La reclamación que Macrino había hecho a los cocineros del augusto, en la que les había advertido de que el emperador se había quejado por lo sosas que resultaban las salsas de las últimas comidas, había surtido efecto en la línea de lo que el jefe del pretorio deseaba. Como era de suponer, los cocineros habían reaccionado sazonando con abundante sal y especias la cena y el desayuno del emperador. El resultado era que el emperador tenía mucha sed aquella mañana.

—Conviene beber bien, augusto —dijo el jefe del pretorio recogiendo el odre de agua que le pasaba Caracalla—. Y más con este sol.

—Sí —aceptó el emperador y sacudió las riendas para que el caballo reiniciara un trote constante que los iba alejando de Edesa siempre en dirección hacia el templo de Selene en Carrhae.

Selene.

Diosa lunar.

Caracalla seguía con su costumbre, establecida en Britania, de visitar todos los templos dedicados al culto de aquella diosa desde que manipulara la fecha de su nacimiento para parecer mayor que Geta en dos años adicionales, lo que había hecho que su natalicio recayera en un lunes, el día de la Luna, una circunstancia que lo conectaba con su culto. Para favorecer aquella falsificación de su fecha de nacimiento, Caracalla había mantenido la tradición de acudir a los templos de dicha divinidad allí donde se los encontraran. Parecía oportuno, además,

---

43. *Idus* en latín es femenino.

realizar unos sacrificios a los dioses justo antes de reiniciar la campaña militar.

—Más agua —pidió de nuevo el augusto a la vez que volvía a detener la marcha.

Se la proporcionaron.

Las paradas para que Caracalla saciara su sed, pero siempre sin bajarse del caballo, se repitieron en un par más de ocasiones.

Nemesiano y Apolinaris miraban a Macrino con creciente desasosiego, pues el emperador no hacía ademán de sentir necesidad alguna de detenerse para aliviarse, pese a la gran cantidad de líquido que había bebido ya.

—Es el sol —les dijo Macrino—. Se suda demasiado en esta maldita región del mundo. Pero tendrá que pararse en algún momento y desmontar. El camino es largo aún hasta el templo de Selene. Carrhae todavía queda lejos.

El prefecto intentó apaciguar así los ánimos de los tribunos, pero estos no parecían muy convencidos. Sin embargo, al final, Caracalla alzó su mano derecha y la columna de caballería se detuvo. Opelio Macrino cabalgó veloz para acudir junto al augusto e interesarse por lo que el emperador pudiera precisar.

—He de aliviarme, Macrino —le dijo Caracalla—. Tanta agua...

—Por supuesto, augusto.

Caracalla, por fin, desmontó y echó a andar hacia un lateral del camino donde se veían unos arbustos y luego una pendiente suave. El emperador se volvió hacia Macrino.

—¡El emperador necesita estar solo! —exclamó el jefe del pretorio mirando a los miembros de la guardia imperial que habían desmontado también para escoltar al augusto. Todos entendieron que el *imperator* iba a satisfacer sus necesidades y se detuvieron. Había que respetar la privacidad del augusto. Además, no se divisaban enemigos ni por delante de la columna militar ni por detrás ni habían visto a nadie en las últimas diez millas de ruta. Estaban solos.

Caracalla se abrió paso con las manos entre los arbustos y desapareció.

Opelio Macrino miró primero hacia Nemesiano y Apolinaris. Ambos asintieron. El jefe del pretorio hizo entonces que su caballo retrocediera un poco hasta quedar a la altura de Marcial.

—Tú, ve y lleva una esponja al emperador —le espetó con desdén al pretoriano a quien el emperador había negado el ascenso a centurión hacía pocas semanas. Todos se echaron a reír viendo cómo Marcial era obligado por el jefe del pretorio a realizar aquella tarea humillante, más propia de esclavos, de portar la esponja para asearse tras visitar una letrina, o tras aliviarse en campo abierto, como era el caso en ese momento.

Pero nadie sospechó nada. Además, Marcial ejecutó su papel con autenticidad fingiendo hastío y humillación en su faz al verse obligado a realizar aquella tarea impropia de un pretoriano. Llevaban varios *calones* en la columna militar de entre quienes Macrino debería haber seleccionado uno para aquella labor, pero a nadie le extrañó que el jefe del pretorio ahondara en la humillación a un pretoriano caído en desgracia ante los ojos del emperador por su poco aprecio a las carreras de cuadrigas.

Marcial desmontó del caballo y echó a andar hacia los arbustos.

—¡Pretoriano! —dijo Macrino en voz alta.

Marcial se detuvo.

—¡Tu espada! —ordenó el jefe del pretorio.

Las risas cesaron. A nadie se le había ocurrido aquello: que Marcial pudiera estar tan resentido como para acometer una acción suicida como la de atacar al emperador y luego intentar una huida en la que, sin duda, sería apresado y ejecutado *ipso facto*.

Marcial se desabrochó el cinturón y entregó la espada a uno de los otros pretorianos que estaban más próximos a él.

El resto de la guardia imperial reconocía en aquella acción sumisión, por parte de Marcial, y buen celo en el desempeño de sus funciones, por parte de Macrino.

Marcial se giró de nuevo y caminó hacia los arbustos, pero se detuvo junto a un esclavo que le entregó una esponja y, al igual que había hecho el emperador apenas unos instantes antes, se abrió paso entre la maleza con las manos y desapareció tras los matorrales.

A cien pasos del camino a Carrhae

El emperador se había adentrado un trecho entre la espesura en busca de intimidad.

Caracalla estaba terminando de orinar cuando percibió pisadas a su espalda. Se giró y vio a Marcial acercándose.

—¿Tú qué haces aquí? —le preguntó el emperador con más desdén—. No te he llamado, no he llamado a nadie.

—Me envía Macrino, augusto —se explicó Marcial, siempre acercándose lentamente y exhibiendo en la mano izquierda la esponja—. El *vir eminentissimus* ha pensado que quizá el emperador precisara de esto.

—Macrino es un idiota —replicó el emperador dejando ya de miccionar y acomodando sus partes íntimas en el interior del uniforme imperial—. Solo tenía que orinar. Nada más. Guárdate eso.

—Lo siento, augusto —dijo Marcial en un tono extraño, bajando la mano izquierda en la que sostenía la esponja al tiempo que extraía, con la otra mano, de debajo de su propio uniforme, una afilada daga.

El emperador no se percató del continuado avance de Marcial hacia su persona porque estaba ocupado en ajustarse bien el cinturón de su espada.

—A veces pienso que estoy rodeado de imbéciles —dijo Caracalla.

Fueron sus últimas palabras.

De súbito, sintió una punzada terrible en el costado derecho y exhaló un grito que quedó ahogado cuando un brazo lo sorprendió rodeando su cuello al tiempo que tiraba de todo su cuerpo hacia atrás. Caracalla era un hombre fuerte, recio y bravo y aún habría podido ofrecer mucha resistencia e, incluso, contraatacar y fulminar a Marcial, si no hubiera sido porque tras el brazo de su enemigo vio la daga seccionando su garganta.

El corte fue muy profundo, pues se había realizado con la

fuerza de la rabia, la pasión del miedo y un puñal afilado con meticulosidad durante noches largas de desvelo.

El augusto se vio libre, pues su oponente se había retirado un par de pasos.

Caracalla quiso gritar y llamar a la guardia y sintió que algo de aire salía por su garganta, pero todo mezclado con borbotones de sangre que provenían tanto de la propia faringe como del cuello. Apenas emitió algo audible que no fuera una especie de bufido apagado.

Nadie acudió en su ayuda.

Caracalla se llevó entonces ambas manos al cuello en un vano intento por frenar la hemorragia y echó a andar de regreso hacia la columna militar donde, sin duda, al verlo en aquel estado, lo ayudarían.

Marcial se hizo a un lado, como si fuera a dejarlo pasar, pero cuando el emperador se encontró a su altura le hizo una zancadilla y el augusto dio con su cuerpo de bruces en el suelo. Caracalla tenía claro que no podía luchar y concentró sus energías en seguir intentando huir para que la guardia lo viera, de modo que puso las manos en el suelo e inició un torpe gateo en dirección a los matorrales altos que los separaban de la columna militar. Pero el gesto, al apartar las manos del cuello, hizo que la hemorragia aumentara aún más y Caracalla empezó a sentir una gran debilidad sazonada ahora de rabia y odio. E incredulidad. Por encima de cualquier otro sentimiento, simplemente, no podía creer lo que estaba pasando: él era el amo del mundo, sus deseos, leyes, sus anhelos, objetivos militares para las legiones, sus pasiones, siempre satisfechas. ¿Cómo podía verse en aquella absurda situación? El dolor también estaba ahí, pero estaba acostumbrado a recibir golpes en combate, cortes y heridas y, aunque estas fueran mortales, no dolían más que otras que hubiera recibido en el pasado.

Una patada en el costado lo hizo volcarse y quedar boca arriba, como un insecto a punto de ser pisoteado.

—¡Morirás, maldito! —bosquejó el emperador entre dientes y sangre, pero las palabras solo se formaron en su cabeza. Una vez más solo emitió sangre y bufidos balbuceantes y huecos.

Caracalla se dio la vuelta y volvió a gatear.

Sintió entonces una, dos, tres puñaladas más en la espalda. La coraza lo protegió en parte, pero la punta de la daga penetró varias veces cortando piel y músculos y más venas.

El augusto se dio de nuevo la vuelta quedando, una vez más, boca arriba. Solo anhelaba un segundo de tregua para rehacerse y ahora atacar a aquel miserable traidor con sus propias manos y desgarrarlo, hacerlo pedazos con la furia final de su cólera. Y, quizá, movido por la locura total de la venganza ciega, si Marcial no hubiera estado atento y le hubiera concedido aquel segundo, Caracalla aún se habría rehecho; pero el pretoriano introdujo entonces con todas sus fuerzas la daga por la boca del emperador y empujó y empujó hasta que su puño quedó entre los dientes del augusto y la daga se clavó en la tierra por detrás de la nuca de su víctima.

Marco Aurelio Antonino, augusto de Roma, antes Basiano, y ahora conocido por todos como el *imperator* Caracalla, quedó así pegado al suelo de Oriente, ese Oriente que debería haber conquistado y que se le resistió hasta llegar a aquel desenlace abrupto e inesperado. Agitaba los brazos como un animal atrapado en un cepo.

Marcial se levantó para admirar su obra.

Caracalla estuvo haciendo aspavientos inútiles unos instantes más. Por fin, comprendió que debía zafarse de la daga que lo tenía ensartado y enganchado a la tierra de Osroene, pero para cuando llevó las manos a la empuñadura del arma, ya no tenía energía suficiente para desclavarla.

Marcial se puso de cuclillas al lado del augusto mientras este se desangraba en medio del horror y un dolor que, ahora sí, se había apoderado de la poca conciencia que quedaba en su ser.

Caracalla nunca llegó al templo de Selene.

Marcial se levantó lentamente, siempre sin dejar de mirar el cuerpo inerte del augusto atravesado por su daga por la boca entreabierta y ensangrentada. El pretoriano frunció el ceño: acostumbrado como estaba a la guerra se percató de la particular brutalidad de aquella ejecución. Era como si lo hubieran empujado a cometer aquella atrocidad, no solo Macrino, sino también los mismísimos dioses.

Marcial miró al cielo: el sol resplandecía orgulloso, triunfante, como si Apolo estuviera satisfecho de lo que veía.

LVIII

—

LA DERROTA TOTAL

Antioquía, abril de 217 d. C.

—¡Noooo! —gritó la emperatriz al tiempo que arrojaba la carta contra el suelo y se golpeaba el pecho con ambas manos y, a continuación, tambaleándose, empezaba a derribarlo todo a su paso con sus piernas temblorosas: las pequeñas mesas con jarras de agua, las *sellae* dispuestas para los invitados, los platos y las bandejas y los vasos. Todo lo golpeaba con ambas manos, todo lo destrozaba, todo se hacía añicos mientras no dejaba de gritar.

—¡Noooo! ¡Noooo!

Los esclavos se apresuraron a alejarse de la emperatriz. Solo Calidio y Lucia, los más veteranos, permanecían cerca de la augusta y observaban el ataque de locura de la emperatriz atónitos. Nunca antes su ama había perdido la compostura de aquella forma.

—Llamad a la hermana de la emperatriz —dijo Calidio a otro de los esclavos, que partió raudo para cumplir con lo ordenado por el *atriense*.

—¡Nooo! —seguía gritando Julia cuando se derrumbó en medio del atrio, sobre el mosaico de miles de teselas multicolores que simulaba el océano y sus criaturas. La emperatriz parecía un barco zozobrando en el peor de los naufragios.

—Nooo —continuó diciendo en un sollozo largo y conmovedor. Ni siquiera en las noches en las que el tumor le había causado más dolor la emperatriz había mostrado tanto sufrimiento ni en sus actos ni en su voz.

Lucia se iba acercando lentamente hacia su ama, pero no se atrevía a tocarla. La emperatriz, aún en el suelo, reptaba mientras persistía en sus lamentos.

—No..., no... No...

Maesa irrumpió en el atrio y fue corriendo a asistir a su hermana.

—Lo han matado. Lo han matado... —dijo la emperatriz.

—¿A quién?

—Han asesinado a Antonino.

Maesa comprendió entonces la magnitud de la catástrofe: Julia no tenía más hijos, Antonino no concibió ninguno en su matrimonio con Plautila y no se había vuelto a casar, sino que había asesinado a la princesa parta con la que se había pactado el matrimonio; había muerto sin descendencia. La dinastía no tenía herederos. Todo por lo que había luchado su hermana había terminado en nada. Y la posición de ambas y de sus hijas y los hijos de estas estaba en peligro.

Y Alexiano acababa de fallecer.

Estaban solas.

—¿Qué ha pasado exactamente? ¿Cómo ha ocurrido? —indagó Maesa. Era necesario saber con más precisión cómo quedaba todo con la imprevista desaparición de Antonino.

Julia se sentó en el suelo mismo ayudada por su hermana. No tenía fuerzas aún para levantarse y Maesa no quería pedir ayuda a nadie. Siguieron hablando así, sentadas sobre el mosaico del océano, abrazadas.

—Macrino se ha hecho con todo —dijo la emperatriz, pero le faltaban fuerzas o calma y no explicaba más.

—¿Cómo ha podido ocurrir? —la interpeló Maesa—. Antonino es... era muy popular entre sus tropas.

—Macrino le echa la culpa a un tal Marcial, un pretoriano que había sido desairado por Antonino. Parece que le había negado un ascenso que le correspondía por edad y veteranía. Por algún motivo que desconozco, este Marcial había caído en desgracia y, siempre según Macrino, ese pretoriano lo apuñaló a traición cuando Antonino detuvo la escolta militar que lo acompañaba de camino al templo de Selene en Carrhae. Ya sabes que, desde Britania, Antonino estaba empeñado en asociarse con la diosa de la luna y cualquier culto similar. El caso es que Antonino sintió que tenía que hacer sus necesidades y, cuando se alejó de la escolta para aliviarse, Marcial, que, su-

586

puestamente, le llevaba una esponja para asearse, aprovechó el momento para apuñalarlo.

—Eso es absurdo —dijo Maesa.

—Por supuesto —coincidió Julia—. Ha sido Macrino. Ningún pretoriano podría atreverse a tanto. La humillación no era tan grande como para acometer una misión suicida. No, ese Marcial ha tenido que ser manipulado. Antonino era cambiante en sus aprecios y desprecios. Hoy podía negarle ese ascenso y luego concedérselo en unas semanas. Ese pretoriano no se habría atrevido a semejante locura de no haber sido animado a ello por alguien mucho más terrible y con mucha más ambición.

—¿El propio Macrino? ¿Estás segura de ello?

—Es el nuevo emperador —le espetó entonces Julia con rabia ante las dudas de su hermana—. ¿Qué prueba mejor hay que esa? Pero... no puedo hablar..., llévame a mi cuarto.

Maesa miró entonces a Lucia y esta se acercó para, entre las dos, levantar a la emperatriz y conducirla a su habitación. Luego, Maesa retornó rápidamente al atrio y cogió la carta que su hermana había arrojado al suelo. La leyó con atención allí mismo. En la misiva, firmada por Opelio Macrino, augusto, se explicaba todo con detalle: Marcial, por venganza, había asesinado al emperador Antonino; el propio Macrino había ordenado su rápida ejecución momentos después del brutal ataque contra el augusto. Luego, los tribunos Nemesiano y Apolinaris habían insistido en que en mitad de aquella campaña militar era preciso tener un nuevo líder claro, un nuevo *imperator* que dirigiese las legiones contra los partos y habían propuesto que el nuevo augusto fuera el jefe del pretorio Opelio Macrino. Él mismo había rechazado en un principio el nombramiento, pero ante la insistencia de esos tribunos y otros oficiales y considerando que el enemigo estaba ya organizado, había aceptado, siempre según su versión de lo acontecido, para evitar males mayores. La petición de reconocimiento oficial de aquel nombramiento ya había sido remitida al Senado por un correo imperial y Macrino esperaba recibir la confirmación a dicho nombramiento en pocas semanas. Entretanto, se dirigía a Nísibis, donde los partos se habían hecho fuertes.

Ahí terminaba la carta.

Maesa dejó de leer y fue veloz junto a su hermana.

—Hemos de escribir al Senado y solicitar que ese nombramiento sea revocado de inmediato —dijo Maesa en cuanto regresó junto a Julia.

—No haremos nada de eso —opuso Julia intentando acomodarse en los almohadones que habían distribuido por su espalda para que estuviera sentada en el lecho.

—¿Por qué no? —preguntó su hermana perpleja. La inacción no era un comportamiento común en Julia.

—Porque no serviría de nada. En el Senado nos odian, hermana. Es una pérdida de tiempo y energía. Los senadores ratificarán ese nombramiento en cuanto se reúnan. Macrino tiene el ejército con él y no quedan senadores con capacidad de liderazgo suficiente para enfrentarse al nuevo *imperator*. Los hemos matado a todos. Quedan intrigantes, que, a largo plazo, nos podrían haber causado problemas, pero no senadores con la energía necesaria e inmediata para plantar cara a Macrino. Hemos de mirar en otra dirección.

—¿En qué dirección?

—Partia, Maesa. Ahora, más que nunca, dependemos de los partos. Nuestro futuro está ligado a lo que pase en Nísibis en los próximos días.

—¿Y estás convencida de que todo es cuestión de Macrino? —insistió Maesa; le parecía importante tener bien identificado al traidor y le sorprendía la rapidez con la que su hermana había llegado a esa conclusión—. No quiso ser nombrado emperador. Rechazó vestir el *paludamentum* púrpura, al menos, en un principio.

—Eso es lo que él nos cuenta. E, incluso si hubiera sido así, sería una *repugnatio*. Recuerda que hasta Severo escenificó lo mismo cuando se proclamó emperador en Carnuntum. Puro teatro, hermana. Es él. ¿No te das cuenta? Ejecutó al pretoriano Marcial antes de que este pudiera decir nada, antes de que pudiera desvelar quién lo había impulsado a cometer esa locura. Es él, es Opelio Macrino. Esto es ahora entre él y nosotras, hermana. En este duelo, el Senado, como tantas otras veces estos años, se pondrá de perfil, a la espera de quién gana el pulso.

A Maesa le costó hacer la siguiente pregunta. No sabía si quería obtener una respuesta precisa a la misma, pero, aun así, la formuló:

—¿Y quién va a ganar?

—Ganaremos nosotras, como siempre.

—¿Cómo?

—Aún no lo sé —respondió Julia llevándose la mano derecha al ya muy prominente bulto del seno izquierdo. El golpe que se había dado al recibir la noticia de la muerte de Antonino no había sido buena idea. El dolor retornaba con furia especial, más brutal, más inclemente—. Ahora hemos de estar atentas... a lo que pase en Nísibis. Enviaremos soldados de la legión de Gannys allí a recabar noticias que nos lleguen sin intermediarios..., ya que nada de lo que diga Macrino será fiable..., y llama de nuevo a Galeno. Y a mi sobrino nieto.

—¿A cuál de los dos? ¿Al joven Sexto Vario o al pequeño Julio Gesio?

—Al joven... Sexto Vario... —susurró Julia y cerró los ojos. Estaba llorando.

Maesa contemplaba aquel llanto silencioso. Sabía que no eran lágrimas de pena ya, sino provocadas por el dolor agudo que la mordía desde dentro. La enfermedad, ajena a los desastres humanos y la lucha constante por el poder, seguía su avance cruel e inexorable. El de su hermana era el llanto del fin de todo.

Maesa pensó que Julia solo quería despedirse del mayor de sus sobrinos nietos. Decir adiós antes de morir.

Nada más.

Sí, era el momento de que su hermana fuera viendo, uno a uno, a los diferentes miembros de la familia. Por mucho que Julia hablara aún de ganar, con la muerte de Antonino, de Caracalla, la derrota era total, definitiva, inapelable.

—Quiero ver a... mi nieto —precisó Julia.

Maesa comprendió en ese instante que su hermana volvía a la lucha.

LIX

—

LA LARGA ESPERA

En ruta al reino de los muertos
Junto a la laguna Estigia
Mayo de 217 d. C. en el reino de los vivos

Portitor has horrendus aquas et flumina servat
terribili squalore Charon, cui plurima mento
canities inculta iacet, stant lumina flamma,
sordidus ex umeris nodo dependet amictus.
ipse ratem conto subigit velisque ministrat
et ferruginea subvectat corpora cumba,
iam senior, sed cruda deo viridisque senectus.

Guarda aquellas aguas y aquellos ríos el horrible barquero
Caronte, cuya suciedad espanta; sobre el pecho le cae
                                            [desaliñada
luenga barba blanca, de sus ojos brotan llamas; una sórdida
                                            [capa
cuelga de sus hombros, prendida con un nudo: él mismo
                                            [maneja
su negra barca con un garfio, dispone las velas y transporta en
ella los muertos, viejo ya, pero verde y recio en su vejez, cual
corresponde a un dios.

VIRGILIO, *Eneida*, VI, 297-303
según la traducción de Eugenio de Ochoa (1815-1872)

Caronte, el barquero eterno del inframundo, se acercaba con
su nave vacía a la orilla. Una larga columna de almas serpeaba
en perfecta fila a la espera de ser recibidos en su barca para

cruzar la laguna Estigia producida por el río Aqueronte, que separaba el mundo de los vivos del mundo de los muertos.

A Caronte le distraía mirar a los ojos de las almas recién llegadas y jugar a adivinar si el destino de una u otra era el Tártaro, donde recibirían castigos sempiternos; la llanura de Asfódelos, donde los espíritus llevaban existencias monótonas, anodinas, sin penuria pero sin placer, como correspondía a aquellos que no habían sido perversos pero que tampoco habían destacado por virtud alguna durante su paso por la vida; o, finalmente, Caronte se esforzaba en anticipar si alguno de los recién llegados sería elegido para disfrutar del Elíseo. Esto último, no obstante, rara vez ocurría. La mediocridad parecía haberse apoderado últimamente del reino de los vivos, así como los desmanes y los crímenes, de forma que muchos iban al Tártaro y casi todo el resto a la llanura de Asfódelos.

De pronto, algo llamó la atención del barquero mientras descendía de su nave y la empujaba hacia la orilla: una de las almas se había alejado de la larga fila de espíritus y permanecía sentada, a cierta distancia de todos los demás, en una roca, junto al borde de la laguna. ¿Cuánto tiempo llevaría aquel espíritu allí? Quizá bastante. El viejo barquero no solía mirar con frecuencia más allá de la interminable hilera de almas que esperaban su turno para cruzar la laguna. Pero, en aquella ocasión, Caronte había paseado sus ojos por la costa entera y había divisado a aquel espíritu apartado del resto.

El aburrimiento era la sensación más habitual en el barquero del inframundo, de modo que cualquier gesto, cualquier acción peculiar que rompiera con el tedio diario despertaba su interés. Caronte dejó la barca embarrancada en la arena e ignoró a los centenares de almas de la larga fila que exhibían monedas en sus manos. Todos ellos acababan de extraer de su boca los sestercios o denarios para mostrar al barquero infernal que podían costearse el precio del viaje. Pero la vieja deidad tenía otros intereses en aquel momento y, lentamente, se acercó al extraño espíritu que se había sentado en aquel peñasco.

—Veo que te has sacado de la boca un áureo de oro con la faz del emperador de Roma —le dijo Caronte mirando la moneda brillante que relucía en la mano de aquel espíritu taciturno—.

Semejante óbolo te garantiza un viaje al otro lado de la laguna Estigia y me atrevo a decir que solo alguien que merece entrar en el Elíseo puede portar tal pieza de oro para este último viaje.

—He de esperar aquí —respondió el ánima, que permanecía sentada y con el rostro serio.

Caronte escudriñó sus rasgos: no era tristeza lo que se dibujaba en aquella faz cansada, sino rabia, ira contenida, odio, ansia de venganza.

—El tiempo aquí pasa con lentitud —continuó Caronte acercando su pesado y largo cuerpo hacia el espíritu, que persistía en no moverse. Pero este último, viendo que se aproximaba el gigantesco barquero, un ser cuya cercanía causaba estupor, se levantó y, raudo, desenfundó su espada, al tiempo que guardaba su preciado áureo dorado. Y es que la larga barba blanca de Caronte, las llamas que emergían desde las cuencas de sus ojos, la fétida capa que colgaba desde aquellos huesudos hombros, ceñida por un nudo a un cuello plagado de arrugas, y el dios en sí, esgrimiendo un largo garfio con el que manejaba su nave, componían una presencia temible y amenazadora.

Pero Caronte no era de luchar.

No sin motivo.

Se detuvo.

—Solo quería verte mejor —se explicó—. Mi vista no es la de antes. Soy... viejo. —Y se echó a reír en una destartalada carcajada que, en lugar de transmitir felicidad o simpatía, hacía que los peores temores de uno se avivaran y que los escalofríos recorrieran todo su ser.

—Ya estás lo bastante cerca —le replicó el alma blandiendo su espada con la pericia de un guerrero bien adiestrado.

—Hum. —Caronte estiraba el cuello, pero no se acercaba más—. Eres legionario romano..., no..., eres pretoriano. De la guardia del emperador. Interesante. ¿Cuál es tu nombre?

—Quinto Mecio —respondió el espíritu, siempre sin bajar la espada.

—¿Quinto Mecio? —repitió Caronte de forma interrogativa—. Hum. No, no me suena ese nombre de nada. Pero yo no estoy al corriente de las vicisitudes en el mundo de los vivos. Quizá seas alguien de renombre. En fin. Si quieres esperar aquí, ese es tu problema, pero yo de ti me lo pensaría. —Y el barquero se giró con una agilidad sorprendente y señaló hacia el fondo del paisaje negro que lo envolvía todo. Mecio arrugaba la frente intentando identificar algo cuando, de súbito, vio que una especie de extraño ejército de espíritus, que se arrastraban medio encogidos, parecía dibujarse en el fondo de aquel horizonte infernal.

—Los has visto, ¿verdad? —continuó Caronte—. Son miles de almas sin moneda que se acumulan a este lado de la laguna. Infelices que no recibieron el funeral necesario, miserables que se arrastran durante más de cien años a la espera de conseguir una moneda de algún espíritu recién llegado que, distraído o por exceso de confianza, pueda perder su propio óbolo. Tu áureo de oro —y se volvió de nuevo hacia Mecio— será muy codiciado por ese ejército. Y observo que ya muchas de esas almas perdidas se han acercado. Debes de llevar aquí un tiempo y te tienen identificado como un objetivo. Esos espíritus torturados por la espera sin fin están más atentos a lo que ocurre en la ribera que yo. Este no es un buen lugar para esperar. Págame tu moneda y sigue tu curso, ve a tu destino. Esas almas perdidas te acechan. Hay cosas aún peores que la muerte.

—Hay cosas peores que la muerte —certificó Mecio con seriedad—. Me consta. Aun así, aguardaré. Por un día con ella, aunque sea aquí, en el reino de los muertos, rodeado de esos seres infernales, merece la pena esperar mil años.

—Ah..., es eso —dijo Caronte—: lealtad en el amor. Ante eso me inclino. Es tan poco habitual la fidelidad en una pasión amorosa que siempre me conmueve.

El barquero del inframundo hizo una leve reverencia, lanzó una nueva carcajada desencajada y, por fin, retornó, despacio, hacia su barca. Se situó junto a su nave y extendió su brazo izquierdo con la mano abierta para tomar asimismo de la mano a la primera de las almas de la larga fila de los que sí tenían moneda y para nada querían esperar por más tiempo en aquel horrible lugar. El primero de los espíritus pagó el viaje, Caronte se guardó la moneda en un viejo saco que portaba colgado al hombro, y tiró de la mano del ánima para ayudarla a subir a la barca.

A cien pasos de aquella escena, Quinto Mecio enfundó su

espada, se sentó de nuevo sobre la piedra y fijó su mirada en el agua de aquella laguna cuya corriente gira y gira eterna, sin descanso ni pausa.

Caronte llenó su barca. Asió con fuerza el garfio y lo usó para empujar la nave agua adentro, en dirección a la otra orilla que, desde allí, apenas podía vislumbrarse, pues los vapores de la Estigia hacían todo casi invisible.

La larga hilera de almas con moneda quedó allí esperando, inquietos todos, a que el barquero retornara pronto. En ese momento, cuando la nave ya apenas se adivinaba sobre las olas, el ejército de sombras sin moneda emergió como una legión de *lemures* condenados que se acercaba a las almas con moneda alargando brazos y manos para intentar capturar el óbolo que les permitiera escapar a aquel lento purgatorio sin destino. Pero las almas de la larga fila se mantenían juntas y eso parecía atemorizar a los espíritus condenados cuando, al poco tiempo, estos volcaron toda su atención, de nuevo, en la soledad de Mecio. Ya lo habían pensado varias veces. Pero ahora sentían que había llegado el momento. Varios espíritus, almas procedentes de rufianes y asesinos del mundo nocturno de Roma, sonrieron. Hacía tiempo que no tenían una presa fácil.

El antiguo jefe del pretorio, más atento a su espalda ahora que antes, advertido por los comentarios de Caronte, los vio acercarse. Decenas primero, luego más de un centenar. Ansiosos, ávidos, con los ojos casi escapando de sus cuencas cadavéricas. Algunos habían visto desde la lejanía el brillo inconfundible del oro resplandecer cuando Mecio había sacado su áureo de la boca o cuando lo había tenido en su mano mientras estaba en presencia de Caronte. El apetito voraz por aquel metal que podía librar a uno de ellos de aquel purgatorio horrible los hizo acercarse con rabia, con ansia, con furia hacia aquel engreído que se atrevía a enfrentarse a todos ellos solo.

«Espérame junto a la laguna Estigia.»

Eso le había pedido Julia.

Quinto se pasó el dorso de la mano izquierda por la boca reseca mientras se preparaba para el combate. ¿Se acordaría ella de él? ¿No estaría, como siempre, inmersa en la lucha constante por el poder y él no sería ya nada, ni siquiera un recuerdo?

Y, sin embargo...

Quinto Mecio no pensaba moverse de allí. Él era hombre de palabra, de honor, de lealtad. Por un solo día con ella, incluso allí abajo, en el inframundo, incluso solo por eso, todo merecía la pena. Y si había algo que sabía hacer era luchar contra ejércitos. Si ahora eran muertos los que atacaban, aquella era una diferencia que apenas lo importunaba. ¿Acaso no estaba él ya también muerto? Pero «hay cosas aún peores que la muerte», había dicho Caronte. Al ver aquellos espíritus esqueléticos, carcomidos por el tiempo, pero con los ojos vacíos relumbrando odio, el veterano jefe del pretorio sintió miedo más allá de la muerte. Un temor extraño, infernal. Pero no retrocedió. Él no era de esos. Había dado su palabra. «Espérame junto a la laguna Estigia.»

Quinto Mecio, jefe de la guardia imperial de Roma, desenvainó su espada y fue a su encuentro, con la templanza del combatiente curtido en mil batallas.

Curioso.

No hizo falta más.

Los condenados huyeron despavoridos. Eran cobardes. Jugaban con el miedo que inspiraban, pero no eran valientes.

Mecio sintió el regusto lejano de la victoria. Pero sabía que la guerra entre aquel ejército y él no había hecho más que empezar.

Las almas perdidas, sin moneda ni destino, se replegaron. Pero tenían planes. Esperarían a que el pretoriano se durmiera. Lo habían observado durante semanas. De cuando en cuando, el prefecto se recostaba de lado, junto a la ribera, y dormía un rato. Entonces le arrebatarían la moneda. Lo sorprenderían cuando el soldado estuviera en los brazos de Morfeo. Por más que ahora estuviese mucho más alerta, en algún momento tendría que volver a dormir. Los condenados eran pacientes. Su única riqueza era que disponían de todo el tiempo del mundo de los muertos. Cien largos y lentos años.

Entretanto, en el mundo de los vivos, más allá de las víctimas, más allá de los caídos en combate, más allá de las penurias o recompensas que fueran unos u otros a cosechar cuando fenecieran, la lucha implacable por el poder continuaba.

LX

MURICES FERREI

Frontera oriental de Osroene
Ejército imperial romano de campaña
Mayo de 217 d. C.

Opelio Macrino paseaba por entre las fundiciones humeantes de los centenares de herreros de las legiones. Los tenía a todos trabajando sin descanso. La guerra contra los partos se alargaba y no se intuía un final próximo si no tomaba medidas drásticas, por eso había dado órdenes expresas de hacer acopio de todo el hierro posible, que no fueran gladios o *pila*, para fundirlo y entregarlo a los herreros de cada una de las unidades militares del ejército desplazado a Oriente. El plan era que los herreros, trabajando a destajo, prepararan las armas especiales con las que esperaba derrotar, de una vez por todas, a los partos.

El nuevo emperador, además, había abierto una línea de comunicación directa con el Senado de Roma. A la espera de recibir una confirmación por parte de la curia de su autoproclamación como *imperator*, en sustitución del recientemente caído Caracalla, por el momento le valía con poder dirigirse directamente a los *patres conscripti* sin la interferencia de Julia Domna. La emperatriz madre seguía en Antioquía. Como si nada hubiera pasado, como si nada hubiera cambiado, como si se quisiera negar la evidencia de que ya nada de todo aquel engranaje gigantesco que suponía el Imperio romano le pertenecía; pero era demasiado pronto aún para ponerla en su sitio, para apartarla por completo de los círculos de poder, primero; y para aniquilar a todos los miembros de la familia, después: Julia, su hermana Maesa, las hijas de esta y hasta los hijos de ellas, sus esposos, cualquier otro familiar y amigo. Tendría que masacrarlos a todos, incluso borrar todo vestigio de la existencia de Julia y de su poder.

Macrino sonrió y suspiró.

Todo a su tiempo.

Primero derrotar, fulminar a los partos y apaciguar la frontera oriental del Imperio.

Luego, Julia y toda su maldita estirpe oriental.

El emperador carraspeó y escupió en el suelo. El aire espeso por la multitud de herreros fundiendo hierro y labrando las armas mortíferas que había ordenado forjar le dificultaba respirar. Macrino se apartó entonces un poco de aquella gigantesca metalurgia de campaña, que no dejaba de producir armas punzantes, para respirar algo de aire limpio. El cambio en su ruta lo condujo, siempre rodeado por un nutrido grupo de pretorianos, hasta una amplia explanada donde decenas de legionarios llevaban centenares, miles de piezas de hierro con múltiples puntas afiladas que dejaban sobre el suelo para que se enfriaran.

Macrino se detuvo un instante y admiró aquel inmenso campo minado de hierro astifino. Un auténtico prado casi infinito de *murices ferrei*, abrojos de hierro con varias puntas distribuidas en forma de tetraedro, de modo que, se lanzaran como se lanzaran, al menos una punta astifina quedaría hacia arriba, amenazadora, punzante, asesina. Esa iba a ser su arma secreta contra los partos. Tendría que ser la solución final. Sonrió con un aire de desprecio: pensar que la emperatriz madre había intentado pactar con aquel enemigo sempiterno con una boda le daba risa. Menudo absurdo. La fuerza, la potencia bestial del ejército romano era lo que acabaría con el enemigo. Como se había hecho siempre.

Mujeres.

Macrino volvió a sonreír con aire de superioridad.

¿Qué sabría una mujer de guerra y de enemigos y de batallas?

De lo que no se daba cuenta Macrino era de que era él quien estaba en falta, de que era él quien no sabía tanta historia como Julia. El nuevo *imperator* no percibía la sensación de absurda repetición en aquella guerra que alguien más ilustrado como la propia emperatriz madre podía tener. A Opelio Macrino, satisfecho ante la visión del nuevo arsenal de las legiones, solo le preocupaba una cosa: el dinero. Había doscientos millones de sestercios detenidos en Siria a la espera de ser enviados al frente de guerra para abonar los salarios de las legiones en combate. El nuevo emperador de Roma temía alguna maniobra de Julia para intentar detener la llegada de ese dinero al frente de guerra. Sería, no obstante, complicado para la emperatriz madre retener ese dinero sin que eso no tuviera consecuencias graves para ella y el resto de su familia. Macrino estaba preparado para acusarla en público, ante todas las legiones, de retrasar el pago de los salarios. Eso la haría impopular ante todos ellos. Si se atrevía a detener el flujo de esos doscientos millones de sestercios, sería el fin de Julia. Y si, por el contrario, la emperatriz madre permitía la llegada del dinero a Oriente, haría que él, Opelio Macrino, fuera más popular entre las legiones.

—Ja, ja, ja... —El nuevo emperador de Roma echó una sonora carcajada mientras inspiraba hondo el aire denso de las fundiciones de los herreros de las cohortes, que seguían trabajando sin descanso. Un viento cambiante había llevado hasta Macrino, una vez más, aquella espesa nube asfixiante. Pero él estaba contento. Lo tenía todo calculado. Los partos iban a ser derrotados en unas semanas y Julia, hiciera lo que hiciera, solo podía perder. Y, tras perder, morir.

¿Qué podía salir mal?

Nada.

Macrino echó a andar.

El mundo navegaba siguiendo el curso de sus planes.

LXI

—

UNA REUNIÓN FAMILIAR

Antioquía, mayo de 217 d. C.
Cámara privada de la emperatriz madre

Julia Domna tomó un sorbo más del cuenco con la mezcla de opio y vino que le había preparado Lucia, siempre siguiendo con precisión las instrucciones de Galeno. La emperatriz dejó entonces el recipiente, aún bastante lleno de aquel brebaje, en la mesa donde se arracimaban los diferentes ungüentos y cremas. Las ornatrices continuaron maquillándola.

La gran peluca de rizos que se elevaban en cascada hacia arriba, con una profunda raya en medio, permanecía en el otro extremo de la mesa, a la espera de ser situada en lo alto de la cabeza de la emperatriz. Aún no era el momento. Las ornatrices tenían todavía mucho trabajo por delante.

A Julia, aquel largo período de peinado y maquillaje se le antojaba tedioso, pero había aprendido a convivir con él de forma rutinaria, como una necesidad inherente a su posición. De la misma forma que había adoptado la gran peluca, contraria a sus costumbres orientales, para parecer más romana. En su Siria natal, las pelucas no eran tan comunes, pero había decidido años atrás seguir así el ejemplo de Faustina la Joven, la esposa de Marco Aurelio. Las mujeres de Oriente solían evitar el uso de pelucas y se aderezaban sus propios cabellos con diferentes pinzas para conseguir el efecto deseado, pero Julia, en su ansia por asimilarse al mundo romano sobre el que gobernaba, decidió, desde que su marido se proclamara emperador, acicalarse y presentarse ante todos como una romana de rancio abolengo, sin rechazar sus orígenes, pero sabiendo que la imagen en Roma era, si no todo, sí muy importante.

—Aquí traen los *calamistra* calientes —dijo Lucia.

La emperatriz asintió. Mirando fijamente en el espejo observó que su veterana esclava llevaba un colgante con un círculo dorado sin símbolo alguno.

Una ornatriz dejó unos tubos de hierro huecos y otros sólidos, más delgados, junto a la gran peluca. Todos los pequeños hierros habían sido calentados previamente.

A la emperatriz le pareció curioso portar un colgante tan sencillo, sin marca alguna.

Lucia tomó con una pinza, para evitar quemarse los dedos, una de las barritas de hierro más finas y envolvió en torno a la misma un mechón de pelo imperial. Acto seguido, con otra pinza, cogió uno de los cilindros huecos e introdujo el mechón enrollado en el fino hierro sólido en el interior del cilindro hueco.

Julia observó que el colgante de la esclava, al inclinarse ella un poco durante el proceso de peinado, se giraba y dejaba ver un dibujo marcado en el reverso del círculo dorado. Era un pez.

El calor que desprendían ambos hierros haría que, una vez extraído, el cabello de la emperatriz quedara rizado. Era aquella, no obstante, una actividad que, de realizarse de forma general y reiterada con todo el pelo, deterioraría ostensiblemente los cabellos.

Mientras los *calamistra* hacían su función, la augusta observó en el espejo que dentro del dibujo del colgante de Lucia podía leerse precisamente la palabra pez en griego: Ἰχθύς [*Ichthys*].

La veterana ornatriz estaba muy concentrada en su labor y no reparaba en la mirada inquisitiva de su ama: para evitar el desastre de que el pelo de la emperatriz se quemara, Lucia solo rizaba unos pocos mechones de la frente y de la parte posterior de la cabeza de su señora, teniendo además cuidado de rizar un día unos mechones y, al otro, elegir otros diferentes, de modo que la alternancia permitiera que el cabello se recuperara. Y toda la parte central del pelo de la emperatriz quedaba sin calentar, pues, a fin de cuentas, iba a ser cubierta por la gran peluca.

Julia Domna arrugó la frente. Sabía que el pez era símbolo de ser cristiana. ¿Por qué motivo habían escogido ese animal? No lo sabía.

Lucia seguía entretenida con el peinado: la idea de todo aquel lento proceso de aderezo era añadir unos pocos rizos en la frente y en la parte posterior del cabello imperial de forma que pareciera que todo el pelo de la emperatriz estaba rizado, disimulando el efecto de la peluca al fundir el rizado de la misma con el de parte de los verdaderos cabellos imperiales.

Julia Domna meditaba. Tuvo claro en aquel momento que su más leal esclava era cristiana.

—Ahora —dijo entonces Lucia, una vez había introducido los diferentes mechones en los *calamistra*.

Las otras dos ornatrices, con tiento, tomaron con ambas manos la gran peluca y la pusieron en lo alto de la cabeza de Julia Domna.

A continuación, Lucia, despacio, ya con las manos, pues los hierros se habían enfriado, fue retirando, uno a uno, todos los *calamistra*.

—Ya está, mi ama —concluyó la veterana esclava. Lucia miró al espejo para confirmar que todo estaba bien y se dio cuenta entonces de que su colgante estaba girado, dejando ver el dibujo del pez. Y se percató también de que los ojos de la emperatriz estaban fijos en aquel colgante.

Lucia, en un acto reflejo, que no hacía sino traicionar más aún su secreto, dio la vuelta al colgante con la mano. Todo siempre bajo la atenta mirada de su ama.

La esclava comprendió que la emperatriz sabía.

Y Julia entendió que su esclava sabía que ella sabía.

La emperatriz evitó el tema.

—Pues si ya está, vamos a ver a mi nieto —dijo la augusta.

Y se levantó despacio.

Lucia se quedó tras ella, inmóvil, mirando al suelo, tragando saliva. Estaba a punto de empezar a temblar de puro terror. Había sido una estúpida. Calidio siempre le insistía en que no llevara nunca nada que la identificara...

—Tu secreto está a salvo conmigo —dijo Julia Domna, deteniéndose un instante y volviéndose hacia su esclava—. Tengo asuntos más importantes que atender que tu religión. Ayúdame a recostarme. Estoy débil y temo tropezar.

Lucia acudió rauda a la llamada de la emperatriz.

Julia pudo sentir el alivio y el agradecimiento en el cuidado con que su esclava la atendía. La lealtad de Lucia, o de cualquiera de aquel palacio en aquellos momentos de la terrible traición de Macrino, era más valiosa que cualquier religión. Ahora bien, ella, la emperatriz madre, siempre inquisitiva, se quedó con una duda: ¿por qué el pez era un símbolo de los cristianos?

Palacio imperial

Sexto Avito Vario Basiano era un joven de quince años, delgado, de aspecto grato pero de apariencia débil. No pensaría uno que hubiera nacido para liderar ejércitos. Sin embargo, caminando por los pasillos de aquel palacio en el centro de Antioquía, escoltado por una docena de pretorianos leales aún a la familia de la emperatriz madre, no dejaba de tener un porte majestuoso que, quizá, bien administrado por alguien sagaz, aún pudiera intervenir en el curso de la historia. ¿O no? ¿O era solo el sueño de una mujer, Julia Domna, que, en el fin de sus días, con su mente embotada por el dolor, pergeñaba ideas absurdas, peregrinas, sin sentido?

Sohemias, madre del joven Sexto, caminaba a su lado.

—Háblale a la augusta con respeto, hijo —insistía ella.

—Sí —aceptaba él en repetidas ocasiones.

—Y recuerda —continuó su madre—: eres hijo de Caracalla, por lo tanto, eres su nieto.

Sexto Vario asintió. Aquella revelación lo había sorprendido muchísimo. Apenas llevaba unas horas digiriéndola, pero, poco a poco, se iba acomodando a una nueva realidad que, simplemente, lo acercaba enormemente al poder absoluto. Por otro lado, no quería admitir ni ante su madre ni ante nadie que, en el fondo, aquella entrevista con su tía abuela, es decir, con su abuela, le imponía mucho respeto. ¿Miedo? Se negaba a aceptar semejante sensación en su interior. Él no era un cobarde.

La comitiva llegó al atrio central del palacio imperial de Antioquía y, a continuación, tras avanzar por varios pasillos, dieron con la puerta de la cámara privada de la emperatriz madre. Allí se detuvieron todos.

—Esperaremos a que nos llame —dijo Sohemias.

Sexto y los pretorianos se quedaron inmóviles, expectantes. Los soldados de la guardia imperial, todos veteranos de múltiples campañas militares, primero con Severo y, luego, con Caracalla, fieles hasta la muerte a la emperatriz madre, hombres designados por el propio Quinto Mecio antes de su partida a Oriente como pretorianos personales de Julia Domna, intuían que se fraguaba algo grande. Lo habían visto otras veces. Podían oler una guerra civil en ciernes, solo que esta vez no tenían claro que estuvieran en el bando ganador. Les daba igual. Sabían que la emperatriz iba a plantar cara a Opelio Macrino. Y eso les gustaba. La muerte de Caracalla les parecía, como a otros muchos, demasiado extraña. Y Caracalla siempre los trató bien, a ellos, a la guardia. Y Severo. Preferían estar de parte de la esposa y madre de los anteriores emperadores. Macrino no les gustaba. Había ascendido demasiado rápido. No. Ellos estaban con la emperatriz. Ella representaba terreno conocido y dinero seguro para ellos; Macrino era todo incertidumbre. Y estaban persuadidos de que algo se le ocurriría a la augusta. Estaban convencidos. En su fuero interno albergaban una esperanza extraña en una nueva victoria, basada, quizá, en algún ardid inesperado de la emperatriz madre. Eso, sorprender al enemigo, a la *mater castrorum* se le daba bien.

Cámara privada de Julia

—Que pasen —dijo la emperatriz madre.

Lucia fue a la puerta, la abrió y se inclinó ante la sobrina y el nieto de su ama. Ambos pasaron por su lado sin mirarla.

Una muy débil Julia Domna, reclinada en un *triclinium*, abrigada por unas sábanas y una manta, pero perfectamente maquillada y con un peinado exquisito, recibió a Sohemias y su hijo sin levantarse y sin decir nada, solo con un leve asentimiento. El cuidado cabello, la ostentosa peluca y el aderezo con diferentes cremas del rostro disimulaban la huella del dolor, pero sus lentos ademanes y su largo silencio delataban que, por dentro, la emperatriz se consumía.

Sexto Vario y Sohemias se situaron frente a la *mater patriae*. Detrás de Julia estaba Maesa, la madre de la propia Sohemias y, a su vez, abuela del joven Sexto Vario. Maesa había entrado en la habitación unos instantes antes por petición expresa de la emperatriz.

—Que se acerque —dijo Julia en un susurro.

Sohemias puso la mano suavemente en la espalda de Sexto y el muchacho avanzó un poco más hasta quedar apenas a un par de pasos de su abuela.

Julia Domna miró fijamente a su nieto. Mientras escudriñaba con atención máxima el rostro de Vario, una punzada de dolor le atravesó el pecho tumorizado por el *karkinos* que no dejaba de crecer en su interior. Pero la emperatriz madre no se permitió un gemido de dolor. Apenas dio muestras de sentirlo más que en un casi imperceptible apretar los labios.

Sexto Vario, no obstante, detectó lo que estaba pasando.

—Lo siento, augusta —dijo el muchacho.

—¿Qué lamentas? —inquirió Julia en voz baja, pero audible.

—La enfermedad de mi tía abuela, augusta..., es decir, lamento la enfermedad de mi abuela —precisó el joven.

Ella suspiró y se recostó de nuevo en el *triclinium*. Había dado por terminado el examen de las facciones del chico. Y había pensado que eso habría sido todo, pero, de pronto, al oírlo hablar, Julia se dio cuenta de que había otro parecido adicional indiscutible: la voz. Y quería explorar el asunto. Aquello podía ser un inesperado pero muy interesante aditamento a su plan.

—Haces bien en lamentarlo, muchacho —continuó Julia—, porque cuando yo ya no esté aquí, vas a ser tú el cabeza de esta familia, el *pater familias* según las leyes romanas por las que nos regimos. Técnicamente, por edad, ya lo eres, solo que me he tomado la libertad de llevar tus asuntos..., los asuntos de todos unas pocas semanas más. Y... me pregunto..., ¿estarás a la altura del empeño? Porque tenemos enemigos muy importantes.

—¿Mi... abuela se refiere a Opelio Macrino, el nuevo emperador? —preguntó el muchacho.

—¡Ese miserable no es emperador! —exclamó la emperatriz madre incorporándose en el *triclinium* hasta casi alzarse por la fuerza de su rabia—. ¡Esa rata de río *no* es emperador de nada! ¡Ese ladrón y asesino es solo un usurpador que recibirá su merecido aquí entre los vivos y abajo, en el inframundo, en cuanto mi venganza lo alcance! —Y bajó la voz mientras se recogía de nuevo en la butaca al tiempo que su hermana la asistía en el proceso y la arropaba de nuevo para que no pasara frío—: Nunca, muchacho, ¿me oyes? Nunca vuelvas a referirte a ese miserable como emperador ni en mi presencia ni en presencia de nadie. ¿Me has entendido? No has de reconocerle jamás esa dignidad.

—Sí, augusta —replicó el joven, que calló y guardó silencio con su vista clavada en el suelo. Le había llamado la atención no solo la rabia brutal de su abuela contra Macrino, sino también el hecho de que esta hubiera mencionado sus ansias de vengarse de aquel hombre en vida y también en el reino de los muertos. ¿Cómo podía planearse algo así? ¿Una venganza más allá de la muerte? ¿Existía algo peor que morir?

—Macrino es un error histórico —apuntó la emperatriz madre—; un renglón de los anales de Roma que voy a borrar..., que vamos a borrar entre todos los aquí presentes...

Suspiró. Estaba agotada. Cada entrevista, cada frase, cada palabra se había transformado en un esfuerzo titánico.

—La entrevista... ha terminado, joven Sexto Vario —dijo entonces Julia en su susurro habitual de aquellas últimas semanas, cuando la enfermedad la torturaba con crueldad implacable.

El muchacho se inclinó ante su abuela y, acompañado por su madre, Sohemias, y de nuevo escoltado por los pretorianos, abandonó el atrio.

Maesa y Julia quedaron a solas.

—Parece débil —empezó de nuevo la emperatriz madre—, pero el parecido con Caracalla es impresionante. Y no solo en su rostro, sino también en su forma de hablar... Cuando se ha dirigido a mí... he sentido un vuelco en el corazón. Era como si

Antonino, mi propio hijo, me estuviera hablando cuando era joven, hace años, en Roma. Esa similitud en la voz la pueden reconocer muchos y puede darnos mucho a ganar.

—Sí, el parecido es muy notable —aceptó Maesa, pero con dudas, como si temiera lo que su hermana estaba planeando.

Julia se permitió entonces una sonrisa.

—Percibo miedo en tu forma de confirmar que mi nieto es prácticamente una copia en vida de lo que fue mi hijo Antonino..., de Caracalla.

—Sí —certificó Maesa—. Tengo miedo de lo que estás pensando. Vas a volver a atacar, como en el pasado.

—Como en el pasado, hermana, solo un ataque nos salvará de la violencia de nuestros enemigos. Macrino aún no se ha enfrentado a nosotras directamente, pero es solo cuestión de tiempo. Vivimos en una falsa paz interna. Los partos lo tienen entretenido en Oriente, pero en cuanto resuelva la campaña militar que tiene entre manos, la que inició la locura de mi propio hijo, Macrino se revolverá contra nosotras y lo hará como se hace siempre en Roma cuando se lucha por el poder: mortíferamente. Estamos vivas en una prórroga de tiempo que durará mientras continúe la guerra contra Partia. —Había hablado mucho y rápido; se detuvo para recuperar el aliento y la energía. Prosiguió más despacio—. Al final de ese combate, vendrá a Antioquía y no lo hará para conversar... Ese joven, Sexto Vario, ha de ser la punta de lanza de nuestro ataque y será, como siempre que lo he planeado, mortal. Pero... —y aquí Julia dejó de hablar. Se llevó la mano al pecho y cerró los ojos. Una lágrima de dolor puro partió su mejilla resbalando sobre un rostro desencajado por el sufrimiento extremo. La punzada brutal pasó—. Pero, hermana, me faltan las fuerzas... Yo puedo dar inicio al plan, pero serás tú quien le dé término. Tú y Gannys y Sohemias y ese muchacho, a quien, por cierto, le cambiaremos el nombre... Tendrá que ser conocido por todos como un nuevo Antonino... Marco Aurelio Antonino, para empezar. Y, muy pronto, Marco Aurelio Augusto Antonino... Sé que mi hijo te causó un padecimiento insufrible cuando violó a Sohemias y la dejó embarazada y tuvisteis que salir de Roma a toda prisa para casarla en Oriente. Pero ahora... el fruto de aquella violencia es nuestra única esperanza... Es una enorme contradicción, un gran oxímoron de la vida, pero así es como son las cosas a veces. ¿Estás conmigo? ¿Pese al dolor y al sufrimiento del pasado causados por mi primogénito sobre tu hija..., estás conmigo? ¿Estás conmigo para la salvación de todos nosotros?

Hubo un largo silencio en el que Maesa se sentó en una *sella* junto al *triclinium* de su hermana y le cogió la mano. Era duro tener que admitir que la brutal violencia del pasado contra su hija podía, de algún modo, resultar un alivio en el presente. Pero la realidad era la que era, como decía su hermana: las urgencias, inconmensurables, el margen de maniobra, mínimo.

—Estoy contigo —aceptó, al fin, Maesa—. Tengo miedo, no puedo evitarlo, porque no soy tan fuerte como tú, pero sí entiendo todo lo que dices y sí que comparto tu idea de que Macrino nos atacará en cuanto pueda. Yo no sé cómo defendernos, pero tú sí. Seguiré tus instrucciones hasta el final, mientras puedas dármelas. Y cuando...

Pero Maesa calló.

—Puedes decirlo, hermana. Es inexorable.

—Cuando... ya no estés entre nosotros, seguiré fielmente todo lo que dejes ordenado y tal cual se ejecutará.

—Hasta la muerte o la victoria final.

—Hasta la muerte o la victoria final —confirmó Maesa.

Julia Domna asintió despacio un par de veces.

—Entonces, hermana... —comentó mientras cerraba los ojos en busca de un sueño que la alejara, por un rato, del dolor permanente—, entonces... ganaremos. Habrá sangre, habrá guerra, pero ganaremos. Y...

Julia siguió hablando, entre dientes, en un murmullo inaudible, incomprensible para Maesa, que, simplemente, se afanó en arroparla bien para proporcionarle un calor que la abrigara en su descanso.

—La clave, ahora, hermana, son los doscientos millones de sestercios.

Maesa solo entendió la cantidad final. La fastuosa suma de dinero le hizo ver que lo que musitaba su hermana debía de ser importante. Por eso se acercó a ella y le habló al oído.

—¿Qué has dicho? No lo he entendido bien. ¿De qué doscientos millones hablas?

Julia abrió los ojos de nuevo.

—Los doscientos millones que han de viajar a Oriente para pagar a las legiones —pronunció Julia con más claridad. Era fundamental que su hermana comprendiera.

Maesa empezó a encajar las piezas en su mente con rapidez.

—Es el dinero del pago de los salarios del ejército desplazado a Oriente —apuntó—. Lo tiene Gannys, el legado de la legión III *Gallica*.

—Y Gannys está enamorado de Sohemias —apostilló la emperatriz—, ¿no es así?

Maesa parpadeó varias veces antes de responder.

—Llámalo... —dijo Julia y volvió a cerrar los ojos—. Es imperativo que ese legado y yo tengamos una conversación. Esos doscientos millones son la clave de todo.

LXII

LA CAMPAÑA DE MACRINO

Nísibis, junio de 217 d. C.

La guerra se había recrudecido de forma brutal. En esta ocasión, los partos no concedieron ni el habitual parón invernal. El año anterior les vino bien porque aún estaban reagrupando tropas, pero ahora solo querían combatir.

Los dos ejércitos se encontraron frente a frente en las proximidades de Nísibis. Los romanos avanzaron con Macrino a la cabeza desde Edesa, mientras que los partos hicieron confluir su enorme ejército, repleto de nuevas levas, desde Arbela, Ctesifonte y Adiabene. Macrino quería cruzar el Tigris, pero Artabano, que intuía, con acierto, que los romanos querían repetir la estrategia que en su momento siguió Trajano, dominando los dos ríos de Mesopotamia para controlar así toda la región, lanzó a sus tropas a toda velocidad para importunar el avance del enemigo. Para el rey de reyes parto era clave interceptar a los romanos antes de que alcanzaran la ribera del Tigris.

Por otro lado, el odio acumulado por todo el territorio parto contra Caracalla era enorme tras su traición al pacto supuestamente aceptado por ambas partes para unir los dos imperios. Contra un enemigo capaz de algo semejante se unieron todos los gobernadores, reyezuelos y nobles de Partia en torno a la figura de Artabano V. Los partos no tenían información segura aún sobre el asesinato de Caracalla en Carrhae. Habían llegado rumores, pero nada definitivo, y Artabano no daba crédito a comentarios que vinieran de campesinos o algunos comerciantes que, aun en medio de la guerra, se habían atrevido a cruzar los territorios en litigio con alguna caravana siguiendo la ruta hacia el Extremo Oriente.

Macrino, por el momento, se guardaba esa información sobre la muerte del hijo de Julia Domna. Con respecto al enemigo, no tenía claro si decir que Caracalla había fallecido era bueno o no para ellos: por un lado, los partos tenían odio acérrimo al último Antonino, pero, por otro, también lo temían casi de forma irracional. No, por el momento, Macrino no dejó que la noticia sobre una posible muerte del emperador romano llegara a oídos partos de forma totalmente confirmada.

Retaguardia del ejército parto

De hecho, Artabano estaba convencido de seguir luchando contra el mismo hombre que lo había humillado junto a los muros de Ctesifonte, asesinando a su hija y a cuantos lo acompañaban a aquella que debía haber sido la gran celebración de la paz más duradera nunca vista entre Roma y Partia.

Pero aquello era el pasado.

El rey de reyes lo observaba todo rodeado por sus consejeros, oficiales y escolta: los romanos habían venido con todo lo que tenían en el oriente de su Imperio: ocho legiones. Allí estaban dispuestas las legiones I y II *Adiutrix*, la II *Parthica*, traída *ex professo* desde Roma para aquella campaña, la III *Augusta*, la III *Italica*, la III *Cyrenaica*, la IV *Scythica* y la XVI *Flavia Firma*. Todas las tropas romanas se habían distribuido adoptando una formación clásica de *triplex acies*, donde las cohortes legionarias ocupaban el centro distribuidas en tres gruesas líneas de combate; en las alas habían posicionado la caballería y a numerosos *lanciarii*, tropas expertas en el uso de las jabalinas. También se veía más infantería ligera entre los grandes pasillos que dejaban las cohortes entre sí. Aquellos guerreros intercalados entre las unidades regulares romanas eran lo único peculiar. Estaba informado de que los romanos habían traído a falangistas macedonios, soldados espartanos, guerreros númidas y africanos y hasta auxiliares germanos y otros reclutados en la región. Pero nada lo suficientemente sorprendente como para proceder a ningún cambio en la táctica que tenía prefijada.

—Proceded —dijo el *Šāhān šāh* sin levantar la voz.

Cada *spahbod*, cada alto oficial parto, sabía lo que se esperaba de él y todos fueron a sus puestos.

Retaguardia del ejército romano

Macrino había visto cómo su idea inicial de cruzar el Tigris había sido truncada por los rápidos movimientos del enemigo. Pero no se arredró.

—Tendremos que derrotarlos aquí y seguir hacia el este, como hizo Trajano. No hay otra forma de acabar con ellos —había dicho cuando Nemesiano y Apolinaris le trajeron las noticias de que Artabano se había plantado con su inmenso ejército frente a Nísibis, cortándoles la ruta hacia el Tigris.

Ahora toda la estrategia global de la guerra, por importante que fuera, resultaba secundaria. Lo urgente era, en aquel instante, ver cómo responder a los movimientos enemigos en el campo de batalla. Los partos estaban iniciando el ataque con las primeras luces del alba.

—Tienen prisa —dijo Nemesiano.

Todos los oficiales de la guardia pretoriana veían desde la retaguardia cómo los *catafractos* iniciaban su mortífero avance contra las primeras posiciones de las legiones romanas.

—Y tienen no solo caballos acorazados, sino también dromedarios —apuntó Apolinaris.

—Más altos —complementó Nemesiano—. Más temibles. Sus golpes caerán sobre nuestros hombres con más fuerza.

Macrino, no obstante, no parecía preocupado.

—Más altos —aceptó el emperador—, pero más blandos.

Apolinaris y Nemesiano se miraron entre sí para ver si el otro comprendía lo que Macrino quería decir, pero solo encontraron en el compañero la misma expresión de confusión.

Opelio Macrino sonrió. Le gustaba sentirse superior. En sus muchos años de frontera había conocido y examinado todo tipo de animales. Las pezuñas de los dromedarios podían ser decisivas en aquella batalla. Sí, había sido violador, traficante de esclavos, traidor, magnicida y corrupto, pero en su historial no figuraba la incapacidad como militar. Se había organizado bien para afrontar aquel ataque del enemigo.

—*Murices ferrei* —dijo.

Los *tubicines* de la legión hicieron sonar sus tubas para hacer llegar las órdenes del *imperator* a la primera línea de combate.

Vanguardia parta

Los *catafractos* cabalgaban al trote preparados para impactar contra las legiones o contra la infantería ligera romana. Lo primero que se encontraran. El suelo empezaba a temblar bajo los cascos y las pezuñas de sus bestias blindadas, caballos y dromedarios adiestrados para la guerra. Por detrás marchaba la caballería ligera parta con los arqueros dispuestos para acribillar a los miserables enemigos que osaran acercárseles para dificultar aquella carga mortal.

Primera línea romana

Los guerreros númidas y africanos se situaron veloces en primera línea, corriendo por los grandes pasillos que dejaban las legiones, y se unieron a la infantería ligera de vanguardia, centenares de *lanciarii* de la legión II *Parthica*, para, al instante, todos juntos, abalanzarse, en un aparente ataque suicida, contra los pesados *catafractos* que se les acercaban. Todos llevaban una jabalina para arrojarla al enemigo montado y una bolsa de cuero de la que colgaban unos hierros.

Los *catafractos* estaban apenas a cien pasos.

—¡Largad, largad, largad! —aullaron los oficiales.

Todos los númidas y africanos y los *lanciarii* arrojaron sus jabalinas con la mayor fuerza que pudieron y, acto seguido, en lugar de lanzar también contra el enemigo los hierros de las bolsas de cuero, los dejaban caer fuera de sus receptáculos para que quedaran distribuidos por toda la llanura.

—¡Retirada, retirada! —gritaban ahora los oficiales romanos.

Todos los númidas, africanos y *lanciarii* se lanzaron a una carrera frenética para intentar escapar de unos jinetes acorazados que se les acercaban con la determinación indomeñable de masacrar a todo el que encontraran por delante.

Caballería blindada y dromedarios acorazados de la vanguardia parta

La andanada de jabalinas y pila de la infantería romana llovió sobre las unidades *catafractas* sin apenas causar bajas. Para empezar, habían arrojado las lanzas demasiado pronto y la mayoría se estrellaban contra el suelo, por delante de los caballos y los dromedarios blindados. Y las que sí alcanzaban a los partos en su pesado pero irrefrenable avance eran, en muchos casos, repelidas por los blindajes de los jinetes y caballos acorazados. Algunas jabalinas penetraron por entre las costuras de los blindajes o, por casualidad, impactaban en el rostro no bien protegido de algún jinete y esto generó algunas bajas, pero nada tan notable como para detener la carga bestial que seguía aproximándose a las primeras cohortes del ejército imperial romano desplazado a Oriente.

Retaguardia del ejército parto

—Todo marcha bien —dijo Artabano satisfecho.

—Todo, sí, rey de reyes —confirmó el veterano consejero Rev por detrás, mientras el resto de los generales partos asentían complacidos. Pero para el viejo Rev todo iba, según su experiencia en anteriores contiendas contra los romanos, demasiado bien.

De pronto...

Vanguardia del ejército parto

—¡Aggh! —aulló uno de los jinetes blindados al sentir cómo su dromedario hincaba de golpe las rodillas en tierra de forma inesperada y, por la inercia del movimiento, se vencía hacia delante y caía despedido por encima de la cabeza del animal, que, al mismo tiempo, resoplaba y bufaba de dolor.

Y se escuchaban más gritos y se veía cómo cada vez más dromedarios y también algunos caballos doblaban las patas y, retorciéndose de dolor, forzaban la caída de los jinetes, algunos de los cuales también se herían en aquel violento tumulto, a veces mortalmente, con las mismas trampas en las que estaban cayendo sus animales.

Retaguardia romana

—Que vuelvan a la carga los *lanciarii* —ordenó Macrino—. Y toda la infantería ligera. Hay que aprovechar ahora para masacrarlos, ahora que aún no saben lo que está pasando.

Retaguardia parta

El *Šāhān šāh* y todo su alto mando podían ver cómo cada vez más y más *catafractos* caían cuando se estaban acercando a la primera línea del enemigo, y todo sin que los romanos lanzaran más jabalinas. Y eso no era todo: los lanceros romanos volvían a emerger por entre las cohortes con el propósito evidente de masacrar a los jinetes acorazados caídos, que, si bien eran muy poderosos a caballo, una vez en tierra resultaban demasiado lentos para combatir contra tropas ligeras.

—Lo han llenado todo de abrojos —concluyó, al fin, Artabano V. Lo había visto en otras ocasiones, pero la portentosa eficacia de estos nuevos hierros puntiagudos con los que los romanos habían sembrado el campo de batalla lo sorprendía.

—Es mejor ordenar un repliegue, rey de reyes —sugirió Rev—. Reorganizamos la línea de los *catafractos* y los volvemos a lanzar.

Artabano asintió. Quizá aquellos malditos hierros astifinos fueran un contratiempo, pero no tenían por qué suponer una permanente barrera infranqueable. Además, el efecto sorpresa habría desaparecido en una segunda carga. Bastaría con que sus *catafractos*, advertidos ahora de la posible presencia de esos hierros, avanzaran intentando evitarlos. En algunos casos no podrían, pero en muchos sí y, al final, una sustantiva parte de su caballería acorazada impactaría contra las legiones de Roma desbaratando el frente del enemigo. A partir de ahí, la victoria sería suya.

—Sí, repliegue, reorganización y nueva carga —confirmó el rey de reyes.

Retaguardia romana

—Se retiran —dijo Nemesiano sin poder ocultar su entusiasmo.

—Pero volverán —opuso Macrino—. Ya sabéis lo que hay que hacer.

Apolinaris cabeceó afirmativamente e hizo una señal para que los *buccinatores* y *tubicines* transmitieran las instrucciones imperiales a las primeras líneas de combate.

Vanguardia romana

Los infantes auxiliares de África y Numidia, los auxiliares y los *lanciarii* retornaban de nuevo a la posición de las cohortes de vanguardia para recibir allí más *murices ferrei* que, aprovechando el repliegue del enemigo, volvían a distribuir por toda la línea del frente de batalla. Al mismo tiempo, los guerreros macedonios y espartanos caminaban por entre los *catafractos* caídos para rematar a los enemigos que aún estuvieran con vida o para abatir a los jinetes sin montura que, andando torpe y lentamente, intentaban unirse al repliegue del resto de las unidades blindadas.

Retaguardia parta

Ver a los auxiliares romanos atravesando con lanzas a los jinetes acorazados que andaban desperdigados por el frente de combate no era un plato de buen gusto ni para el emperador de Partia ni para sus generales ni bueno para la moral de las tropas partas. Había que interrumpir aquel espectáculo de inmediato.

—¡Que se inicie la nueva carga de los *catafractos*! —exclamó el *Šāhān šāh*—. ¡Ya mismo, por Ahura Mazda!

Centro de la batalla

Los gritos de los jinetes de los dromedarios blindados que seguían doblando las patas y dejando caer a sus dueños se oían por todas partes. Luego estaban los aullidos de saña de los auxiliares númidas, africanos, macedonios y espartanos y el de los propios legionarios *lanciarii* que vociferaban con rabia y ansia de victoria cada vez que remataban a uno de los odiados jinetes *catafractos* abatidos.

Los dromedarios no podían avanzar. La maraña de *murices ferrei* que habían esparcido las tropas auxiliares y la infantería ligera romanas era tan densa que a las bestias del desierto les resultaba imposible pasarla sin hundir alguna de sus pezuñas en las puntas agudas de hierro forjado de los abrojos. Los dromedarios, heridos salvajemente en la parte inferior de sus extremidades, se doblaban uno tras otro. Los caballos blindados aguantaban algo mejor los hierros de aquella trampa mortal por la dureza de sus cascos, pero se encontraban demasiado solos ante la caída del grueso de los *catafractos*, que, en esa ocasión, se habían montado sobre los dromedarios que no dejaban de resoplar y bufar mientras caían heridos.

Retaguardia romana

Apolinaris y Nemesiano estaban extasiados de felicidad, aunque, como el resto de los oficiales presentes en aquel cónclave de mando del ejército imperial romano, también se mostraban algo confusos por el éxito de los *murices ferrei*.

—Las pezuñas de los dromedarios —apuntó Opelio Macrino, pero como vio que nadie parecía entenderlo se divirtió explicándolo todo. Él era hombre de frontera y si había hecho algo en su vida era examinar bestias y animales de todo tipo y condición—. Los dromedarios no son como los caballos. Aunque esas bestias tienen mayor envergadura y eso les da a sus jinetes una posición de más ventaja que los que cabalgan sobre caballos, y pese a que esas bestias del desierto resisten mejor que ningún otro animal los rigores del calor de esta parte del mundo, tienen las pezuñas blandas.

Y calló para que sus oficiales digirieran bien aquella revelación.

—Blandas —repitió, al fin, Macrino—. Por eso caen todos los dromedarios al pisar nuestros *murices ferrei*. Y teníamos información de nuestros espías sobre el elevado número de esas bestias en el ejército enemigo desde hacía semanas, ¿verdad? Ahora ya sabéis por qué ordené a todos los herreros forjar tantos abrojos de hierro. —Y echó la cabeza hacia atrás mientras soltaba una sonora carcajada de victoria.

Macrino estuvo riendo un rato, acompañado por sus oficiales, en la seguridad de que nada ni nadie podría estropearle aquella felicidad, cuando llegó un mensajero que tenía toda la apariencia de haber cabalgado sin descanso durante una jornada entera. Un correo imperial venido de occidente, de Edesa. Y quizá para traer un mensaje que, a su vez, viniera de más lejos, de Antioquía.

Macrino vio cómo Nemesiano se acercaba al mensajero y hablaba con él para averiguar sobre qué asunto quería informar al emperador. El rostro de Nemesiano se tornó muy serio. Macrino supo anticipar de qué se trataba, por eso las palabras de Nemesiano, cuando se acercó a él, no lo sorprendieron.

—Es sobre los doscientos millones de sestercios para el pago de los salarios de las legiones —anunció Nemesiano con la faz seria.

LXIII

—

UN NUEVO LEGADO

Antioquía, junio de 217 d. C.
Palacio imperial

Gannys estaba en pie, muy quieto, mirando al suelo, las manos en la espalda. Una de sus sandalias se levantaba y golpeaba rítmicamente el suelo. Respiraba con rapidez. Inhalaba poco aire y, antes de que este llegara muy hondo, ya lo estaba expulsando. Frente a él estaba la puerta que daba acceso a la cámara privada de la emperatriz madre. Aún la llamaban todos así en aquel palacio, en toda Antioquía, aunque el emperador actual, Macrino, en absoluto fuera su hijo. De hecho, la posición de Julia Domna era difícil de definir. ¿Tenía realmente algún poder sobre Macrino, sobre el ejército, sobre algo? El Senado no se había decantado aún sobre nada, más allá de un tácito reconocimiento del hecho de que Opelio Macrino había sido aceptado como *imperator* de las legiones de Oriente que libraban en aquellos mismos momentos contra los partos otra brutal guerra. Una más. Y pensar que la augusta Julia, de haberse seguido su plan de casar a Caracalla con la hija de Artabano, habría podido poner fin a aquel eterno conflicto que sangraba las energías del Imperio romano desde hacía siglos... Gannys subrayó aquel último pensamiento con una inspiración más profunda que las anteriores.

De pronto, se abrió la puerta.

Los pretorianos que custodiaban la entrada a la habitación de la emperatriz madre se apartaron, invitando al legado de la legión III *Gallica* a pasar.

Gannys cruzó el umbral.

Sabía que la emperatriz lo había convocado porque confiaba en él por dos motivos muy concretos: porque había sido nombrado por Caracalla poco antes de su muerte y porque era amante de Sohemias, la sobrina de la augusta.

Las puertas se cerraron a su espalda.

Gannys se quedó inmóvil, firme, esperando.

Julia Domna estaba recostada en un *triclinium*. El rostro apesadumbrado de la augusta atestiguaba mucho dolor interno. La enfermedad y la pena consumían a la emperatriz. Ya se lo había advertido a Gannys la propia Sohemias.

—Está agotada —le había dicho su amante, en cuanto él había recibido la misiva de la augusta solicitando reunirse con él urgentemente—. Pero no te dejes engañar por su aspecto triste o débil. Su espíritu sigue fuerte como una roca. Si te ha llamado es que ha pensado algo para enfrentarse a Macrino. Y si quiere hablar contigo a solas es que quiere contar contigo en su estrategia.

Gannys se limitó entonces a besar a su amante, no solo la sobrina de la augusta Julia Domna, sino también, a su vez, madre de Sexto Vario, nieto de la propia emperatriz madre, según Sohemias le había revelado. Aquella información inesperada le había hecho ver que la augusta planeaba algo grande, pero temía no estar preparado. Estaba a punto de dejar a su amada cuando se atrevió a formular en voz alta lo que más le preocupaba de la llamada de la augusta.

—Temo que pregunte por los doscientos millones de sestercios —dijo al fin.

—¿Los que custodias para enviar a Oriente como pago para las legiones? —preguntó Sohemias entonces.

—Sí —confirmó él.

—Bueno, si te los pide..., tendrás que elegir. O con nosotras o con Macrino.

Él volvió a besarla. Esta vez con más pasión. Ella tomó aquello como la forma en que él respondía que ya había elegido bando. Sohemias se quedó tranquila. Todo marcharía bien en la reunión entre su amante y su tía. Y si ellos unían fuerzas, todo era posible. Quizá el joven Sexto... Pero aquí Sohemias detuvo sus pensamientos, sus sueños, sus anhelos. Todo era una locura. Estaban más próximas al desastre total que a una nueva victoria que prolongara el control de la dinastía iniciada y promovida por su tía.

Todo eso había ocurrido apenas hacía unas horas.

Gannys aún tenía muy viva aquella conversación con Sohemias ahora que estaba dentro de la cámara privada de la emperatriz madre. Y lo que más temía seguía siendo que la augusta preguntara por los doscientos millones de sestercios, porque... ¿cómo se lo podría decir a la emperatriz madre? El dinero ya no estaba bajo su control. Y, al no tener ya ese dinero en su poder, Gannys estaba convencido de que aquel encuentro estaba abocado al desastre total. No se había atrevido a confesar aquello a Sohemias, pero a la emperatriz madre no podría ocultarle aquella información, en particular, cuando preguntara de forma directa sobre el asunto.

—¿Ni siquiera saluda ya un legado a una augusta de Roma? —la voz era la de Maesa, la hermana de la emperatriz, que estaba de pie, justo detrás de la augusta. Todos sabían que Maesa había estado cuidando de la emperatriz durante los últimos meses de su terrible enfermedad y que procuraba no dejarla sola ya con nadie.

El reproche de la hermana de Julia Domna interrumpió los pensamientos del *legatus*, que, de inmediato, como movido por un resorte, alzó la cara y dejó de mirar al suelo.

—Me ha parecido que la emperatriz estaba cansada y no he querido importunarla con mis palabras hasta que la augusta misma, o su hermana, se dirigieran a mí —se justificó Gannys—. Pero aquí está el legado de la legión III *Gallica* al servicio de la augusta de Roma.

Maesa mantuvo una faz seria, pero Julia sonrió un instante, hasta que, de pronto, una punzada de dolor le amargó el gesto.

—¿Realmente estás a mi servicio? —indagó, al fin, Julia, en cuanto se sobrepuso.

—Sí, augusta —respondió Gannys sin el menor resquicio de duda.

—Con Sohemias, mi sobrina, sé que estás. Todo el palacio sabe que te acuestas con ella. Pero no estoy tan segura de que estés conmigo, de mi parte —y se giró un instante hacia su hermana—, de nuestra parte —matizó y, como viera que su interlocutor iba a protestar u oponer algo, levantó la mano para que este callara, como, en efecto, hizo, para seguir escuchándola—. No me importa la vida íntima de mi sobrina más que en lo que esta pueda afectar al control del Imperio. Y, de hecho, no creo que mi sobrina, una vez que ha enviudado, haya elegido mal al seleccionarte como amante, pero la cuestión no es cuántas veces yacéis juntos a la semana o al día. Lo que me importa es: ¿qué es lo que quieres, Gannys? Y no me mires ahora con ojos de fingida ingenuidad. Haz el favor de no insultar mi inteligencia... Sohemias es una mujer atractiva y tiene, además, otros méritos por educación y sangre, pero podrías estar con muchas otras mujeres. No, Gannys, cuando un legado de una legión de Roma se acuesta con la sobrina de la emperatriz madre, incluso aceptando que estés enamorado de Sohemias, es que quiere algo. Así que dime, alto y claro, ¿qué es lo que quieres, *legatus*? ¿Quieres las sobras del banquete del poder o quieres más? ¿Quieres ser un invitado de última fila en la mesa del emperador de Roma o quieres algo más?

Gannys dejó de poner cara de sorpresa y, tal y como la emperatriz madre deseaba, fue directo al grano.

—Quiero algo más.

—¿Mucho más?

—Mucho más —confirmó él.

—¿Cuánto más, Gannys? Venga, habla, dilo en voz alta —lo invitó Julia—. ¿Qué es lo que quieres? Apunta alto, pero no arriba del todo. Piensa bien tu respuesta.

Gannys miró un instante al suelo, luego levantó la cabeza, fijó sus ojos en la emperatriz madre y, de pronto, llevado por el calor de la conversación, olvidando que ya no tenía control sobre los doscientos millones de sestercios, se atrevió a decir lo que anhelaba sin darse cuenta de que ya no disponía de nada con lo que negociar.

—Jefe del pretorio.

—¿Eso es lo que quieres?

—Eso es lo que quiero —confirmó él.

Fue Julia la que se tomó ahora un momento para mirar al suelo mientras se tapaba con una sábana parte del cuerpo. Sentía frío. La fiebre retornaba. Y el dolor. Necesitaba más opio, pero aquella conversación aún no había terminado. Quedaban unos cabos sueltos por atar y debía atarlos bien.

—De acuerdo. Has apuntado a lo más alto que podía ofrecerte, en el límite de lo que podías pedir —dijo Julia Domna—. Sea: jefe del pretorio.

En boca de otra persona, aquellas palabras habrían sonado vacías, una pretensión hueca. ¿Cómo iba la madre de un emperador muerto sin descendencia, con otro emperador ya proclamado que sí tenía hijos, a prometer la concesión de un cargo tan relevante como aquel cuando, además, Macrino ya había nombrado sus propios jefes del pretorio? Y, sin embargo, en la voz de Julia Domna aquella promesa no sonaba a compromiso fatuo, a bravata de mal jugador de dados, sino a cosa hecha, a nombramiento incuestionable.

—Claro que... —reinició la emperatriz—, como comprenderás, un cargo tan alto debe obtenerse por algo a cambio, por algo... sustantivo.

Fue en ese momento cuando Gannys se dio cuenta de que había desvelado toda su ambición olvidando que ya no tenía control sobre el dinero del pago para las legiones. No tenía nada que ofrecer y la emperatriz estaba a punto de pedírselo. Ya en medio del desastre, Gannys comprendió que lo único mínimamente honorable era anticiparse a la pregunta de la emperatriz y confesar la magnitud de su torpeza. Con seguridad ya no sería nunca considerado para jefe del pretorio, pero quizá, mostrándose sincero, quizá aún pudiera salvar su relación con Sohemias sin que la emperatriz madre lo rechazara como compañero o, quizá, futuro marido de su sobrina.

—Pero, aunque nada me gustaría ahora más, hace días que ya no tengo los doscientos millones de sestercios que se me entregaron para custodiarlos hasta ser reclamados por el... —iba a decir emperador, pero Gannys supo corregirse a tiempo—, por Opelio Macrino. Y esta petición llegó hace un par de semanas y no tenía excusa alguna, ni mandamiento del Senado en contra ni sabía que la augusta madre tuviera ningún plan, así que dejé que los doscientos millones de sestercios siguieran su curso en dirección al frente de guerra para satisfacer el pago de las legiones en campaña. Ahora veo que, con seguridad, he cometido un error imperdonable a ojos de la augusta madre.

—¿Por qué? —Julia sorprendió a Gannys, y también a Maesa, con aquella pregunta inesperada y, ante el silencio del legado y los ojos muy abiertos de su hermana, la emperatriz inquirió de nuevo—: ¿Por qué crees que ha sido un error que dejaras que esos doscientos millones de sestercios siguieran su curso natural, es decir, llegar a Oriente para, como muy bien has dicho, poder pagar así los salarios de los miles de legionarios en campaña? Dinero, por otro lado, comprometido por mi hijo Antonino Caracalla a cada uno de esos legionarios. ¿Crees acaso que yo te iba a solicitar que no mandaras ese dinero hacia Oriente? ¿Crees acaso que te iba a pedir que retuvieras esos millones de sestercios aquí, en Antioquía, para hacer impopular a Macrino ante las legiones?

—Eso he pensado, sí, augusta —admitió Gannys con un claro tono de confusión en su voz.

—Los hombres sois claramente simples —dijo la emperatriz y lanzó una carcajada. Era la primera vez que se reía en muchos días. Todo el cuerpo le dolió por dentro, pero por fuera... por fuera se sintió magnífica. No se percató Julia de que su hermana, por detrás, también tenía la misma cara de confusión que el *legatus* de la legión III *Gallica*.

—No, ¿cómo voy a pedirte semejante absurdo? —continuó la emperatriz madre en una explicación relevante tanto para el hombre que tenía ante ella como para la mujer que estaba a su espalda—. ¿Cuánto tiempo crees que tardaría Macrino en acusarme a mí directamente ante todas las legiones de Oriente de ser la culpable de retrasar el pago de los salarios? ¿Quién sería entonces la impopular? No, si algo aprendí con mi esposo, el augusto y divino Septimio Severo, es que los salarios de las legiones son sagrados y deben satisfacerse de forma íntegra y regular, y más aún cuando, como te he dicho, esos salarios estaban comprometidos personalmente por un miembro de mi dinastía, por mi propio hijo Antonino... Caracalla, como lo llamaban los legionarios. Has hecho bien en dejar que los doscientos millones sigan su camino hacia Nísibis. No es eso lo que quiero de ti. Dinero tengo, y mucho. No necesito esos malditos doscientos millones. Lo que preciso de ti es otra cosa, Gannys. Por eso te he llamado.

Gannys estaba inesperadamente contento de ver que el hecho de que hubiera permitido que los doscientos millones de sestercios siguieran su curso hacia Oriente no alteraba en nada el interés de la emperatriz madre por él. Por otro lado, en su frente arrugada comenzaba a forjarse con rapidez la idea de que quizá no todo fuera tan bueno.

—¿Qué es lo que la augusta desea de mí? —inquirió el *legatus* con tiento medido.

—Una rebelión —respondió Julia Domna con aire distraído, con los ojos puestos en sus manos, que intentaban alisar la sábana que la cubría, como si lo que acababa de pedir fuera algo... trivial.

Gannys entreabrió la boca. La punta de la lengua la tenía en la parte inferior de los incisivos. Una rebelión era una locura. Pero no quería plantear una negativa frontal.

Se puso de perfil a la emperatriz, como si al estar de lado pudiera disminuir la magnitud de lo que se le estaba pidiendo. O como si, inconscientemente, quisiera reducir el impacto de sus dudas.

—Solo tengo una legión —dijo, en voz baja, con cuidado.

—Una legión me basta para prender la llama —replicó la emperatriz, siempre con los ojos fijos en la sábana que la tapaba—. Luego, ya vendrá el incendio.

—La legión III *Gallica* —continuó Gannys— no puede derrotar a las legiones que están bajo el mando de Opelio Macrino, augusta. De hecho, es posible que los legionarios no quieran seguir mis órdenes si estas los dirigen hacia una misión suicida.

—La legión III *Gallica* lleva años en Raphanea, muy cerca de Emesa, de mi ciudad —apuntó Julia, esta vez ya mirando a los ojos del legado—. Tiene muchos vínculos de lealtad con esta ciudad, con mi familia, conmigo. Solo necesito que el *legatus* al mando esté dispuesto a dirigirlos en la dirección... correcta.

Gannys tragó saliva. Sentía como la emperatriz madre lo iba acorralando.

—Aun así, necesitarán algo en lo que creer para levantarse en armas contra el... —nuevamente dudó, se corrigió otra vez—, contra quien ha sido aceptado como líder del ejército de Oriente.

—Yo daré a tus hombres algo en lo que creer —apostilló la emperatriz con aplomo sereno—. Alguien a quien seguir.

Gannys suspiró con lentitud. Exhaló más aire del que nunca hubiera imaginado que sus pulmones pudieran contener.

—Conmigo, *legatus* —insistió la emperatriz madre—, con nosotras, con Sohemias, con su madre aquí presente y conmigo o, simplemente, contra nosotras. No hay margen. No admito neutralidades. Las circunstancias no me lo permiten. Es tu decisión.

Gannys inspiró.

Asintió.

Una vez.

Dos.

Tres veces.

—La legión III *Gallica* se rebelará, augusta —sentenció.

—Pues la conversación ha concluido —replicó Julia Domna con sorprendente rapidez. El dolor retornaba a su cuerpo y no quería mostrar su debilidad ante aquel hombre que, aunque hubiera aceptado colaborar en su inmenso plan, en el fondo tenía dudas.

Gannys saludó militarmente, dio media vuelta y salió de la cámara privada de la emperatriz. Una vez en el exterior, escoltado por los pretorianos fieles a la augusta madre, avanzando por los pasillos del palacio imperial de Antioquía, el legado comprendió que había iniciado un camino sin retorno. Si hacia la jefatura del pretorio o hacia la muerte, no estaba nada claro. Más bien parecía lo segundo.

Cámara privada de la emperatriz madre

—Toma —le dijo Maesa a su hermana ofreciéndole un cuenco con vino y opio en cuanto el legado abandonó la estancia.

Julia bebió un trago largo.

—Suficiente —dijo—. Aún necesito pensar.

Maesa dejó el cuenco en una mesa y, al volverse hacia su hermana, puso palabras a sus preocupaciones.

—Es cierto que tenemos mucho dinero, pero no veo qué ganamos con que esa rata de Macrino tenga también ahora una gran fortuna a su disposición. Con doscientos millones se pueden hacer muchas cosas.

—Es posible —aceptó Julia—, pero Macrino nunca ha manejado tanto dinero en toda su vida. Quien no ha tenido mucho dinero, cuando lo tiene de golpe, con frecuencia, no sabe administrarlo bien. Es casi mejor para nosotras, créeme, que esos doscientos millones lleguen pronto a sus manos, que que no lleguen nunca. Macrino puede usarlos correctamente y pagar el salario a las legiones. Eso no nos ayudaría, pero tampoco nos perjudicaría en exceso. Era un dinero comprometido, a fin de cuentas, por mi hijo. Pero existe, querida hermana, la posibilidad de que Macrino sea tan estúpido que haga cualquier otra cosa con ese dinero. Eso sí nos ayudaría mucho.

—¿Qué otra cosa? —indagó Maesa.

—Eso nos da igual —sentenció Julia—. Cualquier otra cosa que haga con ese dinero será un desastre para él. Y, la verdad, tengo esperanza en que sea tan insensato como torpe y termine haciendo eso, cualquier otra cosa. Puede ser hasta divertido. La estupidez en un enemigo siempre me ha entretenido. Solo siento que, quizá, no esté aquí para ver el desenlace. En todo caso, rogaré a El-Gabal y a los dioses romanos que quieran ayudarnos para que confundan la poca inteligencia de ese miserable. Después de tanto sufrimiento me he ganado que algún dios o una diosa me ayude —y cerró los puños mientras insistía entre dientes y dejaba resbalar alguna lágrima, de rabia, de pena, de dolor, por sus mejillas—: me lo he ganado. En medio de tanto dolor, me merezco esa ayuda.

Y se durmió.

Maesa dejó a su hermana descansar y salió de la habitación.

Julia soñó con intensidad, acrecentada por el opio, con la diosa romana Minerva... ¿Porque era mujer...? ¿Porque era la diosa de la estrategia...? Nunca podría pensar sobre el motivo, pues cuando despertó ya no recordaba el sueño.

LXIV

SEGUNDO DÍA DE COMBATE

Nísibis, junio de 217 d. C.
Hora cuarta

Retaguardia del ejército romano

Opelio Macrino miraba hacia el frente de batalla con preocupación. Su idea de los *murices ferrei* se había probado muy útil para detener los ataques constantes, en oleadas, de los *catafractos* partos a caballo y, sobre todo, de los dromedarios blindados, pero no parecía ser suficiente para decantar la batalla a su favor. Así habían llegado al final del día anterior, teniendo que retirarse ambos ejércitos por la noche sin que ninguno hubiera conseguido la victoria. Con el nuevo día, habían retomado ambas partes la lucha, pero todo seguía igual.

Los partos se replegaban cuando veían que el avance de sus unidades blindadas resultaba imposible, pero sus arqueros, a su vez, impedían que luego las cohortes romanas pudieran aproximarse lo suficiente a las líneas partas como para desbaratarlas. Era un toma y daca de infantería ligera, caballería acorazada, *lanciarii*, mercenarios y auxiliares romanos frente a guerreros enemigos concentrados en Nísibis procedentes de todos los rincones del Imperio parto. Pero nadie conseguía una posición de ventaja.

Macrino miró a lo alto.

El sol abrasaba.

—Agua —dijo.

Se la trajeron.

Nemesiano y Apolinaris, sus jefes del pretorio, miraban hacia la batalla con igual preocupación.

Nadie decía nada.

No estaba claro cuánto tiempo más se podría resistir aquel pulso. Todos estaban acostumbrados a batallas de un día. Aquella segunda jornada de confrontación descarnada, sin descanso, sin victoria, era inesperada. Pocas habían sido las batallas en las que se hubiera combatido más de una jornada. La última de tal magnitud temporal en la que habían participado era la de Lugdunum y aquella decidió la llegada de una nueva dinastía, la de Severo y sus hijos, la de la emperatriz madre Julia. Ahora volvían a asistir a una batalla de dos días. ¿Significaba acaso que estaban, en efecto, ante un nuevo cambio? ¿En qué sentido? ¿Iba Macrino, realmente, a crear otra estirpe de emperadores?

Opelio Macrino, sin mirarlos, intuía las dudas de sus jefes del pretorio, que no eran sino las dudas de todos sus oficiales. Necesitaba alguna idea, algún cambio, una noticia que redirigiera el curso de los acontecimientos.

—Llega un nuevo mensajero —dijo Apolinaris.

Macrino se giró y vio cómo un jinete se acercaba al galope desde occidente. Esta vez el mensajero no dejó de galopar hasta llegar a pocos metros del emperador, donde los pretorianos del augusto se interpusieron en su ruta. El día anterior había llegado otro mensajero anunciando que el dinero para el pago de los salarios estaba en ruta, pero en ruta no era suficiente. Macrino necesitaba aquellos doscientos millones de sestercios ya. Precisaba de un revulsivo para el combate, de algo tangible que presentar a sus hombres, a sus legionarios.

El mensajero no ofreció resistencia alguna a los pretorianos, sino que se limitó a detener su avance y entregar una misiva lacrada a Nemesiano, que ya se le había aproximado. El jefe del pretorio entregó la carta al emperador.

Macrino quebró el sello de cera y abrió la misiva.

Leyó en silencio.

Leyó rápido.

Una sonrisa se dibujó en su rostro.

—Están aquí —dijo a sus jefes del pretorio.

—¿El qué, augusto? —preguntó Nemesiano.

—Los doscientos millones —aclaró el emperador—. Ya están aquí —repitió triunfante.

—Ahora podremos pagar a los legionarios —apuntó Apolinaris—. Eso hará que combatan con energías renovadas. Esto puede hacer cambiar el curso de esta contienda.

Macrino asintió, pero, de pronto, su faz se tornó seria.

—No les pagaremos aún —dijo—. No se lo han ganado.

Nemesiano y Apolinaris borraron la felicidad que se había reflejado en sus rostros con la noticia de la llegada de los doscientos millones. No compartían aquella visión del emperador. Los legionarios llevaban meses de dura campaña contra los partos y sí se habían ganado su salario. Puede que una recompensa adicional no, pero su salario, sin duda, lo habían sudado en las arenas de aquella esquina del Imperio.

Macrino percibió la contrariedad en la faz de sus hombres y no podía permitirse que se quebrara la lealtad de sus oficiales más importantes. Rápidamente, buscó una fórmula de consenso entre satisfacer a sus jefes del pretorio, por un lado, y poner en marcha el plan que estaba maquinando, por otro.

—Hoy, al final de la jornada, anunciaremos a los soldados que el dinero de sus salarios está aquí, pero que se abonará al concluir la batalla. Eso les hará luchar con más energía en el tercer día, pues veo que esto va a durar, al menos, otra jornada. Eso nos garantizará que, al amanecer, se lanzarán contra los partos con la rabia necesaria para, por fin, destrozar sus líneas, pues será como si tras ellas, tras los *catafractos* y los arqueros partos, estuviera el oro de sus pagas.

Macrino sonó categórico, sin margen al debate. Por eso ni Nemesiano ni Apolinaris osaron rebatir sus argumentos, pero en silencio tenían sus dudas: el salario debería pagarse de inmediato; los soldados lo daban por merecido, por debido. Retrasar su distribución, aunque solo fuera una noche, no los motivaría más. Pero ninguno de los dos jefes del pretorio se vio con la valentía de manifestar aquello ante su emperador.

El silencio permaneció en aquel cónclave militar.

Macrino, con una sonrisa en el rostro, convencido de que lo tenía todo controlado, volvió los ojos hacia la batalla. Las legiones volvían a la carga. Los *catafractos* acorazados también. Los cadáveres de unos y otros, de hombres y bestias, se acumulaban por toda la llanura.

El sol seguía quemando.

—Agua —pidió de nuevo el emperador.

Antioquía, palacio imperial, junio de 217 d. C.
Hora quinta

El dolor era supremo, constante, insoportable.

El dolor era inabarcable, incontenible, completo.

Julia Domna no podía resistirlo más.

Julia Domna no quería soportarlo más.

Por eso llamó a Lucia.

La esclava entró y, cuando vio el rostro desencajado de su ama, comprendió que lo que iba mal desde hacía mucho tiempo iba ahora infinitamente peor.

—Dile a Galeno... —empezó la emperatriz, pero le costaba pronunciar cada palabra. Comprendió que lo primero era intentar reducir el dolor... o no podría ni comunicarse con sus sirvientes—. Acércame el cuenco.

Lucia, de inmediato, le llevó al lecho, donde estaba recostada la augusta, el cuenco con la mezcla de vino y opio que, ya de forma habitual, ingería la emperatriz.

Julia bebió varios tragos.

—Aahh —dijo y se recostó, casi dejó caer su espalda doblada sobre las almohadas.

Lucia puso el cuenco de nuevo en la pequeña mesa que había junto al aparador donde estaba la gran peluca imperial y todos los aderezos para el peinado y el maquillaje de la mujer más poderosa de Roma, del Imperio.

—Dile a Galeno... —reinició la emperatriz, pero le costó decir en alto las palabras que debían concluir aquella frase. Y no solo la retuvo el dolor. Era algo más, era lo conclusivo, lo definitivo, el miedo final. Pero se decidió, como se había decidido siempre en toda su vida a hacer lo que tenía que hacer—. Dile a Galeno que... lo prepare todo.

La esclava parpadeó varias veces. Las instrucciones no parecían muy precisas.

—¿Que prepare qué, exactamente, augusta? —Lucia no quería resultar impertinente, pero últimamente la emperatriz, por el dolor, no terminaba de concretar algunas órdenes y era frecuente tener que pedir alguna aclaración y la emperatriz no se molestaba por ello. Por eso se atrevió Lucia a formular aquella interrogante.

—El médico me entenderá —se limitó a decir la emperatriz—. Lo tenemos hablado. Que lo prepare para mañana por la tarde. Luego, yo, al atardecer..., con el sol cerca de la tierra..., bajo la luz del final del día de El-Gabal y la mirada de los dioses romanos..., lo haré.

Lucia asintió lentamente y empezó a comprender y, casi para su sorpresa, sintió pena. La augusta había sido un ama exigente, áspera con frecuencia, pero justa y, si se la satisfacía, clemente. Y, por encima de todo, intercedió para facilitar, con su compra, que ella pudiera pasar la vida, al menos hasta ese momento, junto a Calidio.

—Ahora mismo hablo con el médico, augusta —dijo Lucia, al fin, e inició el camino dc salida de la estancia, pero la emperatriz la detuvo con una pregunta del todo insospechada para ella y más en aquellas circunstancias.

—¿Por qué eres cristiana, Lucia?

La esclava se quedó muy quieta. El cristianismo había sido perseguido en numerosas ocasiones por múltiples emperadores. Severo, el esposo del ama, y Caracalla, el hijo, también habían fomentado esas persecuciones. Los cristianos seguían siendo vistos como un peligro para el Estado romano, para el Imperio. Lucia estaba aterrada. Ella siempre había sido muy discreta en sus acciones y en todo lo relacionado con su religión secreta, pero recordó su error de hacía unas semanas, cuando llevó el colgante con el pez y la emperatriz vio el dibujo. Como la augusta no había vuelto a hacer mención de aquello, Lucia pensó que era casi como si no hubiera pasado. Pero la emperatriz nunca olvidaba nada. Durante semanas, tras aquel incidente del colgante, Lucia pensó en cómo defenderse si era interrogada sobre el asunto, pero al pasar el tiempo sin que se le preguntara de nuevo por su religión, había olvidado las ideas que se le ocurrieron, no muy buenas, por cierto, para explicarse o justificarse.

Podría mentir, pero la augusta detectaba la mentira con rapidez.

Lucia se volvió hacia la emperatriz de Roma.

—Yo siempre he sido leal al ama y al Imperio —dijo como respuesta a la pregunta que se le acababa de hacer, en un intento desesperado por salvar la vida. Quizá la augusta, al borde de la muerte, se estaba tornando más cruel y buscaba venganza, terminar con todo enemigo, grande o mínimo, que pudiera haber detectado en su entorno. Quizá, cerca del momento final, lo que la augusta perdonaba antes ya no lo aceptaba ahora. Lucia empezaba a llorar en silencio mientras esperaba la sentencia inapelable de su ama. Hacía un instante, para ella, para su mísera vida de esclava, todo estaba bien y ahora, de pronto, todo se desmoronaba. Quizá eso era lo que buscaba ahora la emperatriz. Si ella moría, pensaba llevarse por delante a muchos, sin olvidarse ni de los esclavos que, a sus ojos, hubieran cometido algún crimen, alguna falta.

—Leal..., pero cristiana, ¿no es así? —insistió Julia.

Lucia asintió mientras lloraba de forma ya muy evidente en un largo y lento sollozo ahogado. Le costaba hasta respirar.

—No llores —dijo la emperatriz—. Sabes que sé que eres cristiana desde lo del colgante. Pero nunca me has dado motivo alguno para acusarte ni para prescindir de tus servicios, que, por cierto, como también sabes, siempre han sido muy eficaces. Sé que me estás agradecida porque permití tu matrimonio con Calidio y no hay nada más seguro que tener alrededor de una a una esclava agradecida. El agradecimiento es uno de los mayores promotores de lealtad que existen en el mundo —continuó Julia explayándose con parsimonia. El efecto del opio ingerido en gran cantidad se hacía notar y le calmaba el dolor de forma notable. Eso le permitía adentrarse en otros asuntos, en otras cuestiones, siempre apartadas, como relegadas, como olvidadas, pero tan esenciales como el Imperio mismo. A lo mejor era el propio opio el que la hacía reflexionar sobre esas cuestiones. O la proximidad de la muerte. O todo a la vez.

—En tu religión, Lucia..., ¿cómo es la venganza? —inquirió la emperatriz.

—¿La venganza? —repitió de forma interrogativa aquella pregunta aún más inesperada que la primera que le había formulado la emperatriz. La esclava se quitaba las lágrimas del rostro restregándose las mangas de la túnica por las mejillas.

—Sí, la venganza —confirmó con seriedad la emperatriz—. La venganza es un asunto que me interesa mucho estos últimos días.

Lucia tragó saliva.

—No sé bien qué responder.

—La verdad —replicó la emperatriz.

Lucia cabeceó afirmativamente.

—Yo, augusta, no sé mucho de nada. En mi religión, se sugiere perdonar. No hay que ser vengativos.

—Ah —dijo la emperatriz como si, de pronto, se vieran confirmadas sus ideas—. Lo imaginaba. Es una religión de esclavos, de débiles. El perdón es para los que no pueden vengarse. Eso lo explica todo. Tu religión, como imaginaba, no resuelve mis problemas ni me ayudaría en mis objetivos.

Hubo un silencio largo.

—Entonces..., la emperatriz... ¿no me va a denunciar?

—¿Denunciarte? No, para nada. ¿Por qué iba yo a hacer eso ahora, después de tantos años de probada lealtad? No, en absoluto, pero... cuando yo no esté, tendrás que ser aún más precavida. Hay muchos otros que no son tan magnánimos como yo y ser cristiana, como bien sabes, es un crimen. Sé más discreta, Lucia. Ya he observado que nunca más te pusiste aquel colgante con el dibujo del pez, símbolo cristiano, ni ningún otro aderezo que te delate. Sigue así.

—Seré más discreta, augusta.

—Harás bien. Ahora... —El efecto del opio parecía ir desvaneciéndose. Cada vez duraba menos el alivio—. Ve entonces a por el médico y dile lo que te he comentado y llama también a Calidio, a tu esposo.

—Sí, mi ama. —E iba a salir corriendo, feliz de seguir viva, sin ser acusada, y con ansia de alejarse de más preguntas peligrosas o que la confundieran, cuando la emperatriz la interpeló justo en el instante en que llegaba a la puerta:

—¿Por qué... un pez... como símbolo cristiano? —Y para que Lucia no volviera a tener miedo añadió un comentario—: Es simple curiosidad.

Lucia asintió. Se acercó de nuevo al lecho y respondió a la augusta de Roma:

—Cada una de las letras de la palabra pez escrita en griego, Ἰχθύς, son las iniciales de las palabras griegas que forman la frase Ἰησοῦς Χριστός, Θεοῦ Υἱός, Σωτήρ.[44]

No fue necesario que Lucia tradujera aquella frase del griego al latín.

—Ingenioso... —admitió la emperatriz—. Ahora ve... a por el médico... y a por Calidio.

—Sí, augusta.

Lucia, por fin, salió de la cámara de la emperatriz.

Su marido estaba en uno de los atrios que ella tenía que cruzar para llegar a las dependencias donde residía Galeno.

—El ama quiere verte —le dijo Lucia y le dio un beso en la mejilla.

El gesto sorprendió a Calidio. No eran habituales esas muestras de efusividad por parte de su esposa en medio de un atrio del palacio imperial. El cariño lo dejaban siempre para sus *cubicula* de esclavos. No parecía oportuno dar muestras de ningún afecto entre ellos ante los ojos de los amos o de los numerosos pretorianos que patrullaban constantemente por los pasillos del palacio imperial de Antioquía.

Calidio detectó humedad en la mejilla de su esposa al rozar la suya y se dio cuenta de que Lucia había llorado, pero antes de que él pudiera preguntarle nada, ella ya se alejaba veloz. Era evidente que había recibido alguna instrucción más de la augusta e iba a cumplirla con celeridad.

—Bueno —dijo casi para sí mismo, algo confundido. En cualquier caso, a él se le acababa de comunicar también una orden de la propia emperatriz a través de Lucia y no parecía buena idea hacer esperar a su ama. Echó a andar con rapidez.

Calidio se presentó en poco tiempo ante la *mater patriae*.

—La augusta me ha llamado —dijo Calidio una vez que los pretorianos le permitieron entrar en la cámara de Julia Domna.

—Así es —respondió la emperatriz con un hilo de voz más

44. *Iēsous Christos, Theou Hyios, Sōtēr*, es decir, «Jesucristo, Hijo de Dios, Salvador».

tenue de lo habitual. Era obvio que la enfermedad avanzaba cada vez con más velocidad.

Como la emperatriz guardaba silencio, Calidio se decidió a hablar, como modo de facilitar la comunicación de su ama.

—¿En qué puedo servir a la augusta? ¿Puedo traerle algo? ¿O, quizá, llevar algún mensaje?

La emperatriz asintió.

—Un poco... de todo... —empezó con debilidad, pero se rehízo e inició un comentario más extenso—. Has de preparar los documentos de tu manumisión y la de tu esposa Lucia y vuestros hijos. Me has servido bien todos estos años. Vienen tiempos de dudosa seguridad y yo ya no voy a... no voy a estar aquí. Es justo darte la libertad, a ti y a tu familia. Te la has ganado sirviendo, primero, a mi esposo y, estos últimos años, a mí.

Calidio abrió la boca y no supo qué decir. La manumisión era un sueño largamente anhelado, pero con la enfermedad de la emperatriz pensó que quedaría en nada, que el ama se olvidaría de ellos, de él, de Lucia, de los niños.

—No sé qué decir, augusta.

—No has de decir nada, sino, como siempre, obedecer —dijo ella con algo de brusquedad, pero como el contenido de lo que se hablaba era tan positivo para Calidio, él ni se dio cuenta de ello—. Habla con los escribas de palacio. Ellos sabrán redactar los documentos necesarios. Tráelos mañana por la mañana. He de firmarlos antes de que termine ese día —y, en voz más baja, pero que Calidio pudo percibir, añadió una frase lapidaria, final—: mi último día.

Calidio se limitó entonces a asentir, dar media vuelta y dirigirse hacia la puerta de la estancia. De pronto, el esclavo comprendió que ya nunca volvería a ver al ama. Se detuvo, se giró un instante e iba a dirigirse a la emperatriz de Roma, pero, con inteligencia, supo entender que si había algo que su ama nunca apreciaría sería la lástima que un esclavo pudiera sentir por ella. Así que Calidio calló, abrió la puerta, pasó por entre los pretorianos y fue raudo a la sala de los escribas de palacio para solicitar los documentos de manumisión, tal y como se le había ordenado. Una instrucción que, quizá, fuera la última de su vida. Ya nadie iba a mandar sobre él. Parpadeaba, perplejo, mientras caminaba por los pasillos del palacio imperial de Antioquía. El mundo de la emperatriz se desmoronaba; el suyo, sin embargo, renacía. Los dioses eran extraños. ¿Sería cierto lo que le decía Lucia por las noches: que el dios cristiano desplazaría pronto a todos los dioses romanos? ¿Por eso la manumisión ahora, por los rezos de Lucia a ese nuevo dios?

Calidio aceleró el paso. Vivían en tiempos de cambio. El poder oscilaba. Cuanto antes salieran del palacio imperial, mejor. La sangre, una vez más, iba a correr sobre el mármol y los mosaicos. Podía intuirlo. Si iba a ser sangre de la familia de la emperatriz o de la del nuevo emperador Macrino era algo que él no acertaba a discernir. Pero eso ya no era asunto suyo.

Calidio caminaba muy pensativo.

Tampoco era que nunca hubiera considerado que podía obtener, algún día, la libertad. De hecho, tenía su propio plan: regresar a Roma. Disponía de dinero suficiente ahorrado para pagarse el viaje, a él y a Lucia y los niños. Allí, en la capital, conocía a mucha gente. Montaría una taberna. Les iría bien. Y serían... libres.

Nísibis, junio de 217 d. C.
Hora octava

Artabano V de Partia, rey de reyes, observaba el desarrollo brutal de la contienda con la faz muy seria. Veía cómo centenares de sus dromedarios acorazados volvían a caer ante aquel sembrado infinito de hierros puntiagudos que los romanos dejaban caer por todas partes. El avance de sus unidades *catafractas* quedaba siempre impedido por aquella densa maraña de trampas astifinas que herían a los animales cuando intentaban cruzarlas para llegar a las cohortes enemigas.

Luego los arqueros partos detenían a su vez los intentos romanos por contraatacar y, de ese modo, desbarataban también al ejército enemigo. Realmente nadie conseguía nada. Solo se acumulaban muertos. Centenares de ellos, miles ya. De hombres y de bestias.

El sol empezaba a caer en el horizonte.

Las embestidas de unas tropas contra las otras se habían sucedido sin apenas descanso durante horas.

—Está todo estancado —apuntó el viejo consejero Rev, el único que por su veteranía se atrevía a explicitar en voz alta lo que todos pensaban, pero no osaban compartir con el rey de reyes.

—Así es —admitió el propio Artabano—, pero hoy ya no hay tiempo para corregir la estrategia. Acabaremos la jornada como la empezamos. Mantendremos nuestras posiciones. Pero mañana... —El *Šāhān šāh* se lo pensó unos instantes—. Mañana intentaremos algo distinto.

Rev y el resto de los altos oficiales asintieron. A todos les parecía que modificar la estrategia les daría iniciativa, y con iniciativa, quizá, se pudiera trastocar el curso de aquella batalla que ya duraba dos días enteros. Dos días de sangre.

LXV

TERCER DÍA DE COMBATE

Nísibis, junio de 217 d. C.
Al alba

Retaguardia del ejército parto

El *Šāhān šāh* miraba al frente de batalla. Los romanos habían repetido la típica formación en la que situaban las cohortes romanas en tres grandes hileras, dejando espacios entre unas unidades militares y otras. Insistían en la misma estrategia. Quizá confiaban en que ese día lucharían con más saña que sus oponentes y eso les daría la victoria. Pero Artabano V no estaba dispuesto a seguir en aquella interminable lucha de desgaste sin intentar cambiar el esquema de combate.

—Ahora —dijo el rey de reyes, en voz baja, sin mirar atrás.

—¡Ahora! —repitió el consejero Rev en voz alta para que todos los oficiales supieran que el emperador de Partia había dado la orden de ataque. De una ofensiva... diferente.

Retaguardia del ejército romano

—Vuelven a la carga —dijo Nemesiano.

—Sí, pero esta vez hacen algo extraño —comentó Macrino, examinando los movimientos del enemigo.

—Han lanzado sus *catafractos* hacia los extremos de nuestra formación —apuntó Apolinaris.

—Intentan desbordarnos por las alas —concluyó el emperador Macrino con rotundidad.

Hubo un breve silencio mientras todos veían cómo los dromedarios blindados y la caballería acorazada enemiga aún superviviente a las dos brutales jornadas de lucha de los días anteriores trotaban, lenta pero inexorablemente, hacia los extremos de la formación romana.

Había dos posibilidades para responder a una maniobra como esa: formar un cuadrado, para proteger los flancos y la retaguardia en caso de que los *catafractos* rebasasen su línea de formación, o, alternativamente, alargar el frente de batalla de modo que se intentara impedir el desbordamiento por las alas que buscaba el enemigo.

Macrino no sabía mucha historia de Roma, pero había algunas batallas que todos en el ejército romano conocían. Desde el mejor legado hasta el último legionario del último manípulo de la cohorte más olvidada. Uno de esos enfrentamientos que todos conocían era el de Carrhae entre los partos y el legado romano Craso hacía más de dos siglos y medio: Craso formó un cuadrado. Y fue aniquilado.

—Que la segunda fila de la *triplex acies* se desplace hacia la derecha y la tercera fila hacia la izquierda —ordenó el augusto.

A todos les pareció bien.

Nadie quería un cuadrado.

Rápidamente, las cohortes de segunda fila se desplazaron hacia un lado, y las de tercera hacia el otro, de modo que el frente que oponía el ejército romano se triplicó. Era cierto que perdía en profundidad y existía el riesgo de que la línea de las legiones se pudiera quebrar en algún punto, pero al menos, con esa maniobra, se aseguraban de que los *catafractos*, no importaba lo mucho que buscaran los extremos del ejército romano, iban a tener siempre cohortes frente a ellos. La estrategia del enemigo de desbordar las legiones por las alas iba a encontrar una fuerte oposición.

Retaguardia del ejército parto

—Se han dado cuenta. Y se acuerdan de Craso. Esto no va a ser tan fácil —masculló entre dientes Artabano V.

El consejero Rev calló y, en esta ocasión, no repitió aquello

639

que el rey de reyes acababa de decir. El veterano asesor, además, compartía que la rápida maniobra romana iba, seguramente, a dejar en nada el intento del *Šāhān šāh* de rodear al enemigo. Los *catafractos* y, tras ellos, el resto de las tropas partas avanzaban, todos juntos, hacia una nueva jornada de lento y sangriento desgaste.

Cámara de la emperatriz
Hora octava

El día, el último día, pasaba despacio y veloz al tiempo.

Julia podía sentir el cambio de luz a través del *lapis specularis* traslúcido de la ventana de su estancia privada. Calidio había traído los papiros donde se explicitaba que su ama, Julia Domna, augusta, *mater patriae, mater senatus, mater castrorum, mater caesorum et mater augusti*, lo liberaba junto con su esposa e hijos. La emperatriz ya los había firmado y dejado en la mesa junto a los frascos de maquillaje y los aderezos de su pelo y de la peluca imperial.

Maesa entró despacio.

Su hermana siempre la visitaba por la mañana y al atardecer. Esta era la visita vespertina.

—¿Querrás algo de comer en el atrio o prefieres tomarlo aquí? —le preguntó Maesa consciente de la debilidad de su hermana.

—Aquí —respondió la emperatriz. Iba a hacer lo que iba a hacer en apenas unas horas, pero no veía por qué tenía que mortificarse adicionalmente pasando un hambre del todo innecesaria. El dolor le había reducido el apetito de forma notable, pero el opio, cuando hacía efecto, al tranquilizarla, le hacía recordar que no había comido nada hacía tiempo y un buen guiso de pato o un caldo de verduras podría ser muy bien recibido por su demacrado cuerpo.

—Lo dispondré todo entonces para que te traigan la cena a tu estancia —dijo Maesa y se sentó a su lado, junto al lecho, donde Julia permanecía recostada.

—Vas a tener que ocuparte ya de todo —le dijo la emperatriz.

Hubo un silencio intenso.

—¿Ya? —inquirió Maesa, como si buscara una corrección en lo que su hermana acababa de anunciar.

—No resisto más el dolor —respondió Julia como toda explicación. Una clarificación, por otro lado, proveniente de alguien de gran resistencia, lo que hacía ver a Maesa que el sufrimiento debía de ser inmenso—. Todo está preparado —continuó la augusta—. Gannys se alzará en armas con la legión III *Gallica*. Tú y Sohemias ya sabéis lo que tenéis que hacer. No hace falta que te lo repita. Mientras tú y Sohemias seguís mis instrucciones, a partir de este levantamiento inicial, Gannys trabajará para que otras legiones se le unan. La guerra contra los partos es impopular. La inició Caracalla, pero de eso ya casi ni se acuerdan. Todos ven que Macrino la ha continuado. Y falta ver qué hace con el dinero de los salarios de las legiones. Está todo en el aire aún, pero ya no me queda energía, hermana. Sin embargo, tengo confianza en que con la ayuda de El-Gabal y de los dioses romanos que quieran apoyarnos, la fuerza de Gannys y su legión III *Gallica*, el descontento por la guerra y la estupidez de Macrino, todo saldrá bien para nosotras..., para nuestra familia. Tengo la firme intuición de que nuestra dinastía va a continuar en el poder..., pero tendrás que dirigir tú. Y recuerda que tenemos al joven Sexto Vario, que es una copia de su padre, Caracalla. Y Caracalla, pese a la matanza de Alejandría y a la guerra de Partia, mantiene su popularidad por todo el Imperio: en el ejército porque pagaba siempre, como su padre, Severo; y entre el pueblo, por el edicto en el que extendió la ciudadanía romana a todas las provincias... No he dejado de recibir cartas donde se me indica que se levantan nuevos monumentos en su honor: frisos, columnas y hasta arcos triunfales..., los tres últimos en provincias occidentales: uno en Theveste,[45] entre África y Numidia; otro en Cuicul,[46] en la Mauritania Cesariense, y el más reciente... en Volubilis...,[47] en...

45. Actual Tébessa, en el norte de Argelia.
46. Actual Djémila, en el norte de Argelia.
47. A unos veinte kilómetros al norte de la actual Mequinez, en Marruecos.

Pero la emperatriz no pudo seguir por una nueva punzada de dolor.

—Eso está en la Mauritania Tingitana, ¿no es así? —completó Maesa—. En el otro extremo del Imperio, en los confines occidentales.

—Sí, exacto. ¿Te das cuenta? —continuó Julia—. Hasta ahí llega la popularidad de Caracalla. Por eso..., si tenemos a Sexto, que es igual a él..., que habla como él..., que se mueve como él..., tenemos mucho más de lo que pensamos..., ¿entiendes?

Maesa asintió. Se pasó el dorso de la mano izquierda por la mejilla. Las lágrimas afloraban en su rostro sin que ella pudiera controlarlas.

—Te echaré de menos... mucho —dijo.

—Yo también, hermana —respondió Julia—, pero el dolor es insufrible... y tengo también cosas que resolver en el inframundo. Quizá la última lucha... tenga lugar allí.

Maesa arrugó la frente. Julia leyó la confusión en la faz de su hermana, pero evitó entrar en aclaraciones complejas.

—Pero tú, querida Maesa, céntrate en el reino de los vivos.

—De acuerdo —aceptó ella, aunque sus lágrimas ya brotaban a borbotones.

Se abrazaron en el borde del lecho.

Se besaron.

Entonces llamaron a la puerta.

Un pretoriano, tímidamente, asomó por el umbral.

Las hermanas se separaron.

—Es el médico, augusta —anunció el oficial.

—Que pase —ordenó Julia.

La emperatriz y su hermana se dieron la mano por última vez. Maesa se levantó y, andando con pesada lentitud, se alejó de la emperatriz de Roma y llegó a la entrada de la estancia. En el mismo dintel de la puerta se cruzó con Galeno. El anciano médico humilló su cabeza al cruzarse con la hermana de la emperatriz. Esta salió. Los pretorianos cerraron las puertas. El médico se quedó a solas con su paciente.

Galeno caminó despacio y se situó, en pie, junto al lecho imperial. Llevaba un cuenco con un líquido más espeso de lo habitual.

—¿Es la mezcla final? —preguntó ella.

Galeno sabía que la emperatriz nunca fue mujer de circunloquios, de palabras vacías.

—Sí, la dosis es letal —confirmó él—. Tal y como solicitó la emperatriz.

—Tal y como solicité —repitió ella, como si así quisiera darse fuerzas—. No puedo resistirlo más —añadió a modo de justificación por su debilidad. Querría haber aguantado hasta poner todo el Imperio en orden, pero realmente estaba exhausta—. Es como si me devoraran perros salvajes desde dentro..., como si sintiera una dentellada tras otra... y el opio, que antes me calmaba durante horas, apenas me sosiega... solo... un pequeño rato... y con tanto opio y vino mis sentidos se nublan... y así no tiene razón de ser que continúe. Así ya no sirvo para nada.

Galeno quiso decir algo que mostrara su respeto y admiración.

—La augusta ha resistido mucho más de lo que nadie habría hecho. He visto a muchos gladiadores valerosos solicitar la ayuda de un compañero para terminar con su vida con dolores muy inferiores a los que me consta que está padeciendo la emperatriz. La augusta ha aguantado por encima de lo razonable. Realmente, no tiene sentido prolongar esta agonía. Muy a mi pesar, porque es muestra de mi incapacidad para sanar, he de aceptar que esta —y alzó levemente el cuenco que sostenía en las manos— es la mejor solución. La única solución para terminar con el sufrimiento brutal que destroza a la emperatriz de Roma.

Galeno dejó el cuenco, con aquella mezcla densa de opio y vino, en la mesa junto a los documentos de manumisión de los esclavos.

—¿Dolerá? —preguntó Julia.

El médico, en pie, se volvió hacia ella.

—No. Esta vez, en lugar de sentir algo de adormecimiento, la emperatriz se dormirá del todo y... —pero no acabó la frase.

—Y ya no despertaré —sentenció Julia Domna.

—En este mundo, no —confirmó Galeno.

El silencio se apoderó de la estancia. Las respiraciones de la augusta de Roma y del anciano médico podían escucharse rebotando en las paredes de la cámara privada.

Pasó un tiempo.

Galeno intuía que la emperatriz no había terminado con él, aunque quizá ella, agotada por el padecimiento constante, simplemente ya olvidara dar permiso a los que recibía en audiencia para salir. De pronto, el médico sintió que una precisión era pertinente.

—Es importante, augusta, que, al contrario que con los cuencos anteriores de dosis menores de opio, que la emperatriz ingería poco a poco, en este caso, la *mater patriae* debe beber este último tazón de medicina hasta el final en un largo sorbo. El sopor que sobrevendría tras tomar una parte del mismo impediría que luego la emperatriz se tomara el resto si no lo ingiere todo de forma continuada. La dosis entones no sería letal y haríamos más daño a un cuerpo agotado por la enfermedad, con el peligro de que la augusta despertara en veinte horas y se encontrara aún infinitamente peor. La augusta debe apurar el contenido de este último cuenco en un largo trago. Y luego acostarse. Y dormir...

—Y morir.

Galeno se limitó a asentir.

Sintió entonces que quizá sí que estuviera todo dicho y se inclinó en una marcada reverencia, pero Julia Domna lo interrumpió en medio de aquel gesto.

—No, aún no te marches. Siéntate.

Galeno obedeció y tomó asiento en un *solium* junto al lecho de la emperatriz, donde normalmente se acomodaba Maesa, la hermana de la augusta.

—Hay algo..., una cosa que hace tiempo que quería comentarte... —Otra vez las punzadas de dolor, intermitentes, pero demoledoras, la importunaban en su parlamento.

Calló unos instantes.

Galeno esperó en silencio, sin mostrar impaciencia alguna.

—Ya pasó... —dijo la emperatriz—. Las dentelladas de dolor son cada vez más frecuentes..., pero parece que ahora me dan un breve respiro. Solo quiero decirte una última cosa: llevas años buscando unos libros, ¿no es cierto?

—Sí, augusta —confirmó Galeno con aire de sorpresa. No esperaba para nada que en aquel momento la emperatriz fuera a sacar un tema que incluso para él estaba prácticamente olvidado—. Los libros secretos de Herófilo y Erasístrato. Dos médicos de los tiempos del Egipto de los Tolomeos. Pero están perdidos. Mi búsqueda ha sido en vano.

—Es posible, pero no necesariamente —apuntó la emperatriz—. Septimio, mi esposo, se llevó, como sabes, muchos libros de medicina, de adivinos y magos prohibidos o secretos de Alejandría a Roma.

—Sí, augusta —la interrumpió Galeno cegado por la relevancia que aquel asunto siempre había tenido para él. La emperatriz no pareció tomarse a mal aquella interrupción y lo invitó a hablar con un gesto de la mano—. Pero yo ya revisé todos los libros que se llevaron a Roma desde Egipto. Y los dos que busco no estaban entre ellos.

—He sabido luego, no hace mucho —continuó la emperatriz—, en conversación con alguno de los bibliotecarios de las bibliotecas imperiales, que un pequeño grupo de esos libros se llevó fuera de Roma. A Pérgamo, tu ciudad natal. Parece que mi esposo los consideró demasiado peligrosos como para tenerlos en Roma, pero, al mismo tiempo, por la causa que fuera, decidió no destruirlos. A Alejandría tampoco quiso devolverlos por lo voluble de la lealtad de esa provincia y el excesivo aprecio que allí tienen a magos y adivinos. Sé también, por lo mucho que tú y yo hemos hablado, que tus relaciones con los bibliotecarios y los médicos de Pérgamo no es buena. Por eso, aquí tienes una carta de mi puño y letra en donde se te da permiso para consultar cualquier libro de Pérgamo y quien se te oponga puede ser castigado con la pena de muerte. Creo que te dejarán revisar la biblioteca a tu gusto. Esto es, si todo sale como espero y mi familia... sigue en el poder. —Y extrajo de debajo de las sábanas una misiva doblada y lacrada que entregó al médico.

Galeno se incorporó en la silla para, estirando el brazo, tomar la carta con la mano.

—Es posible que esos libros que siempre has estado buscando estén ahí. O no, pero quizá merezca esta información aún un viaje por tu parte.

—Sin duda, augusta, haré ese viaje. La augusta me abruma preocupándose por algo como esto en un momento como...

—y eludió mencionar la proximidad de la muerte de la emperatriz.

—Siempre dijiste que esos libros podían cambiar el curso de la historia de la medicina. No quiero ser yo quien impida esa transformación. Solo siento que diera con esta información tan tarde.

—Es, en todo caso, una gran atención, un gran gesto por parte de la augusta de Roma —apostilló Galeno ahora, aún sentado, mirando la carta que sostenía con ambas manos como si fuera un regalo del mismísimo dios Asclepio. En el pecho del médico había rebrotado la llama de una esperanza perdida, apagada hacía tiempo. ¿Podría aún ver los libros de Herófilo y Erasístrato?

—Ahora sí hemos terminado. —La voz de la emperatriz quebró los pensamientos del médico.

Galeno se alzó de inmediato, hizo una nueva y aún más larga reverencia y se dirigió a la puerta. Tocó con los nudillos resecos por los años en las hojas de bronce y los pretorianos las abrieron.

El médico dedicó una última mirada a la emperatriz y salió.

Las puertas se cerraron.

Julia se quedó a solas con el cuenco letal en el borde de la mesa de sus ungüentos y frascos de maquillaje.

Nísibis, hora octava

El hedor de los cuerpos corrompiéndose en medio del calor de aquel verano abrasador era insoportable. *El número de hombres y animales muertos era de tal magnitud que toda la llanura estaba cubierta de cadáveres. Los cuerpos se apilaban en gigantescas colinas y los dromedarios en pilas. Como resultado, a los soldados se les dificultaba atacar; no se podían ver unos a otros por causa de la muralla alta e infranqueable de cuerpos muertos que se alzaba entre romanos y partos. Imposibilitados por esta barrera de poder luchar unos con otros, cada ejército se retiró a su campamento.*[48]

48. Literal de Herodiano, IV, 15, 5, con alguna modificación literaria en la traducción por parte del autor de la novela.

Macrino comprendió que aquella batalla nunca se ganaría. Y eso era lo mismo que admitir que aquella guerra tampoco se ganaría jamás. Los legionarios no combatían con la rabia necesaria para aniquilar al enemigo. Así era del todo imposible. Podía escuchar murmullos entre Nemesiano y Apolinaris con relación al hecho de que quizá debería habérseles pagado ya los salarios atrasados y que eso los habría motivado más. ¿Llevaban razón sus prefectos de la guardia?

El emperador romano miraba al suelo mientras meditaba cómo revertir el curso de aquella maldita guerra que había heredado del loco y maldito Caracalla.

Caracalla.

Eso le dio ideas.

Le quedaban dos bazas, dos armas secretas: informar al enemigo de que Caracalla, el iniciador de la contienda, había fallecido y, en segundo lugar y más importante aún, disponía de los doscientos millones de sestercios que el emperador asesinado se había comprometido a pagar a los legionarios de Oriente por su participación en aquella contienda. Si usaba bien estas armas aún podía conseguirse todo. Si hubiera pagado a sus legionarios ya no tendría margen de maniobra. Nada sabían sus oficiales de cómo conducirse en medio de la lucha por el poder. Él era el más listo, el más inteligente, el más hábil.

Opelio Macrino alzó el rostro desafiante hacia el horizonte del atardecer.

LXVI

DESDE MI TUMBA

Antioquía, junio de 217 d. C.
Hora nona del tercer día de combate de la batalla de Nísibis

Julia retiró las sábanas que cubrían su cuerpo enflaquecido por el sufrimiento constante y el poco alimento ingerido en las últimas semanas. Le costó, pero, despacio, consiguió incorporarse hasta quedar sentada de lado, en el lecho donde tantos días había pasado sin apenas levantarse más que ocasionalmente.

Inspiró profundamente y, por fin, con cuidado, pero con decisión, se puso en pie. Eran apenas cinco pasos hasta conseguir llegar a la mesa donde estaba el cuenco con la dosis letal de opio mezclado con vino preparada por Galeno. Fueron cinco pasos lentos, algo tambaleantes pese a la férrea voluntad de la emperatriz. Pero el objetivo de llegar a la silla que estaba frente a la mesa se consiguió.

Cualquiera de las esclavas, Lucia misma, podría haberla asistido, o su hermana Maesa. Pero esta acción final de su vida quería hacerla ella, sola, por sí misma.

Julia se sentó y se miró en el espejo ante el que la maquillaban siempre las ornatrices.

Ahora estaba sola.

Ahora no había nadie.

Cogió el cuenco que estaba en un extremo de la mesa y lo posicionó, despacio, con ambas manos, justo frente a ella, entre sí misma y el espejo.

La augusta miró su reflejo.

El espejo le devolvía una imagen casi en ruinas. Sin maquillar y agotada por la enfermedad, su rostro era pálido, demacrado, triste. Y, aun así, ella veía cómo sus hermosas facciones de antaño, las que enamoraron a Septimio Severo, las que nubla-ron el sentido de muchos, las que hechizaron al prefecto Quin-to Mecio, seguían allí, quizá difuminadas, quizá con alguna arruga de más, pero ella se sabía aún hermosa. Si pudiera recu-perar la salud, con unas semanas de buen alimento, un sueño reparador regular durante unas cuantas noches y algún un-güento, podría volver a cegar a muchos hombres con su belleza serena, su voz sensual y su inteligencia siempre infravalorada por senadores, *legati* y la mayoría de los consejeros imperiales. Pero Julia sabía que nada de eso era ya posible. Una punzada asesina, cruel, devastadora le atravesó el pecho para recordarle que todo aquello había terminado. Que solo era cuestión de cómo se quería llegar al final: si aullando como un perro mal-herido abandonado al borde de un camino o si se deseaba salir de aquel mundo con la dignidad de una augusta de Roma.

La punzada de dolor extremo pasó.

Julia lanzó un gemido con los ojos cerrados.

Los abrió.

Bajó la mirada.

El cuenco sigue ahí, ante ella, esperando, en su acostumbra-do silencio maldito.

Julia Domna coge el gran tazón repleto de opio con las ma-nos y lo eleva, poco a poco, sobre la mesa hasta llevar el borde superior del mismo a la altura de su boca.

La emperatriz entreabre los labios al tiempo que aproxima el cuenco. Levanta aún un poco más el tazón y el líquido empie-za a verterse lentamente hacia el interior de su boca; es algo más espeso que otras mezclas que había ingerido antes. Siente cómo el opio con vino llega al fondo de su paladar y entra en su cuerpo.

Posa el labio superior sobre la superficie de cerámica del borde del cuenco mientras bebe en un largo e interminable trago. En su mente están las palabras de Galeno advirtiéndola de que debe ingerir todo el contenido de aquel preparado de una sola vez, antes de que el sueño que la mezcla le va a provo-car la venza impidiéndole seguir bebiendo.

Julia Domna engulle el opio, poco a poco, pero sin descan-so ni pausa.

Por fin, termina.

Deposita el tazón vacío sobre la mesa.

Empieza a notar que la mente se le nubla.

Sabe que tiene apenas unos instantes y no quiere que la encuentren caída en el suelo de cualquier forma.

Se alza lentamente y, una vez más, con pasos aún más tambaleantes que en la ida, inicia su camino de regreso al lecho de su cámara privada. Consigue llegar a la cama, sentarse en el borde. Los párpados parecen pesarle y el dolor, ese sufrimiento que ya era permanente y que en ocasiones la mordía de forma terrible por dentro, curiosamente, parece disminuir.

Se tumba en el lecho.

Quiere incorporarse para taparse con la sábana, pero las fuerzas parecen abandonarla a una velocidad sorprendente. El nuevo preparado de Galeno es infinitamente más poderoso que cualquier otro que hubiera tomado antes.

Julia Domna cierra los ojos.

Los cierra para siempre.

En su mente solo pervive un rezo silencioso a El-Gabal y a aquellos dioses romanos que quieran asistirla para que confundan por completo la retorcida mente de su último enemigo en el mundo de los vivos: Macrino.

La emperatriz masculla su plegaria entre dientes.

La muerte está solo a un paso.

Julia Domna la siente acercándose, envolviéndola.

Cualquier otra persona se habría callado en el momento final, pero ella no.

Es como si hubiera aún un mensaje en su interior, unas palabras que desea que sean pronunciadas allí, en el corazón del palacio imperial de Antioquía:

—Yo..., Julia..., gobernaré Roma... desde mi tumba.

LXVII

—

EL FINAL DEL COMBATE

Nísibis, tercer día de lucha, hora nona

El sol había quemado la espalda, la cabeza, los brazos y piernas, descubiertos, desnudos, en un vano intento por luchar contra el insufrible calor de aquella eterna jornada sin final aparente.

Opelio Macrino había maldecido en silencio durante varias horas.

El emperador empezó, luego, a maldecir entre dientes.

Sus hombres apenas entendían bien lo que decía. Nemesiano y Apolinaris solo captaban alguna palabra suelta, inconexa, desgajada de las frases que el augusto de Roma pronunciaba como si masticara su rabia.

—¡Cobardes...! ¡Gallinas...! ¡Dioses...!

Fue entonces cuando alzó su rostro desafiante hacia el horizonte de la batalla. Acababa de tomar decisiones.

Los jefes del pretorio intuían que el emperador se sentía cada vez más desairado por el hecho de que las legiones no pudieran ni romper ni desbordar las líneas enemigas en ningún punto. Y eso que llevaban tres días de combates brutales. Ninguno de los prefectos había estado en una batalla que durara tres días. Ningún legionario tampoco. Ningún parto. Nadie había estado en una batalla de tres días. Aquello era nuevo para todos.

Opelio Macrino carraspeó y escupió en el suelo. Reclamó agua por enésima vez en aquel infausto día y bebió casi un odre completo sin importarle que hubiera dado órdenes de racionarla al resto de los oficiales, solicitando que los centuriones dieran ejemplo siendo prudentes a la hora de tomar el agua. Pero ni Nemesiano ni Apolinaris vieron oportuno llamar la atención al emperador sobre lo poco ejemplarizante de su propia actitud al respecto.

—¡Por Júpiter Óptimo Máximo! ¡Solo tengo cobardes en mis filas! —aulló al fin el emperador.

Los prefectos callaban.

—¡Hemos hecho bien en no pagar los salarios a esta maldita calaña de gallinas, de mujerzuelas asustadizas incapaces de doblegar al enemigo ni después de tres días de combate!

Nemesiano y Apolinaris pensaron que los partos eran un enemigo formidable, que luchaban bien organizados, que defendían su territorio y que no haber pagado los salarios había sido un elemento desmotivador adicional que añadir a los problemas que tenían que afrontar los legionarios en aquel combate. Pero no dijeron nada.

Opelio Macrino se llevó ambas manos a la cabeza.

Dio varias vueltas sobre sí mismo, mirando al suelo.

Tenía, pues, sus dos armas secretas. Dos armas poderosas que los partos no esperaban.

Miró a la línea del horizonte de nuevo.

El sol del atardecer lo cegó un instante y cerró los ojos.

Bajó la mirada, los abrió.

Le costó volver a visualizar el campo de batalla tras el deslumbramiento, pero pronto su vista se rehízo. En el frente de lucha todo seguía igual. Los muertos se acumulaban por todas partes. Y los legionarios no tenían tiempo de retirar ni a heridos ni a compañeros caídos, porque los partos seguían atacando en andanadas constantes. Era cierto que ellos tampoco podían retirar a sus heridos ni muertos, pero lo esencial era que nadie conseguiría una victoria aquella jornada.

Opelio Macrino sudaba profusamente.

—¡Quitadme esta maldita coraza! —exclamó y varios *calones* lo rodearon con rapidez para desatarle los cordones y las cinchas de la coraza—. ¡Me estoy asfixiando y así no puedo pensar y el emperador ha de pensar! ¡He de pensar por todos los inútiles que me rodean! —apostilló con mezquindad.

Nemesiano y Apolinaris, muy serios, callaban, pero no podían evitar pensar que más asfixiados por el calor estaban los legionarios que combatían y estos no se podían permitir el lujo de retirarse la *lorica segmentata* o serían aún más vulnerables a las punzantes armas del enemigo.

—¡Dejadme, dejadme, por Júpiter! —dijo el emperador cuando los *calones* aún se afanaban por desatar el último de los cordones. El augusto propinó una patada a uno de los esclavos y todos se apartaron. Macrino tiró con fuerza de la coraza y esta, ya casi suelta, se separó de su cuerpo con facilidad.

El emperador la arrojó al suelo.

Un sonoro clang acompañó el choque del peto metálico con la roca sobre la que caminaba sin rumbo el emperador de Roma.

Estaban en un promontorio pétreo desde el que se podía otear bien la línea de batalla de la llanura.

El augusto volvió a llevarse las manos al cogote.

De pronto, se quedó inmóvil. Las gotas de sudor se derramaban por su frente, por las mejillas, por los brazos.

El sol, incluso en aquellas horas finales del día, no cejaba en su empeño de querer calcinarlo todo, hasta los pensamientos.

Macrino bajó los brazos.

Se giró.

—Que las legiones se replieguen —dijo en voz baja, pero ambos prefectos lo oyeron—. Tú, Apolinaris, lleva esas órdenes a todos los *legati* —añadió—. Y tú, Nemesiano, ven aquí.

El primer prefecto partió para transmitir las órdenes de repliegue organizado del ejército. Nemesiano, por su parte, se aproximó al emperador.

Ambos hombres quedaron solos en lo alto del promontorio. Los pretorianos los observaban desde abajo.

—Vas a seleccionar un grupo de jinetes de la guardia y, en cuanto las legiones se retiren y los partos vean que no seguimos con la ofensiva, vas a cruzar el campo de batalla y te vas a dirigir hacia el enemigo con un mensaje.

—¿Con un mensaje, augusto? —La confusión y la duda en la voz del prefecto eran evidentes y aquella actitud no agradó al emperador.

—Sí, un mensaje —sentenció, dejando claro que no iba a admitir ningún cuestionamiento sobre sus instrucciones.

—Sí, augusto —respondió Nemesiano con sumisión.

Macrino suspiró. En un gesto poco habitual, cogió del brazo al prefecto y lo acercó aún más a sí mismo, para hablarle en voz baja.

—En realidad —continuó el emperador—, son dos mensajes. Préstame atención, porque no pienso repetirlos.

Y Opelio Macrino habló.

El prefecto escuchaba.

Asentía, pero no le gustaba lo que oía.

No le gustaba nada y menos aún saber que él era tan cobarde que no haría otra cosa sino obedecer.

Palacio imperial de Antioquía
Durante el tercer día de combate en Nísibis, hora nona

Galeno entró en la estancia en silencio.

Los rostros de los consejeros imperiales presentes eran serios, más de uno triste, todo acorde al momento histórico. La augusta de Roma yacía, apenas cubierta por una sábana, en el lecho de su cámara privada.

El viejo médico se acercó al cuerpo. Ya había certificado en su vida la muerte de muchos emperadores de Roma. Siempre había expectación. Pese a que resultara evidente que alguien estaba muerto, cuando se trataba de un emperador, era como si se precisara que alguien de prestigio lo ratificara para que fuera real y aceptado por todos. De pronto, Galeno se dio cuenta de que era la primera vez en su larga vida en que la escena tenía lugar siendo el centro de atención de todos no un emperador, sino una emperatriz. Julia, como siempre, lo cambiaba todo, lo alteraba todo, incluso muerta. ¿Hasta dónde habría llegado aquella mujer si la enfermedad no la hubiera masacrado? ¿Qué logros habría alcanzado si Caracalla, su hijo trastornado, hubiera seguido hasta el final con el matrimonio con la princesa parta? ¿Hasta dónde habría cambiado el mundo si Julia Domna hubiera influido en el gobierno de un Imperio romano y un Imperio parto unidos? Todas aquellas preguntas y muchas más bullían en la mente del anciano médico mientras examinaba con meticulosidad y respeto el cuerpo de la augusta de Roma.

Tiró de la sábana hasta dejarla en la cintura.

Palpó entre los dos senos de la emperatriz en busca de un latido inexistente. Cogió entonces una de sus muñecas, con sus viejos dedos huesudos, para confirmar que tampoco se detectaba pulso alguno en aquel punto. Soltó la augusta muñeca.

Se agachó y puso su mejilla apenas a un dedo de distancia de la nariz de la emperatriz para comprobar que no había aliento alguno en aquel cadáver imperial. Era el cuerpo de una de las personas más poderosas de la historia, pero era, como siempre al final de cualquier existencia humana, solo un cuerpo.

—Está muerta —certificó, al fin, Galeno—. La emperatriz Julia ha fallecido.

Los consejeros asintieron. Uno de ellos quebró el silencio con lo que pensó que eran palabras tan categóricas como definitivas.

—Y con ella termina una dinastía.

Galeno se giró lentamente y se encaró con el consejero.

—Eso, consejero, está por ver.

El resto de los presentes fruncieron el ceño entre confusos y sorprendidos por el enigmático comentario de aquel veterano médico a quien, por otro lado, todos habían aprendido a respetar hacía largo tiempo.

¿Por qué Galeno decía algo como aquello?

La emperatriz había muerto, sus dos hijos habían fenecido también. Geta, a manos de su hermano. Caracalla, asesinado. No había heredero designado por la familia y, además, Opelio Macrino se había autoproclamado emperador y, como tal, dirigía el ejército imperial en Oriente.

¿Qué quedaba por ver?

¿Qué podía hacer ya una emperatriz muerta para interferir en el devenir de unos acontecimientos que la habían superado?

Nísibis, retaguardia del ejército parto
Hora nona

—Se han replegado por completo —comentó el consejero Rev.

Artabano V cabeceaba afirmativamente mientras intentaba

comprender cuál era la estrategia que iban a seguir los romanos a partir de aquella nueva maniobra que él seguía interpretando como un mero movimiento táctico, nunca como el final de las hostilidades por parte del enemigo. Era cierto que los cadáveres se habían acumulado en el centro del campo de batalla hasta tal punto que luchar en él resultaba casi impracticable, pero el rey de reyes estaba convencido de que lo único que buscaba el emperador romano era reorientar el combate hacia otro punto, alejado de las grandes pilas de muertos de uno y otro bando. Pero eso, por otro lado, alejaría la lucha de la explanada infestada de las trampas astifinas de hierro. Eso les daría ventaja a los *catafractos* aún supervivientes en cualquier nuevo choque. ¿O tendrían los romanos aún más de aquellos malditos hierros?

—Envían un emisario —apuntó, entonces, Rev señalando a un grupo de pretorianos, apenas una docena, que se adelantaban al resto del ejército romano y cabalgaban en dirección a las posiciones controladas por los partos. Era un grupo tan reducido de jinetes que resultaba evidente que su finalidad solo podía ser la de querer parlamentar.

—¿Qué hacemos? —preguntó, en voz baja, Rev al rey de reyes.

Artabano dudaba.

Llevaban tres días de combates sin que ninguno de los dos bandos consiguiera doblegar al oponente. Quizá podía tener sentido ver qué quería proponer el emperador enemigo.

—Dejad que llegue hasta mí aquel que tenga el mensaje —dijo el *Šāhān šāh*—. Al resto de sus acompañantes que los custodien los *catafractos* hasta nueva orden.

Las órdenes de Artabano V se cumplieron y en poco tiempo Nemesiano se encontró frente al rey de reyes.

Por el porte y el imponente uniforme, Artabano tenía claro que estaba ante un alto oficial de la guardia pretoriana del emperador de Roma.

—Τί ἐστίν ὅ οὗτος ἄθλιος τοῦ Ἀντωνίνου μοι εἰπεῖν ἐπιθυμεῖ? [¿Qué es lo que desea decirme ese miserable de Antonino?] —inquirió de forma directa y en un muy correcto griego el rey de reyes sin tan siquiera saludar a su interlocutor.

Nemesiano tragó saliva. La pregunta ya venía formulada de modo tan hostil que no parecía adivinarse mucho margen para el acuerdo en la negociación. Por otro lado, que el emperador de Partia hablara aún del fallecido Antonino, como si este aún estuviera vivo y comandando las legiones, dio esperanzas al jefe del pretorio.

—Τό ἐμόν ὄνομα ἐστίν ὁ Νεμεσιανός, ὁ νομάρχης τῆς φύλακος τοῦ αὐτοκράτορος τῆς Ῥώμης, καί τήν ἀγγελίαν τῷ Βασιλεῖ τῶν Βασιλέων παραφορῶ. [Mi nombre es Nemesiano, prefecto de la guardia del emperador de Roma, y traigo un mensaje para el *Basileiús Basiléon*, a quien saludo con respeto.]

Artabano sonrió. Roma estaba en clara decadencia. El griego del pretoriano era muy torpe, como ilustraba su incapacidad para emplear bien el dativo posesivo.[49]

—Ya imagino que traes un mensaje de Antonino —replicó con cierta impaciencia Artabano.

Nemesiano sentía las miradas intensas de todos los generales del rey de reyes fijas en él y ninguna era amistosa. Si el emperador de Partia no aceptaba la propuesta que traía, el prefecto empezaba a tener claro que, muy probablemente, no saldría vivo de aquel encuentro. A los emisarios que se enviaban a negociar tras una batalla se los respetaba normalmente, pero Caracalla había traicionado a Artabano, había asesinado a su hija y a muchos de su familia e incendiado Ctesifonte cuando se suponía que lo que iba a acontecer era una boda. Antonino Caracalla también había ultrajado tumbas de la nobleza parta apenas hacía unos meses. Eran demasiados desmanes contra Partia como para que ahora fueran los partos a ser muy escrupulosos con la vida de un emisario de un enemigo que tanto daño les había causado.

—El emperador de Roma desea que informe, para empezar, al rey de reyes, de que el *imperator* de las legiones ya no es Antonino Caracalla. Este falleció... —Nemesiano dudó, pero Macrino había sido tajante en que no diera explicaciones si no

49. Lo correcto habría sido que Nemesiano dijera: Ὄνομα ἐστί μοι Νεμεσιανός, ὁ νομάρχης τῆς φύλακος τοῦ αὐτοκράτορος τῆς Ῥώμης, καί τήν ἀγγελίαν τῷ Βασιλεῖ τῶν Βασιλέων παραφορῶ.

se pedían expresamente sobre las circunstancias de la muerte del anterior emperador de Roma—. Caracalla falleció, sí, hace unos meses. Desde entonces, el anterior prefecto de la guardia Opelio Macrino es el que dirige el ejército de Roma en Oriente y quien ha sido proclamado emperador *de facto*. El Senado romano ya ha reconocido este nombramiento y este nuevo emperador es el que desea dar término efectivo a esta contienda sin cuartel entre Roma y Partia.

Artabano se llevó el dedo índice de la mano derecha a los labios.

—¿Caracalla ha muerto? —preguntó, al fin, retirando el dedo de la boca y buscando confirmación. El limitado griego de su interlocutor contenía faltas de expresión y el rey de reyes quería estar bien seguro de haber entendido la sustancia de lo que se le había dicho.

—Así es, Caracalla está muerto —ratificó Nemesiano.

Artabano miró al suelo mientras meditaba. Aquello podía cambiar mucho las cosas. ¿Macrino? No tenía referencias de él. Antiguo jefe del pretorio. Habría estado en Ctesifonte, en la barbarie que se cometió contra ellos, pero no sería el que tenía el mando efectivo, el que tomó las decisiones. El que había iniciado las hostilidades nuevamente entre Roma y Partia había sido el maldito Caracalla. Realmente su muerte lo hacía feliz, a él y a todos. Artabano podía observar con el rabillo del ojo la satisfacción de Rev y de muchos de sus oficiales al haber oído el anuncio del emisario romano.

Pero la cuestión era ahora otra: el nuevo emperador romano, el tal Macrino, deseaba la paz. Pero... ¿cómo fiarse de unos romanos que los habían traicionado tan brutalmente hacía tan poco tiempo, cuando se los suponía venidos en son de paz a celebrar una boda y, en su lugar, arrasaron con todo y con todos?

—A mí no me importaría dar término a esta guerra —apuntó, al fin, Artabano—, pero pienso hacerlo expulsando a los romanos de Partia batalla a batalla, aniquilando a tantos legionarios como Roma se atreva a enviar contra mí, en una infinita guerra de destrucción que agotará, de una vez por todas, las fuerzas de Roma.

Nemesiano inspiró antes de volver a hablar.

—Pero el augusto Opelio Macrino ofrece una paz en la que ambas partes se ahorrarían innumerables muertos, sufrimiento y desolación. La guerra no beneficia a nadie. El emperador Macrino no inició esta contienda. Fue Caracalla y este está muerto. El *imperator* ofrece una paz duradera, el repliegue de Roma a las fronteras anteriores a la guerra y un pago de una notable cantidad de dinero para resarcir al rey de reyes y a toda Partia por la traición que Caracalla hizo al no cumplir el pacto de matrimonio que se había negociado y, en su lugar, atacar Ctesifonte. El dinero es prueba de la buena fe del emperador Macrino con relación al rey de reyes de Partia. Es algo real y tangible. Y, además, es una forma de restituir a Partia parte de los daños causados por esta injusta guerra.

Artabano entreabrió la boca al tiempo que se pasaba la punta de la lengua por la parte superior del paladar. Dinero. Los romanos ofrecían oro. El *Šāhān šāh* podía percibir en las miradas de sus oficiales el interés vivo que la sola mención de un pago importante de dinero había despertado en todos ellos. Y dicho estaba. Era aquella una información que él ya no podía controlar. En eso el emisario romano había sido inteligente. Artabano se dio cuenta de que había cometido una torpeza al no entrevistarse con el mensajero a solas, en una tienda, al abrigo de todas las miradas y oídos de sus mandos. Ahora ya era tarde. Tenía que concluir aquella entrevista rodeado por todos sus consejeros y oficiales.

—¿Y de cuánto dinero, exactamente, estamos hablando? —preguntó el *Šāhān šāh*.

Nemesiano sabía que se lo jugaba todo a una. Sabía que su vida dependía de cómo reaccionara el rey de reyes a la propuesta que traía. El emperador Macrino le había dicho que podía dar una cifra más baja y luego negociar, pero que actuara según viera, sabiendo, lógicamente, que el máximo dinero del que se disponía eran doscientos millones de sestercios. Pero Nemesiano intuía que la situación estaba muy tensa; que el dolor causado por Caracalla con su traición y con sus ultrajes, asesinatos y guerra continuada era muy grande y que solo algo asimismo muy grande podría aplacar la rabia que percibía en todos los rostros que lo escrutaban en un silencio tan expectante como implacable.

Nemesiano tragó saliva. El sudor le corría por la frente. El sol seguía calentando pese a lo avanzado de la tarde. Le habría venido bien beber algo de agua. Tenía la garganta seca. Le costaba hablar. No pensó en regatear.

—Doscientos millones de sestercios —dijo y se pasó el dorso de la mano izquierda por unos labios resecos. Lo apostó todo a una jugada. Ya no tenía nada más que ofrecer. La suma era inmensa, todos los salarios acumulados de las legiones en campaña en Oriente durante más de un año, pero esa no era la cuestión. Lo único relevante para él ahora era ver si la suma sería suficiente para satisfacer al rey de reyes, a sus oficiales y a los partos en general.

—Doscientos millones de sestercios —repitió en tono grave el *Šāhān šāh*.

Y calló mientras volvía a mirar al suelo.

De súbito, pasó algo muy extraño. Al menos, para Nemesiano.

Artabano V de Partia empezó a reír, primero con su vista aún clavada en el suelo y, luego, en una larga e interminable carcajada, echando la cabeza hacia atrás. A la escandalosa risa se unieron los consejeros y generales del rey de reyes y, pronto, retumbando en los oídos del prefecto de la guardia pretoriana, era como si Partia entera estuviera riéndose de Roma.

LXVIII

ENTRE LOS VIVOS Y LOS MUERTOS

Hades, reino de los muertos
Junto a la laguna Estigia

Julia abrió los ojos y se encontró rodeada por *lemures* llegados de todo el orbe, pero estos, ante su porte sereno y deslumbrante, se retiraban dejando un largo pasillo por el que la emperatriz muerta avanzaba en silencio. De su ser emanaba una autoridad tan muda como inapelable, una esencia de poder infinito que atravesaba las fronteras entre los vivos y los muertos.

En poco tiempo, Julia Domna se encontró en la ribera misma de la laguna Estigia. La nave del barquero del inframundo se alejaba, en otro más de sus eternos trayectos, con las almas que había aceptado llevar al otro lado del agua.

Ella miró a un lado y a otro. Fue entonces cuando lo vio, allí, sentado junto a unas rocas, con aire cansado, encogido quizá por el tedio lento de la espera interminable o por un cansancio producido por la soledad o la pena. O por todo ello a la vez.

La emperatriz caminó hacia él.

Quinto Mecio sintió entonces a alguien acercándose por la espalda. Pero no era una presencia maligna o desesperada como tantas otras veces aquellos días o meses o como fuera que se midiera el tiempo en la frontera del reino de los muertos. Era una presencia diferente. Era... ella. Lo supo incluso antes de girarse.

El jefe del pretorio muerto en Ctesifonte se volvió lentamente y vio cómo Julia, en efecto, estaba allí, ahora, de nuevo, junto a él.

—No tengo palabras —fue todo lo que pudo decir Mecio.

Ella sonrió y le ofreció su mano abierta, que él aprisionó con ternura entre sus propias manos al tiempo que se arrodillaba, completamente rendido, completamente entregado, ante la mujer que amaba.

—Entre tú y yo, Quinto —respondió la emperatriz al tiempo que se arrodillaba junto a él y lo abrazaba para hablarle al oído—, hace tiempo que sobran las palabras. —Lo besó dulcemente en la mejilla, luego en los labios, despacio, y siguió hablando—: Me has esperado, no has cruzado la laguna Estigia. Esa es una gran prueba de fidelidad. No debe de haber sido ni grata ni fácil la espera —dijo ella divisando las sombras oscuras de las almas sin moneda que acechaban cerca.

—Todo padecimiento, todo esfuerzo es poco cuando se trata de obedecer a la augusta de Roma —respondió él, siempre de rodillas—. Los *lemures* se cansaron de luchar contra mi brazo y mi espada fortalecidos por el amor a la emperatriz de Roma y hace tiempo que no se me acercan.

Ella sonrió. Podía imaginar la escena: Quinto rodeado de espíritus sin moneda y blandiendo su espada con furia y destreza tales que todos se retirarían con rapidez.

—Levantémonos, Quinto.

Él cumplió el mandato de inmediato.

Julia miró a su alrededor.

—Tendríamos que esperar aún un poco más —añadió la emperatriz—. Un poco más, Quinto, a que él llegue.

—Sí, augusta —aceptó el prefecto de la guardia, aunque no tenía aún muy claro a quién se refería la emperatriz.

—Pronto —añadió Julia Domna— se cruzarán los destinos de todos, aquí, entre el reino de los vivos y el reino de los muertos. Aquí esperaremos.

—¿A quién? —preguntó Mecio.

—A él, a ese que tanto dolor nos ha causado —respondió Julia con una sonrisa cargada de rabia—. Y lo esperamos para vengarnos.

Edesa, finales de 217 d. C.

Opelio Macrino retiró todas las legiones hasta el interior de Osroene, abandonando todas las posiciones de vanguardia que Roma había mantenido durante la campaña contra los partos. Quería cumplir escrupulosamente su pacto con Artabano V del mismo modo que el rey de reyes parecía estar cumpliendo su parte al detener todas las hostilidades contra las tropas romanas.

La paz había sido comprada a un caro precio, pero esa misma paz le daba mucho margen de maniobra ahora a Macrino para afianzar su posición en el Imperio romano. Era cierto que el nuevo retraso en pagar al ejército no lo hacía muy popular entre las tropas, pero no había otro candidato a emperador, nadie que pudiera atreverse a dar un golpe militar y postularse como un *imperator* alternativo. La dinastía de Severo y de Julia Domna había llegado a su fin sin herederos y los senadores tenían mucho miedo al ejército como para intentar controlarlo desde la lejana Roma. Por otro lado, sus dos hombres de confianza, Apolinaris y Nemesiano, no eran ni inteligentes ni tan ambiciosos como para disputarle el Imperio y todos los oficiales los veían como fieles servidores suyos, de modo que la impopularidad por el retraso en el pago de los salarios a las legiones también recaía sobre ellos. No, no había nadie que pudiera disputarle el poder. Aun así, aprovechando el cese de la guerra, ya desde Edesa, Macrino envió cartas al Senado y a todos los *legati* de las guarniciones de Oriente y del resto del Imperio para garantizarse, por escrito, su fidelidad. Y las cartas de adhesión a su causa, fuera unos por miedo, fuera otros porque temían el desastre que supondría una nueva guerra civil, no dejaban de llegar, una tras otra. Además, el hecho negativo de haber usado el dinero para las legiones en comprar la paz con los partos había terminado con una guerra de desgaste que para muchos oficiales, e incluso para miles de legionarios, estaba resultando tan agotadora como terrible. A nadie le gustaba cómo se había conseguido detener la guerra, pero el fin de la guerra en sí mismo, contra un enemigo tan complicado y duro de roer como los partos, era, como mínimo, algo bueno para la mayoría de los soldados. Los legionarios tenían, pues, sentimientos encontrados hacia Macrino, pero sin un líder que pudiera organizar una rebelión, se dejaban llevar por la inercia, por el poder establecido, por el nuevo emperador, a la espera de que, más pronto que tarde, el augusto encontrara fondos llegados desde Roma para ir pagando los salarios de todos. Si habían esperado más de un año para cobrar, podían esperar unos meses más. Ese era el margen que Macrino sabía que tenía.

De este modo, ponderadas unas circunstancias y otras, para Opelio Macrino todo marchaba a la perfección. No obstante, a la espera de recaudar mediante nuevos impuestos el dinero para los salarios atrasados, había otro punto que aún lo preocupaba: se había proclamado emperador, el Senado aceptaba el hecho como algo inevitable, el ejército lo seguía y las noticias de la muerte de Julia Domna, la única persona que podría haber intrigado contra él, ya le habían llegado, con lo cual todo estaba bien, pero, y esta era la cuestión, tenía que dar sensación de durabilidad a su gobierno.

Necesitaba un heredero.

Por eso se decidió a escribir a Nonia Celsa, su mujer.

Su relación con ella había sido intermitente. Macrino se casó por interés, porque era lo que correspondía a un alto oficial del cuerpo pretoriano. Además, eran los tiempos en que los prefectos de la guardia eran Quinto Mecio y Papiniano. Ninguno de los dos muy favorable a ascenderlo. Él se había significado demasiado en aquella época pretérita como un buen apoyo del caído en desgracia Plauciano. Ya tuvo bastante fortuna de salvar la vida cuando Plauciano fue eliminado. El matrimonio con Nonia Celsa le dio cierto prestigio e hizo pensar a sus superiores que, al menos en apariencia, buscaba solo una vida tranquila sin aspiraciones peligrosas.

Nonia no era patricia, pero sí de rango ecuestre y eso, para él, en su momento, le pareció suficiente. Ahora resultaba un matrimonio un poco por debajo de lo que habría sido oportuno, pero eso ya no era lo esencial. Lo relevante era que Nonia le había dado un hijo, Diadumeniano, a quien, era cierto, no había visto desde el inicio de la larga campaña contra los partos. Pero lo único esencial era que tenía un hijo: un heredero. Eso lo haría más fuerte ante posibles enemigos. Solo tenía que escribir a Roma y reclamar la presencia de su mujer e hijo en Oriente.

Opelio Macrino, sentado frente a una amplia mesa en una sala grande de su palacio en Edesa, sonrió. Tenía un imperio y tenía un heredero. Lo tenía todo, y todo lo preservaría durante mucho tiempo. Era ahora su momento, el año en el que una dinastía, la de Severo y Julia, caía y en el que se alzaba con el control absoluto de Roma otra estirpe: la suya.

LXIX

LA BIBLIOTECA DE PÉRGAMO

Pérgamo, finales de 217 d. C.

Galeno caminaba despacio por las salas de la gran biblioteca de Pérgamo.

Había regresado a su ciudad natal y tenía la sensación de estar cerrando un gran círculo vital. Allí, en aquella urbe, se hizo famoso por curar a más gladiadores en el anfiteatro que ningún otro médico del Imperio. Eso lo catapultó a la fama y de ahí a Roma y, al poco tiempo, a la corte imperial. Había sido el médico de hasta cinco augustos: Marco Aurelio, Cómodo, Severo, Caracalla y Geta. Pocos habían tenido un plantel de pacientes tan poderosos. También había sido el que asistió desde siempre a la recientemente fallecida augusta Julia. ¿Contaba eso como un emperador más? A la luz de todo lo que había vivido con ella, de todo lo que había presenciado, de todo lo que había gestionado la gran emperatriz de Roma, cada vez tenía más claro que, ciertamente, Julia, por lo menos, contaba como otro emperador del Imperio. El sexto a quien él había servido. Incluso, Julia podría contar, quizá, como más de uno. Como varios.

Estaba cansado. Le costaba andar. Eran ya muchos sus años. Se sentó en una silla.

La sala en la que decidió descansar estaba sin nadie, pero los estantes volvían a verse repletos de rollos de papiro y códices de pergamino. La biblioteca, poco a poco, recuperaba el esplendor de antaño. Respiró despacio durante un rato hasta recuperar el resuello. Estos agotamientos le venían cada vez más a menudo. Él ya sabía lo que era. Su fin cada vez estaba más cerca. Su cuerpo le había servido bien. Durante mucho tiempo. Y había sido una fortaleza ante inclemencias, enfermedades y acciden-tes. Siempre seguía preguntándose cómo era posible que él, después de tratar con tantísimos enfermos de peste, nunca se infectara. Aquello lo llenaba de desazón. Si supiera por qué él era inmune a la enfermedad más mortífera, la que había mata-do a centenares de miles, millones de personas en su tiempo, podría salvar a generaciones futuras de aquel mal. Pero él solo sabía que, por algún extraño designio de los dioses, o por algu-na razón médica que él no acertaba a desentrañar, la peste, en él, nunca hacía mella. Solo tenía la intuición de que había algu-na conexión entre la leche de vaca y la inmunidad a la peste. Pero no tenía ningún dato, ninguna seguridad.[50]

Le costaba respirar.

—Pero del paso del tiempo... —masculló entre dientes con una sonrisa sarcástica mientras se levantaba lentamente y volvía a andar—. Del implacable tiempo, del transcurrir de los años, no nos escapamos nadie.

Galeno llegó a la última sala de la biblioteca. En la entrada, tal y como le habían explicado, estaban media docena de legio-narios, custodiando el acceso a la estancia de los libros prohibi-dos por el fallecido augusto Septimio Severo. La orden de vigi-lar aquellos volúmenes y de no permitir acceso a los mismos a nadie no había sido revocada ni por Caracalla ni por Macrino. Quizá era una orden ya olvidada por los que jugaban a ser *impe-ratores*. Galeno detectó en las miradas de aburrimiento de los legionarios que no tenían ya ni idea de por qué custodiaban aquella estancia de la biblioteca de Pérgamo. Solo obedecían ins-trucciones de un gobernador que, por miedo a incumplir una orden imperial, mantenía restringido el acceso a la sala mien-tras no recibiera una orden en sentido contrario por algún otro augusto de Roma.

Galeno no saludó. Se limitó a exhibir el salvoconducto fir-mado por Julia Domna junto con otro escrito que había redac-tado el propio gobernador de Asia, que, en aquellos tiempos de tumulto y lucha por el poder, decidió dar por bueno aquel do-cumento firmado por la fallecida augusta madre. No estaba cla-

50. Véase la nota histórica al terminar la novela.

ro si Macrino iba a consolidar su poder o si la familia de Julia Domna se reharía con el control del Imperio, pero en medio de aquella maraña de conflictos, el gobernador pensó que permitir el acceso a aquel viejo médico a una sala olvidada por todos era un asunto tan menor como insignificante.

Los legionarios no sabían leer. Llamaron a un *optio*. Este llegó con inesperada rapidez para un Galeno que comenzaba a impacientarse. El oficial leyó los dos documentos con atención. Suspiró. Se encogió de hombros. Devolvió los escritos a Galeno y se dirigió a sus hombres.

—Dejadlo pasar —dijo y retornó a una mesa donde había estado sentado revisando una solicitud que quería hacer al *quaestor* de su unidad con relación a unas pagas atrasadas.

Galeno, por fin, entró en aquella sala prohibida. Había decenas de *armaria* repletos de papiros. El poder político siempre piensa que es conveniente prohibir muchas lecturas, muchos pensamientos, muchas reflexiones.

El veterano médico suspiró. Aquella iba a ser una tarea ardua y más para alguien como él: un viejo de vista cansada, un hombre agotado, en el fin de sus días. Pero tanto empeño y tiempo había dedicado a la búsqueda de los libros secretos de Herófilo y Erasístrato que por qué no terminar su vida en un último esfuerzo.

Se puso a ello.

Había rollos con etiquetas y otros, los más, sin nombre alguno que diera pistas sobre su autor. Empezó a revisar las etiquetas que colgaban de los papiros que alguien se molestó, en algún momento, en poner: eran nombres de algunos médicos de antaño, pero no los que buscaba, y otros de auténticos desconocidos para él, es decir, no tenía dudas, de charlatanes, adivinos y otras alimañas parecidas.

No encontró nada relevante el primer día de búsqueda.

Ni el segundo.

Ni el tercero.

Ni en toda una semana.

Ni en un mes.

Estaba exhausto.

Y, sin embargo, quedaban tantos rollos por revisar...

LXX

LA REBELIÓN

**Campamento general de la III legión *Gallica* en Raphanea
16 de mayo de 218 d. C.**

El *legatus* Gannys, de la III legión *Gallica*, avanzaba a paso veloz, en grandes zancadas, por entre el mar de tiendas de campaña de aquella inmensa unidad militar establecida desde hacía tiempo en Palestina. Caminaba rodeado por un nutrido grupo de legionarios de su confianza que lo escoltaban a modo de guardia personal, a él y al joven Sexto Avito Vario Basiano, apenas un adolescente, que lo seguía de cerca, casi dando saltos, para mantener el paso del recio legado. Varios de los legionarios de aquella poderosa guardia portaban, en lugar de armas, sacos pesados henchidos de algo que nadie sabía qué era, nadie a excepción del propio Gannys y de Julia Maesa. Los legionarios, que se apartaban para dejar paso a la comitiva del *legatus* al mando, se miraban entre sí extrañados, desconocedores de que en aquellos sacos estaba el arma más poderosa para la guerra, para cualquier guerra en cualquier momento y en cualquier tiempo.

Sin embargo, pese a poseer aquella arma, Gannys, por su parte, seguía sin tener claro que forzar el levantamiento de la legión III, cuando Macrino estaba aún con todo su ejército de Oriente bajo su mando en Edesa, fuera buena idea. Pero Julia Maesa, la hermana de la augusta recién fallecida, madre de su amada Sohemias y abuela del joven Sexto, no le había dejado margen.

Emesa, *domus* de la familia de Julia
Unos días antes

—Lo haremos tal y como lo había planeado mi hermana —le había dicho Maesa—, ¿o acaso vas a saber tú más que mi querida, augusta y, pronto, divina hermana Julia Domna, *legatus* Gannys? ¿Acaso el legado de la III *Gallica* va a saber más que mi hermana, la emperatriz *mater patriae*, sobre cómo nombrar emperadores y herederos y forjar dinastías?

Y él calló.

De dinastías, lo admitía, sabía más bien poco.

Maesa le añadió detalles para darle confianza. Datos importantes.

—Mi hermana pensaba que una pronta proclamación de su nieto Sexto Vario como *imperator* forzaría a Macrino a tener que moverse con rapidez y no es fácil mover con velocidad a todo un ejército de campaña como el de Oriente. Tendrá que moverse...

—Solo o con pocos hombres —se atrevió, en aquel momento, Gannys a interrumpir a Maesa para completar su argumentación—. Quizá con la caballería de la guardia pretoriana, pero con pocos efectivos más.

—Exacto —le confirmó, entonces, su interlocutora—. Así que ahora ve y cumple con tu compromiso para con nosotras, para conmigo y para con mi hija Sohemias y para con el que, de algún modo, va a ser tu hijo, que, en unas horas, tendrá que ser emperador de Roma.

Y Gannys cabeceó afirmativamente, salió de aquel encuentro en Emesa y cabalgó sin descanso para reunirse con los oficiales de su legión.

Campamento general de la III legión *Gallica* en Raphanea

Los tribunos de la III legión *Gallica* lo esperaban en un pequeño cónclave en el *praetorium* del campamento. Allí mismo les comunicó a todos lo que iba a hacer. Se sorprendió de lo fácil que fue que todos los oficiales asintieran y aceptaran el plan.

Había subestimado el tremendo ascendente que la familia de Julia Domna aún tenía en toda la región. A todos les pareció una gran idea rebelarse contra Macrino. El hecho de que aquel no hubiera satisfecho el pago de los salarios a las legiones aún era la clave de todo. Gannys había pensado que aquello podría favorecer sus propósitos, pero ahora se daba cuenta de que la falta de dinero entre los legionarios de Oriente era la piedra angular sobre la que hacer virar el destino del Imperio.

Gannys salió fortalecido en su ánimo tras obtener el apoyo de todos los tribunos a su decisión de sublevar a toda la legión contra el emperador establecido. Maesa le había dado dos armas secretas. Todo era posible. Iba a jugar a lo grande, a apostarlo todo, incluida la vida. O acabaría ejecutado, crucificado bajo el irredento sol de Siria, o sería nombrado jefe del pretorio de un nuevo augusto. Grandes recompensas requieren grandes riesgos. Y, además, tendría el amor de Sohemias y la libertad para desposarse con ella o ser su amante sin que nadie ya osara interponerse en su relación.

Pero, al tiempo, seguía con dudas. Una cosa era persuadir a unos pocos oficiales y otra muy diferente convencer a miles de legionarios de que abandonaran una cómoda posición de inacción e indolencia para pasar a una rebelión en la que todos podían morir. Por eso caminaba veloz Gannys por entre aquel mar de tiendas legionarias. Porque temía que, si ralentizaba el ritmo de su avance, las dudas lo alcanzaran y se detuviera sin llevar a término sus propósitos.

Esto es, los propósitos de Maesa.

O, lo que es lo mismo, los propósitos de Julia Domna.

Tan rápido caminaba el legado que el adolescente Sexto Vario seguía prácticamente teniendo que correr para no perder el paso de aquel hombre en el que su madre y su abuela habían depositado toda la confianza para que lo ayudara a proclamarse emperador de Roma. El muchacho, ansioso, corría sin descanso. No quería ser él quien retrasara ni un instante todo el complejo plan que su fallecida abuela había diseñado para que la familia continuara controlando el Imperio romano. Apenas hacía unos días que su madre le había revelado que su auténtico padre era el fallecido Caracalla, pero él había asimilado aquello con rapidez y como si sintiera que todo encajaba en su fuero interno. Estaba destinado a ser emperador y eso era todo lo que le importaba.

Gannys inició, de pronto, el ascenso a una escalinata de madera que había ordenado levantar para darle acceso a un entarimado elevado desde el cual iba a dirigirse a los legionarios convocados en masa en el centro del campamento.

Se detuvo en mitad de las escaleras.

Se giró.

—Sexto Avito Vario Ba... —empezó dirigiéndose a su protegido para, rápidamente, corregirse y usar ya el nuevo nombre de aquel muchacho destinado a gobernar Roma—. El nuevo augusto Marco Aurelio Antonino debería esperar al pie de la escalinata. Yo diré el nombre del nuevo emperador cuando corresponda y será el momento en el que el nuevo augusto deberá ascender. Tenemos que hacerlo bien. He de preparar antes a los legionarios.

El adolescente asintió.

—De acuerdo —dijo el muchacho.

—Vosotros, protegedlo en caso de que haya problemas —ordenó Gannys mirando a los legionarios de su guardia.

Se volvió entonces de nuevo hacia la escalera y concluyó su ascenso a lo alto.

Gannys se encontró solo en aquel entarimado.

Ante él, miles de legionarios atentos a lo que iba a comunicarles. Todos intuían algo grande, algo grave, algo que iba a afectarlos de un modo u otro. Llevaban tiempo sin cobrar el salario. Un retraso poco habitual que empezaba a resultar demasiado incómodo, molesto, irritante. Que pasara algo podía ser bueno. Seguir igual no les gustaba demasiado. Por otro lado, grandes cambios, grandes riesgos eran cosas que los legionarios, conservadores por naturaleza, veían con mucha prevención. Pero Gannys se había mostrado un legado eficaz: estricto, pero justo; exigente en las continuas maniobras para mantenerlos preparados por si se requería su presencia en la frontera de Oriente, en el caso de que se reanudaran las hostilidades con la siempre imprevisible Partia, pero con descansos adecuados y buenas dosis de vino y comida con cierta periodicidad a modo de recompensa por sus esfuerzos. Era el retraso en los salarios lo que había empezado a hacer impopular al propio Gannys. Por eso los legionarios iban a escuchar, pero no estaban muy predispuestos a grandes sacrificios. No sin ver antes algo de dinero. Mejor: mucho dinero. Todo el que se les debía. Las promesas de que sus pagas vendrían pronto desde Roma, en nuevas remesas conseguidas con los impuestos imperiales, no les resultaban demasiado tranquilizadoras.

Gannys miró a sus hombres. Percibía la desconfianza.

No iba a ser fácil.

Inspiró.

—¡Legionarios de la legión III *Gallica*! ¡Legionarios!

Los soldados lo miraban.

Tenía su atención. Pero nada más. Y necesitaba más, mucho más. Tenía que obtener sus voluntades.

—¡Legionarios, sé que el descontento acampa junto con vosotros todas las noches! ¡Sé que el retraso en el pago de los salarios os irrita! ¡Y sé que queréis que esta situación termine! —fue directo al grano. No era momento ni de sutilezas ni de rodeos y menos con legionarios airados—. ¡Sea, pues tenéis razón para vuestro enojo y para vuestra furia contenida que siento cada día cuando paso por entre vuestras filas! ¡Pero os habéis mantenido fieles a Roma, al Imperio y al augusto Macrino!

Gannys percibió cómo se levantaba un murmullo extraño ante la primera vez que mencionaba el nombre del emperador actual. Eso le gustó. No parecía que el *imperator* fuera muy popular. No en las presentes circunstancias. Eso le dejaba ciertas posibilidades para hacer oscilar el fiel de la balanza de la historia.

—¡Macrino no ha pagado! —dijo Gannys, eliminando el «augusto» delante del nombre del emperador y haciendo una pausa retórica.

El silencio se apoderó de la explanada.

Los legionarios intuían algo. No sabían bien qué, pero algo grande. ¿Bueno, peligroso, malo...? No lo sabían aún.

Escuchaban.

Atentos.

—Sé que el emperador defiende la idea —continuó Gannys— de que ha usado el dinero de los salarios de todas las legiones de Oriente para terminar con una dura guerra que a todos empezaba a disgustar por lo largo de la campaña, por las penurias del combate, por los esfuerzos de la lucha. ¡Esa es su razón para no haber pagado a las legiones! ¡Todos sabéis que ha entregado los doscientos millones de sestercios al enemigo y, es cierto, el enemigo ha aceptado la paz!

Hizo una segunda pausa. Los murmullos retornaban a las filas de los legionarios congregados en masa ante él.

—¡Una paz, no obstante, tendremos que decirlo, no demasiado gloriosa! ¡Una paz no ya conseguida con una gran victoria sobre el oponente, con la recompensa del saqueo y la obtención de esclavos y el cobro de los salarios! ¡No, una paz sin dinero y en la que hemos pagado a los enemigos para que no luchen más! ¡Una paz...! —Gannys inspiró aire—. ¡Una paz ignominiosa!

Y calló.

Los legionarios se miraban entre sí. Estaban confusos.

Gannys sabía que estaba llegando al primer momento clave de los dos que debía tener su discurso ante las tropas. No quiso dilatarlo más. Tenía prisa. Era la presión de quien aún no está seguro de cómo va a salir todo y decide lanzarse a pecho descubierto contra todo y contra todos, aunque solo sea ya por quitarse de encima aquella maldita sensación de incertidumbre.

—¡Legionarios de la III legión *Gallica*! ¡El tiempo de esperar los salarios se ha terminado! ¡Yo os ofrezco cobrar vuestras pagas atrasadas hoy mismo y reencontraros así con el mundo en el que vivíamos bajo el augusto Antonino, aquel a quien todos llamábamos Caracalla! ¡O que retornemos a la época de su padre, el divino Severo! ¡Ambos pagaban siempre! —Y Gannys se giró hacia los hombres que vigilaban a Sexto Vario y les habló sin gritar, para que lo oyeran ellos solos—. Subid los sacos, rasgadlos y verted su contenido sobre la tarima.

De ese modo, una docena de los soldados de la guardia personal de Gannys ascendieron por las escaleras al entarimado y, con rapidez, usando de forma diestra cada uno de ellos su *pugio*, agujerearon los sacos de forma que, de pronto, un montón de monedas empezó a derramarse por todo aquel improvisado escenario. Varias montañas de sestercios y denarios y ases se acumularon por todas partes rodeando al legado de la III *Gallica* de una auténtica cordillera de dinero. El arma más poderosa. Siempre.

—Bajad —ordenó Gannys y sus hombres descendieron de la tarima y dejaron a su líder solo, en el centro de los miles de monedas que relucían bajo la luz del sol. Julia Maesa, siguiendo instrucciones de la propia Julia Domna, había ordenado que decenas de esclavos, siempre vigilados, limpiaran una a una cada moneda, de forma que estas refulgieran ahora en todo su esplendor.

—El dinero, cuando brilla —le había dicho Julia Domna a su hermana—, ciega voluntades e ilumina anhelos. Es en esos momentos cuando se le puede pedir todo a alguien y ese alguien te lo dará.

Nada de eso había oído Gannys, pero podía leer en el brillo henchido de codicia de los ojos de sus legionarios que aquellas monedas refulgentes le estaban facilitando continuar con su discurso y acercarse ya a su segundo momento clave, al realmente importante. Pero antes tenía que terminar de subrayar el significado de toda aquella montaña de dinero sobre el entarimado.

—¡Estos son sestercios y denarios cedidos por la familia del difunto augusto Antonino, reunidos con determinación y esfuerzo por la que fuera su madre, la gran augusta Julia Domna, custodiados por su hermana Julia Maesa y ahora traídos aquí por mí para satisfacer el pago de vuestros merecidos salarios, injustamente retrasado por parte de un supuesto augusto Macrino que ni cumple su palabra ni es persona de quien un legionario de Roma pueda fiarse! ¡Y estos sacos de plata y bronce son apenas una muestra de todo el dinero que la familia imperial del fallecido augusto Antonino tiene en su poder para pagar los salarios atrasados no ya de la III legión *Gallica*, sino de todas aquellas legiones que quieran unirse a nuestra causa! ¿Y qué causa es esa, os preguntaréis? Pues no es otra que la que va a ascender en un instante por esa escalera.

Gannys se volvió de nuevo un instante hacia los hombres de su guardia personal, pero en este caso fijó su mirada en el joven Sexto Avito Vario Basiano.

—Ahora..., augusto —dijo el *legatus*.

Y el muchacho ascendió por aquella escalinata de madera con las ansias de la ambición y del poder sin límite que, durante los últimos meses, habían sido convenientemente alimentadas en su pecho por su abuela Julia Maesa y su madre Sohemias, tal y como, en un pasado no demasiado lejano, la propia Julia Domna hiciera con su hijo Caracalla.

El joven se situó en el centro de aquel escenario, rodeado de monedas de plata y bronce y con el *legatus* Gannys por detrás, a su derecha, hablando de nuevo, dirigiéndose a todos los legionarios de la legión III *Gallica*.

—¡Os presento a quien os trae toda esta fortuna con la que se satisfarán desde ahora en adelante, con la regularidad conocida de antaño, vuestros salarios! ¡Ante vosotros tenéis al nuevo augusto..., Marco... Aurelio... Antonino, hijo, nada más y nada menos, que del propio Antonino Caracalla, quien hace quince años yació con su prima Sohemias, de cuyo acto surgió quien ahora os gobernará con la generosidad y seguridad de vuestro querido y añorado líder Caracalla!

Gannys detuvo su discurso una vez más.

Los legionarios aprovecharon para hablar rápidamente unos con otros, para cruzar opiniones, pareceres, sensaciones.

El legado de la III legión *Gallica* alzó ambos brazos.

Los legionarios callaron.

Gannys fue ya a por todas, sin ambages, sin contención, sin vuelta atrás.

—¿Qué preferís? ¿Seguir siendo leales a un miserable y mentiroso y traidor a Roma como Macrino, que entregó vuestro dinero al enemigo parto, o preferís jurar lealtad al hijo del augusto Caracalla, al nieto del divino Severo, quienes siempre os dirigieron hacia la victoria y hacia vuestra fortuna? Decidme, legionarios de la III legión *Gallica* de Raphanea, decidme alto y claro: ¿a quién deseáis seguir a partir de ahora, a quién vais a ser leales hasta la muerte: a Macrino o al nuevo Antonino? ¿Macrino o Antonino? ¡Gritádmelo a pleno pulmón, que lo oiga yo, que lo oiga el propio Macrino, que lo oigan hasta en el Senado de Roma!

Y ante la visión de aquella montaña de refulgentes monedas, ante las promesas de cobrar todos los atrasos, un compromiso que venía certificado por la familia imperial del antiguo Caracalla, que siempre, en efecto, les pagó bien; y ante la presencia de un vástago, de un descendiente directo de su añorado emperador, que tan bien y generosamente los tratara en el pasado; y ante la visión de un joven adolescente que era, en verdad, la pura imagen en vida de su recordado *imperator* muerto Caracalla, la respuesta fue precisa y nítida y potente:

—¡Antonino, Antonino, Antonino! —aullaron miles de gargantas de legionarios de Roma.

Gannys dio un par de pasos hacia atrás y se quedó admirado, en medio de aquel furor de vítores hacia el joven Antonino, de cómo el plan urdido por la fallecida Julia Domna, puesto en marcha por su hermana Maesa y ejecutado por él mismo surtía efecto con tanta facilidad como si se tratara de un sencillo juego de niños. Era evidente que la difunta augusta Julia sabía, tal y como le había insistido la propia Maesa, mucho más de dinastías imperiales, de cómo crearlas y de cómo mantenerlas en el poder, que ninguna otra persona del Imperio romano.

Gannys alzó los brazos al sol por segunda vez.

Las tropas cedieron en sus vítores.

El legado habló de nuevo.

—¡Proclamo, entonces, yo, ante vosotros, al joven Sexto Avito Vario Basiano, hijo del augusto Antonino Caracalla, nieto del divino Severo, nuevo *Imperator Caesar Augustus* con el nombre de Marco Aurelio Antonino Augusto!

Y el clamor de vítores resurgió de entre aquel océano de legionarios ansiosos por cobrar, de una maldita vez, el dinero que les debían desde hacía meses.

—¡Antonino, Antonino, Antonino!

En el escenario, el nuevo emperador levantaba los brazos él mismo, empezando a disfrutar de aquella pasión extraña que daba sentirse todopoderoso. No había hecho ademán alguno de rechazar el nombramiento, la conocida *repugnatio* que otros hicieran en el pasado, como cuando su propio abuelo Severo aparentó rehusar en dos ocasiones su proclamación como emperador en Carnuntum. Eran otros tiempos. No había margen para aparentar que no se deseaba lo que sí se anhelaba con ansia, con furia.

El legado se dirigió entonces al joven nuevo emperador.

—Cuando te lo diga, saluda con tu voz, augusto.

El muchacho, el *imperator*, cabeceó afirmativamente. Recordó cómo su abuela había mencionado el parecido de su voz a la de quien había sido su auténtico padre: Caracalla.

Gannys alzó los brazos una vez más.

Los legionarios callaron. El legado se volvió hacia el augusto.

—¡Yo os saludo, legión III *Gallica*! —aulló el joven.

Y para los soldados fue como si hubieran escuchado al mismísimo Caracalla.

Los vítores retornaron en un clamor aún más intenso.

—¡Antonino, Antonino, Antonino!

Gannys descendió de la tarima.

—Empezad el reparto de los salarios —dijo a sus hombres de confianza—. Que se hagan las colas habituales de otros tiempos ante el mismísimo *quaestorium*.

—¿Y qué hacemos... con el nuevo emperador? —preguntó uno de los tribunos.

Gannys se giró y vio cómo el recién proclamado joven augusto seguía con los brazos en alto saludando a los legionarios, a sus legionarios a partir de aquel momento.

—Dejadlo que disfrute tanto como quiera y cuanto desee de su acceso al poder. Luego escoltadlo al *praetorium*. Yo me retiro ya allí. Tengo una rebelión militar que coordinar. Esto es solo el principio. Con esto no basta. Enviaremos mensajeros hacia Oriente, hacia Edesa, con la noticia de la proclamación del augusto Antonino, para que se entere, desde ya mismo, Opelio Macrino. —Aquí calló un instante y, por fin, añadió unas palabras en voz baja—: Y veremos... su reacción.

LXXI
—

LA OBEDIENCIA DE CARONTE

Junto a la laguna Estigia

Los muertos iban trayendo noticias a la frontera del inframundo. Julia y Mecio, siempre junto a la orilla, siempre esperando, escuchaban los relatos de las nuevas almas que iban llegando. Cuando Julia supo que Macrino había usado los doscientos millones de sestercios para pagar a los partos con el fin de que estos aceptaran detener la guerra, en lugar de para pagar los salarios del ejército romano, la emperatriz estalló en una sonora carcajada que sorprendió a todos.

Luego supieron, por medio de unos desertores ejecutados por el propio Macrino, que la rebelión contra quien Julia llamaba «el usurpador» se había iniciado. Aquellos hombres habían querido pasarse al bando de Gannys, pero habían sido apresados en su huida y condenados a muerte como castigo ejemplar para detener a otros que quisieran hacer lo mismo. Y, lógicamente, habían sido enterrados en una fosa común y sin honores ni los apropiados ritos funerarios. En consecuencia, habían llegado hasta aquella orilla de la laguna Estigia sin moneda alguna con la que pagar al viejo y temible barquero Caronte.

Pero Julia quería premiar a aquellos hombres que habían muerto en su intento de pasarse al bando de su nieto, Marco Aurelio Antonino ahora, defendido por Gannys bajo la supervisión de su hermana Maesa.

—Estos legionarios han de poder cruzar la laguna —dijo—. No es justo que tengan que sufrir una espera de cien años como esas otras almas miserables que nos acechan.

—Ya, pero no tenemos más monedas que las nuestras —comentó Mecio, deseoso de poder ayudar, como siempre, a la emperatriz, pero sin ver cómo podría conseguirse lo que ella deseaba—. El barquero no acepta llevar a nadie sin moneda, no si, al menos, no ha sufrido esa terrible espera casi eterna.

Julia frunció el ceño. Los desertores, desesperados, escuchaban aquella conversación entre aterrados y esperanzados. Habían oído todos tantas historias de la veterana emperatriz Julia Domna, la madre de Caracalla, la esposa del divino Severo, sobre cómo siempre la *mater patrae* encontraba soluciones para todo cuando ella así lo deseaba... Pero claro, todos aquellos relatos tenían que ver con acontecimientos acaecidos en el mundo de los vivos. Ahora estaban en el inframundo. Aquí las reglas eran distintas y el poder de la emperatriz habría desaparecido... ¿o no?

—Hablaré con el viejo barquero de almas —dijo Julia entonces.

—¿Con Caronte? —preguntó con terror Mecio.

El barquero del inframundo era una deidad temible. Lo había dejado a él en paz, pero porque era un aguerrido pretoriano y solo había pedido que se le permitiese esperar en la orilla. Y hasta le había hecho gracia que fuera por amor, pero el barquero nunca accedería a llevar almas sin moneda en su barca. Pero Julia ya se encaminaba directa hacia el lugar donde Caronte había situado la embarcación para recoger a nuevas almas que pudieran pagar su viaje.

Mecio fue corriendo detrás de la emperatriz. Temía lo peor: que ella se enfrentara a un dios. Pero Julia caminaba veloz. El prefecto de la guardia no llegó a tiempo de impedir que se dirigiera directamente a la deidad.

—Dios Caronte, te saludo —dijo la emperatriz.

Las cuencas de los ojos del agigantado ser brillaron con fuego mientras él, enorme y verde y maloliente, descendía de la barca para tirar de ella y vararla en la playa. La deidad se volvió entonces hacia su interlocutora.

—Te saludo, augusta Julia —dijo con un tono serio, una voz profunda y un aliento apestoso que habría hecho alejarse a cualquiera. A cualquiera, menos a Julia.

—¿Desea la emperatriz cruzar ya hacia el otro lado de la laguna? —preguntó el viejo gigante, arrugado por el tiempo, por años navegando sin descanso por aquellas oscuras aguas de frontera entre dos mundos—. Veo que lleva una refulgente moneda de oro en la mano. Un magnífico áureo. No se ven muchas monedas de esa calidad por aquí.

Julia sonrió, mostró en la palma de su mano la moneda y hasta le dio la vuelta para que se vieran ambos lados:

—*Imperator Caesar Septimius Severus Parthicus Augustus* —dijo Caronte desglosando en voz alta el significado de cada una de las abreviaturas grabadas en el anverso de la moneda alrededor de la efigie del esposo de la emperatriz.

—Es una moneda que recuerda a la legión XIV *Gemina* que proclamó a mi esposo emperador —completó ella, aún exhibiendo aquel áureo que equivalía a veinticinco denarios, es decir, cien sestercios o cuatrocientos ases.

Julia podía leer la codicia en las llamas incandescentes de los ojos de Caronte, pero, de pronto, para sorpresa y rabia del dios, se guardó la moneda en un bolsillo de su túnica.

—Es, por cierto, la moneda de un dios. Pero no. Aún no deseo cruzar la laguna —añadió seria, con una autoridad extraña que incomodó al barquero, pero que en modo alguno lo intimidó. Ella era solo una mortal, una mortal muerta y, además, una mujer. Un ser tres veces débil, insignificante en poder con relación a él, que estaba en el centro de su reino.

—¿Otra alma que desea esperar? —dijo Caronte mirando por encima del hombro de la emperatriz a Quinto Mecio, que, espada desenvainada, se acercaba por detrás de la augusta, como si quisiera protegerla—. ¿Realmente, pretoriano, crees que tienes alguna oportunidad contra mí? ¿Aquí?

—Es posible que no —respondió Mecio, pero sin dejar de avanzar, rodeando a la emperatriz, en un intento por interponerse entre ella y la gigantesca figura del barquero—. Pero siempre defenderé a la emperatriz, contra quien sea, donde sea, cuando sea necesario.

—Lealtad infinita —dijo Caronte y se echó a reír; pero detuvo la risa de forma abrupta—. Yo respeto esa fidelidad. Pero quizá estamos iniciando un enfrentamiento antes de saber por qué se dirige a mí la veterana augusta de Roma.

El barquero se encaró directamente con Julia.

—Has de llevar a unos legionarios que no tienen moneda al otro lado de la laguna —explicó la emperatriz sin rodeos—. No me parece justo que tengan que esperar cien años entre los horrores de todas esas almas en pena.

Caronte se acercó a la emperatriz.

El aliento pestilente empezaba a envolverla.

Era mareante, pero Julia permanecía impasible, inmóvil, ante la deidad verde y gigante ante quien su pequeña figura de mujer parecía empequeñecerse a cada instante.

El prefecto avanzó para interponerse de forma efectiva entre uno y otra, pero Julia levantó el brazo.

—No, Mecio —dijo ella—. Aquí no puedes ayudarme. En eso tiene razón el dios Caronte.

—¡Ja, ja, ja, ja! —volvió a reír el barquero del inframundo—. Al menos, alguien es consciente de su insignificancia en mi territorio. Aquí mando yo.

Mecio se detuvo, no por miedo, sino, como en otras ocasiones, por obedecer a su amada Julia. Pero confuso, atemorizado. La había visto enfrentarse a enemigos terribles y hacer cosas que nadie habría hecho por controlar el Imperio, por controlar a su hijo, por el buen gobierno del mundo, como cuando yació con Caracalla para detener la brutal masacre que su primogénito había ordenado en Alejandría. Pero ahora Julia estaba pidiendo a un dios que hiciera algo que ese dios nunca hacía. Julia había acabado con traicioneros jefes del pretorio como Plauciano, había contribuido a la defenestración y muerte de césares y emperadores, pero ahora se enfrentaba contra un dios. Mecio conocía la valentía y el espíritu indomable de

Julia, pero reconociéndola capaz de cualquier cosa en el reino de los vivos, estaba aterrado al ver que ella seguía manejándose entre los muertos como si aún tuviera capacidad de influencia y, nada más y nada menos, capacidad para ordenar a un dios qué hacer.

—Sin moneda, no hay viaje al otro lado de la laguna —dijo Caronte y, sin dar más importancia al asunto, se dio la vuelta para subir, de nuevo, a su barca y recoger a aquellas almas que sí pudieran costearse el trayecto.

—¡Hoy llevarás a estos legionarios sin moneda a la otra orilla! —replicó Julia en voz alta y autoritaria.

Caronte se giró, se alejó de la barca y se acercó lentamente hacia Julia.

—¿Me estás dando una orden? ¿A mí? —y elevó el tono de voz convirtiéndolo en un grito gutural y cavernoso que estremeció a todos—. ¿Aquí, donde solo yo gobierno y decido? ¿Tú, una miserable mujer mortal muerta?

Julia Domna, en pie, en medio del fétido aliento provocado por el aullido ensordecedor del dios enfurecido, replicó con decisión.

Mecio quería detenerla, decirle que callara, pero no había nacido aún ni el mortal ni el dios que pudiera hacer callar a Julia Domna, viva o muerta.

—Hoy, aquí y ahora, puede que para ti solo sea una mujer mortal muerta, pero mis designios se están cumpliendo en el reino de los vivos. Y es solo cuestión de tiempo, de poco tiempo, que el Senado romano, bajo el control de mi nieto, me deifique. Se celebrará entonces mi apoteosis. Mi alma, en forma de águila, volará hacia el Olimpo y allí seré recibida como diosa. Saldré entonces de aquí y te habrás ganado una diosa como enemiga, tú que solo eres, y lo sabes, una deidad menor en comparación con cualquier dios del cielo. Me podré ocupar entonces de castigarte, como ya se te castigó en otros momentos por tu impericia para que nadie de los vivos entre y salga del reino de los muertos. ¿Quieres volver a sufrir alguno de esos castigos?

—¿Me estás amenazando... tú?

—Te estoy avisando...

El silencio era completo. Ni las almas con moneda, ni los *lemures* en eterna espera por no tener con qué pagar su viaje al barquero, ni Mecio ni nadie decía nada.

Caronte se sabía desafiado. Sentía unas ansias casi incontrolables por golpear brutalmente con sus fornidos brazos a aquella mujer muerta que se había atrevido a retarlo delante de todos, pero él también escuchaba las conversaciones de las almas que transportaba y sabía, como la propia emperatriz, que había una rebelión contra el emperador Macrino, liderada por un eficaz legado militar que buscaba entronizar al nieto de aquella augusta muerta y que, en efecto, podría ser que quien ahora le pedía pasar a unos pocos legionarios que no tenían moneda al otro lado podía terminar convirtiéndose en diosa del Olimpo. Y no, no era buena idea para él tener enemigos entre los dioses superiores. Ya lo habían, ciertamente, fastidiado en el pasado.

Caronte, despacio, se dio la vuelta y enfiló hacia la barca varada en la playa.

—Que suban —dijo en voz baja.

—¿Qué has dicho, dios... menor? —inquirió Julia subrayando lo de *menor.*

—¡Que suban esos malditos legionarios sin moneda! —gritó Caronte, pero sin volverse a mirar hacia la emperatriz.

Julia se giró hacia los soldados que habían abandonado a Macrino y que, perplejos, habían asistido a aquel reto entre seres que, claramente para ellos, estaban totalmente por encima de todos los allí presentes.

—¡Subid a la barca! ¡Marchad! No tendréis que esperar cien años.

De inmediato siguieron las instrucciones recibidas, aún sin dar crédito a su buena fortuna.

Mecio se acercó por la espalda a la emperatriz y la abrazó.

Julia se dejó coger por los poderosos brazos del prefecto.

—Estás temblando —dijo él.

Ella sonrió en su respuesta.

—Que no lo muestre no quiere decir que no haya pasado miedo —precisó.

—¿No ha sido innecesario este enfrentamiento tan peligroso? —se atrevió a preguntar él sin dejar de abrazarla ni un momento.

—Había que hacerle ver quién manda. Necesitamos la obediencia de Caronte —se explicó ella mientras se dejaba acariciar por el prefecto.

—¿La necesitamos, su obediencia...? —Mecio no entendía para qué.

—Tendrá que llevarnos a un sitio... especial —añadió ella—. Es cuestión de unas semanas, quizá días.

LXXII

UN NUEVO CÉSAR

Edesa, Osroene
Tres días después de la rebelión de la III *Gallica*

La proclamación de Sexto Avito Vario Basiano como emperador de Roma por la legión III *Gallica*, con el nombre dinástico
de Marco Aurelio Antonino Augusto, llegó a oídos de Macrino
cuando este aún estaba en Edesa, terminando de reorganizar la
frontera oriental y asegurándose de que los partos cumplían
con lo pactado de no atacar ya posiciones romanas.

Macrino daba importancia a aquel nombramiento y no me-
nospreciaba como algo simbólico la rebelión de la legión de
Raphanea, pero no había perdido los nervios. De hecho, se sentía aún muy seguro. Tenía el apoyo del Senado y del ejército de
Oriente. El Senado no veía con buenos ojos la prolongación de la
dinastía de Severo y Caracalla, siempre bajo el control de Julia
Domna, y por eso él, Macrino, pese a su oscuro pasado, era visto
por los *patres conscripti* como una mejor opción. Y el ejército de
Oriente, pese a los retrasos en el pago de los salarios, por el
momento, se mantenía razonablemente tranquilo. Al menos,
haber dado término a la contienda brutal contra los partos había relajado algo el malestar de las tropas. No habían cobrado
aún, pero ya no se les exigía combatir gratis.

Macrino suspiró. Pronto, tendría algo más. Una nueva arma
con la que contrarrestar la rebelión.

Pero las noticias que llegaban de la provincia de Siria-Fenicia eran, ciertamente, inquietantes. Sus prefectos de la guardia
enumeraban varias circunstancias adicionales a tener en cuenta:

—Gannys ha trasladado la legión III *Gallica* de Raphanea a
Emesa, augusto —comentaba Nemesiano.

—Sin duda, *Imperator Caesar Augustus*, aspira a hacerse ahí más fuerte —apuntó Apolinaris—. Es la ciudad natal de la familia de la antigua augusta Julia Domna.

—Sé qué representa Emesa, *vir eminentissimus* —replicó Macrino con aire de fastidio—. Decidme algo que no sepa.

Los dos prefectos se miraron entre sí.

Macrino arrugó la frente. Era evidente que había noticias peores y que ambos jefes de la guardia dudaban sobre quién de los dos sería el que se atrevería a exponerlas ante él.

—Hay deserciones, augusto —dijo, al fin, Nemesiano.

—¿Deserciones? —repitió Macrino de forma interrogativa.

Nemesiano tragó algo de saliva antes de explicarse con más detalle.

—Gannys ha enviado mensajeros hacia nuestras posiciones, informando a todos los puestos de guardia de la proclamación del joven Sexto Vario como un nuevo... augusto, con el nombre de Marco Aurelio Antonino. Estos mensajeros dicen también que el muchacho, el hijo de Sohemias, sobrina del divino Severo y la augusta Julia, es hijo del mismísimo Caracalla, quien, parece ser, yació con su prima en el pasado. El nuevo denominado *imperator* sería fruto de esa relación, augusto. Y añaden estos enviados que Gannys, en nombre del... supuesto... nuevo augusto, promete amnistía a todos los legionarios que se pasen al bando de Marco Aurelio Antonino abandonando las filas de... nuestras legiones. Y hay quienes han desertado. Gannys asegura que los que se pasen al lado de Marco Aurelio Antonino cobrarán todas las pagas atrasadas. Algunos fueron capturados y ejecutados.

—¿Son muchas las deserciones? —indagó Macrino con la faz muy seria. Quizá, después de todo, las cosas se estaban complicando más de lo que pensaba.

—De momento, pocas —apostilló Apolinaris satisfecho de poder dar alguna buena noticia en medio de tanta crisis.

—Pero hay que detener esto —continuó Macrino—, antes de que se extienda. De momento, Gannys solo cuenta con una legión. ¿Qué otra legión se encuentra próxima a Emesa?

—La II *Parthica* está en Apamea, augusto —respondió Nemesiano.

—De acuerdo, hemos de evitar que esta se una a Gannys y los suyos —apostilló Macrino con energía—. ¿De qué oficial nos podemos fiar?

Los dos prefectos volvieron a mirarse entre sí.

—Yo creo que Ulpio Juliano es de confianza —dijo Nemesiano, una vez más rompiendo el silencio. Y anticipándose a su colega en el cargo de jefes de la guardia.

—¿Por qué es de fiar?

—Es un oficial de otro tiempo, mayor, pero aún fuerte —detalló el propio Nemesiano—. Cree en la disciplina, no en los amotinamientos y las deserciones. Los detesta. Yo creo que cumplirá con lo que se le ordene, sobre todo si va en el sentido de reprimir un levantamiento rebelde contra la autoridad del emperador reconocido por el Senado.

Macrino miró a Apolinaris. Este asintió, confirmando lo apuntado por su compañero.

—Sea —aceptó entonces el emperador—. Que Ulpio Juliano tome la caballería regular del ejército, la pretoriana no, la de las legiones. Y que avance rápido sobre Emesa. Que inicie un ataque contra la ciudad *oppugnatio repentina*, nada más llegar allí. Eso enfriará los ánimos a muchos y se lo pensarán dos veces antes de desertar.

—Sí, augusto.

—Pero, adicionalmente —prosiguió Macrino—, informad al ejército de que pronto se le abonará a cada legionario la cantidad de cuatro mil sestercios y que esta se incrementará, para cada hombre, hasta llegar a los veinte mil sestercios en las próximas semanas. Eso debería tranquilizarlos y reducir las ansias de rebelión.

Nemesiano y Apolinaris asintieron. Enviar a Juliano contra Emesa con la caballería parecía buena idea. Se tenía que hacer algo contra la rebelión de la III *Gallica*. Y lo del dinero que ahora prometía pagar Macrino sonaba bien, aunque hasta qué punto tendría credibilidad ya el emperador entre los legionarios en el asunto del dinero era una cuestión discutible: el augusto había entregado los doscientos millones de sestercios de las pagas de los salarios a los partos para comprar la paz, había, además, reducido los pagos de los legionarios nuevos y, aunque eso no afectara a los veteranos, muchos veían en ello síntomas de que los tiempos de Severo y Caracalla, cuando el ejército cobraba a tiempo y muy bien, se alejaban. Pero, al menos, el augusto hablaba ahora de pagar y no de recortar soldadas o entregar sestercios a los enemigos. Era un avance...

El emperador volvía a tomar la palabra:

—Y ahora me falta pagar también a Julia Maesa, a ese traidor de Gannys y a toda la calaña que los sigue, con la misma moneda: ¿han llegado?

Nemesiano comprendió de inmediato a quiénes se refería el emperador.

—Sí, augusto, ya han llegado —confirmó el jefe de la guardia.

—Pues que pasen.

Antesala a la cámara del emperador
Palacio imperial de Edesa
Osroene

Nonia Celsa estaba agotada por el viaje casi sin descanso que se había visto forzada a hacer en apenas un mes desde Roma hasta llegar a aquel punto extremo del Imperio.

Ella no quería ir.

Preferiría haberse quedado en Roma. Pero allí estaba, en una estancia del palacio imperial de Edesa, a la espera de ser recibida por su esposo.

Temía las maniobras de su marido. Pero era verdad que también se sentía insegura en la capital del Imperio. No todos los senadores veían con buenos ojos la proclamación imperial de su marido. De hecho, la mayoría de los *patres conscripti* solo la toleraban porque lo veían como un mal menor en comparación con los emperadores precedentes, Severo, primero, y Caracalla, en particular, que habían menospreciado al Senado constantemente y condenado a muerte a muchos de sus miembros por supuestas conspiraciones. Bueno, algunas conjuras eran reales. Los senadores, en cualquier caso, albergaban la esperanza de que pudieran recuperar poder con su esposo como augusto. Percibían la debilidad de Macrino y eso los hacía sentirse fuertes. Así que, por otro lado, escapar de una Roma donde ella y el pequeño Diadumeniano podían terminar como rehenes de senadores que osaran rebelarse contra su esposo, o presionarlo en un sentido u otro, tampoco parecía tan mala idea después de todo.

En cualquier caso, el tono de la carta de su esposo había sido imperativo:

Ven a Oriente y trae a nuestro hijo.

Algún adorno al principio y al final de la misiva, como cuando decía:

La buena fortuna que hemos conseguido, mi querida esposa, es incalculable.[51]

Pero la idea central era que fuera a Oriente. Inapelable. Sin discusión. Y, por si eso no era suficiente, la carta había llegado con una veintena de veteranos pretorianos.

«Buena fortuna.» Eso había dicho su esposo por escrito. Hasta ella, que nunca había tenido mucha confianza en la felicidad de aquel matrimonio pactado por sus padres, sintió algo de ilusión y un poco de esperanza con aquel comentario sobre la buena fortuna. Cuando intuyes que todo se hunde, te aferras a cualquier cosa que flote en medio del naufragio. Y ella presentía la llegada al poder imperial de su marido como el mayor de los desastres.

Durante el viaje a Oriente tuvo tiempo de repasar su vida con Macrino: el matrimonio había sido pactado por sus padres y por el propio Macrino sin que nadie la consultara. Algo, por otro lado, habitual. Su ahora esposo era, por entonces, solo un oscuro oficial pretoriano con un pasado aún más oscuro. A ella nunca le había gustado su marido. Los largos períodos de separación habían sido, de hecho, una bendición para ella. Bien asistida económicamente por las generosas pagas que cobraba

51. «Vida de Diadumeniano», *Historia augusta*, 7, 5.

su esposo como alto oficial pretoriano, primero, y luego como jefe de la propia guardia, había podido vivir con comodidad y dar educación y seguridad al pequeño Diadumeniano. La proclamación de su esposo como emperador por las legiones de Oriente tras la muerte de Caracalla venía a trastocar su largo período de paz. Y ahora temía lo peor: su marido se estaba enfrentando a los descendientes de Julia Domna. La emperatriz madre había muerto, eso era cierto, pero todo el que se encaró con ella en el pasado reciente había perecido brutalmente. ¿Había, de forma efectiva, desaparecido ya por completo el poder de aquella mujer?

—Adelante —dijo el prefecto de la guardia al tiempo que señalaba hacia la puerta de acceso a la cámara privada de su esposo.

—Vamos —dijo ella al niño que tenía a su lado—. Vamos a ver a tu padre.

Diadumeniano, de diez años, cabeceó afirmativamente lleno de orgullo. Su padre era el emperador de Roma, el dueño del mundo. Eso le gustaba. Al contrario que su madre, Diadumeniano no comprendía las complejidades y aristas de llegar a un cargo codiciado por demasiados, sujeto a conjuras y, siempre, peligroso para quien lo ostentaba y, por extensión, para sus familiares. Nada de eso pensaba el pequeño niño que, acompañado por su madre, entró, inocentemente feliz, en la cámara imperial, es decir, sin él saberlo, en la descarnada lucha por el poder.

Cámara privada del emperador
Palacio imperial de Edesa, Osroene

Macrino se levantó, dio varios pasos hasta llegar junto a su esposa y la abrazó de forma algo torpe. Le dio un beso en una mejilla y luego acarició el pelo de su pequeño hijo. Se agachó y le habló directamente, sin haber cruzado aún palabra alguna con su esposa.

—He aquí un futuro augusto y, pronto ya, un nuevo césar.

El niño hinchó su pecho. El orgullo le salía casi por las orejas.

—¿Vas a nombrar césar a nuestro hijo? —preguntó Nonia, también sin preámbulos ni saludos, ya que su esposo parecía ir directo al único asunto por el cual los había hecho venir desde Roma.

—Por supuesto —confirmó Macrino irguiéndose de nuevo—. Y, como he dicho, augusto, muy pronto, también. Según vayan los acontecimientos. Mira, mujer, ya tengo hasta monedas para la ocasión.

Y extrajo una de un bolsillo del interior de su túnica y se la mostró a los dos.

M opel ant Diadvmenian Caes

Luego la entregó al pequeño Diadumeniano, que la cogió con ojos muy abiertos y una amplia sonrisa de felicidad extrema.

Para el niño, su padre parecía el gigante más poderoso del mundo.

—Lo sabía, sabía que esto iba a pasar —replicó Nonia separándose de ambos, andando por toda la habitación, con los brazos moviéndose hacia arriba y abajo, las manos cerradas en dos pequeños puños de rabia y exasperación.

—¿Qué esperabas? Es lo lógico —comentó Macrino con un entrecejo cargado de confusión.

—Lo que es, es tu respuesta a la rebelión de la legión III *Gallica* —contrargumentó Nonia Celsa deteniéndose en medio de la habitación—. ¡Si quieres jugar a los emperadores, por mí bien, pero deja a nuestro hijo al margen de esta lucha por el poder! —se atrevió a vociferar ella desafiante. En su mente estaba el recuerdo del emperador Pértinax, quien, inteligentemente, al no nombrar nunca ni césar a su hijo ni augusta a su esposa, los preservó de la muerte cuando él mismo fue defenestrado por la guardia pretoriana.

Macrino, no obstante, no estaba para reproches ni recriminaciones de ningún tipo. En efecto, tenía una rebelión que controlar. Y todo lo demás parecía secundario.

—¡No te atrevas a levantarme la voz! —gritó.

Ella comprendió que se había excedido.

Se recondujo.

—Perdón, esposo y... augusto —reinició en un tono humilde—. La forma de dirigirme a ti ha sido totalmente inaceptable y más enfrente de nuestro hijo. No volverá a ocurrir, pero...

Sin embargo, ella se detuvo.

A Macrino le satisfizo cómo su esposa había corregido su modo de hablarle y se mostró magnánimo. No estaba enamorado de su mujer, pero había visto lo suficiente en muchos palacios imperiales como para saber que una buena relación con la esposa facilitaba la vida privada y, sobre todo, pública de un emperador.

—Te escucho —dijo él, mientras rodeaba la mesa y se servía vino en una copa de oro. Al niño no se le pasó por alto aquel detalle: su padre bebía licor en copas del más relumbrante dorado, como la moneda con su propia efigie que le acababa de dar.

—La situación no es... —ella buscaba las palabras con tiento— segura. No del todo. La rebelión de la III legión en Siria es peligrosa y han proclamado otro emperador. Yo entiendo que buscas transmitir que contigo el Imperio, el Senado y el ejército tienen un *imperator* y un descendiente. Una nueva dinastía en marcha. Continuidad en el mando. Algo más de lo que la familia de la fallecida Julia Domna puede ofrecer, pues ellos solo tienen a ese nuevo Antonino de catorce o quince años; pero este es un juego peligroso.

—No es un juego —opuso él—. Yo voy en serio. Todos lo saben.

—Ya, pero los restos de la familia de Julia Domna aún tienen influencia, sobre todo aquí en Oriente. No digo que no proclames a Diadumeniano césar —aunque, en verdad, eso era lo que más habría deseado—, pero te pido, te ruego, te imploro que lo hagas en Roma. Aquí no, aquí es todo demasiado incierto. Estamos, queramos o no, en territorio repleto de ciudades que apoyaron siempre a la familia de esa siria que gobernó el Imperio con su esposo Severo y con su hijo Caracalla. Aquí son demasiado fuertes.

El pequeño miraba a su madre con la frente roja de rabia mal contenida. ¿Su madre no quería que él fuera césar? O, por lo menos, no aún. Eso no le gustaba. Él quería ser heredero del Imperio ya. Tal y como había dicho su padre, como anunciaba la moneda que sostenía en la mano.

Opelio Macrino echó un trago de vino largo. Luego golpeó la mesa con la copa ya vacía.

—La situación la tengo perfectamente controlada y nombrar a Diadumeniano césar, aquí y ahora, manda un mensaje muy claro de autoridad por mi parte para todos, para el Senado, para el ejército y para todos los malditos familiares de esa zorra de Julia Domna, que, por otro lado, ya está muerta y bien muerta. Y nada puede hacer ya para atacarnos. Estamos fuera de su alcance. Transmito a todos, con la proclamación de mi hijo como césar, un mensaje de fuerza, de poder, de ¿cómo has dicho tú? Sí, de continuidad. Esa palabra está bien usada. Me gusta. De continuidad. Salir corriendo de Oriente, sin nombrar a Diadumeniano césar, y sin castigar brutalmente, como pienso hacer, la rebelión de la III *Gallica*, daría a todos la sensación de que tengo miedo, peor, de que me siento débil. Y eso no es así. Diadumeniano será proclamado césar al alba. Los legionarios recibirán dinero como celebración de su nombramiento en pocos días. Me llegará desde Roma pronto. Ulpio Juliano hostigará a la legión III *Gallica* en Emesa y la mantendrá acorralada allí hasta que llegue yo con el resto del ejército y la masacre. Sí, Diadumeniano será césar. Y, pronto, augusto. Y no hay más que hablar, mujer.

Nonia Celsa calló.

Macrino se sirvió otra copa de vino y la bebió de otro largo trago.

—Este, y no otro, es el futuro —anunció el emperador—, y esto no lo pueden detener ni Gannys, ni la legión III *Gallica*, ni nada ni nadie que nos envíe desde el maldito reino de los muertos esa zorra de Julia Domna. Aquí ya no manda ella; mando yo.

Apamea, frontera entre Osroene y la provincia de Celesiria
Unos días más tarde
Cena de celebración del nombramiento de Diadumeniano

Macrino estaba exultante. Había desfilado, con su hijo a su lado, por las grandes calles de Apamea, pasando lentamente por entre los centenares de columnas de aquella rica ciudad del oriente romano. Las autoridades locales habían cedido a la nueva familia imperial una fastuosa *domus* y ahora, en un gran atrio, sobre un mosaico gigantesco, Macrino, Nonia Celsa, el joven hijo de ambos y todos sus invitados recibían las ricas viandas que los cocineros imperiales habían preparado para celebrar el nombramiento de Diadumeniano como heredero de su padre.

La legión II *Parthica* se había mostrado leal. Macrino había dejado el grueso de su ejército en Edesa, para agilizar su desplazamiento a Apamea acompañado solo por la caballería de la guardia pretoriana. Su cuerpo militar más fiel. El único que estaba al corriente del cobro de todos los salarios.

El caso era que, con la lealtad de la II *Parthica*, todo marchaba perfectamente. El emperador tenía pensado celebrar la proclamación de su hijo como nuevo césar durante tres días y luego lanzarse con todas las tropas, ya reunidas allí, contra Emesa, la ciudad natal de Julia Domna, donde su hermana Maesa, el *legatus* Gannys y la legión III *Gallica* permanecían en rebeldía. Macrino estaba decidido a arrasar Emesa por completo. Incluso valoraba la idea de echar sal como cuando antaño Escipión Emiliano destruyó el Cartago cartaginés. Sí, eso parecía una buena idea. Sería un buen aviso para que otras ciudades o legiones se pensaran dos veces lo de rebelarse contra él. Y un modo de mostrar al mundo entero que el poder de Julia Domna y su familia había desaparecido por completo de la faz de la tierra.

—¿Hay noticias de Ulpio Juliano? —preguntó Nonia Celsa a su esposo.

Macrino dejó de masticar un sabroso guiso de cordero por unos instantes para formular un esbozo de respuesta que emergía de una boca grasienta por la copiosa salsa que aderezaba la carne.

—No, de momento no —dijo y, de pronto, arrugó la frente. Ciertamente, la interrogante de su mujer no era baladí. Hacía días de la partida de Ulpio Juliano con la caballería regular hacia Emesa para hostigar y mantener a los rebeldes acosados hasta la llegada del grueso del ejército de Oriente. Lo normal habría sido recibir ya algún mensaje. Macrino se volvió entonces hacia su espalda, donde estaba, en pie, Nemesiano, vigilante a los movimientos de todos, invitados del emperador, oficiales de las legiones, libertos y esclavos: un ataque a traición por alguien comprado por el enemigo, aunque improbable porque sería suicida, era siempre posible.

—¿Se sabe algo de Juliano? —preguntó el emperador trasladando la inquietud de su esposa a su prefecto de la guardia.

Nemesiano negó con la cabeza.

Justo en ese instante, Apolinaris, el segundo prefecto, irrumpió en el atrio de aquella fastuosa *domus* que hacía las veces de improvisado palacio imperial.

Todos vieron el rostro muy serio de Apolinaris. La mayoría dejó de comer. Algunos oficiales apuraron, sin embargo, las copas de vino. Podían intuir que quizá esa fuera su última copa de buen licor en bastante tiempo. Preveían el desastre, el conflicto, un combate en ciernes.

Apolinaris se detuvo frente al emperador.

—Han... han enviado una cosa para el augusto —dijo.

Macrino giró las muñecas dejando las palmas de las manos hacia arriba.

—¿Qué?

Apolinaris se volvió entonces hacia la entrada y cabeceó mientras miraba a uno de los pretorianos que habían quedado en el acceso al atrio. Al instante, ese hombre, acompañado por otros dos guardias, se aproximó al emperador con un cesto. Lo dejaron justo delante del augusto.

No se veía el contenido, pero rezumaba sangre seca por entre las rendijas del cesto.

—Descúbrelo —ordenó Macrino, mientras se levantaba despacio para ver bien.

Apolinaris obedeció. Quitó el gran pañuelo blanco que cubría el cesto y la cabeza cortada de Ulpio Juliano, con una mueca de horror en su faz, la lengua fuera y el rostro deformado por los golpes previos a su ejecución quedó a la vista del emperador.

El augusto se puso en pie.

—¿Qué ha pasado exactamente? —inquirió Macrino, rodeando el cesto dando pequeños pasos a su alrededor.

—Los jinetes de la caballería se rebelaron contra Juliano y lo mataron frente a las murallas de Emesa. Y... se han pasado al bando enemigo, augusto —explicó Apolinaris con descarnada precisión—. Parece ser que contactaron con ellos los rebeldes, ofreciéndoles dinero. Y...

—Y desertaron —concluyó el augusto.

Nadie decía nada.

Para sorpresa de todos, el emperador encajó aquel revés con entereza. Él mismo puso de nuevo el pañuelo sobre la cabeza de su oficial decapitado y se dirigió a todos los tribunos presentes.

—La celebración de la proclamación como césar de mi hijo se pospone. Mañana, al alba, partimos con todo el ejército hacia el sur, hacia Emesa. —Se acercó a la bandeja donde estaba su copa de vino. La cogió y bebió un trago lento e intenso. Dejó la copa vacía y, con el vaso aún en la mano, miró a sus prefectos—: Quieren guerra, la tendrán. Tenemos muchas legiones. Ellos solo una.

LXXIII

—

EL PULSO FINAL

En el mundo de los vivos
Palacio imperial, Antioquía
Junio de 218 d. C.

Pero la guerra no fue como Macrino esperaba.

No haber pagado los salarios de las legiones, de su ejército, era un problema que adquiriría dimensiones colosales cuando un río de dinero fluyó desde Emesa, desde la ciudad natal de la fallecida Julia Domna. Igual que la caballería regular desertó y se pasó al bando de Gannys y la legión III *Gallica*, llegado el momento clave del combate, la II legión *Parthica*, al completo, también se pasó al bando rebelde.

Macrino se vio forzado a retirarse velozmente con la guardia pretoriana que le seguía siendo fiel. Se refugió en Antioquía, con su mujer y su hijo. Y reclamó a las legiones del ejército de Oriente para que lo apoyaran en su lucha ahora contra dos unidades rebeldes, la II *Parthica* y la III *Gallica*.

Pero era como si las sandalias de las legiones de Oriente fueran de plomo. Avanzaban muy lentos. Macrino aún tardaría en comprender que los tribunos y centuriones de las otras legiones preferían ver cómo terminaba aquel pulso entre las dos legiones rebeldes y la guardia pretoriana. Y, según se desarrollaran los acontecimientos, se unirían al vencedor.

Macrino caminaba de un lado a otro del atrio central de su residencia imperial en Antioquía. Nonia Celsa y Diadumeniano y los prefectos Nemesiano y Apolinaris asistían a aquel paseo nervioso sin articular palabra. No había nada que pudieran decir para tranquilizar al emperador: en aquellos tiempos, Antioquía no era una ciudad de frontera y sus fortificaciones no estaban diseñadas para resistir un asedio largo y duro; por eso, el augusto ordenó una salida de la caballería pretoriana para fulminar las líneas de la infantería atacante. En un principio, la carga de los pretorianos, bien pagados por Macrino, rompió las líneas enemigas y la victoria parecía cercana, pero Gannys supo reorganizar las cohortes de las legiones II y III, tapar las brechas en el frente de sus tropas y forzar a los pretorianos a, por fin, retirarse de nuevo hacia la ciudad con numerosas bajas.

—¿Hay noticias del ejército de Oriente? —preguntó Macrino.

—Solo que avanzan muy... despacio —respondió Nemesiano—. Los legados del ejército hablan de mal tiempo, lluvias inesperadas.

—¿Lluvias? ¿En verano? ¿En esta región? —preguntaba incrédulo el emperador, mirando a un cielo despejado—. Al menos, podían inventar excusas más creíbles. —Dejó de caminar y se dirigió a sus prefectos—: Aquí estamos perdiendo el tiempo. Hay que moverse. Hacer algo. No está claro que podamos derrotar a las legiones rebeldes solo con la guardia, y las legiones de Oriente juegan a ver qué ocurre. He de ir a Roma. A toda velocidad. Y conseguir la adhesión de las poderosas legiones del Danubio en mi ruta de regreso a la capital. Con eso, el Senado refrendará el apoyo que me ha dado para evitar la continuidad en el poder de los descendientes de esa zorra de Julia. ¡Por todos los dioses! ¡A veces tengo la sensación de que aún luchamos contra ella pese a que lleve muerta semanas!

Los prefectos no dijeron nada, ni Nonia Celsa, pero los tres pensaban que, en cierta forma, eso era exactamente lo que estaba pasando. A los tres les parecía cada vez más evidente que la emperatriz madre había dejado un plan bien diseñado para derrocar a Macrino. Y ese plan parecía estar funcionando.

—Nos dividiremos —añadió el emperador—. Eso les complicará las cosas: Nonia, tú y Diadumeniano iréis a Zeugma y allí cruzaréis en dirección a Partia. He contactado con Artabano V y os dará refugio hasta mi regreso a Oriente. Os protegerá porque conmigo le ha ido bien: no tiene guerra contra Roma y puede ocuparse de sus enemigos de Oriente, los sasánidas.

—No estoy segura... —empezó Nonia, pero Macrino no estaba para debates.

—Lo haremos así, mujer. Irás, iréis, tú y Diadumeniano, escoltados por varias *turmae* de la caballería pretoriana, a Oriente.

—¿Y tú? ¿Adónde irás? —preguntó ella entonces.

Macrino aceptó aquella interrogante. Y respondió de forma categórica:

—A Roma. Como he dicho, desde allí puedo revertir lo que está ocurriendo. Por eso nos han seguido a toda velocidad hasta Antioquía. Tienen pánico a que una al Senado y a los ejércitos del Danubio y de Occidente en torno a mi persona. Eso ya ha pasado y Oriente siempre perdió la partida.

En el mundo de los muertos

Los caídos en la lucha frente a las fortificaciones de Antioquía traían noticias frescas sobre lo que acontecía en el pulso brutal por el poder que lideraban Maesa y Gannys, por un lado, contra Macrino y sus fieles, por otro. Al principio todo eran buenas noticias: la derrota de Ulpio Juliano, la deserción de la II *Parthica*, la victoria de Gannys en Antioquía..., pero, de pronto, llegó la información sobre la huida de Macrino.

—Ha escapado hacia Occidente o eso parece —decía uno de los tribunos muertos recién llegados al inframundo a Mecio, que lo estaba interrogando mientras esperaba su turno para subir a la barca de Caronte.

—Y parece que la esposa de Macrino y su hijo han sido enviados hacia oriente.

Mecio se volvió entonces hacia Julia:

—Es inteligente el muy miserable de Macrino: eso obligará a dividir las fuerzas en la búsqueda de unos y otros, pues uno es el augusto reconocido por el Senado y el otro, Diadumeniano, un heredero designado.

Julia asintió y, muy seria, empezó a hablar:

—Esto podía pasar: que se nos escapara Macrino de entre los dedos cuando casi lo tuviéramos cazado. Pero hablé de ello con mi hermana. Se lo dije con claridad cuando se lo expliqué todo. Si esto pasaba, lo esencial, la clave, como siempre, como en todo, está en el dinero.

—¿En el dinero? —Mecio no parecía comprender, pero eso a Julia no le preocupaba entonces. Solo anhelaba que Maesa recordara sus instrucciones. Las verbalizó allí, desde la orilla de la laguna Estigia:

—Tiene que ofrecer...

En el mundo de los vivos
Palacio imperial, Antioquía
Julio de 218 d. C.

—Recompensas. Tenemos que ofrecer recompensas a quien informe sobre el paradero de Macrino, de su esposa y de su hijo —repitió Maesa recordando perfectamente lo que, en su momento, le dijera su hermana—. Si ofrecemos una fuerte suma de dinero, al final, alguien lo traicionará.

—De acuerdo —aceptó Gannys.

La conversación tenía lugar en el mismo atrio desde donde, hasta hacía bien poco, Macrino había intentado gobernar el mundo romano. Maesa, el nuevo joven augusto Antonino, su madre, Sohemias, y el propio Gannys se habían desplazado allí para mostrar que el poder de Emesa, de la familia de Julia Domna, de los emperadores Caracalla o Severo, retornaba a los centros neurálgicos del Imperio. Y Antioquía, sin duda, era uno de esos núcleos claves de poder; sin duda, el más importante de todo Oriente.

—He enviado tropas de caballería que siguen a los pretorianos que escoltan a Nonia Celsa y Diadumeniano —se explicó Gannys—, pero Macrino ha escapado de Antioquía, en medio de la noche, sin apenas escolta. Debe de ir disfrazado, quizá como correo militar. Pero daré orden de que se informe a todas las postas, de aquí hasta la mismísima Roma, de que la cabeza de Macrino tiene un precio.

—Y tenemos fama, la familia imperial del divino Severo y de mi querida hermana Julia, de pagar y pagar bien —añadió Maesa.

—Cierto. Y eso ayudará —confirmó Gannys.

—Según mi querida hermana muerta —apostilló Maesa—, eso ayudará mucho.

Nicomedia, Bitinia, septiembre de 218 d. C.

Había cruzado las provincias de Cilicia, Capadocia y Galacia hasta alcanzar las costas del Ponto Euxino.[52] Macrino sabía que si llegaba a Bizancio y cruzaba el mar que separaba Asia de Tracia, a partir de ahí, todo le sería más fácil. Oriente estaba infestado de espías y oficiales propensos a aceptar al nuevo Antonino como emperador. Pero a medida que se acercara a Roma, eso podría cambiar.

Se había afeitado la barba y cabalgaba ya solo con dos pretorianos más, fingiendo todos ser correos imperiales.

Todo ocurrió en una posta cerca de Nicomedia.

Marciano Tauro, al mando de aquella pequeña guarnición a las afueras de la capital de Bitinia, era un tipo meticuloso. Hasta él habían llegado, como a tantos otros oficiales de Oriente, las noticias de la recompensa que el nuevo joven augusto Antonino ofrecía por la entrega del huido Opelio Macrino: un millón de sestercios. Con ese dinero uno podía, prácticamente, comprarse hasta un puesto en el Senado de Roma. Era una cifra que había hecho que Marciano, como otros muchos oficiales del Oriente romano, estuviera particularmente atento a todos los movimientos de correos imperiales, comerciantes y mercaderes que pasaban por su puesto de control. Lo lógico era que el defenestrado emperador Macrino fuera por el sur y allí buscara un barco que lo condujera a Roma. Pero también pudiera ser que, a sabiendas de que eso era lo esperable, quizá el huido buscara una ruta menos probable, por el norte. Fuera como fuera, Marciano tenía ahora ante él a tres hombres. Dos con barba, uno afeitado, que era el que parecía llevar la voz cantante. Se habían presentado como correos del legado Gannys para hablar con el gobernador de Bitinia. Aquello podía tener sentido: el *legatus* de la III *Gallica*, actuando en nombre del nuevo joven emperador, intentaría verificar las adhesiones con las que contaba el nuevo augusto. Pero había algo que no encajaba: estaban ya en septiembre y no hacía ya tanto calor y menos dentro de la casa de postas de gruesas paredes de pie-

52. Mar Negro.

dra. De hecho, era una tarde en la que corría una agradable brisa que subía desde la costa. Y, no obstante, aquellos hombres sudaban profusamente.

Marciano hizo lo que llevaba haciendo desde hacía días cuando se las veía con un pequeño grupo de correos imperiales o comerciantes:

—Ya sabéis que se ofrece un millón de sestercios para cualquiera que ayude a la detención del usurpador Opelio Macrino.

El centurión sabía que tanto dinero quebrantaría cualquier lealtad si es que alguna vez decía esas palabras ante un grupo de hombres entre los que se encontrara el propio Macrino.

Pero lo había dicho ya muchas veces durante las últimas semanas y nunca había pasado nada.

Marciano Tauro iba a darse la vuelta y a dejar pasar a aquellos hombres en su anunciada ruta hacia Nicomedia cuando los dos que llevaban barba se alejaron un par de pasos del que estaba afeitado. Y los vio tragando saliva y mirando hacia él con ojos muy abiertos. Solo les faltaba señalar con el dedo, pero a Marciano no le hizo falta más.

Zeugma, septiembre de 218 d. C.

—¡Nooo, nooo! —gritaba Nonia Celsa, implorando por la vida de su hijo.

Los legionarios de Zeugma fueron particularmente crueles. Eran, como tantos otros de Oriente, de aquellos que aún no habían cobrado sus pagas desde hacía un año. Cortaron el cuello del hijo, como si degollaran a un carnero para un sacrificio, y lo hicieron delante de la madre.

Diadumeniano, un niño de diez años, se desangró en poco tiempo.

Nonia Celsa, a la que soltaron por un momento, se arrodilló ante su hijo y lo abrazó.

—¡Nooono, nooo!

Pero no despertó ni piedad ni lástima.

El oficial al mando se acercó y le clavó su gladio por la espalda.

Ni la esposa ni el hijo de Macrino llegaron nunca a cruzar el Éufrates.

—Enviad un mensajero hacia Antioquía —dijo el mismo oficial mientras extraía la espada—. Que se informe al nuevo Antonino de que el hijo y la esposa del usurpador han muerto. Seguro que eso acelerará el cobro de nuestras pagas.

Nicomedia, Bitinia, a orillas del Ponto Euxino
Septiembre de 218 d. C.

Marciano Tauro se fue acercando hacia Macrino en la misma medida que sus dos acompañantes se alejaban de él. El emperador caído en desgracia se giró y se dio cuenta de que el gesto de los dos pretorianos, que creía de su total confianza, lo acababa de señalar e identificar como quien era en verdad, no como el supuesto correo imperial que fingía ser.

El centurión desenfundó su espada.

Macrino pensó en intentar negociar, pero... ¿cómo se negocia contra un millón de sestercios?

Vio una ventana abierta a su derecha.

Corrió hacia ella.

Un legionario de la guarnición le puso la zancadilla.

Macrino trastabilló y cayó al suelo. Se dio de bruces con la cara y se partió los labios. Se giró con el rostro ensangrentado para recibir en ese momento la primera estocada de Marciano en el vientre.

Macrino se dio de nuevo la vuelta y, sangrando por la cara y por el vientre, gateó en busca de la puerta, que también estaba abierta.

Marciano Tauro se limitó a seguirlo e ir clavándole su gladio en la espalda una vez.

Dos.

Tres.

Macrino aún reptaba, como una serpiente.

Cuatro.

Aún lo intentaba.

Cinco.

Seis.

Ya no se movía.

Siete.

—Yo creo que ya está, centurión —dijo el legionario que había puesto la zancadilla a Macrino.

Marciano Tauro aceptó el diagnóstico de su subordinado. Aun así, clavó un par de veces más su espada en la espalda del ya muerto Opelio Macrino, otrora augusto de Roma. Y es que era como si el centurión quisiera asegurarse de que su millón de sestercios no se iba a escapar de ninguna forma de aquel puesto de guardia.

LXXIV

LA VENGANZA PROFUNDA

GHOST
I find thee apt,
And duller shouldst thou be than the fat weed
That roots itself in ease on Lethe wharf,
Wouldst thou not stir in this. Now, Hamlet, hear.
'Tis given out that, sleeping in my orchard,
A serpent stung me. So the whole ear of Denmark
Is by a forged process of my death
Rankly abused. But know, thou noble youth,
The serpent that did sting thy father's life
Now wears his crown.[53]

LA SOMBRA
Ya veo que estás dispuesto,
y serías más insensible que la grosera hierba
que arraiga por sí sola tranquilamente a orillas del Leteo
si no te conmovieras por lo que voy a decirte. Ahora,
                                        [Hamlet, escucha:
Se cuenta que, durmiendo en el jardín,
una serpiente me mordió. De modo que los oídos de
                                        [Dinamarca
han sido, mediante un falso relato de mi muerte,
traicionados burdamente. Pero has de saber, noble joven,
que la serpiente que de veras quitó la vida a tu padre
ciñe hoy su corona.

53. William Shakespeare, *Hamlet*, acto I, escena v. Traducción del autor
de la novela a partir de la versión de la editorial Austral. Obsérvese la referencia al río Leteo, el río del olvido.

Macrino llegó al reino de los muertos igual que salió del mundo de los vivos: arrastrándose y sangrando como una bestia herida que huye de sus cazadores.

—Ahí está —dijo Julia señalando a su víctima—. Ahí está —repitió sin dejar de apuntar al usurpador derribado con un fino dedo amenazador, un dedo delgado que más bien pareciera la saeta mortal que antaño Cómodo lanzara contra la propia Julia en el Anfiteatro Flavio. Con una sola diferencia: la augusta de Roma, la *mater patriae*, no pensaba errar el tiro—. Ve a por él, Mecio; ve a por él y tráelo a la barca de Caronte.

Para Julia Domna no era suficiente saber que su plan había funcionado, comprobar que Macrino había sido derrocado, depuesto de modo absoluto, total. Para Julia Domna aquello no bastaba, no con quien le había arrebatado a su hijo, con quien le había arrebatado un imperio y con quien a punto había estado de arrebatarle una dinastía. No, para Julia una simple muerte no era bastante castigo para Opelio Macrino.

La emperatriz no se quedó para ver como Quinto Mecio obedecía cual perro de presa perfectamente adiestrado. Ella no necesitaba confirmar que su antiguo prefecto de la guardia seguiría sus instrucciones *ad literam*, tal y como había hecho siempre en el reino de los vivos. La pasión de Mecio hacia ella seguía plena junto a la laguna Estigia. Ella lo había leído en sus ademanes, en su forma de hablarle, en su mirada henchida aún de amor interminable, inabarcable, infinito.

No, Julia se alejó de Mecio y fue directa a la ribera donde la divinidad de la entrada al inframundo miraba con su vieja frente verde arrugada por la curiosidad.

—Has de conducirnos a mí y al prefecto hasta el lugar donde el río Leteo, el río del olvido, se une a la laguna Estigia.

Caronte la miró con interés.

—No estoy acostumbrado a recibir órdenes —respondió con cierto orgullo herido. Ya lo había obligado en el pasado muy reciente a llevar almas sin moneda en su barca.

—Y tú ya sabes que yo no estoy acostumbrada a que me desobedezcan. Esto ya lo hemos hablado —replicó ella tajante, en referencia clara precisamente al episodio de las almas sin moneda. Sin embargo, rauda, cambió el tono—. Pero no es una orden, sino una invitación a que participes en una venganza, en una venganza justa contra un cobarde. Una venganza más allá de la muerte.

Mecio apareció por detrás. Tiraba del cuello de la túnica sucia de Macrino mientras este gateaba como un carnero asustado que se supiera camino del altar donde iba a ser desangrado como ofrenda a los dioses.

—Nooo, dejadme, dejadme ya... —lloriqueaba quien se había llegado a arrogar hasta el título mismo de *imperator*.

A Caronte no le gustaban los cobardes. Y estaba la cuestión, advertida ya por aquella mortal, de que existían muchas posibilidades de que ella misma terminara, en poco tiempo, como diosa del Olimpo. Y en el Olimpo, él lo sabía bien, era mejor tener amigos que enemigos. Por eso ya dio su brazo a torcer antes cuando le pidió que transportara a aquellos legionarios muertos sin moneda. Lo más inteligente, quizá, fuera ceder una vez más. Mientras no se convirtiera en costumbre...

—Sea —aceptó la divinidad con su voz profunda y grave—. Os llevaré al río Leteo. Tengo curiosidad por saber en qué termina todo esto.

Macrino, que oyó la mención al río del olvido, se quejó, pero ahora con más fuerza, con rabia.

—¡No, al Leteo, no! —Pero de nada le valieron sus alaridos ni sus imprecaciones a los dioses que, en aquel momento de las últimas pruebas lanzadas contra Julia, se limitaban a observar el desarrollo final de los acontecimientos de un pulso, el de la defenestrada emperatriz de Roma y quien usurpó su poder, sin intervenir ya.

Mecio tiró de la túnica del emperador destronado y prácticamente lanzó el cuerpo de Macrino al interior de la barca. Acto seguido saltó a la embarcación, pateó tres veces seguidas el estómago ensangrentado del alma de Macrino y, una vez seguro de que aquel cobarde no se movería en un rato, se volvió hacia la emperatriz tendiendo una mano para ayudarla a subir a la barca.

Caronte sonrió: sí, eso era un auténtico prefecto de la guardia pretoriana fiel a los que lo han nombrado: brutal con el enemigo, atento a quien debe lealtad.

Julia subió a la nave y Caronte, ayudado de su larga estaca, empujó la embarcación hacia la laguna Estigia alejándose de la ribera. En esta ocasión solo transportaba tres almas y no con destino al otro lado del lago, sino hacia la desembocadura del río del olvido.

—¡Nooo, por lo que más queráis! ¡Allí no! —volvía a gimotear un Macrino que parecía haber recuperado el resuello, pero, una vez más, los golpes descarnados de Mecio, que recordaba cómo aquel hombre se había reído de él justo al pie de la puerta de Ctesifonte, hicieron enmudecer a quien se atrevió a llamarse augusto interrumpiendo por unos meses la dinastía creada por Julia Domna.

Caronte navegó por la laguna con la pericia de quien conoce cada uno de los rincones de aquel mundo vedado a los vivos.

De pronto, sintieron que la barca temblaba. Varias corrientes confluían en el punto al que llegaban. Podían ver cómo allí la laguna parecía estrecharse en lo que ya no era lago, sino el final del río Leteo. Allí se unía aquel temible caudal con la laguna Estigia.

—Aquí el agua ya es toda olvido —dijo Caronte mientras pilotaba la nave aún más hacia el interior del río.

Julia asintió. No cuestionó la aseveración de la divinidad igual que en vida no cuestionaba, por ejemplo, los diagnósticos de Galeno. Julia sabía conceder a cada uno ser maestro en una disciplina concreta y sabía asumir cuándo alguien era más conocedor que ella de un tema, de un asunto o, como era el caso, de un lugar.

—Pues aquí está bien. —Y se volvió hacia Mecio—. Arrójalo.

—¡Noooo! —aulló una vez más el condenado.

Y Julia respondió a aquel último no de Macrino con palabras de odio que desgarraron las entrañas del inframundo:

—¡Arrójalo aquí, Mecio! ¡Hunde en el río Leteo a este maldito que mató a mi hijo, a este maldito que intentó robarme toda una dinastía! ¡Lánzalo al olvido eterno!

Opelio Macrino no tuvo tiempo de volver a aullar un nuevo no, pues la mano del prefecto estaba en su cuello y, como un cepo, apretó hasta medio estrangular su alma, de modo que quedó atontado y mudo. Aprovechó entonces Quinto Mecio y, con sus poderosos brazos, alzó a Macrino como si fuera un viejo tronco partido por un rayo y, con la energía de la pasión por su amada, arrojó el alma de Opelio Macrino hacia las profundidades del río Leteo.

Las aguas envolvieron con rapidez a Macrino y engulleron su alma en una espiral creada por la corriente densa del río y, de pronto, no quedó nada de quien usurpara el trono imperial de Roma, solo un líquido oscuro repleto de olvido eterno.

—Ya está —dijo entonces Julia, y se sentó en el borde de la barca, agotada, exhausta, pero, por primera vez en mucho tiempo, relajada, tranquila, en paz.

La venganza, para muchos, solo causa más dolor, pero para Julia la venganza tenía ese regusto dulce que deja la más absoluta de las victorias, esa que se obtiene cuando todos te han dado ya por derrotada. Ingenuos. Todos.

LXXV

—

LOS LIBROS SECRETOS

Pérgamo, septiembre de 218 d. C.

El mundo cambiaba a su alrededor, pero a Galeno las nuevas luchas por el poder ya no le importaban. Alejado de las disputas imperiales, él solo tenía energía, y cada vez menos, para ir a diario a la cámara de los libros prohibidos de la biblioteca de Pérgamo y seguir leyendo, uno a uno, los papiros que allí había con la esperanza de encontrar, por fin, aunque fuera al final de su existencia, los libros de anatomía escritos por Herófilo y Erasístrato.

Casi tres meses de búsqueda sin resultados.

Apenas quedaban ya papiros que revisar.

De pronto, sus ojos se detuvieron sobre tres rollos en donde no había título alguno escrito en las etiquetas ni autor. Le pareció curioso que alguien se hubiera tomado la molestia de etiquetar los rollos para luego no terminar escribiendo el nombre del autor. Por otro lado..., eran los únicos papiros con etiquetas en blanco. Lo cual los hacía diferentes al resto, que, o bien estaban sin etiqueta alguna o con la identificación completa.

¿Y si...?

No, no sería el caso.

Pero bueno.

Galeno tragó saliva.

Cogió con cuidado aquellos tres papiros enrollados del estante alto en el que se encontraban y los llevó a la mesa del centro de la sala. Se sentó en la única silla que había en aquella dependencia custodiada por legionarios.

Tomó uno de los tres papiros al azar y empezó a leer.

El viejo médico se quedó inmóvil, estupefacto, incrédulo.

Llevaba decenios buscando y, de súbito, de regreso a su ciudad natal, después de años de peripecias, enfermedades, tratamientos, guerras, investigaciones y, siempre, sin quererlo, en medio de la eterna lucha por el poder entre el Senado, familias imperiales, pretorianos y ejército, ahora, sin ya esperarlo, se encontraba con ellos: con los libros que había anhelado leer desde tiempos inmemoriales. El primero de los tres papiros con etiqueta pero sin nombre, justo al principio, estaba firmado por Herófilo. Desplegó el principio de los otros dos: otro de Herófilo y el tercero de Erasístrato. Apartó con cuidado extremo el segundo y el tercero y cogió de nuevo en sus manos el primero.

Él, pese a sus muchos años, conservaba un muy buen pulso y, sin embargo, en aquel momento, las manos le temblaban cuando desenrollaba el papiro y paseaba sus ojos por aquellas primeras líneas:

Ἁρμόζει ἀπὸ κοίτης λαμβάνειν οἶνον γλυκύν, καὶ κόνδυτον πίνειν, καὶ καρυκεύματα καὶ βρώματα θερμὰ καὶ γλυκέα ἐσθίειν καὶ σκόροδα, καὶ πρασοζέματα, κρέη πρόβεια χλία καὶ ὀπτά, καὶ ζωμοὺς καρυκευτούς, πέπερι, στάχος, κινάμωμον, καρναβάδιν ἀνατολικόν. Ἐν τῇ ὀπτήσει δὲ τῶν χοιρείων κρεῶν ἀλειφέσθωσαν οἰνομέλιτι.[54]

Galeno detuvo la lectura. Ya no le temblaba el pulso. La decepción lo había, curiosamente, calmado. Aquello no era, para nada, un manual de anatomía. Era evidente que Herófilo había escrito sobre otras muchas cosas. Aquello era solo un tratado de alimentación. Interesante, sin duda, por ser de quien era, pero nada valioso con relación a la historia de la anatomía humana. Muy probablemente, se encontraba allí por estar su autor relacionado con aquellas legendarias disecciones humanas del pasado. Quizá ni siquiera lo habían leído cuando envia-

54. «Es conveniente, al salir de la cama, tomar vino dulce y beber vino aromatizado; comer platos condimentados y alimentos calientes y dulces; y ajos, puerros cocidos, carnes de cordero asadas y calientes, salsas sazonadas, pimienta, nardo, canela, comino oriental. Para asar las carnes de los cerdos preparadla con miel mezclada con vino.» HERÓFILO, *Tratado de los alimentos*, 1.1.

ron ese rollo a aquella remota sala de la biblioteca de Pérgamo. Era muy posible que aquel papiro hubiera sido prohibido simplemente por ser de quien era.

Galeno apartó el texto a un lado.

Suspiró hondo.

Bien pudiera ser que los otros dos rollos fueran obras menores de aquellos grandes médicos de antaño. Obras, en consecuencia, sin relevancia para las dudas que Galeno tenía sobre el cuerpo humano y su funcionamiento.

Aun así, habiendo llegado hasta allí, echaría un vistazo a los otros volúmenes.

Tomó entonces el segundo rollo de Herófilo y empezó a leer.

La boca del veterano médico se quedó entreabierta largo rato.

Ahora sí.

Esta vez sí.

La garganta se le quedó seca. No daba crédito.

Leía y leía sin parar.

Se detuvo cuando apenas llevaba dos páginas y examinó el otro volumen, el de Erasístrato. También era de anatomía. Esos dos sí eran los tratados de anatomía escritos en base a las disecciones y hasta vivisecciones de humanos que Erasístrato y Herófilo, con la aquiescencia de la dinastía Tolemaica, habían hecho en varias sesiones históricas: habían abierto cadáveres de diversos esclavos y hasta libertos e incluso habían examinado el interior de humanos vivos, por lo general, según se explicaba, condenados a muerte. La anatomía de los vivos a los muertos no cambiaba. Los métodos eran cuestionables. Los resultados inapelables, sorprendentes. Los resultados lo cambiaban todo.

—No puede ser... —musitó en un susurro medio ahogado—. No puedo estar tan equivocado en... tantas cosas.

Tragó saliva. Por fin, sus ojos, llorosos, parpadearon de pura necesidad. Se pasó la mano por la frente mientras iba leyendo, saltando de un texto a otro, abrumado por cómo aquellos predecesores suyos desgranaban observaciones que cuestionaban gran parte de todo lo que hasta ese momento creía Galeno que sabía de anatomía humana. A ellos sí se les permitió mirar en el interior de cuerpos humanos y, además, sí tenían la preparación y los conocimientos para entender, interpretar y explicar lo que habían visto, no como los patéticos cirujanos de las campañas de Marco Aurelio que destriparon cuerpos humanos sin saber ni qué buscar ni qué mirar.

—Todo está mal —masculló llevándose ambas manos a la cabeza en un gesto que nunca había hecho en toda su vida—. Me he equivocado en tantas cosas. Y lo sabía, lo sabía: los vivos y los muertos son... iguales. Hasta que se corrompen, mismos cuerpos, mismas vísceras, mismos huesos, mismos músculos. Y decían que no...

Galeno no sabía ni por dónde empezar ni cómo corregir tanto error. Pero su mente decidida, por fin, en medio de la zozobra intelectual, se puso en marcha.

El médico reaccionó.

La mente científica, racional, se impuso sobre la emoción. Sacó de debajo de su túnica varios papiros en blanco enrollados, que siempre llevaba consigo cuando iba a una biblioteca para poder tomar notas. Por otro lado, todo lo necesario para escribir, *attramentum* y un *stilus*, ya estaba en la mesa. Pero la tinta estaba seca. Nadie entraba en esa sala y nadie hacía el mantenimiento necesario de aquellos elementos vitales en cualquier biblioteca.

Galeno se levantó y asomó por la puerta.

—*Attramentum!* —vociferó a los legionarios y como estos no daban señales de obedecer, pues no era tarea suya ocuparse de otra cosa que no fuera custodiar aquella entrada, Galeno gritó su orden de nuevo mirando ahora a uno de los nuevos bibliotecarios que andaba próximo a la estancia prohibida—: *Attramentum!*

El interpelado asintió. Aquel que le gritaba, aunque le molestara aquel gesto impropio y falto de respeto, era el gran médico Galeno, de enorme fama, y a quien se le había permitido el acceso a la sala vetada a todos. Philistión ya no regía los destinos de la biblioteca de Pérgamo y los nuevos bibliotecarios no sentían la animadversión visceral del anterior director del centro contra el viejo Galeno. Así, el joven asistente a quien se había dirigido el veterano médico griego tomó, pues, un frasco con tinta fresca y se lo llevó a Galeno, quien lo cogió veloz con la mano y, sin dar las gracias, desapareció de nuevo en el interior de la sala prohibida.

El viejo médico se sentó de nuevo a la mesa. Ahora lo tenía todo: papiro blanco, tinta, un *stilus* y los manuscritos de Erasístrato y Herófilo.

Se pasó el dorso de una mano por los labios resecos. Tenía sed. Debería haber pedido agua, pero ahora no quería perder ni un solo instante más. Ya se habían perdido demasiados años, lustros, decenios, siglos sin difundir aquel conocimiento. Tenía que reconducir todo lo investigado, todo lo que había escrito sobre anatomía humana. Tenía que desdecirse de tantas afirmaciones, añadir tantas otras. No sabía si tendría nunca ocasión de contrastar la veracidad de las afirmaciones de Erasístrato y Herófilo, pero, al menos, debía dejar constancia por escrito de que quienes habían visto el interior de cuerpos humanos habían descrito vísceras, venas y fenómenos diferentes a los que él había observado en los cuerpos inertes de diferentes animales. Los seres humanos y los animales tenían similitudes, pero había también tantas diferencias... No sabía por dónde iniciar aquel nuevo camino...

—Un título, sí... —se dijo a sí mismo en voz alta en la soledad de aquella estancia donde estaba a punto de cambiar la ciencia médica. Un título revelador de la importancia del tratado que iba a empezar a redactar allí mismo.

Escribió despacio. Consciente de la importancia del momento, pronunció en voz alta cada una de las palabras del título que acababa de elegir para su nuevo libro, quizá el último, pero también el más importante de cuantos hubiera redactado antes, el más importante que se hubiera escrito nunca en siglos, aunque los emperadores, los *legati*, los reyes y gobernadores, senadores y funcionarios imperiales no se dieran cuenta nunca.

—Περί τῶν συστηματικῶν διαφορῶν ἐν τῇ ἀνατομῇ τοῦ ἐσωτερικοῦ τῶν σωμάτων τῶν ἀνθρώπινων ὄντων καί τῶν ζώων τῶν ἑτεροῖων κατηγορίων. [«Sobre las diferencias estructurales en la anatomía del interior de los cuerpos de seres humanos y animales de distintas categorías.»]

Bien, y ahora..., ¿por dónde continuar?

Decidió hacer una introducción general, destacando en ella las principales diferencias anatómicas entre humanos y otros seres vivos, para luego dejar espacio para tratar cada una de aquellas características con más sosiego en capítulos individuales, que añadiría con posterioridad, y donde entraría en pormenores. Así, de inicio, subrayó lo que más le había llamado la atención, lo que más le preocupaba de sus propios errores. No usó la palabra error, pero era la que estaba en su mente constantemente, martilleando en el interior de su cabeza, torturándolo. Solo saber que estaba corrigiendo aquellos defectos descomunales lo apaciguaba un poco y parecía insuflarle energías para seguir escribiendo sin detenerse un instante.

Decía en voz alta lo que escribía como si, al hacerlo, aquello quedara más fijo, más asentado en el conocimiento humano para su generación de médicos y para todas las generaciones futuras de cirujanos y estudiosos del arte de Asclepio:

—Hay que redefinir la forma en la que los músculos humanos pueden estar conectados a los huesos, que no es necesariamente igual a cómo los músculos y los huesos de los perros están unidos. Del mismo modo, la mandíbula humana puede diferir de la de los animales, en particular, una vez más, puede ser muy diferente a la de los perros. Es posible que la sangre no... —Aquí tuvo que tomarse un instante: era duro admitir diferencias tan enormes con lo que había defendido durante años, pero, superado el trauma inicial de saberse, con toda probabilidad, equivocado, se decidió, por la medicina, por la ciencia, por el saber humano, a compartir lo que estaba leyendo—. Es posible que la sangre humana no se origine en el hígado, al contrario de lo que he venido diciendo en mis tratados anteriores. Recomendaría reconsiderar la forma del hígado mismo, que en humanos puede ser bastante diferente a la anatomía del hígado de diversos animales. También la organización del fluido de la sangre en el interior del corazón puede diferir con relación a lo que describí también en mis volúmenes anteriores y, en general, toda la estructura del corazón humano debería ser revisada. Por fin, por las venas del cuerpo humano fluye sangre, pero existe la posibilidad de que el espíritu vital, que durante años hemos dado en denominar *pneuma*, quizá no... —Nuevamente se tomó otra breve pausa. Los problemas de respiración parecían retornar, pero continuó con la escritura con energía y decisión. Releyó la última frase y la concluyó—: Existe la posibilidad de que el espíritu vital, que durante años hemos dado en denominar *pneuma*, simplemente no exista.

Y había muchos asuntos más que tratar, sobre el cerebro y sus nervios y sobre tantísimos otros puntos de la anatomía humana que diferían de la de los animales que había analizado en sus investigaciones, ya fueran vacas, perros o gorilas. Pero le pareció que como introducción estaba bien aquel párrafo que ya advertía de la envergadura de los errores que aquel tratado estaba destinado a corregir. Se pasó de nuevo el dorso de una mano por los labios aún más resecos que antes. La sensación de sed era todavía mayor. Tenía que beber algo y luego seguiría escribiendo.

Elio Galeno se levanta despacio.

De pronto, siente un mareo extraño.

Pierde el equilibrio.

Su cuerpo se derrumba sobre el mármol frío del suelo de aquella estancia solitaria y prohibida de la biblioteca de Pérgamo.

Queda tendido de lado, quieto, convulsionando de una forma ostensible hasta que, al rato, los movimientos espasmódicos se detienen.

Galeno sabe que la muerte está con él.

Aun así se arrastra, pero ya no hacia la entrada en busca de la anhelada agua, sino de regreso hacia la mesa donde está su nuevo tratado recién iniciado. Quiere alzarse, incorporarse y volver a sentarse para concluir, aunque solo sean las notas principales de los errores fundamentales que acaba de anticipar someramente en su breve introducción.

Pero las fuerzas le fallan.

Todo su cuerpo queda doblado, en posición fetal, junto a la silla y la mesa. Galeno parpadea en silencio.

—Tantos errores... —cree que dice, pero en realidad solo es un balbuceo inconexo que nadie podría entender, si alguien estuviera allí para oírlo.

Elio Galeno intenta, por última vez, asir la pata de la silla con una mano y con esa mano va toda la ciencia médica del mundo antiguo en pos del último esfuerzo por cambiar la medicina y hacerla avanzar trece siglos, pero los dedos no obedecen las instrucciones de su cerebro y la mano no consigue asir la silla.

Elio Galeno deja de respirar y con él deja de respirar la medicina entera, una disciplina completa, un saber vital para la humanidad.

Pasa un rato.

Transcurren horas.

Los legionarios del exterior empiezan, con la caída del sol, a sentirse inquietos por el largo tiempo que aquel viejo médico lleva en el interior de la sala prohibida.

Por fin, uno de los oficiales entra en la estancia y descubre el cuerpo sin vida del anciano médico.

—Venid —dice. Y sus compañeros irrumpen en la sala.

Sin demasiado alboroto, con más aire de fastidio que otra cosa, cuatro de ellos cogen al anciano, cada uno por una extremidad, y sacan el cadáver de la sala. El oficial al mando, el *optio* que permitió el acceso a la sala al viejo Galeno, un veterano en varias guerras, pero no muy ducho en la lectura del latín o el griego, más allá de leer breves permisos, mensajes o listas de órdenes, pasea sus ojos por el papiro a medio escribir que hay en el centro de la mesa. Le parece que aquel texto sin terminar y los otros papiros desenrollados dan una sensación de desorden y teme que si, por alguna casualidad, el gobernador decidiera revisar el estado de la sala prohibida mañana u otro día próximo, le parecería inadecuado.

El *optio* enrolla, entonces, los tres papiros y el papiro a medio escribir y los ubica, sin atender a clasificación alguna, en el estante más próximo, junto con múltiples textos de magia.

Allí plegados, ocultos entre decenas de otros rollos, quedan proscritos y olvidados los textos más importantes de la ciencia médica de los últimos siglos.

El oficial, orgulloso de haber aseado la sala, abandona la estancia con tranquilidad.

Ahora todo está en orden.

LXXVI

UN AMOR MÁS ALLÁ DE LA MUERTE

Amor constante más allá de la muerte

Cerrar podrá mis ojos la postrera
sombra que me llevare el blanco día,
y podrá desatar esta alma mía
hora a su afán ansioso lisonjera;
mas no, de esotra parte, en la ribera,
dejará la memoria, en donde ardía:
nadar sabe mi llama la agua fría,
y perder el respeto a ley severa.
Alma a quien todo un dios prisión ha sido,
venas que humor a tanto fuego han dado,
medulas que han gloriosamente ardido,
su cuerpo dejará, no su cuidado;
serán ceniza, mas tendrá sentido;
polvo serán, mas polvo enamorado.[55]

FRANCISCO DE QUEVEDO

Junto a la laguna Estigia

Galeno es otro de los que esperan para cruzar el lago que divide
el mundo de los vivos y los muertos, y lo observa todo desde la
ribera, al igual que miran todas las almas con moneda y sin mo-

---

55. Texto según edición de José Manuel Blecua. Quevedo habla de un
amor capaz de permanecer incluso al otro lado de la ribera de la laguna Estigia.

neda que se arraciman sorprendidas de aquel arranque de violencia extrema, dirigido por aquella mujer de porte augusto, en un mundo de muertos donde pensaban que todo ya está decidido. Y no. Acaban de comprobar que aún hay allí espacio para la venganza. Que hay rencores que se arrastran incluso más allá de la muerte. Del mismo modo, y Galeno lo analiza con interés y sorpresa, pues en su mente científica nunca hubo sitio para la pasión amorosa, el viejo médico ve cómo el amor de Mecio por la emperatriz madre es capaz de permanecer intocable, completo, perfecto, más allá también de esa muerte que lo separa todo. Galeno ve cómo, igual que Julia se vino al mundo de los muertos con su ansia de venganza intacta, Mecio hizo lo propio con su pasión por ella.

El veterano médico se da cuenta de que lleva consigo su bolso con utensilios médicos, y también papiro y todo lo necesario para escribir. ¿Por qué no anotar en unos folios los últimos sucesos sobre Julia Domna y terminar así su historia por completo? La propia augusta de Roma podría recoger ese papiro en su salida del Hades camino del cielo, del Olimpo, cuando fuera deificada, algo que, sin duda, ocurrirá pronto. La presencia de Macrino muerto en el Hades era la prueba evidente para Galeno de que la familia de Julia se había hecho, de nuevo, con el poder del mundo romano. El plan de Julia, una vez más, había funcionado. Ella seguía gobernando los destinos del Imperio incluso desde el reino de los muertos. Al menos, por una generación más. ¿Dos? ¿Tres? Difícil saberlo, pero la dinastía de Julia continuaba.

Galeno escribe, apoyándose en una de las rocas de la ribera.

Termina la historia de Julia. Ve cómo la propia emperatriz madre, acompañada por su fiel amante Quinto Mecio, en la embarcación pilotada por Caronte, se aproxima a la costa donde él se encuentra. Deja el papiro junto a la roca, con una piedra encima. Allí deberá permanecer unos días.

Caronte hace gestos para que entre más gente en la barca.

Le gusta llevarla llena de almas cuando va hacia el otro lado.

Solo hizo una excepción con Julia para dejar que la emperatriz cumpliera su venganza.

De pronto, Galeno piensa rápido: ¿y si escribe algo más y

detalla en otro papiro los errores fundamentales en sus estudios de anatomía médica y lo deja junto al texto de la historia de Julia? Sabe que su escrito donde se corregía quedó inacabado. Solo unas notas con las claves esenciales para que otros puedan saber, entender, curar... Da media vuelta, extrae otro papiro en blanco y se apresta a escribir cuando, súbitamente, una gigantesca mano verde se posa sobre su hombro y la sola presión de aquella enorme extremidad lo congela. Deja de escribir con una mezcla de pánico y rabia.

—No. —Es la voz grave de Caronte, el poseedor de aquella mano verde. Ha descendido de su barca al verlo escribir de nuevo—. No puedes escribir más. Tu tiempo de escritura médica, cirujano, terminó con tu muerte.

Pero Galeno no se resigna y está dispuesto a entablar un debate dialéctico con aquel poderoso barquero del inframundo. Lo que sea con tal de poder hacer llegar al mundo de los vivos lo que estaba averiguando cuando murió.

—Pero acabo de escribir sobre la emperatriz Julia y su venganza de Macrino —dice el veterano médico.

—Eso que cuentas lo has visto aquí —replica Caronte con su voz profunda— y por ello te permito que lo dejes escrito. Y si alguien sale del Hades porque sea una persona divinizada y lleva esas hojas al mundo de los vivos, no tengo nada que objetar. Pero no puedes ya contar a los que viven lo que averiguaste en tus últimos momentos de existencia. Lo que dejaras anotado allá arriba, bien está. Que lo encuentren. Pero no puedes ayudarlos más desde aquí. Deberían haberte dejado mirar, ver, como tú siempre has querido. Es la torpeza de los seres humanos la que los deja ciegos ante las enfermedades. Deja de escribir, Galeno, y cruza la laguna Estigia. Tienes un lugar en los Campos Elíseos. Lo has ganado por tus méritos en la ciencia, aunque tu soberbia a punto ha estado de sobrepasar tus logros médicos. Pero el dictamen de los dioses está hecho y allí, con la propia emperatriz Julia y su heroico prefecto de la guardia, te conduciré hoy. Ven. Deja la medicina de los vivos. Disfruta de tu recompensa eterna.

Galeno no discute más.

La mano verde del viejo barquero tira de su hombro y el médico lo sigue a la gran barca llena de almas.

La emperatriz le hace un gesto.

Hay un sitio junto a ella y Mecio.

Galeno suspira. Se da por vencido. Nada puede hacer contra el gigante Caronte. El médico deja ya de luchar, sube a la barca y se acomoda al lado de la emperatriz.

—Me alegra verte de nuevo —le dice ella—. Parece que vamos al mismo lugar.

—Así es, augusta —confirma el viejo médico y, de pronto, se acuerda—: He dejado el final de la historia de la emperatriz escrito en un papiro junto a una gran roca de la ribera, bajo una pequeña piedra. Por si la augusta lo puede recoger en su ascenso al cielo, cuando sea deificada. Y quizá añada unas últimas líneas sobre lo que veo aquí y ahora, en esta barca —añade mirando de reojo a Caronte—, y entregaré esa hoja final a la emperatriz cuando lleguemos a los Campos Elíseos.

La emperatriz madre asiente.

El barquero del inframundo se introduce en la conversación.

—Leeré todas esas hojas: el papiro final y lo que hay en la ribera —comenta desafiante Caronte—. Si hay algo en ellas que no haya sucedido aquí arrojaré esas hojas al Leteo, como arrojaron a Macrino.

—Nada habrá en esos papiros que no sea lo que ha ocurrido aquí —certifica Galeno.

—Veremos —apostilla el viejo barquero desconfiado. Ya lo habían engañado en el pasado y no piensa dejar que eso vuelva a ocurrir.

Julia tiene a Mecio cogido de la mano y aprieta la del prefecto con sus finos dedos. La augusta ha sentido la tristeza de su amante al oír que ella será divinizada pronto y que eso implica una nueva separación, un alejamiento definitivo y eterno.

Julia Domna se gira hacia él y le da un beso en la mejilla. Una muestra de amor que ninguna romana habría hecho rodeada de tantos otros, aunque fueran ahora almas y no personas vivas. Pero ella nunca dejó de ser siria, de ser diferente, de ser ella misma.

—Sí, Mecio, lo cuenta el propio Virgilio hablando del primero de todos los césares, cuando Júpiter le dice a Venus que ha de recibirlo en el cielo. ¿Cómo era? —Y cierra los ojos y, de memoria, recita un pasaje completo de la *Eneida*:

Nascetur pulchra Troianus origine Caesar,
imperium oceano, famam qui terminet astris,
Iulius, a magno demissum nomen Iulo.
Hunc tu olim caelo, spoliis Orientis onustum,
accipies secura; vocabitur hic quoque votis.[56]

(Nacerá troyano César, de limpio origen, que el imperio
ha de llevar hasta el Océano y su fama a los astros,
Julio, con nombre que le viene del gran Julo.
Lo acogerás, segura, tú en el cielo cuando llegue cargado
con los despojos de Oriente; también él será invocado con
[votos.)

—Y, desde entonces —continúa Julia—, todos los que seguimos la estela del divino Julio César, todos los augustos y, también, las pocas augustas de Roma, pues no todas las emperatrices, como sabes, son nombradas augustas ni mucho menos divinizadas, ascendemos al cielo cuando se celebra nuestra apoteosis en el mundo de los vivos. Severo voló hacia el Olimpo en forma de águila, lo recuerdo como si fuera ayer, y allí, en la morada eterna de los dioses, me espera mi esposo. Pero antes, Mecio, mientras todo se reorganiza en el Imperio romano, hasta que mi nieto llegue a Roma, se haga con el poder efectivo y ordene al Senado mi deificación, pasaré unos días contigo, aquí, en los Campos Elíseos del Hades, en justa recompensa por todo cuanto has hecho por mí en vida y en el inframundo.

Quinto Mecio asiente y habla con la resolución del amante más fiel del mundo:

—Pues estos, augusta Julia, serán los mejores días de mi muerte.

56. Virgilio, *Eneida*, I, 286-290.

ASAMBLEA FINAL DE LOS DIOSES SOBRE EL CASO DE LA AUGUSTA JULIA DOMNA

—

La partida había concluido.

Pero Vesta no daba por terminada la lucha. Veía que, en pocos días, Julia iba a ingresar en el Olimpo, recibida por la propia Venus y Júpiter, y le hervían las entrañas. De pronto, se dio cuenta de que faltaba algo.

—Júpiter prometió que Julia sería sometida a cinco pruebas. Y solo ha habido cuatro: la traición, el enfrentamiento entre hermanos, la locura del hijo y el ataque del usurpador.

El cónclave, que estaba a punto de disolverse, se reagrupó. Neptuno, Apolo y Marte, todos los dioses *indigetes*, todos cuantos habían estado contra Julia, estaban atentos. Aquel desenlace era inesperado. ¿Aún podría evitarse la entrada de Julia en el Olimpo?

Severo, siempre cubierto por su manto púrpura, volvía a asistir a aquella nueva asamblea y, como el resto, estaba muy atento al encendido debate entre Júpiter y Vesta.

La diosa del hogar romano recordaba su último diálogo secreto al final del cónclave anterior con el propio Júpiter, cuando este le había prometido que enviaría la quinta prueba contra Julia al tiempo que la cuarta, pero estaba convencida de que todo había sido una mentira del dios supremo, que al final, como siempre, había, de un modo u otro, ayudado más a su hija Minerva que a sus opositores.

Júpiter sonrió, para sorpresa de Vesta y del resto de los dioses que la apoyaban, con la excepción de un muy silencioso Apolo.

—La quinta prueba ya fue enviada contra Julia, al mismo tiempo que el usurpador. Yo cumplo lo que digo. Fue un *oncos*, un *karkinos*, un cáncer, llámalo como quieras. Y fue terrible y mortal. Diseñado por el mismísimo Apolo para evitar la destreza de Galeno, del médico que ha usado Esculapio como escudo contra vuestros ataques a la emperatriz. Esa ha sido la quinta prueba. Y ni Julia ni su médico pudieron hacer nada contra ella. Yo cumplo mis sentencias. Y Julia murió.

Júpiter interrumpió su discurso. De pronto, se encogió de hombros, levantó las cejas y, con una medio sonrisa en la boca, continuó hablando:

—Lo que nadie podía imaginar era que ella, Julia Domna, desde el reino de los muertos, se las ingeniaría para terminar con el usurpador, mantener su dinastía y conseguir que el Senado, sin duda, la deifique en poco tiempo. Eso nadie, ni yo mismo, lo reconozco, podíamos suponerlo. La partida, Vesta, ha terminado y Julia Domna, incluso muerta, ha vencido. Justa es, pues, su entrada en el Olimpo. Y este y no otro es el desenlace definitivo de esta historia. El cónclave ha concluido.

—Pero ahora —protestó Apolo, que no había hablado en otras asambleas anteriores—, los descendientes de Julia promoverán en Roma el culto a ese otro dios del sol de Siria, ese al que llaman El-Gabal.

—Es un dios más —opuso Júpiter, sin dejar espacio al debate con Apolo—. Solo un dios más. Y si la emperatriz ha ganado, en su derecho está de ver cómo en Roma se adora también a ese dios.

Apolo contuvo su rabia. No estaba de acuerdo, pero sabía que en un enfrentamiento directo contra Júpiter no tenía nada que hacer, de modo que guardó silencio.

Los dioses empezaron a alejarse.

La sentencia de Júpiter se había cumplido y Julia había ganado. El rencor de Neptuno, Apolo o Marte, y el de la propia Vesta contra Minerva y sus aliadas estaba ahí, creciendo, pero nada podían hacer por el momento.

—Aunque hay una cosa que me preocupa... —empezó a decir Júpiter, pero ya todos se alejaban, unas exultantes por la victoria, otros cabizbajos, arrastrando su rencor, y ninguno prestó atención a las palabras del dios supremo.

Solo un dios esperó para acercarse a Júpiter.

—Entonces..., ella... ¿vendrá aquí, al Olimpo? —inquirió

Severo, al que aún le costaba asimilar que, una vez más, su esposa, contra todo y contra todos, incluso enfrentándose a numerosos dioses, había ganado.

—Ya me has oído: Julia ha ganado —le confirmó el dios supremo—. Tu esposa ingresará pronto en el Olimpo. No lo dudes.

Por primera vez desde su muerte, el divino Septimio Severo se sintió feliz. Pronto volvería a estar con Julia, eternamente, en el cielo. Sabía que su esposa iba a pasar unos días con Mecio, recompensa justa para el más leal de los servidores. Y es que, sin la intervención de aquel fiel jefe del pretorio, la dinastía se habría interrumpido y Julia nunca llegaría a ser deificada. Así que, gracias a Mecio, él tendría, en poco tiempo, consigo a Julia, para siempre. Sí, Mecio se había ganado su premio.

Júpiter pensó en compartir con Severo deificado sus preocupaciones, ya que ningún otro dios parecía interesarse por lo que a él le preocupaba, pero lo vio inclinarse, darse la vuelta y alejarse con rapidez.

Júpiter calló, entonces, y suspiró una vez más.

Dejó el orbe en el suelo y volvió a su gesto de acariciar el cuello del águila que estaba a sus pies. Lo que le preocupaba era que, cegados como habían estado por aquella titánica disputa por el destino de Julia Domna, todos parecían olvidarse de ese otro dios al que sus seguidores llamaban Cristo. Y a Júpiter, no sabía bien por qué, la creciente popularidad de aquel otro dios le preocupaba mucho más que el culto a El-Gabal o a otras deidades extranjeras. Pero, como en ocasiones anteriores, el resto de los dioses del Olimpo no parecían interesados por aquel asunto.

El dios supremo pensó que quizá su intuición lo llevaba a preocuparse de forma exagerada por algo que, seguramente, no tendría ninguna importancia.

¿O sí?

Se sentía agotado.

—Me hago viejo —dijo Júpiter al águila mientras volvía a acariciarle el cuello—. Quizá, nos hacemos viejos todos.

APÉNDICES

1

NOTA HISTÓRICA

Julia, en efecto, fue deificada.

En otoño de 218 d. C., el joven augusto Antonino, nieto de Julia, salió de Antioquía y cruzó las provincias de Bitinia, Capadocia y Galacia. El nuevo emperador, junto con toda la comitiva imperial, invernaría en Nicomedia. Durante la primavera de 219 d. C., el augusto Antonino atravesó los territorios de Tracia, Mesia Inferior y Superior y las dos Panonias, llegando a Roma entre julio y agosto de ese mismo año. Allí, su poder sería completo y, probablemente, al poco de llegar a la capital del Imperio, las cenizas de Julia fueron depositadas, inicialmente, en el Mausoleo de Augusto. Este era, sin duda, un lugar de gran honor, pero dejaba a Julia fuera de la costumbre de enterrar a la mayoría de los emperadores y emperatrices de los últimos decenios en el Mausoleo de Adriano, el actual castillo de Sant'Angelo en Roma.

A instancias del joven Antonino, su abuela Julia Domna fue deificada y, seguramente por presión del propio joven emperador y de su abuela Julia Maesa, las cenizas de Julia fueron, finalmente, llevadas al Mausoleo de Adriano.

Desde el punto de vista de la religión romana, el alma de Julia acababa de entrar en el Olimpo.

En el reino de los vivos, entretanto, y a modo de celebración de aquel gran acontecimiento de la consagración o divinización de Julia, se emitieron monedas que conmemoraban este grandioso evento, como la que podemos ver en la página siguiente, acuñada entre 218 y 222 d. C.:

Se puede leer en el anverso Diva Ivlia Avgvsta, es decir, «divina Julia augusta», y, en el reverso, Consecratio S-C, o, lo que es lo mismo, «consagración tras consultar al Senado».

Galeno, por otro lado, es, sin duda alguna, otro de los grandes personajes de este relato. La fecha exacta de su muerte es objeto de debate, anticipándola unas fuentes a finales del siglo II, en torno al año 199 o 200 d. C., y retrasando su fallecimiento otras fuentes a fechas mucho más tardías (Nutton, 1995) como 216 d. C., admitiendo estas últimas fuentes, normalmente de origen árabe y bizantino, que podría ser que su muerte fuera incluso algo posterior a 216 d. C. Teniendo en cuenta este mar de incertidumbre, me he permitido situar la muerte de Galeno en 218, de modo que terminara siendo el testigo no solo de la vida de Julia al completo, sino también de cómo su plan para mantener su dinastía funcionaba en el proceso de derrocar al usurpador Macrino.

Otro asunto que ha sido referido a lo largo de la novela con relación a Galeno, pero que no ha sido explicado, ya que él mismo nunca lo comprendió, es la cuestión de por qué el veterano médico de Pérgamo, pese a haber estado en constante contacto con enfermos de peste, nunca se infectara. La teoría más probable, desde el punto de vista de la ciencia moderna, analizando en retrospectiva todos los datos de este curioso fenómeno, explica que Galeno sufrió un proceso de autoinmunización contra esta terrible enfermedad. Una autoinmunización de la que él no pudo ser consciente. Veamos los datos: las denominadas pestes de la época antonina, la que acabó con los emperadores Lucio Vero o hasta el propio Marco Aurelio y que rebrotó, como se cuenta en la novela, en Egipto, no era la peste bubónica de la Edad Media con la que solemos identificar el término peste. Se usaba ese vocablo en la época final del Alto Imperio romano, pero para referirse a brotes muy cruentos y contagiosos de formas muy agresivas de viruela. Sabemos que se trata de este mal y no de otra enfermedad por la muy pormenorizada descripción de los síntomas que el propio Galeno nos aporta de aquellos que eran infectados por la denominada peste. La viruela es una enfermedad infecciosa que consiguió eliminarse mediante vacuna. El investigador Edward Jenner observó en el siglo XVIII que las mujeres que ordeñaban las vacas no contraían la viruela. Las vacas pasan con frecuencia una viruela vacuna o bovina que no es agresiva para los humanos pero que, si una persona la contrae, queda inmunizada contra la muy agresiva viruela humana. Jenner propuso entonces inocular a seres humanos con el virus de la viruela de las vacas, consiguiendo el éxito de la inmunización contra la viruela humana. De ahí el nombre de vacuna a las sustancias que se utilizan para inocular a humanos o animales contra diferentes enfermedades infecciosas.

Volviendo a Galeno, se sabe que el médico de Pérgamo, ante la imposibilidad de hacer disecciones en cadáveres humanos, realizó muchísimas disecciones de animales muertos, principalmente perros, gorilas, cerdos y vacas. Es muy probable que el frecuente contacto de Galeno con las vacas muertas, de la misma forma que las lecheras están en contacto con las vacas vivas cuando las ordeñan, hiciera que el propio médico griego contrajera la infección de la viruela vacuna, con su consiguiente inmunización contra la viruela humana que asoló Roma en tiempos de Marco Aurelio y fechas posteriores. Esta sería la explicación científica más plausible para comprender por qué Galeno no se infectaba nunca de la peste, es decir, de la viruela que incluso acabó con emperadores. Su trabajo investigador diseccionando animales lo protegió.

Finalmente, con relación a Galeno, se sabe que estuvo buscando toda su vida algún ejemplar de los libros sobre anatomía de los médicos Herófilo y Erasístrato, que, efectivamente, pudieron hacer disecciones humanas. La existencia de estos libros se conoce a través de diferentes referencias a ellos por otros autores, pero nunca se han encontrado. Y no hay constancia de que Galeno llegara a encontrarlos o, si lo hizo, tal y como se cuenta en la novela, no dispuso del tiempo suficiente para dejar constancia por escrito de los diferentes errores de sus descripciones anatómicas, fruto, simplemente, de que solo podía basarse en sus disecciones de animales y no de humanos.

El Imperio romano quedó bajo el control de Antonino, nieto de Julia, pero... ¿y Partia? El beligerante Imperio parto entró en una larga guerra civil entre Artabano V y los sasánidas de la parte más oriental de su territorio. Estos últimos terminarían imponiéndose al poco tiempo y, de ese modo, Artabano V sería el último rey de reyes de la dinastía arsácida. A partir de ese momento, los sasánidas controlaron Partia y se transformaron en un peligroso enemigo que atacaría las fronteras del Imperio romano durante los siglos venideros.

Algo que quizá pueda sorprender a algún lector familiarizado con el período tratado en la novela es el hecho de haber descrito a Gannys, alto oficial romano que apoyó a Sohemias y Maesa en su levantamiento contra Macrino, como un hombre físicamente completo. Me explicaré: cierta tradición ha tendido a describir a Gannys como un eunuco, pero la historiografía más moderna (Arrizabalaga, 1999) explica con detalle cómo esa teoría es más propia de la invención e imaginación de las fuentes tradicionales que basada en datos verificados. Por eso, siguiendo esta versión moderna, he descrito a Gannys como un hombre, digamos, sin alteraciones sobre su fisonomía íntima.

Retornando a Julia, la emperatriz protagonista de nuestro relato, ciertamente falleció de un cáncer de pecho diagnosticado por Galeno con precisión, pero para el que el afamado médico griego, sin embargo, no tenía tratamiento. La augusta sufrió horribles dolores. Aun así, en medio de aquellos padecimientos, fue capaz de diseñar toda una estrategia para que su hermana Julia Maesa, junto con Sohemias, Gannys y el joven Antonino, pudieran enfrentarse al usurpador Macrino y derrocarlo.

El nuevo Antonino, una vez establecido en Roma y tras la deificación de Julia, promovería efectivamente el culto al dios sirio del sol El-Gabal. Esto, junto con otros comportamientos erráticos del joven emperador, lo hicieron impopular y terminó siendo asesinado a los pocos años de gobierno. Aun así, Julia Maesa, que parecía haber aprendido mucho de su hermana Julia Domna, maniobró con habilidad para que otro nieto suyo, que pasaría a la historia con el nombre de Alejandro Severo, se hiciera con el poder. De este modo, la dinastía promovida por Julia Domna gobernó desde 193 hasta 235. Los primeros años, de 193 d. C. a 197 d. C., fueron tiempos de guerras civiles, pero desde 197 en adelante hubo treinta y siete años de razonable estabilidad interna. El episodio de Macrino se resolvió sin apenas sangría para las legiones, y la brutalidad y la violencia tuvieron lugar en aquel largo período más dentro del palacio imperial y entre miembros de la propia dinastía que en los campos de batalla, como el caso del fratricidio de Geta a manos de Caracalla. Lo que intento decir es que Julia promovió, de la mano de su esposo Severo, una dinastía que defendió bien las fronteras del Imperio. No olvidemos que, en tiempos de Marco Aurelio, los bárbaros habían llegado hasta el Mediterráneo. Dicho de otro modo, la dinastía de Julia supuso un período en que el Imperio romano estuvo bien protegido y razonablemente bien gobernado y gestionado en lo que para muchos supone el último momento de esplendor del Alto Imperio romano. Es cierto que hay quienes opinan que con Julia y Severo se inició el principio del fin de Roma. Todo depende de en qué pongamos el énfasis. Julia y Severo, y luego Julia con Caracalla, simplemente, siguieron la evolución natural que ya llevaba el Imperio. Se había pasado de una república controlada por una oligarquía a un imperio en época de Julio César y Augusto. El gobierno del Imperio fue reduciendo la relevancia del Senado y transformándose en una dictadura militar donde, primero la guardia pretoriana y, luego, el ejército terminarían siendo los ejes sobre los que pivotaría el poder real. Julia tuvo la clarividencia, junto con Severo, de leer bien esa evolución y acertar a posicionarse controlando aquel elemento clave que ya no era otro sino el ejército profesional romano dividido en sus treinta y tres legiones.

A quienes quieran ver solo la violencia familiar interna o el control del poder desde el ejército durante la dinastía de Julia, habría que recordarles que fue con ella, a través de Caracalla, cuando la ciudadanía romana se extendió por todas las provincias y que, tras la caída de su dinastía, el Imperio entero se adentró en un período brutal de desgobierno que duraría decenios, denominado habitualmente como el período de la anarquía militar. De hecho, desde el final de la dinastía de Julia en 235 d. C. y el año 268 d. C., se proclamaron hasta veintinueve emperadores, en ocasiones varios al tiempo, luchando entre sí en confrontaciones civiles que arruinaron el Imperio: se dispararon la inflación y el coste de la vida, se subieron los impuestos sin medida y las fronteras quedaron desprotegidas o en manos de mercenarios. Será en esos años cuando muchos se acordarían de Julia y echarían de menos una dinastía que, con todos sus defectos, con todas sus imperfecciones, mantuvo el Imperio romano protegido, funcionando y en un esplendor comercial y social que, cada vez más, se echaría en falta de forma creciente entre las élites y el pueblo romano por igual.

2
—

MAPA DEL IMPERIO ROMANO
A FINALES DEL SIGLO II Y PRINCIPIOS
DEL SIGLO III

**Imperio romano a finales
del siglo II y principios del III**

Leyenda:
- Imperio romano
- Adhesiones de Septimio Severo
- Límites de las provincias romanas
- Divisiones de Septimio Severo
- ⊙ Capitales de provincia
- ● Ciudades importantes
- 10 Legiones romanas

OCEANUS

MARE SUEVICUM

MARE GERMANICUM

Muro de Antonino
Muro de Adriano
Luguyalium
Britania Inferior 4
3
Eboracum
Britania Superior 2
Londinium

MARE BRITANNICUM

Gesoriacum
Germania Inferior
5 Colonia Agripina
Galia Bélgica
6
Mogontiacum
8
Lutecia 7
Durocortorum
Germania Superior
Galia Lugdunense
Portus Namnetus
Galia Aquitania
Lugdunum
Burdigala

Alpes Atrectionae y Peninos
10
Augusta Vindelicum
11
Retia
Nórico
Virunum
Carnuntum
12
13
14
Aquincum
Panonia Superior
Aquileia
Panonia Inferior
Dalmacia
Salona

Forum Claudii Centronum

Alpes Cotios
Segusio
Genoa
Ravena
Pisae
Ariminum
Italia
MARE ADRIATICUM

Galia Narbonense
Narbo
Massilia
Alpes Marítimos
Cemenelum

ROMA 9
Neápolis
Brindisium

Brigantium
1
Hispania Tarraconense
Iberus
Caesaraugusta
Tarraco

Hispania Lusitania
Felicitas Iulia
Augusta Emérita
Toletum
Corduba
Hispania Bética
Gades
Carthago Nova

Tingis
Mauritania Tingitana
Volúbilis

Cesarea
Mauritania Cesariense
Lambaesis 33
Numidia
Theveste
Cártago
Thapsus

Sardinia y Córsica
Carales

MARE TYRRHENUM

Sicilia
Rhegium
Siracusa

MARE INTERNUM

África Proconsular
Leptis Magna

0   500   1.000 km

Legiones romanas*

1. VII Gemina
2. II Augusta
3. XX Valeria Victrix
4. VI Victrix
5. XXX Ulpia Victrix
6. I Minerva
7. VIII Augusta
8. XXII Primigenia
9. II Parthica
10. III Italica
11. II Italica
12. X Gemina
13. XIV Gemina
14. I Adiutrix
15. II Adiutrix
16. IV Flavia Felix
17. VII Claudia
18. XIII Gemina
19. V Macedonica
20. I Italica
21. XI Claudia
22. XV Apollinaris
23. XII Fulminata
24. I Parthica
25. III Parthica
26. IV Scythica
27. XVI Flavia
28. III Gallica
29. VI Ferrata
30. X Fretensis
31. III Cyrenaica
32. II Traiana
33. III Augusta

* (Las legiones pueden cambiar de posición durante la novela.)

ÁRBOL GENEALÓGICO

Árbol genealógico de la familia de Julia

DINASTÍA SEVERA

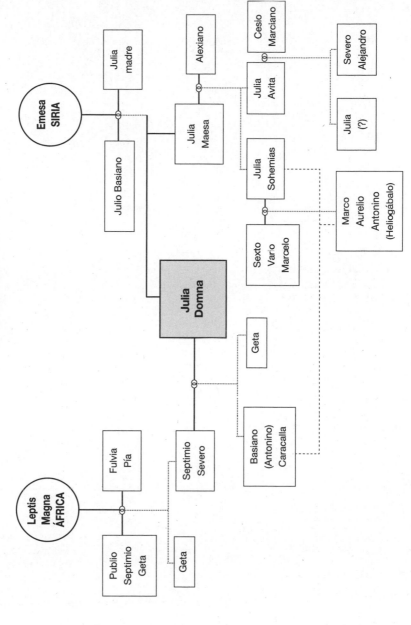

4

PLANOS DE LAS BATALLAS

4.1. Batalla de Nisibis (fase I)
Primer y segundo día

EJÉRCITO PARTO

INFANTERÍA

CABALLERÍA LIGERA

CATAFRACTOS

EJÉRCITO ROMANO

CABALLERÍA

ARTABANO

MACRINO

□ INFANTERÍA

⊗ *MURICES FERREI*

▨ CABALLERÍA

LA INFANTERÍA
LIGERA ROMANA
SIEMBRA LA LLANURA
CON *MURICES FERREI*

LANCIARII

LEGIONES

INFANTERÍA LIGERA

4.2. Batalla de Nísibis (fase II)

Tercer día

EJÉRCITO PARTO

INFANTERÍA

CABALLERÍA LIGERA

ATAQUE A LOS FLANCOS ROMANOS Y REPLIEGUE

ARTABANO

CATAFRACTOS

MACRINO

EL EJÉRCITO ROMANO OPONE UN GRAN FRENTE Y EMPLEA LOS *MURICES FERREI* DE NUEVO

□ INFANTERÍA

⊗ *MURICES FERREI*

◨ CABALLERÍA

INFANTERÍA

MURICES FERREI

CABALLERÍA

EJÉRCITO ROMANO

L

L

GLOSARIO DE TÉRMINOS LATINOS
Y DE OTRAS LENGUAS

ab urbe condita: «Desde la fundación de la ciudad». Era la expresión que se usaba a la hora de citar un año, pues los romanos los contaban desde la fecha de la fundación de Roma, que corresponde tradicionalmente a 754 a. C. En la trilogía de Trajano se usa el calendario moderno con el nacimiento de Cristo como referencia, pero de vez en cuando se cita la fecha según el calendario romano para que el lector tenga una perspectiva de cómo sentían los romanos el devenir del tiempo y los acontecimientos con relación a su ciudad.

Adiutrix: «Auxiliar». Sobrenombre que llevaron algunas legiones que se crearon como complemento de diferentes ejércitos romanos.

ad literam: «Al pie de la letra», hacer algo siguiendo con precisión las instrucciones recibidas.

andabata, andabatae: Gladiador condenado a luchar a ciegas con un casco con el que no tenía visión alguna; era una dura forma de condena en la Roma imperial. El pueblo se divertía intentando orientarlos o confundirlos aún más desde las gradas.

Anfiteatro Flavio: Hoy conocido como Coliseo. El anfiteatro más grande del mundo, construido en Roma durante el reinado de Vespasiano, inaugurado por Tito y ampliado con posterioridad por Domiciano. Aunque en él se celebraban cacerías, ejecuciones en masa de condenados a muerte y quizá en algún momento alguna *naumaquia* o batalla naval, ha pasado a la historia por ser el lugar donde luchaban los gladiadores de Roma. En *Yo, Julia* Cómodo desata su locura en dicho recinto.

annona: El trigo que se distribuía gratuitamente por el Estado entre los ciudadanos libres de Roma. Durante un largo período, Sicilia fue la región que más grano proporcionaba a la capital del Imperio, pero en la época de Trajano Egipto era ya el reino más importante como exportador de grano a Roma.

***arcus quadrifrons*:** Arco de triunfo con cuatro arcos, uno por cada uno de los cuatro frontales del monumento.

***arenari*:** Esclavos encargados de mantener limpia de objetos y obstáculos la arena de los diferentes recintos circenses, ya fuera un anfiteatro o un circo de carreras de cuadrigas.

***armaria*:** Los grandes armarios donde se preservaban los numerosos rollos en las bibliotecas de la antigua Roma.

Asclepio: Dios griego de la Medicina. Esculapio para los romanos.

Ateneo: Edificio de grandes dimensiones erigido por el emperador Adriano con fines culturales y de ocio en el centro de Roma. Su gran auditorio, por sus amplias dimensiones, se empleaba con frecuencia para reuniones del Senado, pues el vetusto edificio de la curia en el foro antiguo no podía albergar cónclaves senatoriales adonde acudieran la totalidad de los *patres conscripti*.

***atriense*:** El esclavo de mayor rango y confianza en una *domus* romana. Actuaba como capataz supervisando las actividades del resto de los esclavos y gozaba de gran autonomía en su trabajo.

***Atrium Vestae*:** Residencia de las vírgenes vestales en el corazón del antiguo foro de Roma.

***attramentum*:** Tinta negra usada para escribir en el mundo de la antigua Roma.

***Audentis Fortuna iuvat*:** «La Fortuna ayuda a los valientes», cita de la *Eneida* de Virgilio. Con frecuencia también se cita como «audentes Fortuna iuvat». El acusativo que exige *iuvat* puede ser tanto *audentes* como *audentis*, pero Virgilio usa la forma terminada en *-is*, aunque la terminada en *-es* es la que más se emplea hoy al mencionar esta famosa frase.

augur: Sacerdote romano encargado de la toma de los auspicios y con capacidad de leer el futuro, sobre todo en el vuelo de las aves. Plinio el Joven sería nombrado augur por el emperador Marco Ulpio Trajano.

***Augusta*:** «De Augusto». Sobrenombre de legiones creadas por Augusto, el primer emperador, o heredadas por Augusto de su tío Julio César.

augusto, augusta: Tratamiento que recibía el emperador y aquellos miembros de la familia imperial que el emperador designase. Era la máxima dignidad desde el punto de vista de la nobleza.

Aula Regia: El gran salón de audiencias del palacio imperial de Roma, en un extremo de la *Domus Flavia*. Se cree que en el centro de esta gran sala había un imponente trono imperial desde el que el augusto se dirigía a sus súbditos.

aurigator, aurigatores: Singular y plural que denomina al asistente o asistentes de los aurigas de las diferentes corporaciones que competían en las carreras del Circo Máximo.

Bambišnān bāmbišn: La primera esposa del rey de reyes o emperador de Partia; el término equivalía a «reina de reinas».

buccinator: Trompetero de las legiones.

caedere: Verbo latino de múltiples significados, pero en *Yo, Julia* equivale a «cortar».

caesar: Véase *César*.

calamistra: Pequeños cilindros de hierro que utilizaban las ornatrices para rizar el cabello de sus amas según el procedimiento que se detalla en *Y Julia retó a los dioses*.

caldarium: Sala con una piscina de agua caliente en unas termas romanas.

caligae: Sandalias militares de los legionarios o la guardia pretoriana.

calones: Esclavos de los legionarios u oficiales romanos; no solían intervenir en acciones de guerra.

carcer, carceres: Compartimento o gran cajón desde el que salían las cuadrigas en un extremo del Circo Máximo para dar inicio a una carrera. Había doce, y los que estaban justo enfrente de la recta eran los más codiciados por los aurigas, ya que ofrecían una posición ventajosa en la salida en comparación con los que estaban en el extremo contrario.

Cástor: Junto con su hermano Pólux, uno de los dioscuros griegos asimilados por la religión romana. Su templo, el de los Cástores, o de Cástor y Pólux, servía de archivo a la orden de los *equites* o caballeros romanos. El nombre de ambos dioses era usado con frecuencia a modo de interjección.

castra praetoria: El campamento general fortificado de la guardia pretoriana construido por Sejano, jefe del pretorio del emperador Tiberio, al norte de Roma. Durante los siglos i, ii y iii d.C. fue el centro del poder militar en la capital del Imperio.

catafracto: Del latín *cataphracto*, era un jinete con armadura cuya montura también iba protegida por otro blindaje de hierro u otro metal protector. Su capacidad destructiva era enorme, pero, por otro lado, estos jinetes eran vulnerables al cansancio, se agotaban pronto tanto el soldado como el caballo, y se desplazaban con lentitud en el campo de batalla, por lo que lo ideal era que fueran apoyados por caballería ligera de refuerzo. Los partos usaron *catafractos* con frecuencia en sus campañas contra Roma, llegando no solo a emplear caballos como monturas blindadas, sino también dromedarios, tal y como se describe en *Y Julia retó a los dioses*.

cathedra: Silla sin reposabrazos con respaldo ligeramente curvo. Al principio solo la usaban las mujeres, por considerarla demasiado lujosa, pero pronto su uso se extendió también a los hombres. La usaron luego los jueces para impartir justicia o los profesores de retórica clásica. De ahí la expresión hablar *ex cathedra*.

cavea: Literalmente «hueco», se usaba como denominación de las gradas de los grandes edificios públicos de Roma, de los teatros, anfiteatros o circos.

César: *Cognomen* de Cayo Julio César, que luego sería utilizado en época imperial como un título específico para referirse al sucesor o heredero del poder imperial en una dinastía.

chirurgus: Cirujano.

Circo Máximo: El circo más grande del mundo antiguo. Sus gradas podían albergar, tras la gran ampliación que realizó Julio César, hasta ciento cincuenta mil espectadores sentados. Este era el recinto donde se celebraban las espectaculares carreras de carros. Estaba situado entre los montes Palatino y Aventino, donde se celebraban carreras y juegos desde tiempos inmemoriales. Con la ampliación, la pista tenía unos seiscientos metros de longitud y más de doscientos metros de ancho. Las gradas fueron aumentándose hasta albergar doscientos cincuenta mil espectadores.

clarissimus vir: Título que recibía un patricio cuando accedía al Senado.

Claudia: Sobrenombre de la legión VII, que a veces se denominaba legión VII *Claudia Pia Fidelis*. El nombre original era *Macedonica*, pero se ganó el sobrenombre de *Claudia* por su fidelidad al emperador Claudio durante las rebeliones del año 42 d.C. Esta legión, junto con el resto de las del Danubio, estuvo apoyando a Severo en su lucha por controlar el Imperio. Hubo otras legiones con este sobrenombre porque en su momento también apoyaron al emperador Claudio contra las rebeliones militares de su tiempo. También estaba la legión XI *Claudia* de Mesia Inferior.

cognomen: Tercer elemento de un nombre romano que indicaba la familia específica a la que una persona pertenecía. Así, por ejemplo, Severo era el *cognomen* de Lucio Septimio Severo, marido de Julia Domna.

cohortes vigilum o vigiles: Cuerpo de vigilancia nocturna creado por el emperador Augusto, sobre todo dedicado a la lucha contra los frecuentes incendios que asolaban los diferentes barrios de Roma.

comissatio: Larga sobremesa que solía tener lugar tras un gran banquete romano. Podía durar toda la noche. También puede referirse al propio festín con música y danza.

congiarium: Donativo especial que el emperador ofrecía a los ciudadanos de Roma para celebrar un gran triunfo militar.

consilium, consilium augusti o consilium principis: Estado Mayor que aconsejaba al emperador en una campaña, o consejo de asesores imperiales, por lo general libertos, que proporcionaban información al augusto para el mejor gobierno de Roma. También podían formar parte de este consejo senadores y diferentes altos funcionarios del Estado romano.

contubernium: La unidad mínima en la que se dividía una cohorte romana, compuesta por ocho legionarios que compartían tienda y rancho.

corona graminea: La más importante condecoración militar romana.

cuadriga: Carro romano tirado por cuatro caballos.

cubiculum: Pequeño habitáculo para dormir.

cursus honorum: Nombre que recibía la carrera política en Roma. Un ciudadano podía ir ascendiendo en su posición a través del acceso a diferentes cargos de género político y militar, desde una edilidad en la ciudad de Roma hasta los cargos de cuestor, pretor, censor, procónsul, cónsul o, en momentos excepcionales, dictador. Estos eran electos, aunque el grado de transparencia de las elecciones fue evolucionando en función de las turbulencias sociales a las que se vio sometida la República romana. En la época imperial, el progreso en el *cursus honorum* dependía sustancialmente de la buena relación que cada uno mantuviera con el emperador, pues este otorgaba directamente muchos de estos cargos o bien influía en la designación.

Cyrenaica: Sobrenombre de una legión que fue creada por Marco Antonio justo en ese territorio del norte de África.

damnatio memoriae: O «maldición a la memoria» de una persona. Cuando un emperador moría, el Senado solía deificarlo, transformarlo en dios, excepto si había sido un augusto tiránico, en cuyo caso se reservaba el derecho de maldecir su memoria. Cuando ocurría esto se destruían todas las estatuas de dicho emperador y se borraba su nombre de todas las inscripciones públicas. Incluso se raspaba su efigie en todas las monedas para que no quedara rastro alguno sobre la existencia de aquel tirano. Durante el siglo II el Senado ordenó una *damnatio memoriae* para el emperador

Cómodo y para varios de sus sucesores durante las guerras civiles que acontecieron tras su muerte.

decennalia: Celebraciones para conmemorar los diez años desde la proclamación de un nuevo emperador; en esta novela hace referencia al décimo aniversario de la proclamación de Septimio Severo como emperador de Roma.

de facto: «De hecho» o «en realidad»; es una expresión latina que puede usarse en contraposición con *de iure*, es decir, «según la ley». Como todos sabemos, más de una vez los hechos y la ley, lamentablemente, no van de la mano.

De re rustica: Tratado sobre la vida y las actividades agrarias romanas escrito por Columela hacia el año 42 d. C. Hay una obra del mismo título escrita por Terencio Varrón unos decenios antes, pero en *Yo, Julia* la obra referida es la de Columela.

devotio: Sacrificio supremo en el que un *imperator*, un *legatus*, un oficial o un soldado entrega su propia vida en el campo de batalla o suicidándose posteriormente para salvar el honor del ejército.

diversium: La repetición de una carrera de cuadrigas donde el primero y el segundo clasificado de la anterior competición intercambian la cuadriga para demostrar el que quedó primero que fue vencedor por ser el mejor auriga y no por tener los mejores caballos.

domus: Típica vivienda romana de la clase más acomodada, que suele estar compuesta de un vestíbulo de entrada a un gran atrio en cuyo centro se encontraba el *impluvium*. Alrededor del atrio se distribuían las estancias principales y al fondo se hallaba el *tablinum*, pequeño despacho o biblioteca de la casa. En el atrio había un pequeño altar para ofrecer sacrificios a los dioses lares y penates que velaban por el hogar. Las casas más ostentosas añadían un segundo atrio posterior, generalmente porticado y ajardinado, denominado *peristilo*.

Domus Flavia: El gran palacio imperial levantado en el centro de Roma por orden de la dinastía Flavia. Domiciano fue su principal impulsor y quien se estableció allí por primera vez. En dicho palacio tuvieron lugar muchos de los hechos que se narran en *Yo, Julia* y en *Y Julia retó a los dioses*.

donativum: Paga especial que los emperadores abonaban a los pretorianos para celebrar su llegada al poder.

El-Gabal: Dios del sol en Siria. La familia de Julia descendía de reyes sacerdotes del dios El-Gabal.

equites singulares augusti: Cuerpo especial de caballería dedicado a la protección del emperador.

et caetera: Expresión latina que significa «y otras cosas», «y lo restante», «y lo demás».

exercitus britannicus: El conjunto de las tres legiones acantonadas en Britania.

exercitus germanicus: El conjunto de las cuatro legiones distribuidas a lo largo del Rin.

expeditio asiatica: Denominación de la campaña militar que Severo organizó para terminar con la rebelión de Pescenio Nigro en Oriente.

expeditio felicissima britannica: Denominación de la campaña de Septimio Severo y sus hijos Antonino y Geta en Britania y Caledonia.

expeditio gallica: Denominación de la campaña militar de Severo contra la rebelión de Clodio Albino en la Galia.

expeditio mesopotamica: Denominación de la campaña militar que Severo lanzó para conquistar los reinos de Osroene y Adiabene.

expeditio urbica: Denominación de la campaña militar que Severo organizó para hacerse con el control de la ciudad de Roma gobernada por Juliano.

ex professo: Expresión que en español, admitida en el Diccionario de la Lengua Española con una sola s, significa algo hecho a propósito o de forma específica para una situación o momento concreto. Procede de la locución latina formada por la preposición ex, «fuera de lo común», y del ablativo de *professus*, con el significado de «declarado». Es decir, en origen significaría «algo fuera de lo comúnmente declarado».

Ferrata: «Acorazada», sobrenombre de la legión VI, fundada en el siglo I a. C. y que en el siglo I d. C. estaba destinada en Palestina.

fíbula: Pequeño broche, hebilla o pinza metálica, podía ser de algún metal precioso, que se usaba para fijar una capa o manto u otra vestimenta por encima de los hombros.

Flavia o Flavia Felix o Flavia Firma: «De los Flavios». Sobrenombre de las legiones IV y XVI creadas por el emperador Vespasiano en torno al año 70 d. C.; la IV quedó acantonada en Singidunum y la XVI en Siria con el sobrenombre de «firme», vigilando la frontera oriental.

Foro Boario: El mercado del ganado, situado junto al Tíber.

Fretensis: «Del estrecho marino». Sobrenombre de la legión X que luchó con Augusto contra Sexto Pompeyo en el estrecho de Mesina.

frumentarii: En un inicio eran soldados romanos encargados del aprovisionamiento de trigo y que cobraban más salario de lo habitual. Servían también de mensajeros especiales entre diferentes legiones, pero su función fue evolucionando hasta constituir un auténtico servicio de inteligencia y espionaje bajo el control, normalmente, de un jefe del pretorio o del propio emperador. La importancia de este cuerpo de espionaje llegó a su apogeo entre finales del siglo II y finales del siglo III y tuvo un papel muy relevante en los años en los que transcurren *Yo, Julia* e *Y Julia retó a los dioses*.

Fulminata: «Del relámpago». Sobrenombre de una de las míticas legiones de Julio César que sirvió al Imperio romano durante siglos.

Gallica: Sobrenombre de la tercera legión creada por Julio César para hacer frente a la guerra contra Pompeyo. La mayoría de sus integrantes iniciales habían servido en la lucha contra los galos y de ahí el nombre de la unidad militar.

Gemina: «Gemela». Era el término que los romanos empleaban para indicar una legión fruto de la fusión de dos o más legiones anteriores. Este sería el caso de la legión VII *Hispana* que recibió el nombre de *Gemina* al fusionarse con los legionarios de la legión I *Germanica*. Lo mismo ocurre con la legión XIV (o XIIII) que recibió el nombre de *Gemina* al absorber legionarios de otra legión sin identificar que, seguramente, participó en la batalla de Alesia. El sobrenombre de *Gemina* lo podemos encontrar en otras legiones fusionadas.

Geticus Maximus: Título que se arrogó Caracalla tras sus victorias sobre los getas en la frontera norte del Danubio.

gladio; *gladius, gladii*: Forma en español y singular y plural en latín de la espada de doble filo de origen ibérico que desde el período de la segunda guerra púnica adoptaron las legiones romanas.

grammaticus: Gramático, profesor.

Hades: El reino de los muertos.

Hércules: Es el equivalente al Heracles griego, hijo ilegítimo de Zeus concebido en su relación, bajo engaño, con la reina Alcmena. Por asimilación, Hércules era el hijo de Júpiter y Alcmena. Entre sus múltiples hazañas se encuentra su viaje de ida y vuelta al reino de los muertos, lo que le costó un severo castigo al dios Caronte. Su nombre se usa con frecuencia como una interjección. El emperador Cómodo se consideraba una encarnación suya en la tierra.

hetaira o hetera: Prostituta, con frecuencia de origen griego y oriental, pero podía utilizarse el término con un sentido más general para referirse a cualquier mujer que ejerciera la prostitución.

hipogeo: Red de túneles bajo la arena del Anfiteatro Flavio por donde se distribuían las fieras o los luchadores con el fin de emerger a la superficie por los ascensores instalados en las entrañas del edificio para mayor espectacularidad de los juegos de gladiadores o cacerías de animales salvajes. Los elevadores, de cuyas poleas tiraban multitud de esclavos, los manejaban operarios del anfiteatro.

Historia Naturalis: Obra de carácter enciclopédico escrita por Plinio el Viejo.

hora prima: La primera hora del día romano, que se dividía en doce horas. Correspondía con el amanecer.

hora sexta: La sexta hora del día romano, que se dividía en doce horas; equivalía al mediodía. Del término *sexta* deriva la palabra española actual *siesta*.

horreum, horrea: Singular y plural de los grandes almacenes que se levantaban junto a los muelles del puerto fluvial de Roma y de otros grandes puertos como el de Ostia.

ima cavea: Las gradas inferiores más próximas o a la arena o al escenario en los edificios públicos romanos destinados a espectáculos. Estaban reservadas para los ciudadanos más prominentes de la ciudad.

imperator: General romano con mando efectivo sobre una, dos o más legiones. Normalmente un cónsul era *imperator* de un ejército consular de dos legiones. En época imperial el término evolucionó para referirse a la persona que tenía el mando sobre todas las legiones del Imperio, es decir, el augusto, con poder militar absoluto.

Imperator Caesar Augustus: Títulos que el Senado asignaba para el príncipe, es decir, para el emperador. El primero hacía referencia a su poder militar sobre el ejército, el segundo al hecho de haber sido heredero a la toga imperial y el último indicaba que tenía ya la máxima dignidad.

imperator destinatus: Título adicional que recibía el césar para subrayar el hecho de que era la persona designada para ser el nuevo emperador en cuanto falleciera el actual.

imperium: En sus orígenes era la plasmación de la proyección del poder divino de Júpiter en aquellos que, investidos como cónsules, de hecho ejercían el poder político y militar de la República durante su mandato. El *imperium* conllevaba el mando de un ejército consular compuesto de dos legiones completas más sus tropas auxiliares.

impluvium: Pequeña piscina o estanque que, en el centro del atrio, recogía el agua de la lluvia que después podía emplearse con fines domésticos.

in extremis: Al límite de las posibilidades de algo o alguien.

interim: Entretanto.

In vino veritas: «En el vino está la verdad», frase que da a entender que quien ingiere vino termina siempre diciendo la verdad. La cita suele atribuirse a Plinio el Viejo, pero la idea es mucho más antigua. De hecho, Heródoto ya indica que los persas pensaban que si se tomaba una decisión ebrio era conveniente revisarla sobrio. Este mismo concepto puede encontrarse en un poema de Alceo en griego, y en griego volvería a insistir en esta idea Erasmo de Róterdam en sus *Adagios* siglos después. Con frecuencia, la cita se complementa de la siguiente forma: *In vino veritas, in aqua sanitas*, es decir, «con el vino la verdad y con el agua la salud», que parece tener mucho fundamento.

ipso facto: Expresión latina que significa «en el mismo momento», «inmediatamente».

Italica: Sobrenombre de tres legiones reclutadas en Italia. La I la creó Nerón para invadir Armenia, aunque nunca llevó a cabo ese ataque y la legión fue destinada a la Galia. Las legiones II y III fueron reclutadas por Marco Aurelio para sus guerras en la frontera danubiana.

ius italicum: El «derecho itálico». El emperador tenía la potestad de conceder a algunas ciudades fuera de Italia la posibilidad de regirse como si estuvieran en suelo itálico, de acuerdo con las leyes romanas. Esto daba más autonomía de gobierno y dignidad y otras ventajas a estas poblaciones.

Júpiter Óptimo Máximo: El dios supremo, asimilado al dios griego Zeus. Su *flamen*, el *Dialis*, era el sacerdote más importante del colegio. En su origen, Júpiter era latino antes que romano, pero tras su incorporación a Roma protegía la ciudad y garantizaba el *imperium*, por ello el *triunfo* era siempre en su honor.

kalendae: El primer día de cada mes. Se correspondía con la luna nueva. En latín esta palabra es de género femenino.

karkinos: Tumor, con frecuencia maligno, cancerígeno en forma de cangrejo, es decir, con una parte central y ramificaciones. Hipócrates ya identificó este mal y Galeno fue capaz de diagnosticarlo en diversos pacientes, desde gladiadores hasta la propia emperatriz Julia Domna.

lanciarii: Tropas romanas de infantería ligera especializadas en el uso de jabalinas.

lapis specularis: Piedra de yeso traslúcido que fue muy apreciada en la antigua Roma para la elaboración de ventanas.

legatus, legati: Legados, representantes o embajadores, con diferentes niveles de autoridad a lo largo de la dilatada historia de Roma. En *Yo, Julia* y en *Y Julia retó a los dioses* el término hace referencia a quien ostentaba el mando de una legión. Cuando era designado directamente por el emperador y tenía bajo su mando varias legiones era frecuente que se usara el término *legatus augusti*.

legatus augusti: Legado nombrado directamente por el emperador con varias legiones bajo su mando.

legatus augusti por praetore: Legado imperial con rango de pretor que actuaba como gobernador de una provincia imperial (donde el cargo era designado directamente por el emperador y no por el Senado).

lemur, lemures: Espíritus de los difuntos, generalmente malignos, adorados y temidos por los romanos.

lilia: Denominación de las trampas excavadas por los legionarios de Julio César durante las guerras de las Galias con el fin de sorprender al enemigo. El nombre se debe a que las trampas quedaron ocultas por hojarasca, ramas y lirios la primera vez que se usaron.

limes: La frontera del Imperio romano. Con frecuencia amplios sectores del *limes* estaban fuertemente fortificados, como era el caso de la frontera de Germania y con posterioridad, en Britania, con el Muro de Adriano y el Muro de Antonino.

limes tripolitanus: Frontera del Imperio romano en el sur de la provincia de África que Septimio Severo consiguió mover más hacia el interior del continente africano, ampliando así el territorio bajo control del Imperio.

lorica segmentata: Armadura de un legionario elaborada con láminas de metal, propia de la época altoimperial.

ludi: Juegos. Podían ser de diferente tipo: *circenses*, es decir, celebrados en el Circo Máximo, donde destacaban las carreras de carros; *ludi scaenici*, celebrados en los grandes teatros de Roma, como el Teatro Marcelo, donde se representaban obras cómicas o trágicas o espectáculos con mimos, muy populares en la época imperial. También estaban las *venationes* o cacerías y, por último, los más famosos, los *ludi gladiatorii*, donde luchaban los gladiadores en el anfiteatro. Cómodo celebró interminables *venationes* y *ludi gladiatorii*. Severo también favorecería las luchas de gladiadores y las carreras de cuadrigas.

Ludus Magnus: El mayor colegio de gladiadores de Roma. Se levantó justo al lado del gran Anfiteatro Flavio, con el que se cree que estaba comunicado directamente por un largo túnel. Sus restos se pueden visitar. Se encuentran detrás del Coliseo, al otro lado de donde está el Arco de Constantino.

Macedonica: Sobrenombre que recibieron diferentes legiones, normalmente establecidas en la provincia de Macedonia, a lo largo de la historia de la antigua República e Imperio romanos.

Macellum: Uno de los más grandes mercados de la Roma antigua, ubicado al norte del foro.

magnis itineribus: Avance de las tropas legionarias a marchas forzadas.

manica: Protecciones de cuero o metal que usaban los gladiadores para protegerse los antebrazos durante un combate.

Mare Britannicum: Denominación romana del canal de la Mancha entre las islas Británicas y el continente europeo.

Mare Internum: Véase Mare Nostrum.

Mare Nostrum: *Mare Internum,* es decir «mar interno» fue un sobrenombre que los romanos dieron al Mediterráneo durante la época imperial.

mater augusti: Literalmente «madre de los augustos», título concedido por el Senado a Julia Domna.

mater caesorum: Literalmente «madre de los césares», título concedido por el Senado a Julia Domna.

mater castrorum: Literalmente «madre de los campamentos» o «madre del ejército». Dignidad que Severo concedió a su esposa Julia por acompañarlo en todas sus campañas militares y por ser bien recibida siempre por sus legiones. Solo Faustina, la mujer de Marco Aurelio, había recibido esta dignidad antes que ella.

mater patriae: Literalmente «madre de la patria», título que el Senado otorgó a la emperatriz Julia Domna por sus muchos servicios prestados al Estado romano.

mater senatus: Literalmente, «madre del Senado», título que el Senado otorgó a la emperatriz Julia Domna por sus muchos servicios prestados al Estado romano.

Mausoleum Augusti: La gran tumba del emperador Augusto, construida en Roma en 28 a. C. en forma de gran panteón circular.

meatas: Tribu de la confederación picta que vivía al norte del Muro de Adriano.

media cavea: Gradas medias de los edificios públicos romanos destinados a espectáculos. Solían estar reservadas a hombres del segundo nivel de las élites romanas, como los caballeros, o a comerciantes o funcionarios importantes.

medicus, medici: Médico, profesión muy apreciada en Roma. De hecho, Julio César concedió la ciudadanía romana a todos aquellos que ejercían esta profesión. Muchos, como Galeno, eran o griegos o procedentes de territorios helenísticos.

milla: Los romanos medían las distancias en millas. Una milla romana equivalía a mil pasos y cada paso a 1,4 o 1,5 metros aproximadamente, de modo que una milla equivalía a entre 1.400 y 1.500 metros actuales, aunque hay controversia sobre el valor exacto de estas unidades de medida.

Minerva: «De la diosa Minerva». Sobrenombre de una legión reclutada por Domiciano para sus campañas en Germania y que ayudaría al emperador Flavio a neutralizar el levantamiento del gobernador Saturnino, por lo que Domiciano la denominaría *Pia Fidelis Domitiana*. Con la maldición a la memoria de Domiciano decretada por el Senado a su muerte, dicho apelativo desaparecía, quedando, de nuevo, el nombre de *Minerva* para referirse a esta unidad acantonada en el Rin.

mithridatum: Antídoto contra múltiples venenos creado supuestamente por el rey Mitrídates del Ponto en el siglo I a. C. y en el que Galeno se basó para crear su propio antídoto, denominado *theriaca*.

Mons Testaceus: Vertedero en el que se apilaban decenas de miles de ánforas usadas en el comercio de vino, aceite y otros productos. Se acumuló tal cantidad de ánforas que el vertedero se convirtió en una auténtica colina.

mry: Título o denominación del gobernante de la ciudad fortaleza de Hatra, equivalente quizá al de gobernador y que, por extensión, se podía utilizar para cualquier otro gobernador de un territorio bajo el control del Imperio parto.

murices ferrei: Abrojos de hierro; era un arma defensiva constituida por varias púas de metal afilado que al arrojarse sobre un campo de batalla quedaba siempre con una o varias puntas en alto, de modo que constituía una trampa mortífera que ralentizaba el avance del enemigo, en particular, de los cuerpos de caballería.

Fueron abundantemente empleados por Macrino en su larga batalla contra los partos en Nísibis.

murmillo: Gladiador que llevaba un gran casco con una cresta a modo de aleta dorsal de un pez inspirada en el mítico animal marino *mormyr*. Solo usaba una gran espada recta como arma ofensiva y se protegía con un escudo rectangular curvo de grandes dimensiones.

nomen: También conocido como *nomen gentile* o *nomen gentilicium*, indica la *gens* o tribu a la que una persona estaba adscrita.

novus homo: Denominación de aquel hombre que era el primero de su familia en ingresar en el Senado; esto implicaba que los senadores que pertenecían a esta institución desde hacía generaciones miraran a estos recién incorporados como senadores de segunda clase y de mucho menos mérito. La familia Severa había tenido algún senador, pero el padre de Septimio Severo no ingresó en el Senado, de modo que muchos *patres conscripti* consideraban a Severo como un *novus homo* y esto hizo que siempre tuviera muy pocos apoyos en esta institución centro del poder de Roma.

oncos: Término con el que los antiguos médicos griegos identificaban cualquier bulto o hinchazón de origen diverso.

oppugnatio repentina: Ataque de las legiones a una ciudad o fortaleza nada más alcanzar el lugar, con la idea de no dar tiempo para la preparación de la defensa.

optio: Oficial de las legiones por debajo del centurión.

ornatriz: Procedente de la forma latina *ornatrix* para referirse a una doncella o peinadora.

otadinos: Una de las tribus pictas que habitaban al norte del Muro de Adriano.

O tempora o mores: Expresión utilizada por Cicerón en diferentes escritos y discursos para referirse a la decadencia de las costumbres romanas. Podría traducirse de la siguiente forma: «¡Qué tiempos! ¡Qué costumbres!».

paedagogus: Tutor casi siempre de origen griego que enseñaba oratoria, historia, literatura y otras disciplinas a jóvenes patricios romanos.

palla: Manto que las romanas se ponían sobre los hombros por encima de la túnica o toga.

paludamentum: Prenda abierta, trabada con una hebilla, similar al *sagum* de los oficiales, pero más larga y de color púrpura. Era como un gran manto que distinguía al general en jefe de un ejército romano y, en época imperial, al emperador.

Parthica: Sobrenombre de tres legiones reclutadas por Septimio Severo para su campaña de Oriente contra Nigro y sus posibles aliados partos. Hay quien piensa que las reclutó en 197 d.C. y otros que consideran que estas legiones ya estaban constituidas en 193 d.C., que es la versión que se muestra en *Yo, Julia*.

parthicus adiabenicus: Título que obtenía un *legatus* o emperador romano que hubiera conquistado o derrotado a los adiabenos que, normalmente, estaban bajo influencia del Imperio parto.

Parthicus Arabicus: Título que obtenía un *legatus* o emperador romano que hubiera derrotado o conquistado territorio árabe bajo control anterior de los partos.

Parthicus Maximus: Título que obtenía un *legatus* o emperador romano que hubiera derrotado al rey de reyes de Partia y conquistado parte sustancial del territorio central de Partia.

pater familias: El cabeza de familia tanto en las celebraciones religiosas como a todos los efectos jurídicos.

Pater Patriae: Padre de la patria, normalmente abreviado *PP* en inscripciones de monumentos y monedas. Se trata de uno de los posibles títulos que el Senado podía conceder a un emperador.

patres conscripti: Los padres de la patria; forma habitual de referirse a los senadores. Este término deriva del antiguo *patres et conscripti*, que hacía referencia a los senadores patricios y a los que eran senadores por haber sido designados anteriormente para alguna magistratura de relevancia.

peculium: Bienes materiales diversos, propiedades o dinero que una persona posee.

pilum, pila: Arma arrojadiza propia de los *hastati* y *principes* de las legiones republicanas y, luego, de los legionarios de la época imperial. El peso del *pilum* oscilaba entre 0,7 y 1,2 kilos y podía ser lanzado por los legionarios a una media de 25 metros de distancia, aunque los más expertos podían arrojar esta lanza hasta a 40 metros. En su caída podía atravesar hasta 3 centímetros de madera o, incluso, una placa de metal.

pontifex maximus: Máxima autoridad sacerdotal de la religión romana. En la época imperial era habitual que el emperador asumiera el pontificado máximo durante todo el tiempo que durara su gobierno.

Porta Trigemina: Una de las puertas principales de la antigua muralla Serviana de Roma, cerca del Foro Boario.

Portus Traiani Felicis: El puerto marítimo de Roma ampliado por Trajano. El puerto de Roma en Ostia, pese a las obras de mejora del emperador Claudio, seguía siendo endeble ante las tormentas y tempestades, de forma que Trajano ordenó una ampliación del mismo excavando una gigantesca extensión de terreno en forma hexagonal, que se transformó en el corazón del puerto marino de la capital del Imperio. La construcción, como tantas otras de la época de Trajano, estuvo a cargo de Apolodoro de Damasco. El puerto hexagonal es ahora un lago que está bien conservado, visible desde el aire cuando se aterriza en el aeropuerto internacional de Roma en Fiumicino. De hecho, *Fiumicino* quiere decir «pequeño río» y hace referencia al canal que conectaba este nuevo puerto de Trajano con el río Tíber.

potestas tribunicia **o** ***tribuniciae potestas:*** Poder tribunicio.

PP: Abreviatura de *Pater Patriae* (padre de la patria) comúnmente empleada en numerosas inscripciones imperiales en monumentos o monedas.

praefectus Aegypti: El prefecto de Egipto, por lo general alguien del orden inferior ecuestre, designado por el emperador.

praefectus urbi: Prefecto de la ciudad.

praefectus vehiculorum: Persona encargada de los transportes en la ciudad de Roma. En tanto que era un puesto clave en el reparto de pan por la capital resultaba, en consecuencia, una posición de gran relevancia.

praegustator: Esclavo encargado de probar la comida que se servía al emperador con el fin de detectar a través del gusto si el alimento o la bebida que iba a consumir el augusto estaba envenenado o no.

praenomen: Nombre particular de una persona, que luego era completado con su *nomen* o denominación de su tribu y su *cognomen* o nombre de su familia.

praepositus annonae: Encargado de la distribución de trigo y alimento en general para las legiones durante una campaña militar.

praetorium: Tienda o edificio del general en jefe de un ejército romano. Se levantaba en el centro del campamento, entre el *quaestorium* y el foro. El *legatus* o el propio emperador, si este se había desplazado a dirigir la campaña, celebraba allí las reuniones de su Estado Mayor.

prima vigilia: La primera de las cuatro partes en las que se dividía la noche en la antigua Roma.

Primigenia: «De la (Fortuna) primaria». Sobrenombre de una legión creada por Calígula para sus campañas en Germania. *Primigenia* era uno de los diversos títulos que recibía la diosa Fortuna.

princeps iuventutis: Ya Augusto empleó este título que parece indicar que el que lo recibía se convertía en el líder de la clase ecuestre, a la espera de ser *princeps senatus*, cuando se accedía a ser *imperator*.

princeps senatus: El senador de mayor edad. Por su veteranía gozaba de numerosos privilegios, como el de hablar primero en una sesión. Durante la época imperial, el emperador adquiría de forma sistemática esta condición independientemente de su edad.

procurator de la annona: Persona encargada de la distribución de pan en la ciudad de Roma. Era un puesto clave de la administración imperial.

propagator imperio: Título que recibiría Septimio Severo por ampliar las fronteras del Imperio en diferentes direcciones: en Oriente, más allá del Éufrates; en el sur, en las provincias romanas del norte de África, o en el norte, más allá del Danubio y, en particular, en Britania, extendiendo los dominios de Roma de forma efectiva al norte del Muro de Adriano e, incluso, del Muro de Antonino.

pugio: Puñal o daga romana de unos 24 centímetros de largo por unos 6 centímetros de ancho en su base. Al estar dotada de un nervio central que la hacía más gruesa en esa zona, el arma resultaba muy resistente, capaz de atravesar una cota de malla.

pulvinar: Originariamente una almohada o cojín, pero por extensión metafórica se usó para denominar el gran palco imperial en el Circo Máximo, situado en el centro de las gradas, a mitad de una de las grandes rectas de la arena de la pista, desde donde el emperador y su familia asistían a las competiciones de cuadrigas y otros eventos relevantes.

quaestor: Era el encargado de velar por los suministros y provisiones de las tropas legionarias, supervisaba los gastos y se ocupaba de otras diversas tareas administrativas.

quaestorium: Tienda del *quaestor* de una legión romana desde la que se controlaba el reparto de víveres y la financiación del ejército.

quarta vigilia: La última parte de la noche, justo antes del amanecer.

Rapax: «Depredadora», sobrenombre de la legión XXI, creada por Augusto y aniquilada por dacios y sármatas en las fallidas campañas que Domiciano instigó contra los pueblos que cruzaban el Danubio y arrasaban las provincias de Panonia y Mesia.

rector orbis: Gobernador del mundo.

rector urbis: Gobernador de la ciudad.

Regia: Edificio del antiguo foro romano donde solían reunirse los sacerdotes para deliberar o para realizar diferentes ritos religiosos.

repugnatio: Ceremonia en la que un alto oficial romano rechazaba un honor especial.

rictus: El Diccionario de la lengua española define este término como «el aspecto fijo o transitorio del rostro al que se atribuye la manifestación de un determinado estado de ánimo». A la Academia le falta añadir que normalmente este vocablo comporta connotaciones negativas, de tal modo que rictus suele referirse a una mueca del rostro que refleja dolor o sufrimiento físico o mental, o, cuando menos, gran preocupación por un asunto.

Šāhān šāh: Término de origen parto para referirse a su máximo líder, al que ellos denominaban «rey de reyes».

SC: Abreviatura de *senatus consulto*, frecuente en las monedas de la antigua Roma, que indicaba que la moneda en cuestión habría sido acuñada tras consultar al Senado.

Scythica: Sobrenombre de una legión creada por Marco Antonio para su campaña contra Partia que sugiere que, en algún momento, combatió duramente contra los escitas de Oriente.

secunda vigilia: Segunda de las cuatro partes en las que se dividía la noche en la antigua Roma.

selgovae: Una de las múltiples tribus de pictos que habitaban en Caledonia, al norte del Muro de Adriano.

sella: El más sencillo de los asientos romanos. Equivale a un simple taburete.

sella curulis: Como la *sella*, carece de respaldo, pero es un asiento de gran lujo, con patas cruzadas y curvas de marfil que se podían plegar para facilitar el transporte, pues se trataba del asiento que acompañaba al cónsul en sus desplazamientos civiles o militares en época republicana y al emperador en el período imperial.

senatus consulto: Véase *SC*.

silphium: Planta procedente de Cirene, en el norte de África, de numerosos usos medicinales. Ya desde tiempos de Hipócrates se la empleaba para el tratamiento de estados febriles y otras dolencias. En pequeñas dosis podía emplearse para sazonar alimentos, como una especia más, pero en dosis más elevadas, tal y como describe Plinio el Viejo, podía provocar grandes menstruaciones en las mujeres que, en caso de embarazo, era probable que dieran término al proceso de gestación. Por ello terminó usándose como un poderoso abortivo. Al final de la época imperial se extinguió por causas desconocidas, quizá por sobreexplotación o quizá porque hubo interés en eliminar una planta que facilitaba el aborto.

silva: Bosque o selva.

sine die: Sin fecha, sin plazo temporal.

singulares: Cuerpo especial de caballería dedicado a la protección del emperador o de un césar.

solium: Asiento de madera con respaldo recto, sobrio y austero.

spatha: Espada militar romana más larga que un gladio legionario que normalmente portaban los oficiales o, con frecuencia, los jinetes de las unidades de caballería.

statu quo: Expresión latina que significa «en el estado o situación actual». *Status quo* es la forma popular que suele usarse, pero es incorrecta, ya que no concuerda con la gramática latina, pues se rompe la concordancia de los casos declinados de cada una de las palabras.

stilus o *stylus*: Un estilete afilado que los romanos usaban para escribir en las tablillas de cera y cuyo nombre podían quizá utilizar posteriormente para referirse al cálamo que se usaba para escribir con tinta o *attramentum* en papiros y pergaminos.

stola: Vestido amplio y largo de las mujeres romanas.

suffecto: «Reemplazado». Con relación a un cónsul se trataba de otro senador que sustituía a un cónsul que había fallecido o que era destituido.

summa cavea: Las gradas superiores o más alejadas del escenario o la arena en los edificios públicos romanos destinados a espectáculos. En estas gradas podían entrar mujeres, niños y gente de bajo nivel social.

tabernae: Tabernas romanas normalmente ubicadas en la parte baja de las *insulae* o edificios de varias plantas de cualquier ciudad del Imperio.

tablinum: Estancia dedicada a despacho.

Teatro Marcelo: Teatro promovido por Julio César pero que no se terminó hasta tiempos de Augusto; ocasionalmente, además de diferentes espectáculos, acogió algunas reuniones del Senado.

tepidarium: Sala con una piscina de agua templada en unas termas romanas.

tertia vigilia: La tercera de las cuatro partes en las que se dividía la noche en la antigua Roma.

testudo: Formación militar en la que los legionarios se protegen con los escudos marchando muy unidos, de forma que la unidad se asemeja a una tortuga o a las escamas de un pez.

theriaca: En *Yo, Julia* y en *Y Julia retó a los dioses* el término hace referencia al antídoto preparado por el médico Galeno que este proporcionaba a los emperadores para evitar un envenenamiento. Estaba compuesto por una compleja mezcla de diferentes venenos y otras sustancias que, en la dosis adecuada, inmunizaban a quien la ingería.

toga viril: La toga que vestía por primera vez un romano al llegar a la edad adulta, marcada en la época a los catorce años.

tribunus laticlavius: Joven oficial, por lo general de origen aristocrático, senatorial o patricio, que ejercía como segundo en el mando de una legión romana, por lo general bajo el control de un *legatus* de mucha más experiencia.

triclinium, triclinia: Singular y plural de los divanes sobre los que los romanos se recostaban para comer, sobre todo durante la cena. Lo más frecuente era que hubiera tres, pero podían añadirse más en caso de que fuera necesario ante la presencia de invitados.

triplex acies: Formación típica de ataque de una legión romana. Las diez cohortes se distribuían en forma de damero, de modo que unas quedaban en posición avanzada, otras en posición intermedia y las últimas, normalmente las que tenían los legionarios más experimentados, en reserva.

trirreme: Embarcación de uso militar tipo galera. Su nombre hace referencia a que llevaba tres hileras diferentes de remeros. Su uso se remonta al siglo VII a. C., pero los romanos emplearon naves de este tipo durante todo el Imperio. Tucídides atribuye a Aminocles la invención de este navío. Posteriormente se desarrollaron *quatrirremes* o *quinquerremes* con cuatro y cinco hileras de remeros. Pero el mayor calado de estas naves podría hacerlas inadecuadas para navegar por el Nilo.

Tristia: O *Las tristezas* es una obra poética que escribió Ovidio desde su exilio en la ciudad de Tomis, en Moesia Inferior, en las costas del Ponto Euxino o Mar Negro. Hasta allí fue expulsado el poeta, según parece, porque su *Ars amatoria* ofendió al emperador Augusto, ya anciano, por considerarla excesivamente lasciva. En *Tristia*, Ovidio pide clemencia al augusto para poder regresar a Roma.

tubicines: Trompeteros, pero en el contexto militar se refiere a los legionarios que hacían sonar diferentes instrumentos para transmitir las órdenes durante una batalla.

turma, turmae: Pequeño destacamento de caballería compuesto por tres *decurias* de diez jinetes cada una.

Ulpia Victrix: «Ulpiana y victoriosa». Sobrenombre de la legión XXX, creada por Trajano para su conquista de la Dacia, pero que terminaría establecida en la frontera del Rin.

umbo, umbones: Término que designaba una protuberancia normalmente metálica en el centro de un escudo romano, empleada para embestir al enemigo.

Valeria Victrix: «Valerosa y victoriosa». Sobrenombre de la legión XX creada, o bien por Julio César, o por Augusto, y que Claudio emplearía para conquistar Britania.

valetudinarium, valetudinaria: El hospital militar de las legiones donde se atendía a los soldados heridos o enfermos.

velarium: Techo de tela extensible instalado en lo alto del Anfiteatro Flavio que se desplegaba para proteger al público del sol. Para manejarlo se recurría a los marineros de la flota imperial de Miseno.

venatio: Cacería simulada en el Anfiteatro Flavio o el Circo Máximo u otro edificio similar para entretenimiento de la plebe o, en el caso de *Yo, Julia,* de algún emperador como, por ejemplo, Cómodo.

vexillatio, vexillationes: Singular y plural de una unidad de una legión, de composición variable, que era enviada por parte de una legión a otro lugar del Imperio por mandato del césar con el fin de reforzar el ejército imperial en una campaña militar.

Via Aemilia: Antigua calzada romana que unía Placentia (Piacenza) con Ariminum (Rímini).

Via Flaminia: Antigua calzada romana que unía Ariminum (Rímini) con Roma.

Victrix: «Victoriosa». Sobrenombre de la legión VI creada por Augusto y que terminaría, tras servir en numerosos lugares del Imperio, acantonada en Britania.

vigiles: Véase *cohortes vigilum.*

vir eminentissimus: Fórmula de respeto con la que un inferior debía dirigirse a un jefe del pretorio.

vomitoria: Los pasadizos por los que el público podía entrar o salir de los grandes edificios públicos romanos como el Anfiteatro Flavio.

BIBLIOGRAFÍA

ADKINS, L. y ADKINS, R., *El Imperio romano: historia, cultura y arte*, Madrid, Edimat, 2005.

AGUADO GARCÍA, P., *Caracalla: la configuración de un tirano*, Madrid, Aldebarán, 2009.

—, *Julia Domna, la emperatriz romana*, Cuenca, Aldebarán, 2010.

ALFARO, C., *El tejido en época romana*, Madrid, Arco Libros, 1997.

ÁLVAREZ JIMÉNEZ, D., *Panem et circenses: una historia de Roma a través del circo*, Madrid, Alianza Editorial, 2018.

ÁLVAREZ MARTÍNEZ, J. M., et al., *Guía del Museo Nacional de Arte Romano*, Madrid, Ministerio de Cultura, 2008.

ANDO, C., *Imperial Rome AD 193 to 284: The Critical Century*, Edimburgo, Edinburgh University Press, 2012.

ANGELA, A., *Un día en la antigua Roma. Vida cotidiana, secretos y curiosidades*, Madrid, La Esfera de los Libros, 2009.

—, *The Reach of Rome: A Journey Through the Lands of the Ancient Empire Following a Coin*, Nueva York, Rizzoli ex libris, 2013.

ANGLIM, S.; JESTICE, P. G.; RICE, R. S.; RUSCH, S. M., y SERRATI, J., *Técnicas bélicas del mundo antiguo (3000 a. C.-500 d. C.). Equipamiento, técnicas y tácticas de combate*, Madrid, Libsa, 2007.

APIANO, *Historia de Roma* I, Madrid, Gredos, 1980.

ARRIZABALAGA y PRADO, L. de, «Pseudo-eunuchs in the court of Elagabalus: The riddle of Gannys, Eutychianus, and Comazon», Collected Papers in Honour of the Ninety-fifth Anniversary of Ueno Gakuen, 1999, <https://www.cambridge.org/gb/files/7113/6689/9908/8871_Pseudo-eunuchs_in_the_court_of_Elagabalus.pdf>.

ASIMOV, I., *El Cercano Oriente*, Madrid, Alianza Editorial, 2011.

BARREIRO RUBÍN, V., *La guerra en el mundo antiguo*, Madrid, Almena, 2004.

BEARD, M., *Women and Power: A Manifesto*, Londres, London Review of Books, 2017.

—, *SPQR: Una historia de la antigua Roma*, Barcelona, Crítica, 2016.

BENARIO, H. W., A. A., *Julia Domna –mater senatus et patriae*, Phoenix, 12: 67-70, 1958.

BENDICK, J., *Galen and the Gateway to Medicine*, San Francisco, Bethlehem Books, 2002.

BIESTY, S., *Roma vista por dentro*, Barcelona, RBA, 2005.

BIRLEY, A., *Septimio Severo: el emperador africano*, Madrid, Gredos, 2012.

BLÁZQUEZ, J. M., *Artesanado y comercio durante el Alto Imperio*, Madrid, Akal, 1990.

—, *Agricultura y minería romanas durante el Alto Imperio*, Madrid, Akal, 1991.

BOARDMAN, J.; GRIFFIN, J., y MURRAY, O., *The Oxford History of The Roman World*, Reading, Oxford, Oxford University Press, 2001.

BOWMAN, A. K.; GARNSEY, P., y RATHBONE, D., *The Cambridge Ancient History*, segunda edición, volumen XI: *The High empire*, 70-192, Cambridge, Cambridge University Press, 2008.

BRAVO, G., *Historia de la Roma antigua*, Madrid, Alianza Editorial, 2001.

BUSSAGLI, M., *Rome: Art and Architecture*, China, Ullmann Publishing, 2007.

CARCOPINO, J., *Daily Life in Ancient Rome: The People and the City at the Height of the Empire*, Londres, Penguin, 1991.

CARRERAS MONFORT, C., «Aprovisionamiento del soldado romano en campaña: la figura del *praefectus vehiculorum*», en *Habis*, n.º 35, 2004.

CASSON, L., *Las bibliotecas del mundo antiguo*, Barcelona, Edicions Bellaterra, 2001.

CASTELLÓ, G., *Archienemigos de Roma*, Madrid, Book Sapiens, 2015.

CASTILLO, E., «Ostia, el gran puerto de Roma», *Historia-National Geographic*, n.º 107.

CHIC GARCÍA, G., *El comercio y el Mediterráneo en la Antigüedad*, Madrid, Akal, 2009.

CHRYSTAL, P., *Women in Ancient Rome*, The Hill Stroud, Amberley, 2014.

—, *In Bed with the Romans*, The Hill, Gloucestershire, Amberley Publishing, 2017.

CILLIERS, L. y RETIEF, F. P., *Poisons, Poisoning and the Drug Trade in Ancient Rome*, <http://akroterion.journals.ac.za/pub/article/view/166>.

CLARKE, J. R., *Sexo en Roma. 100 a. C.-250 d. C.*, Barcelona, Océano, 2003.

CODOÑER, C. (ed.), *Historia de la literatura latina*, Madrid, Cátedra, 1997.

—, y Fernández Corte, C., *Roma y su Imperio*, Madrid, Anaya, 2004.

COMOTTI, G., *La música en la cultura griega y romana*, Madrid, Turner, 1986.

CONNOLLY, P., *Tiberius Claudius Maximus: The Cavalryman*, Oxford, Oxford University Press, 1988.

—, *Tiberius Claudius Maximus: The Legionary*, Oxford, Oxford University Press, 1988.

—, *Ancient Rome*, Oxford, Oxford University Press, 2001.

COWAN, R., *Roman Guardsman, 62 BC-AD 324*, Oxford, Osprey, 2014.

CRUSE, A., *Roman Medicine*, Stroud, The History Press, 2006.

D'AMATO, R., *Roman Army Units in the Western Provinces. I. 31 BC-AD 195*, Oxford, Osprey Publishing, 2016.

DANDO-COLLINS, S., *Legiones de Roma: La historia definitiva de todas las legiones imperiales romanas*, Madrid, La Esfera de los Libros, 2012.

DE LA BÉDOYÈRE, G., *Domina, the Women Who Made Imperial Rome*, New Haven y Londres, Yale University Press, 2018.

—, *Praetorian: The Rise and Fall of Rome's Imperial Bodyguard*, New Haven y Londres, Yale University Press, 2018.

DUPUY, R. E. y DUPUY, T. N., *The Harper Encyclopedia of Military History from 3500 BC to the Present*, Nueva York, Harper Collins Publishing, 1933.

ELIADE, M. y COULIANO, I. P., *Diccionario de las religiones*, Barcelona, Paidós, 2007.

ENRIQUE, C. y SEGARRA, M., *La civilización romana*. Cuadernos de Estudio, 10. Serie Historia Universal, Madrid, Editorial Cincel y Editorial Kapelusz, 1979.

ESCARPA, A., *Historia de la ciencia y de la técnica: tecnología romana*, Madrid, Akal, 2000.

ESPINÓS, J.; MASIÀ, P.; SÁNCHEZ, D., y VILAR, M., *Así vivían los romanos*, Madrid, Anaya, 2003.

ESPLUGA, X. y MIRÓ I VINAIXA, M., *Vida religiosa en la antigua Roma*, Barcelona, Editorial UOC, 2003.

FERNÁNDEZ ALGABA, M., *Vivir en Emérita Augusta*, Madrid, La Esfera de los Libros, 2009.

FERNÁNDEZ VEGA, P. A., *La casa romana*, Madrid, Akal, 2003.

FIELD, M., *Julia Domna, A Play*, Nueva York, Hacon and Ricketts, 1903.

FITTSCHEN, K., «Two Portraits of Septimius Severus and Julia Domna», *Indiana University Art Museum Bulletin*, 1.2: 28-43, 1978.

Fox, R. L., *El mundo clásico: La epopeya de Grecia y Roma*, Barcelona, Crítica, 2007.

Freisenbruch, A., *The First Ladies of Rome: The Women Behind the Caesars*, Londres, Vintage Books, 2011.

García Gual, C., *Historia, novela y tragedia*, Madrid, Alianza, 2006.

—, *Grecia para todos*, Barcelona, Espasa, 2019.

García Sánchez, J., *Viajes por el antiguo Imperio romano*, Madrid, Nowtilus, 2016.

Gardner, J. F., *Mitos romanos. El pasado legendario*, Madrid, Akal, 2000.

Gargantilla, P., *Breve historia de la medicina: Del chamán a la gripe A*, Madrid, Nowtilus, 2011.

Garlan, Y., *La guerra en la antigüedad*, Madrid, Aldebarán, 2003.

Gasset, C. (dir.), *El arte de comer en Roma: alimentos de hombres, manjares de dioses*, Mérida, Fundación de Estudios Romanos, 2004.

Ghedini, F., *Giulia Domna tra Oriente e Occidente: le fonti archeologiche*, Roma, La Fenice, 1984.

Giavotto, C. (coord.), *Roma*, Barcelona, Electa Mondadori, 2006.

Gill, C.; Whitmarsh, T., y Wilkins, J. (eds.), *Galen and the World of Knowledge*, Cambridge, Cambridge University Press, 2009.

Gilmore Williams, M., «Studies in the Lives of Roman Empresses», *American Journal of Archaeology*, vol. 6, núm. 3 (jul.-sep., 1902), pp. 259-305.

Goldsworthy, A. K., *Grandes generales del ejército romano*, Barcelona, Ariel, 2003.

Gómez Pantoja, J., *Historia Antigua (Grecia y Roma)*, Barcelona, Ariel, 2003.

González Bueno, A., *Historia de la ciencia y de la técnica. Vol. 9: India y China*, Madrid, Akal, 1991.

González Serrano, P., *Roma, la ciudad del Tíber*, Madrid, Evohé, 2015.

González Tascón, I. (dir.), *Artifex: ingeniería romana en España*, Madrid, Ministerio de Cultura, 2002.

Goodman, M., *The Roman World: 44 BC-AD 180*, Bristol, Routledge, 2009.

Gourevitch, D. y Raepsaet-Charlier, M. T., *La donna nella Roma Antica*, Florencia-Milán, Fiunti, 2006.

Graham, A. J., «The Numbers at Lugdunum», *Historia: Zeitschrift für Alte Geschichte*, <https://www.jstor.org/stable/pdf/4435642.pdf?seq=1#page_scan_tab_contents>.

Grant, M., *Atlas Akal de historia clásica del 1700 a. C. al 565 d. C.*, Madrid, Akal, 2009.

GRIMAL, P., *La vida en la Roma antigua*, Barcelona, Paidós, 1993.

—, *La civilización romana. Vida, costumbres, leyes, artes*, Barcelona, Paidós, 1999.

GUILLÉN, J., *Urbs Roma. Vida y costumbres de los romanos*. I. La vida privada, Salamanca, Sígueme, 1994.

—, *Urbs Roma. Vida y costumbres de los romanos*. II. La vida pública, Salamanca, Sígueme, 1994.

—, *Urbs Roma. Vida y costumbres de los romanos*. III. Religión y ejército, Salamanca, Sígueme, 1994.

HACQUARD, G., *Guía de la Roma Antigua*, Madrid, Centro de Lingüística Aplicada Atenea, 2003.

HAMEY, L. A. y Hamey, J. A., *Los ingenieros romanos*, Madrid, Akal, 2002.

HAYWOOD, J. y Rincón, A., *Historia de los grandes imperios: El desarrollo de las civilizaciones de la antigüedad*, Madrid, Libsa, 2012.

HEMELRIJK, E. A., *Matrona Docta: Educated Women in the Roman Elite from Cornelia to Julia Domna*, Londres, Routledge, 1999.

HERRERO LLORENTE, V. J., *Diccionario de expresiones y frases latinas*, Madrid, Gredos, 1992.

HÜMER, F.; Gollmann, K. F.; Konechy, A. L.; Petznek, B.; Radbauer, S.; Rauchenwald, A., y Thüry, G. E., *The Roman City Quarter in the Open Air Museum Petronell*, Petronell-Carnuntum, Kulturabteilung des Landes Niederösterreich and Archäologischer Park Carnuntum BetriebsgesmbH, 2004.

JAMES, S., *Roma Antigua*, Madrid, Pearson Alhambra, 2004.

JOHNSTON, H. W., *The Private Life of the Romans*, <http://www.forumromanum.org/life/johnston.html>.

KHEZRI, A. R.; RODRÍGUEZ, J.; BLÁZQUEZ, J. M., y ANTÓN, J. A., *Persia, cuna de civilización y cultura*, Córdoba, Almuzara, 2011.

KNAPP, R. C., *Invisible Romans: Prostitutes, Outlaws, Slaves, Gladiators: Ordinary Men and Women... the Romans that History Forgot*, Croydon Profile Books, 2011.

KUMAR GHOSH, S., «*Human cadaveric dissection: a historical account from ancient Greece to the modern era*», Anat Cell Biol, septiembre de 2015, 48(3): 153-169.

KÜNZL, E., *Ancient Rome*, Berlín, Tessloff Publishing, 1998.

LACEY, M. y DAVIDSON, S., *Gladiators*, China, Usborne, 2006.

LAES, C., *Children in the Roman Empire: Outsiders Within*, Cambridge, Cambridge University Press, 2011.

LANGFORD, J., *Maternal Megalomania: Julia Domna and the Imperial Poli-*

tics of Motherhood, Baltimore, The Johns Hopkins University Press, 2013.

LE BOHEC, Y., *El ejército romano*, Barcelona, Ariel, 2004.

LE GALL, J. y Le Glay, M., *El Imperio romano desde la batalla de Actium hasta la muerte de Severo Alejandro (31 a. C.-235 d. C.)*, Madrid, Akal, 1995.

LEONI, D., *Le Monete di Roma: Settimio Severo*, Roma, Diele Editore, 2013.

LEVICK, B., *Julia Domna, Syrian Empress*, Londres, Routledge, 2007.

LEWIS, J. E. (ed.), *The Mammoth Book of Eyewitness. Ancient Rome: The History of the Rise and Fall of the Roman Empire in the Words of Those Who Were There*, Nueva York, Carroll and Graf, 2006.

LIVIO, T., *Historia de Roma desde su fundación*, Madrid, Gredos, 1993.

MACAULAY, D., *City: A Story of Roman Planning and Construction*, Boston, Houghton Mifflin Company, 1974.

MACDONALD, F., *100 Things You Should Know about Ancient Rome*, China, Miles Kelly Publishing, 2004.

MALISSARD, A., *Los romanos y el agua: La cultura del agua en la Roma antigua*, Barcelona, Herder, 2001.

MANGAS, J., *Historia del mundo antiguo. 48. Roma: Los julioclaudios y la crisis del 68*, Madrid, Akal, 1996.

—, *Historia del mundo antiguo. 49. Roma: Los flavios*, Madrid, Akal, 1990.

—, *Historia del mundo antiguo. 54. Roma: Agricultura y minería romanas durante el Alto Imperio*, Madrid, Akal, 1991.

—, *Historia del mundo antiguo. 55. Roma: Artesanado y comercio durante el Alto Imperio*, Madrid, Akal, 1990.

—, *Historia universal. Edad Antigua. Roma*, Barcelona, Vicens Vives, 2004.

MANNIX, D. P., *Breve historia de los gladiadores*, Madrid, Nowtilus, 2004.

MARCO SIMÓN, F.; PINA POLO, F., y REMESAL RODRÍGUEZ, J. (eds.), *Viajeros, peregrinos y aventureros en el mundo antiguo*, Barcelona, Publicacions i Edicions de la Universitat de Barcelona, 2010.

MARCHESI, M., *La novela sobre Roma*, Barcelona, Robinbook, 2009.

MARTIN, R. F., *Los doce césares: Del mito a la realidad*, Madrid, Aldebarán, 1998.

MATTERN, S. P., *The Prince of Medicine: Galen in the Roman Empire*, Oxford, Oxford University Press, 2013.

MATTESINI, S., *Gladiators*, Italia, Archeos, 2009.

MATYSZAK, P., *Los enemigos de Roma*, Madrid, Oberón, Grupo Anaya, 2005.

—, *Legionario: El manual del legionario romano (no oficial)*, Madrid, Akal, 2010.

—, *La antigua Roma por cinco denarios al día*, Madrid, Akal, 2012.

—, *24 hours in Ancient Rome: A Day in the Life of the People Who Lived There*, Londres, Michael O'Mara Books Limited, 2017.

McKeown, J. C., *Gabinete de curiosidades romanas*, Barcelona, Crítica, 2011.

Melani, Ch.; Fontanella, F., y Cecconi, G. A., *Atlas ilustrado de la Antigua Roma: De los orígenes a la caída del Imperio*, Madrid, Susaeta, 2005.

Mena Segarra, C. E., *La civilización romana*, Madrid, CincelKapelusz, 1982.

Menéndez Argüín, A. R., *Pretorianos: la guardia imperial de la antigua Roma*, Madrid, Almena, 2006.

Mielczarek, M., *Cataphracti and Clibanarii: Studies on the Heavy Armoured Cavalry of the Ancient World*, Polonia, Oficyna Naukowa, 1993.

Montanelli, I., *Historia de Roma*, Barcelona, De Bolsillo, 2002.

Muñoz-Santos, M. E., *Animales in harena: los animales exóticos en los espectáculos romanos*, Antequera, Confidencias, 2016.

Musilová, M. y Turčan, V., *Roman Monuments on the Middle Danube from Vindobona to Aquincum*, Bratislava, Foundation for Cultural Heritage Preservation, 2011.

Navarro, F. (ed.), *Historia Universal. Atlas Histórico*, Madrid, Salvat *El País*, 2005.

Negin, A. y D'Amato, R., *Roman Cavalry (I) Cataphractarii and Clibanarii, 1st Century BC-5th Century AD*, Oxford, Osprey, 2018.

Neira, L. (ed.), *Representaciones de mujeres en los mosaicos romanos y su impucto en el imaginario de estereotipos femeninos*, Madrid, Creaciones Vincent Gabrielle, 2011.

Nieto, J. A., *Historia de Roma: Día a día en la Roma antigua*, Madrid, Libsa, 2006.

Nogales Basarrate, T., *Espectáculos en Augusta Emérita*, Badajoz, Ministerio de Educación, Cultura y Deporte, Museo Romano de Mérida, 2000.

Nossov, K., *Gladiadores: El espectáculo más sanguinario de Roma*, Madrid, Libsa, 2011.

Nutton, V., «Galen ad multos annos», DYNAMIS. Acta Hisp. Med. Su. Hist iüus., 15, 25-39, 1995.

Payne, R., *Ancient Rome*, Nueva York, Horizon, 2005.

Pérez Mínguez, R., *Los trabajos y los días de un ciudadano romano*, Valencia, Diputación Provincial, 2008.

Picón, V. y Cascón, A. (eds.), *Historia Augusta*, Madrid, Akal, 1989.

Piñero, A., *Guía para entender el Nuevo Testamento*, Madrid, Trotta, 2008.

Pisa Sánchez, J., *Breve historia de Hispania*, Madrid, Nowtilus, 2009.

Polibio, *The Rise of the Roman Empire*, Londres, Penguin, 1979.

Pomeroy, S., *Diosas, rameras, esposas y esclavas: Mujeres en la antigüedad clásica*, Madrid, Akal, 1999.

Posadas, J. L., *Los emperadores romanos y el sexo*, Madrid, Sílex, 2011.

Potter, D., *Emperors of Rome: The Story of Imperial Rome from Julius Caesar to the Last Emperor*, Londres, Quercus, 2011.

Potter, L. G. (ed.), *The Persian Gulf in History*, Nueva York, Palgrave Macmillan, 2009.

Quesada Sanz, F., *Armas de Grecia y Roma*, Madrid, La Esfera de los Libros, 2008.

Ramos, J., *Eso no estaba en mi libro de historia de Roma*, Córdoba, Almuzara, 2017.

Rankov, B. y Hook, R., *La guardia pretoriana*, Barcelona, RBA/Osprey Publishing, 2009.

Rodríguez González, J., *La dinastía de los Severos*, Madrid, Almena, 2010.

Rostovtzeff, M., *Historia social y económica del mundo helenístico*, vol. I, Madrid, Espasa Calpe, 1967.

—, *Historia social y económica del mundo helenístico*, vol. II, Madrid, Espasa Calpe, 1967.

Santos Yanguas, N., *Textos para la historia antigua de Roma*, Madrid, Cátedra, 1980.

Šašel Kos, M., «The Problem of the Border between Italy, Noricum and Pannonia», *Tyche*, febrero de 2015, <https://tyche-journal.at/tyche/index.php/tyche/article/view/74>.

Scarre, C., *Chronicle of the Roman Emperors*, Londres, Thames & Hudson, 2001.

—, *The Penguin Historical Atlas of Ancient Rome*, Londres, Penguin, 1995.

Segura Munguía, S., *El teatro en Grecia y Roma*, Bilbao, Zidor Consulting, 2001.

Skalmowski, W. y Van Tongerloo, A., *Medioiranica: Proceedings of the International Colloquium Organized by the Katholieke Universiteit Leuven from the 21st to the 23rd of May 1990*, Peeters Publishers, 1993.

Smith, W., *A Dictionary of Greek and Roman Antiquities*, Londres, John Murray, 1875. También en: <http://penelope.uchicago.edu/Thayer/E/Roman/Texts/secondary/SMI GRA*/Flamen.html>.

SOUTHERN, P. y DIXON, K. R., *El ejército romano del Bajo Imperio*, Madrid, Desperta Ferro, 2018.

SUETONIO, *La vida de los doce césares*, Madrid, Austral, 2007.

TONER, J., *Sesenta millones de romanos*, Barcelona, Crítica, 2012.

VALENTÍ FIOL, E., *Sintaxis latina*, Barcelona, Bosch, 1984.

VEYNE, P., *Sexo y poder en Roma*, Barcelona, Paidós Orígenes, 2010.

VV. AA., *El Cairo y lo mejor de Egipto*, Barcelona, Planeta, 2005.

VV. AA., «El Imperio romano de Trajano a Marco Aurelio», *Desperta Ferro*, n.º 11, 2012.

VV. AA., «Historia de la prostitución», en Correas, S. (dir.), *Memoria: la historia de cerca*, IX, 2006.

VV. AA., *Historia año por año: La guía visual definitiva de los hechos históricos que han conformado el mundo*, Madrid, Akal, 2012.

VV. AA., «Roma conquista Britania», *Desperta Ferro*, n.º 55, 2019.

VV. AA., «Septimio Severo», *Desperta Ferro*, n.º 35, 2016.

VV. AA., «La legión romana (IV): el auge del Imperio», *Desperta Ferro*, n.º especial XIII, 2017.

WILKES, J., *El ejército romano*, Madrid, Akal, 2000.

WISDOM, S. y MCBRIDE, A., *Los gladiadores*, Madrid, RBA/Osprey Publishing, 2009.

ÍNDICE

—

PRIMERA ASAMBLEA DE LOS DIOSES SOBRE
EL CASO DE LA AUGUSTA JULIA DOMNA

LIBER PRIMUS
PLAVCIANO

SEGUNDA ASAMBLEA DE LOS DIOSES SOBRE EL CASO DE LA AUGUSTA JULIA DOMNA

LIBER SECUNDUS
EL CUARTO CÉSAR
PLAVTILLA AVGVSTA

TERCERA ASAMBLEA DE LOS DIOSES SOBRE EL CASO DE LA AUGUSTA JULIA DOMNA

LIBER TERTIUS
COEMPERADORES

CUARTA ASAMBLEA DE LOS DIOSES SOBRE
EL CASO DE LA AUGUSTA JULIA DOMNA

LIBER QUARTUS
CARACALLA

QUINTA ASAMBLEA DE LOS DIOSES SOBRE
EL CASO DE LA AUGUSTA JULIA DOMNA

LIBER QUINTUS
MACRINO

ASAMBLEA FINAL DE LOS DIOSES SOBRE EL CASO DE LA AUGUSTA JULIA DOMNA

APÉNDICES

JULIA DOMNA,
la nueva saga del autor que ha conquistado
a más de 4.000.000 de lectores

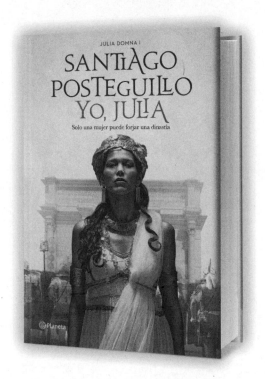

Solo una mujer puede forjar una dinastía